Inge Barth-Grözinger
Beerensommer

PIPER

Zu diesem Buch

»Es war eben so: reich zu reich und arm zu arm und dazwischen gab es diese Schranke. Die unsichtbare, unverrückbare Schranke.« Nach dem Tod des Vaters steht Friedrich unvermittelt auf der anderen Seite der Schranke, auf der Seite der Armen. Johannes hingegen lebt schon immer im Armenhaus, wohin Friedrich nun mit seiner Mutter und seinen Geschwistern umsiedeln muss. Zwischen den beiden gegensätzlichen Jungen entwickelt sich eine seltsame Freundschaft. Ihre Lebenswege entwickeln sich jedoch verschieden. Während Johannes in den Ersten Weltkrieg ziehen muss, verfolgt Friedrich verbissen seinen Plan, sich von der Last der Armut zu befreien. Als sich beide dann in dieselbe Frau verlieben, schlägt die Freundschaft in erbitterte Feindschaft um ... Inge Barth-Grözinger hat einen Roman der großen Gefühle geschrieben: die Geschichte einer wunderbaren Freundschaft, die zur erbitterten Feindschaft wird, eine Familiensaga aus dem 20. Jahrhundert und eine spannende Spurensuche, die die Geister der Vergangenheit wieder lebendig werden lässt.

Inge Barth-Grözinger, geboren 1950 in Bad Wildbad im Schwarzwald, unterrichtete über fünfundzwanzig Jahre am Peutinger-Gymnasium in Ellwangen die Fächer Deutsch und Geschichte. Neben der sehr erfolgreichen Schwarzwald-Familiensaga »Beerensommer«, veröffentlichte sie noch weitere Bücher, darunter »Stachelbeerjahre«.

Inge Barth-Grözinger

Beerensommer

Familiensaga aus dem Schwarzwald

PIPER

Mehr über unsere Autorinnen, Autoren und Bücher:
www.piper.de

Von Inge Barth-Grözinger liegen im Piper Verlag vor:
Etwas bleibt
Stachelbeerjahre
Beerensommer
Geliebte Berthe
Wildblütenzeit

Unser Versprechen für mehr Nachhaltigkeit
• Klimaneutrales Produkt
• FSC®-zertifiziertes Papier
• Hergestellt in Europa

FSC www.fsc.org MIX Papier | Fördert gute Waldnutzung FSC® C083411

Ungekürzte Taschenbuchausgabe
ISBN 978-3-492-30897-7
Piper Verlag GmbH, München
Juli 2008 (TB 24930)
1. Auflage Februar 2016
4. Auflage März 2023

Umschlaggestaltung: semper smile, München
Umschlagabbildung: Hulton Archive/getty images;
Daniel Schoenen/LOOK-foto/getty images
Satz: KCS GmbH, Buchholz/Hamburg
Gesetzt aus der Rotis Serif
Druck und Bindung: CPI books GmbH, Leck
Printed in the EU

Stammbaum

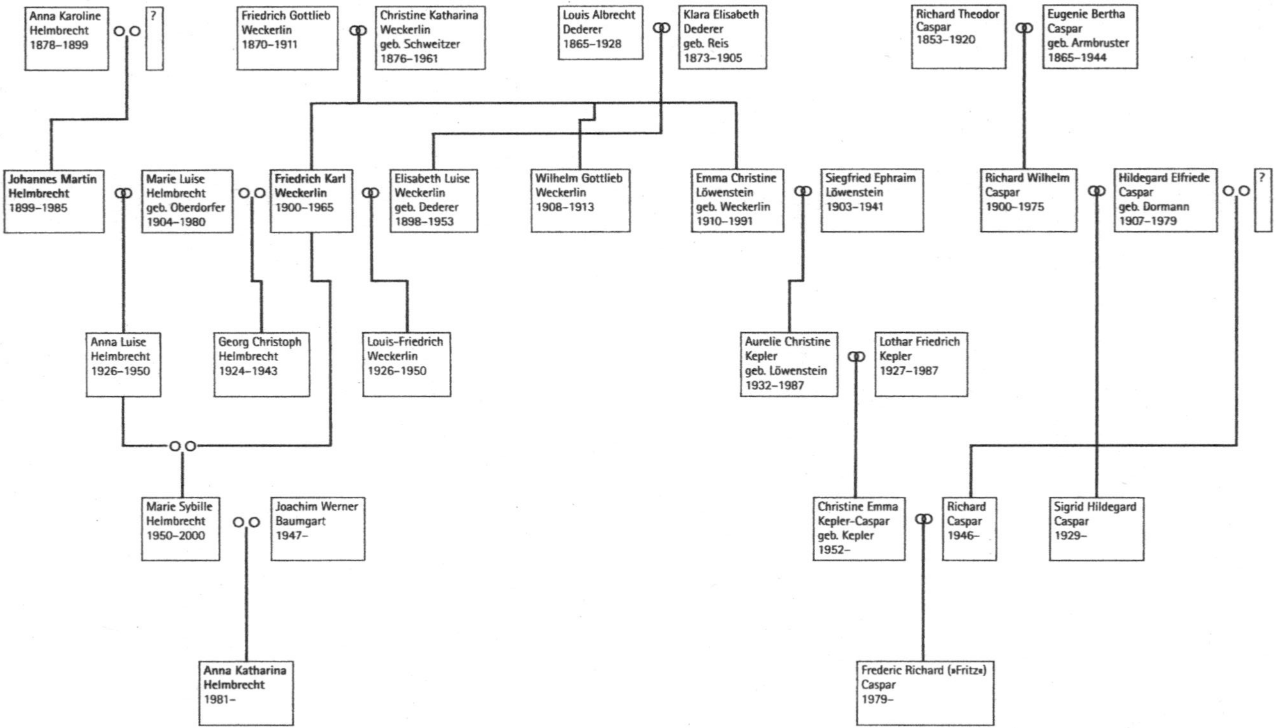

Anna Karoline Helmbrecht 1878–1899
?
Friedrich Gottlieb Weckerlin 1870–1911
Christine Katharina Weckerlin geb. Schweitzer 1876–1961
Louis Albrecht Dederer 1865–1928
Klara Elisabeth Dederer geb. Reis 1873–1905
Richard Theodor Caspar 1853–1920
Eugenie Bertha Caspar geb. Armbruster 1865–1944
Johannes Martin Helmbrecht 1899–1985
Marie Luise Helmbrecht geb. Oberdorfer 1904–1980
Friedrich Karl Weckerlin 1900–1965
Elisabeth Luise Weckerlin geb. Dederer 1898–1953
Wilhelm Gottlieb Weckerlin 1908–1913
Emma Christine Löwenstein geb. Weckerlin 1910–1991
Siegfried Ephraim Löwenstein 1903–1941
Richard Wilhelm Caspar 1900–1975
Hildegard Elfriede Caspar geb. Dormann 1907–1979
?
Anna Luise Helmbrecht 1926–1950
Georg Christoph Helmbrecht 1924–1943
Louis-Friedrich Weckerlin 1926–1950
Aurelie Christine Kepler geb. Löwenstein 1932–1987
Lothar Friedrich Kepler 1927–1987
Marie Sybille Helmbrecht 1950–2000
Joachim Werner Baumgart 1947–
Christine Emma Kepler-Caspar geb. Kepler 1952–
Richard Caspar 1946–
Sigrid Hildegard Caspar 1929–
Anna Katharina Helmbrecht 1981–
Frederic Richard (»Fritz«) Caspar 1979–

»Wir müssen, dachte ich, doch am Ende aus dem Walde und der Nacht herauskommen.«

Joseph von Eichendorff
»Aus dem Leben eines Taugenichts«

Plötzlich schreckt er aus einem unruhigen Schlaf hoch. Er lauscht. Da sind Stimmen, von überall her hört er Stimmen, die jetzt immer lauter werdend durch den Spalt der angelehnten Tür dringen. Die Stimmen klingen hart. Sie befehlen, drohen, es sind böse Stimmen.

Das hört Friedrich, obwohl er nicht verstehen kann, was sie sagen. Nun werden die Stimmen überlagert vom Knall zugeworfener Türen und wehklagenden, bittenden Rufen der Mutter und von draußen her hört er das Klappern der Fensterläden, die unter der Gewalt des auf- und abschwellenden Sturmes heftig gegen die Hauswand schlagen.

Es ist eine kalte, stürmische Septembernacht im Jahr 1911, in der Friedrich Weckerlin plötzlich mitten aus unruhigen Träumen und seinem bisherigen Leben gerissen wird. Er hat sich am frühen Abend in das Bett seines Vaters vergraben. Dessen Bild steht mit einem schwarzen Trauerflor geschmückt auf dem Nachttisch der Mutter. Es zeigt ein lächelndes Gesicht mit aufgezwirbeltem schwarzem Schnurrbart und ungebärdigen dunklen Locken, die in die breite Stirn fallen.

»Wie ein Zigeuner«, hat die Mutter immer gesagt und dabei zärtlich Vaters Haare zurückgestrichen. »Zigeunerblut, ihr habt Zigeunerblut und der Fritz sieht jetzt schon genauso aus wie du.«

Vor einer Woche ist der Vater gestorben und Friedrich

kann noch schwach seinen Duft riechen, wenn er den Kopf in die Kissen wühlt; den Duft nach Zigarren und parfümierter Pomade. Außer dem Schmerz um seinen Tod aber hat der Vater Sorgen hinterlassen, viele Sorgen! Der heitere, lebensfrohe Mann ist hochverschuldet gestorben. Eine Zigarrenfabrik hatte er gegründet – »war übermütig geworden«, wie die Leute im Dorf sagen; denn der Maurermeister Friedrich Weckerlin ist ein angesehener Mann gewesen, ein wohlhabender dazu. Zwei Gesellen hat er gehabt und einen Lehrbuben, die Geschäfte sind nicht schlecht gegangen in diesen Jahren des Kaiserreichs. Aber er hat noch höher hinausgewollt, immer höher, hat die Fabrik gegründet und ist nun hochverschuldet gestorben. Auch bei seinem Tod ist nicht alles mit rechten Dingen zugegangen, haben sich die Leute auf dem Kirchhof zugeraunt. Viel zu viel getrunken hat er in der letzten Zeit, hat die Sorgen vergessen wollen und eines Nachts ist er auf dem Nachhauseweg vom Wirtshaus in den Fluss gefallen. Ein paar Arbeiter haben ihn am nächsten Morgen aus der behäbig fließenden Enz herausgezogen. Unter den gellenden Schreien seiner Frau hat man ihn auf das Bett gelegt, in dem jetzt sein Ältester immer wieder verzweifelt nach Schlaf sucht, den Kopf in die Kissen wühlt und die Erinnerung an den Vater beschwört.

Und heute ist es eingetreten, das Schlimme, von dem die Mutter manchmal flüsternd gesprochen hat, wenn sie abends mit Friedrich am Küchentisch saß. Die Gläubiger sind gekommen und holen alles.

Plötzlich öffnet sich der Lichtspalt auf dem Fußboden, es wird hell, schwere Stiefel poltern auf den Dielenbrettern, harte Hände fassen nach Friedrich und zerren ihn aus dem Bett. Zitternd fährt der Junge in die Kleider, packt den kleinen Bruder, den dreijährigen Wilhelm, der sich heulend an die Mutter klammert. Sie lehnt schmal und erschöpft am Türrahmen und drückt Friedrich eine Tasche in die Hand, in die sie etwas Leibwäsche und Geschirr geworfen hat, misstrauisch beobachtet von den schwarz gekleideten Herren mit den steifen Kragen und den goldenen Uhrketten. Die jagen sie jetzt fort aus dem großen, stattlichen Haus in der Herrengasse.

»Wo sollen wir denn hin?«, ruft die Mutter noch, aber die hohe Eingangstür wird schon zugeschlagen. Die Mutter hastet hinüber zur Kirche mit der kleinen Emma auf dem Arm. Friedrich tappt tränenblind hinterher, in der einen Hand die Tasche, an der anderen den heulenden Wilhelm, der sich schreiend widersetzt. Verzweifelt pocht die Mutter an die Tür zum Pfarrhaus, aber der Herr Pfarrer liegt wohl in tiefem Schlaf, die Tür bleibt verschlossen.

In der Zwischenzeit stehen vor den Häusern Menschen, die die Flucht der Weckerlins beobachten. Bald findet sich eine gaffende Horde zusammen, die sich um die weinende Frau schart. Auf einmal teilt sich die Menge, der Wachtmeister kommt und führt die Weckerlins hinüber zum Lindenplatz, wo sich die Mutter erschöpft gegen den riesigen Baum lehnt, der dem Platz seinen Namen gegeben hat. Er sage dem Bürgermeister Bescheid, erklärt der Wachtmeister, und sie sollen hier auf ihn warten. Friedrich zittert vor Kälte. Sie ducken sich unter den Baum und Friedrich versucht mit ein paar herumliegenden dürren Ästen ein kleines Feuerchen zu entfachen. Sie kauern sich drum herum, um sich vor dem beißenden Wind und den hämischen Blicken zu schützen.

Die Menge, die sich um sie schart, wird größer, aber es regt sich keine Hand, um den Weckerlins zu helfen, kein Mund öffnet sich, um zu sagen: »Ihr könnt mit zu mir kommen.« Immer tiefer ducken sich Friedrich und die Mutter um das kümmerliche Feuer, nur die kleine Emma liegt selig schlummernd in einer Schublade, die die Mutter noch herausgerissen hat, um die darin liegende Wäsche zu retten. Nach einer Weile traut sich Friedrich verstohlen den Blick zu heben. Wo ist denn der Wachtmeister? Irgendetwas muss doch jetzt geschehen.

Boshafte, wölfische Blicke begegnen seinem, aber plötzlich fällt ihm einer aus der Menge auf, der ihm direkt gegenübersteht und ihn unverwandt anstarrt. Dieser Blick gehört einem Jungen, den er flüchtig aus der Schule kennt. Er muss so alt sein wie er selbst, denn er geht in dieselbe Klasse, sitzt aber ganz vorne, in den ersten Bänken, wo die Dummen sitzen und die Armen. Er kommt aus der Stadtmühle, dem verrufensten Haus im Dorf, dem letzten Quartier für die Verlorenen, mit denen niemand etwas zu tun haben will. Unentwegt starrt er Friedrich an, mit merkwürdig hellen Augen, die sich förmlich an Friedrich festsaugen. Plötzlich dreht sich der Junge um und rennt los und Friedrich ist fast erleichtert, diesem drängenden Blick entkommen zu sein. Aber nur wenige Minuten vergehen, dann kommt der seltsame Junge zurück. Er hat eine graue Decke unter den Arm geklemmt und zögernd, ganz langsam, nähert er sich den Weckerlins. Dann geht alles ganz schnell. Auf einmal spürt Friedrich, wie ihm diese Decke über die Schultern gelegt wird. Es ist eine schnelle, abrupte und dennoch fast zärtliche Geste. Die Decke ist alt, sie riecht nach Urin und säuerlichem Schweiß, trotzdem zieht Friedrich sie fest an sich, denn sie wärmt ihn und er spürt unentwegt den forschenden Blick des Jungen mit den hellen Augen auf sich, einen Blick, der ihn zu durchbohren scheint. Aber er spürt auch, dass in all diesem Elend etwas ganz Besonderes geschehen ist. Ihm ist, als würde ihn dieser Blick nicht mehr loslassen, sein ganzes Leben lang.

1

Anna drückt die Nase fest gegen die Fensterscheibe, immer wieder, bis ein unregelmäßiger kleiner Fettfleck auf der Scheibe zu sehen ist. So hat sie es immer als kleines Mädchen gemacht, bis die Mutter jedes Mal wütend rief: »Anna, was machst du da? Lass den Unfug!« Mamas Stimme! Sie wird sie nie wieder hören. Schnell dreht Anna sich um. Das Wohnzimmer ist in strahlendes Sonnenlicht getaucht. Was für ein Hohn, denkt sie. Die Sonne scheint und Mama liegt begraben unter der dunklen Erde. Wieder spürt sie tief unten in der Kehle das Brennen der Tränen, die sie niederkämpft, den ganzen langen Tag schon. Bloß nicht heulen, denkt sie, nicht heulen, sonst kann ich nicht mehr aufhören. Vielleicht hätte sie doch mitgehen sollen, mit Mamas Freunden, die jetzt in ihrer Lieblingskneipe schräg gegenüber in der Prenzlauer Straße zusammensitzen.

»Willst du wirklich nicht mitkommen?«, hat Pia, Mamas beste Freundin, immer wieder gefragt. »Es ist nicht gut für dich, alleine rumzuhocken.«

Aber Anna hat immer wieder entschieden den Kopf geschüttelt.

»Nee, lass mal. Ich will alleine sein. Das müsst ihr doch verstehen.«

Sie hat verstanden oder es zumindest vorgegeben. Wahrscheinlich sind Pia und die anderen sogar froh, sich nicht mit einer vor Kummer erstarrten Neunzehnjährigen abgeben zu müssen. Was soll man auch sagen … So können sie sich langsam einen antrinken, das Entsetzen darüber wegspülen, dass es eine von ihnen getroffen hat, jetzt schon – »ach, der verfluchte Krebs« –, und sie können sentimental werden und alten Erinnerungen nachhängen.

Es sind schon freundliche Menschen, findet Anna, aber seltsam unbehaust und ruhelos, so als seien sie gar nicht richtig angekommen im Leben. Fast alle sind geschieden und jeder macht irgendetwas, was er eigentlich ursprünglich gar nicht tun wollte. So wie Mama, die Lehrerin geworden ist und doch eigentlich immer von einer Karriere als Journalistin geträumt hat. Oder Pitt, der ein Antiquitätengeschäft hat, in dem nie jemand etwas kauft, oder Pia mit ihrem komischen Service für Kindergeburtstage. Und alle machen immer noch den Eindruck, als sei alles nur vorübergehend, dabei ist ihr Leben doch schon fast vorbei. So jedenfalls kommt es Anna vor.

Von unten dringen die Geräusche aus der Pizzeria herauf. Gianni zieht die Rollläden hoch, um fünf Uhr öffnet er. Sicher würde es gleich klingeln und er würde mit einer Pizza oder einer Extraportion Rigatoni Napoli vor der Tür stehen.

»Du musst essen, mia figlia, sonst macht sich deine Mama Sorgen da oben.« Anna muss unwillkürlich lächeln. Der gute Gianni, er hat vorhin so geweint auf dem Friedhof. Aber essen kann sie jetzt bestimmt nichts. Sie muss etwas tun, irgendetwas, um nicht verrückt zu werden. Ziellos streift sie im Zimmer herum.

Plötzlich, ohne recht zu wissen warum, hockt sie vor der alten, dunkel gebeizten Kommode, die mit den komischen Löwenklauen-Füßchen, und wühlt in den Fächern. Ganz hinten sind die Fotoalben, die ganz alten, die ihr Mama manchmal gezeigt hat, als sie noch ein Kind war. Später wurden sie in die hinterste Ecke verbannt. Mama konnte und wollte sie scheinbar nicht mehr sehen.

»Lass, Kind, ich möchte nicht daran erinnert werden, es war keine schöne Zeit.« Aber Anna hat sie oft heimlich angeschaut, wenn Mama nicht zu Hause war. Letztlich konnte sie wenig anfangen mit diesen alten Schwarz-Weiß-Fotos, auf denen die Personen so unnatürlich und steif posierten. Trotzdem übten die Fotografien immer einen eigentümlichen Zauber auf sie aus. Das kleine Mädchen da, das erkennt sie sofort, das war Mama, und der schlanke, fast hagere Mann ist Mutters Großvater gewesen.

»Dein Uropa«, hat ihr Mama damals erklärt, und als Anna später mehr von ihm wissen wollte, hat sie unwillig das Album zugeklappt und kurz und bestimmt gesagt: »Er war ein komischer Mensch! Ein Spinner, haben die Leute gesagt, hat sich selber und anderen das Leben schwer gemacht. Deine Geburt hat er noch erlebt und sich sehr darüber gefreut. Vier Jahre später ist er gestorben. Schau –« Und sie hat ihr eines der neueren Bilder gezeigt, diesmal ein Farbfoto. Es zeigt diesen Mann, den Urgroßvater. Er hält ein schreiendes Baby auf dem Arm und schaut es seltsam entrückt und fast verklärt an. Anna hätte so gern mehr über diesen Urgroßvater gewusst. Warum ist er ein Spinner gewesen? Und was heißt das: »Sich und anderen das Leben schwer gemacht«?

Und wer sind die anderen auf den Fotos? Die hübsche Frau beispielsweise mit den dunklen Augen, die immer so traurig aussieht? Es gibt noch eine andere, viel ältere, die ihr sehr ähnlich ist, die aber ein ganz altes und eingefallenes Gesicht hat. Auf vielen Bildern ist auch eine junge Frau abgebildet, von der Anna weiß, dass sie ihre Großmutter war, die ebenfalls Anna hieß. Sie sei früh gestorben, hat Mama einmal erzählt, und auch dass Anna ihr sehr ähnlich sehe. Es gibt noch einen Jungen auf einigen wenigen Fotos, den Anna ganz besonders mag. Er ist so hübsch mit seinen dunklen Locken und lächelt immer so freundlich in die Kamera. Seine Augen sind ebenfalls ganz traurig, aber er lacht voller Zuversicht. Anna hat nie ein Bild von ihm als Erwachsenem gefunden.

Allerdings ist sie damals auch noch auf etwas anderes gestoßen, etwas, das ihr Mama auch nie erklärt hat. In eines der Alben ist ganz hinten ein Zeitungsausschnitt gesteckt worden. Er ist ganz vergilbt und die Kanten, an denen er zusammengefaltet gewesen ist, sind brüchig, sodass man dort die Buchstaben nicht mehr erkennen kann. Die Rede ist von einem »der erfolgreichsten Geschäftsmänner im süddeutschen Raum« und dabei steht auch ein Name: Friedrich Weckerlin. Dieser Friedrich Weckerlin ist auch abgebildet und Anna hat das Foto immer wieder interessiert betrachtet. Irgendwie erinnert sie der Mann an den Jungen mit den traurigen Augen und dem hoffnungsfrohen Lachen. Aber als sie die Mutter gefragt hat, warum der Zeitungsausschnitt in einem ihrer Fotoalben steckte und was es mit diesem Friedrich Weckerlin auf sich hatte, hat ihr Mama das Blatt jedes Mal schnell aus der Hand genommen und es wieder ganz hinten in das Album gelegt.

»Ach das«, hat sie gesagt, als handle es sich um eine Sache und keine Person, und hat dabei eine wegwerfende Handbewegung gemacht. Dann hat sie das Album entschieden zugeklappt und nur dies geheimnisvolle »Ach das« ist zurückgeblieben und mit ihm Annas viele Fragen, die nie beantwortet worden sind.

Viel später, beim letzten längeren Krankenhausaufenthalt der Mutter, hat Anna wieder angefangen Fragen zu stellen, als hätte sie geahnt, dass ihr die Zeit davonläuft.

»Komisch, dass es praktisch keine Männer in unserem Leben gibt«, hat sie einmal herausfordernd zu ihrer Mutter gesagt und Marie Helmbrecht, bleich und ausgezehrt vom Krebs und von ständigem Husten geschüttelt, denn die Metastasen hatten sich bereits in der Lunge festgesetzt, hat sich mühsam aufgerichtet und ihre Tochter angeschaut. »Die gibt es schon, aber sie spielen keine Rolle in unserem Leben.«

Daran muss Anna denken, als sie auf dem Boden sitzend und den Kopf gegen die alte Kommode gelehnt die Platanen betrachtet, die vor den hohen Bogenfenstern ihre grün überhauchten Arme ausstrecken. Nein, Mama, da hast du nicht Recht gehabt. Sie seufzt. Für mich spielen sie eine Rolle. Du hast nichts von der Vergangenheit wissen wollen, vor allem nicht, als du die letzten zwei Jahre so verzweifelt um eine Zukunft gekämpft hast. Als dich der Krebs aufgefressen hat, die Krake, die dich erstickt hat. Du hast all deine Kraft für dieses Ungeheuer gebraucht und wolltest dich nicht erinnern. Aber es ist umsonst gewesen und jetzt hast du mich allein gelassen mit all meinen Fragen und ich hab nur diese Fotos mit den Gesichtern, die mir nichts sagen.

Wieder und wieder schluckt Anna die Tränen hinunter. Ich muss es doch auch wegen des Erbes wissen ... Das Erbe, also das alte Häuschen dort irgendwo im Schwarzwald, das vom Urgroßvater stammt ... So viele Jahre steht es schon leer, aber pünktlich zu Weihnachten ist immer ein Brief nach Berlin gekommen: Krakelige, schiefe Buchstaben auf billigem Papier und die Mutter hat jedes Mal unwillig den Kopf geschüttelt.

»Wie immer Post von der alten Gretl. Was sie mit dem Haus machen sollen, der Holzwurm sei drin! Meinetwegen. Soll doch die alte Hütte eines Tages zusammenfallen. Meinen Fuß setz ich nie wieder da hinein!«

»Warum denn nicht?«, hat Anna damals gefragt. Schließlich sei sie doch darin aufgewachsen.

»Eben«, hat Mama geantwortet. »Und das war schlimm genug, immer der Gestank nach Pisse und Bohnerwachs. Pisse, weil wir ein Plumpsklo hatten, kannst du dir das vorstellen? Nein, Anna, das sind keine schönen Erinnerungen.«

Von unten hört Anna Gianni fluchen und das Geklapper von Töpfen und Pfannen. Plötzlich befällt sie die Angst. Eine mächtige, würgende Angst.

Ich bin allein, denkt sie. Ich bin ganz allein. »Mutterseelenallein«, im wahrsten Sinn des Wortes! Ich, Anna Helmbrecht – Schule geschmissen nach der zwölften Klasse und vom Leben keine Ahnung. Meine Welt besteht bis jetzt aus einem zwanzig Quadratmeter großen, weiß gestrichenen Zimmer, aus hallenden Krankenhausfluren, bangem Hoffen und schließlich dem unendlichen Warten auf das Ende, auf Mamas Tod.

Ihr kommt es in diesem Moment so vor, als sei nun auch für sie alles zu Ende. Wie soll das Leben weitergehen? Was ist das überhaupt: Leben? Und wie soll ich wissen, wie es weitergeht, wenn ich nicht einmal den Anfang von allem kenne? Ein seltsames Gefühl, so in der Luft zu hängen, denkt sie, wie ein einzelner, loser Faden, bei dem man nicht erkennen kann, wozu er eigentlich gehört. Was bin ich jetzt? Halbwaise nennt man das, glaube ich. Waise – das klingt nach Einsamkeit und Entbehrung. Wenigstens die Wohnung gehört mir. Das hat Mama immer gesagt: dass die Wohnung abbezahlt ist und mir gehört. Halbwaise, nur halb, denn einen Vater habe ich ja noch! Einen Vater, den ich nie richtig kennen gelernt habe und der mit seiner neuen Familie im fernen Australien hockt. Er schreibt mir nette Briefe, ich müsste ihn unbedingt besuchen kommen, steht da immer wieder drin. Aber was soll ich da? Ich wäre doch bloß ein Gast, gehöre da nicht hin. Und drüben in der Kneipe, bei Pia und den anderen? Die sitzen jetzt da und träumen ihre alten Träume. Wo gehöre ich denn hin? Bloß noch zu den Bildern da drüben in den vergilbten Alben. Ja, zu den Toten, da gehöre ich hin.

Ihr Blick fällt auf etwas, das zusammengeknüllt auf der Armlehne des Sofas liegt. Es ist eine kleine gehäkelte Mütze. Zu Dutzenden hat sie diese Mützen gehäkelt, in allen Farben, für Mama, die nach den vielen Chemotherapien alle Haare verloren hat. Diese hier ist ganz bunt, in allen Farben des Regenbogens. »Mein Narrenkäppchen« hat Mama sie einmal lachend genannt und plötzlich muss Anna weinen. Sie kann die Tränen nicht mehr zurückhalten, die jetzt sturzbachartig kommen. Und neben all dem Schmerz und dem Gefühl des Verlorenseins ist ein Gedanke in ihr, der immer stärker wird: Ich will wissen, wer all diese Gesichter sind, ich will wissen, zu wem ich gehöre!

2

Margarethe Haag, von allen im Dorf nur Gretl genannt, legt den Brief sorgfältig zurück auf den Tisch, nicht ohne zuvor noch einmal gewohnheitsmäßig über das tadellos saubere Wachstuch mit dem Blumenmuster gewischt zu haben. Jetzt würde sie also kommen, die Anna, die »kleine Anna«, wie sie Johannes immer genannt hat. Sie hat sie zuletzt gesehen, als sie ein ganz kleines Mädchen gewesen ist, fast noch ein Baby. Johannes ist damals hereingekommen und hat sie auf dem Arm gehalten. »Schau, meine kleine Anna«, hat er gesagt und dabei ganz glücklich ausgesehen. »Meine kleine Anna … Es geht also weiter, Gretl, es gibt wieder eine Anna«, und sie hat ihm wortlos zugenickt und der Kleinen einen Keks hingehalten. Aber die hat nur den Kopf geschüttelt und das Gesichtchen in der Schulter des Urgroßvaters vergraben.

Jetzt würde sie also kommen, endlich! Nachdenklich betrachtet Gretl den Briefumschlag, auf dem in noch kindlich runden Buchstaben ihre Adresse steht. Sie hat lange gebraucht, um den Brief zu entziffern, denn das Lesen fällt ihr trotz der Brille immer schwerer, aber eines ist ihr gleich nach den ersten Zeilen klar geworden: Marie ist tot. So jung gestorben! Der Krebs, denkt Gretl, er ist in der Familie. Nicht bei den Helmbrechts, aber bei den Oberdorfers. Der Vater der alten Marie und auch der Bruder sind jung daran gestorben.

Versonnen sitzt Gretl eine Weile da und lauscht dem Ticken der alten Standuhr, lauscht dem unerbittlichen Klicken des Zeigers und denkt daran, wie die Lebenszeit immer weniger wird. Mit jedem Klicken bricht ein winziges Stück ab. Bald bin ich drüben bei den anderen, denkt sie, ob ich ihn und auch den anderen wiedersehen werde? Nach einer Weile erhebt sie sich schwerfällig und geht hinüber in das angrenzende Schlafzimmer. Mühsam lässt sie sich vor ihrem Bett mit den aufgeschüttelten Kissen nieder und zieht unter Keuchen und Schnaufen einen alten Holzkasten hervor. Vorsichtig öffnet sie ihn und holt einen in ein kariertes Tuch gewickelten Gegenstand heraus, mit dem sie dann wieder hinüber in die Küche schlurft. Auf der Wachstischdecke setzt sie ihn behutsam ab und schlägt den karierten Stoff zurück. Der Gegenstand wirkt in der kärglich eingerichteten Küche seltsam fremd. Es ist ein Schmuckkasten aus Silber und blauem Emaille, sehr kunstvoll gearbeitet, und auch der Deckel ist mit zarten Farben bemalt.

Die Sonnenstrahlen, die schräg durch das gegenüberliegende Fenster fallen, scheinen mit den silbernen Figürchen förmlich zu spielen, denn plötzlich leuchtet der Kasten auf und die alte Gretl schließt für einen Moment wie geblendet die Augen. Als sie sie wieder öffnet, rinnen Tränen über ihre runzligen Wangen und sie wischt mehrere Male liebevoll mit dem Taschentuch über den Kasten, obwohl der makellos glitzert und glänzt. Ob sie es wohl verstehen wird?, denkt sie. Wie soll ich ihr das alles erklären? Aber Johannes hat ja Gott sei Dank einiges aufgeschrieben. Gedankenvoll streichelt sie den Deckel mit den zarten Farben. »Da drin steht es, das Wichtigste jedenfalls, den Rest erzählst du ihnen«, hat Johannes immer gesagt.

Unwillkürlich seufzt sie tief auf. Ob sie es wirklich verstehen kann? Ich will, dass sie das richtige Bild von Johannes bekommt. Und von Friedrich natürlich, und von Marie. Von Georg muss ich ihr auch erzählen. Und von der Stadtmühle, wo alles anfing. Kann sich das ein junger Mensch von heute überhaupt vorstellen? Sie denkt für einen Moment an die knarrenden, schief getretenen Dielen, sieht einen alten wackligen Tisch mit vielen Kerben, die wie Runen eine Erinnerung an die vielen namenlosen Menschen bewahren, die die Stadtmühle bewohnt haben. Sie sieht zwei Jungen am Tisch sitzen, die die Köpfe zusammenstecken, einen hellen und einen dunklen, hört das Gewisper des Windes, der unbarmherzig durch die alten, blinden Fenster gedrungen ist und sie hat frieren lassen in den langen Winternächten. Sie riecht noch einmal diesen unerträglichen Gestank, der vom schiefen Aborthäuschen gleich neben dem Eingang ins Haus gedrungen ist und über dem an den heißen Sommertagen Schwärme von Fliegen hingen, die in Nase und Mund gekrochen sind.

Plötzlich richtet sich Gretl energisch auf und holt von einem bunt bemalten Schlüsselbrettchen neben der Küchentür einen großen, altmodisch aussehenden Schlüssel. Sie greift nach ihrem Stock und humpelt energisch zur Haustür hinaus. Der Weg, den sie einschlägt, ist kurz, aber mühsam, denn es geht steil bergauf. Sie muss hinauf zum Waldrand, wo einige alte, mächtige Buchen mit ihren zartgrünen Blättchen den dunklen eintönigen Fichtenwald säumen. Unmittelbar davor duckt sich ein kleines Häuschen unter ihren mächtigen Schatten. Es ist ein Schindelhäuschen, das einstmals weiß gestrichen gewesen ist, jetzt aber bedeckt ein grünlich brauner Film vor allem die vordere Wetterseite. Ihr Ziel immer fest im Blick zieht sich die alte Gretl mühsam die letzte Steigung hinauf und schaut, oben angekommen, auf die hinter ihr liegende Straße. Sie keucht rasselnd und ringt nach Atem. Von Mal zu Mal fällt ihr das Hinaufgehen schwerer. Es wird höchste Zeit, dass sich jemand anderer um das Haus kümmert, denkt sie. Aber trotzdem – es ist immer wieder eine wunderschöne Aussicht von hier oben gewesen. Oft hat sie hier gesessen und zu Johannes gesagt: »Du hast von da oben einen Blick wie ein König. Sitzt hier wie ein Adler im Horst«, und er hat dann jedes Mal mit dem Kopf genickt und gelächelt. Wahrscheinlich hat er auch daran gedacht, dass dieser Ausblick schöner war als der vom großen Haus auf der anderen Seite des Berges, wo man wegen der hohen Bäume nicht ins Tal sehen konnte und nur zur Bergseite hin freie Sicht hatte. Aber der das große Haus gebaut hat, wusste damals sicher, warum das so war.

Mit zitternden Fingern gelingt es ihr endlich nach mehreren Versuchen, den Schlüssel in das Schloss zu stecken, und knarrend weicht die Haustür zurück, von der die braune Farbe fast vollständig abgeblättert ist. Vorsichtig auf den Stock gestützt, tappt Gretl durch die Räume und registriert dabei mit missbilligendem Blick die kleinen Häufchen Sägemehl, die unter den hölzernen Türpfosten und vor allem unter der Flurtreppe sichtbar sind. Der Holzwurm, denkt sie, er frisst das ganze Haus auf. Erst letzte Woche haben wir alles gefegt und jetzt ist wieder alles voll mit dem Sägemehl. Und der elende Holzwurm macht weiter und eines Tages fällt das alles hier zusammen! Sie lässt sich schwerfällig auf einem der Küchenhocker nieder und starrt eine Weile auf die andere Seite des Tisches, als erwarte sie, dass da jemand sitzen müsse. Jemand mit dichten weißen Haaren, den Kopf tief über die Zeitung gebeugt, die er aufmerksam studiert. Ab und zu hat er ihr vorgelesen, wenn ihn etwas besonders bewegt hat, und dabei hat er manchmal mit der flachen Hand auf den Tisch geschlagen. Bis zu seinem letzten Tag konnte er noch wütend werden, denkt Gretl fast belustigt, hat er noch teilgenommen an der Welt.

Ach, wenn er sein Haus, auf das er so stolz gewesen ist, jetzt sehen würde. Der Richard sagt, dass man es nicht mehr retten kann, es würde viel zu teuer kommen. »Es ist alles kaputt«, sagt er immer, »da hilft nichts, Tante Gretl. Höchste Zeit, dass die Erben sich endlich mal entscheiden, bevor noch etwas passiert. Und dir ist es auch nicht mehr zuzumuten. Das ist doch keine Art, sich einfach taub zu stellen. Die Kosten für den Abbruch müssen sie auf jeden Fall tragen. Es hilft alles nichts, das Haus muss weg. Aber das Fundament ist gut.«

Nun, jetzt würde sie ja kommen. Die Anna aus dem fernen Berlin. In den nächsten Tagen müsste man noch einmal fegen, damit es nicht gar so schlimm aussieht. Auf der anderen Seite ist es vielleicht besser, ihr gleich die Wahrheit zu sagen. Aber das muss der Junge tun und Richard – die verstehen ja auch etwas davon.

Sorgfältig schließt Gretl wieder ab und wirft noch einen bekümmerten Blick auf den Garten, wo all die Kohlstrünke und umgefallenen Bohnenstangen auf der unregelmäßig aufgeworfenen Erde liegen, die sich wie Narbengeflecht um das Haus zieht. Einige alte, knorrige Zwetschgenbäume tragen noch den weißen Blütenflaum und erstes frisches Grün an den Ästen. Sie mildern etwas den Eindruck der Vernachlässigung und des Verfalls, der überall sichtbar ist. Noch im letzten Frühjahr hat sie im Garten gegraben, Salatschösslinge gepflanzt und Bohnen gesät, die sich dann an den Stangen hinaufrankten, genauso wie es Johannes immer gemacht hat.

Sie sieht für einen Moment den Garten im flirrenden Licht der schon lange vergangenen Sommer, sieht zwei Kinder übermütig kichernd Verstecken zwischen den dichten Bohnenranken spielen. Sieht einen schwarzen Lockenkopf und ein Köpfchen mit nussbraunen festen Zöpfen. Aber dann schiebt sie die Erinnerung weg, sie tut weh. Vorsichtig tappt Gretl den Weg wieder hinunter, auf der steil abfallenden Straße zwischen den neuen Häusern, großen viereckigen gesichtlosen Kästen, die alle gleich aussehen und ihren Weg säumen wie strammstehende Soldaten. Und das alte Häuschen da oben wirkt, als ob sich in diese wohlgeordnete Parade ein zerlumpter Clown geschoben hätte.

Erinnern, denkt Gretl im Hinuntergehen, ich muss mich an so vieles erinnern, auch wenn es wehtut, denn sie wird es wissen wollen, und ich weiß nicht, was Johannes aufgeschrieben hat. Ich muss mich erinnern an die Stadtmühle, an das, was Mutter mir erzählt hat, wie es angefangen hat, damals.

3

Blinzelnd wachte Johannes auf. Die durch das Fenster fallenden Sonnenstrahlen hatten ihn an der Nase gekitzelt und geweckt. Er musste niesen und blickte erschrocken auf die andere Seite des Zimmers, wo schräg gegenüber eine kleine, gekrümmte Gestalt auf dem alten Sofa lag, ganz eingehüllt in eine zerschlissene dunkelbraune Decke. Hoffentlich hatte er die Ahne nicht aufgeweckt. Sie hatte noch etwas Schlaf bitter nötig, denn gestern hatte sie den ganzen Tag bei der Frau Pfarrer geholfen, wo großer Waschtag war. Die Ahne half vielen Leuten im Dorf, beim Großputz, beim Waschtag und wenn geschlachtet wurde, denn die grobe Arbeit verrichtete sie klaglos und mit größter Zuverlässigkeit für ein paar Pfennige.

Die Armenhäusler mussten schließlich froh sein, wenn man ihnen überhaupt ab und zu etwas zusteckte, man wusste ja, was das für ein Gesindel war. Allerdings konnte man über die alte Babette nichts sagen. Sie war sauber und ehrlich, auch richtig dankbar und angemessen demütig, wenn sie nach getaner Arbeit am Küchentisch saß und ihr Essen verzehrte, das man großmütig als Draufgabe gewährte. Und man gab auch dem Jungen noch etwas ab, der gleich nach der Schule zum Helfen kam. Er schleppte die Wäschekörbe oder die schweren Eimer, weil das die Babette mit ihren morschen Knochen und dem gekrümmten Rücken nicht mehr richtig konnte.

Ein Unehelicher war er, das Kind einer Großnichte der alten Ahne, wie sich die Leute erzählten, aber er war fleißig und anständig, das war wohl ein Trost für die Alte, die solch moralisch bedenkliche Verhältnisse in ihrer Familie eigentlich nicht verdient hatte. Der Junge ließ es allerdings an Demut fehlen, er guckte einen immer so herausfordernd an mit diesen merkwürdig blauen Augen, von denen niemand wusste, wo sie herkamen. Keiner im Dorf hatte solche Augen, wahrscheinlich waren sie vom unbekannten Vater, dem verkommenen Subjekt. Und er sagte auch immer so provozierend »Danke«. Es klang eigentlich richtig unverschämt – aber egal, sie waren fleißig und billig, die alte Babette und der Junge.

Johannes verschränkte die Arme unter dem Kopf und starrte mit verächtlich heruntergezogenen Mundwinkeln auf die rissige, graue Decke. Die Ahne schimpfte immer mit ihm, wenn er nicht »ehrerbietig« genug war, wie sie es nannte.

»Du musst dich verbeugen und darfst den Leuten nicht so frech ins Gesicht schauen, Johannes«, predigte sie immer wieder und er sagte dann jedes Mal: »Warum soll ich die Leute nicht anschauen? Wir sind genauso viel wert wie die, und das, was sie dir bezahlen, ist viel zu wenig. Den alten Trödel, den sie dir oft genug als Lohn aufhalsen, hätten sie sowieso weggeschmissen.«

Das war nämlich das Schlimmste für die Ahne, wenn sie statt des Geldes irgendwelche Gegenstände oder auch Kleider bekam, die sie oder der Junge eigentlich gar nicht brauchen konnten. Mottenzerfressene alte Mäntel oder angeschlagenes Geschirr halfen wenig, wenn man dringend auf Geld angewiesen war, mit dem man Brot, Mehl oder sogar ein paar Eier kaufen konnte; denn die paar Groschen von der Gemeinde reichten nirgends hin. Immerhin war Johannes so zu einer Matratze gekommen, genauer gesagt waren es drei Matratzenteile gewesen, durchgelegen und zerschlissen und nach Schweiß riechend. Aber nachdem er sie ein paar Tage zum Lüften nach draußen gestellt und der prallen Mittagssonne ausgesetzt hatte, ging es einigermaßen und es schlief sich besser auf ihnen als auf dem alten Strohsack, den er vorher gehabt hatte.

In der Zwischenzeit fielen die Sonnenstrahlen in einem steileren Winkel in das Zimmer. Johannes überlegte: Die Kirchenglocken hatten vorher achtmal geschlagen, aber es war Sonntag und er konnte noch ein bisschen liegen bleiben. Vielleicht würde er heute Nachmittag hinaufgehen auf den Eiberg. Am Katzenbuckel gab es viele Brombeerbüsche, an denen die Beeren letzte Woche noch rot gehangen hatten. Wahrscheinlich waren sie jetzt reif, obwohl es ziemlich kühl geworden war in den letzten Tagen. Das war dann ein extra Zubrot, wenn er sie heute Abend an eines der Hotels in Wildbad verkaufen konnte.

Aber erst gab es noch etwas viel Wichtigeres, und wenn er daran dachte, schlug ihm das Herz hoch bis in die Kehle. Er musste sehen, wie es den neuen Bewohnern der Stadtmühle ging, die heute Nacht unter so dramatischen Umständen zu ihnen gekommen waren. Er lauschte. Im Haus war alles ruhig, man hörte ab und zu nur das röchelnde Schnarchen von den unteren Räumen, wo die Mühlbecks hausten. Wahrscheinlich hatte der Alte gestern wieder zu viel getrunken, weil er auf irgendeine Art und Weise zu ein paar Pfennigen gekommen war. Und die Kinder haben keine richtigen Kleider, von Hemden und Unterhosen ganz zu schweigen, dachte Johannes erbittert. Aber dann richtete er seine Gedanken wieder auf die Ereignisse der letzten Nacht.

Jetzt ist Friedrich Weckerlin tatsächlich bei uns, dachte er.

Schläft hier, mit uns unter einem Dach. Der reiche Friedrich Weckerlin, der in der Schule immer ganz weit hinten saß, bei den Klugen und Wohlhabenden, nicht vorne wie Johannes, der bei Gott nicht dumm war. Aber er war eben ein Stadtmühlenkind und musste deshalb vorne sitzen, bei den Dummen und den Armen – denn das war meist dasselbe. Und jetzt ist er hier, vielleicht muss er morgen auch vorne sitzen, vielleicht sogar neben mir, dachte Johannes und sein Herz klopfte noch lauter und heftiger.

Nach einer Weile hörte er Stimmen, die von unten kamen, aus der Küche, die sich die Bewohner der Stadtmühle teilen mussten. Hastig schlug Johannes die dünne graue Wolldecke zurück und schlüpfte in seine Kleider. Vorsichtig tappte er die schief getretene Stiege hinunter, an der noch Reste der einstmals weißen Farbe klebten, die von vergangenen, besseren Zeiten der Stadtmühle kündete. Obwohl er auf Zehenspitzen ging, knarrten die Stufen fürchterlich. Dabei wollte er doch keinen Lärm machen, warum, wusste er selber nicht. Mühlbecks Schnarchen drang jetzt lauter an sein Ohr und im Schutz dieses Lärms lief er die letzten Stufen schnell hinab und huschte hinüber zur angelehnten Tür der großen Küche, aus der die Stimmen kamen.

Ein Kind quengelte, es verlangte nach Essen, dazwischen hörte er die hohe, nervöse Stimme einer Frau, die das Kind zu beruhigen versuchte. Unbemerkt trat Johannes in die Tür. Auf den wurmstichigen Stühlen, von denen keiner zum anderen passte, saßen drei Kinder um den wackligen Tisch. Es waren Friedrich, der fast bewegungslos dahockte, den Kopf zwischen die Hände gepresst, und ein kleiner Junge, den Johannes schon öfter in Begleitung von Frau Weckerlin gesehen hatte. Es war der jüngere Sohn, Wilhelm hieß er, so glaubte Johannes zumindest ein paarmal gehört zu haben.

Er sah seinem großen Bruder sehr ähnlich, beide hatten dieselben dunklen Locken und die braunen Augen.

Das dritte Kind, das an der anderen Seite des Tisches saß, war wohl die kleine Schwester, sie konnte das Näschen kaum über den Tischrand strecken. Sie begann mit den Beinchen ungestüm zu schlenkern und gegen die Tischbeine zu stoßen, sodass der Tisch regelrecht ins Wackeln geriet.

»Will Milch«, greinte sie, »Milch, kein Brot.« Dabei schubste sie mit einer zornigen Handbewegung ein Stück Brot weg, das vor ihr auf der Tischplatte gelegen hatte. Es war ein großes Stück Graubrot, Kommissbrot nannte man es. Frau Weckerlin stand vor dem Ausguss aus Speckstein und schnitt gerade eine weitere Scheibe ab, die sie Friedrich anbot. Der aber schüttelte den Kopf und schob das Brot in die Mitte des Tisches.

Wo sie das Brot wohl herhaben?, dachte Johannes. Wahrscheinlich hatte Frau Weckerlin es noch mitnehmen können, gestern Abend, zusammen mit den paar Habseligkeiten, die in ihre Schürze und die Kommodenschublade gepasst hatten. Es hatte also auch schon vorher kein Weißbrot mehr gegeben im Hause der Weckerlins, kein duftendes, feinkrumiges Weißbrot, wie es Friedrich oft als Pausenvesper dabeigehabt hatte. Knapp sei es geworden bei den Weckerlins, das hatte er die Leute in der letzten Zeit oft sagen hören und die Ahne hatte das eine um das andere Mal gemeint: »Ja, ja, Hochmut kommt vor dem Fall. Haben die Nase ja immer mächtig hoch getragen, die Weckerlins. Mit dem Zylinder ist er zur Arbeit gegangen und wenn sie ihm zum Mittagessen im Henkelmann Bohnen gebracht hat, stand er auf und hat die Bohnen auf die Erde gekippt. ›Ein Weckerlin frisst keine Bohnen!‹, hat er gebrüllt und dabei schallend gelacht und seine Gesellen und Lehrlinge mit ihm. Und dann haben sie ihn eines Tages tot aus der Enz gezogen! Mich hat sie früher nicht einmal angesehen, hat für die Wäsche die Keppler'sche genommen mit ihrem Getue, obwohl die doppelt so viel verlangt wie ich. Nicht angeschaut hat sie unsereins! Nun ja, aber Leid tut sie mir trotzdem.«

Und jetzt stand sie in der Küche der Stadtmühle, die stolze Frau Weckerlin. Die graue Bluse und der Rock aus schwarzem Taft waren sicher nicht ihre besten Kleider, die hatte sie wohl zurücklassen müssen im schönen Haus oben in der Herrengasse. Aber trotzdem sah sie immer noch richtig vornehm aus, jedes einzelne Härchen ihres hellbraunen Haares war zurückgestrichen und hinten zu einem akkuraten Knoten aufgesteckt. Sie passt gar nicht hierher, dachte Johannes, sieht aus wie – ihm fiel auf Anhieb kein passender Vergleich ein, dann erinnerte er sich an die Schwäne auf der Enz. Das war es! Sie wirkte wie ein stolzer Schwan auf einem schmutzigen Tümpel. Mitten in seine Überlegungen hinein brüllte wieder das kleine Mädchen, das mit seinen glatten braunen Haaren das Ebenbild der Mutter war.

»Milch, will Milch!«, plärrte sie weiter. Blitzschnell stieß sich Johannes vom Türrahmen ab und rannte die Treppe wieder hinauf. Die Ahne lag immer noch wie ein Häufchen Lumpen da und brabbelte unverständliches Zeug vor sich hin. Wahrscheinlich hatte sie wieder Schmerzen im Rücken. In einem kleinen wurmstichigen Schränkchen bewahrten Johannes und die Ahne ihre Lebensmittelvorräte auf. Die Küche, zu der alle Zugang hatten, wäre ein zu unsicherer Ort gewesen. Jeder Stadtmühlenbewohner hütete ängstlich sein bisschen Brot und Schmalz. Das Essen war eine Frage des Überlebens und vor allem dem verkommenen Mühlbeck traute man nicht über den Weg. Es kam allerdings auch vor, dass man den einen oder anderen Kanten Brot abgab, wenn beispielsweise eines der Mühlbeck-Kinder vor Hunger weinte, weil der Alte das letzte Geld wieder einmal in Schnaps umgesetzt hatte.

Ohne lange zu überlegen, griff Johannes nach dem Milchtopf, den die Ahne ganz nach hinten gestellt hatte. Den halben Liter Milch hatte sie gestern nach dem Waschtag in der Molkerei erstanden, sie war eine Kostbarkeit, ausschließlich für Johannes bestimmt. Bei der letzten Untersuchung in der Schule hatte der Doktor nämlich zu Johannes gesagt, er sei viel zu klein und zu schwächlich für sein Alter. »Und auf der Lunge höre ich Geräusche«, hatte er vorwurfsvoll zur Ahne gemeint und sie dabei über den Rand seines goldenen Kneifers missbilligend angesehen. »Der Junge braucht gute Kost, Milch, Sahne und Butter.«

Und die Ahne, die hinter Johannes stand, hatte sich noch mehr zusammengekrümmt und demütig »Jawohl, Herr Doktor« gemurmelt.

Johannes hasste diese Untersuchungen, hasste die endlose Reihe von blassen jungen Leibern und den süßlich dumpfen Schweißgeruch. Am meisten aber hasste er die Scham, die jedes Mal brennend in ihm aufstieg. Er wurde ausgelacht, das merkte er ganz genau, kichernd und prustend stießen sich die anderen an, und er hörte das Getuschel der Mütter und spürte die gehässigen Blicke in seinem Rücken. Zwar trugen viele Kinder Unterwäsche, die vielfach gestopft und grau vom häufigen Waschen war, aber er hatte nicht einmal richtige Wäsche, nur eine Unterhose, die ihm viel zu groß am schmächtigen Leib hing. Sie wurde nur von einer Schnur festgehalten und trotzdem rutschte sie immer, sodass er sie mit beiden Händen hochziehen musste, wenn er nach vorne zum Doktor ging. Die Ahne hatte die wenigen Wäschestücke, die sie besaßen, aus den Lumpensäcken gerettet, einstmals hatten sie wohl dem Herrn Pfarrer oder der Frau Oberlehrer gehört.

Und so lachten sie ihn aus. Die Armen lachten über ihn, den noch Ärmeren, diese lächerliche, magere Gestalt in der zerschlissenen und viel zu großen Hose. Und auch über die Ahne lachten sie, diesen kleinen, gebückt gehenden Zwerg mit dem spitzen Buckel im verblichenen Kattunrock und dem schwarzen Wollumhang, den sie immer fest um sich gezogen hatte, als könne sie so die Blicke und den Spott abwehren. Aber um Johannes sorgte sie sich und die Worte des Doktors nahm sie ernst. Wann immer es ihr möglich war, zwackte sie ein paar Pfennige ab, um Johannes Milch zu kaufen, richtig gute, fette Milch und keine verwässerte graue Molke, wie sie die Mühlbeck-Kinder zu trinken bekamen.

Diese kostbare Milch nahm Johannes und trug sie vorsichtig hinunter in die Küche, wo die Kleine immer noch nach Milch schrie und dazwischen immer wieder ein stoßweise herausgepresstes »Will nach Hause!« brüllte. Erschrocken sah Johannes, dass Frau Weckerlin weinte. Das Kommissbrot lag mit dem Messer auf dem Tisch und daneben stand sie und presste das Gesicht in die Hände, von zuckendem Schluchzen geschüttelt. Der kleine Wilhelm saß mit weit aufgerissenen Augen da, er kaute mechanisch, als sei diese gewohnte Tätigkeit ein letztes Bollwerk gegen die Schrecken des Neuen, die über ihn hereingebrochen waren.

»Hier, nehmen Sie, Frau Weckerlin.« Johannes streckte ihr rasch den angeschlagenen Topf mit den blauen Tupfen entgegen. »Es ist Milch, richtige Milch. Für die Kleine da.« Er zögerte einen Moment und dann fügte er mit unsicherer Stimme hinzu: »Und für ihre Söhne.«

Was rede ich da für einen Quatsch?, dachte er, es sind ja alles ihre Kinder, und er vermied es geflissentlich, in die Ecke zu schauen, wo Friedrich saß. Stattdessen blickte er gebannt auf Frau Weckerlin, die sich erschrocken zu ihm herumgedreht hatte und ihn anstarrte. Das kleine Mädchen hatte zu weinen aufgehört und es war für einen Moment totenstill. Johannes bemerkte zu seinem Erschrecken, dass ihm eine heiße Röte ins Gesicht stieg. In die Stille hinein sagte Frau Weckerlin plötzlich: »Danke, mein lieber Junge. Aber das kann ich nicht annehmen.«

Statt einer Antwort schüttelte Johannes den Kopf und streckte ihr auffordernd den Milchtopf entgegen, den sie dann auch wirklich zögernd in die Hände nahm. Sie umklammerte den Topf so fest, dass Johannes für einen Moment meinte, sie müsse ihn zwischen ihren schmalen Fingern zerbrechen. Aber dann streckte sie mit einer ruckartigen Bewegung den Topf wieder Johannes entgegen.

»Das geht nicht. Die Milch gehört dir.« Ein scheuer Blick streifte Johannes. »Du brauchst sie doch selber. Aber trotzdem, danke. Du bist ein guter Junge.« Ungeschickt nahm Johannes den Topf wieder an sich und kam sich mit einem Mal lächerlich vor. Gedemütigt von dieser Frau, die sich eben mit beiden Händen unter den Augen entlangstrich, um schnell die Tränenspuren zu verwischen. Stolz und hochnäsig ist sie immer noch, dachte er plötzlich und spürte, wie ein wilder Zorn in ihm hochkroch. Nimmt nichts von uns, den Armenhäuslern.

Er wollte sich abrupt umdrehen und hinausgehen, als auf einmal die Tür aufgestoßen wurde und Lene hereinkam. Sie blieb für einen Moment verblüfft stehen und raffte den Morgenrock über dem hochgewölbten Bauch enger zusammen. Der Morgenmantel war auf den ersten Blick ein prachtvolles Stück, das gar nicht in die schäbige Küche passte. Er war purpurrot und über und über mit silberblauen und grüngoldenen Blüten bedruckt. Beim näheren Hinsehen bemerkte man aber, dass das gute Stück schon arg zerschlissen und an einer Stelle auch gestopft war. Wahrscheinlich war es das Geschenk eines ihrer »Kavaliere«, wie sie die Männer nannte, die in der Abenddämmerung verstohlen nach oben huschten, vorsichtig einen Fuß nach dem anderen auf die knarrende Treppe setzend, und dann mit abgewandtem Gesicht in Lenes Zimmer verschwanden. Es waren richtig vornehme Herren darunter. Johannes kannte sogar den einen oder anderen. Bei den Festzügen, die sich bei einem der vielen Vereinsfeste durch die Dorfstraßen wälzten, gingen sie immer in den vorderen Reihen, gleich neben dem Bürgermeister und dem Herrn Pfarrer.

Seit Lene vor zwei Jahren vom Dienst in Stuttgart in ihr Heimatdorf zurückgekommen war, ging das so und Johannes, der sich zuerst verwundert gefragt hatte, was diese Männer plötzlich alle in der Stadtmühle zu suchen hatten, wurde der Zweck ihres Kommens erst allmählich klar. Der älteste Mühlbeck-Junge, Ludwig, hatte auf seine harmlose Frage eines Abends in der Küche ein hässliches Wort geschrien und brüllend gelacht, als Johannes entsetzt zurückgewichen war. Die Mühlbeck-Kinder wussten Bescheid, lebten ja alle in einem Zimmer und waren Augen- und Ohrenzeugen, wenn der Alte, wie sie ihren Vater nannten, betrunken heimkam und von seiner Frau die ehelichen Rechte einforderte. Die Mühlbeck'sche drehte sich dann seufzend auf den Rücken und ließ ihn gewähren. Die Geräusche, das Ächzen des Bettes und das Seufzen und Stöhnen waren die gleichen, die von oben aus Lenes Zimmer drangen. Und die Ahne schüttelte dann jedes Mal missbilligend den Kopf und begann mit ihrer dünnen Stimme einen Psalm vorzulesen. Johannes mochte die Lene trotzdem gern, er suchte förmlich ihre Nähe, denn sie roch so gut. Sie roch ganz anders als die Ahne oder die Frau Mühlbeck, sie roch ein bisschen nach Veilchen und Sommerwiese. Das kam von dem Parfum, das sie ab und an von den »Kavalieren« geschenkt bekam, und manchmal tupfte sie lachend ein paar Tropfen hinter Johannes' Ohr und nannte ihn scherzend »mein jüngster Kavalier«.

Jetzt, als sie in der Tür stand, drang wieder der vertraute und geliebte Veilchengeruch zu ihm herüber. Unwillkürlich war Frau Weckerlin einige Schritte zurückgetreten, hin zu Friedrich, als wollte sie sich zwischen ihn und diese Person stellen, für die jemand wie die stolze Frau Weckerlin sicher keinen Namen hatte. Lene hatte diese Bewegung gesehen und die Röte in ihrem Gesicht, um das sich unordentlich die gelben Locken ringelten, vertiefte sich. Seit sie das Kind erwartete, dessen Vater wohl nur Gott alleine kannte, trug sie immer diese ungesunde Röte im Gesicht und die Ahne hatte wieder und wieder mit Unheil verkündender Stimme gesagt, das bedeute nichts Gutes. Achselzuckend wollte Lene sich umdrehen, aber dann fiel ihr Blick auf die Kleine und ihr verheultes, rotzverschmiertes Gesicht. Unwillkürlich beugte sie sich zu ihr hinunter und streichelte ihr über das Köpfchen, dabei berührte sie mit den weiten Ärmeln des Morgenrocks das Gesicht der Kleinen. An die Ärmel waren künstliche Federn angenäht und diese Federn kitzelten das kleine Mädchen an der Nase, sie musste niesen und Lene begann daraufhin erneut das Näschen zu kitzeln und die Kleine prustete, nieste und verschluckte sich, nieste wieder und fing quietschend an zu lachen. Sie jauchzte und krähte vor Vergnügen, als Lene das Spiel immer weiter trieb, und plötzlich war der kahle, schäbige Raum erfüllt vom Lachen des Kindes, das hoch und höher stieg, bis es das ganze Zimmer ausfüllte und sich um die Menschen legte, die in diesem Zimmer standen und atemlos das Kind betrachteten, das sich ganz diesem unschuldigen Spaß hingab.

Das Lachen verebbte, als Lene endlich aufhörte, aber es klang immer noch nach und plötzlich hob Frau Weckerlin zaghaft ihren Arm, sie streckte ihn wahrhaftig Lene entgegen, die ihn nach kurzem Zögern ergriff. Beide Frauen zogen sofort ihre Hände wieder zurück, als seien sie über sich selbst erschrocken. Aber es war doch etwas passiert, denn in die kurze Stille hinein sagte Lene plötzlich: »Mein Gott, Johannes, was stehst du hier herum mit deiner Milch wie ein Ölgötze?«

Das Wort »Milch« hatte die Kleine elektrisiert, sie begann wieder mit ihrem Geschrei. Lene nahm Johannes sanft den Milchtopf aus den Händen und holte zwei Becher, in die sie etwas von der Milch goss. Den größeren reichte sie Johannes und den kleineren reichte sie dem Mädchen, das schnell danach griff und gierig und schmatzend trank.

»Lassen Sie nur«, wehrte sie Frau Weckerlin ab, die rasch dazutrat und ihrer Tochter den Becher wieder wegnehmen wollte. »Der Johannes kann das sowieso nicht alles auf einmal trinken und Sie können ihm später etwas Milch zurückgeben.« Dann beugte sie sich zu Wilhelm hinüber, der immer noch fast atemlos mit weit aufgerissenen Augen dasaß.

»Willst du auch etwas?«, fragte Lene, und als Wilhelm schnell nickte, schob sie ihm einen weiteren Becher mit Milch hinüber, den Wilhelm zögernd ergriff und dann in einem einzigen Zug austrank. Mit einem fragenden Blick drehte Lene den Kopf zu Friedrich, aber der starrte verbissen auf die weiß gescheuerte Tischplatte und schüttelte auf ihre stumme Frage schnell den Kopf. Wie ein Stich fuhr Johannes dieses Kopfschütteln ins Herz.

Aber Frau Weckerlin hatte aufgegeben, hatte ihren Stolz

weggeworfen, wie sie jetzt auf dem Stuhl neben ihrer kleinen Tochter saß, die immer noch gierig und schmatzend ihre Milch trank. Johannes konnte es an ihren Händen sehen, die kraftlos im Schoß lagen, und an der Haltung ihres Kopfes, der nach vorne hing, als sei er zu schwer geworden für diesen schmalen Körper im schwarzen Taft.

Auch Lene schien das zu spüren, denn sie sagte auf einmal mit heiserer Stimme, ohne jemanden besonders anzusprechen: »Es ist schwer hier, vor allem für die Kinder. Aber man kommt durch, irgendwie geht es. Und für die Kinder muss man Hoffnung haben.« Sie starrte für einen Moment auf ihren schweren Bauch, dann lächelte sie und trotz einiger fehlender Zähne sah sie plötzlich richtig schön aus. »Und wir halten auch zusammen, so gut es geht. Nicht wahr, Johannes?«

Als habe er ein geheimes Zeichen erhalten, nahm Johannes den Topf und goss der Kleinen noch einmal ein. Er nickte und sagte leise: »Sie können sie mir ja später wiedergeben.« Instinktiv griff er noch einmal Lenes Worte auf, denn er spürte, dass das für Frau Weckerlin wichtig war. Es war eine letzte Schranke, die sie brauchte, hinter der sie sich einrichten konnte, hier mitten unter ihnen. Ermutigt fuhr Johannes fort: »Ich gehe nachher hinauf in den Wald. Auf dem Katzenbuckel gibt es noch Brombeeren. Ich weiß ein paar gute Stellen. Die Guste und der Ludwig und der Otto von den Mühlbecks gehen auch mit. Wir verkaufen sie dann in Wildbad, im ›Badhotel‹, dort zahlen sie zwanzig Pfennig für das Pfund. Das ist viel, weil es späte Beeren sind.«

Er zögerte, sah in Friedrichs Richtung und fragte dann stockend: »Möchtest du nicht mitkommen? Wir teilen das Geld. Und in der Sonne ist es schön dort oben, und …«

Weiter kam er nicht, denn Friedrich war plötzlich aufgesprungen und mit einem Satz zur Tür gehechtet, die krachend hinter ihm zufiel. Die Kleine zuckte zusammen und verschüttete etwas von der Milch, die ihr in kleinen Bächen am Kinn hinunterlief. Sie starrte für einen Moment mit finster zusammengezogenen Brauen auf die Tür, hinter der der große Bruder verschwunden war, und begann wieder durchdringend zu plärren. Johannes wandte sich ebenfalls zur Tür. Die Hitze der Beschämung war ihm wieder ins Gesicht gestiegen und er fühlte sich, als ob man ihn geschlagen hätte. Im Hinausgehen packte ihn Lene am Ärmel und flüsterte ihm unter dem Schutz des Wutgeheuls ins Ohr: »Mach dir nichts draus. Für ihn ist es am schwersten. Die Kleinen kapieren noch gar nicht richtig, was passiert ist.«

Johannes drückte kurz Lenes Hand und ging dann langsam nach oben, wo Geräusche verrieten, dass die Ahne jetzt aufgestanden war. Durch die untere Tür kam der alte Mühlbeck gerade vom Abtritt, er zog noch im Hineingehen die Hose hoch und begann sie ungeniert vorne zuzuknöpfen. Gestank wehte von draußen mit ihm herein; Gestank, der sich mit dem vertrauten Stadtmühlengeruch vermischte. Dem Geruch nach gekochten Kartoffeln, säuerlichem Schweiß und modrigen Wänden. Johannes lehnte sich an das wacklige Treppengeländer und schloss die Augen. Er versuchte sich vorzustellen, er sei Friedrich Weckerlin und rieche zum ersten Mal die Stadtmühle, hörte zum ersten Mal die Stadtmühle, mit ihrem Kindergeplärr und Gezänk und den knarrenden Dielen und surrenden Mücken. Er stand für einen Moment reglos da, roch und hörte, dann öffnete er resigniert die Augen. Es hatte keinen Sinn, er kannte ja nichts anderes. Aber tief in ihm drin war eine Ahnung von der Angst und dem Schmerz und der Wut, die sich seit letzter Nacht in Friedrich hineingefressen hatten.

Am nächsten Morgen wartete Johannes nicht das Läuten des Schülerglöckchens ab, das um drei viertel sieben die Grunbacher Kinder zur Volksschule rief. Er war schon nach dem Läuten der Kirchenglocken um fünf Uhr aufgestanden und hatte mit angehaltenem Atem auf die Geräusche gewartet, die bald von unten heraufdringen mussten. Aber außer dem üblichen Rumoren der Mühlbecksippe war nichts nach oben gedrungen.

Endlich, kurz nach halb sieben, erspähte er einen dunklen Schatten, der aus dem Zimmer, wo man die Weckerlins untergebracht hatte, geräuschlos zur Haustür huschte. Johannes stand reglos am Treppengeländer und trank die restliche Milch aus dem blau getupften Krug.

Kein Zweifel, das war Friedrich Weckerlin, der sich viel zu früh zur Schule aufmachte. Johannes rannte hinüber zu einem der Dielenfenster und konnte die dunkle, schmale Gestalt noch kurz sehen, bevor sie hinter der Kirche verschwand. Gedankenverloren wischte er sich den weißen Milchbart vom Mund ab.

Der junge Weckerlin wollte also um keinen Preis mit den Stadtmühlenkindern zur Schule gehen. Lieber stand er viel zu früh auf und wartete vor dem hohen Eingangsportal der Schule, das erst kurz vor Unterrichtsbeginn vom Pedell aufgeschlossen wurde. Und er passt auch gar nicht zu uns, dachte Johannes trotzig und wunderte sich über sich selbst. Wunderte sich, warum das nagende Gefühl der Enttäuschung plötzlich in ihm so übermächtig wurde.

Richtig vornehm hatte er ausgesehen, der Friedrich Weckerlin in der dunkelblauen Matrosenjacke mit dem weiß eingefassten Kragen. Und gute Schuhe hatte er. Richtig feste, genagelte Lederschuhe mit dicken Sohlen, die Kälte und Nässe abhielten. Johannes blickte an seinen Beine herab –

dürr wie Bohnenstangen, wie die Ahne immer sagte, braun gebrannt und zerkratzt von seinem gestrigen Ausflug auf den Katzenbuckel. Denn er hatte die Zähne zusammengebissen, war zwischen die Brombeerbüsche gekrochen und hatte auch nicht die allerkleinste Beere zurückgelassen. Die Ausbeute war gut gewesen, sechzig Pfennig hatten sie vom Koch des »Badhotels« bekommen, einem schweigsamen, mürrischen Menschen, der stets betonte, er sei nicht der Koch, sondern etwas anderes, französisch klingendes, das absolut nicht in Johannes Kopf hineinwollte. Er sagte konsequent »Koch« und man wusste dann im Badhotel schon, wohin er wollte, wenn er mit seinem Beerenkorb am Lieferanteneingang auftauchte.

Undenkbar, dass der stolze Friedrich Weckerlin eines Tages mit dabei sein würde. Undenkbar …? Nachdenklich starrte Johannes auf die Stelle, an der er Friedrich zuletzt gesehen hatte. Er würde sich schon noch umgucken, der hochnäsige Herr Weckerlin, für den er früher Luft gewesen war; wie alle Kinder aus den vorderen Reihen. Friedrich war in einem Teil der Welt angelangt, von der er nichts, aber auch gar nichts wusste. Der Welt, in der Johannes lebte.

Nein, undenkbar war nichts mehr für Friedrich Weckerlin, er wusste es nur noch nicht. Das nagende Gefühl der Enttäuschung war gewichen. Johannes fühlte plötzlich eine erwartungsvolle Spannung: Wie würde das werden, wenn Friedrich endgültig in diese Welt hineingestoßen wurde, Friedrich mit dem Matrosenanzug und den festen Lederschuhen?

Johannes ging zurück in das Zimmer und kramte Tafel und Lesebuch zusammen. Die Ahne war in der Zwischenzeit aufgestanden und kaute bedächtig an einem Kanten Brot. Sie hatte fast keine Zähne mehr und musste deshalb die harte Kruste einspeicheln, bevor sie sie hinunterschlucken konnte.

Wortlos schob sie die andere Hälfte des Brotkantens Johannes hin, der den Kopf schüttelte. Er druckste etwas herum, sagte dann aber doch zögernd: »Ahne, wie machen wir's denn nun mit den Schuhen? Bald kommt der Winter.«

Sie bewegte den Mund mit den dünnen, blutleeren Lippen, um den Brotkanten weich zu bekommen, schluckte und würgte und sagte dann etwas undeutlich: »Geh nächste Woche zum Dederer, zum Großputz. Vielleicht fällt da ein Paar für dich ab.« Beim Sprechen spuckte sie kleine Brotkrümel aus, die ihr am Kinn hängen blieben. Aber sie schien das nicht zu bemerken. Schnell griff sie nach dem Brotstück, das Johannes verschmäht hatte, und stopfte es sich in den Mund. Und wieder bewegte sie die Lippen in fieberhafter Hast. Selbst das Essen war für die Ahne zu einem mühevollen Geschäft geworden.

Doch Johannes hatte sie verstanden; der Dederer war großzügig und vielleicht konnte ihm die Ahne ein Paar alte Schuhe abschwatzen. Bis Oktober konnte man noch gut barfuß gehen, so wie viele Kinder hier im Ort. Schuhe waren teuer, sie mussten geschont werden und oft langte es nur zur Anschaffung eines Paares für den Winter, das dann im nächsten Jahr an die Geschwister weitervererbt wurde. Wenn die Kälte zu früh kam oder es in einem Jahr für die Schuhe nicht reichte, umwickelte man die Füße mit alten Lumpen. Und wenn auch das nicht mehr ging, musste man eben daheim bleiben, obwohl der Rektor dann schimpfte und von »Schulpflicht« und Ähnlichem redete. Aber das war leicht gesagt; wie sollte man auf eisig gefrorenem Boden oder im Schnee mit buchstäblich nichts an den Füßen zur Schule kommen? Irgendwie war es für Johannes wichtig geworden, nie in diese Lage zu kommen, so wie etwa die Mühlbecks, die Ärmsten der Armen. Denn jedermann wusste, warum man ab November keines der Kinder mehr auf der Straße sah.

Den Winter durchzustehen, mit irgendetwas an den Füßen, das war eine Frage der Selbstachtung. Im letzten Jahr hatte er ein Paar Schuhe vom Herrn Pfarrer bekommen. Sie waren schon ganz durchgetreten und hatten sogar ein Loch in der Sohle, außerdem waren sie ihm viel zu groß. Aber er hatte sie mit Papier und alten Lumpen ausgestopft und so ging es leidlich, obwohl sie Kälte und Nässe nicht lange abhielten und er seltsam darin aussah, fast so wie der Junge im Märchen von den Siebenmeilenstiefeln.

Johannes schloss die Augen und sah für einen Moment die schönen, festen Schuhe an Friedrich Weckerlins Füßen. Dieses Jahr passten sie noch. Und dann …? Der kleine Wilhelm würde sie bekommen, aber was war mit Friedrich?

Nein, schon bald würde er hineingestoßen werden in diese Welt und nichts war mehr undenkbar.

Von unten hörte er das Rumoren der Mühlbeck-Kinder und Guste rief nach ihm. Eilig sprang er die Treppe hinunter. Das Schülerglöckchen hatte schon geraume Zeit aufgehört zu läuten und sie mussten sich beeilen. Zu spät kommen wurde mit einer Tatze bestraft, einem Schlag mit dem Rohrstock auf die Innenfläche der ausgestreckten Hand, der sehr schmerzhaft war. Oft war die Hand einige Zeit geschwollen, und wenn es die rechte war, die sich einige Lehrer ganz bewusst aussuchten, hatte man große Schwierigkeiten mit dem Schreiben und dem Arbeiten.

Guste war schon vorausgerannt und Johannes bahnte sich mit Ludwig und dem jüngeren Otto den Weg durch die dampfenden Leiber der Kühe, die aus den Ställen der umliegenden Häuser gemächlich herausgetrottet waren und sich an der Rathaustränke drängelten. Ihr Muhen vermischte sich mit dem leisen Bimmeln der Glocken, die sie um den Hals trugen. Der süßlich erdige Geruch, der von ihnen herüberwehte, war den Kindern seit ihren frühesten Erinnerungen vertraut. Die Grunbacher, die es sich leisten konnten, hielten sich eine Kuh, denn ihre Milch rettete die Familien, vor allem die Kinder, über die kargen Wintermonate, in denen die Väter nichts verdienten. Die meisten Grunbacher lebten vom Holzeinschlag oder der Flößerei und dieser Arbeit konnte man eben nur im Sommer nachgehen. Deswegen waren die Winter oft sehr hart, vor allem wenn die Väter das Geld in die vielen Gastwirtschaften trugen, anstatt etwas zurückzulegen.

Johannes beobachtete manchmal die Frauen mit den harten, eingefallenen Gesichtern, wenn sie am Samstagabend vor den Sägewerken standen, um die Männer abzufangen und so viel wie möglich von den knisternden Scheinen und den klimpernden Münzen in der Lohntüte zu ergattern, bevor es auf Nimmerwiedersehen in den »Wilden Mann« oder »Grünen Baum« wanderte. Einige Grunbacher, die sich besonders glücklich schätzen konnten, hatten einen kleinen Kartoffelacker an den Hängen der Schwarzwaldberge. Zusammen mit der Milch bildete das die Grundlage ihres Überlebens.

Die Kinder bogen nun in die Herrengasse ein und rannten die letzten Meter bis zur Treppe, die hinauf zur Volksschule führte. Johannes überlegte dabei, wer ihn dieses Jahr wohl beim Kartoffelklauben helfen ließ. Dabei fielen einige Kartoffeln ab und sein Magen krümmte sich für einen Moment schmerzhaft zusammen, wenn er an die hellgelbe, krümelige, heiße Masse dachte, die frisch gekocht mit etwas Salz so unvergleichlich gut schmeckte. Vor den Kindern erhob sich jetzt der Stolz der Grunbacher: die vor einigen Jahren neu erbaute Volksschule, ein massiger Bau aus rötlichem Sandstein mit zwei spitzen Giebeln auf beiden Seiten. Im mittleren Teil, den ein kleines Walmdach deckte, hing oben eine riesige Uhr, deren Zeiger unerbittlich nach vorne rückten.

»So ein Mist, wir kommen zu spät«, fluchte Ludwig und Johannes spürte schon den pfeifenden Schlag des Rohrstocks. Aber sie hatten Glück. Die Klassenzimmertüren standen noch weit offen und die Lehrer hatten sich in der Mitte des großen Flures unmittelbar hinter dem Treppenaufgang versammelt. Sie steckten die Köpfe zusammen und schienen in eine erregte Diskussion vertieft zu sein, in deren Mittelpunkt der Lehrer Prange stand, ein junger, schmaler Mann mit einem keck nach oben gezwirbelten Bärtchen, das allerdings in krassem Gegensatz zu den nervös zuckenden Augenlidern stand. Er war der Klassenlehrer der vierten Klasse und überdeckte seine Hilflosigkeit und Unsicherheit gegenüber den Schülern mit ständigem Prügeln oder erniedrigenden Strafen wie stundenlanges In-der-Ecke-Stehen. Deshalb verachteten ihn die Schüler. Die Reichen und Angesehenen in den hinteren Bänken genauso wie die Armenhäusler ganz vorne und er spürte diese Verachtung und prügelte weiter, stumm, mit zusammengepresstem Mund und nervös zuckenden Augenlidern.

Scheu drückten sich Guste und Johannes an der Gruppe vorbei und versuchten unbemerkt in das Klassenzimmer zu gelangen, Ludwig und Otto waren schon vorher in die Zimmer der ersten und dritten Klasse gerannt.

Im Vorübergehen schnappte Johannes einige Gesprächsfetzen auf und spitzte die Ohren. Tatzen und Prügel waren ihm jetzt egal, es ging um etwas, das ihn brennend interessierte. Deshalb blieb er unmittelbar hinter der Tür stehen.

»… können wir nicht mehr zulassen … Vater … Selbstmörder und Bankrotteur … schon einige Anfragen …«, konnte er verstehen und beobachtete, wie sich der kleine, schmale Prange unter dem Worthagel wand und duckte. Ein großer, beleibter Mann mit geröteter Nase, vor dessen ausladendem Bauch herausfordernd eine goldene Uhrkette hing, stupste Prange schließlich mit einem dicken Zeigefinger an die gestärkte Hemdbrust. Das war der Rektor, Herr Kugler. »Sie werden jetzt das Nötige veranlassen. Wo kommen wir denn hin …«, mehr konnte Johannes nicht verstehen, denn die Gruppe löste sich plötzlich auf. Die Hände auf dem Rücken verschränkt stoben die schwarz gekleideten Gestalten wie Feldkrähen auseinander und verschwanden einer nach dem anderen hinter den hohen schweren Holztüren der Klassenzimmer.

Johannes machte, dass er so schnell wie möglich in seinen Klassenraum kam, er musste unbedingt vor Prange dort sein. Unauffällig schob er sich in die zerschrammte Bank, wo sein Nachbar halb dösend saß. Keines der Kinder hatte zu Beginn des Schuljahres neben dem Geißen-Willi sitzen wollen, einem zaundürren Kerlchen, das durchdringend nach Ziege stank, denn seine Eltern hielten in einem halb verfallenen Häuschen im Unterdorf zwei Geißen. Johannes hatte sich damals erbarmt und sich schließlich freiwillig neben ihn gesetzt. Er hatte Mitleid mit dem Jungen, der irgendwie nicht so gut mitkam. Der Willi wollte so gerne die Buchstaben in der richtigen Reihenfolge schreiben und auch die Zahlen richtig zusammenzählen oder abziehen, aber in seinem Kopf gehe immer alles so durcheinander, hatte er Johannes einmal treuherzig anvertraut, und wenn der Lehrer ihn dann anbrülle, wisse er gar nichts mehr. Er hing Johannes in fast hündischer Ergebenheit an, denn Johannes war klug und er ließ ihn, sooft es ging, abschreiben. Das hatte ihm viel Prügel erspart, die regelmäßig auf ihn herabprasselten, weil er wieder einmal eine Antwort nicht gewusst hatte, und die er wie ein Tier in stumpfer Ergebenheit hinnahm.

Plötzlich wurde es still in der Klasse, die Kinder schnellten auf und standen stramm neben den Pulten, als Prange hereintrat. Es lag etwas in der Luft, das ahnten sie, spürten sie, rochen sie förmlich, wie das Vieh auf der Weide, wenn ein Gewitter heranzog. Und es ging wohl um den da, den Friedrich Weckerlin, den stolzen Weckerlin in seinem Matrosenanzug und seinen festen, genagelten Schuhen. Er saß ganz hinten beim Sohn des Apothekers, dem Wilhelm Gutbrod, der schon von ihm weggerückt war, als sei ein unsichtbarer Kreis um Friedrich gezogen. Und auch der Ludwig Stölzle, der Sohn vom Doktor, und der große, starke Martin Bodamer, dessen Vater die größte Baufirma am Ort besaß, hatten vorhin kaum mit ihm geredet. Die waren doch sonst die dicksten Freunde! Aber es war etwas mit dem Friedrich geschehen. Der Vater war in die Enz gegangen, im Suff, wie die Eltern sagten, und weil er bankrott war. Und jetzt war das Ungeheuerliche geschehen, dass die Weckerlins gar nichts mehr hatten, weniger als sie selbst. Dass sie nun in der Stadtmühle hausten, das wussten alle. Und dass jetzt das Unvermeidliche kommen würde, das ahnte man auch.

Prange stand vor der Klasse und räusperte sich mehrmals, dann nahm er den Kneifer ab und putzte ihn angelegentlich, wobei er die Klasse aus halb geschlossenen Augen musterte. Jetzt spielt er wieder den scharfen Hund, dachte Johannes belustigt. Das tat er immer, wenn er besonders aufgeregt war. Aber es verfing nicht, keiner nahm es ihm ab, denn die zitternden Hände und die nervös zuckenden Augenlider verrieten ihn. Plötzlich setzte er den Kneifer auf, betrat die Stufe zum erhöht stehenden Lehrerpult und sagte mit seiner heiseren Fistelstimme, die stets zu kippen drohte: »Friedrich Weckerlin, du setzt dich hier vorne hin, zu ...«, er ließ den Blick über die vorderen zwei Reihen schweifen, »du setzt dich hierher zu Egidius Rotter.« Der Platz neben Egidius war in der Tat der einzige freie Platz in der vorderen Reihe, denn der »Buckel-Gide«, wie er wegen seines verkrümmten Rückens genannt wurde, kam in der Rangfolge der Klasse noch hinter dem Geißen-Willi. Und jetzt musste der Weckerlin neben dem Buckel-Gide sitzen, welch doppelte Schande!

Es war still im Klassenzimmer, so still, dass man das rasselnde Atmen vom Geißen-Willi hören konnte, der irgendetwas mit den Lungen hatte. Keines der Kinder wagte sich umzudrehen und Johannes merkte plötzlich, wie er den Blick starr auf das Tintenfass gerichtet hielt, das vorne in das Pult eingelassen war.

Die Stille tat ihm weh, der Schmerz zog sich von unten bis zu den Schulterblättern, überflutete den ganzen Körper und deutlich spürte er sein Herz pochen. Aber nein, es war nicht die Stille, die wehtat, es waren die Scham und die Demütigung des anderen, den er so oft aus der Ferne bewundert hatte. Friedrich schien der Aufforderung nicht nachzukommen, denn von oben schnarrte Prange ungeduldig: »Etwas schneller, wenn ich bitten dürfte. Ich handle nur auf höhere Anweisung!« Den letzten Satz stieß er rasch heraus, als schämte er sich, ihn auszusprechen, und Johannes betrachtete ihn aufmerksam.

Nein, Prange hatte vorhin in dem Gespräch mit den anderen Lehrern nicht widersprochen, weil ihm Friedrich Leid tat, wie er für einen Moment verblüfft gedacht hatte, Prange war einfach feige, wollte sich dem hier nicht aussetzen, weil er nicht einschätzen konnte, wie die Schüler und besonders

Friedrich reagieren würden. Aber im Zweifelsfall konnte man sich hinter der Anweisung von oben verstecken.

So einer war der Prange! Und wie falsch er wieder einmal seine Schüler eingeschätzt hatte! Als ob einer von ihnen sich für Friedrich einsetzen würde. Den armen Dorfkindern war er egal, er hatte früher nicht zu ihnen gehört und sie würden ihn, wenn überhaupt, nur widerwillig akzeptieren. Und die Bürgerskinder, die aus den angesehenen und wohlhabenden Familien kamen – nun, die würden sich hüten!

Er gehörte einfach nicht mehr dazu. Sohn eines Selbstmörders und Bankrotteurs! Wahrscheinlich hatten die Eltern gestern am sonntäglichen Mittagstisch gesprochen: »Den Friedrich kannst du aber nicht mehr herbringen, Wilhelm. Wie sieht das denn aus? Wohnt in der Stadtmühle – nachher schleppt der noch Krankheiten mit hierher! Und in der Schule … schlechte Einflüsse … müssen mit Rektor Kugler reden!« Johannes konnte es sich bestens vorstellen, ihr Flüstern und Tuscheln.

Dann vernahm er hinter sich ein scharrendes Geräusch und Schritte, feste, hallende Schritte von genagelten Lederschuhen. Dann hörte er wieder ein Scharren und aus den Augenwinkeln sah er, wie der Buckel-Gide nach rechts rutschte, um Platz zu machen.

Jetzt saß er also vorne bei den Armenhäuslern, der stolze Friedrich Weckerlin im Matrosenanzug! Ein leises Seufzen ging durch die Klasse. Die alte Ordnung war wiederhergestellt. Es war eben so: reich zu reich und arm zu arm und dazwischen gab es diese Schranke. Die unsichtbare, unverrückbare Schranke.

Prange begann monoton einen Text aus dem Lesebuch vorzulesen und die Klasse musste ihn wiederholen. Johannes hörte gar nicht hin, er bewegte nicht einmal die Lippen.

Im Schutz der geduckten Köpfe schaute er vorsichtig nach rechts, auf die Nachbarbank. Der Buckel-Gide saß ganz am äußersten rechten Rand und war scheinbar in den Text vertieft. Daneben hockte Friedrich. Er hatte nicht einmal den Ranzen ausgepackt, der noch neben ihm stand, zwischen ihm und Buckel-Gide, als wolle er so eine Mauer errichten. Aber Prange hatte wohl beschlossen, ihn zu ignorieren.

Plötzlich wandte Friedrich den Kopf, als spürte er Johannes' Blicke. Er war bleich, die zusammengepressten Lippen waren blutleer und in den Wimpern hingen Tränen, ein paar wenige von den vielen, die er wohl mühsam zurückhielt, hinunterschluckte, um keinem den Triumph zu gönnen, ihn weinen zu sehen.

Auf einmal lächelte Johannes. Es war ein scheues, vorsichtiges Lächeln, ein Angebot, das jederzeit zurückgenommen werden konnte. Und Johannes wartete, lächelte und wartete mit angehaltenem Atem. »An jenem Abend habe ich dir die Decke gebracht, um dich zu wärmen«, sollte es wohl heißen, »jetzt biete ich dir wieder etwas an, wenig genug in deiner Lage, aber es soll dich wie die Decke wärmen: ein Lächeln und meine Freundschaft!« Und die dunkelbraunen Augen von Friedrich Weckerlin hielten diesem Blick aus den merkwürdigen blauen Augen stand und in seine Mundwinkel stahl sich, ganz schwach nur, aber doch sichtbar, ein ebenfalls kleines, scheues und vorsichtiges Lächeln.

4

Anna schaltet in den zweiten Gang und drückt so fest auf das Gaspedal, dass der Motor aufheult und die Reifen im Schotter fast durchdrehen. Kleine Staubwolken wirbeln hinten auf. Wenn das mein Fahrlehrer gesehen hätte, denkt sie und muss dabei lächeln. Aber das ist auch wirklich eine teuflische Steigung. Außerdem tut ihr der Nacken weh und die Augen brennen.

Es ist keine Kleinigkeit für eine unerfahrene Autofahrerin wie sie von Berlin bis hierher gewesen, obwohl sie in der Nähe von Göttingen bei einer alten Studienfreundin ihrer Mutter übernachtet hat. Aber die Fahrt mit dem Auto ganz alleine, die ihr Mama wohl strikt untersagt hätte, ist eine Bewährungsprobe für die neue Verantwortung, die jetzt ganz allein auf ihr lastet.

Nur noch eine Kurve und das musste es jetzt sein! Die Straße hoch bis kurz vor den Waldrand und dann links abbiegen, hat ihr diese Frau geschrieben. Eine Reihe von kleinen Häuschen, Wand an Wand gebaut und fünf an der Zahl, ducken sich am steilen Berghang, als schämten sie sich für ihre Existenz vor der mächtigen Kulisse des dunkelgrünen Waldes, der sich bis in das helle Blau des Himmels hochzieht. Die Häuschen sind alle sauber verputzt, haben Blumenschmuck an den Fenstern und in den kleinen Vorgärtchen, von denen eine Treppe nach oben zur Haustür führt. Sieht alles ganz ordentlich aus, denkt Anna.

Sie richtet einen kritischen Blick auf ihr abgestelltes Auto, das verstaubt am Straßenrand steht. Es ist schmal und eng hier oben und sie überlegt, ob ein anderer Wagen genug Platz hat, um vorbeizukommen. Was für eine Aussicht von hier oben!, überkommt es sie. Herrlich! Man überblickt die zwei Täler, die unten im Dorf zusammentreffen. Alles ist überwölbt von den mächtigen Bergen, die sich in die Täler hineindrängen.

Anna mustert die vor ihr liegende Siedlung. Es sind meist schmale, kleine Häuschen, die wie Bauklötze nebeneinander stehen. Nur rechts, an einer breiteren Straße, die direkt auf den Waldrand zuläuft, stehen größere Wohnhäuser, die wohl jüngeren Datums sind. Protzige Schuppen mit Doppelgaragen und Balkonen im Tiroler Bauernstil. »Scheußlich«, flüstert sie und dreht den Kopf, um einen Blick auf das Urgroßvaterhäuschen werfen zu können. Es muss irgendwo dort oben liegen, direkt am Wald, so wie diese Gretl es beschrieben hat. Aber von hier aus kann man nichts erkennen, die großen Häuser haben sich stolz davorgeschoben.

Zögernd geht sie die Stufen hinauf und drückt auf den Klingelknopf neben der Haustür, die frisch gestrichen zu sein scheint, denn man kann die Farbe noch riechen. Es dauert einige endlose Minuten, dann wird die Tür einen Spaltbreit geöffnet und eine brüchige Stimme fragt: »Ja, wer ist da?«

Anna muss sich mehrmals räuspern, dann sagt sie leise: »Ich bin's, Anna. Die Urenkelin von Johannes! Ich hab Ihnen geschrieben.«

Jetzt geht die Tür ganz auf und im Dunkel des schmalen Flurs kann sie eine kleine zierliche Frau erkennen, die etwas nach vorne gebeugt dasteht. Sie lässt einen raschen, flinken Blick über Anna gleiten und deutet dann mit einer Handbewegung in das Innere des Häuschens.

»Hab dich schon erwartet. Komm herein.« Dabei stößt sie eine zweite Tür auf, die den Flur von der eigentlichen Wohnung trennt, und schlurft in den angrenzenden Raum, der wohl das Wohnzimmer ist. Es ist überraschend hell und gemütlich. Ein großes Fenster und eine Balkontür führen nach hinten, in einen kleinen schmalen Garten, der allerdings nur aus einer Wiese und einem verkrüppelten Apfelbaum besteht. Ganz schön karg hier, denkt Anna und schaut sich neugierig um. Die Möbel sind alt und das Sofa schon recht zerschlissen, trotzdem strahlt der Raum eine heimelige Atmosphäre aus. Alles ist tadellos gepflegt, die Maserungen der Holzmöbel schimmern, in den Ecken stehen Grünpflanzen und neben dem Sofa befindet sich ein Käfig mit einem Wellensittich.

»Setz dich.« Auffordernd nickt die alte Dame ihr zu und deutet auf einen großen Ohrensessel, der neben dem Sofa steht. »Ja, dahin. Der ist gemütlich!« Ächzend lässt sie sich auf das alte Kanapee nieder, das bedenklich knarrt. Jetzt bemerkt Anna, was ihr zunächst gar nicht aufgefallen ist: Die Füße der Frau! Unförmig dick und geschwollen stecken sie in ausgetretenen Pantoffeln.

Die alte Dame muss Annas erschreckten Blick bemerkt haben, denn sie sagt unvermittelt: »Ja, ja, meine Füße, die sehen schlimm aus. Das kommt vom Herzen. Das will nicht mehr so recht. Der Doktor sagt, es sei Wasser. Deshalb fällt mir das Laufen immer schwerer. Dabei war ich früher so flink. Der Friedrich hat immer gesagt: ›Nun hock dich doch einmal hin, Gretl. Musst immer springen und laufen. Bist ja wie Quecksilber.‹ Aber ich hab's nie ausgehalten.« Sie lächelt für einen Moment wehmütig und mit einem seltsamen Gesichtsausdruck, als sähe sie jetzt Bilder, die nur ihr zugänglich sind.

»Das ist das Schlimmste am Alter: dass man nicht mehr so

kann, wie man möchte. Aber was schwatze ich da die ganze Zeit. Lass dich einmal anschauen.« Dabei richtet sie wieder diese flinken, durchdringenden Augen auf Anna.

Merkwürdig, denkt Anna. Irgendwie geht mir der Blick durch und durch. Das liegt an den Augen, sie hat so junge Augen. Nicht so wässrig und gerötet wie bei den meisten Alten. Richtige grüne, scharfe Katzenaugen hat sie.

Als ob sie ihre Gedanken lesen könnte, kichert die alte Dame plötzlich los: »Nur meine Augen, die sind noch tadellos. Lange habe ich sie gar nicht leiden können, so grün, wie sie sind. ›Katzenaugen‹ haben die anderen Kinder immer geschrien. Ich hab sie von der Mutter, auch die blonden Haare, von denen man jetzt nichts mehr sieht.« Ihre Hand fährt nach oben und befühlt die dünnen grauen Löckchen, die perfekt auf dem Kopf angeordnet sind.

»Früher hatte ich ganz dichte Haare, dichte blonde Haare. Und du, du hast die Johannes-Augen! Richtige Johannes-Augen. Blau wie ein sonniger Frühlingstag, hat der Friedrich einmal gesagt und dabei war er doch sonst gar nicht so ... so dichterisch. Aber Recht hat er gehabt. Die Augen muss der Johannes von seinem Vater haben, das hat jedenfalls die alte Ahne gemeint, weil solche niemand in der Familie hatte. Nun, von diesem Vater hat niemand etwas gewusst, auch die alte Ahne nicht, und die Anna, deine Ururgroßmutter, die hat noch auf dem Totenbett geschwiegen. Aber was schwätz ich da«, unterbricht sie sich erschrocken, als sie Annas ratlosen Blick bemerkt. »Wir Alten reden halt gern von den alten Zeiten, du musst schon entschuldigen. Bist bestimmt hungrig und durstig nach dem weiten Weg von Berlin.«

Anna beteuert, sie habe reichlich zu Mittag gegessen und sei auch nicht direkt von Berlin gekommen, aber Gretl hört gar nicht richtig zu. »Jetzt geh in die Küche. Die ist gleich rechts neben der Wohnzimmertür. Da steht ein Tablett, das bringst du herein!«

Gehorsam erhebt sich Anna. Sie will auf keinen Fall unhöflich erscheinen. Auch die schmale Küche ist tadellos sauber. In einer Ecke steht noch ein alter Kohleherd, wie ihn Anna einmal in einem Museum gesehen hat. Alles ist so anders hier, denkt sie, so alt. Wie aus einer anderen Welt.

Das Tablett befindet sich auf dem Küchentisch, es ist voll bepackt mit Sprudelflaschen, zwei Gläsern, einer Thermoskanne, Tassen und einem Teller mit Keksen. Sie hat sich auf meinen Besuch richtig vorbereitet, denkt Anna und wird plötzlich ganz wehmütig.

Warum sind wir denn nicht früher mal hierher gekommen, Mama und ich? Ihr Blick streift eine geblümte Kittelschürze, die an einem Haken neben der tickenden Küchenuhr hängt. Sie hat sich herausgeputzt, zu Ehren meines Besuchs. Sonst trägt sie bestimmt tagein, tagaus diese grässlichen Schürzen.

Anna bringt das Tablett ins Wohnzimmer und versorgt Gretl mit einer Tasse Kaffee und sich selbst mit einem Glas Sprudel. »Ich darf nicht so viel Kaffee trinken, wegen dem Herzen.« Die alte Dame schnuppert genießerisch an der Tasse. »Aber heute mache ich eine Ausnahme. Es ist ja auch ein ganz besonderer Tag. Wie hätte sich der Johannes gefreut! So eine hübsche Urenkelin! Siehst der Marie sehr ähnlich.«

Anna errötet wider Willen. Komplimente machen sie immer so verlegen. Außerdem verliert sie über den vielen Annas und Maries langsam den Überblick. Sie hat aber auch den leisen Vorwurf herausgehört, der in Gretls Worten liegt, und sie antwortet bedrückt: »Mama wollte immer herkommen, um den Uropa zu besuchen. Aber irgendwie hat sie es nie geschafft. Und dann ist der Uropa gestorben und sie ist krank geworden. Da hatten wir dann anderes im Kopf.«

Gretl nickt bedächtig. »Ich weiß, ich weiß. Es tut mir Leid.« Dabei lässt sie offen, ob sie Maries Tod meint oder schlicht die Tatsache, dass es zu keinem Besuch mehr gekommen ist.

Anna verspürt den Anflug eines schlechten Gewissens. Ich hab ihr nicht einmal die halbe Wahrheit erzählt, denkt sie. Aber ich kann der alten Dame doch nicht sagen, dass Mama nicht mehr hierher wollte! »Nie mehr gehe ich dahin«, hat sie immer gemeint. »Ich kann es nicht ertragen. Der kindische Alte und seine Geschichten! Und dann die alte Klitsche mit ihrem säuerlichen Gestank nach Armut.« Anna senkt den Kopf, sie schämt sich, schämt sich für die Verachtung, die in diesen Worten gelegen hat. Eine Verachtung, die sicher auch diese alte Frau eingeschlossen hat, die ihr jetzt so freundlich gegenübersitzt und für die ihr Besuch offensichtlich etwas ganz Besonderes ist.

Gretl schaut sie eine Weile forschend an, als wolle sie ergründen, was in Annas Kopf vor sich geht, dann sagt sie: »Aber jetzt bist du ja da.«

Anna scheint, als läge in dieser einfachen Feststellung auch eine Aufforderung: Jetzt ist sie da, aber warum? Was soll sie dieser alten Frau neben ihr auf dem Sofa sagen?

Ich bin da, weil ich ganz allein bin! Ich habe nur die Toten, von denen ich fast nichts weiß. Ich will wenigstens die Erinnerung an sie haben, will ihre Geschichten wissen! Ich fühle mich wie ein loser Faden, ein winziges Teil, das darauf wartet, zu einem Ganzen geknüpft zu werden. Und ich möchte wissen, warum Mama nie mehr hierher wollte, ich will sie verstehen. Konnte sie das der alten Dame so einfach sagen?

Sie beginnt zögernd vom Sterben ihrer Mutter zu erzählen, von den letzten Tagen, den Gefühlen des Verlorenseins nach ihrem Tod. Erzählt von den Fotoalben, den Bildern, ihren Fragen und erzählt von ihrer Sehnsucht dazuzugehören, auch wenn es sich nur noch um Namen und alte Geschichten handelt. Erleichtert sieht Anna, dass Gretl mehrere Male mit dem Kopf nickt. Sie hat wohl verstanden, denkt sie.

Wie zur Bestätigung deutet Gretl auf eine alte Kommode, die unter dem Fenster steht, das zur Gartenseite hinausgeht. »Geh dahin und zieh die unterste Schublade auf. Da ist ein Kasten drin, den bringst du her und stellst ihn hier auf den Tisch.«

Der »Kasten« entpuppt sich als eine schwere, sehr kunstvoll gearbeitete Schmuckkassette, die Anna vorsichtig vor der alten Gretl abstellt. Wie wunderschön sie aussieht!, denkt Anna bewundernd. Gretl wischt liebevoll mit der Hand über den Deckel: »Ja, da staunst du! Die hat er gemacht, dein Urgroßvater. Ein richtiger Künstler war er.«

Ihre Stimme bricht und erschrocken sieht Anna, dass Tränen auf den runzligen, mit dicken Adern durchsetzten Handrücken tropfen. Es ist plötzlich sehr still, selbst der Wellensittich hat für einen Moment aufgehört zu kreischen, als sei er sich der Bedeutung des Augenblicks bewusst.

Das hat also mein Urgroßvater gemacht, denkt Anna voller Staunen. Der »kindische Alte«. Das ist sozusagen sein Vermächtnis, dieser »Kasten«, wie ihn Gretl nennt, und die »Klitsche« oben am Waldrand.

Ganz vorsichtig nimmt sie die Kassette in die Hände und betrachtet sie eingehend. Sie ist aus Silber, Deckel und Rand sind kunstvoll mit Emaillefarben ausgemalt, dunkelblau schimmern die Seitenwände, vor deren Hintergrund sich zierlich gearbeitete Silberfiguren abheben. Wirklich wunderschön …

Auf dem Deckel ist ein Bild, das in pastelligen Farben ausgeführt ist. Es zeigt im Vordergrund einen jungen Mann, der

Geige spielt. Sein Gesicht neigt sich dem Instrument zu, als spüre er den Tönen nach, die von ihm kommen. Er ist altmodisch gekleidet mit einem blauen Gehrock und ein Tuch ist nachlässig um seinen Hals geschlungen. Braune Locken umgeben das Gesicht und er steht auf einer Blumenwiese mit weißen Margeriten. Am linken Bildrand ragen im Hintergrund mächtige schneebedeckte Berge in einen blauen Himmel und am rechten Bildrand scheinen diese Berge zurückzuweichen und den Blick freizugeben auf eine flache Seenlandschaft, die sich in der Ferne fast wie ein Traumbild verliert.

Undeutlich regt sich eine Erinnerung in Anna, aber sie kann sie nicht genau zuordnen. Fragend schaut sie Gretl an, die auf den Kasten deutet. »Mach's ruhig auf, es gehört ja dir. Da, links und rechts sind zwei Stifte, die musst du drücken, dann geht der Deckel auf.« Anna findet sie nicht gleich. »Nein, da an der Seite. So – und jetzt fest drücken. Siehst du …«

Tatsächlich springt der Deckel auf!

Unwillkürlich hält Anna den Atem an, schaut hinein und ist im nächsten Augenblick ein bisschen enttäuscht. Aber was hat sie denn erwartet? Einen Schatz etwa? Goldmünzen und Geschmeide, Perlen, Diamanten … das gibt's ja nur im Märchen, denkt sie. Trotzdem, damit hat sie irgendwie nicht gerechnet.

In der Kassette liegen ungefähr ein Dutzend schmale Hefte mit schwarzem Wachstuchdeckel, ein kleines Buch mit einem abgegriffenen, blauen Leineneinband und eine Mundharmonika, angerostet und abgegriffen, auf der noch der Schriftzug »Hohner« zu entziffern ist.

»Da hat er oft drauf gespielt.« Gretl nimmt Anna das Instrument aus der Hand und betrachtet es nachdenklich. »Geigen hat er ja nicht gekonnt, wie der da.« Dabei deutet sie auf das kleine Buch. »Daraus hat er uns immer vorgelesen. Fast auswendig hat er es gekonnt. In seiner Jackentasche hat's gesteckt, als wir ihn gefunden haben, oben am Katzenbuckel. Ich hab es zu dem anderen gelegt, weil ich mir gedacht hab, dass er unbedingt wollte, dass ihr es bekommt. Er hat sie so geliebt, diese Geschichte.«

Wieder bricht ihre Stimme und sie zieht ein großes kariertes Taschentuch aus ihrem Ärmel, in das sie kräftig schnäuzt. Anna schaut verlegen zu Boden. Vorsichtig nimmt sie das Büchlein und schlägt es auf. »Aus dem Leben eines Taugenichts« steht auf dem ersten Blatt und darunter der Name »Joseph von Eichendorff«. Anna ist im ersten Moment völlig verblüfft. Natürlich, das war die Erinnerung, die sie vorher nicht so recht greifen konnte. Der junge Mann auf dem Deckel der Kassette ist der Taugenichts! Wie war das noch mal?, versucht sie sich an die Erzählung zu erinnern. Für einen Moment sieht sie sich in ihrem Klassenzimmer im Französischen Gymnasium in Berlin.

Deutschstunde bei der Marquardt. Endlos lange Tiraden über das Wesen der deutschen Romantik. Endlose Folgen von Gedichten, mit Mondschein und untreuen Mägdelein und gebrochenen Herzen. Furchtbar eigentlich. »Es schienen so golden die Sterne, am Fenster einsam ich stand ...« Aber irgendwie hat ihr das auch gefallen. Das war irgendwie echt, dass der Typ am Fenster einfach wegwollte – sie selbst hat manchmal auch so gedacht.

Durch die Lektüre musste sie sich trotzdem ziemlich durchquälen, denn die Geschichte mit verkleideten Grafen, Postkutschen und singenden Müllersöhnen ist ihr einfach zu kitschig gewesen.

Was, um alles in der Welt, hatte ihr Urgroßvater, der ihres

Wissens nur ein einfacher Arbeiter gewesen ist, mit der Novelle von Joseph von Eichendorff zu tun?

Wie ist es möglich, dass er diese kunstvoll gearbeitete Kassette angefertigt hat, einfach so?, denkt sie und fragt Gretl gleich darauf. Die Antwort, die sie bekommt, verwirrt Anna aber noch mehr! Der Oberlehrer Caspar sei schuld, sagt Gretl. Das Buch habe er von ihm bekommen, damit er einige Bilder dazu anfertigen soll. Und so habe der Johannes diese Geschichte gelesen und sei nicht mehr davon losgekommen!

»›So möchte ich es auch einmal machen, Gretl‹, hat er zu mir gesagt. ›Einfach losmarschieren, wie der Junge im Buch, weg von all dem Elend und dem Schmutz, und statt Geige zu spielen, will ich malen! Zu den Malern nach Rom möchte ich gehen und dort leben. Richtig leben und gut leben und glücklich sein …‹ Das werd ich nie vergessen«, meint Gretl. »Die Bilder, die er für den Caspar gemalt hat, sind übrigens die einzigen, die noch übrig geblieben sind. Alle anderen hat er verbrannt. Gleich nach der Nachricht von Georgs Tod hat er sie verbrannt!«

Benommen hört Anna ihr zu. Was sind das nur für Geschichten! Von Menschen, die sie gar nicht kennt. Geschichten, die sie gar nicht einordnen kann. Und mit einem Mal merkt sie, dass sie müde wird. Ganz entsetzlich müde. Die erste Anspannung ist vorbei und so viel Neues, so viele Fragen türmen sich vor ihr auf. Seit Mamas Tod hat sie kaum mehr richtig geschlafen! Erschöpft fragt sie Gretl nach einem günstigen Hotel, preiswert und sauber. Nach kurzem Zögern sagt diese: »Wenn du nicht allzu anspruchsvoll bist – ich hab oben zwei Kammern, die stehen leer. Das heißt, eine ist möbliert. In ihr hat der Junge schon öfter übernachtet, wenn es mir schlecht ging. Wenn du willst, kannst du gerne hier bei mir wohnen!«

Anna ist überrumpelt. Damit hat sie nicht gerechnet! Soll sie hier bei dieser alten Frau übernachten? Ich kenne sie doch gar nicht, denkt sie. Aber dann sagt sie spontan zu. Hier ist sie Johannes nahe, ihrem Urgroßvater, ihrer Familie. Und außerdem ist es viel besser, hier aufzuwachen als in einem unpersönlichen Hotel. Im Hinaufgehen fällt ihr ein, dass sie noch nach dem »Jungen« fragen wollte. Wer um Himmels willen war das schon wieder? Aber sie ist zu müde, später wird sie fragen; heute Abend noch oder morgen …

Die Fenster des kleinen Zimmers sind weit geöffnet und der dunkle Wald scheint zum Greifen nah zu sein. Würzige Luft erfüllt die kleine Kammer. Anna schläft ein, kaum dass ihr Kopf das Kissen berührt hat.

Als sie wieder aufwacht, ist es dunkel im Zimmer. Hinter dem weit geöffneten Fenster spannt sich der samtblaue Nachthimmel wie ein Vorhang, davor zeichnen sich die schwarzen Schatten der Fichten ab. Anna ist für einen Moment verwirrt. Wo ist sie denn? Dann aber richtet sie sich energisch auf und geht hinüber zum Fenster. Wie das riecht, ganz anders als in Berlin!, denkt sie. Würzige Waldluft vermengt sich mit dem süßlichen Duft der Obstbäume. Sie atmet tief ein, als müsse sie ihre Lungen ganz mit dieser Luft füllen. Von unten dringen leise Geräusche an ihr Ohr, Türen gehen, Schubladen werden auf- und zugezogen und dazwischen hört man leise murmelnde Stimmen.

Anna knipst die kleine Nachttischlampe mit den Quasten am Schirm an und sieht auf ihre Uhr. Es ist halb zehn. So spät schon! Sie hat ungefähr sechs Stunden tief und fest geschlafen. Gretl ist offensichtlich noch wach und hat wohl Besuch.

Anna überlegt kurz. Vor ihr auf dem Nachttisch liegt die Kassette mit den Büchern. Sie könnte jetzt anfangen, darin zu lesen. Keiner würde sie stören, Gretl denkt sicher, sie schläft. Sie könnte endlich die Geschichte ihres Urgroßvaters lesen, die Geschichte ihrer Familie, könnte den Fotos in den Alben Namen geben und die Erinnerungen beschwören, die für sie bis jetzt für immer verschlossen schienen. Da in dem merkwürdigen Kasten liegen sie, greifbar und nah, denkt sie.

Aber es ist seltsam! Sie traut sich plötzlich gar nicht diesen Kasten aufzumachen, die Wachstuchhefte in die Hand zu nehmen und aufzuschlagen. Sie hat Angst vor diesen Buchstaben, dieser Schrift, die sich wie ein endloses Band gleichmäßig über die Seiten windet. Mit schwarzer Tinte hat er geschrieben, dieser Johannes Helmbrecht, an einigen Stellen aber auch mit Bleistift, manchmal verliert die Schrift ihre Gleichförmigkeit, die Buchstaben werden steiler und drohen an manchen Stellen fast zu kippen.

Ist er aufgeregt gewesen oder traurig? Beim ersten flüchtigen Durchblättern hat sie auch gemerkt, dass er an manchen Stellen den Satz einfach abgebrochen und eine neue Zeile begonnen hat. Zuweilen drängen sich die Wörter ganz eng zusammen, als wolle er Papier sparen, und an einigen Stellen ist die Schrift auch verwischt, lösen sich die Wörter in verschmierten Flecken auf.

Merkwürdig! Irgendwie hab ich Angst, auch nur ein Wort von dem zu lesen, was da geschrieben steht, denkt Anna beklommen und schlüpft entschlossen in ihre Schuhe. Heute nicht mehr, entscheidet sie. Morgen – für heute ist mein Bedarf an Gespenstern der Vergangenheit gedeckt! Obwohl man Gretl nun wirklich nicht als Gespenst bezeichnen kann, denn trotz ihrer Gebrechen wirkt sie noch quicklebendig mit ihren wachen, flinken Augen. Außerdem hat Anna Hunger und ist auch ein bisschen neugierig auf den späten Besuch, der sich bei Gretl eingefunden hat.

Als sie leise die Tür zum Wohnzimmer aufdrückt, sieht sie, dass drei Personen ihre Köpfe unter dem gelblichen Schein der Stehlampe zusammenstecken. Gretl thront von Kissen gestützt auf dem Sofa und hält ein dickes Buch auf dem Schoß, daneben sitzt eine Frau mit kurz geschnittenen dunkelbraunen Haaren, die Anna auf den ersten Blick recht jung vorkommt. Sie tritt vorsichtig näher und überlegt, wie sie auf sich aufmerksam machen kann, aber wahrscheinlich hat die offen gelassene Tür einen Lufthauch ins Zimmer geweht, denn die Leute im Zimmer blicken auf einmal alle hoch. Die Frau springt auf und ist mit ein paar Schritten bei Anna.

»Das ist also die Anna aus Berlin. Herzlich willkommen!«, ruft sie aus und streckt Anna ihre rechte Hand hin.

So jung ist sie doch nicht mehr, denkt Anna, denn man kann jetzt die Fältchen um Augen und Mundwinkel deutlich sehen. Aber die Stimme klingt warm und herzlich und sie scheint sich wirklich zu freuen. Auch die dritte Person hat sich jetzt erhoben. Der Mann hat im Sessel neben den Frauen gesessen und im Näherkommen registriert Anna verblüfft, dass es sich um einen auffallend gut aussehenden und exotisch wirkenden Mann handelt. Er ist groß und schlank, aber das Außergewöhnlichste an ihm sind die dunkle Haut, wie Milchkaffee, denkt Anna, und die schwarzen krausen Haare, die an den Schläfen und über der Stirn grau schimmern. Er hat wohl Annas erstaunten Blick bemerkt, denn er lächelt leicht, ergreift dann Annas Hand und drückt sie fest.

»Auch von mir ein herzliches Willkommen. Seit Sie geschrieben haben, dass Sie kommen werden, ist unsere Gretl ganz närrisch vor Freude. Und auch uns hat die hoffentlich entschuldbare Neugierde gleich herübergetrieben. Gretl meinte zwar, Sie würden sicher bis morgen schlafen, aber wir haben uns nicht abhalten lassen, auf Sie zu warten, und kramen in der Zwischenzeit in alten Erinnerungen. Ich fürchte, Anna, das wird auch Ihr Schicksal in den nächsten Tagen sein, in alten Erinnerungen zu kramen, meine ich«, das Lächeln vertieft sich, »und jetzt werden Sie sich sicher fragen, aus welcher alten Schublade wir denn gesprungen sind. Mein Name ist Richard Caspar und das ist meine Frau Christine«, sagt er und deutet dabei mit einer winzigen Kopfbewegung zu der braunhaarigen Frau, die neben ihn getreten ist. »Wir sind sogar über einige Ecken herum verwandt und deshalb schlage ich vor, dass wir uns nicht mit Förmlichkeiten aufhalten und Sie einfach Richard und Christine zu uns sagen.«

Anna nickt zustimmend. »Einverstanden. Also, ich bin Anna und Sie können ruhig du zu mir sagen.«

Zu ihrer Überraschung drückt sie der große, dunkle Mann, der ab jetzt Richard für sie ist, plötzlich fest an sich und führt sie hinüber zu Gretl, die selig lächelt und sie neben sich auf das Sofa zieht.

Das sind also Verwandte von mir, denkt sie überrascht. Völlig unvermutet hat sie auf einmal Verwandte bekommen! Viele Fragen liegen ihr auf der Zunge. Wie, um Himmels willen, sind sie mit ihr verwandt? Ihre unausgesprochenen Fragen werden von Christine zum Teil beantwortet: »Ich bin die Großnichte von Friedrich Weckerlin.« Als sie den fragenden Blick in Annas Augen sieht, meint sie lachend: »Ach, du Arme. Die Gretl meint, du wüsstest praktisch nichts über deine Familie. Und dann kommen wir und fallen gleich mit der Tür ins Haus! Aber keine Sorge, die Gretl wird dir alles ganz genau erklären. Und dann sind da ja auch noch die Aufzeichnungen deines Urgroßvaters. Auf die sind wir selber gespannt. Ich meine …«, unterbricht sie sich hastig und errötet leicht, nachdem ihr Mann sie in die Seite gestupst hat, »wenn du uns davon erzählen willst. Kein Mensch hat sie bisher zu Gesicht bekommen. Unsere Gretl hütet sie nämlich wie der Drache seinen Schatz.«

»Du redest schon wieder viel zu viel«, sagt Richard, aber es klingt sehr liebevoll. »Jedenfalls haben wir zur Einstimmung gleich unsere alten Alben mitgebracht. Hast du schon Bilder von deiner Familie gesehen?«

Stockend und etwas verlegen berichtet Anna von den Fotoalben in Berlin. »Ich kann aber die Personen nicht so richtig zuordnen.« Wie peinlich, vor diesen Leuten eingestehen zu müssen, dass Marie ihre Vergangenheit und ihre Familie konsequent aus ihrem Leben und dem ihrer Tochter verbannt hat. Was müssen sich diese Leute denken, die so unbefangen und selbstverständlich mit ihrer Familiengeschichte umgehen? Ein vertrautes Gefühl regt sich in Anna, da ist wieder der Zorn auf Mama, die Wut darüber, dass sie allein gelassen worden ist, nicht nur als Tochter, sondern auch allein gelassen mit den Bruchstücken ihrer Familiengeschichte. Und dann ist da auch diese immer stärker werdende, nagende Sehnsucht …

Ein dünner, loser Faden, denkt Anna, und ich bin doch hineingewoben, in etwas, das ich nicht kenne.

Christine hat sich in der Zwischenzeit neben sie gesetzt. Anna spürt die Wärme ihres Körpers und atmet den Duft, der von ihrer Haut ausgeht. Sie könnte meine Mutter sein, denkt sie und spürt wieder den Kloß im Hals. Richard zieht ein abgegriffenes Fotoalbum aus einem bunt durcheinander geworfenen Stapel hervor, blättert darin und legt die aufgeschlagene Seite dann feierlich auf Annas Schoß.

»Fangen wir vorläufig einmal mit diesem Bild an. Das ist

dein Urgroßvater, Johannes Helmbrecht, und …«, er deutet auf eine der dort abgebildeten Personen und blickt aus den Augenwinkeln auf Gretl, die sanft, aber bestimmt den Kopf schüttelt, »und das ist sein bester Freund Friedrich Weckerlin. Das Bild ist durch reinen Zufall entstanden, die Familien hätten sich in dieser Zeit nie ein Foto leisten können. Der Königliche Hoffotograf Christoph Blumenschein aus Wildbad hat die beiden einmal gesehen, wie sie ihren Beerenkorb ins Badhotel geschleppt haben. Irgendwie hat er wohl gedacht, dass das einmal etwas anderes war, als immer nur die vornehmen Damen mit ihren Hüten und die gesetzten Herren mit den steifen Kragen zu fotografieren. Er hat also ein Foto von den Buben gemacht, und weil er ein freundlicher Herr war, hat er dem Koch vom Badhotel zwei Abzüge gegeben, für die Jungen. Die alte Frau Weckerlin hat das Bild immer sehr in Ehren gehalten. Hast du ein solches Bild auch in euren Alben gefunden?«

Anna schüttelt den Kopf. Aus dieser frühen Zeit existiert gar kein Bild, das weiß sie genau. Merkwürdig, dass bis zu einem bestimmten Zeitpunkt alle Spuren ausgelöscht wurden! Sie nimmt das Bild aus den Fotoecken heraus, um es genauer betrachten zu können.

Da stehen tatsächlich zwei Jungen, der eine kräftig und hoch aufgeschossen, der andere schmächtig und klein.

Das muss Johannes, ihr Urgroßvater sein. Lange, helle Haare fallen ihm in die Stirn und er blickt aufmerksam in die Kamera. Einen ganz wachen Blick hat er aus diesen merkwürdig hellen Augen, das kann man sogar auf dieser alten Schwarz-Weiß-Fotografie erkennen. Und irgendwie stecken Neugierde und eine verhaltene Skepsis dahinter.

Der andere ist ein auffallend hübscher Junge mit dunkel gelockten Haaren. Dieser Richard sieht ihm ähnlicher als seine Großnichte. Auch er blickt direkt in die Kamera, aber anders als Johannes wirkt dieser Junge trotzig und verschlossen. Die Augen sind so traurig, denkt Anna, als leide er an einem tiefen Kummer, der nicht nach außen dringt und sich nur in den Augen spiegelt. Und noch etwas anderes liegt in seiner Haltung, so wie er dasteht, in diesem winzigen Augenblick, den ein Fotograf festgehalten hat. Neben dem Misstrauen und der Ablehnung errät man noch ein anderes Gefühl. Es ist die Art, wie er den Kopf hält. Das muss ein sehr stolzer Junge gewesen sein, denkt Anna. Der andere blickt offener in die Welt. Es kommt ihr so vor, als sei der andere, ihr Urgroßvater, neugierig gewesen, sein Blick scheint alles aufzunehmen, und er hat wohl auch diesen Moment für sich im Gedächtnis festgehalten.

»Das muss ungefähr um 1912 aufgenommen worden sein«, sagt Richard mitten in das lange Schweigen hinein, dessen Anna sich erst jetzt bewusst wird. Sie registriert, dass die anderen sie gespannt anschauen. »Leider gibt es keine Beschriftung mit Daten und so weiter. Aber im Hintergrund ist deutlich die Fassade des alten Badhotels zu sehen«, erklärt Richard weiter.

Man kann tatsächlich geschwungene Arkaden erkennen, vor denen zierliche Stühle stehen, auf denen Kurgäste sitzen, die von weiß gekleideten Kellnern mit großen Schürzen bedient werden. Die Aufnahme hat einen Moment eingefangen, in dem sich ein Kellner devot zu einer Dame beugt, die einen riesigen Hut mit Federn trägt, und ein zweiter Kellner zwängt sich gerade durch die Reihen mit einem Tablett, das über den Köpfen zu schweben scheint. Die Menschen im Hintergrund des Bildes unterhalten sich angeregt, einige schauen aber herüber zu der kleinen Szene, wahrscheinlich haben sie den Fotografen bemerkt. Und vor dieser Kulisse, die Eleganz und Wohlstand ausstrahlt, stehen die zwei Jungen, barfuß, mit kurzen Hosen und viel zu großen Hemden, die fleckig und zerrissen nachlässig in die Hosen gestopft sind. Sie tragen einen Korb in der Mitte, jeder hält einen Henkel fest umklammert. Was für ein Kontrast zum Reichtum und Müßiggang im Hintergrund des Bildes! Aber wahrscheinlich ist es genau dieser Kontrast gewesen, der den Königlichen Hoffotografen Blumenschein gereizt hat.

»Das sind wahrscheinlich Heidelbeeren«, sagt Richard auf eine entsprechende Frage Annas hin und deutet auf den Korb. »Viele Kinder haben damals Beeren gepflückt und sie an die Hotels und Bäckereien in Wildbad verkauft. Die haben daraus Süßspeisen oder Kuchen für die Kurgäste gemacht. Für die ganz Armen war das eine fast lebensnotwendige Einkommensquelle.«

Die alte Gretl nickt versonnen. »Im Frühjahr haben wir auch Birken- und Brennnesselblätter gesammelt. Die Apotheker sind ganz wild darauf gewesen. Und im Herbst dann die Eicheln und Bucheckern. Öl hat man daraus gemacht. Das wurde auch ganz gut bezahlt. Aber am besten waren die Beeren im Sommer. Das waren Delikatessen für die Sommerfrischler. Der Johannes hat immer die besten Beerenplätze gewusst. Er war auch der Schnellste im Beerenzupfen. Der Friedrich hat sich immer ungeschickt angestellt, er war's ja nicht so gewohnt. Die anderen haben ihn oft ausgelacht. Dann hat ihm der Johannes immer etwas von seinen abgegeben, heimlich hat er sie in seinen Korb geschüttet, dass nicht einmal der Friedrich selbst es gemerkt hat. Der war nämlich stolz und hätte das nicht gewollt. Er war ein guter Mensch, dein Urgroßvater ...«

Plötzlich bricht die Stimme der alten Gretl ab und sie starrt vor sich hin. Die anderen schweigen verlegen und

Anna muss einige Male schlucken. Sie schaut auf das Foto und meint auf einmal den Blick der beiden zu spüren, so lebendig werden sie für sie. »Ein guter Mensch«, flüstert sie und wird richtig traurig. Und wir haben uns nie um ihn gekümmert! Mama hat sich sogar oft lustig über ihn gemacht. Richard versucht die melancholische Stimmung, die sich auf alle gelegt hat, zu durchbrechen. »Das Bild müsste aus dem ersten Jahr in der Stadtmühle stammen. Die Weckerlins sind im Herbst 1911 eingewiesen worden. Irgendwie sieht man es dem Friedrich an. Der Kummer steht ihm förmlich ins Gesicht geschrieben.«

Das kann Gretl bestätigen. »Meine Mutter hat mir oft erzählt, wie sie am Morgen in die Küche gekommen ist und da zum ersten Mal die Frau Weckerlin gesehen hat. Die kleine Emma hat immerzu nach Milch geschrien und der Wilhelm war ganz verschreckt. Und der Friedrich, hat sie gesagt, der Friedrich saß da wie einer, dem man den Boden unter den Füßen weggezogen hat. Einer, der alles verloren hat, und damit hat sie nicht nur das Haus gemeint und all die schönen Sachen, die den Weckerlins gehört haben.«

5

Friedrich zog vorsichtig die Tür zur Küche auf. Noch war alles ruhig in der Stadtmühle. Nur das wimmernde Geschrei der kleinen Margarethe drang dumpf durch die Wände. Im November war sie auf die Welt gekommen. Tagelang hatten Lenes spitze Schmerzensschreie die Stadtmühlenbewohner verfolgt. Sie hatte in endlosen Wehen gelegen und die Hebamme, die meinte, dass es um eine wie die sowieso nicht schade sei, hatte sich doch schließlich erbarmt und den Doktor geholt. Frau Weckerlin, die immer wieder nach Lene geschaut hatte, hatte sie stark bedrängt. Der Doktor war dann tatsächlich gekommen, mürrisch und leise schimpfend, hatte nach mehr Wasser und Tüchern gebrüllt und bedenklich den Kopf geschüttelt.

Aber nach einigen zäh dahinfließenden Stunden mischte sich in einen der lang gezogenen Schmerzensschreie Lenes plötzlich ein dünnes Wimmern und alle in der Stadtmühle horchten auf. Entgegen allen düsteren Prognosen war ein gesundes kleines Mädchen zur Welt gekommen. Und auch die Mutter hatte überlebt, wenn auch knapp: Tagelang musste man um Lene bangen, denn sie hatte plötzlich hohes Fieber bekommen. Aber das war dann auch glücklich überstanden und so konnte die Hebamme eines Morgens barsch fragen, wie denn die Kleine nun heißen solle, sie müsse es drüben im Amt und beim Herrn Pfarrer melden. Lene deutete es als gutes Zeichen, dass sie und ihr Töchterchen leben sollten, und flüsterte dankbar: »Es soll so heißen wie Sie«, und so wurde die Kleine dann auf den Namen Margarethe Magdalena getauft. Der Doktor, der noch einmal zum »Nachschauen« gekommen war, bemerkte dazu bissig, selten habe er eine passendere Namensgebung erlebt. »Gleich zwei Sünderinnen auf einmal, da pass nur auf, Lene!«

Friedrich hatte nicht so recht verstanden, was er damit meinte, aber Lene schien es nicht weiter krumm zu nehmen. Bald nach der Geburt gingen die Herrenbesuche wieder los, denn sie musste jetzt »doppelt Geld verdienen«, wie sie sagte. Während der Besuche passte eine aus der Stadtmühle auf die kleine Gretl auf. Vor allem Mühlbecks Guste war ganz vernarrt in das rosige Bündel, das ihr als Puppenersatz diente, und Friedrich fürchtete, dass die Kleine irgendeine Krankheit im schmutzigen Mühlbeck-Zimmer auffangen könnte. Aber die Mutter hatte ihm tröstend übers Haar gestrichen. »Manchmal weiß ich wahrhaftig nicht, was man der Kleinen wünschen soll. Wenn es Gottes Wille ist, dass sie überlebt, dann wird es geschehen.«

Gottes Wille, dachte der Junge zornig an diesem Morgen – dem Ostersonntagmorgen des Jahres 1912. Gottes Wille war es, dass der Vater ins Wasser gegangen ist, und Gottes Wille war es, dass wir alles verloren haben und jetzt hier in diesem Loch sitzen. Also ist es auch Gottes Wille, wenn die kleine Gretl stirbt und die Lene sich verkaufen muss an diese Männer, die abends verstohlen die hintere Stiege hinabschleichen, ehrbare Bürger, die sonntags ganz vorne in der Kirche sitzen. Einer davon war der Vater der Kleinen und die Lene wusste nicht einmal, welcher. Gottes Wille kann mir gestohlen bleiben und auch die, die jetzt gerade in die Kirche gehen, können mir gestohlen bleiben. Sie haben uns ins Elend getrieben! Und dabei beten sie in der Kirche, dass man den

Nächsten lieben soll. Nein, er wollte nicht mehr in die Kirche gehen, nie mehr, obwohl ihn die Mutter immer dazu anhielt, weil er doch in zwei Jahren konfirmiert wurde.

Aber da war noch etwas anderes und deshalb war er in dieser frühen Morgenstunde in der Küche. Friedrich setzte sich auf die Wasserbank, auf der man früher die Eimer abgestellt hatte, als man das Wasser noch vom Rathausbrunnen holen musste. Jetzt hatte sogar die Stadtmühle fließendes Wasser, seit man vor ein paar Jahren die Gemeinde an die Wasserleitung angeschlossen hatte. Er nahm seine Stiefel, die er unter dem Arm getragen hatte, und versuchte mühsam hineinzuschlüpfen. In den letzten Wochen war das Gehen immer beschwerlicher geworden. Die Zehen hatten keinen Platz mehr und scheuerten sich wund und an den Fersen hatten sich dicke Blasen gebildet. Er hatte abends nasse Steine in die Schuhe gesteckt, um sie zu weiten, aber auch das half nicht, sie waren einfach zu klein. An diesem Morgen gab er nach einigen vergeblichen Versuchen, in die Schuhe zu schlüpfen, endgültig auf, es hatte keinen Sinn, sie passten nicht mehr. Damit war besiegelt, dass er heute nicht in die Kirche gehen konnte, es war ja Gottes Wille, dachte Friedrich höhnisch und schämte sich gleichzeitig dafür.

Aber das Schlimmste war, dass er ab jetzt barfuß gehen musste, zumindest so lange, bis er irgendwo ein Paar Schuhe aufgetrieben hatte, und wie er das bewerkstelligen sollte, konnte er sich beim besten Willen nicht vorstellen. Barfuß – jetzt ging es wohl, das Frühjahr war bislang recht warm gewesen und der Sommer stand bevor. Aber etwas anderes war noch viel schlimmer: Barfuß zu laufen – das war das Zeichen der Armut, der schlimmen, endgültigen Armut! Das hieß, dass er jetzt dazugehörte, dass er abgerutscht war zu den

Ärmsten der Armen und dass die Schranken sich hinter ihm schlossen. Selbst Johannes, der das doch gewiss kannte, nichts anderes gewohnt war, setzte immer seinen ganzen Ehrgeiz daran, ein Paar Schuhe zu haben, um auch im Winter in die Schule gehen zu können. Und wenn sie noch so abenteuerlich aussahen, vielfach geflickt, mit Löchern und offenen Nähten – er hatte Schuhe! Die, die er im letzten Winter getragen hatte, hatte ihm seine Ahne besorgt, vom Dederer, dem reichen Louis Dederer, dem Sägewerksbesitzer, wo sie einmal im Monat bei der Wäsche half. Johannes hatte ihm alles genau erzählt. »Nimm's halt mit«, hatte der Dederer lachend gesagt, als die Ahne demütig bittend auf ein altes Paar Stiefel gezeigt hatte, die irgendwo in einer Ecke herumstanden. Die Sohlen seien löchrig und zum Neubesohlen seien sie dem Dederer zu alt gewesen, hatte ihm Johannes anvertraut. Auch wenn er grotesk aussah in diesen viel zu großen Siebenmeilenstiefeln, er hatte Schuhe! Und er, Friedrich Weckerlin, saß jetzt da und beneidete den Johannes Helmbrecht um diese Schuhe.

Friedrich legte den Kopf auf den Spülstein, am liebsten hätte er losgeheult, laut gebrüllt, wie damals, als er noch ein kleiner Junge war und sich wehgetan hatte. Aber es nützte doch nichts, kein Vater kam mehr, um ihn zu trösten, und die Mutter konnte ihm auch nicht helfen. Die letzten Nächte hatte er oft wachgelegen und fieberhaft überlegt, aber es war ihm nichts eingefallen. Er konnte doch nicht von Tür zu Tür gehen und um Schuhe betteln. Gut, es gab die Verwandten von der Mutterseite her, aber die hatten von Anfang an strikt jede Hilfe verweigert. Friedrich ballte insgeheim die Fäuste, wenn er daran dachte, wie die Mutter gleich am ersten Morgen, nachdem sie in die Stadtmühle gesteckt worden waren, mit wehenden Röcken hinuntergerannt war ins Unterdorf, wo sich hinter dem stattlichen Gasthaus »Zum Bären« einige kleinere Häuschen mit eingezäunten Gärten drängten.

Das war die so genannte Bärensiedlung, wo einige Familien lebten, die sich neben der Kuh ein paar Hühner und manchmal auch eine Sau halten konnten. Meist standen in den Gärten auch Kaninchenställe, sodass sich die Menschen einigermaßen gut versorgen konnten. Friedrichs Mutter, Christine Katharina Weckerlin, kam aus einem solchen Haus und hatte weit über ihrem Stand geheiratet, als sie Friedrich Gottlieb Weckerlin ihr Jawort gab. Wie stolz waren damals die Eltern gewesen und der Bruder mit seiner Frau, wenn sie sonntags hoch erhobenen Hauptes in das Haus des reichen Schwiegersohns in der Herrengasse kamen. Aber jetzt wollten sie nichts mehr wissen vom Bankrotteur und Selbstmörder, die Christine musste selber sehen, wie sie weiterkam.

»Wir haben doch auch nichts«, hatte die Großmutter die weinende Tochter angeherrscht, als sie in der Küche vor ihr stand und mit stockender Stimme von ihrem Unglück berichtete. »Und zu uns ziehen könnt ihr auch nicht, wie soll das gehen? Die Bertha kriegt das Vierte und wir haben hinten und vorne keinen Platz«, und dazu hatte die Tante energisch genickt. Sie stand am Fenster mit entschlossen vor der Brust verschränkten Armen über dem schwangeren Leib. Und als Onkel Oskar, Mamas Bruder, ihr etwas ins Ohr flüsterte, hatte sie ihn böse angesehen und die Worte ihrer Schwiegermutter bekräftigt: »Die zwei Großen teilen sich schon ein Bett und das Hermännle liegt bei uns. Wir wissen selber nicht, wie das werden soll, wenn das Kleine kommt.«

Friedrich konnte sich diese Szene gut vorstellen. Er sah sie förmlich vor sich, als die Mutter ihm davon berichtete, nachdem sie wieder zurückgerannt war in die Stadtmühle, wo

Lene, die verachtete Lene, in der Zwischenzeit auf die kleine Emma und Wilhelm aufgepasst hatte.

»Und der Großvater?«, wollte Friedrich wissen.

Die Mutter zerknüllte fahrig ihre Schürze. »Hat wie immer nichts zu sagen. Beim Hinausgehen hat er mir das hier heimlich in die Hand gedrückt.« Sie kramte in ihrer Schürzentasche und holte zwei kleine Würste und ein fettiges Papier mit einem Stück Butter hervor. »Wir hätten nichts zu erwarten und bei vier Kindern bräuchten der Oskar und die Bertha alles selber, hat die Großmutter gesagt.« Die Mutter lachte bitter. »Wenn ich noch daran denke, wie oft sie bei uns zum Essen waren oder zum Kaffee, und wie viel ich ihnen zugesteckt habe! Dein Vater war immer so großzügig. Weißt du noch, Friedrich, was er immer gesagt hat? ›Geben ist seliger als nehmen.‹ Schlecht vergelten sie es ihm.«

Friedrich hatte die Arme um die Mutter gelegt und seinen Kopf sanft gegen den ihren gedrückt. O ja, daran konnte er sich noch gut erinnern. Und auch daran, wie stolz die Großmutter auf den reichen und angesehenen Schwiegersohn gewesen war, die Großmutter mit dem verkniffenen Mund und dem akkurat in der Mitte gescheitelten Haar, das hinten zu einem dünnen Knoten aufgesteckt war.

Ich habe sie nie leiden können, dachte Friedrich, sie riecht nach Kampfer und Geiz und oft habe ich deswegen ein schlechtes Gewissen gehabt. Immerhin musste man ihr in einem Punkt Recht geben: In dem kleinen Häuschen wäre in der Tat kein Platz für sie gewesen. Und zum Teilen war kaum etwas da. Aber das konnte man doch auch anders sagen. Und man hätte kommen können und die Mutter trösten können und ihn und den kleinen Wilhelm, der immer noch nicht begreifen konnte, was passiert war und immerzu nach dem Hannes, seinem Holzpferdchen, fragte.

Die andere Großmutter war ihm viel lieber gewesen, die Vaterahne, auf deren Schoß er gesessen hatte, wie er sich noch dunkel erinnern konnte. Die hatte auch anders gerochen, nach den weißen Blumen, die im Garten neben den steinernen Einfassungen geblüht hatten. Aber die Ahne war schon einige Jahre tot, von der Vaterseite gab es keine Verwandten mehr und so waren sie jetzt ganz allein und hatten buchstäblich nichts mehr, nicht einmal den guten Namen und die Ehre.

Die Mutter war gleich anschließend zum Amt gerannt. Sie lebten jetzt von den paar Groschen, die die Gemeinde zur Unterstützung zahlte, und das reichte kaum zum Überleben. Bei der Zwangsversteigerung war dann auch alles unter den Hammer gekommen und es hatte nicht einmal ganz gereicht, alle Schulden zu bezahlen, das hatte der Herr Notar Schumann abends bedrückt der Mutter erzählt. Er hatte ihr einige Gegenstände mitgebracht, um die sie gebeten hatte und die ihr persönliches Eigentum waren – das Gesangbuch, das sie zur Konfirmation bekommen hatte, und etwas Leibwäsche, die zusammen mit dem, was sie an jenem Abend im September in aller Eile zusammengerafft hatte, nun ihr einziges Eigentum bildete: einige Teller, etwas Besteck, ein paar Bettbezüge und wenige Kleidungsstücke für die Kinder. Der Notar Schumann hatte auch Friedrichs Schulranzen mitgebracht, der zusammen mit dem guten Matrosenanzug, den die Mutter noch gerettet hatte, das einzige Andenken an die bessere Zeit bildete. Aber bald würde auch der Anzug nicht mehr passen, so wie die Schuhe. Und dann? Die Schranke war geschlossen und seit jenem Tag existierten zwei Wörter, an denen das Fallen der Schranke festgemacht wurde: damals und jetzt.

»Damals« war die Zeit des versunkenen Paradieses, nur

noch eine Erinnerung, die im Alltag täglich blasser wurde. Und »jetzt« war der Alltag in der Stadtmühle. Der Tag, an dem Friedrich Weckerlin zum ersten Mal barfuß gehen würde, wie die Kinder der Armen.

»Jetzt« war das sorgenvolle Erwachen in den Stunden des hereinbrechenden Tages, wo die Erinnerungen wieder greifbarer und lebendiger wurden, »jetzt«, das waren die zäh vorüberfließenden Tage, die neue Sorgen und Demütigungen mit sich bringen würden.

Aber irgendwann ist es vorbei damit, schwor sich Friedrich mit zusammengebissenen Zähnen! Er packte entschlossen die Schuhe und ging leise hinüber in das Zimmer, wo die Mutter und die Geschwister schliefen. Wilhelm lag zusammengekrümmt auf dem Strohsack, den sich die Mutter mit ihm teilte. Er atmete rasselnd und seine Backen waren gerötet. Nach diesem ersten Winter in der Stadtmühle, wo das Wasser an den eiskalten Wänden herabgelaufen und der Wind durch alle Ritzen gedrungen war, fieberte Wilhelm ständig und ein trockener Husten schüttelte ihn. Auch die Mutter sah blass und ausgezehrt aus. Im Wäschekorb zu ihren Füßen schlummerte die kleine Emma. Friedrich betrachtete seine Familie eine Weile, zärtlich strich er Wilhelm das Haar aus der schweißnassen Stirn.

»Und eines Tages bekommst du wieder ein Holzpferd«, flüsterte er. »Ein bunt lackiertes mit einer richtigen Mähne. Und ich baue euch ein Haus, ein großes, mit Heizung und Wasserklosett. Wir werden alle Tage genug zu essen haben und schöne Kleider und Schuhe. Schuhe aus weichem Leder und feste Stiefel für den Winter, Stiefel mit Fell, wie der Herr Dederer welche hat. Das verspreche ich euch. Heute an diesem Tag, an dem ich zum ersten Mal barfuß gehen muss, verspreche ich es. Nein, ich schwöre es!«

6

Am nächsten Morgen wacht Anna mit Kopfschmerzen auf. Benommen bleibt sie eine Weile liegen und starrt auf das Fenster, durch das das helle Tageslicht strömt. Sie hat zu viel von dem Rotwein getrunken, den Richard auf Gretls Geheiß aus dem Keller geholt hat. Immer wieder hat die neue Verwandtschaft, deren Beziehung zu ihr immer noch unklar ist, das Glas erhoben und feierlich auf ihre »Heimkehr« getrunken.

Heimkehr, denkt Anna spöttisch, es gibt doch gar kein Heim, nur das alte verrottete Häuschen am Waldrand. Richard hat versprochen, es in den nächsten Tagen mit ihr zu besichtigen. Es seien allerlei Fragen zu klären, was denn mit dem Haus geschehen solle. »Sobald ich mich vom Büro freimachen kann, zeige ich dir alles, Anna, aber ich fürchte, es ist nicht mehr viel zu machen.« Günstigerweise ist Richard Architekt. Er hat ein großes Büro hier im Ort. Der »Junge« würde auch mit dabei sein, der Sohn von Richard und Christine.

»Er ist einige Jahre älter als du und studiert Architektur in Stuttgart. Extra wegen dir ist er diese Woche dageblieben, denn er ist sehr neugierig auf dich. Er ist nämlich mit den Gretl-Geschichten aufgewachsen und kennt deine Familie sehr gut«, hat ihr Christine noch gestern Abend bei der Verabschiedung erzählt.

Da ist er wieder, dieser Stich ins Herz, denkt Anna, als sie sich an diese Bemerkung erinnert. Sie ist eifersüchtig auf diesen »Jungen« und auch neidisch. Er hat von Anfang an seinen Platz hier gehabt, seine Eltern, Gretl. Ist hier ganz selbstverständlich daheim, wo sie sich noch fremd fühlt und sich ihren Platz erst suchen muss. Trotzdem muss Anna auch schmunzeln. Jetzt weiß sie wenigstens, warum Gretl ihn immer nur konsequent den »Jungen« nennt. Seinen Namen will sie nicht aussprechen, weil es »so ein komischer französischer« ist, wie sie gestern Abend murrend gesagt hat. »Sowieso eine Schnapsidee, den Jungen so zu nennen.« Christine hat überhaupt nicht auf Gretls Einwurf reagiert, Richard allerdings musste herzlich lachen: »Wir haben ja auch einen französischen Einschlag in der Familie, vergiss das nicht!«

Christine hat unwillig den Kopf geschüttelt: »Darüber macht man keine Witze!« Und dann hat sie sich erklärend an Anna gewandt. »Er heißt Frederic. Ich wollte unbedingt wieder einen Friedrich in der Familie haben und damals schien mir der Name einfach, nun ja, zu deutsch und zu bieder eben. Deshalb bin ich auf die Idee gekommen, ihn Frederic zu nennen. Und Richard fand das auch gut.« Sie schaute dabei betont strafend zu ihrem Mann hinüber, der sich immer noch amüsierte. »Heute bereue ich es irgendwie. Sie haben ihn natürlich alle Freddy gerufen. Schon im Kindergarten. Mein Sohn hat mir das bis heute nicht verziehen.«

Klar, ein bisschen neugierig auf diesen Frederic ist Anna schon, aber besonders freundlich wird sie nicht zu ihm sein, nimmt sie sich vor. Tun ja alle so, als sei ich ein Wundertier, denkt Anna und muss gleichzeitig reumütig zugeben, dass sie nicht ganz fair ist, denn schließlich sind alle freundlich und sehr hilfsbereit zu ihr.

Von unten dringen plötzlich Geräusche herauf. Sie hört Gretl hantieren und Kaffeeduft weht durch die Tür. Entschlossen schlägt Anna die Bettdecke zurück und dehnt und streckt sich am Fenster. Wie wunderbar frisch die Luft hier ist! So ganz anders als in Berlin. Sie will heute unbedingt auch diesen Berg erkunden, wo sich der berühmte Katzenbuckel befindet, von dem Gretl gestern Abend so oft erzählt hat. Und dann will sie auch anfangen in den Heften zu lesen, im Vermächtnis ihres Urgroßvaters. Zögernd nimmt sie das zuoberst liegende Exemplar zur Hand und schlägt es auf. »Für Marie und Anna« steht da in großen, leicht nach links geneigten Buchstaben auf dem ersten Blatt. Sie nimmt nacheinander alle Hefte aus der Kassette und sieht, dass er mit den Aufzeichnungen wenige Tage nach ihrer Geburt angefangen hat.

Er hat es für mich geschrieben, für mich und Mama, denkt Anna unwillkürlich und sieht plötzlich einen alten Mann am Tisch sitzen, mühsam Wort um Wort mit diesen Buchstaben schreibend. Wie Sendboten aus einem längst erloschenen Leben kommen sie ihr vor. Anna lässt sich auf einen Stuhl sinken. Sie kann ihren Blick nicht mehr wegnehmen von diesen Buchstaben, diesen Wörtern. Sie beginnt zu lesen und kann nicht aufhören, nicht einmal, als sie von unten Gretl immer lauter rufen hört.

7

Johannes kickte ungeduldig einen großen Kieselstein über den Hof der Stadtmühle. Dort, wo einstmals die Wagen mit den Getreide- und Mehlsäcken geschäftig auf und ab gefahren waren, streckte sich jetzt eine leere, graue Steinpflasterdecke vor ihm aus, die allerdings durchbrochen war von Grasbüscheln und dicken gelben Löwenzahnköpfen, die ihre spitzen Blätter überall hindurchzwängten. Nichts erinnerte mehr an das stattliche Anwesen, wo sich ein riesiges Mühlrad, angetrieben vom Grunbach, in fleißigem, stumpfem Rhythmus gedreht und zum Wohlstand der Stadtmüller beigetragen hatte.

Damit war es jäh vorbei gewesen, in einer Aprilnacht kurz vor Ende des vorigen Jahrhunderts. Die Ahne hatte Johannes immer wieder davon erzählt, wie die Feuerglocke die Grunbacher im Morgengrauen aus dem Schlaf gerissen hatte, und von allen Ecken der Ruf »Die Stadtmühle brennt!« ertönte. Viele waren mit Eimern bewaffnet herbeigelaufen, um zu helfen. Aber viel war nicht mehr zu machen gewesen. Als endlich der Feuerwehrwagen mit der großen Spritze ankam, brannten die Ställe, der Maschinenraum und der Mehlraum schon lichterloh. Wenigstens das Wohnhaus mit dem Kontor im Erdgeschoss konnte man retten und so blieb der Familie die Kasse und das Sparbuch erhalten. Und das war doch wenig genug, denn der Stadtmüller war zusammen mit seinem ältesten Sohn in den Flammen umgekommen. »Am nächsten Tag haben sie ihn unter den schwarzen Balken hervorgezogen«, erzählte die Ahne und senkte dabei ihre Stimme, als teile sie ein besonders schauriges Geheimnis mit, sodass es Johannes kalt über den Rücken lief. »Ich hab's selber gesehen, denn damals war ich noch im Dienst und meine Herrschaft hatte mich angewiesen, der Stadtmüllerin zu helfen.« Ganz schwarz sei der Stadtmüller gewesen und merkwürdig verkrümmt und die Arme seien in die Höhe gestreckt gewesen, als habe er noch im Sterben den Himmel um Hilfe angefleht. Erst habe man ihn deshalb gar nicht in den Sarg legen können, aber da hätten die Leute dann einfach den Sargdeckel mit Gewalt hinuntergedrückt! Ansehen habe man ihn sowieso nicht mehr können und die ganze Zeit habe die Stadtmüllerin geschrien. Ihren Ältesten, den August, hatte man erst zwei Tage später gefunden und von ihm war noch weniger übrig geblieben als von seinem Vater.

Jetzt erinnerte nichts mehr an das Grauen dieser Aprilnacht. Die Mühle hatte man damals nicht wieder aufgebaut, denn so weit hatte das gerettete Geld nicht gereicht. Außerdem wollte die Stadtmüllerin weg, sie könne nicht mehr atmen an dem Ort, der zum Grab für ihren Mann und ihren Sohn geworden war. Das konnten die Leute verstehen und viele gute Wünsche hatten sie damals auf ihrem Weg zurück in ihren Heimatort begleitet. Etwas später hatte die Gemeinde das Wohnhaus übernommen, die von den Flammen angegriffene Westwand repariert und so war die Stadtmühle zum »Asyl geworden für die Mühseligen und Beladenen«, wie es der Herr Pfarrer salbungsvoll genannt hatte, zur »Unterkunft für die Armen und der Wohlfahrt Anheimfallenden des Dorfes«, so stand es im Gemeinderatsprotokoll; bei den Grunbachern aber hieß es nur kurz und bündig: »das Haus für das Lumpenpack«.

Wenigstens ist im Frühjahr und Sommer alles leichter zu ertragen, dachte Johannes bitter. Die Wände schwitzten nicht mehr vor Feuchtigkeit und Kälte und nachts fror man nicht mehr unter den zerschlissenen Decken. Wilde Blumen hatten sich ausgesät, die den kleinen kümmerlichen Vorgarten bedeckten, wo die Stadtmüllerin früher ihre Kräuter angebaut hatte. Selbst das windschiefe Aborthäuschen, das sich gegen die Hauswand lehnte, bekam durch den davor stehenden Fliederbusch einen freundlichen Anstrich.

Endlich hörte er das lang erwartete Gepolter an der Haustür. Guste kam als Erste herausgerannt, im Arm hielt sie ein großes Wolltuch, in das die Kleine eingewickelt war, die Gretl, ihr Augapfel, und in ihrem Gefolge schoben sich die Mühlbeck-Buben wie Orgelpfeifen aus dem dämmrigen Flur, Ludwig, der Älteste, dann Otto und schließlich der kleine Ernst, der mit seinen dünnen gekrümmten Beinchen immer tapfer mitzuhalten versuchte. Mühlbecks hatten ihren Kindern Namen von Kaisern und Helden gegeben, als ob sie sich so trotzig gegen die Armut und das häusliche Elend behaupten könnten. In Wirklichkeit aber wirkten diese stolzen Namen nur grotesk, wie zu dick aufgetragene Schminke. Die Kinder sahen müde und übernächtigt aus an diesem heiteren Sonntagmorgen.

Vater Mühlbeck war gestern auf unerklärliche Weise zu einigen Pfennigen gekommen und das Dorf munkelte davon, dass in der Nacht zum Samstag beim Wieser-Karl zwei Stallhasen gestohlen worden waren. Die Polizei hatte gestern Abend die Mühlbeck'sche Wohnung durchsucht. Aber sie hatten nichts gefunden außer ein paar verängstigten Kindern, die sich in ihren Betten verkrochen hatten, und einer heulenden Frau Mühlbeck, die auf die Frage nach ihrem Mann Zeter und Mordio schrie. Nein, Hasen oder Geld, keins von beiden sei da, und wenn sie ihren Mann suchten, sollten sie nur gleich in die Wirtschaften gehen. »Versaufen wird er's, wie alles, und heut Nacht kommt er heim und schlägt alles kurz und klein. Nehmt ihn mit und sperrt ihn endlich ein. Ich geh sonst ins Wasser, ich ersäuf mich … !«

Das Ganze endete in einem wüsten Tumult, denn die Kinder hatten sich bei diesen Worten auf die Mutter gestürzt und in das verzweifelte Geheul eingestimmt. Am Abend hatte sich eine bedrückte Stille über die Stadtmühle gesenkt. Man wartete, wie so oft, auf Ludwig Mühlbeck, denn die Tatsache, dass er wie auch immer zu Geld gelangt war, verhieß eine unruhige Nacht. Die Schwere seines Rausches bestimmte den Grad seiner Zerstörungswut – und tatsächlich hörte man nach Mitternacht außergewöhnlich lautes Gegröle. Das war das Signal für die Mühlbeck-Kinder. Guste, Ludwig und Otto sprangen behände aus den Fenstern, einige Decken unter den Arm geklemmt, um sich irgendwo im Schutz der Dunkelheit zu verkriechen. Die Nächte waren zwar noch kühl, aber alles war besser, als Opfer der Prügel und der sinnlosen Wut des Vaters zu werden. Der kleine Ernst hatte es sich angewöhnt, zu Johannes ins Bett zu kriechen, denn das Zimmer der alten Ahne betrat Ludwig Mühlbeck auch im größten Rausch nicht mehr, seit sie ihm einmal ein Holzscheit auf den Schädel gehauen hatte! Mutter Mühlbeck schlüpfte meist hinauf zu Lene, die ihre Tür mit einer alten Kommode verrammelte, in der Hoffnung, dass sie den Fußtritten des alten Mühlbeck standhielt. Auch das Zimmer der Weckerlins mied Ludwig Mühlbeck merkwürdigerweise, denn vor der Frau Weckerlin hatte er mächtigen Respekt, obwohl sie doch jetzt seinesgleichen war. Aber vielleicht sah er immer noch den ehrbaren Handwerksmeister Friedrich Weckerlin vor sich, den so viele im Dorf bewundert und geachtet hatten.

Gut eine Stunde hatte der Mühlbeck in der letzten Nacht getobt, die ohnehin kümmerliche Wohnungseinrichtung kurz und klein geschlagen, dann war er umgefallen wie ein Mehlsack und eingeschlafen. Auch heute Morgen noch drang das rasselnde Schnarchen durch die weit geöffneten Fenster des Zimmers, wo sich Frau Mühlbeck so leise wie möglich mühte, noch etwas heil Gebliebenes aus den Resten ihres zerstörten Hausrats zusammenzuklauben.

In der Frühe, nach dieser unruhigen Nacht, hatte Johannes beschlossen, zum Katzenbuckel zu gehen und die Mühlbeck-Kinder mitzunehmen, um sie herauszuholen aus ihrer häuslichen Misere. Wenn Ludwig Mühlbeck aus seinem Rausch erwachte, war er meistens zwar nicht mehr aggressiv, aber grenzenlos sentimental und drohte dann ständig damit, sich und die Seinen auf alle möglichen Arten umzubringen.

Zusammen mit Guste holte Johannes einen großen Holzkorb aus dem Verschlag neben dem Aborthäuschen. Es gab zwar noch keine Beeren, aber er wollte auf der großen Auwiese am Katzenbuckel Kräuter sammeln. In der königlichen Stephani-Apotheke in Wildbad wurde er die zarten, frischen Löwenzahnblätter ohne Probleme los. Bestimmt gab es auch schon Wegerich und Huflattich. Der Doktor Stephani stellte daraus Tee her und verkaufte ihn an die Kurgäste, die schwer und beleibt waren vom guten Essen und vielen Trinken. Angepriesen als Wundermittel »mit den heilenden Kräften des Schwarzwalds« wurden diese Tees hingebungsvoll getrunken, damit man so Linderung von Gicht und Rheuma finden konnte.

Immer wieder dachte Johannes daran, wie merkwürdig die Welt doch eingerichtet war, in der die einen, die mit hungrigen Mägen ins Bett gingen, denen die Medizin brachten, die daran erkrankt waren, dass sie von allem viel zu viel hatten.

Aber jetzt schob er diese Gedanken beiseite und wartete. Er wartete, obwohl die Mühlbeck-Kinder schon ungeduldig mit den Füßen scharrten, denn es stand zu befürchten, dass gleich der Vater aufwachen würde. Friedrich hatte Johannes gestern Abend endlich versprochen mitzugehen! Mit zum Katzenbuckel, ihrem »Zauberort«, wie er ihn spöttisch nannte. Er hatte zögernd zugesagt, noch ein »vielleicht« in seine Antwort hineingeschoben, aber immerhin, er hatte nicht mehr den Kopf geschüttelt und abwehrend die Hand gehoben, als ihm Johannes dieses neuerliche Angebot gemacht hatte. Wahrscheinlich war es sein letzter Schutzwall, den er noch aufrechterhielt, um nicht zu »denen da« zu gehören, überlegte Johannes. Aber Stück für Stück war er doch zu einem der Ihren geworden, nach der Umsiedlung in die Stadtmühle immer mehr abgeglitten, hinunter zum Gesindel, für das er früher keinen Blick gehabt hatte.

Im März hatte es ungewöhnlich starke Regenfälle gegeben, ein Umstand, den die Grunbacher so sehr fürchteten wie Waldbrand oder Hagel, denn der unaufhörlich prasselnde Regen wusch die steil gelegenen Kartoffeläcker an den Berghängen ab. Die kostbare Erde sammelte sich in der großen Furche am unteren Ackerende und musste dann mühselig wieder bergauf getragen werden, sonst gediehen die Kartoffeln nicht und es drohte ein harter und hungervoller Winter. Alle halfen mit, auch die Stadtmühlenkinder, obwohl es als Lohn nicht viel gab – die Ackerbesitzer waren selbst keine reichen Leute. Aber das Zwetschgengsälzbrot, das ihnen am Abend in die Hand gedrückt wurde, füllte mit seiner milden Süße weit angenehmer den Magen als die trockenen Kanten Kommissbrot und manchmal gab es als Dreingabe sogar eine

Hand voll Kartoffeln von der letzten Ernte, die zwar alt und verschrumpelt waren, aber doch eine willkommene Zugabe auf dem kümmerlichen Speiseplan.

Friedrich hatte damals im März zum ersten Mal mitgeholfen. Frau Weckerlin hatte ihn hinaufgeschickt, denn Großvater und Onkel hatten am Meistern, dem höchsten Berg in Grunbach, ein kleines Grundstück. So musste er unter dem Deckmantel der verwandtschaftlichen Beziehungen zum ersten Mal an dieser verhassten Arbeit teilnehmen. Frau Weckerlin versprach sich davon ein Körbchen Kartoffeln, entgegen aller Vernunft und Erfahrung, und träumte sogar noch von einem Glas eingewecktem Sauerkraut mit Speck. Das hatte sie Friedrich leise flüsternd anvertraut und ihm dabei auffordernd seine Jacke hingestreckt.

Aber nachdem er stundenlang Körbe mit der nassen, lehmigen Erde den Berg hinaufgeschleppt hatte und mit den nackten Füßen im kalten Dreck gestanden hatte, beschied ihn seine Tante kurz und barsch, man danke und er habe recht getan, auch einmal an seine Verwandten zu denken, deren Not man früher nicht so richtig gesehen habe. Friedrichs Großvater hatte die Mütze weit hinters Ohr geschoben und sich verlegen am Kopf gekratzt. »Gib dem Jungen doch wenigstens ein Stück Brot und für die Kleinen ein, zwei Eier mit«, bat er mit leiser Stimme, »und dem da«, dabei deutete er auf Johannes, der mitgekommen war, um Friedrich zu helfen, »dem gibst du auch etwas.«

Aber da ging's erst richtig los! Friedrichs Tante begann so laut zu keifen, dass sich die Leute auf den Nachbaräckern erstaunt herumdrehten. Was er denn glaube, der alte Narr! Wo sie doch selber kaum genug zu essen hätten! Und jetzt solle man es der Verwandtschaft vorne und hinten hineinstopfen. Selber schuld seien sie, mit ihrem Vornehmtun und ihrem

Hochmut. Aber damit sei jetzt Schluss. Sollten selber schauen, wie sie zurechtkämen. Und denen da schade Arbeit nichts, jung und kräftig wie sie waren.

Johannes packte Friedrich an seiner dreckverschmierten Joppe und zog ihn weg. Er führte ihn eilig hinüber zu den weiter entfernten Äckern, wo sich das Geschrei im Rufen und Lachen der dort Arbeitenden verlor.

»Mach dir nichts draus, sie ist eben eine alte Beißzange«, flüsterte er Friedrich zu, der sich fast willenlos von ihm hatte führen lassen. »Komm, wir gehen zu Mössingers Acker. Die Frau Mössinger hat doch nur noch den Gustav. Die ist froh, wenn wir helfen. Und großzügig ist sie auch.«

Auf Mössingers Acker halfen bereits einige Kinder, darunter auch Guste und ihr ältester Bruder. Sie ließen Johannes und Friedrich ohne ein Wort des Widerspruchs sich einreihen in die Schaffenden, die die schwere Erde in die Körbe schaufelten, diese dann schulterten und keuchend nach oben trugen. Frau Mössinger hatte beifällig genickt: »So ist's recht. Viele Hände helfen viel. Soll auch nicht umsonst gewesen sein.« Sie selber packte oben beim Ausleeren der Körbe mit an. Seit einem Jahr war sie Witwe und musste die kleine Landwirtschaft alleine betreiben. Neben ihr mühte sich ihr einziger Sohn, ihr größter Kummer, der Mutter an die Hand zu gehen. Seinem heldenhaften Namen Gustav zum Trotz war der Junge schwachsinnig. »Das Chinesle« nannten ihn die Leute, wegen der mongolisch geschnittenen Augen. Aber er war freundlich und fröhlich, nur eine Hilfe für die Frau Mössinger war er nicht, sondern eine große Sorge, obwohl oder gerade weil sie ihn zärtlich liebte.

An diese Episode musste Johannes denken, als er viele Wochen später in der warmen Maisonne stand und noch immer geduldig wartete, und er musste daran denken, wie die Frau Mössinger jedem einige Kartoffeln in die aufgespannten Schürzen oder Hemden geworfen hatte und als Zugabe jedem noch ein Honigbrot brachte, denn sie nannte ein emsiges Bienenvolk ihr Eigen.

»Bist du nicht der Friedrich Weckerlin?«, hatte sie forschend gefragt, als Friedrich vor ihr stand, und sie hatte sich tief heruntergebeugt, um ihm direkt in die Augen sehen zu können. Johannes war erschrocken, denn für einen Moment hatte es so ausgesehen, als wolle Friedrich das verneinen. Aber dann hatte er unmerklich genickt, die Kartoffeln in sein Hemd gesteckt, das er an beiden Zipfeln vorsichtig festhielt und war davongerannt. Das angebotene Brot hatte er hitzig zurückgewiesen, und Frau Mössinger hatte es dann kurzerhand an Guste weitergegeben, die sofort hineinbiss und es damit als ihr Eigentum deklarierte.

»Wird dir schon noch schmecken, mein Brot, du kleiner Hochmutsteufel«, hatte die Frau Mössinger leise geflüstert und der immer kleiner werdenden Gestalt nachgesehen, die den Abhang hinunterrannte. Johannes hatte für einen Moment überlegt, ob er nicht Friedrich hinterhersollte. Aber es war sicher besser gewesen, ihn allein zu lassen. Trotz Friedrichs Reaktion hatte Johannes sich in diesem Moment richtig glücklich gefühlt. Er hatte etwas für Friedrich tun können und Friedrich war ihm, Johannes, gefolgt. Sie waren zwei Verbündete geworden, in einem Kampf, den Friedrich nun aufgenommen hatte. Und Frau Weckerlin hatte wenigstens ein paar Kartoffeln.

Wenig später hatte er Friedrich wieder gefragt, ob er nicht doch einmal mit hinaufwolle in den Wald. »Bald gibt es die ersten Kräuter und später dann Beeren, Heidelbeeren, Himbeeren, Brombeeren. Im Herbst holen wir Bucheckern und

Eicheln. Die Bucheckern bringen wir zur Ölmühle und aus den Eicheln kann man eine Art Kaffee kochen, schmeckt gar nicht so schlecht. Und Holz dürfen wir holen, Bruchholz, die Förster erlauben das. Außerdem Tannenzapfen, die geben gutes Feuer ...« An dieser Stelle war Johannes verstummt, denn Friedrich hatte ihn mit diesem schon wohlvertrauten Blick angeschaut. Es war ein Blick, der ihn zurückwies, eine unsichtbare Mauer errichtete, hinter der Friedrich alles fern hielt.

Er lebte im umzäumten Niemandsland. Aus dem alten Leben war er vertrieben worden, aber da, wo er jetzt war, wollte er nicht hingehören, das hatte Johannes verstanden. Und dann, gestern Abend, als sie auf der Treppe gesessen und sich über den alten Mühlbeck unterhalten hatten und gemeinsam überlegten, was man tun könne, um den Kindern zu helfen, da hatte Friedrich plötzlich abrupt gefragt: »Und wie viel bekommst du im Sommer für das Pfund Beeren?«, und dann hatte er fast entschuldigend hinzugefügt: »Ich muss etwas hinzuverdienen, die Mutter kommt mit den paar Pfennigen von der Wohlfahrt nicht zurecht. Und die Verwandtschaft hilft ja nicht. Das heißt«, dabei war er ganz rot geworden, »sie können uns nicht helfen, weil sie selbst gerade nur das Nötigste haben. Wenn ich also mitdarf und wenn du mir dabei hilfst?«

Johannes war es ganz warm geworden. Friedrich hatte ihn gebeten! Er hatte ihn, Johannes Helmbrecht, gebeten, höflich, fast flehend. Er musste sich mehrere Male räuspern, bevor er antworten konnte: »Natürlich, klar kommst du mit. Ich hab's dir doch schon oft angeboten. Wenn wir Glück haben, kriegen wir zwanzig Pfennig fürs Pfund Beeren und im Badhotel zahlen sie manchmal sogar mehr. Und die Kräuter verkaufen sich auch gut. Und ... es ist auch schön dort droben, vor allem am Katzenbuckel. Ich … ich …« An dieser Stelle war Johannes ganz rot geworden und konnte für einen Moment nicht weiterreden, aber dann setzte er stockend den Satz fort: »… ich male dort oben auch.«

Friedrich hatte ihn für einen Moment aufmerksam und überrascht angeschaut, dann aber lediglich gesagt: »Ich komme also mit, vielleicht morgen früh schon«, und wie zur Bestätigung hatten beide kräftig genickt.

Deshalb wartete Johannes immer noch geduldig, obwohl die Mühlbeck-Kinder zum Aufbruch drängten. Gleich musste der Vater aufwachen, und dann …

Plötzlich öffnete sich die alte, schwere Eingangstür der Stadtmühle und Friedrich trat heraus! Er trug eine kurze Stoffhose, die ihm viel zu weit war, sie stammte wohl von seinem Großvater. Die Mutter hatte sie abgeschnitten, damit er so etwas wie eine Sommerhose hatte. Welche Verschwendung, dachte Johannes, so eine gute Hose schneidet man doch nicht ab, eher schwitzt man, aber sie lernen's schwer, die Weckerlins. Zögernd kam Friedrich näher, aufmerksam und misstrauisch beobachtet von den Mühlbeck-Kindern.

»Ich wär' dann so weit«, sagte er zögernd und schaute unvermittelt auf seine nackten Füße, als wolle er sich vergewissern, dass dort wirklich keine Schuhe mehr waren, dass er wahrhaftig barfuß ging, wie Johannes, wie die Mühlbeck-Kinder. Für einen Moment herrschte Stille, als ob den Kindern bewusst würde, was im jeweils anderen vorging.

Friedrich war endgültig aus seinem Niemandsland herausgetreten, hatte der Not gehorchend die ersten Schritte gemacht, in sein neues Leben, barfuß, ohne Schuhe!

Später, als die Körbe voll waren mit den zarten Löwenzahnblättern, der dunkelgrünen Brunnenkresse und dem saftigen Wegerich und sie sich für eine Pause im Gras der Auwiese am Katzenbuckel ausgestreckt hatten, zog Johannes etwas zögernd seine Buntstifte und einige Blätter zerknittertes Papier aus seinen Hosentaschen. Das Papier hatte die Ahne beim letzten Waschtag dem Herrn Pfarrer abgeschwatzt, der normalerweise die Entwürfe für seine Predigten daraufkritzelte. Die Buntstifte waren die billigsten, die es im Krämerladen der Frau Gutbrod zu kaufen gab. Johannes hatte im letzten Herbst immer wieder ein paar Pfennige abgezwackt und zusammen mit den Weihnachtsgroschen, die der Sägewerksbesitzer Dederer ihm hatte zukommen lassen, konnte er sich ein ganz stattliches Sortiment kaufen. Allerdings waren die Stifte hart und die Farben viel zu blässlich, das war sein großer Kummer, denn wie sollte er mit diesem wässrigen Blau den Frühlingshimmel malen, der sich jetzt so strahlend über ihnen wölbte? Viele blaue Farben wollte er haben, um all die Schattierungen hinzubekommen, denn der Himmel war nicht einheitlich blau. Und da hinten musste beispielsweise etwas Weiß dazu, denn am fernen Horizont hatte sich Wolkendunst nach vorne geschoben. Dort, direkt über ihnen, da war ein Blau, das man streicheln wollte wie einen kostbaren Stoff.

Er riskierte mitten in seine Überlegungen hinein einen Seitenblick zu Friedrich, der ihm neugierig zusah. »Ich wusste gar nicht, dass du so gut zeichnen kannst.«

Johannes' Herz klopfte.

Jetzt wusste Friedrich also von seinem Geheimnis. »Ach das«, sagte er etwas zu betont gleichgültig und machte eine abwehrende Handbewegung, »das ist nichts Besonderes.«

Friedrich schaute ihn verblüfft an.

Das Bild zeigte die Auwiese im Hintergrund und vorne hatte Johannes sogar Guste ganz lebensecht eingefangen, wie sie im Gras lag und einen Kranz aus Gänseblümchen flocht.

»Also, ich könnte das nie im Leben«, meinte Friedrich. Johannes hörte so etwas wie Respekt heraus und ihn durchflutete die Freude wie eine warme Welle.

»Das sieht aus wie, wie ...«, Friedrich suchte nach Worten, »wie echt eben. Richtig lebendig. Man kann sogar die Guste einwandfrei erkennen.«

Johannes drehte sich herum und sah Friedrich direkt in die Augen.

»Aber ich könnte es noch viel besser«, flüsterte er, als vertraue er ihm etwas besonders Wichtiges an. »Im Kurpark in Wildbad habe ich einmal einen Maler getroffen, der hatte eine richtige Staffelei und Ölfarben. Wie der malen konnte ... und so viele Farben! Und er war gar nicht eingebildet, hat sogar mit mir geredet, weil ich immer geschaut habe und gar nicht weggehen konnte. Auf eine Akademie müsse ich gehen, hat er gesagt, denn dort kann man es richtig lernen. Zum Beispiel die Per... Per..., ich habe das Wort vergessen, aber es schien ihm wichtig. Und er hat gesagt, dass man nicht das malen darf, *was* man sieht, sondern *wie* man es sieht! Hier drin«, dabei klopfte sich Johannes auf die Brust, »hier drin sind meine Bilder, hat er gesagt und ich habe ihm erzählt, dass es mir genauso geht. Ich möchte malen, was ich fühle, wenn ich etwas sehe, aber das ist sehr schwierig. Ich möchte so gerne auf eine solche Schule gehen und ich möchte auch ganz andere Farben haben.«

Beide Jungen schwiegen eine Weile und schließlich nahm Friedrich das Bild zur Hand und betrachtete es lange. »Du kannst es schon richtig gut.«

»Wirklich?« Johannes strahlte.

»Ja. Das Bild ist gut. Nicht, weil ich Guste erkennen kann

oder die Auwiese, sondern weil es so ist, wie der Maler sagt. Ich kann sehen, was du fühlst. Es ist echt.«

Beide Jungen schauten abwechselnd auf das Bild und dann auf die Kulisse, die vor ihnen lag. Johannes überlegte. Hatte er wirklich die Wärme und das Glück dieses Frühlingstags eingefangen?

Plötzlich war ein Gefühl da, das er so intensiv spürte, dass ihm das Bild viel zu blass und zu oberflächlich schien. Auf einmal fühlte er Friedrichs Hand auf der seinen. Es war nur eine kurze leichte Berührung, aber sein Handrücken brannte, als ob Feuer drübergegangen wäre. Und er hörte eine Stimme an seinem Ohr, heiser, brüchig, aber sehr entschlossen: »Dass jemand, der so etwas Schönes kann, in der Stadtmühle leben muss! Wenn ich erwachsen bin und Geld habe, dann schicke ich dich auf diese Akademie. Und ich kaufe dir alle Farben, die du brauchst!«

8

Seufzend klappt Anna das Heft zu. Von unten klingt Gretls Rufen drängender und lauter herauf. Sie hört Türen gehen und dann Gretls rasselndes Schnaufen. Du liebe Güte, sie wollte sich wohl auf den beschwerlichen Weg machen, um sie zu holen! Bloß weil ich mich einfach nicht losreißen kann von diesem Heft und Gretl schon seit einer Stunde warten lasse!

»Gretl, ich komme!«, ruft sie schnell und eilt die Treppe hinunter, wo ihre Gastgeberin tatsächlich schon auf der ersten Stufe steht und sie vorwurfsvoll anblickt. »Jetzt komm halt schon. Kannst ja nachher weiterlesen«, knurrt die alte Frau und schlurft voraus in das Wohnzimmer, wo ein liebevoll gedeckter Frühstückstisch auf sie wartet. Eigentlich isst sie morgens ja nur etwas Joghurt, aber Anna verkneift sich den Hinweis und bestreicht entschlossen ein Brötchen mit Butter und Marmelade. Es schmeckt wirklich gut und das sagt sie Gretl auch mit vollem Mund. »Und die Marmelade ist nicht so süß, sondern schmeckt richtig fruchtig.«

»Das will ich meinen«, nickt Gretl stolz und gießt bedächtig Kaffee nach. »Selbst gemacht. Da geht nichts drüber. Leider sind es keine Waldhimbeeren, ich komm nicht mehr auf den Berg hoch zum Zupfen. Diese hab ich von den Stöcken hinter eurem Haus. Der Johannes hat sie noch gepflanzt, als er selber schlecht auf den Beinen war. Trotzdem, am besten war doch die Marmelade aus den Waldfrüchten.«

Das ist das Stichwort für Anna. »Er war viel oben im Wald, nicht wahr?«, fragt sie und bohrt auf Gretls Nicken weiter: »Ich hab gar nicht gewusst, dass die armen Kinder früher so hart arbeiten mussten, Beeren sammeln und so …«

Statt einer Antwort nickt Gretl wieder nur mit dem Kopf. Anna lässt nicht locker. »Warst du auch dabei, ich meine, später? Mein Uropa schreibt, dass du als Baby immer von der Guste Mühlbeck mitgeschleppt worden bist.«

Jetzt lächelt Gretl versonnen. »Ja, die Guste, das war ein gutes Mädchen. Hat leider nichts vom Leben gehabt. Erst der besoffene Vater und später …« Sie stockt und schaut plötzlich mit düsterem Blick auf das Tischtuch mit den eingestickten roten Blumen. Anna wartet gespannt, aber sie erfährt nichts von Gustes Schicksal. Stattdessen sagt Gretl abrupt: »Ja, ich bin auch dabei gewesen. Als ich laufen konnte, bin ich tapfer hinterhergewatschelt und bergauf haben sie mich oft in den leeren Korb gesetzt. Und wenn es beim Rückweg gar nicht mehr ging, haben mich der Johannes oder der Friedrich auf die Schultern genommen. Meine Mutter war froh, wenn ich aus dem Haus war. Hast ja jetzt einiges gelesen und kannst dir denken, warum.« Gretl lächelt, trotz allem. »Sie haben mir ein Becherchen um den Bauch gebunden und dann musste ich auch Beeren zupfen. Das ist das Erste, woran ich mich sehr gut erinnere. Den Geruch vom Wald und das Geräusch, wenn die Beeren in den leeren Becher kullerten. Manchmal, wenn wir viel zusammengebracht haben, sind der Johannes und der Friedrich mit uns zum Café Wirtz gegangen und jeder hat ein Zehnereis bekommen, auch ich, das war sozusagen mein Anteil, obwohl ich wenig genug beigetragen habe. Später ging es immer besser und ich habe auch richtiges Geld verdient. Aber das Eis, das war das Beste. So gut hat mir später nichts mehr geschmeckt.«

Gretls Lächeln wird stärker. Sie schaut hinaus aus dem Fenster. »Einmal möchte ich noch hinauf, auf den Katzenbuckel. Möchte alles noch einmal sehen und riechen. Schau, die Leute waren früher bettelarm. Nicht nur wir Stadtmühlenkinder mussten hinauf in den Wald gehen, fast alle Dorfkinder haben dort geschafft. Für viele war es ein wichtiges Zubrot und wir von der Stadtmühle haben tatsächlich vom Wald gelebt. Die Pfennige, die wir da verdient haben, waren lebensnotwendig. Wir haben uns nicht einmal getraut, von den Beeren selber zu essen, alles musste verkauft werden. Die Guste hat so fast die ganze Familie durchgebracht, wenn der Alte wieder einmal alles versoffen hatte. Deshalb hatte auch jeder seine geheimen Beerenplätze. Die wurden nicht verraten. Beim Pflücken haben wir nur geflüstert, damit uns ja keiner hören konnte. Der Johannes kannte sich am besten aus. Immer wieder hat er neue Plätze ausfindig gemacht, hat herausgefunden, wo besondere Kräuter wuchsen und wo das meiste Bruchholz lag. Aber am schönsten war der Katzenbuckel. Nicht nur weil es dort die besten Beeren gab, denn im Sommer brannte die Sonne förmlich auf den Hang, sondern weil er unser Zuhause war! Dort bin ich praktisch aufgewachsen.« Sie dreht sich plötzlich zu Anna um, die ihr ganz fasziniert zuhört und dabei das Marmeladenbrötchen, das sie immer noch in der Hand hält, fast vergessen hat.

»Vielleicht kann uns der Junge in den nächsten Tagen hinauffahren. Er hat's mir jedenfalls versprochen. Ich möchte es dir so gerne zeigen.«

Anna überlegt kurz: Inwiefern kann ein Waldstück ein Zuhause sein? Aber ihr liegt noch eine andere Frage auf der Zunge. »Und da hat er gemalt, mein Uropa?« Irgendwie ist sie stolz auf diesen Urgroßvater. Das ist doch etwas Besonderes, so ein künstlerisch begabter Vorfahr. Blöderweise hat sie selbst nichts davon geerbt. In Kunst gehörte sie zu den ganz Schlechten. Nur im Aufsatzschreiben, da war sie gut. Eigentlich ist Schreiben ja auch eine Kunst, denkt sie. Mama war ebenfalls gut darin, wollte immer etwas mit Schreiben machen, vielleicht hat sich die Kunst bei uns einfach in eine andere Richtung umgepolt.

Gretl hat auf ihre Frage wieder nur genickt.

»Und die Bilder? Ist doch komisch, dass er die ganzen Bilder verbrannt hat. Ich meine, es müssen doch Unmengen davon da gewesen sein, wenn er schon als Kind so viel gemalt hat. Ich würde so gerne seine Bilder sehen!«

Da schaut Gretl wieder auf die Tischdecke und fährt mit den Fingern das Blumenmuster nach. Plötzlich erschrickt Anna. Ein Tropfen fällt auf die dürre Hand, über die sich die Haut wie altes Pergament spannt. Noch ein Tropfen fällt und zerfließt langsam über der Handfläche mit den dicken blauen Adern. Gretl weint. Betroffen schweigt Anna. Dauernd bringe ich sie mit meiner Fragerei zum Weinen!, denkt sie ganz zerknirscht.

Was hat es mit den Bildern nur auf sich? Sie wartet eine Weile und sieht noch mehr Tränentropfen zerfließen. Die Stille wird immer drückender und plötzlich spürt Anna, dass da etwas im Raum ist, etwas nicht Greifbares, aber es legt sich auf sie und schnürt ihr für einen Moment die Luft ab. Gespenster, denkt sie, die Gespenster der Vergangenheit sind da und ich hab sie heraufbeschworen. Sie ahnt auf einmal, dass da oben zwischen den vergilbten Blättern der Wachstuch-Kladden so manches auf sie wartet. Wie der Geist aus der Flasche, denkt Anna. Als Kind habe ich einmal in einem Film gesehen, wie ein Junge den Geist aus der Flasche befreit hat, aber der Geist war nur vordergründig gut und dankbar, in Wirklichkeit war er böse und beherrschte bald den Jungen, bis es dem durch eine List gelang, ihn wieder in die Flasche zu locken.

Da ist sie wieder, die Angst, denkt Anna, aber auch Neugierde. Was werde ich nur alles erfahren?

Auch Gretl scheint diese plötzliche Spannung zu spüren. Sie kramt umständlich ein Taschentuch aus ihrer Kittelschürze und sagt dann nach einer Weile: »Ein paar seiner Bilder sind ja noch da. Der Richard soll sie dir zeigen. Und im Übrigen, lies weiter. Johannes wird es dir bestimmt selber sagen.«

9

Verstohlen wanderte Friedrichs Blick nach oben zum Bild des Kaisers, das hinter dem Lehrerpult hing. Daneben war die Uhr angebracht, deren Zeiger sich in quälender Langsamkeit bewegten. Die Hitze lag brütend im Klassenzimmer, obwohl die Flügel der hohen Fenster weit offen standen. Es war der 10. Juli 1912. Die Köpfe der Fünftklässler beugten sich tief über die aufgeschlagenen Lesebücher. Nur noch wenige Tage bis zu den großen Ferien waren zu überwinden und sie verflossen viel zu zäh und langsam.

Friedrich seufzte leise. Sein Blick blieb an Oberlehrer Caspar hängen, der schräg auf dem Pult saß, ein Bein war aufgestützt, das andere baumelte lässig, einen regelmäßigen Takt schlagend, den er mit dem Lineal aufnahm und es rhythmisch auf das Pult schlug. Wenn einer der Lesenden sich verhaspelte oder falsch las, wurde aus den dumpfen Schlägen ein unregelmäßiges Stakkato und die Köpfe der Kinder tauchten für einen Moment ruckartig auf. Er hat auch keine große Lust mehr, dachte Friedrich mit grimmiger Freude. Hoffentlich kriegen wir die nächsten Tage noch einigermaßen herum, denn wenn er sich langweilt, denkt er sich bestimmt noch etwas Bösartiges aus.

Denn er war bösartig, kleinlich und brutal, der Herr Oberlehrer Caspar, der der fünften Klasse der Volksschule Grunbach vorstand. Wie so oft überlegte sich Friedrich, warum er so war. Er war böse, weil er so unzufrieden war. Wahrscheinlich möchte er Professor oder so etwas Ähnliches sein und denkt, er hätte etwas Besseres verdient als eine Volksschullehrerstelle in einem kleinen Schwarzwalddorf, überlegte der Junge.

Die Leute erzählten sich, dass er in seiner freien Zeit durch die umliegenden Dörfer streife und merkwürdige Dinge tue. Er vermesse die Köpfe der Menschen und stelle ihnen seltsame Fragen nach ihren Eltern und Großeltern. Auch die Köpfe der Fünftklässler hatte er schon gemessen und Zeichnungen angefertigt und dabei etwas von seinen Forschungen erzählt und von der Bedeutung der Rasse für die Zukunft des Volkes. Stumpf hatten die Kinder diese Prozeduren und das Gefasel über sich ergehen lassen, ohne recht zu verstehen, was er da tat. Aber wer wollte schon den Herrn Oberlehrer fragen oder ihm gar widersprechen?

Sein Sohn Richard, ein rötlich blonder und geduckter Junge, war bis Ostern in dieselbe Klasse gegangen. Jetzt besuchte er zusammen mit den anderen aus den hinteren Bänken das Gymnasium in Wildbad. In der guten Zeit der Weckerlins vor jener Septembernacht schien der Herr Oberlehrer Caspar durchaus daran interessiert, dass sich zwischen seinem Sohn und Friedrich eine Freundschaft ergeben sollte. Schließlich war der Handwerksmeister Friedrich Weckerlin in seinen besten Tagen sogar als künftiger Gemeinderat gehandelt worden. Friedrich hatte Richard Caspar pflichtschuldigst auch einige Male eingeladen, nachdem ihn der Vater dazu aufgefordert hatte: »Der Herr Oberlehrer würde es gerne sehen.« Aber so richtig warm geworden war er mit dem mürrischen, duckmäuserischen Jungen nicht. Wahrscheinlich prügelt er nicht nur die Schulkinder, sondern auch seinen eigenen Sohn, hatte Friedrich damals gedacht und sich dabei überlegt, dass er alles Lebendige und alle eigenen Gedanken wohl aus dem Jungen herausgeprügelt hatte.

»Zucht« war neben »Rasse« sein zweites Lieblingswort, Zucht musste herrschen, in der Familie, in der Schule, im ganzen Land, denn »eine Nation, die nicht auf Zucht hält, ist verloren«. Schöne Zucht, die nur auf Prügel gegründet war, dachte Friedrich. Vater hat mich nie geschlagen und trotzdem war sein Wort für mich Gesetz! Er spürte, wie sich wieder das vertraute Brennen hinter den Augen einstellte, wie immer, wenn er an seinen Vater dachte. Schnell schluckte er die aufsteigenden Tränen hinunter und riskierte einen kurzen Seitenblick zu Johannes, der schräg vor ihm saß.

Friedrich erschrak. War Johannes denn verrückt geworden? Er malte! Malte unter der Bank, hingebungsvoll und ganz entrückt. Das Buch hatte er ganz nah zu sich herangezogen, um einen gewissen Schutz zu haben, aber sobald ihn Caspar genauer betrachten würde, fielen die Bewegungen seiner Hände auf. Und wenn er ihn aufrief, wusste Johannes garantiert nicht, was gerade behandelt wurde. Und dann gibt's Prügel, dachte Friedrich, der eine gewisse Bewunderung nicht unterdrücken konnte. Johannes kassierte ständig Prügel, wohl auch, weil die Lehrer instinktiv spürten, dass er keine Angst vor ihnen hatte und dass ihm die Schule letztlich egal war. Friedrich hatte lange den Verdacht gehegt, dass Johannes den Dummen nur spielte, aber seit er ihn näher kannte, wusste er es genau. Denn in dem Fach, in dem er hätte glänzen können, im Malen und Zeichnen, fertigte Johannes konsequent stümperhafte und schlechte Arbeiten an.

»Warum tust du das?«, hatte er ihn neulich einmal gefragt, als er ihm wieder beim Zeichnen zusah. Am Morgen in der Schule hatte ihn Caspar als »primitiv und unbelehrbar« bezeichnet, weil Johannes sich als absolut unfähig erwiesen hatte, einige Gegenstände wie Gläser und einen Krug, die Caspar auf das Pult gestellt hatte, möglichst detailgetreu abzuzeichnen.

»Weil es niemanden etwas angeht, was ich zeichne. Ich würde es nicht ertragen, wenn der Caspar oder einer von den anderen meine Bilder sehen würde. Und der Scheiß, den wir bei ihm malen müssen, interessiert mich sowieso nicht. Die sollen mich einfach in Ruhe lassen.«

Friedrich hatte nachgehakt: »Du verachtest den Caspar und die anderen Lehrer, nicht wahr?« Und Johannes hatte stumm genickt.

»Aber warum? Weil sie uns verprügeln?«

Johannes hatte mit den Schultern gezuckt. »Ich weiß es nicht. Sie können mir nichts beibringen. Nicht das, was ich wissen will. Und sie sind schwach, deshalb prügeln sie. Wie soll ich vor so einem Respekt haben!«

Das war typisch Johannes, dachte Friedrich, der ihn gerne gefragt hätte, was er denn wissen wollte. Aber er hatte sich diese Frage verkniffen und auf später verschoben. In diesem Augenblick hatte er den Freund auch beneidet. Irgendwie hat er etwas, was ihn unterscheidet von uns anderen, etwas, das ihn stark macht, auch wenn er so ein Hänfling ist, hatte Friedrich damals gedacht. Mut war nicht das richtige Wort dafür, es war eher eine Kraft, die Friedrich nicht näher bezeichnen konnte.

»Weckerlin!«, schnarrte es mitten in seine Gedanken hinein. Friedrich schnellte hoch. Caspar war neben das Pult getreten und fixierte Friedrich mit grimmigem Blick. »Ich beobachte dich jetzt schon seit fünf Minuten. Du träumst! Du bist mit den Gedanken nicht bei der Sache. Lies sofort an der Stelle weiter, wo die Paula gerade aufgehört hat!« Friedrich nahm das Buch hoch und lächelte in sich hinein. So leicht kriegst du mich nicht, dachte er. Trotz all seiner Überlegungen war er klug genug, mit halbem Ohr auf das monotone Vorlesen seiner Klassenkameraden zu hören. Seit dem Weggang der Oberschüler nach Ostern war Friedrich mit Abstand der Beste in der Klasse, eine Tatsache, die auch Caspar anerkennen musste. Er hatte ihm sogar widerwillig einen Platz weiter hinten, bei den besser gestellten Dorfkindern, den Braven und Fleißigen, angeboten, aber Friedrich hatte abgelehnt. Er wollte nicht mehr zurück. Sein Platz war vorne, bei Guste und Geißen-Willi und Johannes, da gehörte er jetzt hin. Er könne hinten nicht gut von der Tafel lesen, hatte er zu Caspar gesagt, und der hatte ihn mit einem merkwürdigen Blick bedacht und offen gelassen, ob er ihm das abnahm. Seitdem aber nutzte er jede sich bietende Gelegenheit aus, um Friedrich eins auszuwischen, und der Junge war von da an auf der Hut.

»Der Rhein als Schicksalsfluss unseres Volkes …«, las er mit monotoner Stimme vor und bemühte sich dabei, gelangweilt auszusehen, als verstehe er Caspars Aufregung überhaupt nicht. Hinter ihm hörte er leises Kichern.

»Schon gut«, blaffte ihn Caspar an und rief den Nächsten auf. Er ging zum Lehrerpult zurück und Friedrich war bewusst, dass er, Friedrich Weckerlin, ihn lächerlich gemacht hatte, so würde Caspar es jedenfalls auffassen.

Er denkt sich etwas aus, überlegte der Junge beklommen, dessen Triumphgefühl rasch verflogen war, jetzt denkt er sich etwas aus! Hoffentlich lässt er die anderen nicht darunter leiden.

Aber die Katastrophe nahm ihren Lauf! Nach der Episode mit Friedrich gab es in der Klasse nicht mehr diese stumme, fast atemlose Konzentration auf den Lesetext, zwar beugten sich die blonden, braunen und schwarzen Köpfe wieder brav über die Bücher, aber es war merklich unruhiger geworden. Füße scharrten, Bänke knarrten und viele Blicke schweiften immer wieder hinauf zur Uhr mit den langsam kriechenden Zeigern.

Plötzlich stand Caspar auf und brüllte: »Aufgestanden!«, und mit lautem Poltern fuhren die Kinder aus ihren Bänken hoch und nahmen neben den Pulten Aufstellung. Caspar marschierte langsam mit hinter dem Rücken verschränkten Armen durch die Reihen, wie ein Feldherr, der die Parade abnahm, dann blieb er abrupt stehen und sagte mit gefährlich leiser Stimme: »Wir haben gerade vom Vater Rhein gelesen, unserem Schicksalsfluss. Und wir haben von Köln gehört, der größten Stadt am Rhein. Jeder von euch wird mir jetzt ins Ohr sagen, wie viele Einwohner Köln hat. Wer es nicht weiß, bekommt eine Tatze.«

Friedrich blieb fast die Luft weg. Das war ja reine Schikane! Noch nie hatten sie im Unterricht über die Einwohnerzahl von Köln gesprochen. Und auch im Lesestück war nicht davon die Rede gewesen. Reine Schikane war das, nichts anderes …

Aber unerbittlich begann Caspar seinen Streifzug durch die Klasse. Er blieb vor jedem Einzelnen stehen, ein Unheil verkündendes »Also?« erklang und er beugte den Kopf tief vor das Gesicht des jeweiligen Schülers. Dann folgte die immer gleiche Szene – ein Kopfschütteln, entweder heftig oder nur angedeutet, je nach Temperament und Gemütslage des einzelnen Schülers, und dann kam sofort die Strafe, die Hand musste hochgehoben werden und der Rohrstock sauste pfeifend nieder. Und Caspar schlug kräftig zu, das konnte Friedrich an den schmerzverzerrten Gesichtern und den fahrigen Bewegungen erkennen, mit denen die Betroffenen die Hand in Hemd oder Kleid wühlten, als könnte man so den

Schmerz betäuben. Einigen liefen die Tränen die Wangen hinunter, aber man hörte keinen Laut, denn das würde Caspar noch mehr in Rage bringen.

Der Rohrstock kam näher, immer näher, das Pfeifen dröhnte geradezu in Friedrichs Ohren. Auch Johannes kassierte seine Tatze, allerdings ohne mit der Wimper zu zucken. Friedrich knirschte mit den Zähnen. Caspar hatte bei allen die linke Hand gewählt, weil er wusste, dass die meisten Kinder vor allem jetzt in den bevorstehenden Sommerferien mithelfen mussten. Er wollte Klagen der Eltern vermeiden, wenn die Hand geschwollen war oder aufriss und blutete, denn das kam häufig vor. Aber Johannes war Linkshänder; und sie mussten doch Beeren pflücken in den nächsten Wochen, es war Heidelbeerzeit, Himbeerzeit, die ertragreichste Zeit des Jahres. Und Holz mussten sie sammeln, aber das Schlimmste war, dass Johannes vielleicht nicht mehr malen konnte in den nächsten Tagen.

Plötzlich stand Caspar neben ihm, ein riesiger Schatten im schwarzen Gehrock und untadelig gestärkten weißen Hemd, über dessen Kragen rote Hautfalten quollen. Der Goldkneifer saß wie immer perfekt auf der Nase und ein stechender Blick traf ihn. Dann beugte er sich vor, dass Friedrich seinen Atem riechen konnte, und er hörte dieses gefürchtete »Also?« an seinem Ohr. Caspar wartete genießerisch noch ein wenig ab, bis er die Strafe an diesem irregeleiteten Zögling, dem Bankrotteurssohn, vollziehen würde.

Aber dann sagte Friedrich wie aus der Pistole geschossen: »630.000!« Er brüllte es geradezu in das ihm hingestreckte Ohr und Caspar fuhr zurück. Friedrich erschrak. Was tat er da? Ohne richtig nachzudenken, hatte er einfach eine Zahl genannt, irgendeine. Eine Tatze bekam er sowieso. Aber er wollte nicht kampflos die Strafe hinnehmen.

Vielleicht bekam er jetzt sogar richtige Prügel, musste sich über die Bank legen? Alles, nur das nicht! Mehr als die Schläge schmerzte die Demütigung.

Es war totenstill in der Klasse. Die anderen starrten mit weit aufgerissenen Augen hinüber zu Friedrich und Caspar, die immer noch dicht voreinander standen.

Dann geschah jedoch etwas völlig Unerwartetes! Caspar drehte sich auf dem Absatz um und marschierte hinüber zum Lehrerpult. Er setzte sich und zerrte aus seiner Schublade ein dickes Buch hervor, dann benetzte er seinen Zeigefinger mit Spucke und blätterte, blätterte, bis er offensichtlich gefunden hatte, wonach er suchte, denn er hob den Blick und sagte mehr zu sich selbst als zu den vor ihm stehenden Kindern: »Die Zahl stimmt fast, du hast dich nur um wenige Tausend vertan, Weckerlin.«

In diesem Moment geschah etwas! Es geschah nicht äußerlich, nicht sichtbar, nicht greifbar, nicht hörbar. Aber es passierte in den Köpfen und Herzen der Kinder und es spiegelte sich in ihren Augen wider, die alle auf den Herrn Oberlehrer Caspar gerichtet waren. Und er spürte diesen Blick, zog den Hals zwischen die Schultern ein und glich auf einmal einem riesigen schwarzen Insekt, das sich aufplustert, um gefährlich zu erscheinen.

Aber es nutzte ihm nichts; er war entlarvt! Er hatte die Einwohnerzahl von Köln selber nicht gewusst, hatte einfach etwas erfunden, um drauflosprügeln zu können, um seiner Wut einen Weg zu bahnen. Und der Oberlehrer Richard Caspar sah in sechzig Augenpaare und las darin Verachtung!

In den nächsten Tagen wartete die Klasse mit angehaltenem Atem. Wie würde Caspar reagieren? Würde er sich an Friedrich rächen? Würde er es ihnen allen mit noch mehr Prügeln und noch mehr Schikanen heimzahlen? Selten warteten alle so sehnsüchtig auf den Beginn der großen Ferien wie in diesem Jahr.

»Pass bloß auf«, sagte Johannes am Morgen des letzten Schultages zu Friedrich, als sie am wackligen Küchentisch saßen und das steinharte Kommissbrot in die mit Wasser verdünnte Milch tunkten. Frau Weckerlin, die von dem Vorfall nichts wusste, war für einen Moment hinausgegangen, um nach Wilhelm zu schauen, der seit gestern Abend wieder einmal hohes Fieber hatte.

Friedrich reagierte nicht auf Johannes' Warnung. Mit einem undefinierbaren Gesichtsausdruck sah er zur Tür, durch die die Mutter verschwunden war. Wahrscheinlich dachte er an den kleinen Bruder, der ständig kränkelte und seine neue Umgebung, auch fast ein Jahr nach ihrer Einweisung in die Stadtmühle, mit schreckhaft geweiteten Augen ansah, als könne er immer noch nicht begreifen, was geschehen war.

Für einen Moment dachte Johannes erbittert daran, dass es eigentlich ein Wunder war, wenn in der Stadtmühle ein Kind gesund blieb. Im Winter war es zu kalt und zu feucht und jetzt im Sommer drang der Gestank vom Abort durch alle Räume und die fetten Fliegen, die von dort kamen, ließen sich überall nieder. Und wenn man in der Nacht aufs Klo musste, war es besonders gruselig, denn lautlos huschten einem die Ratten um die Beine. Guste war erst vor ein paar Tagen gebissen worden und die Wunde eiterte noch immer! Er riss sich von seinen düsteren Betrachtungen los und wiederholte seine Warnung.

»Wie meinst du das?«, fragte Friedrich gleichmütig und mühte sich, den Rest des trockenen Brotkanten mit seinen kräftigen Zähnen zu zerteilen.

»Er ist wütend auf dich. Kein Wunder, so, wie du ihn vorgeführt hast. Wie er dich immer ansieht. Wie ein … ein Wolf. Pass auf, der wird es dir heimzahlen!«

»Ich bin aber kein Geißlein. Ich hab keine Angst!« Friedrich lachte abfällig. »Was hat er früher gekatzbuckelt, wenn er Vater oder Mutter auf der Straße gesehen hat. Er ist feige, bloß feige. Er soll es bloß wagen …« Friedrich beendete den Satz nicht und Johannes sah den Freund besorgt an. Lange Erfahrung hatte ihn gelehrt, dass es oft besser war, sich wegzuducken. Aber Friedrich mit seinem vermaledeiten Stolz …

Johannes ließ das Thema fallen und sie machten Pläne, an welche Plätze man in den nächsten Tagen gehen würde und wo man die besten Preise für die Beeren bekommen konnte. Der Sommer war bisher heiß gewesen, das verhieß eine gute Ernte, besonders die Himbeeren leuchteten schon prall und rot aus dem Dornengestrüpp. Vielleicht mache ich mir umsonst Sorgen, dachte Johannes, als er sich die abgeschabte Stofftasche griff, die der Ahne gehört hatte und die er als Schulranzen benutzte. Vielleicht ist der Caspar genauso wie wir einfach froh, wenn die Ferien beginnen und er seine Ruhe hat. Dann kann er wieder in die Dörfer gehen und den Leuten den Kopf ausmessen.

Als sie im Klassenzimmer ankamen, saßen die meisten Kinder schon hinter ihren Pulten. Sie plapperten erwartungsvoll durcheinander. Heute, am letzten Schultag, ging es nicht so streng zu. Nachher marschierten alle zur Kirche und vorher gab es eine Vorlesestunde. Die Geschichten, die der Caspar vorlas, waren zwar sterbenslangweilig, aber das war immer noch besser als eine endlose Schulstunde, in der jederzeit der gefürchtete Rohrstock herabsausen konnte. Nein, dachte Johannes, heute kann eigentlich nicht mehr viel passieren! Nachdenklich sah er sich um und betrachtete die Gesichter. Die meisten Kinder mussten in den Ferien arbeiten, mussten bei der Heuernte mithelfen und später bei der Obsternte. Trotzdem lag auf allen Gesichtern eine stille Freude. Er sah ein Leuchten in den Augen, denn keine Schule zu haben bedeutete trotz aller Arbeit ein kleines Stück Freiheit.

Die erste Stunde ging quälend langsam vorbei. Dann holte Caspar ein Buch aus dem Pult und verkündete feierlich, vor dem Kirchgang wolle er nun etwas ganz Besonderes vorlesen. Ein leiser Seufzer ging durch die Klasse. Sie kannten das Buch, wieder einmal würde es die germanischen Heldensagen geben, die die Klasse nun schon fast auswendig kannte. Nach einer Weile, als die Schüler ergeben vor sich hin dösten und sich von oben Caspars monotone Stimme wie Watte über den Raum legte, kramte Johannes mit äußerster Vorsicht ein Blatt aus seiner Tasche, um es intensiv zu betrachten. Der Geißen-Willi machte einen langen Hals, konnte aber nicht richtig erkennen, um was es sich handelte. Seit einiger Zeit hatte sich Johannes auf das Malen von Menschen und speziell von Gesichtern konzentriert. Die schlechten Farben, die ihm zur Verfügung standen, hatten ihn immer unzufriedener gemacht. Aber Gesichter, so fand er, konnte man sehr gut mit dem Bleistift zeichnen.

Eines seiner bevorzugten Modelle war Friedrich. Es gab schon einige Versuche und dieses Bild hier war das neueste, das er gestern begonnen hatte. Aber auch mit dieser Skizze war Johannes nicht zufrieden. Es fehlte etwas, und er konnte nicht richtig sagen, was es war. Es ist der Gesichtsausdruck, dachte er nach längerem Betrachten, etwas, das in Friedrichs Gesicht liegt, habe ich nicht eingefangen. Seinen Trotz vielleicht und diesen Schmerz, der hinter den Augen liegt, und seinen verfluchten Stolz. Aber wie soll ich das ausdrücken? Er vertiefte sich immer mehr in seine Betrachtungen, wusste plötzlich gar nicht mehr, wo er war, und überhörte sogar Geißen-Willis mahnendes Räuspern.

Plötzlich meinte er, ein Messer durchstoße sein Herz, als ihm das Blatt aus den Händen gerissen wurde. Caspar stand vor ihm, er roch nach Zigarrenrauch und fettem Essen und lächelte ihn höhnisch an. »So, Helmbrecht, habe ich dich endlich erwischt! Treibst also Unfug während des Unterrichts. Na, wollen mal sehen ...« Dabei richtete er den Blick auf das Blatt, wohl in der Erwartung, irgendein Gekritzel, »Gesudel«, wie er es manchmal nannte, vorzufinden. Vielleicht sogar eine Karikatur, ein lächerliches Bild von ihm selbst, das ihm Gelegenheit geben würde, eine harte Strafe zu verhängen. Wenn er das Bild nur nicht zerreißt, dachte Johannes. Lieber Prügel. Prügel waren besser, denn die Vernichtung des Bildes würde bedeuten, dass man etwas von ihm, Johannes, der Zerstörung preisgab.

Und es ist ausgerechnet Friedrich, dessen Bild er da in Händen hält! Also habe ich Friedrich nun auch an ihn ausgeliefert! Was wird Caspar wohl denken? Diese Gedanken quälten Johannes so, dass er meinte, er könne es nicht mehr ertragen. Mit gesenktem Kopf wartete er auf das kreischende Geräusch auseinander gerissenen Papiers und auf eine höhnische Bemerkung, zur Klasse hingeworfen, die pflichtschuldigst mit gezwungenem Lachen antworten würde.

Aber es blieb still. Caspar stand reglos, den Blick auf das Bild geheftet, wie Johannes erstaunt feststellte, als er den Kopf etwas hob, weil er diese Stille nicht mehr aushalten konnte. Sie nahm ihm fast die Luft zum Atmen. Mitten in dieses gespannte Warten hinein fiel plötzlich die Stimme von Caspar, sie war heiser und zitterte etwas und er musste sich mehrmals räuspern: »Wer hat das Bild gemalt?«

Johannes war verblüfft. Damit hatte er nicht gerechnet,

dass Caspar seine Urheberschaft nicht gleich erkennen würde. Aber er hatte ja auch immer ganz schlechte Bilder bei ihm abgeliefert.

Caspar wiederholte die Frage: »Noch einmal, wer hat das Bild gemalt?«

»Ich, Herr Oberlehrer, ich habe das Bild gemalt.«

Messerscharf kam die Antwort: »Du lügst!«

»Nein, Herr Oberlehrer.« Johannes spürte, wie Zorn und Angst in ihm hochkrochen. Wie sollte er das erklären?

Er wiederholte trotzig: »Ich habe das Bild gestern gemalt und wollte es mir noch etwas genauer anschauen.«

Johannes löste seinen Blick von der goldenen Uhrkette, die aus dem schwarzen Gehrock hing. Er hatte während des Gesprächs diese Kette fixiert, als sei sie ein Ankerpunkt, an dem er sich festhalten konnte. Aber jetzt musste er Caspar davon überzeugen, dass er die Wahrheit sagte. Er blickte Caspar fest an, blickte direkt in seine Augen mit dieser undefinierbaren Farbe. Genau unterhalb des rechten Auges befand sich ein kleiner Schnitt, an dessen Rändern winzig kleine geronnene Bluttropfen hingen. Caspar hatte sich am Morgen wohl beim Rasieren geschnitten.

All das registrierte Johannes in Sekundenbruchteilen und dachte trotz der Schrecken dieses Augenblicks, dass man Caspar malen müsste. Dieses feiste Gesicht mit den hängenden Wangen, die Augen, die wie verschmiert unter den dicken Lidern lagen, und die Kerben an den Mundwinkeln, die der Person etwas Grämliches, Unzufriedenes verliehen; das müsste man malen! Ich möchte wirklich ausprobieren, ob ich das hinbekomme, dachte Johannes.

Mitten in seine Überlegungen hinein wiederholte Caspar seinen Vorwurf und diesmal klang es wie eine Kampfansage: »Du lügst, Helmbrecht! Du lügst, und das ist das Schlimmste. Ich habe dich zeichnen gesehen, hier in diesem Raum, habe dein Geschmier gesehen. Wie kannst du behaupten, du hättest das da«, er hob vorsichtig das Bild etwas höher und zeigte damit auf Johannes, »ich wiederhole, du hättest das da selbst gemalt? Also, wie bist du zu dem Bild gekommen? Und was hattest du mit ihm vor? Antworte, oder ich prügle dich windelweich!«

Johannes merkte, wie ihm Tränen in die Augen schossen, Tränen der Angst und auch Tränen des verletzten Stolzes. Aber er wollte nicht weinen, diesen Triumph wollte er Caspar nicht gönnen. Es war sein Bild, er hatte es gemalt und Caspar schien etwas von dem Bild zu halten, sonst würde er Johannes nicht so hartnäckig bedrängen. Wie konnte er ihn nur davon überzeugen, dass er das Bild wirklich gemalt hatte? Er hielt den Blick immer noch fest auf den Lehrer geheftet. »Ich lüge nicht, Herr Oberlehrer, ich habe das Bild gestern Mittag gemalt. Ich schwöre es.«

Gedämpftes Murmeln und unruhiges Füßescharren durchbrach plötzlich die Stille, einige Mädchen kicherten nervös und halb gemurmelte Satzfetzen drangen zu Caspar und Johannes vor. Auf einmal fühlte er sich am Oberarm gepackt und nach vorne zum Lehrerpult gezogen. Caspar zerrte ihn auf den Stuhl, hob den Pultdeckel und holte ein weißes Blatt Papier und einen Bleistift heraus. »Hier. Du malst jetzt unverzüglich ein Bild!« Caspar ließ seine Hand schwer auf das Blatt fallen. Er hatte kurze, wulstige Finger und auf dem Handrücken sprossen dicke schwarze Haare, auf die Johannes jetzt fasziniert starrte. Man müsste ihn wirklich malen, dachte der Junge erneut.

»Also, wird's bald!« Die Hand klopfte drohend auf das Papier. »Du hast die restliche Stunde Zeit. Das Bild muss nicht fertig sein, aber ich will etwas sehen auf dem Papier da.

Dann wird's sich zeigen, Johannes Helmbrecht, ob du ein ganz gewöhnlicher Lügner bist oder ...«

Caspar vollendete den Satz nicht, er hing im Raum wie eine Drohung, aber auch als Andeutung einer Möglichkeit, an die Caspar wohl nicht glauben konnte.

Oder ..., dachte der Junge, was bin ich dann? Laut sagte er: »Was soll ich malen, Herr Oberlehrer?« Er sagte das mit großem Ernst und fast beiläufig, wie einer, der sich seiner Sache sehr sicher ist und nur noch wenige Kleinigkeiten abklären muss. Offenbar lag Caspar eine spöttische Antwort auf der Zunge, denn seine Mundwinkel hatten sich verächtlich gekräuselt. Allerdings schien der ernsthafte Blick des Jungen nicht ohne Wirkung zu bleiben.

Caspar ließ das Lächeln aus seinem Gesicht fallen. »Nun ...« Sein Blick glitt suchend über das Klassenzimmer und blieb dann an Friedrich Weckerlin hängen, der wie erstarrt dazusitzen schien. Die Hände des Jungen waren so fest um die Ecke des Pultes gekrallt, dass die Knöchel weiß hervortraten. In seinem Blick schien etwas Wildes, Unberechenbares zu liegen, denn Caspar wandte unwillkürlich den Kopf, als könne er den Blick nicht ertragen. Durch Friedrichs Haltung provoziert, konnte er sich einen Seitenhieb dennoch nicht ganz verkneifen, denn er sagte nach einem kurzen Moment des Nachdenkens: »Nun also, da du in der Wahl deiner Modelle offensichtlich nicht sehr wählerisch bist, schlage ich vor, du zeichnest mich!«

Unterdrücktes Lachen und Prusten wurden laut. Johannes fragte nach: »Ich soll Sie zeichnen?«, und in seiner Stimme musste wohl so viel Überraschung und Staunen gelegen haben, dass Caspar fast zischend entgegnete: »Ja, mich. Oder hältst du mich für ein weniger geeignetes Modell als deinen Freund Friedrich Weckerlin? Ich werde hier ganz ruhig am

Pult stehen bleiben, während wir weiterlesen. Du kannst also ungestört deiner Tätigkeit nachgehen.«

In diesen Worten schwang Spott mit und ein Zorn, der Caspars Stimme ganz hoch klingen ließ. Johannes wusste diese Wut nicht richtig zu deuten, aber die Angst fiel plötzlich von ihm ab, er fühlte sich jetzt ganz ruhig, nahm den Bleistift in die Hand und maß mit den Augen die neben ihm stehende Gestalt. Dass sein Wunsch so rasch in Erfüllung gehen würde! Er würde ihn im Profil zeichnen, natürlich würde es in der Eile keine richtig gute Zeichnung werden, aber Caspar sollte sehen, dass er ihn nicht belogen hatte, dass er wirklich im Stande war, solche Bilder zu malen, er, Johannes Helmbrecht aus der Stadtmühle.

Der Bleistift flog über das Papier, er zeichnete rasch, deutete manche Linien nur an und sah mit Schrecken, wie verräterisch ähnlich die Zeichnung dem Original wurde. Die gedrungene spitzbäuchige Gestalt stand wie eine schwarze Nebelkrähe auf der Stufe, auf der sich das Lehrerpult befand. Es war wieder ganz still in der Klasse geworden, nur der eine oder andere Blick huschte verstohlen nach oben, wo Johannes saß und malte. Als endlich das blecherne Schrillen der Pausenklingel ertönte, verharrten alle auf ihren Plätzen. Manche erhoben sich zögernd, um betont langsam Buch und Schiefertafel zusammenzupacken, die meisten jedoch blieben sitzen, den Blick gespannt auf Johannes und Caspar gerichtet. Der begann unruhig auf und ab zu laufen, scheuchte dann mit barschen Worten die Kinder hinaus und zog am Schluss Friedrich förmlich zur Tür. Der war nämlich wie angewurzelt stehen geblieben, als könne ihn nichts und niemand von der Stelle bewegen. Aber Caspar hielt ihn eisern im Griff und schließlich schloss er aufatmend die Tür ab, durch die er Friedrich gestoßen hatte. Mit pfeifendem Atem blieb er kurz stehen, den Rücken gegen den Türrahmen gepresst, dann rückte er seinen Kneifer zurecht und kam langsam näher.

Johannes saß immer noch am Pult. Ohne ein Wort zu sagen, streckte Caspar herrisch die Rechte aus und genauso stumm legte Johannes das Papier in seine Hand. Caspar riss es ruckartig an sich. Johannes spürte, wie sein Herz stürmisch und unregelmäßig zu klopfen begann, es klopfte sogar ganz oben, in der Kehle, vor allem, als er sah, dass Caspar das Blut ins Gesicht strömte! Er stand unbeweglich da und starrte, hielt den Blick unverwandt auf das Blatt Papier gerichtet und Wellen heißer Röte zogen über sein Gesicht.

Friedrich stand im Flur, an das schwere Geländer mit dem Eichenhandlauf gelehnt, und starrte unverwandt auf die Tür. Er lauschte, hörte mit angehaltenem Atem auf jedes Geräusch, aber er konnte nichts hören. Was erwartete er denn? Caspars Brüllen, das zischende Geräusch des herabsausenden Rohrstocks, vielleicht sogar einen Aufschrei von Johannes?

»Dann gehe ich hinein, dann trete ich die Tür ein, wenn er sie abgeschlossen hat, und packe ihn, ganz egal, was passiert«, presste Friedrich zwischen den zusammengebissenen Zähnen hervor. »Er darf Johannes nicht schlagen, nicht wegen des Bildes ... nicht wegen des Bildes ...«, wiederholte er dumpf. Er sagte die Worte mehr zu sich selbst als zu Guste Mühlbeck, die etwas abseits stand und ebenfalls ängstlich auf diese Tür starrte, die für Friedrich jetzt der Angelpunkt seines Denkens war. Alle Gedanken kreisten um die Tür und mehr noch, was wohl dahinter geschehen war, wenn sie sich öffnete.

»Was der Johannes wohl gemalt hat?«, flüsterte Guste und

knetete unablässig ihr rechtes Zopfende. Hinter ihr auf der Treppe kauerten Ludwig und Otto, die Gesichter gegen die schmiedeeisernen Rundungen des Geländers gepresst. Keines der Stadtmühlenkinder wäre jetzt nach Hause gegangen, um keinen Preis, obwohl jeden Moment der Hausmeister, der dicke Kiefer, vorbeikommen konnte, der sie sicher mit derben Knüffen verjagen würde.

Es war still im Schulhaus, zu still, wie Friedrich fand, nur von oben, vom allerobersten Stock, wo das Lehrerzimmer lag, drang gedämpftes Lachen. Die Lehrer feierten den Beginn der Ferien und wunderten sich bestimmt schon, wo der Kollege Caspar geblieben war. Statt Guste zu antworten, zuckte Friedrich nur mit den Schultern. Egal was Johannes machte, es konnte nur verkehrt sein. Verstellte er sich beim Malen, würde Caspar unbedingt wissen wollen, wer das Bild gemalt hatte und wie er zu ihm gekommen war. Und malte Johannes so, wie er es konnte, stellten sich Caspar sicher ein paar andere Fragen.

Mitten in diese Überlegungen hinein öffnete sich die Tür. Sie wurde ganz langsam geöffnet, behutsam und lautlos, dann erschien Johannes' Kopf im größer werdenden Spalt. Er zwängte sich hinaus, als traue er sich nicht, die Tür weiter aufzumachen, und schloss sie genauso behutsam und lautlos. Für einen Moment blieb er stehen und starrte Friedrich an, aber der merkte gleich, dass er gar nicht richtig schaute. »Er guckt inwendig«, würde die Ahne zu diesem Blick sagen. Dann lief ein leises Zittern durch Johannes' mageren Körper und er marschierte auf die Treppe los, vorbei an Guste und Ludwig und Otto, die ihm mit weit aufgerissenen Augen nachstarrten. Er bewegte sich wie ein Schlafwandler, setzte mit traumwandlerischer Sicherheit seine Schritte, nahm aber offenbar nichts von seiner Umwelt wahr.

Rasch kam Guste zu Friedrich herübergelaufen, der immer noch reglos am gleichen Platz stand.

»Was ist denn mit Johannes, Fritz? Was hat er denn?« Über Gustes schmale, braun gebrannte Wangen liefen dicke Tränen. »Was hat er ihm denn getan?«

»Ich weiß es nicht«, antwortete Friedrich, »mein Gott, Guste, ich weiß es doch nicht.«

Johannes ging ganz gerade, die Wangen waren nicht rot von Schlägen und auch sonst wirkte er nicht wie jemand, der körperliche Schmerzen erlitten hatte. Also hatte Caspar ihn nicht geprügelt, aber was war dann geschehen? Plötzlich rannte Friedrich los, rannte zwei Treppenstufen auf einmal überspringend hinter Johannes her. Gefolgt von Guste und ihren Brüdern, deren nackte Füße so laut auf den Specksteinboden klatschten, dass es im ganzen Schulgebäude hallte. Auf dem Schulhof holten sie ihn ein. Johannes war stehen geblieben und starrte wie ein Träumender auf das spitze Eisengitter, das den Hof umgab.

»Johannes, Johannes, was ist denn?« Friedrich musste sich anstrengen, nicht zu brüllen. Er hatte schon den Arm erhoben, um den Freund zu schütteln, ließ es aber dann doch. Scheu sah er Johannes von der Seite an und merkte mit Schrecken, dass er weinte. Er weinte lautlos, ohne zu schluchzen oder zu zittern. Aber er weinte, richtige Tränenbäche flossen an den Nasenflügeln herab, tropften auf seine Hände, die das Eisengeländer umklammert hielten.

»Johannes, Johannes!« Jetzt war auch Guste herangekommen. »Was hast du? Hat er dich geschlagen? Johannes ...« Auch sie wollte ihn an der Schulter packen, aber Friedrich hielt sie mit einer Handbewegung zurück. Die Kinder starrten auf Johannes' Rücken, für ein paar Sekunden schien die Zeit still zu stehen und die Welt um sie herum bewegungslos zu verharren. Dann drehte sich Johannes um, ganz langsam, wischte sich das Wasser aus den Augen und schmierte mit dem Handrücken den Rotz weg, der in großen Tropfen an der Nase hing. Er schaute die Freunde an und plötzlich zog ein strahlendes Lächeln über sein Gesicht, als habe er es angeknipst wie eine Lampe. Das Lächeln zog sich über den Mund und die Augen. Vor allem über die Augen, die plötzlich richtig glänzten und nun sehr bewusst auf Friedrich und die anderen blickten.

»Er hat gesagt, ich bin begabt.«

»Was hat er gesagt?« Friedrichs Stimme klang ganz heiser.

»Es hat ihm gefallen, das Bild. ›Du bist begabt‹, hat er gesagt. Und dass ich noch mehr malen soll. Ich soll üben, hat er gesagt.«

»*Das* hat Caspar gesagt?« Jetzt schrie Friedrich die Frage förmlich heraus. Johannes schaute ihn verständnislos an. »Ja, natürlich! Er hat das Bild angeschaut und dann gesagt, dass ich begabt bin und dass er mich fördern will!« Die letzten Worte stieß Johannes triumphierend hervor. Er betonte jedes Wort, sprach so langsam, als ob er sich selbst noch einmal überzeugen wollte. Die Kinder starrten auf Johannes, diesen strahlenden Johannes, der auf einmal lachte und erzählte, ja, gar nicht mehr aufhören konnte zu erzählen. Dass er Angst gehabt habe, weil das Bild Caspar sehr ähnlich geworden sei, zu ähnlich. Aber Caspar habe es eben gefallen und er habe etwas von »scharfem Blick« und »guter Beobachtungsgabe« gesagt. Und dass er ein »sicheres Gefühl« für etwas habe, das er schon wieder vergessen hatte, ein merkwürdiges Wort war das gewesen, und vieles habe er, Johannes, sowieso gar nicht verstanden. Aber dass er eben begabt sei, das habe er deutlich gesagt. Und unermüdlich wiederholte Johannes diese Formulierung, immer schneller, übersprudelnd stieß er die Worte hervor und holte kaum Atem.

Friedrich glaubte zu träumen. »Du willst also sagen, dass du keine Strafe bekommen hast, dass Caspar im Gegenteil von deinem Bild begeistert ist?«

Johannes nickte mit dem Kopf.

»Und hat er dich nicht gefragt, warum du in der Schule ganz anders gemalt hast?«

»Doch, das hat er natürlich auch gefragt.« Johannes zögerte.

»Und, was hast du gesagt?«

»Ich konnte es nicht so richtig erklären. Hab dann einfach gesagt, dass das Malen, das richtige Malen, meine ich, etwas ist, das nur mir gehört. Das geht keinen anderen etwas an, habe ich ihm gesagt. Irgendwie hat er es, glaube ich, verstanden. Zumindest hat er nicht mehr gefragt.«

Friedrich konnte es nicht fassen. Er konnte nicht fassen, was ihm da erzählt wurde. Dieser Caspar, dieser schreiende, prügelnde, rotgesichtige, nach Zigarren stinkende Caspar … »Ich hab geglaubt, er prügelt dich halb tot!«

»Das hab ich auch erst gedacht. Aber du, Friedrich …« Johannes beugte sich zu ihm hinüber, ganz nah, dass Guste und die anderen nichts hören konnten, »weißt du, was ich glaube? Ich glaube, in Caspar ist etwas drin, das wir nicht kennen!«

Friedrich schüttelte unwillig den Kopf. »Ach was, was soll in dem schon drin sein, außer dem vielen Essen, dem Bier und dem Wein? Wir kennen ihn doch gut genug, was soll denn in dem schon drin sein, diesem hässlichen, fetten …«

Eifrig fiel ihm Johannes ins Wort: »Du hast Recht, irgendwie, aber trotzdem … Ich glaube, der Caspar hat … hat …«, Johannes rang nach Worten, »er hat Freude am Schönen!«

»Wenn das Bild ihm ähnlich sieht, wird es wohl kaum schön gewesen sein.«

»Auf eine bestimmte Art schon! Weil es wahr ist. Echt, wie du immer sagst. Und was wahr ist, was echt ist, ist schön. Ich kann's nicht so gut ausdrücken. Vielleicht ist es gerade deshalb, weil der Caspar so hässlich ist, auch in seinem Wesen, dass er Sehnsucht nach etwas anderem hat.«

»Du … du …« Friedrich fiel kein passendes Wort ein. »Du Träumer! Siehst noch im größten Misthaufen irgendetwas Besonderes. Ausgerechnet der Caspar! Dass ich nicht lache. Was hat er denn sonst noch gesagt?«

Plötzlich musste Johannes grinsen. Spitzbübisch lachend sagte er: »Rate mal.«

»Ich komme sicher nicht drauf.«

»Er hat mir den Kopf vermessen.«

Jetzt musste auch Friedrich lachen. Das war wieder sicheres Gelände. Typisch Caspar. »Und, ist etwas Besonderes an deinem Quadratschädel?«

»Nein, natürlich nicht. Aber er hat mich nach meinen Eltern gefragt. Ob es Fälle künstlerischer Begabung in meiner Familie gegeben hat. Das hab ich mir extra gemerkt: ›Fälle künstlerischer Begabung‹. Ich habe ihm dann erzählt, dass ich meine Eltern nie kennen gelernt habe. Dass meine Mutter bei meiner Geburt gestorben ist und dass von meinem Vater niemand etwas weiß. Und mein Großvater ist ein Waldarbeiter gewesen, wie die Ahne mir erzählt hat. Da musste er erst einmal schlucken. Und dann hat er noch etwas Seltsames gesagt.« Auf Johannes' Stirn erschien plötzlich eine Falte, er lauschte nach innen, als beschwöre er noch einmal die Stimme, diese hohe, dünne Stimme. Friedrich beobachtete ihn besorgt. »Was hat er noch gesagt, Johannes?«

»Ach nichts. Lass nur. Komm, jetzt gehen wir heim. Nachher holen wir die Körbe, die ersten Heidelbeeren am Katzenbuckel müssen jetzt reif sein. Schön groß sind die. Das gibt einen guten Preis.«

Er rannte los, nein, er hüpfte, machte riesige Sätze und drehte sogar kleine Pirouetten. Lachend folgte ihm Friedrich, und auch Guste und die Buben ahmten Johannes' Beispiel nach. Sie rannten durch die Herrengasse, vorbei an zwei älteren, schwarz gekleideten Frauen mit Henkelkörben, die ihnen missbilligend nachschauten und etwas wie »Stadtmühlengesindel« hinterherzischten.

Als sie in den Lindenplatz eingebogen waren, sah Friedrich, der sich mit Johannes ein Wettrennen geliefert hatte und in der Zwischenzeit ganz vorne rannte, eine Gruppe Pennäler am großen Lindenbaum stehen, der dem Platz den Namen gegeben hatte. Einige saßen auf der wackligen Bank, die sich an den mächtigen Stamm des alten Baumes lehnte, andere standen drum herum und einer schien das große Wort zu führen. Friedrich erkannte ihn sofort an der Stimme. Das war Martin Bodamer, der ehemalige Freund, und die anderen waren auch alte Bekannte. In ihrer Mitte hatte er einst in den hinteren Bänken der Volksschule gesessen. Damals, vor unendlich langer Zeit. Sie trugen Anzüge aus feinem dunklen Tuch und Hemden mit schneeweißen hohen Kragen.

Er hatte auch solche Kleider besessen, damals, aber jetzt passten sie nicht mehr, sie lagen sorgfältig gewaschen in einer Schublade der alten wurmstichigen Kommode in der Stadtmühle und warteten auf Wilhelm, der sie einmal tragen sollte. Sie hatten Pennälermützen mit dem gelben Band der Quartaner auf. Friedrich hatte davon geträumt, auch einmal eine solche Mütze zu bekommen, in einer kurzen Zeit in jenem Sommer, vor dem September, in dem alles zu Ende ging. Er sah an sich herunter. Die kurze Hose war ihm viel zu weit, er hatte sie mit einem Strick fest umgürtet, sie war ein Geschenk des Großvaters. An den Knien war sie durchgescheuert gewesen und Mutter hatte sie einfach abgeschnitten und gemeint, das sei jetzt seine Sommerhose. Der Saum, den sie umgenäht hatte, war fürchterlich schief und viel zu grob genäht. Die Frau des Handwerkermeisters Friedrich Weckerlin war nie geschickt mit der Nadel gewesen. Schließlich hatte sie es früher nicht nötig gehabt zu nähen, dafür ließ man Leute kommen, wie beispielsweise die Ahne. Auch das graue Baumwollhemd, das Friedrich trug, wies viele solcher groben Stopfereien auf. Aber das Schlimmste war, dass er barfuß ging!

Friedrich blickte kurz auf seine braun gebrannten Füße. An den Fersen hing dunkler Schmutz in den Rillen der dicken Hornhaut. Unwillkürlich krümmte er die Zehen nach innen, als könnte er so die Füße kleiner, unsichtbar machen. Aber er wollte sich nichts anmerken lassen. Stolz warf er den Kopf nach oben und machte sich daran, an der Gruppe vorbeizugehen, die in der Zwischenzeit die Näherkommenden bemerkt hatte und plötzlich verstummte. Er wollte vorbei und keinen Zentimeter weiter nach rechts rücken. Mitten durch sie hindurch wollte er gehen und alle Schmähungen ohne mit der Wimper zu zucken ertragen. Aber dazu kam es gar nicht. Johannes hatte ihn überholt und rannte in seiner unbändigen Freude an ihnen vorbei, ohne sie recht zu bemerken. Da packte ihn der hochgewachsene, breitschultrige Wilhelm Gutbrod und hielt ihn erbarmungslos am Genick fest.

»Da ist ja unser großer Künstler. Wir haben schon davon gehört. Zeig einmal dein Bild her!«

Johannes sträubte und wand sich unter dem festen Griff. Er zappelte und versuchte verzweifelt, den starken Händen

Wilhelm Gutbrods zu entkommen. Aber Gutbrod packte nur noch fester zu und stieß Johannes unter dem grölenden Gelächter der anderen nach unten, sodass er auf die Knie fiel. »Los, das Bild her!«, schrie er noch einmal und die anderen stimmten brüllend zu: »Bild her, Bild her!«

Johannes versuchte blitzschnell seitlich auszuweichen, aber Wilhelm Gutbrod versetzte ihm einen Fußtritt, sodass er endgültig auf der Erde lag. Martin Bodamer hob seinen rechten Fuß und drückte ihn mit dem Absatz seiner schwarzen ledernen Schuhe nieder. Verzweifelt wand sich Johannes auf dem Kopfsteinpflaster, wand und krümmte sich wie eine Schlange, aber vergeblich. Der schwarze Schuh saß fest in seinem Rücken, drückte ihn entschlossen nieder.

Dieser schwarze Schuh! Nichts anderes konnte Friedrich in diesem Moment wahrnehmen! Dieser glänzende, blank geputzte, schwarze Schuh wurde in diesem Moment für ihn ein Symbol der Macht, der Herrschaft von denen da über die anderen, die im Dreck lagen und Staub fressen mussten. Er hatte einmal zu denen gehört, damals. Jetzt gehörte er zu jenen, die wie Johannes im Dreck lagen und den Staub fraßen.

Bewegungslos stand er da und sah Johannes sich winden. Einige hatten sich an Johannes' alter Tasche zu schaffen gemacht und holten schließlich unter Triumphgeheul ein sorgfältig zusammengerolltes Stück Papier hervor, das sie an Martin Bodamer weitergaben. Der zog plötzlich den Fuß weg, aber Johannes blieb wie betäubt liegen, als merke er gar nicht, dass der Schuh ihn nicht mehr unten hielt. Schließlich hustete er und richtet den Kopf etwas auf. Es sah aus, als bekomme er keine Luft mehr. Er hustete und würgte und versuchte den Dreck und den Staub aus sich herauszubekommen.

Oben an der Bank steckten Köpfe zusammen, sie hatten sich über das Papierblatt gebeugt, das Martin in den Händen hielt. Für einen kurzen Moment war es still, nur das Husten von Johannes fuhr in diese Stille misstönend hinein. Friedrich meinte so etwas wie Erstaunen, ja Betroffenheit in den Blicken auszumachen. Es konnte doch nicht sein, dass ein Armenhäusler so etwas zustande brachte! Irgendetwas musste dahinterstecken, nichts Greifbares, etwas, das sich dem Verstand entzog und was man deshalb lieber beiseite schob. Das andere, das Naheliegende aber, damit konnte man etwas anfangen.

»Er hat den Weckerlin gemalt! Guck mal, den Weckerlin – ausgerechnet den Weckerlin!« Die Gruppe löste sich auf, Hände fuchtelten durcheinander, zeigten auf das Bild, das Bodamer immer noch festhielt. Gesichter wandten sich einander zu, Gesichter mit offenen Mündern, die immer wieder das Gleiche schrien: »Er hat den Weckerlin gemalt ... der Helmbrecht und der Weckerlin ...« Und dann schrie der feiste Ludwig Stölzle dazwischen, überschrie sie alle mit seiner schrillen Stimme: »Große Liebe, was? Ein schönes Paar! Malst also deinen Herzallerliebsten ...« Und brüllendes Gelächter antwortete ihm. Plötzlich, in den Lärm hinein, hörte man die kühle, arrogante Stimme Martin Bodamers sagen: »Nun, Weckerlin, was sagst du dazu?«

Alle Gesichter fuhren nun zu ihm herum und Friedrich wurde auf einmal bewusst, dass er immer noch wie angewurzelt an derselben Stelle stand. Er sah in diese Gesichter, die höhnisch, lauernd, verachtend auf ihn gerichtet waren, sah die Münder, halb offen, bereit für weitere Schmähungen. Er sah Johannes, der sich jetzt mühsam aufgerichtet hatte und auf den Knien lag, das Gesicht überzogen mit einer Staubschicht, in die Tränen winzige Rinnen des Schmerzes gegraben hatten. Er sah aber vor allem Martin Bodamers Schuhe: neu, schwarz und glänzend, sah diese Schuhe und fuhr in sie hinein, rasend wie ein Berserker, schier berstend vor Wut und Zorn und Scham. Und während er Fausthiebe und Fußtritte verteilte und um sich schlug und trat, blind und ohne richtig zu sehen, hatte er immer wieder die gleichen Bilder vor Augen, hörte immer wieder die gleichen Geräusche. Nichts von dem, was jetzt gerade passierte, geschah wirklich. Wirklich war nur das Feuer auf dem Platz, hier in einer windigen Septembernacht, das erschöpfte Gesicht der Mutter und die Hände der Frau Mössinger, die ihm eine Hand voll Kartoffeln zustecken wollte. Wirklich, das waren seine nackten Füße und die Schuhe dort, die schwarzen, glänzenden Schuhe aus Leder!

Für einen kurzen Moment kam ihm die Überraschung der anderen über seinen plötzlichen Angriff zugute. Er konnte einige zu Boden werfen und Martin Bodamer sogar das Bild aus der Hand reißen! Aber dann fielen sie über ihn her, es waren ja so viele. Sie packten ihn an Armen und Beinen, hängten sich an seinen Oberkörper, der dicke Stölzle biss ihn sogar in die Hand. Sie hingen an ihm wie Wölfe an einem Stück Aas, das es zu verteilen galt, zwangen ihn zu Boden und traten ihn, traten ihn in die Seite, auf den Rücken, traten ihn mit ihren schönen, blank geputzten, glänzenden Schuhen.

Von Guste und den Mühlbeck-Buben war keine Hilfe zu erwarten. Sie hatten sich, mit dem geschärften Instinkt der Gossenkinder ausgestattet, schnell verkrochen, waren hinter der Eckwand der Kiefer'schen Bäckerei verschwunden und Johannes kniete immer noch hustend und würgend auf dem Boden.

Martin Bodamer hatte Friedrich das Bild wieder aus der

Hand gewunden und begann es nun zu zerreißen. Systematisch riss er es in kleine Schnipsel, die er über Friedrich rieseln ließ, und sagte dann ein obszönes Wort, das die anderen aufgriffen, skandierten und ihn dabei rhythmisch mit Fußtritten traktierten. Friedrich spürte merkwürdigerweise keine Schmerzen, nichts davon schien wirklich zu passieren und auch die Geräusche drangen nur von ganz ferne zu ihm her. So erreichte das Wort sein Gehirn erst, als die anderen über ihm schon verstummt waren.

Im Pfarrhaus, einem großen Fachwerkbau direkt am Lindenplatz, hatte sich nämlich ein Fenster geöffnet und der schlohweiße Kopf des Herrn Pfarrer war im Fensterrahmen erschienen. Fast wie Gottvater blickte er auf das Geschehen weit unter ihm. Offenbar schien ihm das Schimpfwort schlimmer als die Prügelei, denn er rief drohend: »Wenn ihr nicht augenblicklich ruhig seid, konfirmiere ich euch nicht!«

Das war allerdings eine starke Drohung. Und selbst wenn es dem Herrn Pfarrer vielleicht so ernst nicht damit war, riskieren wollte man lieber nichts. Also ließ man vom Opfer ab, klopfte sich den Staub von der Hose, sammelte die Mützen wieder ein und setzte sie ganz korrekt auf, um sich dann in kleinen Grüppchen nach Hause zu trollen.

Friedrich blieb am Boden liegen. Jetzt erreichte ihn der Schmerz, durchflutete in Wellen den ganzen Körper, der eine einzige Wunde zu sein schien. Klopfend pulste der Schmerz immer höher und er musste sich würgend erbrechen. Er konnte kaum den Kopf heben und berührte mit dem Gesicht immer wieder sein eignes Erbrochenes, bis er auf einmal spürte, dass ihm jemand sanft den Kopf hielt. Er blinzelte hoch und sah in Johannes' Augen, diese merkwürdig hellen Augen, die jetzt wieder klar blickten, obwohl sein Gesicht noch ganz verschwollen war. Lange sagten beide Jungen nichts. Johannes hielt seinen Kopf sanft, aber fest, und nach einer Weile hörte das Spucken und Würgen auf und Friedrich versuchte sich mit Johannes' Hilfe aufzurichten. Es ging mühselig, aber es ging und dann hing Friedrich schief an den schmächtigen Schultern von Johannes, der wundersamerweise unter dieser Last nicht einknickte. Auf einmal war Guste wieder da und schob Friedrichs anderen Arm hinter ihren Nacken. Ludwig und Otto waren ebenfalls hergekommen und sammelten mit der für die Mühlbecks typischen Sorge um die materiellen Dinge den Ranzen von Friedrich und die Tasche von Johannes ein.

So zog die kleine Prozession hinüber zur Stadtmühle, sie kamen nur langsam voran, denn immer wieder knickten Friedrichs Beine ein. Aber schließlich hatten sie die verwitterte Tür erreicht, als Friedrich plötzlich abwehrend eine Hand ausstreckte.

»Nicht zur Mutter«, presste er mühsam zwischen den aufgeplatzten Lippen hervor. Johannes nickte. Sie schafften ihn schließlich die Treppe hoch in sein Zimmer. Die Ahne war irgendwohin zum Putzen gegangen, also hatten sie Ruhe. Friedrich streckte sich auf Johannes' Bett aus, die Sprungfedern stachen ihm unangenehm in den wunden Rücken, aber die Ruhe und die Dunkelheit im Zimmer taten ihm gut. Johannes hatte in der Zwischenzeit die Läden geschlossen, Guste und die Buben nach unten gescheucht und frisches Wasser geholt. Er kramte in der Schublade, wo die Ahne ihre kümmerliche Wäsche aufbewahrte, und brachte einige karierte Taschentücher zutage. Damit wusch er sanft Friedrichs Gesicht ab und legte dann eines der nassen Tücher auf seine Stirn. Friedrich lag da mit weit geöffneten Augen. Er betrachtete die fleckige, graue Zimmerdecke über ihm und versuchte die Wellen des Schmerzes zu ignorieren.

Jetzt gehöre ich endgültig hierher, dachte er plötzlich. Nun haben sie mich auch noch hinausgeprügelt aus dem Kreis von ihresgleichen! Ich bin nun wirklich ein Armenhäusler, einer aus der Stadtmühle, und er dachte an die Schuhe und die Tritte, die nicht nur seinen Körper, sondern auch seine Seele verletzt hatten. Oben am Kopf spürte er eine sanfte Bewegung. Johannes hatte sich zu ihm gesetzt und strich ihm über die Haare. Friedrich dachte an das Schimpfwort und drehte unwillig den Kopf zur Seite. Aber Johannes ließ sich nicht beirren. »Danke«, flüsterte er nach einer Weile.

»Danke wofür?«

»Dass du dich für mich geprügelt hast. So mutig warst du. Einer gegen so viele.«

Friedrich schloss die Augen. »Ich habe es auch für damals getan.«

»Damals?«

»Damals in der Nacht. Auf dem Lindenplatz. Als du mir die Decke gebracht hast.«

Wortlos drückte ihm Johannes die Hand. Eine Weile war es still, zu still für Friedrich, auf dem das Schweigen plötzlich drückend lastete. Er wusste plötzlich, dass das nur ein Teil der Wahrheit war! Aber die ganze Wahrheit konnte er Johannes nicht sagen, er würde es wohl nicht verstehen, denn er hatte in diesem Augenblick an die Schuhe und seine verlorene Welt gedacht.

10

Anna ist nach dem Mittagessen gleich wieder hinaufgeschlüpft in die Dachkammer, obwohl Gretl meinte, sie wolle sich doch sicher im Dorf umsehen.

»Und den Schlüssel zum Haus kann ich dir auch geben. Kannst ja schon mal einen Blick hineinwerfen.« Sie war bereits dabei, sich schnaufend zu erheben und hinüberzugehen zum bunt bemalten Schlüsselbrett. Aber Anna hat abgelehnt. Irgendeine seltsame Scheu hindert sie daran, diese Orte aufzusuchen, die eine so wichtige Rolle im Leben ihrer Familie spielen, obwohl sie wirklich neugierig ist. Ich muss mehr wissen, denkt sie, muss zuerst diese schmalen Hefte lesen, dann weiß ich, was mich erwartet.

Am Nachmittag kommt schließlich »der Junge«. Anna hört zuerst seine Stimme, die alles andere als nach einem Jungen klingt. Neugierig spitzt sie die Ohren. Er scherzt wohl mit Gretl, denn einige Male hört sie lautes Lachen: erst sein lautes und voll tönendes und dann Gretls brüchiges und etwas heiseres, das von dem typischen rasselnden Unterton begleitet wird.

Dann wird sie gerufen und sieht im Wohnzimmer einen hoch gewachsenen und sehr schlanken jungen Mann lässig auf der Lehne des Sofas sitzen, einen Arm hat er um Gretls Schulter gelegt. Er macht einen netten Eindruck, aber Anna spürt wieder diesen Stich, dieses leise schmerzende Gefühl von Eifersucht und auch ein wenig Einsamkeit. Doch sie zwingt sich zu einem freundlichen Lächeln und streckt dem jungen Mann die Hand hin.

Prüfende Blicke aus dunkelbraunen Augen streifen sie und im gleichen Moment, als er ihre Rechte fest ergreift, denkt Anna ganz verwirrt: Wow, sieht der gut aus! Eine etwas blässere, milchkaffeebraune Variante des Vaters, die dunklen Locken sind nicht ganz so kraus wie bei Richard Caspar, aber unübersehbar ist dieses fremde, exotische Element.

Wie kommt so etwas bloß in eine alte Schwarzwälder Familie?, überlegt Anna, später muss ich unbedingt Gretl fragen.

Die ist schon ganz aufgeregt und treibt zur Eile an. Endlich wird sie ihren geliebten Wald, ihren geliebten Katzenbuckel wiedersehen. Sie rennt hinaus in den Flur, um sich mit Hilfe eines langen Schuhlöffels die Straßenschuhe anzuziehen, breite, bequem aussehende Schuhe aus weichem Leder, über deren Rand trotzdem ihre aufgedunsene Haut quillt. Schwer atmend und schnaufend zwängt sie sich auch in den zweiten Schuh und lehnt jede Hilfe ab. Über ihren gekrümmten Rücken hinweg zwinkert der junge Mann Anna zu, die zu ihrem Ärger spürt, dass sie ganz rot wird.

»So ist sie, unsere Gretl. Stur wie ein Maulesel.« Aber dabei streicht er ihr zärtlich über den Rücken und Gretl scheint es nicht weiter krumm zu nehmen. Anna überlegt, wie sie ihn anreden soll, richtig förmlich vorgestellt hat er sich nicht, bloß gesagt: »Ah, da ist ja unser Überraschungsgast aus Berlin.« – »Überraschungsgast« – als ob sie ein Fernsehstar sei. Was der sich bloß einbildet. Vielleicht sollte ich ihn Freddy nennen, denkt sie lächelnd, zum Ausgleich.

Auf dem Weg zum Auto, dem großen, dunklen Mercedes seines Vaters, sagt er über die Schulter hinweg: »Ist es dir recht, wenn wir uns duzen? Ich heiße Frederic, für gute Freunde einfach Fritz. Andere Abkürzungen sind nicht erwünscht!« Anna grinst in sich hinein. Dann also Fritz …

Nachdem sie die schnaufende Gretl auf dem Rücksitz verstaut haben, geht die Fahrt ein Stück zurück auf der Straße, die Anna schon gefahren ist, dann biegt Fritz ab und es geht steil den Berg hinauf. Links und rechts sieht Anna das undurchdringliche dunkle Grün der hohen Fichten, ab und zu tut sich eine Lücke auf und kurz blitzen die gegenüberliegende Bergseite und der sich darüber wölbende blaue Himmel auf. In engen Serpentinen schlängelt sich der Weg und Anna muss sich am Griff über der Beifahrertür festhalten, sonst wäre sie immer wieder gegen Fritz' rechte Schulter gefallen.

»Wir fahren jetzt durch Staatswald«, sagt er in das anhaltende Schweigen hinein. »Wir haben die Erlaubnis der Forstbehörde, diese Straße zu benutzen, weil es sonst keine andere Zufahrtsmöglichkeit zu unserem Wald gibt.«

Anna riskiert einen verstohlenen Seitenblick nach hinten zu Gretl und sieht, dass die alte Dame ganz zusammengesunken auf ihrem Sitz kauert, den Blick fest durch die Scheibe nach draußen gerichtet. Was wohl in ihrem Kopf vorgehen mag?, überlegt Anna. Für sie ist es immer wieder eine Reise in die Vergangenheit. Wie oft sie wohl mit meinem Urgroßvater diesen Weg gelaufen ist? Und jetzt bin ich dabei, das ist sicher etwas Besonderes für sie. Fritz plaudert weiter, vielleicht spürt er die Bedrückung, die auf Gretl zu lasten scheint, und will sie ablenken. Sie seien heute Abend zum Essen eingeladen, erzählt er und seine Mutter lässt fragen, ob sieben Uhr recht sei. Er würde sie dann abholen. Mutter würde Spätzle machen und ob sie, Anna, das schwäbische Nationalgericht überhaupt kenne. Was denkt denn der? Natürlich kennt sie Spätzle! Ihre Mama hat sie manchmal gemacht, obwohl sie nicht gern gekocht hat. Aber wenn sie ihre »sentimentalen Anwandlungen« hatte, wie sie es nannte, gab es Schwäbisches.

»In Berlin kann man Maultaschen sogar im Supermarkt kaufen«, bemerkt sie etwas bissig zu Fritz. Aber der zieht sie weiter auf, redet von »notwendiger Umerziehung« und der »Überlegenheit der Schwaben über andere Stämme« und lauter solchen Quatsch. Trotzdem muss sie lachen und kann sich eine Bemerkung über den komischen Dialekt der Schwaben nicht verkneifen.

»Das musst du als Berlinerin gerade sagen!«, spottet Fritz. Nichts davon erreicht die alte Gretl, die immer mehr in sich zusammenzusinken scheint.

Endlich sind sie oben: Eine Schranke und ein kleines Schild zeigen an, dass es sich ab jetzt um Privatbesitz handelt. Sie fahren einen holprigen Weg entlang und der schwere Wagen ruckelt und zuckelt, dass sie von einer Seite zur anderen geworfen werden.

Anna schaut immer wieder besorgt zu Gretl, aber die hält sich an ihrem Sitz fest, allerdings ist sie ein bisschen blässer als vorher und die Lippen zeigen einen leicht bläulichen Schimmer. Dann kommen sie an einer Waldhütte an, die aus ungehobelten dicken Baumstämmen gebaut ist. Sternförmig gehen vier Wege von hier ab, drei führen in verschiedenen Richtungen bergauf, aber der, auf dem sie gekommen sind, führt bergab.

»So, meine Damen, das letzte Stück müssen wir zu Fuß gehen. Unser Ziel ist die Auwiese, das ist hier gerade um die Ecke. Einverstanden, Gretl?« Die nickt nur und packt energisch Fritz' Arm.

»Gott sei Dank hat es die letzten Tage nicht geregnet, sodass alles einigermaßen trocken ist. Ansonsten würden die Berliner Schühchen ein bisschen schmutzig«, grinst er verschmitzt zu Anna herüber.

Affe!, denkt Anna nur, guckt aber unwillkürlich an sich herunter. Die »Berliner Schühchen« sind immerhin ganz bequeme Sneakers, allerdings aus hellem Leder. Aber wenigstens hat sie keine hohen Absätze oder Riemchensandalen oder so etwas an den Füßen. Links und rechts vom Waldweg sieht man immer wieder tiefe Kuhlen.

»Wildschweine«, sagt Fritz und deutet auf einige besonders tiefe Löcher. »Die haben unheimlich zugenommen in den letzten Jahren. Wir haben hier oben einige Jagden verpachtet, um die Schwarzkittel zahlenmäßig einigermaßen unter Kontrolle zu halten.«

Der redet wie ein altadeliger Großgrundbesitzer, denkt Anna spöttisch und will eine spitze Bemerkung machen, aber dann verschlägt es ihr die Sprache, denn der hohe Fichtenwald hat sich auf einmal geöffnet und der Blick, der sich vor ihr auftut, ist wirklich atemberaubend! Sie sind auf der Hochfläche, was ihr zuerst gar nicht klar war, und sanft geschwungene Berghöhen breiten sich scheinbar endlos vor ihnen aus, um irgendwann im schimmernden hellen Blau des Horizonts aufzugehen. Wie von dunkelgrünem Samt überzogen sind die Bergrücken, mit kleineren lindgrünen Einsprengseln, und die am nächsten gelegenen Hänge ergänzen dieses Muster mit unregelmäßig gerundeten Flächen, deren zarteres Grün immer wieder vom Rot des Sandsteinbodens durchbrochen wird. Anna ist überwältigt.

»Ganz hinten am Horizont fließt der Rhein und an klaren Tagen kann man ihn sogar erkennen. Dort hinten liegen Baden-Baden und Straßburg, und das da«, er zeigt auf einen im Dunst verschwimmenden Gipfel, »ist die Spitze der Hornisgrinde.« Dann nennt er noch die Namen einiger Berge, die Anna nichts sagen.

»Und diese kahlen Flecken da …«, er deutet auf die wie eingestanzt wirkenden rötlichen Flecken, »das war der Tornado von 1986. Fast ein Drittel unserer Wälder ist ihm zum Opfer gefallen. Die Wiederaufforstung hat einiges gekostet und Vater war nahe daran, zu verkaufen. Aber es war der ausdrückliche Wunsch meiner Urgroßmutter, die verbliebenen Wälder und vor allem die Gemarkung Katzenbuckel immer als Familienbesitz zu halten. Und ihr Wunsch war und ist Gesetz – auch wenn sie schon einige Jährchen nicht mehr lebt.« Er grinst plötzlich. »Vater hat immer noch höllischen Respekt vor ihr! Wahrscheinlich fürchtet er, sie würde ihn als Geist heimsuchen und ihm schreckliche Alpträume bereiten. Zuzutrauen wär's ihr ja. Sie war immer eine sehr energische Dame. Genauso wie ihr großer Bruder, der legendäre Onkel Friedrich.«

Anna ist verwirrt. Von wem spricht Fritz? Urgroßmutter … großer Bruder …?

Als ob sie Gedanken lesen könnte, sagt Gretl auf einmal: »Er spricht von der Emma, der kleinen Schwester von Friedrich. Der Junge hat schon Recht. Sie hat immer gewusst, was sie will.«

Die kleine Emma, das Mädchen, das nach Milch gebrüllt hat, am ersten Morgen in der Stadtmühle! Das also ist die Urgroßmutter, vor der sich alle noch ein bisschen fürchten! Johannes scheint sie sehr gern gehabt zu haben, nach allem, was sie bisher gelesen hat. Trotzdem ist Anna immer noch nicht klar, wie alles zusammenhängt. Misstrauisch und ein wenig vorwurfsvoll schaut sie Fritz an, als sei er schuld an ihrer Verwirrung. Er sieht überhaupt nicht aus wie einer, der hier aus der Gegend kommt, denkt sie und ertappt sich bei dem Gedanken, dass er so ziemlich der bestaussehende Mann ist, den sie kennt. Verlegen schaut sie zu Boden.

»Und das alles gehört zum Katzenbuckel?«, fragt sie schnell und macht eine weit ausholende Geste.

»Nicht alles«, antwortet Fritz grinsend.

Wahrscheinlich kann er Gedanken lesen, wahrscheinlich gefällt es ihm, dass ich so richtig durcheinander bin, denkt Anna.

»Nicht alles, was du siehst. Die Gemarkung umfasst ziemlich genau zwanzig Hektar. Das ist ganz schön viel. War kein unerheblicher Teil der Dederer-Mitgift, nicht wahr, Gretl?«

Die nickt zustimmend und hängt sich dann wieder bei Fritz ein.

»Obwohl Urgroßmutter Emmas Erbe mehr Last denn Lust ist heutzutage. Aber wir wollen jetzt nicht weiter mäkeln. Komm, wir gehen ein Stück hinunter zu Auwiese. Das war immer ihr Lieblingsplatz«, und er deutet mit dem Kopf auf die ungeduldig vorwärts strebende Gretl.

Rechts von ihnen breitet sich eine große Wiese aus, durch die sich ein kleiner Bach schlängelt. An seinem Ufer stehen einige wilde Kirschbäume, die jetzt gerade blühen. Die Wiese selbst ist gelb und grün überhaucht mit Schafgarbe, Hahnenfuß und Wiesenschaumkraut. Schräg gegenüber, wo sich der Bach im Dunkel des Fichtenwaldes verliert, erhebt sich ein Hochsitz. Auf der anderen, etwas höher gelegenen Seite zieht sich eine weite Fläche mit niedrigen grünen Heidelbeerbüschen hin, dazwischen ragen große rötliche Felsbrocken empor. Um diese Findlinge herum und auch am Weg, der nach links auf den Bergrücken in die Weiten der Wälder führt, rankt sich wildes Beerengestrüpp. Das sind also die berühmten Beerenplätze, von denen in Johannes' Aufzeichnungen die Rede ist!, denkt Anna.

Gretl ist mit Fritz an den Rand der weiten, sonnenbeschienenen Heidelbeerfläche gegangen und hat sich schwer atmend auf einen Stein mit einer Kuhle gesetzt. Der blaue Schimmer auf ihren Lippen hat sich vertieft, stellt Anna besorgt fest. Aber sie wirkt wie verklärt und winkt Anna ganz aufgeregt zu, sich neben sie zu setzen.

»So viel Zeit meines Lebens habe ich hier oben verbracht«, sagt Gretl nach einer Weile ganz wehmütig. »Aber es war immer schön hier oben, auch wenn wir hart arbeiten mussten. Es war ja unser Zuhause. Im Winter haben wir uns immer nach dem Frühjahr gesehnt, wenn wir wieder herauskonnten. Heraus aus dem Dreck und dem Gestank der Stadtmühle. Für Johannes war es am wichtigsten, glaube ich. Wie oft hat er hier gesessen und gemalt. Dann …« Gretls Worte verlieren sich. Am Himmel zieht ein kleines Motorflugzeug seine Kreise, sein surrendes Geräusch durchbricht für kurze Zeit die Stille, die sich zwischen den drei Menschen ausgebreitet hat.

Anna spürt genau, wie wichtig für Gretl der Besuch hier oben ist, der Besuch mit ihr, Johannes' Urenkelin. Sie hat viele Fragen, aber sie respektiert das Schweigen der alten Frau. Wie kann man von all den Erinnerungen sprechen, wie kann man das mitteilen, was einen als immer noch lebendige Gegenwart erfüllt, wenn es für die anderen doch nur der Nachhall längst vergangener, alter Geschichten ist?

Nach einer Weile sagt Gretl mit brüchiger Stimme: »Meine ersten Erinnerungen verbinde ich mit dem Katzenbuckel. Mühlbecks Guste hat mich als kleinen Säugling vor ihren Bauch gebunden und nach oben getragen. Für sie war ich so etwas wie eine lebendige Puppe, etwas, dem sie ihre Liebe schenken konnte. Ich hab sie sehr gern gehabt, die Guste. Sie hat hier auch mit mir gespielt, als ich ein ganz kleines Mädchen war. Ich konnte gerade laufen, aber bergauf haben sie mich in den Korb gesetzt, nur beim Hinuntergehen musste ich laufen, denn dann waren die Körbe voll mit Beeren. Auf meinen kleinen Beinchen bin ich hinterhergewackelt. Geheult habe ich oft, und wie, wenn ich nicht mehr mitkam. Da hat mich der Friedrich oft auf seine Schultern gesetzt, das war schön. Die Emma, seine Schwester, die ja zwei Jahre älter war, ist am Anfang immer sehr eifersüchtig auf mich gewesen. Sie hing immer am Johannes, er war ihr Held, und der Friedrich, der war mein Beschützer. Zum Johannes bin ich dann gegangen, wenn ich traurig war oder Kummer hatte.«

Gretl kramt in der Tasche ihrer schwarzen Kostümjacke und zerrt ein blau-weiß kariertes Taschentuch hervor, mit dem sie sich energisch über die Augen wischt. Überhaupt hat sie sich richtig fein gemacht, wie Anna jetzt erst überrascht feststellt. Schwarzes Kostüm und eine weiße Bluse mit Spitzenkragen. Mitten in ihre Gedanken hinein hört sie Gretl sagen: »Und als ich dann in die Schule kam, haben die Kinder immer hinter mir hergebrüllt und ich habe gar nicht verstanden, was sie meinen. Aber ich hab's dem Friedrich erzählt und der ist fuchsteufelswild geworden. Obwohl er schon beim Dederer gearbeitet hat, konnte er es einrichten, dass er einige Male am Morgen mit mir zur Schule gegangen ist. ›Jetzt sagst du mir, wer dir das Schimpfwort nachschreit, damit ich ihn nach der Schule verdresche!‹, hat er so laut über den Schulhof geschrien, dass es jeder gehört hat. Und es hat gewirkt. Von da an hatte ich Ruhe, obwohl keines der Mädchen mit mir spielen durfte.«

»Und welches Wort haben sie dir nachgerufen?«, fragt Anna unbedacht und hätte sich im gleichen Moment am liebsten auf die Zunge gebissen. Wie konnte sie nur so blöd sein! Zu allem Überfluss stubst sie Fritz, der sich neben sie ins Gras gesetzt hat, kräftig gegen das Bein. Aber Gretl scheint die Frage nicht weiter krumm zu nehmen. »Ja, was wohl! ›Hurenkind‹, haben sie gerufen, ›Hurenkind‹, immer wieder. ›Deine Mutter ist eine Hur'!‹ Und ich hab erst gar nicht gewusst, was das ist. Später habe ich mich für meine Mutter geschämt. Einmal, ich war in der zweiten Klasse, hat mich ein Mädchen eingeladen, ein ganz liebes mit langen Zöpfen. Sie hat im Unterdorf gewohnt und kam auch aus ganz einfachen Verhältnissen. Ich war so stolz! Als mich ihre Mutter gefragt hat, aus welcher Familie ich komme, da habe ich gelogen. Ich sei eine von den Kiefers, habe ich gesagt, das war eine weit verzweigte Verwandtschaft. Später hat sie natürlich herausgekriegt, wo ich herkomme, und dann durfte mich die Liesl nie mehr einladen. Sie durfte nicht einmal mehr mit mir sprechen.«

Gretl schnäuzt sich wieder und ihr Blick verschwimmt hinter den Tränen, die sie nicht mehr zurückhalten kann. Aber dann fährt sie energisch, fast trotzig fort: »Kurz vor meiner Konfirmation habe ich dann meine Mutter gefragt. Das mit den Männern, den ›Kavalieren‹, habe ich ja noch mitbekommen, ohne mir recht etwas dabei zu denken. Es wurden immer weniger, vor allem während des Krieges, und irgendwann hat es ganz aufgehört, als ich so ungefähr acht Jahre alt war. Mutter wurde kränklich und sah auch verbraucht und alt aus. Sie hat dann die Putz- und Wäschestellen der Ahne übernommen, zum Teil zumindest, denn einige Grunbacher Familien wollten sie nicht haben, auch wenn ...«, jetzt lächelt Gretl verschmitzt, »einige der Hausherren sie sicher besser gekannt haben, als es ihren Frauen lieb war. Es war eine schlimme Zeit, obwohl ich froh war, dass die Männer nicht mehr kamen. Aber vielen Grunbachern ging es in dieser Zeit schlecht. Kurz nach meiner Konfirmation hat uns dann der Friedrich geholt, zu sich ins Haus, er war ja drauf und dran, ein reicher Mann zu werden.«

Sie sinnt einen Moment über diese letzten Worte nach, als gäbe es da noch viel mehr zu sagen, schüttelt aber schließlich den Kopf.

»Ach, das wollte ich ja alles gar nicht sagen. Also, ich habe Mutter offen gefragt und sie hat mir ihre Geschichte erzählt. Sie war im Dienst, in Stuttgart, wie so viele Mädchen hier aus dem Schwarzwald. Es war nicht schön, hat sie gesagt. Nicht genug zu essen, karger Lohn und von morgens bis abends arbeiten. Aber auf ihrer dritten Stelle war es am schlimmsten. Eines Nachts kam der Dienstherr zu ihr ins Bett, er hat gemeint, dass er sie bezahlt, und da sei auch ›das‹ inbegriffen. Einige Male ging es so, sie hat sich gewehrt und geheult, und als sie sich gar nicht mehr zu helfen wusste, hat sie gedroht, dass sie es seiner Frau sagt und ihn anzeigt. Nun ja, wer hätte ihr schon geglaubt, immerhin war er ein höherer Beamter. Aber vor seiner Frau hat er doch Respekt gehabt und so hat er eines Abends, als Mutter Ausgang hatte, einige Schmuckstücke seiner Frau zwischen die Wäsche meiner Mutter gestopft. Dann hat er ein großes Geschrei gemacht und sie ›überführt‹, wie er es nannte. Sie ist mit Schimpf und Schande aus dem Haus verwiesen worden. Weil sie gar nicht mehr wusste, wohin, hat sie versucht bei der Grunbacher Verwandtschaft unterzukommen. Vater und Mutter lebten ja nicht mehr. Doch die wollte mit ›so einer‹ nichts zu tun haben, der saubere Herr aus Stuttgart hat schon dafür gesorgt, dass alles bekannt wurde, und ein Zeugnis hat er ihr auch keins gegeben. An eine neue Stelle war also nicht zu denken. Deshalb ist sie in der Stadtmühle untergekrochen, bei einem Bruder ihres Großvaters, der halb schwachsinnig war. Er ist kurz darauf gestorben und sie durfte das Zimmer behalten. Vielleicht gehörte der Herr Bürgermeister auch zu ihren Kunden, ich weiß es nicht. Jedenfalls hat es da angefangen mit den ›Kavalieren‹, von irgendetwas musste sie ja leben.«

Herausfordernd schaut die alte Frau plötzlich Anna und Fritz an. Die Augen schwimmen nicht mehr in Tränen, sie blitzen geradezu und die kleine gebückte Gestalt richtet sich etwas auf. »Und eines sage ich euch: Ich bin stolz auf meine Mutter – von diesem Moment an war ich stolz auf sie!«

Statt einer Antwort steht Fritz auf und nimmt sie in den Arm. Anna greift nach ihrer Hand und drückt sie fest. Fritz soll bloß nicht denken, er habe einen Alleinvertretungsanspruch! Das ist auch meine Geschichte, denkt Anna. Gretl und ihre Erinnerungen gehören genauso gut mir.

»… und das kannst du auch«, sagt Fritz gerade.

So ein Schleimer! Aber er hat Recht. Anna versucht sie sich vorzustellen, die Magdalena Haag. Sie hat dieses kümmerliche Leben gemeistert, auf ihre Art, und hat ihr Kind aufgezogen zu einem ordentlichen Menschen.

»Und dein Vater?«, hört sie sich plötzlich fragen.

»Meine Mutter hat es einfach nicht gewusst«, sagt Gretl ganz heiter. »Einfach nicht gewusst. Damals gab es keine Untersuchungen wie heute – und Unterhalt? Ach, du liebe Güte! Vom wem denn? Bei den vielen Männern. Sie hat gemeint, ich sehe einem der Kavaliere ähnlich, einem recht angesehenen Herrn aus dem Dorf, aber irgendwann hat es mich einfach nicht mehr gekümmert. Ich hatte keinen Vater, basta. Ich hatte meine Mutter und Friedrich und Johannes!«

Energisch zieht sie sich an Fritz' Arm hoch. »So, und jetzt gehen wir hinüber, ich will sehen, wie die Beeren stehen.«

Aber dann hält sie doch noch einen Moment inne. »Dort drüben haben sie ihn gefunden.« Sie deutet mit dem Kopf auf eine etwas erhöhte Stelle, an der ein besonders großer Findling emporragt.

»Dort oben hat er oft gesessen. Früher hat er da auch gemalt. Man hat einen wunderbaren Blick von oben.«

Unwillkürlich macht Anna ein paar Schritte auf diese Stelle zu. Hier ist er also gestorben! Plötzlich weiß sie auch, was sie die ganze Zeit noch fragen wollte – die Bilder! Und es ist unheimlich, wieder kommt ihr Gretl zuvor: »Heute Abend, wenn wir zu Richard und Christine gehen, kannst du ein paar von den Bildern sehen. Es sind die einzigen, die übrig geblieben sind. Ein paar wenige, die er Friedrich geschenkt hat, und die Bilder aus dem Besitz von Caspars. Alle anderen hat er verbrannt! Bleib ruhig ein Weilchen hier. Ich gehe mit dem Jungen ein Stückchen hinüber. Muss wissen, wie die Heidelbeeren stehen.«

Plötzlich ist Anna allein. Das heißt, sie fühlt sich allein gelassen, denn Gretl steht, gestützt auf den Arm von Fritz, nur wenige Meter von ihr entfernt zwischen den Heidelbeerbüschen. Langsam geht Anna auf den Felsbrocken zu. Hier hat er also gesessen, hier hat er zum letzten Mal diese Luft geatmet, die, würzig und schwer, schon etwas vom Sommer ahnen lässt. Was hat er wohl gedacht, kurz bevor er starb? Anna hat einmal gelesen, dass bei Ertrinkenden das ganze Leben wie in einem Film, der nur Sekundenbruchteile währt, noch einmal vorüberzieht.

Sie setzt sich behutsam auf die Stelle, wo vermutlich ihr Urgroßvater gesessen hat, als er starb. Sah er noch einmal die Kinder, Beeren pflückend drüben bei den Heidelbeeren? Sah er sie im Bach waten, Dämme bauen und Guste einen Kranz aus Dotterblumen flechten? Oder sah er etwas ganz anderes, sah er Krieg und Tod? Vielleicht sah er die Bilder, die er gemalt hat, sah sie einfach noch einmal alle vor sich? Diese Bilder, die fast alle verschwunden sind, zerstört von ihm selbst. Bis auf einige wenige, die sie heute Abend sehen wird, und bis auf das eine, das sie kennt, das Emaillebild auf der Schatulle mit dem Taugenichts. Oder hat er mit den letzten bewussten Blicken versucht im Buch zu lesen, in der Novelle vom Taugenichts, diesem Traum vom guten, vom richtigen Leben?

11

Der Sommer war vorüber, es war ein außergewöhnlich heißer Sommer gewesen und auch die Beerenernte war außergewöhnlich gut gewesen. Prall und saftig hatten die Heidelbeeren an den Büschen gehangen, große Beeren, für die man dem Koch im Badhotel sogar fünfundzwanzig Pfennige für das Pfund abschwatzen konnte. Und auch die Himbeerernte war besonders gut, süß und aromatisch waren die Früchte in diesem Jahr. Und am Tag nach der letzten Ernte konnten die Stadtmühlenkinder wundervolle, mit Sahne verzierte Himbeertorten im Schaufenster vom Bäcker Wirtz bewundern. Torten, die er speziell für die Kurgäste bereithielt. Die Mühlbeck-Buben drückten sich jedes Mal die Nasen platt an der Schaufensterscheibe und starrten verlangend nach der roten und weißen Herrlichkeit auf der anderen Seite, die für sie unerreichbar war. Weil aber die Ernte besonders gut ausgefallen war, hatte Johannes beschlossen, dass sich jedes Kind heute ein Zehnereis leisten könne. So saßen sie also am Tag, als der letzte Korb mit Himbeeren abgeliefert war, vor der Wirtz'schen Bäckerei und schleckten hingebungsvoll ihr Eis, auch Mühlbecks Ernst, der Kleinste, der auf seinen kurzen krummen Beinchen schon tapfer hinterhertrottete und fleißig mitzupfte. Die kleine Gretl lag im jetzt leeren Korb, das müde Gesichtchen gegen die geballte Faust gedrückt, sorgsam bewacht von Guste, die immer wieder die lästigen Fliegen wegscheuchte.

»Wenn es jetzt noch ein paar Tage schön bleibt, werden auch die Brombeeren gut«, meinte Johannes optimistisch. Dann kann ich mir endlich bessere Stifte kaufen, fügte er im Stillen für sich hinzu. Er hatte öfter ein paar Pfennige abgezwackt. Den Rest hatte er wie immer getreulich an die Ahne weitergegeben und so hatte es im Sommer sogar hin und wieder zu einem kleinen Topf Griebenschmalz gereicht. Auch Friedrich hatte etwas Geld beiseite geschafft, das wusste Johannes. Er hatte es ihm eines Nachmittags anvertraut, als sie zu einer kurzen Rast hinunter an den Bach gegangen waren und die Füße in das kühle klare Wasser gehängt hatten. Ein schlechtes Gewissen habe er deswegen, hatte er Johannes gestanden, weil er nicht alles Geld der Mutter abliefere. Johannes hatte ihn beruhigt.

»Deine Mutter hat sicher nichts dagegen. Du schmeißt es doch nicht zum Fenster hinaus, sondern sparst es.«

Wofür Friedrich sparte, wusste Johannes, ohne dass es ihm der Freund sagen musste. Er bemerkte jedes Mal die sehnsüchtigen Blicke, die die Auslagen des Schuhmachermeisters Schultheiß streiften. Für Schuhe sparte Friedrich. Gute, feste Schuhe.

Daran musste Johannes jetzt denken, als er vorsichtig und langsam sein Eis schleckte, um möglichst lange diesen süßen, sahnigen Geschmack auf der Zunge zu spüren. Zu langsam durfte man aber auch nicht sein, sonst lief die Kostbarkeit in kleinen Rinnsalen das Waffelhörnchen hinunter und tropfte auf die sonnenverbrannten Finger, wie beim kleinen Ernst, der mit dem ungewohnten Genuss einfach nicht zurechtkam. Prompt begann er auch laut loszuheulen und mühte sich zwischen den Schluchzern, so schnell es ging die Ränder der Kugel abzulecken, um noch den kleinsten Tropfen aufzufangen.

»Zu blöd zum Eisessen«, meinte der große Bruder Ludwig kopfschüttelnd, der gerade die letzten Teile des Hörnchens hinter den Zähnen verschwinden ließ. Einträchtig machten sich die Kinder nach diesem seltenen Genuss auf zum Oberdorf, am Ufer der kleinen Enz entlang, die träge und brackig durch die Kiesel hindurchfloss. Einige Enten badeten im Wasser. Guste und die Mühlbeck-Buben blieben etwas zurück, um die Tiere zu beobachten. Johannes, der einige Male zurückgeblickt hatte, beschleunigte seine Schritte. Er musste Friedrich etwas anvertrauen, was ihm schon seit Tagen auf der Seele lag: »Du, Fritz, ich muss dir was sagen! Also, vor ein paar Tagen hat die Ahne doch bei der Frau Ensslin gewaschen. Ich bin am Nachmittag hingegangen, um die Körbe mit der Wäsche von der Waschküche nach oben zu tragen. Die Ahne kann ja fast nichts mehr heben und die Frau Ensslin wohnt im obersten Stock.«

»Ja, und?« Fragend blickte Friedrich den Freund an. Er hatte ihn doch begleitet, damals, auf dem Weg zum Ensslin'schen Haus. Seit der Schlägerei mit den Gymnasiasten war es zu einer Rollenverteilung gekommen, über die nie gesprochen, die aber stillschweigend praktiziert wurde. Friedrich fühlte sich als Beschützer von Johannes und hatte ein wachsames Auge auf ihn und Johannes genoss dieses neue Gefühl, ohne dass er es sich richtig eingestanden hätte. Es war eine natürliche Folge ihrer neuen Freundschaft, ein Beweis, dass Friedrich jetzt endgültig zu ihm, Johannes, gehörte, Teil seiner Welt war.

»Im Treppenhaus habe ich den Caspar getroffen.«

»Das ist doch nichts Besonderes. Er wohnt schließlich in dem Haus.«

»Ja, ja, aber stell dir vor, er hat mich angesprochen. ›Brav, brav, mein Junge‹, hat er gesagt.«

Friedrich lächelte. »Du hast halt einen Stein im Brett bei ihm seit der Geschichte mit dem Bild. Ich kapier's zwar immer noch nicht, aber es ist so. Bin nur gespannt, wie es nach den Ferien weitergehen wird. Ob er dann immer noch so freundlich zu dir ist?«

Johannes schüttelte den Kopf. »Es geht ja noch weiter. Er hat mich nämlich eingeladen!«

Jetzt blieb Friedrich mit einem Ruck stehen. Der große Weidenkorb, den sie einträchtig zwischen sich trugen, hörte auf zu schaukeln und die kleine Gretl, die darin lag, begann unwillig zu greinen. Aber die Jungen achteten in diesem Moment nicht auf sie.

»Was heißt eingeladen?«, fragte Friedrich scharf.

»Eingeladen heißt zu sich eingeladen, nach Hause. Am Donnerstag, hat er gesagt, also morgen. Erst wollte er, dass ich am Nachmittag komme, aber ich habe gesagt, das geht nicht, da bin ich oben im Wald. Also hat er gemeint, ich solle um sechs Uhr kommen. Und ob ich gemalt hätte in den Ferien, hat er noch gefragt.«

Friedrich sog tief Luft ein und schwieg. Er starrte blind auf den Korb, in dem die Kleine jetzt richtig zu weinen anfing, mit hochrotem Gesichtchen ihren Zorn über die plötzliche Störung herausbrüllte. Sofort begannen die Jungen den Korb wieder zu schaukeln und setzten ihren Weg fort, allerdings bedeutend langsamer. Johannes warf einen verstohlenen Blick nach hinten, aber die anderen standen immer noch am Enzufer. Eine Weile herrschte eine angespannte Stille zwischen den beiden, die dann von Friedrich durchbrochen wurde: »Das ist ja merkwürdig. Und warum erzählst du es mir erst jetzt?«

Johannes zuckte mit den Achseln. Er wusste selbst nicht genau, warum er mit Friedrich nicht gleich darüber hatte sprechen können. Irgendeine merkwürdige Scheu hatte ihn immer wieder zurückschrecken lassen. Vielleicht war es eine unbewusste Furcht, den Freund zu verletzen, diese Gefühle des Neids und der Eifersucht in ihm zu wecken, die tief in Friedrich saßen, wie Johannes wohl wusste. Denn er würde mit dem Besuch bei Caspar diese Welt betreten, aus der Friedrich ausgestoßen war und nach der er sich so sehr zurücksehnte, eine Welt, in der es Gardinen an den Fenstern gab und Polstersessel und Tapeten und den Geruch nach Bohnerwachs und Kaffee und Wohlanständigkeit. Um Friedrich abzulenken, sagte Johannes mit übertriebener Besorgtheit in der Stimme: »Was kann er nur wollen? Ich kann's mir gar nicht vorstellen!«

Aber Friedrich ließ nicht locker: »Warum hast du's mir nicht früher gesagt?«

Das war genau die Diskussion, die Johannes vermeiden wollte. Gereizt wehrte er ab: »Nun reite doch nicht immer darauf herum. Ich hab's halt vergessen.«

»Vergessen! So etwas vergisst man doch nicht.«

»Ist doch auch egal. Morgen Abend werden wir jedenfalls wissen, was der Caspar von mir will.«

Sie marschierten weiter an der Kirche vorbei über den Lindenplatz. Aber es herrschte eine merkwürdige Spannung zwischen ihnen, eine Spannung, die offensichtlich sogar Guste bemerkte, die sie in der Zwischenzeit eingeholt hatte, denn sie warf ihnen mehrere Male von der Seite neugierige Blicke zu.

Abends lag Johannes lange wach und starrte gegen die Decke, deren Risse und Schimmelflecken ein immer größeres Ausmaß annahmen. Dass Friedrich so reagiert hatte, schmerzte ihn, ohne dass er genau sagen konnte, warum. Diese Einladung bedeutet mir doch gar nichts. Ich bin kein Teil dieser Welt und werde es nie sein, sie ist mir egal. Am liebsten würde ich gar nicht hingehen, aber es wäre unklug und neugierig bin ich auch. Friedrich und sein Stolz, der ihm in den Augen sitzt und den ich nicht richtig hinkriege beim Malen. Beunruhigt dachte Johannes, dass da etwas im Freund war, das sich ihm entzog, das er nicht verstehen konnte und das ihm ganz insgeheim manchmal auch ein bisschen Angst machte!

Mit diesen Gedanken schlief er ein und träumte wirres Zeug von Caspar und Friedrich, auf den er zulief auf einem schmalen Felsgrat und der ihm die Hände entgegenstreckte. Und im letzten Moment ließ er die Hände sinken und Johannes stürzte, stürzte ins Bodenlose, verfolgt von diesen stolzen dunklen, unergründlichen Augen.

Am nächsten Abend wusch sich Johannes besonders gründlich am Spülstein in der Küche. Er steckte den Kopf unter das kalte Wasser und bearbeitete Haare und Haut mit einem Stück grober Kernseife. Sie hatten Holz geholt, denn mit dem Beerenlesen war es fast vorbei, nur auf die späten Brombeeren konnte man noch hoffen. Dürres Steckenholz durften sie aus den Wäldern holen, es waren meist dünne Äste, die abgebrochen waren. Die Förster waren froh darum, denn dieses Holz war die reinste Brutstätte für Borkenkäfer.

Jetzt lagen die Äste sauber aufgeschichtet auf dem Hof der Stadtmühle und vor einer guten halben Stunde hatte sich der alte Mühlbeck, der halbwegs nüchtern war, sogar darangemacht, die Stecken mit einem Beil in handliche Stücke zu hauen. Die Mühlbeck-Kinder sprangen um ihn herum und schichteten die Holzscheite säuberlich an der Hauswand auf. Der Winter war die schlimmste Zeit in der Stadtmühle. Die kümmerlichen, kleinen Öfen verbreiteten nie genug Wärme, um die Feuchtigkeit und die Kälte aus den Zimmern zu vertreiben. Das dürre Steckenholz brannte schnell ab, deshalb war es wichtig, ab dem Spätsommer so viel wie möglich davon heranzuschaffen.

Die Mühlbecks hatten kurz vorher erfahren, dass Johannes nicht mithelfen könne, weil er beim Oberlehrer Caspar eingeladen sei. Der Guste war vor Staunen der Mund offen geblieben und die Jungen hatten wie zu erwarten einige anzügliche Bemerkungen gemacht. Sogar in das alkoholumnebelte Gehirn des alten Mühlbeck war die unerhörte Tatsache durchgedrungen, denn er hatte Johannes nachgeschrien: »Wirst wohl vornehm, was!«, und dabei meckernd gelacht.

Johannes hatte die Bemerkungen schweigend hingenommen, als er aber um die Ecke der Stadtmühle bog, hielt er für einen Moment erstaunt inne. Friedrich stand da, misstönend pfeifend und mit einem Haselnussstecken bewaffnet.

»Was willst du?«, fragte Johannes misstrauisch. Für einen Moment fürchtete er, Friedrich wolle ihn am Weitergehen hindern.

»Glaubst du, ich lass dich allein zum Haus von Caspar gehen? Wenn der Bodamer dich sieht oder die anderen – seit damals ist immer noch eine Rechnung offen!«

Friedrich setzte sich in Bewegung. Er ging voran, ohne darauf zu achten, ob Johannes ihm folgte. Der stand immer noch da, aus lauter Verblüffung und auch weil er sich schämte, dass er dem Freund so misstraut hatte. Nun trottete er langsam hinterher und mit jedem Schritt löste sich eine Anspannung, die er vorher gar nicht bewusst wahrgenommen hatte. Sie machte einer immer größer werdenden Freude Platz, die ihn richtiggehend durchflutete. Jetzt war alles gut, es war gerade so, wie es sein musste! Friedrich Weckerlin, der Freund und Beschützer, ging voraus und er folgte ihm und fühlte sich sicher und geborgen hinter diesem starken Rücken. Groß war er geworden, der Freund, aber er war nicht nur in die Höhe geschossen in diesem Sommer, sondern hatte auch starke Muskeln bekommen, war breit in den Schultern geworden, trotz der unzureichenden Kost.

»Ich weiß gar nicht, wo er's hernimmt«, hatte Frau Weckerlin einmal zu Lene gesagt, als diese eine entsprechende Bemerkung gemacht hatte. Und Johannes hatte sich damals unwillkürlich gedacht, dass Friedrich sich wohl von seinem Zorn und seinem Stolz ernährte.

Sie bogen in die Herrengasse ein, wo man nicht mehr auf den Weg achten musste, denn dort gab es keine stinkenden Kuhfladen, die Leute, die hier wohnten, brauchten keine Kühe zu halten. Immer noch ging Johannes dicht hinter Friedrich, er konnte selbst kaum sagen, warum er kein Gespräch begann, auch Friedrich war merkwürdig still. Er stapfte auf dem Weg voran, als koste es ihn eine besondere körperliche Anstrengung, als laufe er nicht auf einer ebenen Straße, sondern bezwinge einen schier unüberwindlichen Berg. Johannes wusste, warum! Dort drüben stand das Weckerlin-Haus, Friedrichs ehemaliges Zuhause. Fremde Leute wohnten jetzt darin, die Tochter des Bauunternehmers Bodamer, die vor kurzem geheiratet hatte. Sie war die ältere Schwester von Martin und der hatte überall damit geprahlt, dass sein Vater das Haus sehr günstig von den Gläubigern gekauft habe. Damit die »wenigstens noch etwas Geld sehen«, hatte er herumgetönt, um es dann der ältesten Tochter zur Hochzeit zu schenken. Aus den Augenwinkeln musterte Johannes das stattliche Haus. Neue Gardinen hingen an den

Fenstern, neben der Eingangstür war ein großer Holzkübel mit Geranien, die noch in voller Blüte standen, alles atmete den Geruch von Ansehen und Reichtum.

Als sie auf der Höhe des Hauses angekommen waren, verlangsamte Friedrich für einen Moment den Schritt, dann aber straffte sich sein Rücken und er ging weiter, etwas schneller als vorher vielleicht, aber er ging mit festem Schritt weiter, den Kopf hoch erhoben. Sein Gesicht war etwas röter als gewöhnlich und er hielt den Stecken so fest, dass die Knöchel weiß hervortraten. Johannes' Blick glitt über die Gestalt des Freundes, über die alte Jacke mit den Flicken bis zu den braun gebrannten nackten Füßen, die unbeirrt über das Kopfsteinpflaster tappten. Am liebsten hätte er den Arm um Friedrich gelegt, hätte ihn fest gedrückt und ihm irgendetwas von den Gefühlen mitgeteilt, die ihn jetzt ganz widersprüchlich und seltsam bewegten. Er hätte sie gar nicht genau benennen können, es war Wut dabei über das, was man den Weckerlins angetan hatte, ein ganz allgemeiner Zorn auf diese Welt, in der die einen in festen Lederschuhen und die anderen barfuß gingen, vor allem aber war es ein fast übermächtiges Gefühl der Zuneigung, das Johannes erschreckte.

In diesem Augenblick wurde er sich der besonderen Beziehung zu Friedrich bewusst. Es war nicht die dankbare und pflichttreue Bindung zur Ahne, die irgendwie schicksalsbedingt war. Ihn durchdrang die Glück verheißende Erkenntnis, dass er nicht mehr allein war, sondern zu jemandem gehörte, der völlig freiwillig an seine Seite getreten war! Vielleicht, überlegte Johannes, war es etwas von dem, was die anderen Liebe nannten.

12

Das Haus der Caspars gefällt Anna auf den ersten Blick ausnehmend gut. Leuchtend weiße Schindeln bedecken die Außenwände, eine große Terrasse aus rötlichem Sandstein führt mit zwei seitlichen Treppen hinunter zu einem Garten, der auf sympathische Weise verwildert ist. Innen ist es gemütlich eingerichtet, ein wenig zu plüschig für Annas Geschmack, aber man fühlt sich wohl.

»Das Haus ist gut und gern einhundertundfünfzig Jahre alt, der Vater von Louis Dederer hat es erbaut, als es mit dem Holzhandel aufwärts ging. Wir haben es erst vor wenigen Jahren gründlich renovieren lassen. Hat eine ganze Stange Geld gekostet, aber immer noch besser, als in den großen Kasten zu investieren.« Richard Caspar deutet mit einem Martini-Glas in eine imaginäre Ferne. »Hast du's schon gesehen?«

Die Frage ist an Anna gerichtet, die verneinend den Kopf schüttelt.

»Wir schauen es uns morgen an, zusammen mit dem Urgroßvater-Haus. Ich kann dir dann auch aus architektonischer Sicht sagen, was sich mit eurem Häuschen machen lässt und wie viel es noch wert ist. Ich fürchte allerdings, allzu viel ist da nicht mehr mit anzufangen. Aber langsam, langsam«, mahnt er sich selber, als er Annas wieder mal ziemlich verwirrten Blick sieht. »Die Geister der Vergangenheit müssen ja nicht alle gleichzeitig über dich herfallen.«

Das Abendessen ist ganz ausgezeichnet, als Vorspeise gibt es geräucherte Forellen, die Fritz eigens aus der Zucht im benachbarten Blaubach geholt hat, und dann einen wunderbar zarten Braten mit den berühmten Spätzle. Beim Essen vermeidet man Gespräche über die Vergangenheit, keine Rede ist von den Helmbrechts, Weckerlins, Caspars, als wolle man Anna eine Verschnaufpause gönnen.

Gretl erzählt von ihrem Ausflug auf den Katzenbuckel, berichtet aber nur, dass die Heidelbeeren gut stehen, und entrüstet sich über die vielen neuen Forststraßen, die es jetzt oben am Eiberg gäbe.

»Das ist das Problem«, sagt Richard Caspar bedächtig und schenkt Anna noch etwas von dem spritzigen Riesling nach. »Der Wald ist ein Wirtschaftsfaktor, ein ökonomisches Nutzgebiet, dementsprechend wird er auch behandelt. Und dazu gehört zum Beispiel auch der Bau solcher Straßen, um nach dem Holzeinschlag den Abtransport zu ermöglichen. Schön ist das bestimmt nicht, aber heutzutage setzt man eben immer mehr Maschinen ein. Früher ging das alles mit Pferden und Menschen, auch wenn es eine mühsame und gefährliche Arbeit war.«

»Aber für den Wald war es schonender«, beharrt Gretl und bald entspinnt sich eine rege Diskussion, an der sich Anna nicht beteiligt, weil sie als Stadtpflanze nicht viel dazu beitragen kann. Ihr Blick bleibt immer wieder an einer Reihe von Zeichnungen hängen, die gerahmt an der gegenüberliegenden Wohnzimmerwand hängen. Sie kann aus der Entfernung nicht genau erkennen, was sie darstellen, zudem wirft die über der Terrasse aufgezogene Markise ein diffuses rötliches Licht auf den Raum, aber sie hat einen Verdacht. Sind das die Zeichnungen ihres Urgroßvaters, die einzigen, die noch erhalten sind?

Christine Caspar hat wohl ihre Blicke bemerkt, denn sie unterbricht ihren Mann, der sich gerade über die Probleme der Privatwaldbesitzer ereifert, ziemlich rüde. »Anna interessiert das, glaube ich, herzlich wenig! Ich dachte, wir gehen zum Nachtisch auf die Terrasse, es ist noch richtig schön warm. Aber vorher zeigst du ihr die Bilder.«

Richard Caspar erhebt sich gehorsam und grinst dabei leicht: »Was sage ich, Geister der Vergangenheit! Aber Christine hat Recht. Die Bilder sind wichtiger für dich als mein Gerede.«

Gretl und Fritz gehen immer noch angeregt diskutierend hinaus auf die Terrasse, Christine verschwindet in die Küche, wohl um den Nachtisch vorzubereiten. Richard und Anna bleiben zurück. Anna liegen einige Fragen auf der Zunge. Mit den Bildern will sie sich sowieso Zeit lassen. Sie bleibt sitzen und Richard, der schon seine Lesebrille aufgesetzt und sich vor den Bildern postiert hat, kommt wieder zurück.

Vor allem würde mich einmal interessieren, wo Richards merkwürdiges fremdländisches Aussehen herkommt, denkt Anna erneut. Wenn ich an Johannes' Beschreibung des Herrn Oberlehrers denke, der immerhin der Großvater von Richard sein soll … Aber das traut sie sich dann doch nicht zu fragen. Stattdessen sagt sie, mehr im fragenden als im feststellenden Ton: »Immerhin erstaunlich, dass jemand wie dein Großvater, der doch ein, entschuldige, Richard, ein sehr harter, ja brutaler und unsympathischer Zeitgenosse war, im Leben meines Uropas eine so wichtige und positive Rolle gespielt hat. Ich hab die entsprechenden Aufzeichnungen von Johannes gerade gelesen und kann mir das eigentlich nicht so recht zusammenreimen.«

Richard schaut nachdenklich auf die Glasplatte des Tischchens vor ihm und wischt ein paar imaginäre Krümel weg.

»Das habe ich mich auch oft gefragt. Und mein Vater sicher auch. Wir haben allerdings nie darüber gesprochen – leider! Alles, was mit seinem Vater und Johannes Helmbrecht zusammenhing, war vermintes Gebiet. Ich glaube, dass er sehr auf deinen Urgroßvater eifersüchtig war, der plötzlich so unvermutet die Aufmerksamkeit seines Vaters auf sich zog. Mein Großvater hat den Johannes nie offen oder in besonders spektakulärer Weise gefördert. Aber mein Vater hat sicher gespürt, dass auf Johannes ganz bestimmte Hoffnungen seines Vaters ruhten, Hoffnungen, die er selber nie erfüllen konnte. Und du hast Recht, wir brauchen nichts zu beschönigen, mein Großvater war einer dieser sadistischen, obrigkeitshörigen, wilhelminischen Schulmeister, die es genossen, ihre Macht an Schwächeren zu demonstrieren, und die sich nach oben duckten. Manchmal bin ich ganz froh«, er sieht Anna von der Seite geradezu schelmisch an, »dass ich keinen Tropfen Caspar-Blut in mir habe, wie du sicher wohl bemerkt haben wirst. Aber das ist eine andere Geschichte!«

Eine Geschichte, die mich sehr interessieren würde, denkt Anna, also stimmt mein Verdacht doch. Aber das kriege ich noch heraus. Sie wundert sich, warum Richard so selbstverständlich von Vater und Großvater spricht und erinnert sich plötzlich an eine Stelle in Johannes' Aufzeichnungen, in denen er den jungen Richard Caspar, den Sohn des Oberlehrers, als schwachen und duckmäuserischen Menschen bezeichnet. Weil er die Vorstellungen des Vaters nicht erfüllte, wurde er verprügelt und je mehr er geprügelt wurde, desto schwächer und duckmäuserischer wurde er.

Was die Leute ihren Kindern nur alles antun, denkt Anna. Ein Glück, dass Mama nie von mir verlangt hat, dass ich gefälligst ihr Leben, ihre Träume und Wünsche leben sollte.

Sie fragt nach: »Was hat denn der Oberlehrer Caspar an Johannes gefunden? Das war doch schon eine ziemlich merkwürdige Beziehung …«

Richard hebt ratlos die Schultern. »Da sind wir auf Spekulationen angewiesen. Sicher hat er erkannt, dass Johannes außergewöhnlich talentiert war. Das kann man schon an diesen wenigen frühen Bildern, die erhalten sind, erkennen. Und dann hing das Ganze sicherlich auch noch mit seinem Rasse-Fimmel zusammen.«

Er fängt Annas Blick auf. »Johannes hat sicherlich darüber geschrieben: das Köpfe-Vermessen und so weiter.« Anna nickt.

»Davon war er geradezu besessen. Diese damals so populäre, biologistische Weltsicht. Er wollte ein großes wissenschaftliches Werk schreiben. Vater hat die entsprechenden Unterlagen in seinem Nachlass gefunden. Wahrscheinlich wollte er im Ruhestand daran arbeiten. Aber dazu ist es, jetzt muss ich fast sagen, Gott sei Dank, nicht mehr gekommen. Er ist 1920 an einem Gehirnschlag gestorben. Er hat wohl den Zusammenbruch des Kaiserreichs nicht richtig verkraftet und kam mit der neuen Zeit nicht zurecht. Jedenfalls hat er damals, nachdem er auf Johannes aufmerksam wurde, mit großem Eifer begonnen, die Familiengeschichte deines Urgroßvaters zu erforschen. Aber da gab es wenig Gesichertes, vor allem im Hinblick auf den unbekannten Vater.«

»Und«, fällt ihm Anna ganz aufgeregt ins Wort, »hat er nicht doch irgendetwas …?«

»Spekulationen, Anna, nichts als Spekulationen! Es war ja auch eine fixe Idee von ihm, dass ein Stadtmühlenkind, der uneheliche Sohn der Anna Helmbrecht, von irgendwoher einen ›göttlichen Funken‹, wie er es genannt hat, bekommen haben muss.«

»Und was sind das für Spekulationen?«

Richard zögert etwas. »Um die Jahrhundertwende wurde in Grunbach eine Kanalisation angelegt und Lindenplatz, Kirchplatz und Herrengasse und einige andere Straßen wurden gepflastert. Mit dieser Arbeit wurden die Gebrüder Bodamer beauftragt, die größte Baufirma am Ort. Die Bodamers haben für die Steinmetzarbeiten italienische Hilfskräfte angeheuert, die darin geschickt und erfahren waren. Das war natürlich eine kleine Sensation für das verschlafene Grunbach, wo diese dunkelhaarigen und seltsam daherredenden Männer wie exotische Tiere bestaunt wurden. An einen Vorarbeiter erinnerten sich die alten Grunbacher ganz besonders und von dem haben sie auch meinem Großvater erzählt. Das sei ein außergewöhnlich freundlicher und fröhlicher Mann gewesen, der sich von den anderen deshalb abhob, weil er hellbraune Haare und merkwürdig helle Augen gehabt habe. Mit den Grunbacher Mädchen hat er gerne geschäkert und wahrscheinlich hat es auch Gerede gegeben, als die Anna dann dieses uneheliche Kind mit den merkwürdigen hellblauen Augen geboren hat. Aber das waren, wie gesagt, nur Spekulationen. Etwas Konkretes hat keiner gewusst und so hörte das Geschwätz auch bald auf, vor allem weil die Italiener schon einige Monate vor Johannes' Geburt mit ihren Arbeiten fertig waren und keiner sich je wieder blicken ließ, auch nicht der mit den hellen Augen. Der alte Caspar war aber felsenfest davon überzeugt, dass das der Gesuchte sein müsse, denn das Ganze passte ja wunderbar in seine Rassetheorien.«

Mit heißen Ohren hört Anna zu. Das ist wirklich spannend! Nur das Letzte, was Richard gesagt hat, kapiert sie nicht und fragt noch mal nach.

»Na, überlege mal, Anna. Solchen Pseudowissenschaftlern

ging es doch vor allem darum, die Überlegenheit der germanischen Rasse zu beweisen. Also war dieser Helläugige für meinen Großvater entweder ein Abkömmling der alten Völkerwanderungsstämme oder eines Ritters im Gefolge der Stauferkaiser oder was weiß ich. Auf jeden Fall musste es sich um einen Nachfahren der alten Germanen handeln, in dem sich das genetische Erbe auf ungewöhnlich deutliche Art und Weise zeigte. Daher hatte Johannes, wie er annahm, also das Talent.« Richard grinst. »Wenn man mal diesen Germanen-Quatsch weglässt, ist es logisch anzunehmen, dass der Mann Norditaliener war, bei denen in der Tat die Gene der alten Eroberer vorhanden sind. Ich finde den Gedanken ganz charmant, dass dieser imaginäre Ururgroßvater vielleicht ein entfernter Verwandter der Buonarottis oder der Da Vincis war, was meinst du, Anna? Aber wie gesagt, das Ganze ist reine Spekulation.«

Anna lächelt. »Einen italienischen Ururopa fände ich wunderbar.« Sie zögert. »Aber er hat die Anna einfach sitzen lassen, sich nie mehr um sie gekümmert. Und sie hat ihn nie verraten. Warum wohl?«

»Vielleicht hat er ihr eingeschärft nichts zu sagen. Irgendwelche Versprechungen gemacht. Und sie hat ihm geglaubt, weil sie in ihn verliebt war. Bedenke, sie ist im Kindbett gestorben, bestimmt hätte sie später Johannes von seinem Vater berichtet. Vielleicht war er auch ganz einfach ein Hallodri, der woanders schon Frau und Kinder hatte. Viele vielleicht, Anna. Wir wissen es einfach nicht.«

»Aber es könnte gut sein. Eine Sache wäre mir dann etwas klarer.«

»Wie meinst du, Anna?«

»Die ganze Zeit frage ich mich, was er am ›Taugenichts‹ gefunden hat. Der Johannes, meine ich. Wahrscheinlich hältst du mich jetzt für hoffnungslos romantisch, aber …« Sie zögert einen Moment. »Aber das würde diese Sehnsucht nach Italien erklären. Der Taugenichts will doch immerzu nach Italien, und vielleicht war das im Johannes einfach drin.«

Richard nickt bedächtig. »Dieses unbewusste Heimweh nach dem Land der Väter, meinst du? Irgendwie gefällt mir der Gedanke. Er ist weit hergeholt und ziemlich kitschig, aber trotzdem schön. Bevor wir hoffnungslos sentimental werden, schauen wir uns die Bilder an, du hast ja eigentlich das Stichwort gegeben.«

Sie gehen hinüber zu der Wand, Richard zieht wieder seine Lesebrille heraus und deutet erklärend auf die Bilder.

»Wie ich gemerkt habe, kennst du die Novelle.«

Anna lächelt etwas gequält. »Gezwungenermaßen. Schullektüre, elfte Klasse.«

»Schön, dann bist du also mit dem Inhalt vertraut. Richard Caspar hat damals Johannes den Auftrag gegeben, zu jedem der Taugenichts-Kapitel eine typische Szene zu malen. Es sollte ein Geschenk für seine Frau sein, die Novelle war ihr Lieblingsbuch. Wahrscheinlich wollte er aber Johannes auch einfach nur testen. Nun hat der ›Taugenichts‹ zwölf Kapitel, du siehst hier aber nur neun Bilder hängen. Merkwürdigerweise sind es gerade die letzten drei Kapitel, zu denen die entsprechenden Zeichnungen fehlen. Wir können uns nicht erklären, was mit denen passiert ist. Mein Vater hat zwar viel aus dem Nachlass seines Vaters vernichtet, aber die Bilder gehörten seiner Mutter, und die hing sehr an ihnen. Als sie starb, hat er ihr Erbe mit großer Pietät behandelt. Nach seinem Tod sind die Zeichnungen wiederum an uns, Christine und mich, übergegangen und da waren es nur noch neun Bilder. Es würde einfach keinen Sinn machen, nur drei Bilder zu vernichten und die anderen übrig zu lassen. Wir hoffen übrigens sehr, dass die Aufzeichnungen deines Urgroßvaters Aufschluss darüber geben, was mit den restlichen drei Zeichnungen passiert ist. Nicht wegen des materiellen Interesses, so viel wert sind die Bilder nicht, aber es ist einfach ein altes Familiengeheimnis, das wir noch zu lösen hoffen.«

Ein Seitenblick streift Anna. »Aber jetzt schau dir die Bilder in Ruhe an. Dort drüben hängen noch zwei Porträts von Friedrich und einige Landschaftsskizzen, die von der Familie Weckerlin übrig geblieben sind. Johannes hat sie Friedrich oder der Frau Weckerlin, Christines Urgroßmutter, geschenkt. Die Familie hat sie stets in Ehren gehalten.« Richard lächelt, wird aber gleich wieder ernst. »Das ist alles, was übrig geblieben ist«, sagt er feierlich und Anna wird ganz merkwürdig zumute, als sie nahe an die Bilder herantritt, um sie genauer zu studieren.

Sie versteht nicht viel von Kunst, der Kunstunterricht hat ihr nicht gerade Spaß gemacht, und die Führungen durch die Berliner Museen mit der Schule oder in Begleitung ihrer Mutter hat sie lustlos über sich ergehen lassen. Ob es sich um romantische Mondaufgänge, quietschbunte Kringel oder mit Fett beschmierte Stühle handelt – das alles sagt ihr wenig. Aber bei diesen Bildern, da geht es nicht um Kunst. Sie sind ein wichtiger Teil des Vermächtnisses meines Urgroßvaters, denkt sie. Johannes spricht auch durch diese Bilder zu mir, so empfindet es Anna zumindest.

Die Bilder sind nicht bis ins letzte Detail ausgeführt. Manches ist nur angedeutet, skizzenhaft verwischt, aber genau das gefällt ihr. Auch als Laie erkennt sie, wie souverän und sicher der Maler seine Vorlage umgesetzt hat. Und dabei war er erst knapp vierzehn, als er sie gemalt hat. Anna denkt, dass sie nie im Leben so malen könnte, und sie erinnert sich an ihr eigenes zaghaftes Herumgekliere in den endlos langen Zeichenstunden.

Aber sie ist noch auf der Suche nach etwas anderem. Wie hatte Johannes geschrieben – »echt« müssten Bilder sein, etwas von den Gefühlen des Malenden mitteilen. Was steckt bloß hinter diesen Bildern?, überlegt Anna. Die Farben sind ziemlich verblasst, das Papier ist von einfacher Qualität und manches ist nicht mehr so gut zu erkennen. Das macht es schwieriger, herauszufinden, was er damit ausdrücken wollte. Steckt vielleicht etwas von der Sehnsucht darin, die er mit dem jungen Mann aus der Erzählung geteilt hat? Anna betrachtet die Bilder lange, aber sie kann es nicht ergründen, noch nicht, wie sie hofft.

An der anderen Wandseite hängen zwei Porträtstudien von Friedrich, ausgeführt mit Bleistift auf billigstem, jetzt deutlich vergilbtem Papier. Auch diese Zeichnungen studiert Anna mit wachsendem Interesse. Sieht diesen trotzig aufgeworfenen Mund, die traurigen Augen. Plötzlich wird der Junge, den sie aus den Aufzeichnungen kennt, lebendig. Ein Funke ist übergesprungen, das spürt sie jetzt! Lange betrachtet sie das Gesicht, das festgehalten wurde über diese ganze lange Zeit. Er muss ihn sehr gern gehabt haben, denkt sie, man spürt immer noch etwas von dieser großen Zuneigung: Das Bild ist »echt«, findet sie. Es zeigt Friedrich Weckerlin in seiner Schönheit, aber auch in seinem Stolz und seiner Verletztheit.

Auf der Terrasse haben sie mit dem Nachtisch auf sie gewartet, weil sonst das Eis zerlaufen wäre, verkündet Christine, die rasch das Vanilleeis auf den Tellern verteilt und dann die heißen Himbeeren darübergießt. Diese Beeren verfolgen mich geradezu, denkt Anna, aber sie schmecken auch wirklich phantastisch. Und während sie genussvoll das Dessert löffelt, sieht sie plötzlich eine Gruppe magerer Kinder vor sich, die diese Beeren pflücken, unermüdlich und mit monotoner Sorgfalt die Beerenstöcke ablesen. Mit aller Macht muss sie dieses Bild verbannen, sonst hätte sie nicht weiteressen können.

Sie spürt, dass die anderen einen Kommentar von ihr erwarten, eine Meinung zu den Bildern, dass sie Gefühle äußert, Beklommenheit, Überraschung, Freude, irgendetwas in der Art. Aber keiner bedrängt sie, alle warten taktvoll. Schließlich räuspert sie sich und sagt mit brüchiger Stimme: »Die Friedrich-Bilder sind unglaublich schön. Sie sind wirklich ›echt‹, wie Johannes immer schreibt. Mir kommt es so vor, als hätte ich Friedrich persönlich kennen gelernt.« Ja, so kann man es wirklich sagen, das trifft es, denkt sie und löffelt verlegen den Nachtisch weiter.

Christine nickt. »Das war wirklich eine außergewöhnliche Freundschaft zwischen den beiden. Den Bildern merkt man das an. Umso schlimmer, dass …« Sie beendet den Satz nicht, wohl auch, weil sich Richard warnend räuspert.

Was ist nur passiert damals?, überlegt Anna und wartet darauf, dass irgendeiner etwas sagt. Aber alle schauen mehr oder weniger betreten auf ihre leer gegessenen Teller, als sähen sie darin geheime Botschaften.

Etwas unsicher fährt Anna fort: »Die Taugenichts-Bilder finde ich auch großartig, obwohl ich mit ihnen nicht so viel anfangen kann. Aber ich selbst würde nie im Leben so etwas fertig bringen.«

»Er hatte ganz sicher Talent«, bestätigt Richard. »Er verfügte über eine erstaunliche Sicherheit und ein intuitives Verständnis für Proportionen und Perspektive. Ich bin sicher, mit entsprechender Anleitung hätte er es weit bringen können. Zu schade, dass wir keines seiner späteren Bilder mehr zur Verfügung haben. Es wäre sehr interessant gewesen zu sehen, wie er sich entwickelt hat.«

»Sehr schön hat er gemalt, der Johannes. Ich hab alle seine Bilder gesehen. Das ganze Haus hing voll davon.« Gretl hat sich kampfeslustig in ihrem Sessel aufgerichtet, irgendwie scheint sie zu meinen, Johannes verteidigen zu müssen. Aber die anderen achten nicht auf sie.

»Ein wahrer Jammer«, bekräftigt Christine. »Und dass ein solches Talent so verkümmerte.«

»Aber wo sind denn die ganzen Bilder hingekommen?« Anna ist wirklich gespannt. »Stimmt es wirklich, dass er alles vernichtet hat? Und später nie mehr gemalt hat?«

»Anna, das soll dir Johannes selber sagen. Gretl hat ihre Version, die sicher der Wahrheit sehr nahe kommt. Aber die Geschichte ist so traurig, so verhängnisvoll und so tragisch, dass du es besser direkt von ihm, aus seinen Aufzeichnungen, erfährst. Da darf kein falscher Zungenschlag von außen hereinkommen.« Richard klingt jetzt sehr bestimmt. »Ich bin sicher, dass Johannes selber zu dir sprechen wird, hab Geduld.«

13

Es war schon dunkel, als endlich die Tür des großen Fachwerkhauses aufging, in dem der Herr Oberlehrer Caspar mit Frau und Sohn eine Etage bewohnte. Die Tür öffnete sich so zögernd, als scheue sich der, der heraustrat, das Innere des Hauses zu verlassen. Tatsächlich, es war Johannes, der behutsam die Tür hinter sich schloss und dann in ungewohntem Zögern auf ihn zuschritt. Friedrich hatte sich schräg gegenüber am Gasthaus »Sonne« postiert und auf den ausgetretenen Stufen, die hinunter zum Wein- und Bierkeller des Sonnenwirts führten, gesessen und geduldig gewartet. Die Passanten, die zum Dämmerschoppen in das Wirtshaus gingen, hatten ihn kaum beachtet. Nur ein ehemaliger Kunde des Vaters hatte ihn aufmerksam gemustert und schon den Mund geöffnet, als wolle er ihn ansprechen. Als er aber Friedrichs finsteren Blick bemerkt hatte, drehte er sich um und ging weiter. Wahrscheinlich erzählte er jetzt überall herum, dass der junge Weckerlin sich abends herumtreibe und dass es sicherlich ein böses Ende mit ihm nehmen werde, hatte Friedrich grimmig lächelnd gedacht, als er dem hastig Davoneilenden nachsah.

Endlich stand Johannes vor ihm! Er war bleich und zitterte leicht. Unter dem Arm hielt er ein dünnes, in blaues Leinen gebundenes Buch geklemmt. »Wo hast du so lange gesteckt?« Friedrich erschrak selbst über seine Wut, so viel Wut, unerklärliche Wut steckte in ihm.

Aber Johannes schien das nicht zu bemerken. Sein Blick war irgendwie anders, ging durch Friedrich hindurch, als sähe er weit hinter ihm, in einer unwirklichen Ferne, etwas aufleuchten.

»So eine Wohnung möchte ich später auch!« Wie ein Stoßseufzer kam diese Bemerkung von dem Jungen, der immer noch wie verklärt wirkte. »So viele Bücher und Bilder, vor allem solche Bilder. Die Möbel sind ein bisschen zu dunkel und zu streng. Aber die Gardinen, mit Spitzen, Fritz, stell dir vor … Und Teppiche, ganz dicke, sodass man keine Schritte hört und darin richtig versinkt.«

»Das ist doch nichts Besonderes, so war es früher bei uns auch!«, brach es unwillkürlich aus Friedrich heraus und dann schlug er sich auf den Mund, als habe er etwas Unpassendes gesagt. »Menschenskind«, polterte er plötzlich weiter, als wollte er so den Moment der Unsicherheit ungeschehen machen, »jetzt rede endlich wie ein vernünftiger Mensch.«

Er zog Johannes auf die schmale Steintreppe. Von der Gaststube oben drang grölendes Gelächter zu ihnen herunter. »Was hat der Caspar von dir gewollt?«

Aber Johannes schien immer noch ganz weit weg zu sein.

»Die Bilder«, sagte er, »die Bilder, Friedrich, die sind etwas ganz Besonderes. Kein Mensch in Grunbach hat solche Bilder, der Herr Pfarrer nicht und der Dederer nicht und auch …«

»Jetzt lass doch diese verflixten Bilder und erzähl endlich«, unterbrach ihn Friedrich rüde, gab dann aber mit einem tiefen Seufzer auf. Wenn Johannes erst einmal bei irgendwelchen Bildern angelangt war, kam man keinen Schritt weiter. Es war besser, ihn ausreden zu lassen.

»Also, diese Bilder, man sieht die Sonne auf der Wiese, die Sonnenstrahlen tanzen auf den Blumen, man kann es förmlich spüren, diese Künstler haben die Luft gemalt, stell dir das vor, Fritz, die Luft und das Flimmern der Sonne … Und wenn man ganz nahe an die Bilder herangeht, dann löst sich alles auf, du siehst nur Punkte, Striche, alles löst sich auf, und dann geht man ein paar Schritte zurück und da ist ein fertiges Bild und du kannst die Farben fühlen, riechen … So möchte ich auch malen können!«

Johannes' Blick wurde plötzlich ernst, er zog die Augenbrauen zusammen, als spüre er in diesem Moment einen körperlichen Schmerz. »Der Caspar hat mir die Bilder erklärt. Aus Frankreich kommt diese Technik, hat er gesagt, und er hat mir auch erzählt, wie das heißt, aber ich hab es wieder vergessen. Ein schwieriger Name. Ach, Fritz …« Er brach mit einem tiefen Atemholen ab und starrte in die Dunkelheit, die sich in der Zwischenzeit ausgebreitet hatte und alles einhüllte. Nur von oben, von der »Sonne« kam ein schmaler Lichtstreif, der ein spitzes Dreieck auf die Kellertreppe malte, wo die beiden Jungen saßen. Johannes' Stimme war verhallt und trotzdem blieb für Friedrich das Gefühl greifbar zurück, das hinter Johannes' Worten gelegen hatte – die Angst um eine Zukunft, die so ungewiss vor ihm lag und in der die Erfüllung der Träume wenig wahrscheinlich war.

»Und was wollte er nun von dir?«, drängte Friedrich sanft. »Er wollte dir doch sicher nicht nur Bilder zeigen.«

»Nein, natürlich nicht. Schau her.« Johannes zog das Buch hervor und hielt es Friedrich hin. Seine Stimme klang wieder fest, als schöpfe er aus diesem schmalen Büchlein neue Zuversicht. »Ich soll das malen.«

»Das Buch?« Ungläubig starrte Friedrich den Freund an. »Man kann doch kein Buch malen.«

»Nicht das Buch, du Schaf. Einzelne Bilder soll ich dazu zeichnen. Zu jedem Kapitel eins. Das ist das Lieblingsbuch seiner Frau und er will ihr die Bilder zu ihrem Geburtstag im Februar schenken. Sogar bezahlen will er mich dafür. Ich glaube aber«, hier hob sich Johannes' Stimme ein wenig und Friedrich konnte den Stolz heraushören, »also ich glaube, er will mich auch prüfen!«

»Prüfen?«

»Ja, ob ich so etwas zustande bekomme. Er will mir nämlich helfen, hat er gesagt. ›Wenn du wirklich Talent hast, Johannes, Talent und Ausdauer und Fleiß, denn das gehört zusammen, dann will ich dir helfen, so gut ich es vermag.‹ Stell dir vor, das hat der Caspar zu mir gesagt!«

Friedrichs Mund wurde plötzlich ganz trocken. Er fuhr sich mit der Zungenspitze mehrmals über die Lippen, um sie zu befeuchten. Was ist das nur?, dachte er. Eigentlich sollte ich mich für Johannes freuen, stattdessen … Was ist nur mit mir los? Das kommt wahrscheinlich daher, weil ich dem Caspar nicht traue, diesem Schwein. Das wird es sein, beruhigte er sich. Der Caspar soll sich nur vorsehen!

»Und womit sollst du malen, und worauf?«, erkundigte er sich und mühte sich vergebens, den ironischen Unterton in seiner Stimme zu unterdrücken.

»Das ist auch so was!« Friedrich spürte mehr, als dass er es sehen konnte, wie Johannes neben ihm plötzlich strahlte. Vergessen schien die Zukunftsangst, da war auf einmal ein Stück Hoffnung, ein kleines nur, aber es wärmte und machte alles heller, so wie der Lichtstrahl, der von oben auf sie fiel. »Ich darf zu Frau Schwarz und mir Papier und Stifte kaufen. Gutes Papier und gute Stifte, hat er gesagt. Darauf soll ich die Entwürfe zeichnen und die muss ich ihm dann zeigen. Ich darf bei der Frau Schwarz auf seinen Namen anschreiben lassen!«

Frau Schwarz besaß eines der vielen Kolonialwarengeschäfte in Grunbach. Zu ihr kam die bessere Kundschaft, sie war recht eingebildet und in der Frage des Anschreiben-Lassens ziemlich engherzig. Die Ärmeren drängten sich meistens in dem Geschäft von Luise Gutbrod, das unweit der Stadtmühle lag. Das Fräulein Gutbrod, eine betagte alte Dame, die mit gichtigen Händen sorgsam Mehl und Zucker und Graupen in die braunen Papiertüten füllte, hatte ein weitaus größeres Herz und gewährte oft einige Wochen Zahlungsaufschub, was vor allem im Winter für die Waldarbeiterfamilien lebensnotwendig war.

»Im Frühjahr krieg ich mein Geld«, pflegte sie oft zu sagen, wenn sie auf ihre Gutmütigkeit angesprochen wurde. »Die Armen zahlen pünktlicher zurück als so manche, die im Taftkleid und mit Federhut herumstolzieren!«

Also nicht zum Fräulein Gutbrod, sondern sogar zur Frau Schwarz durfte Johannes gehen. Das war sehr nobel vom Herrn Oberlehrer Caspar. Friedrich versuchte die gallenbitteren Gedanken zu unterdrücken, er versuchte aufrichtig, an der Freude des Freundes teilzunehmen. »Das hätte ich von Caspar nie und nimmer gedacht«, presste er schließlich heraus und kickte wütend ein paar kleine Steinchen gegen die schwere Holztür des Sonnen-Kellers. Der Lichtstreif, der von oben herabfiel, schien breiter zu werden. Aber die Jungen standen jeweils auf einer Seite im Dunkeln, als scheuten sie das Licht.

»Die Ahne sagt oft, dass in jedem Menschen etwas Gutes steckt, man muss es manchmal nur erst aufwecken«, flüsterte Johannes zögernd.

Am liebsten hätte Friedrich laut gelacht. Altweibergeschwätz, dachte er zornig, warte nur, bis die Schule anfängt und der Caspar wieder prügelt!

»Wie schön für dich, aber vergiss eines nicht«, Friedrichs

Stimme war ganz heiser, »wenn ich Geld habe, sorge ich für dich! Dann schicke ich dich auf diese Schule und ich kaufe dir Papier und Farben.«

»Wie könnte ich das vergessen!« Johannes drückte für einen kurzen Moment den Arm des Freundes. Dann gingen sie schweigend zur Stadtmühle zurück.

14

Schnee lag über Grunbach, bedeckte die Dächer der Häuser, die unter den weißen Massen wie erdrückt schienen, lag auf der spitzen Haube des Kirchturms, der aussah, als habe er eine weiße Zipfelmütze bekommen. Schneewände türmten sich an den Rändern der Straßen, auf denen nur wenige Menschen vorbeieilten, die Frauen vergruben sich förmlich in ihren wollenen Umschlagtüchern, die sie eng um sich herumgewickelt hatten, und die Männer hatten Mützen und Kappen tief ins Gesicht gezogen, um dem eisigen Wind zu trotzen.

Es war ein schlimmer Winter am Anfang des Jahres 1913, besonders schlimm für die Armen und noch schlimmer für die Leute in der Stadtmühle, durch deren Ritzen und Fenster der Wind unerbittlich zog. Sogar im Innern des Hauses waren die Wände mit Reif bedeckt.

Friedrich kauerte im Zimmer neben dem kleinen Kanonenofen, der nur kümmerliche Wärme verbreitete. Er hatte das Bett von Wilhelm ganz nahe herangezogen und seine Decke zusätzlich über den kleinen Bruder gelegt, den seit einigen Tagen wieder starker Husten schüttelte. Die Mutter hatte mit einem nassen Tuch immer wieder seine fieberheiße Stirn zu kühlen versucht und auch die dünnen Beinchen mit nassen Lumpen umwickelt, um so das Fieber herunterzudrücken.

Vorhin hatte Friedrich sie dann sanft, aber bestimmt hinausgeführt in die Küche, wo die Ahne und Lene mit Emma und Gretl am Küchenherd saßen. Sie tranken heißen Tee, zubereitet aus den Kräutern, die die Kinder im Sommer gesammelt hatten. Die Betglocke um halb sieben hatte gerade geläutet und es war schon stockdunkel. Die Mutter hatte dankbar den heißen Tee entgegengenommen und bedrückt von Wilhelms Zustand erzählt. Sie war gealtert in diesem vergangenen Jahr, die Schultern hatten sich nach vorne gekrümmt, als schleppe sie eine unsichtbare Last auf dem Rücken und die einstmals so gepflegten, dichten, glänzenden Haare waren ganz dünn geworden und schimmerten an einigen Stellen schon grau.

Kein Wunder, dachte Friedrich bitter, neben all dem Elend kommt jetzt noch die Sorge um Wilhelm dazu. Er wechselte behutsam die Tücher aus und benetzte Wilhelms Lippen mit Wasser. Der Bruder warf unruhig den Kopf hin und her und brabbelte unverständliches Zeug. Wenn nur das Fieber etwas herunterginge!

Aus der Küche drang das glucksende Lachen der beiden Mädchen herüber, die kleine Gretl krähte fröhlich irgendetwas und Emma, die Größere, antwortete mit ihrem hellen Stimmchen. Wahrscheinlich spielten sie mit den Puppen, die Johannes ihnen zu Weihnachten gemacht hatte. Es waren gar keine richtigen Puppen, er hatte runde Holzstücke genommen und Gesichter hineingeschnitzt, richtige Gesichter mit Augen, Nase und Mund. Er hatte auch Hände und Füße angedeutet und die Frauen hatten einige Lumpen zusammengenäht und die Puppen damit bekleidet. Die beiden kleinen Mädchen hatten gejubelt, als sie am Heiligen Abend dieses Geschenk erhielten, ihnen waren diese Puppen genauso lieb wie den Bürgerstöchtern die Porzellanpuppen mit den Korkenzieherlocken und den Rüschenkleidern.

Friedrich lächelte und horchte auf das Plappern der Kinder, das ihm in diesem Moment so tröstlich erschien. Das würde der Mutter auch gut tun, die sich vor lauter Sorgen um Wilhelm fast verzehrte. Aber es gab noch einen anderen Grund, warum er die einsame Wache an Wilhelms Bett übernommen hatte! Auf Zehenspitzen schlich Friedrich hinüber zu der Ecke, wo die wurmstichige Kommode mit der Wäsche stand, rückte sie vorsichtig etwas beiseite und hob eines der losen Dielenbretter an. Dort lagen in einem großen karierten Taschentuch die sorgsam aufgesparten Pfennige, das Wenige, das er abgezweigt hatte von dem Geld, das er mit dem Beerensammeln verdient hatte und das er stets treulich der Mutter aushändigte. Er nahm die Groschen in die Hand und zählte sie sorgsam und bedächtig in das Tuch. Es war Unsinn, er wusste es, er kannte die Summe doch, jetzt im Winter kam ja nichts hinzu. Trotzdem zählte er immer wieder, als könnten sich die Groschen genauso vermehren wie die Mäuse, die in allen Ecken der alten Mühle umherhuschten. Ein Ziel hatte er klar vor Augen: Nächstes Jahr zu seiner Konfirmation wollte er in eigenen Schuhen gehen, in festen, genagelten Lederschuhen, keine geliehenen durften es sein.

Aber jetzt gab es zwei Ziele, die in Konkurrenz zu diesem alles beherrschenden Wunsch traten! Im Frühjahr feierte Johannes Konfirmation, ein Jahr früher als Friedrich, denn er war einige Monate älter. Man hatte ihn damals bei der Einschulung wegen seiner körperlichen Schwäche zurückgestellt und deshalb ging er in die gleiche Klasse wie Friedrich. Aber am nächsten Osterfest war die Schulzeit für sie beide zu Ende, unerbittlich rückte diese Zeit näher und was er dann machen sollte, stand in den Sternen.

Friedrichs Gedanken schweiften nach oben, wo der Freund jetzt bestimmt in seinem Zimmer saß, die klammen

Finger immer wieder aneinander reibend, und malte, unaufhörlich Skizzen malte für den Herrn Oberlehrer. Die ersten Entwürfe waren schon fertig. Sie waren gut geworden, sehr gut, soweit Friedrich das beurteilen konnte, und auch Herr Caspar schien zufrieden, denn er hatte Johannes beauftragt, jetzt die richtigen Zeichnungen anzufertigen, diesmal in Farbe. Bis Februar war nicht mehr lange hin und Johannes malte wie im Rausch. Wenn er aber in die Küche kam, hingen jedes Mal die Kinder an seinem Ärmel und riefen: »Vorlesen, bitte, Johannes, vorlesen!«

Das Büchlein war eine wahre Entdeckung gewesen. In wenigen Tagen hatte Johannes es ganz durchgelesen und war mit geröteten Wangen zu Friedrich gestürzt. Diese Geschichte müsse er unbedingt lesen, etwas Wunderschönes sei das, und eines wisse er genau, dass er es einmal genauso wie dieser Müllerssohn mache. »Wir hauen einfach ab und gehen nach Italien, du kommst natürlich mit«, fabulierte er oft, wenn sie beisammensaßen und den rot glühenden Schimmer des Feuers durch die Ritzen des Ofens betrachteten. Und dann las er vor, las mit Hingabe unter dem matten Lichtschein der Lampe über dem Küchentisch und die Kinder umringten ihn und hingen andächtig an seinen Lippen, wenn er von der Postkutsche mit dem schönen Fräulein darin, dem Schloss in Wien oder der unheimlichen Begegnung mit den beiden Malern las. Manches verstanden sie nicht, aber das war egal, denn Johannes' Verzauberung hielt auch sie gefangen!

Und es ist auch wirklich eine schöne Geschichte, dachte Friedrich in diesem Moment. Und alles, alles war gut – ach, wenn man das auch eines Tages von ihrem Leben sagen könnte! Besorgt lauschte Friedrich auf die rasselnden Atemzüge des kleinen Bruders. Jedenfalls brauchte er für Johannes ein

Konfirmationsgeschenk, gutes Zeichenpapier natürlich und vielleicht sogar ein paar Tuben von diesen Ölfarben, von denen Johannes immer so sehnsuchtsvoll schwärmte. Damit würde er den Caspar ausstechen, bei dem es nur zu Wasserfarben gereicht hatte.

Aber dieses Ziel schloss das andere, die Schuhe, aus und jetzt war noch ein weiterer Gedanke, ein weiteres Ziel hinzugekommen: Wilhelm jammerte immer wieder nach seinem Hannes, dem Holzpferdchen, das im Haus in der Herrengasse zurückgelassen werden musste. Johannes und Friedrich hatten versucht, ihm aus Holz eine pferdeähnliche Figur zu schnitzen, aber die war nicht richtig gewesen. Bunt lackiert musste das Pferdchen sein und Räder musste es haben, damit man es ziehen konnte. Immer wieder hatte Wilhelm das Holzstück weggestoßen, das so gar keine Ähnlichkeit mit seinem geliebten Hannes hatte. Im Schaufenster des Kolonialwarenladens von Frau Schwarz hatte kurz vor Weihnachten allerhand Spielzeug gestanden, auch ein solches Pferd war darunter gewesen, das fast bis aufs i-Tüpfelchen dem schmerzlich vermissten Hannes glich. Der kleine Wilhelm hatte sich oft am Schaufenster die Nase platt gedrückt und hatte mit Gewalt weggezogen werden müssen. Als dann das Christkind dieses Pferd nicht gebracht hatte, stattdessen dieses hässliche Holzding, war er felsenfest überzeugt gewesen, dass das Ganze ein großer Irrtum sein müsse und das Pferdchen im Schaufenster immer noch auf ihn warte.

Nachdem so viel Schnee gefallen und das Wetter so eisig geworden war, hatten Johannes und Friedrich das Haus nicht mehr verlassen können, genauso wie die Mühlbeck-Kinder, die seit Wochen nicht mehr vor die Tür kamen und sehnsüchtig dem Lärmen der besser gestellten Dorfkinder zuhörten, die mit ihren Schlitten hinauf zum Eiberg oder Meistern zogen. Friedrich hatte von seinem Großvater schließlich ein paar ältere Schuhe bekommen, »leihweise, für den Winter«, sodass er bis Weihnachten zur Schule gehen konnte. Aber deren Sohlen waren so dünn, dass man sich nach kurzer Zeit Frostbeulen holte. Weil er ebenfalls keine Schuhe hatte, musste auch Wilhelm zu Hause bleiben, sonst wäre er jeden Tag zum Laden der Frau Schwarz gerannt und dort wahrscheinlich stundenlang vor dem Schaufenster stehen geblieben. Aber das Pferdchen geisterte immer wieder durch seine Fieberträume, sodass Friedrich seit einigen Tagen ernsthaft daran dachte, ihm vom Ersparten dieses Pferd zu kaufen, vorausgesetzt, es stand noch immer im Laden. Aber die Erfüllung dieses Wunsches schloss alle anderen aus, so viel stand fest, und da konnte er das Geld noch so lange zählen.

Seufzend fegte Friedrich die kleinen Münzhäufchen in die linke Hand und wickelte das Geld sorgfältig wieder in das Taschentuch ein. Er achtete auf jedes Geräusch, das von außen hereinkam, um nicht überrascht zu werden, denn von der Existenz dieses sorgsam gehüteten kleinen Schatzes wusste nur Johannes.

Wilhelm war in der Zwischenzeit in einen tiefen Schlaf gefallen, er atmete gleichmäßig und ruhig und die Fieberrosen auf seinen Wangen schienen nicht mehr ganz so tiefrot und glühend zu sein. Es geht ihm schon etwas besser, beruhigte Friedrich sich selbst, als er den schlafenden Bruder betrachtete. Der Hannes konnte noch ein bisschen warten. Im Frühjahr vielleicht, wenn sie Kräuter holten, zu seinem Geburtstag im Mai – und um sein heftig nagendes Gewissen zu beruhigen, schwor er sich mit fest zusammengebissenen Zähnen, dass er als Erstes das Holzpferdchen kaufen würde, wenn es dem Bruder wieder schlechter gehen sollte. Alles andere musste dann eben warten. So getröstet ging er hinüber zur Mutter, um ihr die frohe Botschaft zu bringen, dem Wilhelm gehe es tatsächlich schon viel besser.

Zwei Tage lag Wilhelm blass und matt auf seinem Strohsack, nur mit Mühe gelang es, ihm etwas von der Brennsuppe einzuflößen, die die Mutter eigens für ihn gekocht hatte und die sogar mit einem Stückchen Butter verfeinert worden war. Die Butter hatte der Großvater gebracht, um dem Wilhelm etwas »zuzusetzen«, wie er sich ausdrückte. Friedrich hatte nur stumm seine Mutter angesehen, die sich herzlich bedankt hatte, und dabei überlegt, wie viele Kämpfe es wohl gekostet hatte, um der Großmutter das kleine Stückchen Butter abzuschwatzen. Es geht weiter aufwärts, beruhigte sich Friedrich, der immer noch ein schlechtes Gewissen hatte, und tatsächlich spielte Wilhelm am Abend sogar mit dem selbst gemachten Holzpferd, das er einige Male über die zerschlissene Decke galoppieren ließ.

Aber in der Nacht wurden sie plötzlich durch seinen krampfhaften, würgenden Husten aufgeweckt! Wilhelm saß aufrecht im Bett und rang verzweifelt nach Luft. Die Mutter war schon aufgesprungen und klopfte ihm auf den Rücken, der Kleine war blaurot im Gesicht, der schmächtige Körper wurde so sehr von den Hustenkrämpfen geschüttelt, dass die Mutter ihn kaum festhalten konnte. Nach endlosen Minuten beruhigte sich der Husten. Wilhelm rang zwar immer noch rasselnd nach Atem, aber die normale Gesichtsfarbe war zurückgekehrt. Vorsichtig legte ihn die Mutter zurück und zog ihren linken Arm weg, da bemerkte sie große dunkle Flecken auf dem Ärmel des weißen Nachthemdes! Sie schrie auf und Friedrich stürzte zum Bett. Fassungslos starrte er auf den Arm der Mutter, den diese von sich weggestreckt hielt, als gehöre er nicht zu ihr, sei etwas Fremdes, Bedrohliches.

»Blut«, schrie sie, »Blut! Fritz, unser Wilhelm spuckt Blut!«

Der Kleine lag mit weit aufgerissenen Augen im Bett. Friedrich legte die Hand auf die Stirn des Bruders und zuckte zurück. Ganz heiß, fieberheiß, wie noch nie zuvor, schien ihm der Bruder zu sein, der blicklos vor ihm lag und sich nicht mehr rührte.

»Ich lauf zum Doktor«, presste Friedrich hervor, schlüpfte rasch in die ausgetretenen Schuhe des Großvaters und riss eine dünne Jacke vom Nagel, die eigentlich der Mutter gehörte.

Emma war in der Zwischenzeit aufgewacht und begann zu heulen, ungeduldig beschwichtigt von der Mutter, die zwischen ihr und Wilhelm hin- und herlief.

»Beeil dich, Fritz«, rief sie ihm noch zu und rannte in die Küche, um kaltes Wasser zu holen. Friedrich war schon zur Tür hinaus und im Vorbeirennen sah er, dass in den anderen Zimmern das Licht anging. Das war gut, dann war die Mutter nicht mehr so alleine. Die alte Ahne kannte auch so manches Hausrezept. Und Johannes, auf den war Verlass, der konnte die Mutter beruhigen.

Friedrich rannte, rannte, als ginge es um sein Leben – und um ein Leben ging es ja schließlich! Er rannte hinaus in die sternklare Nacht und spürte nicht die Eiseskälte unter seinen dünnen Sohlen. Ihm lief der Schweiß über Stirn und Wangen, wahre Schweißbäche, die schon nach wenigen Sekunden gefroren und als kristallene Eisschicht den unteren Teil des Gesichtes überzogen.

Der Doktor wohnte am Anfang des Unterdorfs, nicht unweit des Dederer-Sägewerks, in einem prachtvoll verzierten Holzhaus, an dessen Breitseite viele Hirschgeweihe angebracht waren. Früher hatte der königliche Forstmeister hier gewohnt, aber mit der Zeit war das Haus zu klein geworden und man hatte im Oberdorf, direkt an der Enz, ein noch stattlicheres Haus für die Forstbehörde errichtet. Der neue Doktor hatte dann das alte Forsthaus gekauft, denn der alte Doktor Stölzle hatte sich im Sommer zur Ruhe gesetzt. Den neuen kannte Friedrich noch nicht, er hatte ihn lediglich ein paarmal aus der Ferne gesehen, wie er in seinem Einspänner schneidig über den Lindenplatz gefahren war. Hochnäsig sei er, erzählten sich die Leute, hochnäsig und eingebildet, gar nicht so wie der alte Herr Doktor, der des Öfteren zwar auch geschimpft und gepoltert hatte, aber das war etwas anderes gewesen und im Übrigen hatte er seine Grunbacher gemocht und verstanden. Der Neue sprach nur Hochdeutsch und verstand gar kein Schwäbisch, sodass man sich gewaltig anstrengen musste und manchmal gar nicht richtig wusste, was man ihm sagen sollte.

Daran dachte Friedrich, als er keuchend auf der unteren Enzbrücke angelangt war und ihn nur noch wenige Meter vom Haus des Arztes trennten. Nein, sympathisch hatte er nicht ausgesehen mit seinem aufgezwirbelten Bart und den komischen Narben auf einer Wange. Das hätten die Studierten halt, sagten die Leute, aber der alte Doktor hatte so etwas auch nicht gehabt und der hatte doch auch studiert. Das ist jetzt ein Notfall, dachte Friedrich verzweifelt. Ein kleiner Junge, unser Wilhelm, ihm geht es so schlecht, da muss er doch kommen, und zog ungestüm an der schwarz lackierten Klingel, die laut scheppernd die Stille der Nacht zerriss. Friedrich zog noch einmal aus Leibeskräften und endlich drang aus den Ritzen des zugeklappten Fensterladens ein dünner Lichtstrahl, der schräg auf das Gesicht des Jungen fiel. Dann hörte man Stimmengemurmel und der Fensterladen wurde weit aufgestoßen.

»Was gibt es denn mitten in der Nacht?«, fragte jemand ungehalten von oben.

Friedrich mühte sich einigermaßen ruhig zu antworten: »Ein Notfall, Herr Doktor. Bitte entschuldigen Sie. Ich würde Sie bestimmt nicht stören, aber meinem kleinen Bruder geht es sehr schlecht. Er spuckt Blut und rührt sich nicht mehr und ...« Hier stockte Friedrich, er wusste einfach nicht mehr weiter. Aber das musste doch genügen!

Von oben schnarrte die Stimme immer noch ungeduldig: »Kein Grund, so einen Lärm zu veranstalten. Sprich etwas leiser. Wo wohnt ihr?«

Friedrich öffnete schon den Mund und wollte »In der Stadtmühle« rufen, als er plötzlich mutlos den Kopf sinken ließ. Tränen schossen ihm in die Augen. Daran hatte er nicht gedacht, wahrscheinlich hatte er es einfach nicht wahrhaben wollen. Ja, wenn er noch hätte sagen können: »Wir wohnen in der Herrengasse«, dann wäre der Herr Doktor gleich gesprungen. Aber so ... Trotzdem, er musste alles versuchen! Leise sagte er: »Am Lindenplatz.« Das war zumindest nicht gelogen.

Ungeachtet seiner vorigen Mahnung rief der Doktor: »Sprich lauter bitte, ich kann dich nicht verstehen!«

»Am Lindenplatz, Herr Doktor. Ich warte hier unten auf Sie und werde Sie führen.«

Doch so leicht ließ sich der Doktor nicht abspeisen. »Wo genau am Lindenplatz? Und wie heißt du eigentlich?«

Friedrich merkte plötzlich, wie die beißende Kälte durch seinen Körper kroch. Sie kroch durch die abgetragene Jacke, die dünnen Schuhe und sogar durch den wollenen Schal, den er fest um den Hals geschlungen hatte. Die Mutter hatte ihn aus einem alten Pullover gestrickt, den der Großvater ihm mitgegeben hatte. Er war Friedrich zu klein gewesen und auf seinen Hinweis, man könne ihn für Wilhelm aufheben, hatte die Mutter den Kopf geschüttelt und geantwortet:

»Du brauchst jetzt etwas für den Winter.« Dann hatte sie die Wolle aufgezogen und den Schal daraus gestrickt. Jetzt kam es Friedrich wie ein großes Unrecht vor, dass er diesen Schal angenommen hatte, er zog und zerrte daran, weil er plötzlich meinte, keine Luft mehr zu bekommen. Gleich nachher wollte er ihn Wilhelm geben. Wollte ihn damit wärmen und vor allen Dingen wollte er das Holzpferdchen kaufen, er musste unbedingt das Pferd kaufen, aber erst musste er diesen eingebildeten Schnösel dazu bringen, dass er mitkam, jetzt gleich!

Er rief mit unterdrückter Stimme nach oben: »In der Stadtmühle. Wir heißen Weckerlin!«

Das Schweigen oben war beunruhigend. Friedrich fügte noch hinzu: »Wir wohnen noch nicht lange dort«, und, etwas leiser: »Mein Vater war der Maurermeister Weckerlin.«

Wer weiß, vielleicht kannte sich der neue Doktor noch nicht so richtig aus, vielleicht half dieser Hinweis.

Aber von oben kam nur ein knappes: »Schau morgen vorbei! Macht ihm Wadenwickel und gebt ihm ordentlich zu trinken!« Dann wurde das Fenster mit hörbarem Knall zugeschlagen.

Friedrich schrie verzweifelt gegen dieses Geräusch an: »Wir können Sie bezahlen - wir haben etwas Geld.« Oben öffnete sich noch einmal das Fenster und in Friedrich stieg Hoffnung empor, wilde verzweifelte Hoffnung. Hatte das Zauberwort gewirkt? Aber es blieb still, eine Hand erschien und zog den Fensterladen zu und dann erlosch das Licht. Wie betäubt starrte der Junge auf das dunkle Viereck, starrte und starrte, als müsste es möglich sein, allein mit der Kraft seiner Gedanken das Licht wieder anzuzünden und das Fenster zu öffnen. Schließlich griff Friedrich tränenblind in den riesigen Schneehaufen, der am Straßenrand aufgeschüttet war. Der Schnee war gefroren und als Friedrichs Finger eine feste Kugel formten, schnitten die Eiskristalle so sehr in seine Haut, dass Blut hinunterlief und dunkle Spuren im weißlich schimmernden Schneeball hinterließ. Friedrich hob den Arm und wollte in blinder Wut auf das dunkle Viereck schießen, aber dann ließ er den Arm wieder sinken. Das würde den Doktor nur ärgern und dann kam er gar nicht mehr.

Was sollte er nur tun? Nach Wildbad laufen? Er brauchte mindestens eine Dreiviertelstunde und dort gab es ausschließlich Ärzte für die vornehmen Leute, die Kurgäste. Ob einer von denen nach Grunbach finden würde, ins Armenhaus, zu Leuten, die nicht versichert waren und die kein Geld hatten, um die Rechnung zu bezahlen?

Unbewusst hatte Friedrich den Weg zurück zur Stadtmühle eingeschlagen. Zehen und Hände spürte er gar nicht mehr, sie waren wie abgestorben! Aber Friedrich achtete nicht darauf.

Wenn Wilhelm stirbt ..., hämmerte es unablässig in seinem Kopf, wenn Wilhelm stirbt ... Und er begann wieder zu rennen, immer schneller. Wenn Wilhelm stirbt!

»Gleich morgen kaufe ich das Pferdchen«, flüsterte er. »Lieber Gott, ich kaufe dieses Pferdchen, ich war selbstsüchtig, wollte Schuhe kaufen und ein Geschenk für Johannes, um ihn zu beeindrucken, weil ich auf den Caspar eifersüchtig bin, aber ich kaufe das Pferdchen, ich verspreche es!« In der Frühe, gleich um acht wollte er zur Frau Schwarz gehen.

So versuchte Friedrich einen Handel mit Gott zu machen, wollte seinen größten Wunsch, ein paar eigene Schuhe für die Konfirmation, eintauschen gegen Wilhelms Leben!

Als er endlich keuchend bei der Stadtmühle angekommen war, sah er hin- und herhuschende Schatten hinter den erleuchteten Fenstern. Gott sei Dank war die Mutter nicht allein, sie hatte Hilfe bekommen. Er betrat die Stadtmühle und ging mit schwerem Schritt hinüber zu ihrem Zimmer. Leise öffnete er die Tür. Am Fußende von Wilhelms Bett saß Johannes, der ihm zunickte. Die Ahne und die Mutter standen am Tisch, beide flüsterten, daneben war Lene, die die kleine Emma auf dem Arm hielt, das Köpfchen fest an ihre Schulter gedrückt und leise summend. Sogar Frau Mühlbeck war gekommen, sie kauerte neben dem rot glühenden Ofen, der eine ungewohnte Hitze verströmte. Die Mutter hatte ganz unvernünftig geheizt, hatte sogar das gute, kostbare Buchenholz verfeuert. Wilhelm warf sich unruhig auf seinem Bett hin und her. Seine Wangen glühten stärker als zuvor und ab und zu riss ein quälender Husten den schmächtigen Körper förmlich in die Höhe. Auf Wilhelms Hemd und auf der Decke hatten sich dunkle Flecken ausgebreitet, also spuckte er immer noch Blut!

Rasch trat Friedrich hinüber zur Mutter, die nach den Anweisungen der Ahne einige getrocknete Kräuter und schwarze verschrumpelte Holunderbeeren in einen Krug gegeben hatte und nun heißes Wasser darüberschüttete. Als sie Friedrich sah, trat sie schnell auf ihn zu. »Was hat der Doktor gesagt? Wo ist er denn?«

Friedrich bemerkte ihre geschwollenen Augen und die tiefen Furchen, die sich rings um ihre Mundwinkel eingegraben hatten. Nun sank ihm der Mut vollends. Wie sollte er der Mutter die Wahrheit sagen?

Er wandte den Kopf zur Seite, um die Mutter nicht direkt ansehen zu müssen und flüsterte kaum hörbar: »Er ist bei einem anderen Kranken. Aber sie schicken ihn herüber, gleich wenn er nach Hause kommt.«

Weinend ließ sich die Mutter auf die Knie sinken und legte ihre Stirn auf den Strohsack, auf dem sich Wilhelm immer noch unruhig hin- und herwarf. »Was sollen wir nur tun? Wenn es ihm schlechter geht und der Doktor ist nicht da?«

Friedrich hockte sich neben die Mutter und legte den Arm um sie.

»Er kommt sicher gleich, sei ganz ruhig.« Sein Blick streifte Johannes, der immer noch am Fußende des Bettes saß. Die hellblauen Augen waren mit einem undefinierbaren Ausdruck auf ihn gerichtet. Johannes weiß es, dachte Friedrich plötzlich. Er weiß, dass der Doktor nicht kommen wird, weil wir Armenhäusler sind, und er weiß, dass Wilhelm sterben wird. Wilhelm wird sterben!

Am liebsten wäre er aufgesprungen, hätte geschrien, das altersschwache Mobiliar zusammengeschlagen, wäre hinausgerannt und hätte den Doktor aus seinen weichen Federbetten gezerrt! Aber der unbeirrte Blick aus Johannes' Augen zwang ihn ruhig zu bleiben, die Panik niederzukämpfen und das Nächstliegende zu tun. Er musste die Mutter beruhigen, dass sie nicht zusammenbrach, und der Ahne helfen, die sich mit zitternden Händen mühte, etwas Kräutertee zwischen Wilhelms rissige Lippen zu schütten. Derweil hatte Lene die kleine Emma, die eingeschlafen war, sanft in ihr Bett zurückgelegt und mit Frau Mühlbeck schweigend die Wadenwickel gewechselt. So verrann Stunde um Stunde, keiner sprach, alle saßen um das Bett versammelt, an dem Frau Weckerlin kniete, Wilhelms Hand haltend und immer wieder seine Stirn streichelnd. Bei jedem Geräusch war sie hochgefahren und hatte gemeint, das müsse jetzt der Doktor sein.

Auch Friedrich wartete, nicht auf den Doktor, sondern darauf, dass es endlich hell wurde und das Geschäft von Frau Schwarz aufgemacht wurde. Um halb acht würde er hinüberrennen und das Holzpferdchen kaufen, würde seinem Stolz dieses Opfer abverlangen, um Gott gnädig zu stimmen. Seine Lippen bewegten sich stumm: Lieber Gott, wenn ich ihm das Holzpferdchen kaufe – vielleicht tut ihm das gut, wenn er meint, er habe den Hannes wiederbekommen, das gibt ihm Auftrieb.

Endlich drang das erste Tageslicht durch die Scheiben und das Zimmer leuchtete auf einmal förmlich unter dem rotgoldenen Sonnenaufgang. Die Mutter hob den Kopf und legte den Zeigefinger an die Lippen. »Er ist auf einmal ganz ruhig«, flüsterte sie, »er schläft ganz tief. Seid leise, er schläft sich gesund. Er glüht auch nicht mehr so.«

Friedrich blickte auf den kleinen Bruder, der in der Tat bewegungslos in den Kissen lag. Sein Gesichtchen schien auf einmal merkwürdig blass zu sein. Die anderen traten geräuschlos hinzu. Frau Weckerlin streichelte immer noch Wilhelms Stirn und sah richtig glücklich aus. Trotzdem, etwas stimmte nicht, Friedrich blickte beunruhigt in die Gesichter der anderen, hielt am Schluss Johannes' Blick fest. Der schüttelte auf einmal ganz unmerklich den Kopf. Aber das konnte, das durfte doch nicht sein!

Friedrich rannte hinüber zu der Ecke mit den losen Dielenbrettern und holte mit zitternden Fingern das Tuch mit den Münzen heraus. Wieder schlüpfte er in die Schuhe, schlang den Wollschal um seinen Hals und stürzte hinaus in den frostklirrenden neuen Tag.

Frau Schwarz hatte gerade die Tür geöffnet und starrte missbilligend hinaus in das goldene Morgenlicht. Ihr Atem bildete weiße Wölkchen und sie stampfte abwechselnd mit beiden Füßen auf den Boden, um die Kälte zu vertreiben.

»Was willst du denn schon hier?« Ihr Blick glitt abschätzig über Friedrich hinweg, der keuchend vor ihr stehen geblieben war und ihr das Taschentuch mit dem Geld entgegenstreckte. »Solltest du nicht langsam zur Schule gehen?«

Ohne auf die Frage zu achten, schob sich Friedrich in den Laden. Gott sei Dank, das Pferdchen war noch da! Ganz oben stand es auf einem der Regale, das linke Vorderbein zierlich erhoben und starrte ihn aus schwarz lackierten Augen an.

»Das Holzpferd da oben, Frau Schwarz, das möchte ich haben, bitte. Es ist dringend. Geld habe ich dabei. Bitte, Frau Schwarz, geben Sie mir schnell das Pferd!«

Mathilde Schwarz schaute den Jungen misstrauisch an, der diese Sätze hervorstieß, als hätte er körperliche Schmerzen. Irgendetwas war da faul. Sie begann langsam die Münzen zu zählen, bildete kleine Häufchen und zählte noch einmal, während der Junge ungeduldig von einem Fuß auf den anderen trat. Das Geld stimmte, es waren sogar einige Pfennige zu viel, die sie ihm stumm zurückschob und die er sorgfältig wieder in sein Taschentuch wickelte. Dann holte sie schnaufend eine Leiter, stieg mühsam hinauf und angelte das lackierte Pferd vom Regal. Friedrich riss es ihr förmlich aus der Hand und stürmte ohne ein Wort zu sagen aus der Tür hinaus.

»Hast wohl das Dankesagen ganz verlernt und das Grüßen, wie's bei anständigen Leuten üblich ist!«, rief sie ihm verwundert nach. Aber er rannte ohne zu zögern weiter und Mathilde Schwarz stand am Fenster ihres Kolonialwarenladens und starrte verdutzt der immer kleiner werdenden Gestalt nach, die jetzt um die Ecke des Rathauses bog.

Friedrich rannte zum zweiten Mal, als ginge es um Leben und Tod, und das tat es ja wirklich. Wilhelm lebt noch, er lebte ganz bestimmt noch. Er lag in tiefer Ohnmacht, sicherlich hatte die Mutter Recht, er schlief sich gesund. Und er, Friedrich, hatte das Pferd gekauft, der liebe Gott hatte gesehen, dass er wirklich das Pferd gekauft hatte, und würde ein Einsehen haben! Ab jetzt würde er nicht mehr nur an sich denken und an seinen Stolz, diesen »vermaledeiten Stolz«, wie Johannes es nannte, und er würde aufhören mit dieser verbissenen Wut und dem Hass auf die anderen und jeder Groschen sollte jetzt der Mutter gehören und er wollte noch mehr arbeiten, damit sie gutes Essen für Wilhelm kaufen konnten, Butter und Sahne.

Immer mehr Menschen kamen ihm entgegen, Schulkinder, die ehemaligen Freunde, die auf dem Weg zum Bahnhof waren, um nach Wildbad ins Gymnasium zu fahren. Er meinte auch den Oberlehrer Caspar von weitem gesehen zu haben, der stehen geblieben war und ihm verblüfft nachschaute. Einige Arbeiter, die zur neuen Fabrik hinten im Grunbachtal gingen, wichen ihm aus und schrien ihm lachend etwas hinterher.

Endlich war er an der Stadtmühle angelangt, er riss die Tür auf, da standen im Flur die Mühlbeck-Kinder, Ludwig, Otto und Guste, an die sich der kleine Ernst drückte, der noch im Hemdchen war und ganz blau gefrorene Beine hatte. Sie starrten ihn an, ohne ein Wort zu sagen, standen nur da und starrten, und in Gustes Augen hingen Tränen. Dumme Kuh, warum heulte sie denn?

Die Tür zum Zimmer stand weit offen, man konnte die eintönige Stimme der Ahne hören, die offenbar etwas vorlas. Warum ließen sie Wilhelm nicht in Ruhe, er musste doch schlafen? Friedrich bekam auf einmal ganz weiche Knie, er musste sich für einen Moment an den Türrahmen lehnen, dann aber gab er sich einen Ruck und trat tief durchatmend ins Zimmer. Auf den ersten Blick hatte sich scheinbar nichts verändert, es war nur taghell jetzt und der goldene Schimmer der Sonne, der sogar die altersschwachen Möbel in ein sanftes Licht tauchte, war stärker geworden. Die Mutter kniete immer noch an Wilhelms Bett und die anderen standen in einem Halbkreis um sie herum. Aber sie hatten die Hände gefaltet, eine rußige Kerze brannte auf dem Nachttisch und jetzt konnte er auch die Ahne verstehen, sie las einen Psalm: »Der Herr ist mein Hirte, mir wird nichts mangeln …«

Friedrich stürzte herein. »Aufhören, seid doch leise. Wilhelm …!« Er ließ sich auf der Bettkante nieder und begann den Bruder sanft aber bestimmt zu rütteln. »Wilhelm, schau her, was ich dir gebracht habe. Den Hannes, ich habe den Hannes wiedergefunden. Da, schau her, Wilhelm …« Und er drückte das Holzpferdchen in seine Hände. Merkwürdig bewegungslos wie eine Puppe lag der Bruder da, und wie kalt Wilhelm war, eiskalt. Er begann seine Hände zu reiben. Man musste Feuer machen, noch mehr Feuer. Feuer aus Buchenholz, egal, was die anderen sagten.

Plötzlich spürte Friedrich, wie jemand seine Schultern umfasste und vom Bett wegzog.

»Friedrich«, hörte er Johannes' Stimme an seinem Ohr. »Friedrich, hör auf, Wilhelm ist tot, hörst du. Er ist vorhin eingeschlafen. Er hat nun keine Schmerzen mehr und keine Angst. Komm, Friedrich …«

Friedrich wollte sich wehren, diese Hände abschütteln, er war doch viel stärker als Johannes. Aber merkwürdig, es ging nicht. Er gab ihrem Druck nach, ließ sich zu einem Stuhl führen und von ganz ferne drang die vertraute Stimme an sein Ohr: »Wilhelm ist tot, er hat nun keine Schmerzen mehr und keine Angst.«

Aber das konnte doch nicht sein. Er hatte das Holzpferd gekauft. Er hatte doch Gott versprochen, das Pferd zu kaufen! Aber da war Johannes' Stimme, unbeirrt: »Wilhelm ist tot, Friedrich. Es tut mir so Leid.« Und für einen kurzen Augenblick ließ er sich in Johannes' Arme fallen, nahm dankbar die Wärme entgegen, die von ihm ausging, wie in jener Nacht am Lindenplatz.

An den weiteren Verlauf des nächsten Tages erinnerte sich Friedrich nur noch schemenhaft. Der Großvater war gekommen, heraufgerannt vom Unterdorf, nachdem der älteste der Mühlbeck-Buben ihn am frühen Morgen aus dem Schlaf geklopft hatte. Später kamen auch die Großmutter, Onkel und Tante. Die beiden Frauen standen wehklagend am Bett und vergossen wohl auch ein paar Tränen, aber sie wirkten seltsam unbeteiligt und später, als ihnen in der Küche pflichtschuldigst heißer Kaffee aus gemahlenen Eicheln angeboten wurde, den sie mit spitzen Mündern ablehnten, hörte Friedrich, wie die Tante der Großmutter ins Ohr flüsterte: »Ein Esser weniger!« Da konnte er ihre Gegenwart nicht mehr ertragen und er ging wieder hinüber zum toten Bruder, der kalt und steif in seinem armseligen Bett lag. Wenig später kamen die Leichenbesorgerin und einige Männer, die einen roh gezimmerten Sarg aus Brettern mitbrachten. Natürlich würde es ein Armenbegräbnis geben, der Großvater konnte zwar etwas beisteuern, aber das reichte nicht für einen schön gearbeiteten, dunkel glänzenden Sarg mit silbernen Beschlägen, wie der Vater noch einen gehabt hatte.

Das Bild des toten Vaters holte Friedrich jetzt ein, als er an Wilhelms Bett saß! Der Vater lag aufgebahrt in der Wohnstube, im besten Anzug und bedeckt mit roten und weißen Nelken. Nur der stets so stolz aufgezwirbelte Schnurrbart hing traurig herunter und um den Mund hatte sich ein bitterer Zug eingegraben, der im Tod noch viel stärker sichtbar war. Später, als dann alles herausgekommen war, wusste man, warum. Aber am Tag des Begräbnisses hatte der Name Weckerlin noch einen guten Klang gehabt. Die Leichenträger waren gekommen, würdige Herren mit hohen weißen Kragen und Zylinder. Sie hatten den Sarg geschultert und durch das Dorf getragen, wo viele Menschen die Straßen säumten, auf denen Friedrich Weckerlin seinen letzten Gang durch den Ort angetreten hatte.

Die Männer hatten ehrerbietig die Mützen gezogen, manche Frauen sogar geknickst und Friedrich, der neben der Mutter hinter dem Pfarrer gegangen war, in seinem guten Matrosenanzug und mit sorgfältig geputzten, glänzenden Schuhen, hatte seltsamerweise trotz aller Trauer eine tiefe Befriedigung gespürt.

Nun würde es anders sein, ganz anders! Die Männer murrten über die »Schinderei«, angesichts des gefrorenen Bodens ein Grab ausheben zu müssen. Rücksichtslos und laut trampelten sie im Zimmer herum, wo die Mutter immer noch im Schmerz verharrte. Ein gutes Trinkgeld war bei dieser »Leich« schließlich nicht zu erwarten. Die Leichenbesorgerin, eine große und starkknochige Frau, hatte eine Schüssel mit Essigwasser neben sich gestellt und begann Wilhelm zu waschen. Sie packte ihn so grob an, dass Friedrich sie anherrschte: »Lassen Sie das, wir machen das selber!« Er und die Mutter wuschen Wilhelm behutsam, dann zogen sie ihm die Matrosenbluse an, die sorgsam eingepackt in einer Kommodenschublade verwahrt worden war. Natürlich war sie Wilhelm immer noch viel zu groß, aber wenn man die Ärmel umschlug, ging es einigermaßen. Schließlich holte die Mutter noch eine weiße bestickte Tischdecke, ein sorgsam gehütetes Überbleibsel aus besseren Tagen, und bedeckte damit den kleinen Körper bis zur Brust. Unter die gefalteten Hände des kleinen Bruders schob Friedrich das Pferdchen.

»Jetzt hat er seinen Hannes dabei und ist nicht so allein«, flüsterte er der Mutter zu, die weinend nickte und seine Hand drückte.

In diesen drei Tagen, in denen Wilhelm aufgebahrt lag, in seinem ungehobelten Brettersarg, den man auf zwei Stühle gestellt hatte, rührte die Mutter sich nicht weg von ihrem Platz. Sie saß aufrecht auf ihrem Stuhl neben Wilhelms Leiche. Nur ab und zu fiel ihr Kopf nach vorne und sie schien für einige Momente zu dösen.

Die Stadtmühlenbewohner drückten sich immer wieder scheu in den Raum, bereit zu trösten oder zu helfen und das Kümmerliche, das sie hatten, zu teilen. Sogar der alte Mühlbeck blieb in diesen Tagen einigermaßen nüchtern und brachte schweigend den gut gefüllten Holzkorb, um einige Scheite nachzulegen. Emma, die gar nicht so richtig verstanden hatte, was geschehen war, hatte die Lene mit zu sich hinübergenommen und ab und zu durchbrach das helle Lachen der beiden kleinen Mädchen die gedrückte Stille, die über der Stadtmühle lag.

»Ich weiß, was dir durch den Kopf geht! Ich seh's dir an«, sagte Johannes am Morgen, an dem Wilhelm zum Kirchhof getragen werden sollte, zu Friedrich.

»Was meinst du?« Friedrich wandte den Kopf nicht weg vom Gesicht des kleinen Bruders, als müsse er sich jeden Zug einprägen.

»In dir ist eine solche Wut, eine Wut, dass du am liebsten alles zertrümmern möchtest. Die Stadtmühle hier und …« Johannes machte eine ausladende Handbewegung, »… am liebsten das ganze Dorf!«

Johannes legte die Hand auf die Schulter des Freundes und drückte sie leicht. »Die sind alle schuld, denkst du. Alle sind schuld an Wilhelms Tod. Als Erstes natürlich der Doktor – du lieber Gott, wie du den angeschrien hast, ich habe gedacht, du schmeißt ihn zur Tür hinaus!«

Der Doktor war doch noch gekommen, am späten Vormittag. Friedrich hatte ihn herfahren sehen, eingehüllt in seinen dunklen Pelz. Als der Doktor vorsichtig vom Kutschbock seines Pferdewägelchens gestiegen war, hatte er schon in der Tür gestanden und ihn mit einem Hagel von Beschimpfungen empfangen. »Elender Quacksalber« war noch das Harmloseste gewesen, und Johannes, der Friedrich nachgerannt war, konnte ihn gemeinsam mit dem alten Mühlbeck nur mühsam bändigen, sonst wäre er dem verdatterten Doktor an die Gurgel gegangen! Schließlich hatte ihn Friedrich unter gutem Zureden der anderen doch hereingelassen, denn der Doktor musste den Totenschein ausstellen. Er war dann schnell wieder gegangen, hatte sich in seinem kostbaren Pelz förmlich aus der Stadtmühle herausgeschlichen, denn mehr noch als die Wut des Bruders hatte ihm der stumme Vorwurf der Mutter zu schaffen gemacht.

»Fritz, der Doktor hätte ihm in jener Nacht gar nicht helfen können. Ich denke, dass Wilhelm viel zu krank war. Keiner hätte ihm helfen können. Ich weiß, was du sagen willst.« Johannes verstärkte den Druck auf Friedrichs Schulter. »Die Stadtmühle ist schuld, nass und kalt, wie es hier ist. Die Umstände, unter denen ihr jetzt leben müsst, sind schuld. Wenn ihr noch in der Herrengasse leben könntet, dann würde Wilhelm leben, das denkst du doch, Fritz?« Forschend schaute Johannes den Freund an.

Friedrich öffnete den Mund, beließ es dann aber bei einem kurzen Nicken.

»So darfst du aber nicht denken, Fritz, keiner weiß das so genau. Wilhelm war immer schon kränklich. Mach dir alles nicht noch unnötig schwer, höre auf mit diesem Hass und mit dieser Wut. Du bist so erfüllt davon. Nichts anderes hat mehr Platz, nichts Gutes mehr. Ich mache mir Sorgen, Fritz.«

Friedrich nahm die Hand des Freundes, die immer noch auf seiner Schulter ruhte, und drückte sie fest. »Du bist ein guter Freund, Johannes. Der beste, den ich jemals hatte und jemals haben werde! Du hast schon Recht mit der Wut und dem Hass. Ich komme einfach nicht dagegen an. Aber lass nur, es wird schon besser werden.«

Am nächsten Tag waren sie gemeinsam zum Kirchhof gegangen. Es war ein kümmerlicher Leichenzug und in der beißenden Kälte hatte sich sowieso niemand auf die Straßen gewagt. Nur einige neugierige Augen schauten hinter sorgsam zugezogenen Gardinen hindurch. Was war nur aus diesen Weckerlins geworden! Diese gebeugte Gestalt mit dem schlurfenden Gang war die einstmals so hübsche und immer gut gekleidete Frau Weckerlin. Der Junge, der neben ihr ging, hoch aufgeschossen und mit stolz erhobenem Kopf, sah seinem Vater sehr ähnlich. Genau der gleiche Hochmutsteufel in der ganzen Erscheinung! Und das Gesindel aus der Stadtmühle – sogar der versoffene Mühlbeck war dabei!

Friedrich meinte die Blicke zu spüren, er meinte zu hören, was hinter den Fenstern geflüstert wurde. Er drückte seinen Rücken durch und ging noch straffer und aufrechter als sonst. Euch werde ich es zeigen! Ein Weckerlin duckt sich nicht!

Später, am offenen Grab, in das der kleine Sarg herabgelassen worden war, dachte er noch einmal darüber nach, was Johannes zu ihm gesagt hatte. Er hatte Recht gehabt mit jedem Wort! Mehr noch als der Kummer erfüllte ihn der Zorn über diesen Tod. Aber in einem Punkt hatte Johannes sich geirrt. Wilhelm war nie kränklich gewesen, das wusste er besser. Die Stadtmühle hatte ihn umgebracht, die Kälte, die Not und der Kummer über das Verlorene. Aber ihn, Friedrich Weckerlin, würden die Not und der Kummer nicht auffressen! Er konnte sie umwandeln in Wut und Hass, und das half! Er hatte Johannes angelogen, er würde im Gegenteil diese Wut und diesen Hass nähren, denn das würde ihn vorwärts bringen und ihn antreiben!

Hier am Grab des Bruders würde er seinen Schwur erneuern: Ich hole euch heraus aus dem Elend, ich werde ein reicher Mann und dann sollen sie alle katzbuckeln und kriechen vor uns, alle, die uns verachten. Dabei kam es nur auf ihn an, auf ihn ganz allein! Mit Gott war nicht zu rechnen, im Stich gelassen hatte er ihn, sein letztes Opfer abgewiesen und das Holzpferdchen lag jetzt im Sarg beim toten Wilhelm, der nichts mehr davon hatte.

Aber das konnte er Johannes nicht sagen. Johannes war ein guter Mensch, ein viel besserer als er. Erstaunlich, dass einer, der in solchen Verhältnissen aufwuchs, so ein guter Mensch sein konnte.

Er war eben ein Künstler, einer, der sich eine eigene Welt erschaffen konnte – und das konnte er, Friedrich, nicht!

Auf jeden Fall würde er Johannes mitnehmen auf dem Weg nach oben, denn weit bringen würde es der Freund gewiss nicht. Johannes – nicht nur sein Freund, sondern auch sein Gewissen!

Dem toten Wilhelm hatte Johannes heute Morgen ein Bild in den Sarg gelegt – er hatte es Friedrich gezeigt. »Es ist nicht besonders gut geworden. Deine Mutter, Emma und du, aus dem Gedächtnis gezeichnet. Aber so seid ihr immer bei ihm.«

Eines Tages würde er ihn auf diese Malerschule schicken und dann brauchte Johannes nur noch zu malen. Sie würden in der Welt herumreisen, genauso wie dieser Taugenichts, und Johannes würde alles malen. Und so würde aus dem Zorn und der Wut und dem Hass das Gute entstehen! Das wusste er besser als sein Freund!

»Leb wohl, Wilhelm«, flüsterte Friedrich, als die schweren Erdklumpen auf den kleinen Sarg polterten. »Jetzt kann ich nichts mehr für dich tun. Aber ich sorge für Mutter und Emma. Ich verspreche es dir. Und du bekommst eines Tages den schönsten Grabstein weit und breit.«

15

Das Handy liegt jetzt ausgeschaltet auf dem schmalen Nachttisch. Gleich nach ihrer Ankunft in Grunbach hat Anna einige SMS an Pia, Sanne und Gianni verschickt und seitdem kommen unaufhörlich Anrufe rein. Das ewige Piepsen ist ihr dermaßen auf den Geist gegangen, dass sie das blöde Ding einfach ausgemacht hat. Und das bleibt in den nächsten Tagen auch so!

Sie hat jetzt einfach keinen Nerv, mit ihren Freunden aus Berlin zu sprechen, mit Pia beispielsweise, die auf einmal so einen mütterlich-besorgten Nörgelton draufhat. Aber auch mit Sanne, ihrer besten Freundin, mag sie nicht reden. Ich weiß selbst nicht so recht, warum, denkt Anna. Oder mit Jan, dem netten Zivi aus dem Krankenhaus. In letzter Zeit hat er ziemlich oft angerufen und zu flirten angefangen. Aber wie flirtet man mit jemandem, dessen Mutter im Sterben liegt? Das ist wohl die Preisfrage gewesen. Eigentlich ist er wirklich nett und hat sie ab und an zum Lachen gebracht.

Irgendwie hat Anna ein schlechtes Gewissen. Sie machen sich doch alle nur Sorgen um mich – und ich, was mach ich? Eigentlich bin ich richtig undankbar. Aber irgendwie ist Berlin auf einmal so weit weg, wie ein fernes Land, von dem man zwar ein paar schöne Eindrücke mitnimmt, das aber mit dem wirklichen Leben nichts zu tun hat. Und das wirkliche Leben findet jetzt hier, in diesem kleinen Schwarzwaldkaff, statt, in dieser altertümlichen Stube mit dem Geruch nach Mottenkugeln und Lavendel, in diesem kleinen Kosmos der Vergangenheit, in den sie mehr und mehr eintaucht.

Dieses Gefühl, in einer eigenen Wirklichkeit zu leben, hat Anna schon einmal kennen gelernt, in der Zeit, als das Krankenhaus ihr eigentliches Zuhause war. Ein halbes Jahr vor Mamas Tod haben ihr die Ärzte eröffnet, dass es keine Hoffnung mehr gab. Sie sind nett und freundlich gewesen, richtig lieb, aber die Botschaft wurde davon nicht besser. »Metastasen. Überall, Anna.« Und dann fiel das Wort »austherapiert«, was für ein schreckliches Wort! Noch am selben Tag ist sie zum Gymnasium marschiert, direkt ins Rektorat, und hat die Schule geschmissen!

»Wollen Sie sich das nicht noch einmal überlegen?«, hat die Frau Oberstudiendirektorin Dr. Wagner gemeint, etwas von »so kurz vor dem Abitur« gefaselt, aber sie hat nur kurz und entschieden geantwortet: »Ich kann meine Mutter jetzt nicht alleine lassen.« Und dann hat sie sich selbst in eine neue Umlaufbahn geschossen, kreisend um den Planeten »Krankenhaus Charité«, und der Funkkontakt zur Erde ist auf ein Minimum reduziert worden. Nur Sanne rief unaufhörlich an, lud sie ein, brachte Pizza vorbei, wenn sie abends müde und erschöpft in die Wohnung zurückkehrte und dann noch stundenlang durch das Fernsehprogramm zappte, weil sie Angst vor dem Einschlafen hatte, Angst vor dem nächtlichen Klingeln des Telefons!

»Kommen Sie schnell, Ihre Mutter ...«

Sie darf nicht ungerecht gegenüber ihren Freunden sein, was sollen die auch anfangen mit einer, die keine Zeit hat und nichts von dem tut, was einem selber wichtig ist: Disco, shoppen gehen, Latte macchiato im Café Einstein trinken und so weiter. Das ist alles vorbei gewesen, auf einen

Schlag – und dabei hat sie noch nicht mal richtig damit angefangen! Immerhin: Ihre Mama hat sie nicht im Stich gelassen – wenigstens eine kleine Genugtuung.

Unten hört sie Gretl rumoren. Gleich ist Mittagessenszeit. Linsen und Spätzle hat sie sich gewünscht, ob das Gretl nicht zu viel sei, hat sie gefragt. Aber die hat nur den Kopf geschüttelt. »Das geht immer, nur die Spätzle bekomme ich nicht mehr alleine hin, keine Kraft mehr in den Händen.« Gerade vorhin hat Fritz eine riesige Schüssel gebracht, handgeschabte Spätzle von Christine mit einem freundlichen Gruß. Der Besuch des Großvaterhäuschens und des »alten Kastens« ist auf morgen verschoben worden. »Vater hat Probleme auf einer Baustelle, Wasser in der Baugrube. Kein Wunder bei dem Sauwetter.«

Es regnet tatsächlich seit dem gestrigen Abend ununterbrochen. Die Wipfel der Fichten biegen sich unter einem stürmischen Wind, der den Regen gegen die Fensterscheiben klatscht. Von den gegenüberliegenden Bergen steigen weiße Nebelschwaden auf, die sich im grauen Dunst verlieren.

»Der Johannes hat den Kindern immer erzählt, das sei Rauch. Die Hasen im Wald kochen jetzt gerade das Essen. Die Anna, deine Großmutter, hat felsenfest daran geglaubt und wollte immer hinauflaufen, um den Hasen zuzusehen. Sie hat sich immer ausgedacht, was die wohl essen. Ich hab's auch geglaubt, als kleines Mädchen. Wahrscheinlich hat man das allen Kindern hier erzählt.« Gretl hat leise gelacht, als sie ihr beim Frühstück diese Geschichte erzählt und dabei den Schlüssel zum Großvaterhaus neben die Tasse gelegt hat. »Wenn du schon einmal alleine hinaufgehen möchtest …?«

Aber Anna hat abgelehnt. Irgendwie fürchtet sie sich immer noch davor. Vorläufig reicht ihr das, was sie liest. Sie fürchtet sich, dass die Vergangenheit plötzlich zu konkret werden könnte, im Moment reicht ihr die Vorstellung davon. Wie der Urgroßvater vom Tod des kleinen Wilhelm schreibt, das hat sie sehr mitgenommen. Immer wieder stellt sie sich den kleinen Jungen auf dem Sterbebett vor, sieht die Tränen der verzweifelten Mutter und denkt an Friedrich.

Johannes meinte, bei Wilhelms Tod sei etwas in Friedrich zerbrochen. »Und er ist mir auf eine seltsame Art fremder geworden. Da war etwas in ihm, das fortan den innersten Kern seines Wesens ausmachte, und da kam ich nicht mehr heran. Ich glaube, damals hat er diesen Schwur getan, diesen merkwürdigen Schwur, von dem er mir später erzählt hat, viel später. Mein Leben hat die Begegnung mit dem Tod ebenfalls verändert. Ich bin ihm nämlich später im Krieg tausendfach begegnet, in allen Gestalten, und ich kann die Bilder bis heute nicht vergessen.«

Anna fröstelt. Die Begegnung mit dem Tod … Darüber weiß sie Bescheid. Aus der Umlaufbahn geschleudert, Absturz ins Bodenlose. Irgendwie ist sie immer noch im freien Fall. Und jetzt wieder Tod! Auf einmal fällt ihr ein, dass sie noch gar nicht nach den Gräbern gefragt hat. Auf dem Friedhof in Grunbach liegen sie doch alle – Johannes und Marie, die alte Marie, und Anna, ihre Großmutter, und wahrscheinlich auch die Weckerlins, Friedrich und der kleine Wilhelm mit seinem Holzpferdchen, das mit ihm vermodert ist. Sie schämt sich. Dass sie das einfach vergessen hat. Gleich nachher wird sie Gretl danach fragen.

16

Johannes lehnte sich an eine der schlanken, gusseisernen Säulen, die in regelmäßigen Abständen das Vordach des Grunbacher Bahnhofs trugen. Er spürte die Kälte des Metalls in seinem Rücken. Es war ein kühler Maimorgen im Jahr 1915 und an diesem Morgen nieselte es unaufhörlich, seit er die Stadtmühle verlassen hatte. Das blonde Haar klebte am Kopf und er strich vorsichtig die ungebärdigen Strähnen aus der Stirn. Er musste einen guten Eindruck machen an diesem Tag, denn es war sein erster Tag als Lehrling in der Goldschmiede- und Uhrenfabrik Armbruster in Pforzheim.

Schräg gegenüber standen drei Infanteristen in feldgrauer Uniform, junge Männer aus dem Dorf, die wohl zum Heimaturlaub in Grunbach gewesen waren. Drei ältere Frauen waren dabei, sie weinten unentwegt und wischten sich immer wieder mit einem Zipfel ihrer schwarzen Schürzen über die Augen. Auch die jungen Soldaten wirkten bedrückt, einer rauchte fahrig eine Zigarette, die er dann schon nach wenigen Zügen wegwarf und mit dem Absatz seines Stiefels ausdrückte. Drei Soldaten warteten mit ihren Müttern gemeinsam auf den Zug nach Pforzheim. Dort würden sie dann weiterfahren nach Karlsruhe und von dort aus nach Metz und dann irgendwohin an die Front. Vielleicht nach Ypern oder Beccelaere oder Pretz, Orte, von deren Existenz Johannes und alle Grunbacher nichts gewusst hatten, die aber jetzt eine besondere Bedeutung erlangt hatten. Es waren die Orte, an denen die ersten Grunbacher gefallen waren in diesem Krieg, der schon neun Monate dauerte.

Dreißig Gefallene waren bis jetzt in Grunbach zu beklagen und von der anfänglichen Begeisterung war nichts mehr übrig geblieben. Die Gesichter der jungen Soldaten, die gemeinsam mit ihm warteten, spiegelten Müdigkeit wider und Angst, die sie zu verbergen suchten, ihre Münder sprachen fahrig und lachten, versuchten die weinenden Frauen zu beruhigen, aber die Augen erreichte das Lachen nicht. In denen saß stumpfes Entsetzen.

Johannes erinnerte sich daran, wie er am späten Nachmittag jenes ersten heißen Augusttages im vergangenen Jahr vom Katzenbuckel heruntergekommen war. Die Heidelbeerernte war dürftig in diesem Jahr, aber Guste hatte schon die ersten Himbeeren gefunden, groß und prall und rot waren sie. Sie hatten gelacht und mehr scherzhaft darüber beraten, dass Ludwig seinen Anteil heute nicht bekommen sollte, weil er seinem Vater eine halb volle Flasche Schnaps stibitzt und sie oben im Wald ausgetrunken hatte. Fast die ganze Zeit hatte er dann schnarchend auf der Auwiese gelegen.

Immer noch lachend waren sie in die Wildbader Straße eingebogen und hatten plötzlich außergewöhnlich viele Menschen auf der Straße gesehen, Menschen, die die Köpfe zusammensteckten und tuschelten, manche mit ernsten und besorgten Gesichtern, andere lachend und aufgeregt. Die Menschentrauben waren dichter geworden auf dem Weg zum Lindenplatz, und vor dem Rathaus hatte sich dann eine größere Gruppe um den Büttel gedrängt, der ein besonders amtliches Gesicht aufgesetzt hatte und stärker als sonst die Glocke schwang.

»Bekanntmachung, Bekanntmachung!« Und dann kam es – Kriegserklärung an Russland, Mobilmachung gegen Frankreich.

Es gab also Krieg!

Die Leute hatten in den Tagen und Wochen davor flüsternd davon gesprochen, in der Schule hatte Caspar plötzlich eine große Europakarte aufgehängt und von »historischen Augenblicken« und »Schicksalsstunden unseres Volkes« schwadroniert. Irgendein Prinz war mit seiner Frau in einem fernen Land erschossen worden, Johannes hatte gar nicht genau aufgepasst, denn was ging sie dieser Prinz an? Aber irgendwie schien es doch wichtig gewesen zu sein und eines Abends hatte die Ahne lauthals zu klagen begonnen, jetzt bräche das Unglück herein, der Dederer habe ihr heute beim Frühjahrsputz gesagt, dass es sicher Krieg gäbe. Sie hatten auf der wackligen Bank auf dem Hof der Stadtmühle gesessen, die Ahne, Lene und Frau Weckerlin, auch Frau Mühlbeck hatte sich scheu herangedrückt und hockte nun bescheiden etwas abseits auf dem Hauklotz, wo man sonst das Holz spaltete. Der Fliederbusch am Aborthäuschen war schon verblüht, aber die Zweige mit den dunkelgrünen Blättern streckten sich empor in den gleißend blauen Frühsommerhimmel. Die Mühlbeck-Jungen lärmten in einer Ecke und spielten mit Holzstecken »Soldat« und stachen sich gegenseitig tot, was jedes Mal mit martialischem Gebrüll begleitet wurde. Guste spielte mit Emma »Essen kochen«. Sie rührten Dreck mit Wasser an und servierten den unappetitlichen Brei auf Löwenzahnblättern.

Diese Szene war Johannes immer noch deutlich vor Augen, alles schien so schön und friedlich zu sein, und mitten hinein war dann das Wort »Krieg« gefallen. Er erinnerte sich auch daran, wie Friedrich nachdenklich gesagt hatte, eigentlich sei so ein Krieg gar nicht so schlecht für die Leute, es gebe Arbeit, man müsse schließlich Kanonen und Gewehre bauen und tüchtige Männer könnten es vielleicht zu etwas bringen. Aber die Ahne war ihm aufbrausend über den Mund gefahren. »Krieg ist immer schlecht, merk dir das, Krieg bedeutet vor allem Tod!«

Dagegen konnte man nichts sagen. In der Kirche hing eine Tafel, darauf standen die Namen der Grunbacher, die im Krieg 1870/71 gefallen waren, sieben Namen waren es insgesamt. »Und die habe ich alle gekannt«, hatte die Ahne erzählt, »so viel Herzeleid und Kummer.« Und dann hatte sie noch gemeint: »Und eines merk dir, Friedrich Weckerlin, im Krieg zahlen immer die kleinen Leute, Leute wie wir. Kann sein, dass einige reich davon werden, der Dederer reibt sich schon die Hände, aber Leute wie wir, die zahlen am Schluss die Zeche.« Friedrich hatte daraufhin geschwiegen, dennoch hatte er der Ahne nicht geglaubt, sie insgeheim wohl sogar belächelt.

Aber die Ahne hatte Recht gehabt, nichts war es mit dem schnellen Sieg, dem »Blitzsieg«, wie Caspar noch getönt hatte! Gleich nach den Sommerferien hatte er begonnen, auf der Landkarte Fähnchen zu stecken an den Orten, wo die deutsche Armee glorreiche Siege errungen hatte, und erst war es auch ganz gut vorangegangen. Im fernen Russland steckten solche Fähnchen, ein besonders großes an einem Ort namens Tannenberg, und auch in weniger fernen Orten wie Lüttich und Antwerpen und bis weit nach Frankreich hinein konnte Caspar zunächst seine Fahnen stecken. Aber dann wurde die Fahnenparade dünner, die Fähnchen wichen sogar zurück, vor allem ein Fluss namens Marne schien eine unheilvolle Bedeutung zu haben. Und eines Morgens schließlich verkündete Caspar düster, in Flandern, bei einem Dorf namens Langemarck, habe die »Blüte der deutschen Jugend« ihr Leben für das Vaterland geopfert. Dann hatte er in riesigen Buchstaben quer über die Tafel geschrieben: »Der größte Sieg ist es, für das Vaterland zu sterben«, und hatte die Klasse aufgefordert, sich zu erheben und der Helden zu gedenken.

Johannes hatte aber trotz all dieses Brimboriums und dieser blumigen Worte immer nur ein Bild gesehen: Er sah einen Berg von Menschenleibern vor sich, der immer höher wuchs, immer höher. Ob man das malen konnte? Er hatte keine Ahnung vom Krieg, aber das musste man doch mitbekommen, dass hinter all den Zahlen, die Caspar verkündete, Menschen steckten. Jeder einzelne Menschenleib war wichtig, wie er blutend auf der Erde lag und doch nicht mehr war als nur eine Zahl.

Friedrich schien Johannes' Sichtweise nicht zu teilen. Er hatte sogar mit ungewohnter Begeisterung ein Gedicht auswendig gelernt, das ihnen Caspar aufgegeben hatte. Es hieß »Deutsche Jugend 1914« und endete mit der Strophe:

»Drum jauchzen wir in diesen Tagen,
Drum sind wir trunken ohne Wein,
Drum dröhnt's uns aus der Trommeln Schlagen,
O heil'ges Glück, heut' jung zu sein!«

Johannes erschien es merkwürdig, dass Jungsein vor allem das Vorrecht bedeuten sollte, sich totschießen zu lassen. Friedrich hatte ihm widersprochen und gemeint, er sei sehr enttäuscht, nicht alt genug zu sein, um am Krieg teilnehmen zu können. Er, Johannes, sehe einfach nicht die Möglichkeiten des Krieges.

»Möglichkeiten!« Johannes war fassungslos gewesen. Zum ersten Mal stritt er sich ernstlich mit Friedrich. »Ich sehe vor allem die Möglichkeit, dass wir bald dermaßen am Hungertuch nagen, wie wir es uns noch gar nicht vorstellen können. Und wir von der Stadtmühle wissen, wovon wir sprechen. Die Ahne hat ganz Recht. Willst du etwa abstreiten, dass es den Grunbachern grundschlecht geht? Viele Männer sind eingezogen und die Frauen wissen nicht, wie sie die Familie durchbringen sollen. Jetzt haben sie sogar schon angefangen, den Fichtenwald am Oberen Brühl abzuholzen und mehr Kartoffeläcker anzulegen. Und die Gemeinde hat extra Geld bereitgestellt, für arme Familien. Die Männer, die noch da sind, haben keine Arbeit, weil die Geschäfte geschlossen haben. Oder hast du vergessen, dass der Tournier fürs Erste ganz zugemacht hat?«

Der Tournier war eine Firma, die sich am oberen Ortsende im Grunbachtal niedergelassen hatte. Fast vierhundert Männer waren bis vor kurzem dort beschäftigt gewesen. Die Fabrik stellte Kameraverschlüsse und Spezialmaschinen her. Sie war eine große Hoffnung für die Grunbacher geworden, die fast ausschließlich vom Wald und der Flößerei lebten und im Winter deshalb meist arbeitslos waren. Friedrich wurde nicht müde zu betonen, dass es die Weckerlin-Großmutter gewesen war, die im Jahr 1902 eines ihrer Grundstücke an Alphonse Tournier verkauft hatte, der mit einem auffallenden Backenbart und dem Kopf voller Ideen aus Straßburg gekommen war. In der Tasche hatte er Patente für eine Kamera und suchte im armen Enztal einen günstigen Platz, um seine Pläne zu verwirklichen. Er schwatzte den Weckerlins das Grundstück zu einem günstigen Preis ab und begann mit fünf Arbeitern, eine Werkstatt aufzubauen. Friedrich bekam jedes Mal leuchtende Augen, wenn er davon erzählte, und Johannes musste insgeheim dabei lächeln. Das war eine Geschichte nach Friedrichs Geschmack! Johannes' Vorhaltungen hatte er damals leichthin abgetan. »Pass auf, die machen auch bald wieder auf. Im Krieg braucht man doch jede Menge Sachen, Munition und so etwas!«

Und tatsächlich, Ende des Jahres 1914 nahm die Firma den Betrieb wieder auf, allerdings um Granatzünder herzustellen. Wer nicht kriegsfähig war, wurde dienstverpflichtet. Auch viele Frauen gingen zum Tournier zur Arbeit, darunter auch Lene, deren »Kavaliere« mehr und mehr ausblieben. Zweitausend Menschen arbeiteten jetzt beim Tournier und Alphonse war ein reicher Mann geworden, ein sehr reicher Mann sogar.

So gesehen hat Friedrich Recht behalten, dachte Johannes an diesem Morgen, aber es trifft nur für wenige zu und die Ahne und ich haben auch Recht behalten.

Verstohlen beobachtete er immer wieder die jungen Soldaten mit den grauen Gesichtern und den stumpfen Augen. Wenigstens hatten die wohl keine Frauen und keine Kinder, denn die Unterstützung für die Familien, deren Väter im Krieg waren, reichte hinten und vorne nicht. Die Gemeinde, in der Zwischenzeit wegen der Kriegsanleihen heillos verschuldet, hatte begonnen Straßen zu bauen, um einige Menschen in Lohn und Brot zu bringen, aber das half nicht viel. Die Ahne hatte gestern beim Bürgermeister große Wäsche gehabt und ihm am Abend erzählt, dass die Lebensmittel bald zugeteilt werden würden. »Spezielle Karten braucht man dafür, hat die Frau Bürgermeister erzählt, und es wird genau festgelegt, wie viel jeder bekommt. Zum Leben zu wenig, zum Sterben zu viel, so wird's werden.«

Die Frauen im Ort hatten in der Zwischenzeit sogar begonnen, die Brennnesseln abzuernten, um daraus ein spinatähnliches Gemüse zu kochen. Bald werden wir noch unsere Brennnesselhecke vor dem Hof bewachen müssen, dachte Johannes ironisch, sonst fallen sie auch noch darüber her.

Und trotzdem – überlagert wurde der Krieg von den ganz privaten Ereignissen, wie jetzt zum Beispiel seiner ersten Fahrt nach Pforzheim, um die Lehre anzutreten. Es war seine erste Eisenbahnfahrt überhaupt! Früher, als kleiner Junge, war er oft staunend stehen geblieben, wenn der große schwarze Koloss zischend und dampfend an ihm vorbeidonnerte. Die Ahne hatte immer behauptet, es sei ungesund und sogar gefährlich, dem Körper solche Geschwindigkeiten zuzumuten, und gottlos sei es zudem. Aber für die Ahne war alles, was Fortschritt bedeutete, gottlos! »Dem lieben Gott ins Handwerk pfuschen« nannte sie es.

Und nun würde er in diesem Ungetüm, dem die Kinder damals den Namen »Schnaufer-Karl« gegeben hatten, nach Pforzheim fahren, einem Ort, der bislang weiter weg war für ihn als der Mond. Mit der Ahne war er als kleiner Junge einmal bis nach Birkenfeld gelaufen, wo eine entfernte Verwandte wohnte, der die Ahne beim Umzug helfen sollte. Die erwartete Entlohnung war sehr karg ausgefallen und zum Abendessen hatte es nur Kartoffeln mit etwas Butter und Salz gegeben. Für Johannes war das damals ein Festessen gewesen, aber die Ahne hatte auf dem langen Nachhauseweg genörgelt und geschimpft. Ein Stück Fleisch habe die Schuster-Base durchaus dazugeben können, schließlich habe man den ganzen Tag gearbeitet, aber knauserig sei die Base schon immer gewesen. Und dann hatte sie Johannes erzählt, gleich hinter Birkenfeld liege Pforzheim, eine riesige Stadt mit riesigen Häusern, die viele Stockwerke hoch waren, und Autos fuhren durch die Straßen, geheimnisvolle Kästen, die ganz ohne Pferde fahren konnten. In unvorstellbarer Geschwindigkeit konnten diese Autos sich bewegen, gottlos war das, gottlos wie die ganze Stadt, die Hure Babylon, wie es schon in der Bibel stehe!

Der kleine Johannes hatte am Schluss gar nicht mehr richtig zugehört. War mit seinen kurzen Beinchen benommen vorwärts gestolpert und nach dem stundenlangen Marsch halb tot auf seinen Strohsack in der Stadtmühle gefallen. Wenig später hatte er dann ein solches Auto gesehen, es war das erste im Dorf und wurde dementsprechend ausgiebig bestaunt.

Der Herr Sägewerksbesitzer Zinser, neben Alphonse Tournier der reichste Mann im Ort, hatte sich eines gekauft und prompt fuhr einige Wochen später der Herr Fabrikdirektor Tournier ebenfalls in einem solchen Gefährt. Die anderen wohlhabenden Leute konnten sich noch kein Auto leisten, nicht einmal der Louis Dederer. Der meinte, er hege ein grundsätzliches Misstrauen gegen diesen neumodischen Schnickschnack, er ziehe seine Kutsche mit den Braunen vor.

Johannes war gespannt auf diese Stadt, vor allem auch auf die großen Warenhäuser, die es dort geben sollte, über mehrere Stockwerke hinweg gab es Verkaufsstände, das war unvorstellbar. Friedrich hatte ihm davon erzählt, er war natürlich schon mehrere Male in Pforzheim gewesen, damals in der guten Zeit.

Johannes steckte seine Hände in die Hosentaschen, der morgendliche Wind war doch noch recht kühl. Seine Hände umfassten einige Münzen. Mit einer großen, schweren Münze hatte er vorhin die Fahrkarte gekauft. Am Schalter hatte ihn der Beamte misstrauisch angeschaut und dabei abwechselnd ihn und das Geldstück in seiner Hand betrachtet. Woher hatte einer aus der Stadtmühle so viel Geld? Am liebsten hätte er wohl in die Münze hineingebissen, um zu prüfen, ob sie echt war. Aber schließlich gab er Johannes die

Fahrkarte und das Wechselgeld und sein mächtiger Walrossbart hing traurig herab, als sei durch Johannes' Bahnfahrt irgendwie die Welt aus den Fugen geraten.

Die Sache mit der Münze war ein weiteres wichtiges Ereignis gewesen, wichtiger noch als die Bahnfahrt, die nur die Folge dieser großartigen, geradezu unerhörten Begebenheit war. Das Geldstück hatte ihm nämlich der Herr Oberlehrer Caspar in die Hand gedrückt, eine Woche bevor die Osterferien begonnen hatten und die Schulzeit für Friedrich und Johannes unwiderruflich zu Ende gewesen war.

Schon lange vorher hatten sie überlegt und beraten, was sie tun konnten. Eine Lehre kam nicht in Frage, wie sollten sie das Lehrgeld aufbringen, wovon sollten sie leben? Es blieb nur eine Beschäftigung als ungelernter Arbeiter, das hieß Wald oder Sägewerk. Mehr als einmal war der Blick des Freundes verstohlen an Johannes herabgeglitten und der hatte genau gewusst, was Friedrich dachte. Wie sollte er, der Hänfling, das »Männle«, wie ihn der alte Mühlbeck nannte, eine körperlich so schwere Arbeit bewältigen? Das bedeutete, dass man zum Tournier gehen musste, Granatzünder zusammenbauen wie Lene und Guste. Friedrich hatte das für seine Person entschieden abgelehnt. Aus irgendeinem Grund, der Johannes verborgen blieb, wollte er zum alten Dederer ins Sägewerk! Allerdings stellten die Sägewerksbesitzer noch Leute ein, das Geschäft ging gut, denn man brauchte Stollenbretter für die Kohlegruben und Dielen für die Schützengräben.

An einem Aprilsonntag dann hatte ihn Caspar zu sich einbestellt!

Er war zuvor schon einige Male nach diesem denkwürdigen ersten Besuch bei ihm gewesen, immer im Schutz der Dunkelheit, denn offenbar wollte Caspar nicht, dass dieser

Kontakt bekannt wurde. Nur Friedrich hatte davon gewusst, der ihn begleitete, auf ihn wartete und auf dem Nachhauseweg immer wieder mit misstrauisch gerunzelter Stirn fragte: »Was will er denn bloß von dir?« Das hätte Johannes so genau gar nicht sagen können. Immerhin hatte er die Genugtuung, seine Taugenichtsbilder schön gerahmt in der so genannten Stube hängen zu sehen, einem kleinen Raum, in dem sich eine Nähmaschine und ein Stickrahmen befanden und in dem sich vornehmlich Frau Caspar aufhielt. Die, eine stille, scheue Frau, hatte ihm mit leiser Stimme gedankt und ihm gesagt, wie gut ihr die Bilder gefielen. Johannes war ganz rot geworden dabei und er errötete noch mehr, als ihm der Herr Oberlehrer ein großes rundes Geldstück in die Hand drückte und dabei etwas von »sehr zufrieden« und »vielversprechend« murmelte. Johannes hatte noch etwas auf der Seele gelegen und sein offensichtliches Zögern war Caspar aufgefallen. »Na los, wo drückt der Schuh, bist du mit der Bezahlung nicht einverstanden?«

»Doch sehr, Herr Oberlehrer. Es ist mehr als genug. Vielen Dank. Es ist nur so – vielleicht könnten sie mir etwas weniger Geld geben und dafür … dafür könnte ich das Buch behalten?«

Caspar hatte ihn damals mit einem merkwürdigen Gesichtsausdruck angesehen und dann nach einer – wie Johannes schien – endlos langen Zeitspanne geantwortet: »Also den ›Taugenichts‹ willst du haben?« Und als Johannes stumm nickte, hatte er bemerkt: »Gefällt dir wohl, was? Das ist schön. Behalt ihn nur.« Und dabei hatte er leicht den Kopf geschüttelt.

Bei den wenigen Besuchen, die auf diesen zweiten folgten, hatte er mit Johannes einige dickleibige Bücher betrachtet, ausnahmslos Darstellungen der »Großen Meisterwerke der Kunst«, wie auf den Einbänden stand. Er hatte Johannes mancherlei erzählt über die Maler und die Zeit, in denen die Bilder jeweils entstanden waren, und Johannes hatte es sehr in den Fingern gejuckt. Er wollte die Bilder am liebsten sofort abzeichnen, um zu erspüren, zu erkennen, wie der Maler vorgegangen war. Aber er wagte nie, eine entsprechende Bitte zu äußern. Das hätte nämlich bedeutet, dass ihm Caspar die Bücher nach Hause hätte mitgeben müssen, nach Hause in die Stadtmühle, unvorstellbar! Trotzdem hatte Johannes dankbar erkannt, dass ihn Caspar mit den bescheidenen Mitteln fördern wollte, die ihm zur Verfügung standen.

Bei seinem letzten Besuch kurz vor Ostern hatte Caspar dann keines der dicken Bücher vom Regal geholt, er war vielmehr in der guten Stube mit den Spitzengardinen unruhig auf und ab gegangen und dann plötzlich vor Johannes stehen geblieben, der erwartungsvoll auf dem dunkelroten Samtsofa saß.

»Was willst du eigentlich nach der Schule machen, Johannes? Was hast du dir vorgestellt?«

Zögernd hatte Johannes erwidert, dass er wohl zum Tournier gehe, der suche doch jetzt Leute.

»Granaten bauen, das ist doch nichts für dich!«, hatte Richard Caspar entschieden abgewehrt. »Höre, Johannes, du weißt, dass ich dich für begabt halte. Du hast Talent. Leider kann ich dir nicht in dem Maße helfen, wie ich es gerne täte! Die Mittel eines Oberlehrers sind begrenzt und in wenigen Jahren wird Richard, unser Sohn, so Gott will, auf die Universität gehen. Liebend gern würde ich dich auf eine Kunstakademie schicken oder dir in irgendeiner Form Unterricht zuteil werden lassen – aber so, wie die Dinge liegen … Zudem musst du ja Geld verdienen als Lebensunterhalt für dich und die alte Tante. Die wird auch nicht jünger.« Hier schwieg der Herr Oberlehrer taktvoll einige Sekunden. »Kurz und gut, oder vielmehr nicht gut, allzu ehrgeizige Ziele lassen sich nicht verfolgen. Aber es liegt mir viel daran, dich nicht in einer Fabrik oder einem Sägewerk zu wissen. Ich habe mit einem Vetter meiner Frau gesprochen, der Name ist dir vielleicht geläufig: Armbruster, Goldschmiede- und Uhrenfabrikant aus Pforzheim.«

Johannes musste verneinen, er wusste ja rein gar nichts von Pforzheim, dem Sündenbabel in den Augen der Ahne.

»Nun, unser Vetter Armbruster ist bereit, dich als Lehrling aufzunehmen. Ich habe ihm von deinem großen künstlerischen Talent berichtet und er will dir sogar das Lehrgeld erlassen. Was das Fahrgeld nach Pforzheim betrifft, da kann ich dir unter die Arme greifen.« Er ging zum Eichenbuffet und entnahm aus einer Schatulle ein Geldstück, das er Johannes schnell in die Hand drückte. »Hier, das wird fürs Erste reichen.« Und als Johannes erschrocken aufgesprungen war und ihm das Geldstück zurückgeben wollte, hatte er ihn sanft, aber bestimmt auf das Sofa zurückgedrückt und verlegen etwas von »später zurückzahlen« gemurmelt. Er war dann ans Fenster getreten und hatte angestrengt die Spitzensäume der feinen Gardinen betrachtet, als zähle er die winzigen Fäden.

»Goldschmied ist wahrscheinlich nicht das, was du dir erträumt hast, aber es ist tausendmal besser, als wenn du dich in der Fabrik oder im Wald zuschanden arbeitest. Dafür hat dir Gott dein Talent nicht gegeben!«

So war der Oberlehrer Richard Caspar zu einer Person geworden, die schicksalhafte Bedeutung in Johannes' Leben gewann, der prügelnde, schreiende Herr Oberlehrer, der anderen Leuten die Köpfe vermaß. Richtig fassen konnte Johannes diesen Mann nicht, der offensichtlich zwei Gesichter hatte!

Er war ihm unendlich dankbar und trotzdem stieß ihn sein Verhalten vor der Klasse genauso ab, obwohl er ihn, Johannes, seit der Episode im letzten Sommer weitgehend in Ruhe ließ. Mit seinem vaterländischen Gerede wurde es nach Ausbruch des Krieges schlimmer als je zuvor. Kurz vor Ende des Schuljahres, unmittelbar nach der letzten Unterhaltung mit Johannes, hatte er in der Stunde eine Postkarte herumgereicht, die eine »Blumenlese Gefangener vom westlichen Kriegsschauplatze« zeigte, wie die Bildunterschrift lautete. Ausländische Kriegsgefangene waren darauf abgebildet, »Franzosen, Neger, Engländer, Belgier und Inder«, wie es weiter hieß, und die weiß- und dunkelhäutigen Männer schauten verdrossen in die Kamera, was Johannes angesichts ihrer demütigenden Situation nur zu natürlich erschien.

»Das sind unsere wahren Feinde!«, hatte Caspar gebrüllt und dabei aufgeregt mit der Karte gefuchtelt. »Weniger die Weißen auf dem Foto hier, obschon wir die auch verachten müssen, denn sie haben unser Vaterland angegriffen. Nein, die anderen, die Schwarzen, gegen die wir uns als Kulturvolk zur Wehr setzen müssen. Dies ist ein Krieg der Rassen, den das deutsche Volk bestehen muss!«

Und so ging es endlos weiter, über die dösende Klasse hinweg. Das mit den Rassen kannte man schon zur Genüge, ohne dass sich eines der Grunbacher Kinder etwas darunter vorstellen konnte. Es gab viel Wichtigeres – ihnen knurrten die Mägen, sie sehnten sich nach dem Klingeln, das das Ende des Unterrichts anzeigte. Sie wollten nach Hause zum kärglichen Mittagsmahl aus Kartoffeln und Ziegenmilch und viele dachten an den fernen Vater, den man irgendwo nach Frankreich oder Flandern geschickt hatte, in Orte mit unaussprechlichen Namen, und man hoffte, dass er nicht totgeschossen wurde, egal von wem! Das mit dem Vaterland war den meisten auch egal, man konnte sich nichts Richtiges darunter vorstellen, am wenigsten Johannes Helmbrecht aus der Stadtmühle, der für sich in seiner eigenen Logik beschlossen hatte: Da er keinen Vater habe, habe er auch kein Vaterland.

All diese Gedanken gingen ihm durch den Kopf, als er an diesem Frühsommermorgen die jungen Soldaten betrachtete. Sie schulterten ihre Tornister und umarmten noch einmal verlegen ihre Mütter, die plötzlich laut zu weinen begannen.

Denen wird das mit dem Vaterland oder dem Rassenkrieg herzlich egal sein, dachte Johannes. Die wollen bloß wiederkommen. Ich steige zum ersten Mal in einen Zug und beginne etwas Neues und für die ist es vielleicht die letzte Zugfahrt. Sie werden ihr Zuhause vielleicht nicht wiedersehen. Nie mehr die Wälder und das blaue Band der Enz in unserem grünen Tal und die Kirche mit dem schlanken hohen Turm und nie mehr die Freunde und die Mutter.

Eine große, weiße Dampfwolke hüllte das schwarze Ungetüm ein, das jetzt zischend in den Grunbacher Bahnhof einfuhr. Der »Schnaufer-Karl« erinnerte Johannes an einen urzeitlichen Drachen, aus dessen Nüstern Feuer und Rauch quollen. Und als er mit klopfendem Herzen in das Eisenbahnabteil vierter Klasse stieg, die Fahrkarte in der Tasche, die er vom Geld des Herrn Oberlehrers gekauft hatte, kam ihm flüchtig der Gedanke, wie sehr sich seine Fahrt ins neue Leben von der des Taugenichts unterschied, der in einer hochherrschaftlichen Kutsche mit zwei schönen Damen aufgebrochen war und Geige dazu spielte.

17

Friedrich starrte in die grünlichen, gurgelnden Fluten der Enz. Seit einigen Minuten war das Wasser trüber geworden und lief schneller, ein untrügliches Zeichen dafür, dass bald ein Floß kommen würde. Oben, auf der Enzbrücke, hatten sich etliche Schulkinder versammelt und hielten aufgeregt Ausschau. Friedrich hörte vereinzelte Rufe: »Ein Floß kommt, ein Floß kommt ... !«, und er musste grinsen. Sie würden zu spät zur Schule kommen und es würde Tatzen geben, aber das war den Kindern auch in seiner Schulzeit egal gewesen.

Ein Floß vorbeifahren zu sehen, war immer ein Ereignis, vor allem, seit es mit der Flößerei mehr und mehr zurückging. Auf der großen Enz wurde gar nicht mehr geflößt und nur noch wenige Flöße fuhren die kleine Enz herunter. Die Fahrt ging auch nur noch bis Blaubach zum großen Sägewerk Kranz & Co. Vorbei waren die Zeiten, als die Grunbacher Flößer von ihren Fahrten nach Mannheim erzählen konnten. Glaubte man dem alten Dederer, würde es mit der Flößerei bald ganz vorbei sein. »Zu unrentabel«, hatte er auf eine entsprechende Frage von Friedrich einmal mit einer wegwerfenden Handbewegung gesagt, »viel zu unrentabel. Die Eisenbahn – darin liegt die Zukunft!«

Die Rufe von oben wurden lauter und Friedrich konnte jetzt von weitem den Jüngsten der Floßmannschaft erkennen, der keuchend angerannt kam, um das Stauwehr zu öffnen, das sich unmittelbar vor dem Sägewerk Dederer befand. Dann schoss das Floß heran, es war ein großes Floß, wie Friedrich sofort erkannte, gut zweihundert Meter lang, mit vielen Gestören. Auf dem ersten Gestör, dem Spitzen, stand ein großer, breitschultriger Mann.

Friedrich kannte ihn, das war der Philipp Lutz, ein wahres Original, in dessen Familie schon in der vierten oder fünften Generation die Flößerei der Haupterwerb war. Friedrich hob grüßend die Hand, aber Lutz war ganz mit der Aufgabe beschäftigt, sein Floß sicher durch das Wehr zu bringen. Das war nämlich ein sehr kritischer Moment! Man musste das Floß exakt mit der Flößerstange lenken und darauf achten, dass der Reienbengel nach unten gedrückt wurde, damit der Spitzen in die Höhe ging und sich die Gestöre nicht aufeinander schoben. Zwei jüngere Flößer hatten diese Aufgabe übernommen und selbst aus ein paar Metern Entfernung konnte man sehen, wie die Muskeln der Männer angespannt waren und die Adern auf den wettergegerbten Unterarmen dick hervortraten.

Es waren ganz eigene Leute, die Grunbacher Flößer, imposante Erscheinungen mit ihren weit über die Knie reichenden Stiefel. Und sie waren stolz auf ihre Arbeit, eine harte und gefährliche Arbeit! Beim Anbinden der Flöße standen die Männer oft den ganzen Tag im Wasser. Machte man einen Fehler, wurden beispielsweise die Flöße schlampig zusammengebunden, konnte sich das später böse rächen und es ging um Leib und Leben.

Die Grunbacher Flößer waren zudem für ihren derben Humor bekannt und auch dafür, sehr trinkfest zu sein. Friedrich suchte mit den Augen die folgenden Gestöre ab, wo die Flößer ihre so genannten Hinterefürsäcke mit dem Vesper abgelegt hatten, ob er einen der berüchtigten Eimer mit Most entdecken konnte, aus dem sich die Flößer während der Fahrt reichlich bedienten. Der Vater hatte früher erzählt, die Fahrten durchs Neckartal seien deshalb so beliebt, weil man sich dort die Eimer mit Wein füllen konnte.

Das Floß hatte in der Zwischenzeit das Wehr passiert, geschickt gesteuert durch Philipp Lutz, der jetzt den Jungen entdeckt hatte. Er warf ihm einige Worte zu, die Friedrich aber nicht verstehen konnte, es war wohl ein derber Witz gewesen, denn die anderen Flößer lachten schallend. Friedrich hob grüßend die Hand, der Jüngste der Besatzung, Jockele genannt, schloss das Wehr und rannte wieder hinter dem Floß her, das ihn aufnahm, bevor es an Geschwindigkeit zulegte.

Friedrichs Blick schweifte düster zurück zum Sägewerk und vor allem zum daneben liegenden Polderplatz, wo die Baumstämme lagerten, die gesägt werden sollten. Viele Stämme türmten sich dort, viel zu viele nach Friedrichs Geschmack, dicke, roh behauene Stämme, aus denen noch der Duft des Waldes strömte, man konnte ihn riechen, wenn man an ihnen vorbeiging. Auch im großen Wasserbecken vor dem Sägewerk, das von der Enz gespeist wurde, schwammen die Stämme, schwappten im Wasser auf und ab und schlugen dumpf aneinander. Ansonsten lag Stille über dem Sägewerk, eine beunruhigende, grelle Stille, die Friedrich fast körperlich spüren konnte.

Die große Gattersäge war wieder einmal ausgefallen, jäh verstummt, als das Sägeblatt auf einen Stein gestoßen war, den man beim allzu sorglosen Vorbehandeln des Holzes übersehen hatte. Es wurde nachlässig und schlampig gearbeitet im Sägewerk des Louis Dederer, das hatte Friedrich schon nach ein paar Tagen gemerkt! Der Grund lag im Prinzipal selbst, vielmehr in der Flasche, die er stets griffbereit in einem der Schreibtischfächer aufbewahrte, drüben im Kontor, einem niedrigen Schindelbau, der sich an das Wohnhaus anschloss, das gegenüber der Sägemühle stand.

Diese Flasche hatte Dederer auch sofort herausgeholt, als Friedrich an einem Aprilmorgen des Jahres 1915 im Büro gestanden hatte, mit stolz erhobenem Kopf, die Mütze ehrerbietig in den Händen haltend. Groß und breitschultrig war Friedrich im letzten Jahr geworden, trotz der schmalen Kost, die im ersten Kriegsjahr noch kärglicher geworden war. Dem Prinzipal schien das auch gleich aufgefallen zu sein, sein Blick glitt wohlgefällig über die hoch aufgereckte, kräftige Gestalt des Jungen, der in gebührender Demut, aber irgendwie auch stolz und unnahbar vor ihm stand.

»So, bei mir willst du also arbeiten, Friedrich Weckerlin. Und warum willst du ausgerechnet ins Sägewerk?«

Da war sie, die Frage, die auch Johannes immer wieder an ihn gerichtet hatte, vor allem als sie in den ersten warmen Frühlingstagen hinaufgestiegen waren zum Katzenbuckel, um Frühlingskräuter zu sammeln. Es waren ihre letzten Wochen in der Schule gewesen und natürlich hatten ihre Pläne und Zukunftsaussichten im Mittelpunkt der Gespräche gestanden. Vor allem auch jetzt, wo sich Deutschland in einem großen Krieg befand, einem Krieg, der für Friedrich zu früh gekommen war, wie er immer wieder wehmütig beklagte.

Auf die Frage nach seinem Plan, im Sägewerk zu arbeiten, hatte er beim letzten Mal geantwortet: »Lange habe ich mir überlegt, ob ich nicht zum Tournier gehen soll, aber ich habe keine Lust, in einer großen stinkenden Halle zu hocken und Granatzünder zusammenzubauen. Und weiß ich, was nach dem Krieg sein wird?«

»Einverstanden, aber dein Vater war Maurer.«

»Hör auf damit!« Friedrich war richtig wütend geworden,

wie immer, wenn man ihn darauf ansprach. »Hör endlich auf damit. Das Maurergeschäft Friedrich Weckerlin & Söhne existiert nicht mehr! Ich habe auch gar keine Lust, dieses Handwerk zu lernen! Es ist vorbei. Nein, ich will arbeiten und Geld verdienen und ich gehe in ein Sägewerk, da gibt es sicher Möglichkeiten ...«

Möglichkeiten – da hatte er wieder das Wort gebraucht, das er immer im Zusammenhang mit dem Krieg verwendet hatte. Johannes hatte ihn nur forschend angeschaut, dann aber nichts mehr gesagt. Nur am Abend, bevor er sich beim Dederer vorstellen wollte, war er noch einmal darauf zu sprechen gekommen. »Und warum gerade zum Dederer? Warum nicht zum Zinser, das ist immerhin der reichste Mann im Dorf und das Sägewerk ist auch um einiges größer. Welche Möglichkeiten siehst du denn beim Dederer?«

Friedrich hatte die Ironie, die in Johannes Worten lag, herausgehört und fühlte sich verletzt. »Weil der Dederer mich wahrscheinlich eher nimmt als der Zinser. Louis Dederer hat meinen Vater gut gekannt. Nicht jeder verfügt über solch hervorragende Beziehungen wie du!«

Johannes hatte dann angefangen, ihn in die Seite zu knuffen und als »altes Schandmaul« zu bezeichnen, und sie waren lachend und prustend übereinander hergefallen.

Aber Johannes' Frage ließ Friedrich nicht mehr los. Immer wieder grübelte er darüber nach, warum er sich tatsächlich das Dederer-Sägewerk ausgesucht hatte. Lag es wirklich nur daran, dass er sich Hoffnungen machte, weil der alte Dederer seinen Vater gekannt und wohl auch geschätzt hatte? Er hatte keine Antwort darauf gefunden und so war er auch an diesem Morgen der Frage ausgewichen und verwies auf den Namen Weckerlin, der beim Herrn Dederer sicher noch einen guten Klang hatte, trotz allem, was vorgefallen war.

»Das will ich wohl meinen«, hatte Louis Dederer geantwortet und bedächtig zwei Gläser randvoll mit starkem Schnaps gefüllt. »Da, trinken wir auf deinen Vater, der ein feiner Kerl war!«

Friedrich hatte den Schnaps in einem Zug hinuntergekippt und sich tapfer bemüht, den brennenden Husten zu unterdrücken, denn er war so etwas nicht gewohnt. Louis Dederer hatte gleich wieder nachgeschenkt. »Und trinken wir auf dich! Dein Vater wäre stolz, könnte er dich jetzt sehen. Bist ein strammer Bursche geworden. Na, die Mädchen werden sich die Hälse verrenken nach dir.« Und er hatte Friedrich mit einem meckernden Lachen in die Seite gestoßen und gleich noch einmal eingeschenkt.

Friedrich hatte sich verzweifelt überlegt, wie er zur Stadtmühle zurückkommen sollte, falls das Gespräch noch länger ging, denn der Schnaps stieg ihm schnell zu Kopf. Also stimmte es, was sich die Leute erzählten und was auch die Ahne immer wieder andeutete – Louis Dederer war ein Trinker! Die gelbe Färbung seiner Augäpfel und das Zittern seiner Hände, das jetzt langsam nach einigen Schnäpsen nachließ, war Friedrich gleich bei der Begrüßung aufgefallen und der weitere Verlauf der Unterhaltung bestätigte seinen Verdacht. Louis Dederer hatte weitergetrunken an diesem Vormittag, hatte sich immer und immer wieder nachgeschenkt und gar nicht registriert, dass sein Gegenüber das Glas nicht mehr anrührte. Er hatte dann wehmütig begonnen, von den alten Zeiten zu schwärmen, von seiner Freundschaft zu Friedrichs Vater, und seltsamerweise war seine Aussprache ganz klar gewesen, nur der feuchte Glanz seiner Augen verriet, dass er immer betrunkener wurde.

Friedrichs Blick schweifte in der Zwischenzeit über die gediegene Einrichtung des Büros. Neben dem schweren Eichenschreibtisch, hinter dem Louis Dederer immer mehr in sich zusammensank, stand ein großer Schrank mit vielen Schubladen, in dem wohl die Rechnungen und die Geschäftskorrespondenz aufbewahrt wurden.

An der gegenüberliegenden Wand hing ein großes Bild, das einen älteren Herrn mit gepflegtem Backenbart darstellte, wahrscheinlich war es der Vater von Louis Dederer, der das Sägewerk aufgebaut und auch das Wohnhaus drüben errichtet hatte. Daneben waren noch einige Fotografien angebracht, die das Sägewerk und den Polderplatz zeigten. Sie schienen neueren Datums zu sein und trugen am rechten unteren Rand den Namen des Königlichen Hoffotografen Blumenschein. Flüchtig hatte Friedrich daran denken müssen, wie der Herr Blumenschein einmal ein Bild von ihm und Johannes gemacht hatte, als sie auf dem Weg zum Badhotel waren, um Heidelbeeren zu verkaufen. Er hatte ihnen sogar jeweils ein Exemplar geschenkt, das ihnen der Koch vom Badhotel mit einigen launigen Bemerkungen überreicht hatte. Johannes war ganz stolz gewesen, aber Friedrich hatte es der Mutter nur stumm in die Hand gedrückt, und als sie ihr Erstaunen und ihre Freude bekundet hatte, presste er zwischen zusammengebissenen Zähnen hervor: »Tu's weg. Ich will es nie mehr sehen. Es ist für dich.« Sie hatte ihn verständnislos angeschaut und das Foto in der Kommode verstaut, ganz hinten zwischen ihrer Leibwäsche. Über das Bild hatten sie nie mehr gesprochen.

Vor die Wand mit den Fotos hatte man im Büro einen Tisch und einen kleinen Rollschrank gerückt, eine Rechenmaschine und ein Stapel kleiner brauner Tüten befand sich darauf. Das waren die Tüten, in denen die Arbeiter ihren Lohn ausgehändigt bekamen. Das wusste Friedrich wohl, und bevor er den Mund aufmachen konnte und die sentimentalen, alkoholgeschwängerten Erinnerungen des alten Dederer mit der ungleich wichtigeren Frage nach dem zu erwartenden Lohn unterbrechen konnte, hatte sich die Tür geöffnet und Elisabeth Dederer war eingetreten!

Elisabeth, genannt Lisbeth, war zwei Jahre älter als Friedrich. In der Schule hatte er sie immer wieder aus der Ferne gesehen, so wie man die älteren Schüler registriert, mit einer Mischung aus Bewunderung und Gleichgültigkeit. Sie war groß und mager, ein unscheinbares Mädchen mit eckigen Bewegungen, das immer die Mundwinkel nach unten gezogen hatte, als ob es gleich zu weinen begänne.

Frau Weckerlin hatte einmal zu Friedrich gesagt, das käme sicher daher, dass ihre Mutter so früh gestorben sei. Es sei nicht gut für ein junges Mädchen, wenn es ohne Mutter aufwachse, hatte sie gemeint. Louis Dederer bemühe sich zwar sehr, kaufe ihr alles und behänge sie mit schönen Kleidern, aber das könne eine Mutter nicht ersetzen.

Schlimmer noch als Lisbeths Verdrießlichkeit waren ihre Augen, seltsam hervorquellende Augen, die ihr schon früh die Beinamen »Frosch« und »Glotzbeth« einbrachten. Auch Friedrich hatte ihr einige Male diese Worte hinterhergerufen, hatte ohne nachzudenken eingestimmt in den Chor der Gehässigkeiten, die Lisbeth Dederer ertragen musste. Später hatte er sich dafür geschämt.

Dann hatte Lisbeth die Schule abgeschlossen und war in die Handelsschule nach Neuenbürg gegangen, wie er gehört hatte, und danach half sie ihrem Vater im Büro. Ob sie ihn erkannt hatte, sich gar noch daran erinnerte, dass Friedrich auch zu denen gehört hatte, die sie verspottet hatten, wusste er nicht.

Sie verharrte für einen Augenblick in der Tür und musterte völlig ausdruckslos das Bild, das sich ihr bot. Dann ging sie, ohne Friedrich in irgendeiner Weise Beachtung zu schenken, mit raschem Schritt hinüber zu ihrem Vater und nahm ihm die Schnapsflasche weg. »Du sollst doch nicht so viel trinken, Vater«, sagte sie, aber sie sagte es ohne jede innere Anteilnahme, sagte es auf wie einen Spruch, den sie auswendig gelernt hatte und den man ab und zu von ihr zu hören erwartete.

Ihr Vater schien das Wegnehmen der Flasche gar nicht registriert zu haben. Heiser kichernd hob er den Zeigefinger und deutete auf Friedrich. »Da, der junge Weckerlin, nimm ihn auf die Lohnliste! Er schafft ab dem ersten Mai bei uns. Er kriegt zwanzig Pfennige die Stunde, zwanzig Pfennige.« Dabei schlug er dröhnend auf die Tischplatte, »um der alten Zeiten willen! Und jetzt geh mit ihm hinüber zum Übele, der soll ihm alles zeigen.«

Im Hinausgehen hatte Friedrich noch gesehen, wie er eine weitere Schnapsflasche aus einem anderen Seitenfach seines Schreibtisches holte und sich immer noch kichernd eingoss. Auch Lisbeth musste es gesehen haben, aber sie sagte nichts, sondern bedeutete Friedrich mit einer Kopfbewegung, er solle ihr folgen.

Sie war etwas ansehnlicher geworden, hatte er festgestellt, als er hinter ihr die steile Treppe hinuntergegangen war. Hatte eine paar Rundungen an den richtigen Stellen bekommen und ihr Haar, dick und blond, zu einem lockeren Knoten hochgebürstet, war wirklich schön. Nur die Glubschaugen, die waren immer noch da und die blieben auch.

Aber diese Überlegungen hatten nur einen Augenblick gedauert, viel wichtiger war die Zahl gewesen, die Louis Dederer genannt hatte: Zwanzig Pfennige in der Stunde! Das war viel Geld für einen ungelernten Arbeiter. Hoffentlich blieb der Dederer dabei, wenn er wieder nüchtern war. Friedrichs

Gedanken hatten sich überschlagen – einige Monate, Jahre hart gespart, das würde irgendwann den Auszug aus der Stadtmühle bedeuten, hinaus aus dem muffigen, kalten, feuchten Loch, das Wilhelm den Tod gebracht hatte. Und dann? Aber weiter wollte er nicht denken. Einen Schritt nach dem anderen musste man tun! Und er war hinter Lisbeth Dederer gegangen, hatte halb unbewusst ihren hohen, geraden Rücken betrachtet und immer wieder an ein Wort gedacht: Möglichkeiten!

Er hatte dann den Franz Übele kennen gelernt, den Vorarbeiter, und sich gedacht, dass selten ein Name so auf den Träger passte wie in diesem Fall. Auf den ersten Blick machte dieser Übele einen ganz angenehmen Eindruck, er war etwas untersetzt, kräftig und ein mächtiger Schnurrbart zierte sein Gesicht – aber von diesem Mann ging etwas aus, das Friedrich nicht richtig deuten konnte! Er wusste jedenfalls auf Anhieb, dass dieser Übele ihm von Herzen unsympathisch war. Übele hatte Lisbeth mit derber Vertraulichkeit begrüßt und Friedrich dabei abschätzig gemustert.

»So, so, Weckerlin heißt du«, er dehnte den Namen absichtlich, als läge eine tiefere Bedeutung darin.

Friedrich merkte, wie er rot wurde, und er ballte insgeheim die Fäuste. »Ja, so heiße ich. Etwas dagegen einzuwenden?« Der Kerl da war ein unangenehmer Patron, mit dem würde es Schwierigkeiten geben, das spürte er ganz deutlich. Und wie er Lisbeth musterte, mit diesem herausfordernden, unverschämten Blick!

Lisbeth hatte dann die beiden alleine gelassen und Übele lag sichtlich eine anzügliche Bemerkung auf der Zunge, aber nach einem kurzen Seitenblick auf Friedrich ließ er es sein. Verdrossen hatte er ihm das Sägewerk gezeigt, den Maschinenraum, wo die Sägen gewartet wurden, hatte ihm stolz die große Gattersäge präsentiert und die neuen Förderbänder, auf denen die Holzstämme aus dem Wasser nach oben gezogen wurden.

Hinter dem Sägewerk befand sich der Stapelplatz mit den fertig zugesägten Brettern und den Balken, unten im gemauerten Erdgeschoss des Sägewerks war der so genannte Sägemehlraum, viele Leiterwagen standen davor und einige Grunbacher schleppten Säcke mit Sägemehl, das sie als Streu für ihre Ställe brauchten.

Nicht zum ersten Mal atmete Friedrich diesen speziellen Geruch nach Harz, Sägemehl und Maschinenöl, aber nun nahm er ihn ganz bewusst wahr. Etwas anderes drang aber ebenso in sein Bewusstsein: Über diesem Sägewerk lag eine besondere Atmosphäre, die er zunächst gar nicht so richtig zu benennen gewusst hätte – in den ersten Tagen seiner Arbeit wurde es aber immer deutlicher. Vernachlässigung, Verfall, Schlamperei, so konnte man es nennen und es wurde greifbarer bei jedem Verstummen der schrillen Sägen, den trägen Bewegungen der Arbeiter, die oft noch lange nach den Pausen zusammensaßen, den immer größer werdenden Holzstapeln auf dem Polderplatz und dem Verhalten des Vorarbeiters Übele, der mit den Händlern vertraulich tuschelte, Zigarren anbot und Friedrich mit scheelen Blicken bedachte, wenn der sich abseits von den anderen aufhielt, um seinen Brotkanten zu verzehren.

In diesen ersten Tagen hatte Friedrich einen verwegenen Entschluss gefasst, den er gleich in die Tat umsetzte, bevor ihn der Mut verließ. Nach Feierabend hatte er Übele gefragt, ob der Herr Dederer noch im Kontor sei. Übele hatte breitbeinig dagestanden, die Daumen in die Knopflöcher seiner ärmellosen dunklen Weste eingehakt. Nach dieser Frage hatte er gegrinst, mit heruntergezogenen Mundwinkeln, und dann schließlich breit lächelnd geantwortet: »Wird schon noch drüben sein im Büro, der Chef, wo auch sonst? Ganz allein ist er aber sicher nicht mehr. Die Flaschen werden bereits bei ihm sein.«

Friedrich hatte sich auf dem Absatz herumgedreht und war hinübergegangen, ohne Übele noch eines Blickes zu würdigen. Natürlich wussten sie es, alle wussten es, und deshalb war der Louis Dederer nicht mehr Herr im eigenen Haus und das Sägewerk verkam und womöglich spielte der Übele sein eigenes Spiel! Aber er, Friedrich, würde sich fern halten, er würde sich nicht gemein machen mit den anderen, er würde beobachten und abwarten.

Möglichkeiten, hatte er immer wieder in diesen Tagen gedacht, Möglichkeiten. Als ob ich es geahnt hätte.

Louis Dederer hatte an diesem Tag in seinem Stuhl gehangen, den Kopf schief zur Seite gelegt, als könne er ihn nicht mehr auf den Schultern halten. Ein dünner Speichelfaden zog sich von seinem linken Mundwinkel zum Kinn. Er bewegte sich nicht, als Friedrich eintrat. Lisbeth war nirgends zu sehen. Aber unvermittelt hatte er plötzlich gesprochen: »Sieh da, mein Freund Weckerlin. Was willst du? Gefällt es dir bei uns nicht? Oder willst mehr Geld?«, lallte er mit schwerer Zunge.

»Nein, Herr Dederer, es geht um etwas anderes. Ich brauche Schuhe.«

»Schuhe?« Louis Dederer richtete sich etwas auf und sah Friedrich an. Seine schwimmenden Augen schienen für einen Augenblick ganz klar zu werden und er verstand offensichtlich, was Friedrich ihm sagte. »Schuhe«, wiederholte er, diesmal mit deutlichem Erstaunen in der Stimme. »Du willst Schuhe?«

»Ja, Herr Dederer. Sehen Sie, mir ist aufgefallen, dass ich

für die Arbeit hier Schuhe brauche, richtige, feste Schuhe. Ich habe aber nur dieses eine Paar von meinem Großvater, die sind alt und viel zu dünn und haben schon Löcher, für die Arbeit hier taugen die nicht. Ich habe noch kein Geld, um mir richtige Schuhe zu kaufen und deshalb ...« Friedrich zögerte etwas. Er versuchte den Blick des Mannes festzuhalten, der ihm gegenübersaß, und tatsächlich – Louis Dederer schien ihn zu verstehen. Er nickte ihm aufmunternd zu und Friedrich fuhr fort: »... und deshalb wollte ich Sie bitten, dass ich mir auf Ihre Rechnung Schuhe kaufen kann. Ich will anständig arbeiten hier und dafür brauche ich feste Schuhe. Ziehen Sie mir einfach das Geld in Raten vom Lohn ab.«

Für einen Moment hatte Stille geherrscht, nur eine frühe Wespe war mehrmals mit einem leisen dumpfen Aufschlag gegen die Fensterscheibe geprallt.

Dann hatte Louis Dederer erstaunlich klar gesagt: »Bist ja ein ganz Schlauer. Also Schuhe soll ich dir gleich zum Einstand kaufen! Und was soll später sein?«

Immer noch hatte Friedrich seinen Blick festgehalten, hatte fast hypnotisch in diese trüben Augen geschaut. Auf einmal hatte Louis Dederer mit der flachen Hand auf die Schreibtischplatte geschlagen, zum zweiten Mal während einer Begegnung mit ihm, und geschrien: »Hol mich der Teufel, ich mach's, du unverschämter Kerl! Weiß selber nicht, warum! Also geh zum Schultheiß und kauf dir ein neues Paar Schuhe, richtig feste mit Eisenkappen vorne. Er soll's auf mich schreiben. Sag ihm, der Dederer bezahlt's. Ich zahl's, nichts wird abgezogen. Und jetzt geh, du verfluchter Hund!«

Sein Kopf war wieder etwas nach rechts gekippt, als hätte ihn diese Entscheidung die letzte Kraft gekostet, und Friedrich war lautlos hinausgeschlichen.

Er erinnerte sich immer wieder gerne an diese Episode, wie auch jetzt. Das Floß war schon lange an ihm vorbeigezogen, die Gattersäge fing an zu kreischen und er machte sich auf den Weg zur so genannten Wanne, um mit dem langen Haken die Stämme aus dem Wasser zu ziehen und auf das Förderband zu hieven. Die neuen Schuhe waren schon gut eingelaufen und die Eisenkappen schimmerten im warmen Sonnenlicht. Immer wieder betrachtete er sie mit Stolz. Er pflegte sie, wusch sie abends sorgfältig am Spülstein ab und schlich am Morgen in den Maschinenraum, um ein paar Tropfen Öl abzuzweigen. Er polierte sie, bis sie glänzten, ungeachtet der Tatsache, dass sie bald wieder mit einer Schicht aus Sägemehl und Schmutz überzogen sein würden.

Louis Dederer hatte die Schuhe, ohne ein weiteres Wort darüber zu verlieren, bezahlt, und Friedrich kam es so vor, als betrachte er ihn aufmerksamer als die anderen, wenn er frühmorgens kurz nach Arbeitsbeginn durch das Sägewerk wanderte, um das zu tun, was er »nach dem Rechten sehen« nannte. Diese Besuche wurden immer kürzer, immer schneller zog es ihn wieder hinüber zum Kontor, zur Flasche. Friedrich ballte oftmals insgeheim die Fäuste, wenn er das mit ansehen musste. Gerade jetzt hätte es einen geschäftstüchtigen und umsichtigen Chef gebraucht!

Der Krieg forderte immer mehr seinen Tribut, die Menschen hungerten und niemand dachte mehr ans Bauen. Trotzdem ging es vielen Sägewerken gut, der Zinser beispielsweise lieferte Grubenholz hinauf in den Norden, schickte Bretter für die Schützengräben an die Westfront, sägte Holz für Telegrafenmaste. Das Geschäft schien noch besser zu laufen als sonst und die Frau Zinser fuhr auch in Kriegszeiten mehrere Male im Jahr in den Urlaub, an ferne und exotische Orte, deren Namen die Grunbacher nicht einmal aussprechen konnten. Der Diener packte dann jedes Mal die braunen Lederkoffer in das Automobil, bestaunt von der hungrigen Dorfjugend, die mehr denn je in diesem Vorgang ein Schauspiel sah, das mit ihrer Welt gar nichts zu tun hatte, gerade deshalb aber umso spannender war.

Und der Dederer nutzte diese Möglichkeit nicht, versoff seinen Verstand, sein Geschäft, seine Zukunft! Friedrich hätte ihn manchmal schütteln können.

Und durch all dieses Unglück hindurch schritt Lisbeth mit ihren eckigen Bewegungen, seltsam unbeteiligt an allem, was um sie herum geschah, und ständig den anzüglichen Bemerkungen von Franz Übele ausgesetzt, der sein eigenes Spiel spielte.

Aber Friedrich hatte auch bemerkt, dass bei ihren flüchtigen Begegnungen, beim Aushändigen der Lohntüte etwa, ihre Augen länger auf ihm, Friedrich, ruhten, als es zu ihrer gespielten Gleichgültigkeit passte! Wenn sich ihre Hände dann zufällig berührten, wurde sie knallrot und senkte blitzschnell den Kopf mit den hervorquellenden Augen, bis er nach dem üblichen »Danke« und einem leisen »Adieu, Lisbeth« hinausgegangen war.

Mit der Zeit suchte er förmlich diesen körperlichen Kontakt, es gefiel ihm, sich einer Macht zu versichern, die er so noch nie erlebt hatte, der Macht über einen anderen Menschen!

Möglichkeiten, dachte er immer wieder und gratulierte sich zu seinem Entschluss, zum Dederer zu gehen. Er musste nur aufpassen, dem Vorarbeiter Übele nicht zu früh in die Quere zu kommen, denn es schien ihm, als begegnete dieser ihm mit immer größer werdendem Misstrauen.

Gerade in diesem Moment tauchte Übele oben am Sägeraum auf und schrie ihm etwas zu. Wahrscheinlich gefiel es ihm nicht, dass Friedrich seine Arbeit noch nicht aufgenommen hatte, zudem nutzte er jede Gelegenheit, ihm eins auszuwischen. Betont langsam ging Friedrich hinüber zum Polderplatz und setzte seine Arbeit fort. Das Abhobeln der großen Baumstämme war eine mühselige und körperlich sehr anstrengende Tätigkeit.

Übele kam herübergeschlendert. Wenn er langsam ging, konnte man sehen, dass er das rechte Bein etwas nachzog. Lisbeth hatte Friedrich erzählt, dass er einmal einen schweren Arbeitsunfall gehabt hatte, seitdem hinkte er. Er mühte sich sehr, diese Behinderung zu überspielen, immerhin hatte sie ihm die Einberufung zum Militär erspart. Heute schien er schlechte Laune zu haben, das Bein zog er deutlicher nach als sonst, und er hatte einen Strohhalm im Mund, auf dem er verdrossen kaute. »Schafft sorgfältiger, Leute, die Gattersäge ist heute zum zweiten Mal verreckt! Der Brunner holt morgen die Bretter, bis dahin muss alles fertig sein.«

Die Arbeiter blickten nicht auf, aber ihr leises Murren war deutlich zu vernehmen. Die meisten von ihnen waren ausgemergelt und unterernährt. Sie waren zu alt, um am Krieg teilzunehmen, hatten schon ein entbehrungsreiches und arbeitsames Leben hinter sich und litten jetzt wie alle unter diesem Krieg, der Hunger brachte und Sorgen. Einige hatten noch die Familie des Sohnes mitzuversorgen, wie zum Beispiel der alte Hannes, der irgendwo bei diesem verfluchten Verdun hockte, von dem man jetzt so viel hörte, allerdings nichts Gutes.

Und zur Sorge kam die Angst. Einige Grunbacher waren schon gefallen und jeden Sonntag las der Herr Pfarrer neue Namen von Toten, Vermissten und Gefangenen vor. Friedrich kannte ihre Gedanken, saß zwar etwas abseits, wenn sie beim kargen Vesper zusammenhockten, aber er hörte genau zu, wenn sie die Ängste und die Sorgen in Worte zu kleiden versuchten. Richtig dazu gehörte er nicht, einmal wegen seiner Jugend und dann war er in den Augen der Arbeiter irgendwie auch anders, manche sagten sogar »etwas Besseres«, trotz seiner abgetragenen und geflickten Kleider.

Friedrich beobachtete aus den Augenwinkeln den Vorarbeiter, der immer noch auf dem Polderplatz stand und demonstrativ zu ihm herüberblickte, immer auf der Suche nach etwas, womit er ihn schikanieren konnte.

Friedrich aber sah hinter Franz Übele etwas viel Wichtigeres, er sah das weiße Schindelhaus mit der großen Veranda, mit dem hohen, spitzen Giebel in der Mitte, sah die breit ausladende Front des Sägewerks gegenüber, wo in der so genannten Wanne die dicken Baumstämme wie träge Nilpferde im Wasser auf und ab schwappten. Das war der Reichtum seiner Heimat und das war auch seine Zukunft. Er war am richtigen Platz!

18

Johannes sprang mit einem Satz aus dem hohen Waggon hinunter auf den grauen Steinboden des Bahnsteigs. Der Zug setzte sich langsam ruckelnd in Bewegung. Er war jetzt schon ausgestiegen, eine Station früher, und er nahm den längeren Weg gerne in Kauf, um am Fuß des Eibergs durch den Wald zu gehen. Der Wald fehlte ihm, er vermisste den Geruch, der jetzt im Herbst modrig und erdig war, und er vermisste die Geräusche, das sanfte Rauschen der Baumwipfel, das jetzt gerade allerdings unter dem stürmischen Herbstwind stärker und auch bedrohlicher klang. Im Sommer ging er den langen Weg von Pforzheim nach Grunbach oft zu Fuß, nicht zuletzt um das Fahrgeld zu sparen.

Aber jetzt im Herbst wurde es zu früh dunkel. Wenn er in der großen Fabrik mit den hohen Fenstern saß, die alles draußen hielten außer dem Licht, das man für die Arbeit brauchte, packte ihn manchmal eine solche Sehnsucht nach dem Wald, dass ihm Tränen in die Augen stiegen und er den Kopf tief über seinen Arbeitsplatz beugen musste, damit die anderen nichts davon mitbekamen. Jetzt müsste man hochlaufen können zum Meistern, zum Kälbling oder am liebsten zum Eiberg, zu seinem geliebten Katzenbuckel! Stattdessen musste er hier sitzen neben einem Dutzend anderer Lehrlinge, überwacht vom strengen Meister, dem Herrn Wackernagel. Der war eigentlich ganz freundlich, hielt aber seine Lehrlinge unerbittlich zu guter Arbeit an und bemerkte jede noch so kleine Abweichung, jeden noch so kleinen Fehler sofort und mahnte ihn an. »So wird das nichts, Johannes«, pflegte er zu sagen und sah ihn dann unter seinen buschigen Augenbrauen missbilligend an. »Das soll eine gerade Linie sein? Sie arbeiten zu schnell, lassen sich nicht genügend Zeit.«

Und das hatte auch gestimmt, Johannes wusste es selbst.

Er war zu ungeduldig am Anfang gewesen, die Arbeit gefiel ihm nicht, er wollte doch malen, malen, nichts als malen. Und dann hatte er in dieser großen grauen Halle sitzen müssen, zusammen mit den Lehrlingen aus dem ersten, zweiten und dritten Jahr und musste Metallstückchen aus Kupfer und Messing bohren, schleifen, feilen.

Allerdings war es besser geworden und kurz vor Ende seiner Ausbildung, die er bald mit der Gesellenprüfung abschließen würde, gab es viele Dinge in seinem Beruf, die ihm richtig Freude machten. Vor allem, wenn er einmal in der Woche in die Goldschmiedeschule in der Sankt-Georgen-Steige gehen musste, empfand er jedes Mal eine heimliche Vorfreude. Dort durften sie zeichnen, diese Entwürfe machen, von denen man am Anfang gesprochen hatte, und Johannes gefiel es, auf das weiße Papier eine Vision von Schönheit zu zeichnen, die er dann später in der Arbeit umsetzen konnte.

Er schuf etwas Neues und das war doch genauso gut, als wenn er den Katzenbuckel oder ein Gesicht entstehen ließ. Und seine Entwürfe waren gut, das wusste er, die Lehrer in der Goldschmiede sagten es ihm und auch Herr Wackernagel, der ihn in seiner zurückhaltenden Art lobte und alle seine Entwürfe sorgfältig verwahrte.

Ja, er hatte Glück gehabt, großes Glück. Manche in Grunbach konnten es gar nicht fassen, dass der Johannes Helmbrecht aus der Stadtmühle nach Pforzheim in die Goldschmiedelehre ging. Es hatte anfangs sogar wilde Spekulationen gegeben, wie das denn sein könne. Vom Abkommen mit dem Oberlehrer Caspar wusste bis auf die Ahne und die Weckerlins niemand etwas. Bald war dann auch das Interesse erloschen, denn die Leute hatten andere Sorgen.

Mit den übrigen Lehrlingen kam er gut aus, trotzdem ahnte er, dass sie in ihm einen Sonderling sahen, einen, den sie nicht so recht einordnen konnten. Zwar rückten sie willig zur Seite, wenn er sich in der Mittagspause zu ihnen auf die Bank setzte, und bezogen ihn auch immer wieder in ihre Unterhaltungen oder derben Späße ein, aber irgendwie gehörte er nicht richtig dazu. Manche rümpften auch die Nase wegen der vielfach gestopften Hemden und der speckig glänzenden Jacke, die an den Ellenbogen schon fast durchgescheuert war. Zudem war es noch diese ungeklärte Beziehung zum Herrn Direktor selbst, die ihn ausschloss.

Gleich am ersten Tag, damals vor drei Jahren, hatte es beträchtliches Aufsehen erregt, als einer der Jungspunde, ein Lehrling im ersten Jahr, außerdem ein merkwürdig ärmlich aussehender Kerl, zum Herrn Direktor Armbruster beordert wurde. Zwar war die Audienz sehr kurz gewesen, Direktor Armbruster hatte sie anberaumt, ohne selbst genau zu wissen, warum. Aber immerhin war der junge Mann ein Protegé seines angeheirateten Vetters, der von »außerordentlichem Talent« geredet hatte, und in diesem Sinne hatte er dann einige Worte an diesen Johannes Helmbrecht gerichtet, dieses schmale Kerlchen mit den merkwürdig hellen Augen.

Es hatte Gerede gegeben, was Herr Armbruster nicht wusste und was ihm sicher auch nicht recht gewesen wäre, und selbst Herr Wackernagel war verunsichert und wusste nicht genau, wo er diesen jungen Menschen einordnen sollte. Dieser Umstand ließ ihn besonders aufmerksam gegenüber dem neuen Lehrling werden, aufmerksam, aber nicht unfreundlich. Und dann hatte sich dieses magere Bürschlein tatsächlich als eine wirkliche Begabung erwiesen. Meister Wackernagel konnte sich nicht entsinnen, schon einmal einen Lehrling gehabt zu haben, der so rasch die Grundsätze des räumlichen Zeichnens beherrschte und vor allem eine sprühende Phantasie entwickeln konnte, wenn es um das Entwerfen neuer Schmuckstücke ging! Genauso hatte er sich auch gegenüber Herrn Armbruster geäußert, der dabei zufrieden genickt hatte. Also hatte sein Vetter Caspar Recht gehabt und die Investition hatte sich gelohnt. »Wir werden den jungen Mann im Auge behalten«, hatte er zu Herrn Wackernagel gesagt und dieser hatte es dann in einer etwas abgemilderten Form Johannes erzählt.

Man setzte Hoffnungen auf ihn, das wusste Johannes, und auch das war eine Form von Glück, die er früher so nie gekannt hatte.

An diesem trüben Herbstabend schritt er kräftig aus, denn es war kühl und windig und nasser Nebel hing bedrohlich über den Baumwipfeln. Der Nebel würde bald niedersteigen und sich klamm und feucht in den Kleidern festsetzen. Es war schon ganz dunkel, aber er fürchtete sich nicht, den Weg kannte er in- und auswendig und hinter der nächsten Biegung waren schon die Lichter von Grunbach zu sehen.

So friedlich war alles, aber draußen tobte der Krieg, der die Bäuche der Kinder auftrieb und tiefe Runen der Sorge und Entbehrung in die Gesichter der Frauen grub. Und wieder lag ein Winter vor ihnen und das Ende des Krieges war nicht in Sicht. Zwar munkelte man wieder einmal von einer großen Offensive, die bald den endgültigen Sieg Deutschlands über seine Feinde bringen würde, aber viele glaubten nicht mehr daran. Die meisten Menschen waren einfach mit dem täglichen Überleben beschäftigt! Seit die wichtigsten Lebensmittel rationiert und nur noch auf Marken zu bekommen waren – genau wie die Ahne es prophezeit hatte –, war es noch schlimmer geworden. Nur wer Geld hatte, konnte sich auf mehr oder weniger krummen Wegen alles besorgen. Aber wer hatte schon Geld in dieser Zeit? Die vor allem, die mit dem Krieg ihre Geschäfte machten.

Und nun stand der vierte Kriegswinter bevor und es war noch lange nicht genug Brennholz in der Stadtmühle. Seit Friedrich, Guste und Johannes arbeiteten, lag diese Last ausschließlich auf den Schultern von Frau Weckerlin und der Ahne. Auch die Preise für die Kräuter und die Beeren waren stark gesunken. In den Sommermonaten waren Friedrich und Johannes nach der Arbeit in den Wald gegangen und hatten bis spätabends welche gesammelt. Aber die zahlungskräftigen Kunden, die das Badhotel und die Cafés in Wildbad besuchten, waren immer weniger geworden. Die Ahne jammerte zudem, dass man sie kaum mehr zum Waschen und Putzen holte, überall musste gespart werden. Sie hatte viel Kraft verloren in diesen Kriegsjahren, lag oft wie eine verhutzelte Zwetschge auf ihrem Strohsack und blätterte mit ihren knotigen Fingern in ihrer Bibel. Manchmal dachte Johannes, dass es nur noch die Sorge war, die sie am Leben erhielt, die Sorge um ihn, die Sorge, ein Brief würde in der Stadtmühle abgegeben werden, ein ganz bestimmter Brief.

Als Johannes den Weg unterhalb der Leimenäcker betrat, der sich mit der Bahnlinie kreuzte, sah er im Lichtschein, das aus dem Bahnwärterhäuschen fiel, eine Gestalt stehen. Er verharrte für einen Moment zögernd, aber dann bemerkte er, dass es Friedrich war, der angestrengt in das Dunkel spähte.

»Fritz!«, rief Johannes und setzte sich in Bewegung, rannte die letzten Meter auf Friedrich zu. »Du holst mich ab? Ist etwas passiert?« Er packte den Freund und starrte ihm im Schein des Lichtkegels forschend ins Gesicht. »Ist etwas mit der Ahne?«

»Nein, nein, es ist alles in Ordnung. Das heißt …« Friedrich zögerte und zog den Freund aus dem Lichtschein des Häuschens. »Ich wollte dich vom Bahnhof abholen, aber als du nicht ausgestiegen bist, habe ich mir gleich gedacht, dass du aus Richtung Hofen kommst. Da bin ich dir entgegengegangen.«

»Ich wollte durch den Wald laufen.«

Wortlos nickte Friedrich. Er kannte Johannes' Sehnsucht und er wusste auch, dass sich der Freund in der Fabrik oft wie eingesperrt fühlte.

Ungeduldig fragte Johannes nach: »Also, was ist geschehen? Spann mich nicht länger auf die Folter.«

Für einige Minuten lag eine bedrückende Stille über den beiden. Offensichtlich fiel Friedrich die Mitteilung doch schwerer als erwartet. Sie waren in der Zwischenzeit weitergegangen und hatten die untere Enzbrücke erreicht. Weiter unten, dort am Wehr, hatte man Friedrichs Vater aus dem Fluss gezogen. Wahrscheinlich dachte der Freund gerade daran und Johannes scheute sich, diese gespannte Stille zu durchbrechen. Umso mehr erschrak er, als Friedrich unvermittelt sagte: »Der Brief ist gekommen!«

Das also war die Nachricht. Und irgendwie hatte er es gewusst, hatte es seit dem Moment gewusst, als er Friedrich vor dem Bahnwärterhäuschen gesehen hatte.

Johannes stand bewegungslos am Brückengeländer und

starrte auf die ruhig dahinfließende Enz hinunter. Der Schreck verflüchtigte sich, das Herz schlug wieder ruhiger und er spürte merkwürdigerweise so etwas wie Erleichterung und sogar Freude. Friedrich war extra gekommen, um ihm das zu sagen, ihn vorzubereiten auf den Anblick der Ahne, die jetzt wohl heulend und wehklagend im Zimmer saß. Er sah verstohlen den Freund von der Seite an, der mit fest aufeinander gepressten Lippen sehr aufrecht neben ihm stand und ins Dunkel starrte, hin zu einer imaginären Stelle, wo er das Wehr vermutete, in dem sich der Körper des Vaters verfangen hatte. Plötzlich erfüllte Johannes wieder dieses tiefe und warme Gefühl einer bedingungslosen Zusammengehörigkeit.

»Komm, wir gehen weiter«, sagte er leise. »Es ist ja gar keine so große Überraschung, einmal musste es so kommen! Mein Jahrgang ist dran, das weiß man doch. Wie hat's die Ahne aufgenommen?«

Sie schritten langsam durch die tiefdunkle Herbstnacht, über dem dunklen Bergrücken des Meistern war ein schmaler Sichelmond aufgezogen.

»Du kannst dir's wohl denken, heult die ganze Zeit. Heute Mittag wollte sie aufs Rathaus laufen. Sie sei auf dich angewiesen, man könne dich nicht so einfach fortschicken. Mutter hat sie festgehalten und beruhigt. Sie ist jetzt bei ihr.«

Johannes seufzte. Vor der Begegnung mit der Ahne hatte er Angst. Er sah sie vor sich, wie sie sich an die Bibel klammerte, ihren letzten Halt im Leben. Nein, nicht ganz der letzte Halt, das war er, ihr Großneffe Johannes Helmbrecht! Vor achtzehn Jahren hatte sie ihn aufgenommen, den Bastard, den Schandfleck, den unehelichen Sohn der Anna Helmbrecht, ihrer Nichte. Die ehrbare Jungfrau und Dienstmagd Babette Helmbrecht hatte ihn an ihre Seite genommen, Teil ihres kümmerlichen Lebens werden lassen, hatte ihn aufgezogen, durchgefüttert und mit ihm zu überleben versucht. Sie hatte ihm Milch gekauft und Kleider für ihn erbettelt, hatte getan, was notwendig war, diese kleine, gebückte Gestalt im schwarzen Umschlagtuch. Er hatte es ihr gedankt mit einer stetigen, unerschütterlichen Zuneigung, hatte sich ihrer wohl manchmal geschämt, wenn die Dorfbuben »alte Hexe« hinter ihr hergerufen hatten, aber er hatte sich dann auch sogleich dieser Scham geschämt und half ihr seit frühester Jugend. Er schleppte die Wäschekörbe treppauf und treppab und stand an den großen Waschzubern, wo er mit den großen hölzernen Stecken die Wäschestück um und um rührte. Und jetzt, wo die Zeit gekommen war und er für die Ahne sorgen musste, ihr Stütze und Halt sein musste im Alter, worauf sie sich stets verlassen hatte, jetzt musste er in den Krieg und kam vielleicht nie wieder!

Er konnte die Ahne in ihrer Verzweiflung gut verstehen. Und vielleicht war da auch so etwas wie Zuneigung. Zärtlichkeiten und Koseworte hatte es nie gegeben, das war im Leben der Ahne ein unbekannter und überflüssiger Luxus. Aber irgendwie gehörten sie doch zusammen.

Mitten in seine Gedanken hinein sagte Friedrich zögernd: »Bestimmt ist der Krieg bald vorbei, du machst noch deine Ausbildung und wirst dann wieder nach Hause geschickt. In Russland gibt es gerade eine Revolution, da geht alles drunter und drüber. Du wirst sehen, unsere Truppen werden in den Westen abgezogen und im Frühjahr ist alles vorbei. Dann gibt es eine große Offensive …«

»Ach, hör doch auf mit deinen Offensiven, dauernd verspricht man uns Offensiven, aber es tut sich nichts und wir haben nur wieder Tausende von Toten. Außerdem darfst du nicht vergessen, dass seit dem Frühjahr auch die Amerikaner im Spiel sind, denk daran, wie viele Leute die haben und wie viele Waffen! Und dann die Engländer mit ihren neuen Panzern und den Flugzeugen, die den Tod auch hierher tragen.«

Friedrich kickte wütend einige Kieselsteinchen zur Seite. Johannes ahnte schon lange, dass Friedrich immer noch an einen deutschen Sieg glaubte, dass er immer noch an die »Möglichkeiten« glaubte, die ein solcher Krieg bot. Er war immer wieder darüber erstaunt, wie verbohrt Fritz sein konnte. In diesem Moment stieß dieser wütend hervor: »Ich wollte, ich wäre an deiner Stelle!«

Johannes war entsetzt: »Das ist doch nicht wirklich dein Ernst! Hast du vergessen, was die berichten, die aus dem Krieg heimgekehrt sind? Hast du die Verwundeten vergessen, mit den leeren Ärmeln oder Hosenbeinen oder noch schlimmer, die, die vom Gas blind geworden sind?«

Eine Weile schwiegen beide. Friedrich konnte nichts dagegen sagen, das wusste Johannes. Er hatte Recht und vor seinem Auge tauchten wieder die Bilder auf, die ihn jeden Tag verfolgten. Er sah die zerlumpten und abgemagerten Kinder vor sich, die in Pforzheims Straßen bettelten, er sah die langen Schlangen vor den Stellen mit den Lebensmittelausgaben, sah Menschen, die gekrümmt vor Hunger gingen und sich wegen ein paar Steckrüben prügelten, und er sah hohlwangige Frauen, die sich scheu in den Straßenecken herumdrückten und sich für ein paar Kartoffeln hingaben. Er hatte Leute gesehen, die Ratten fingen, um sie zu verspeisen!

Manchmal weinten die beiden kleinen Mädchen, Gretl und Emma, wenn sie vor lauter Hunger nicht einschlafen konnten. Für die Lebensmittelkarten bekam man kaum noch etwas und für den Schwarzmarkt, auf dem es noch alles gab, brauchte man Geld, viel Geld. Ein Glück, dass die Grunbacher wenigstens den Wald hatten.

Eines Abends war Mühlbecks Ludwig in die Stadtmühle gekommen und hatte einen Korb Frösche mitgebracht, die sie dann brieten und verzehrten. Das war ein wahrer Festschmaus gewesen, obwohl an den Viechern nicht viel dran war.

All das schoss Johannes durch den Kopf und er fügte schroff hinzu: »Du musst wirklich nicht ganz bei Trost sein, wenn du dir in Bezug auf den Krieg noch irgendwelche Hoffnungen machst und dir sogar wünschst, dass du auch daran teilnehmen kannst.«

Begütigend nahm Friedrich Johannes' Arm und drückte ihn kurz. »So hab ich es auch gar nicht gemeint. Ich wollte damit sagen, dass ich viel lieber an deiner statt in den Krieg gehen würde. Du bist für so etwas nicht geschaffen.«

»Aber, Fritz, wer ist denn für so etwas schon geschaffen?« Johannes' Stimme wurde leise und er fügte eindringlich hinzu: »Versprich mir, dich um die Ahne zu kümmern, wenn mir etwas passiert.«

Stumm nickte Friedrich.

»Ich hab in der letzten Zeit oft drüber nachgedacht, wie das sein wird. Ich habe gar nicht mal so große Angst vor dem Tod – dann ist es eben vorbei und es kommt wohl nicht mehr so viel. An die Hölle glaube ich jedenfalls nicht. Es ist uns hier auf der Erde schon dreckig genug gegangen. Wovor ich viel mehr Angst habe ...« Er stockte und suchte Friedrichs Blick, aber es war zu dunkel. An der angespannten Stille merkte er jedoch, dass Friedrich ihm genau zuhörte. »Also, wovor ich am meisten Angst habe, ist, dass ich so zurückkomme wie Stöckles Kurt oder der Karl Wiedemann!«

Der Kurt hatte in einem kleinen französischen Nest Kaiser und Vaterland einen rechten Arm geopfert, er trug jetzt eine schlecht sitzende Prothese, die ständig scheuerte, und er schimpfte über die fünfzehn Reichsmark Invalidenrente, die ihm der Staat als »Dank« für den Arm gewährte und die hinten und vorne nicht reichten.

Noch schlimmer hatte es Wiedemanns Karl getroffen, er hatte bei einem Gasangriff sein Augenlicht verloren!

Dieses Gas – die Leute erzählten sich mit angehaltenem Atem davon, dieses Gas sollte ja eine richtige Wunderwaffe sein, dazu bestimmt, den baldigen Sieg herbeizuführen. Aber dann hatten auch die anderen Gas eingesetzt und der Karl war heimgekommen, eine Binde über die toten Augen gebunden, und da war das Getuschel schnell in verlegenes Schweigen übergegangen. Der Karl sprach mit niemandem, er saß nur noch auf der roh gezimmerten Bank vor dem Haus, eifrig umsorgt von der Mutter, die zunächst glücklich darüber war, dass ihr Einziger wieder zurückgekommen war. Doch dann, im zähen Fluss der Monate, kamen die verzagten Fragen, wie es denn weitergehen solle, und ihr Karl war auch so verändert, gar nicht mehr ihr Bub, und seine nächtlichen Schreie und Anflüge von Wahnsinn schreckten sogar die Nachbarn auf.

Diese beiden, der Kurt und viel mehr noch der Karl, waren leibhaftige Schreckgespenster für Johannes geworden. Inbegriff einer Furcht, die schlimmer war als die Angst vor dem Tod!

Nie mehr malen können, nie mehr sehen, keine Farben, keine Gesichter, nur noch ewige Dunkelheit!

Sie erreichten das Dederer-Sägewerk, aus der großen Verandatür des Wohnhauses drang noch Licht und man hörte vereinzelte Stimmen. Johannes stieß Friedrich an. »Dein Chef feiert. Vielleicht Geschäftskunden. Sie haben jetzt gut zu tun.«

Missmutig antwortete Friedrich: »Ich wünschte, es wäre so. Aber wahrscheinlich sind es nur ein paar Saufkumpane.«

Er hatte Johannes nicht viel über seine Arbeit erzählt, sich nur ab und an bitter darüber beklagt, dass das Sägewerk bald in Grund und Boden heruntergewirtschaftet sei, wenn es mit dem alten Dederer so weiterging. Dass ihm Friedrich nicht alles erzählte, dass er seine innersten Gedanken bei sich behielt, das spürte Johannes, denn mit dem Sägewerk und dem alten Dederer war etwas, das Friedrich außerordentlich beschäftigte, das wusste er genau. Und merkwürdig genug war es auch gewesen, dass der Dederer gleich zu Anfang dem Friedrich ein Paar nagelneue feste Lederstiefel spendiert hatte.

Friedrich und seine Schuhe – Johannes musste insgeheim schmunzeln, sprach dann aber etwas an, was ihm drückend auf der Seele lag: »Denk immer daran, dass Sägewerke auch mögliche Ziele sind für die Bomben. Schließlich sind das kriegswichtige Betriebe, so viele Stollenbretter, wie die für die Festungsgräben brauchen. Also, pass auf und renn weg, wenn du so ein Flugzeug hörst!«

Friedrich lachte hell auf. »Du und deine Schwarzseherei! Die bombardieren große Städte wie Stuttgart oder Karlsruhe. Was wollen die in einem Kaff wie unserem?«

Johannes ließ sich nicht beirren. »Das wäre nicht das erste Mal!«

Bevor er aber seine düsteren Betrachtungen weiter fortspinnen konnte, fiel ihm Friedrich ins Wort: »Ich hab dir übrigens noch gar nicht erzählt, dass auch der Ludwig einen Musterungsbescheid bekommen hat.«

Ludwig Mühlbeck war so alt wie Johannes, seine schulische Laufbahn war allerdings wenig vielversprechend gewesen, er hatte gerade einmal vier Klassen durchlaufen, weil er jedes Mal sitzen geblieben war. Mit Mühe und Not konnte er seinen Namen schreiben. Caspar hatte immer gesagt, er sei eben ein Säuferkind.

Unwillkürlich musste Johannes lachen. »Ludwig Mühlbeck und ich ziehen gemeinsam in den Krieg, für Kaiser und Vaterland.«

Auch Friedrich stimmte in das Lachen ein, es klang zwar etwas gezwungen, aber er war froh, dass Johannes es doch so leicht nahm. »Ich glaube, die Guste ist richtig froh, dass er fortmuss. Die alte Mühlbeck plärrt zwar rum, aber so richtig traurig ist keiner.«

Ludwig Mühlbeck war, was Arbeitsscheu und Liederlichkeit anbelangte, auf dem besten Weg, in die Fußstapfen seines Vaters zu treten. Nach der Schule hatte man ihn zum Straßenbau eingeteilt, er war auch am Anfang ein paarmal hingegangen, hatte dann aber den Kranken gespielt und sich in Spelunken herumgetrieben. Auffällig war, dass er im Laufe des Krieges immer wieder zu Geld gekommen war, zumindest so viel, dass er regelmäßig einen tüchtigen Rausch mit heimbrachte. Vater Mühlbeck war in der Zwischenzeit körperlich so hinfällig geworden, dass seine nächtliche Zerstörungswut in engen Grenzen gehalten wurde; vor allem aber hatte er eine Heidenangst vor Ludwig, der zu einem baumlangen, breitschultrigen Kerl herangewachsen war und dem Alten unverhohlen mit Prügeln drohte.

So war es in der Stadtmühle ruhiger geworden, nur ab und an hörte man in der Nacht das Gegröle und heisere Gekichere von Ludwig, der ansonsten aber gutmütig war. Friedrich vermutete, dass er wilderte. Er beschränkte sich nicht mehr darauf, wie sein Vater ab und zu einen Stallhasen zu stehlen, sondern legte Schlingen aus, um das Wild auf dem Schwarzmarkt zu verkaufen. In der Vergangenheit hatte er hin und wieder den Stadtmühlenbewohnern ein paar Brocken Fleisch geschenkt, die die Ahne zunächst voller Abscheu zurückgewiesen hatte, und auch Lene hatte mehr entsetzt als erfreut gewirkt. Seit neuestem hatte man nämlich den Verdacht, dass der alte Mühlbeck auch Hunde stahl, sie schlachtete und als »eins a Wildfleisch« verkaufte. Friedrich hatte allerdings vermutet, bei dem geschenkten Fleisch handle es sich um Rehfleisch, und so hatte es gelegentlich einen richtigen Festtagsbraten gegeben, nur Frau Weckerlin hatte gemeint, von gestohlenem Gut könne sie nichts essen.

Im letzten Jahr allerdings war das Gerede auch der Polizei zu Ohren gekommen und es hatte in der Stadtmühle mehrere Durchsuchungen gegeben. Die Polizei hatte Ludwig immer wieder zum Verhör vorgeladen, ohne ihm allerdings etwas nachweisen zu können. So gesehen war es ganz gut, dass Ludwig seine Energie notgedrungen auf ein anderes Tätigkeitsfeld verlagern musste. Und trotzdem, er tat Johannes Leid, wie ihm alle Leid taten, die in diesen Krieg ziehen mussten.

Durch das Fenster der Stadtmühlen-Küche drang trüber Lichtschein. Wahrscheinlich hatten sich die Ahne und die anderen dort versammelt, um auf sie zu warten. Auf einmal fiel Johannes die Angst an, die die ganze Zeit schon in ihm war und die er mühsam niedergekämpft hatte. Sie fiel ihn an wie ein wildes Tier, das sich festbiss und ihn würgte, dass er kaum mehr atmen konnte. Unwillkürlich blieb er stehen. Der Gang mit Friedrich durch die herbstliche Nacht war eine Sache gewesen, da konnte man noch so tun, als ginge das alles einen gar nichts an.

Aber jetzt, wenn er die Stadtmühle betrat, das Vertraute, das Gewohnte sah, wurde es plötzlich Realität, dass er fortmusste aus seinem Alltag, so entbehrungsreich und karg er auch war, weg von den Menschen, die ihm so lange schon vertraut waren. Es wurde Realität, dass er hinausmusste in das Unbekannte, das aber nicht lockend und verheißungsvoll auf ihn wartete wie im Buch, sondern das Tod bedeuten konnte und ewige Dunkelheit.

Friedrich mochte ahnen, was plötzlich in ihm vorging, er blieb dicht vor ihm stehen, so dicht, dass sein Atem Johannes streifte. »Weißt du was«, sagte er mit heiserer Stimme, »an das Nächstliegende haben wir noch gar nicht gedacht!«

»Und was soll das sein?«

»Du bist nicht tauglich! Das ist es, Johannes – nicht tauglich! Denk doch an die Geräusche auf der Lunge, die der Doktor in der Schule immer gehört hat. Das musst du ihnen sagen, unbedingt.«

Zweifelnd starrte Johannes den Freund an. »Meinst du wirklich?«

»Ganz bestimmt. Und jetzt komm herein. Meine Mutter hat sicher heißen Tee gemacht. Und wie ich Mühlbecks Ludwig kenne, steht er bald mit einer Flasche Schnaps in der Tür, um mit dir anzustoßen. Das wird noch ganz lustig.«

Lustig war es dann auch geworden, lustig und traurig und komisch und verzweifelt. Mühlbecks Ludwig war tatsächlich gekommen, mit einem mordsmäßigen Rausch und einem schier unerschöpflichen Vorrat an Schnaps. Er stieß immer wieder mit Johannes, seinem »Kameraden«, an, drängte allen anderen ebenfalls seinen Fusel auf, von dem die Ahne und Frau Weckerlin nur kosteten. Lene trank allerdings ein paar Gläschen und später kamen die anderen Mühlbecks dazu. Vater Mühlbeck war ebenfalls betrunken, aber friedfertig. Im Verlauf des Abends wurde er wieder sentimental und schwadronierte von seinem »Heldensohn«, der Kaiser und König nun dienen sollte, und man gewann den Eindruck, dass Ludwig Mühlbeck den Krieg ganz allein entscheiden würde. Frau Mühlbeck sagte gar nichts, sie tätschelte nur unbeholfen immer wieder Ludwigs und Johannes' Hand.

Der ungewohnte Alkohol war Johannes rasch zu Kopf gestiegen. Später wusste er nicht einmal mehr, wie er eigentlich ins Bett gekommen war. Das Letzte, an das er sich noch erinnerte, war Friedrich gewesen, wie er versonnen auf den Küchenherd geblickt hatte, in dem sich noch etwas Glut befand, die rötlich durch die Ritzen der Ofentür schimmerte. Friedrich starrte in dieses verglimmende Rot und Johannes erinnerte sich später immer wieder an seinen Gesichtsausdruck. Er kannte und fürchtete ihn, diese Mischung aus Stolz und Trauer, und seit Wilhelms Tod war da noch etwas, was man nicht deuten konnte, aber es machte sein Gesicht hart und verschlossen.

Herr Wackernagel drückte am nächsten Morgen sein Bedauern aus, einen so tüchtigen und vielversprechenden Lehrling zu verlieren.

»... wenn auch nur vorübergehend, Johannes, ich hoffe, Sie missverstehen mich nicht, denn an Ihrer gesunden Wiederkehr zweifle ich keineswegs – wie auch nicht am glücklichen Ausgang dieses Krieges ...« Herr Wackernagel verhedderte sich im Gestrüpp seiner Rede und wurde ganz rot im Gesicht, aber Johannes, der einen richtigen Brummschädel hatte, hatte sowieso nur die Formulierung »tüchtiger und vielversprechender Lehrling« herausgehört und sich gefreut.

Vielleicht war Herr Wackernagel angesichts des Abschieds besonders sentimental gestimmt, jedenfalls setzte er seine Lobrede sogar noch fort: »Ich sage das keineswegs, weil Sie jetzt in den Krieg müssen, als Trost gewissermaßen. Sie sind wirklich ein talentierter Mann. Ein noch ungeschliffener Diamant zwar, aber einer, der zu den schönsten Hoffnungen berechtigt.«

Herr Wackernagel lächelte. Wahrscheinlich gefiel ihm seine Redewendung, die gut zu einem Goldschmied passte. »Ungeduldig sind Sie, Johannes, die Drähte, die Sie ziehen sollen, brechen oft ab. Die rechten Winkel sind nicht immer exakt und wenn Sie mit der Säge gerade Linien ziehen sollen, nun ja, das wissen Sie ja selbst. Aber das kann man lernen. Was Sie in hohem Maße haben und was man nicht lernen kann, das ist echtes künstlerisches Talent. Wenn ich mir Ihre Entwürfe ansehe ... ganz außergewöhnlich, Johannes«, hier brach Herr Wackernagel, der noch röter im Gesicht geworden war, verlegen ab, legte seinem vielversprechenden Lehrling die Hand auf die Schulter und wünschte ihm feierlich alles Gute.

Johannes ging ganz betäubt zu seinem Platz zurück. So viel Lob auf einmal ... Er wollte sich freuen, aber es ging nicht. Er zog das Auffangfell über die Knie und begann mit der Nadel eine Brosche zu bearbeiten, die er gestern begonnen hatte. Feine Drähte hatte er wie ein Spinnennetz auf ein ovales Silberstück gelötet. Das Schmuckstück sah sehr eigenwillig aus, es war nach einem eigenen Entwurf von ihm gearbeitet und er hatte ein Donnerwetter befürchtet wegen seiner »Extravaganzen«, aber Herrn Wackernagel hatte es gut gefallen. »Vielversprechendes Talent«, aber was bedeutete das schon, jetzt wo er hinausmusste in den Krieg? Plötzlich ging ihm auf, wie gerne er hier war, trotz des verhassten Feilens, Sägens und Bohrens.

19

Wieder sieht sie auf dem Display die wohl bekannten Buchstaben aufleuchten: *Neue Mitteilung.* Seufzend drückt Anna auf *Lesen.* Schon wieder Pia! Sie meldet sich auch sofort, als habe sie das Handy griffbereit. Sturzbachartig kommen die Vorwürfe, was ihr einfiele, warum sie sich nicht melde.

»Einfach das Handy ausschalten und was ist überhaupt ...«

»Reg dich ab«, sagt Anna kurz und kühl in Pias Wortschwall hinein. »Mir geht's gut. Ich hatte bloß noch keine Zeit. Immerhin habe ich dir eine SMS geschickt.«

»Ja, gleich nachdem du angekommen bist. Und seitdem: Funkstille. Wo genau bist du denn? Und was treibst du da?« In Pias tiefer, kehliger Stimme, die sie sich durch unzählige Marlboros redlich erworben hat, liegt unverkennbar Misstrauen.

»Das habe ich dir doch alles schon verklickert! Ich wohne bei einer Bekannten meines Urgroßvaters, einer ganz lieben alten Dame. Du wirst es kaum glauben, aber sie ist schon fast neunzig Jahre alt.«

In Pias Welt kommen neunzigjährige alte Damen nicht vor. Deshalb sagt sie auch unwirsch: »Jetzt verarschst du mich!«

»Nein, Pia, wirklich nicht. Und es geht mir gut. Ich hab Bekannte meines Urgroßvaters kennen gelernt. Sie sollen sogar mit mir verwandt sein, stell dir das mal vor.«

Pia ist an diesen Bekannten nur mäßig interessiert. »Und was ist mit diesem Haus von deinem Uropa, das du verscherbeln willst?«

»Sachte, sachte, so schnell geht das nicht. Ich bleibe auf jeden Fall noch einige Tage hier.«

»Einige Tage«, murrt Pia, »was immer das bei dir auch heißen mag. Melde dich auf jeden Fall wieder und lass dein Handy angeschaltet, hörst du! Es ist übrigens auch ein Brief gekommen, vom Notar. Du weißt schon, wegen Maries Nachlass und so.« Auf einmal klingt ihre Stimme ganz brüchig. »Also, mach keinen Scheiß. Ich hab Marie versprochen, dass ich auf dich aufpasse.«

Anna muss schlucken. Sie hat ein bisschen ein schlechtes Gewissen. Die gute, alte Pia, sie macht sich echt Sorgen …

»Versprochen. Und grüß Luigi und die anderen! Es geht mir wirklich gut hier. Weißt du, ich lerne gerade zwei sehr interessante Männer kennen.«

»Was?« Der Schrei müsste auch ohne Handy von Berlin bis hierher zu hören sein.

Anna lacht. »Keine Sorge, sie sind schon lange tot. Es handelt sich um meinen Urgroßvater und seinen Freund.«

»Ach so. Du sollst mich nicht immer so auf den Arm nehmen, du Knalltüte. Aber ich freue mich, dass es dir gut geht. Klingst jedenfalls wieder ganz munter!«

Sie erzählt noch kurz, dass sie alle Pflanzen in der Wohnung gegossen und im Übrigen den Kühlschrank ausgeräumt hat. »Eine Woche alte saure Milch! Grüne, stinkende Wurst, der Schimmel konnte schon fast laufen, so alt war der. Igitt!«

Anna bedankt sich überschwänglich bei ihr. Leise sagt sie: »Weißt du, ich hatte anderes im Kopf.«

»Schon gut, Kleines. Also, bis bald. Pass auf dich auf.«

Wie sie das hasst, »Kleines« genannt zu werden. Typisch Pia, schlüpft mit Inbrunst in die Mutterrolle. Anna überlegt eine Weile. Geht's mir wirklich besser? Es ist so viel passiert, dass sie gar nicht zum Nachdenken gekommen ist. Tief drin sitzt noch der Schmerz, die Sehnsucht nach ihrer Mutter, ihrem Duft, ihrem Lachen. Noch einmal in den Arm genommen werden, ein einziges Mal noch, und das Kitzeln von ihren Haaren im Nacken spüren. Aber es tut nicht mehr so schrecklich weh, andere Bilder schieben sich dazwischen, anderer Schmerz und Kummer teilen sich ihr mit, die ihren eigenen erträglicher machen. Sie muss immerzu an den kleinen Wilhelm denken, wie er daliegt in seinem roh gezimmerten Sarg, das Holzpferdchen zwischen den kalten, starren Händen, sie muss an Frau Weckerlin denken und ihre Tränen und an Friedrichs Verzweiflung und Johannes' Angst vor dem Krieg.

Krieg, das ist für sie immer etwas Fernes und Abstraktes gewesen. Ihre Mama ging oft auf Antikriegsdemonstrationen (was Johannes wohl dazu gesagt hätte?). Sie kann sich noch erinnern, wie sie schon als kleines Mädchen auf ihren wackligen Beinchen an der Hand der Mutter zwischen all den Menschen mitlief, die gegen die atomare Aufrüstung und später auch gegen den Golfkrieg demonstrierten. Krieg war etwas Böses, das war ihr schon früh klar geworden, aber das Böse war weit weg, war nichts Greifbares und Vorstellbares.

»Erinnerst du dich eigentlich noch an den Krieg?«, fragt sie unvermittelt Gretl, die gerade hereingekommen ist und missbilligend auf das »Ding« in Annas Hand starrt, das sie zutiefst verabscheut. Dass man an jedem x-beliebigen Platz angerufen werden kann, will nicht in Gretls Kopf! Sie hat noch ein richtiges Telefon mit Stecker und Wählscheibe an einem festen Platz im Flur und es ist zum Totlachen, wie sie telefoniert: Ganz steif steht sie da, den Hörer in der Rechten fest ans Ohr gedrückt und manchmal verbeugt sie sich vor dem unsichtbaren Gesprächspartner und am Ende legt sie ganz behutsam den Hörer auf die Gabel, als sei beides höchst zerbrechlich. Wahrscheinlich hat sie früher schon die Anrufe so entgegengenommen, zuerst als Dienstmädchen und später als Hausdame in der großen Halle der Villa Weckerlin, die ihr Richard und Fritz nachher zeigen werden.

Endlich löst Gretl den Blick von dem verabscheuten »Ding« und fragt: »Welchen Krieg meinst du?«

Anna ist für einen Moment verblüfft, aber dann wird sie ganz verlegen. Wie konnte sie so dumm sein. Gretl hat doch zwei Kriege miterlebt, zwei große Weltkriege. Leise sagt sie: »Den ersten meine ich, ich lese gerade, wie Johannes seinen Musterungsbescheid bekommen hat.«

Gretl setzt sich auf das Sofa und streicht die Kittelschürze glatt. Zögernd sagt sie: »Ja, ich erinnere mich noch. An den Kriegsausbruch zwar nicht, da war ich noch zu klein, aber von später, von später sind schon Erinnerungen da.«

»Und was fällt dir dazu ein?«

Spontan antwortet die alte Frau, die geistesabwesend vor sich hin starrt: »Hunger. An den Hunger erinnere ich mich noch ganz deutlich! Abends konnte ich oft nicht einschlafen, weil mein Magen so wehgetan hat. Die Mutter hat dann immer geweint, weil sie mir nichts geben konnte. Wir hatten doch gar nichts in der Stadtmühle. Aber den anderen im Dorf ging es auch nicht viel besser. In das Brot hat man damals Sägemehl getan, scheußlich war das und es hat nicht richtig gesättigt. Diejenigen, die eine Kuh oder eine Ziege oder einen Kartoffelacker hatten, waren etwas besser dran, aber gehungert haben wir alle, vor allem im Winter. Und dann …«

Sie hält für einen Moment inne, ihr Blick wird auf einmal ganz leer.

»Ja?«, fragt Anna gespannt nach. »An was erinnerst du dich noch?«

»An die Schreie«, sagt Gretl leise, »an die Schreie der Mütter, wenn die Nachricht kam, dass der Sohn gefallen ist. Manche haben stundenlang geschrien, bis sie keine Stimme mehr hatten. Später, im Zweiten Weltkrieg, habe ich diese Schreie wieder gehört, obwohl es gefährlich war, denn man musste aufpassen, sonst haben sie einen geholt, wegen Wehrkraftzersetzung oder wie sie das nannten. Aber die Schreie der Mütter in beiden Kriegen, die habe ich nie vergessen!«

Später fragt Anna, ob sie sich noch an den Abend erinnern kann, als Johannes »den Brief« bekam. Gretl nickt bedächtig. Doch, da seien einige Erinnerungen da, sie erinnere sich nicht mehr an alles ganz genau, aber manches wisse sie noch. »Dein Urgroßvater kam in die Küche herein und er war ganz bleich. Die Ahne hat bei seinem Anblick wieder zu weinen angefangen, gar nicht mehr aufhören können hat sie und der Johannes hat versucht, sie zu beruhigen. Wir beide, Emma und ich, haben dann auch wieder angefangen zu heulen, ein schönes Spektakel war das. Als die Ahne am Nachmittag mit ihrem Geschrei anfing, habe ich meine Mutter ganz erschrocken gefragt, was denn geschehen sei. Sie hat mir erklärt, dass der Johannes vielleicht in den Krieg muss, und da haben wir schon geheult, die Emma und ich, weil wir doch wussten, dass viele Männer nicht mehr aus dem Krieg zurückkamen. Als der Johannes dann am Abend in der Küche saß, haben wir uns richtig an ihm festgekrallt, Emma und ich. ›Du darfst nicht weggehen, Johannes‹, haben wir abwechselnd gerufen, ›wir müssen doch im Sommer wieder in die Beeren gehen! Und wer erzählt uns Geschichten und liest uns vor?‹ Wir haben an ihm herumgezerrt und vorgeschlagen, er soll sich im Keller verstecken, jetzt gleich. In der Stadtmühle gab es nämlich ein unterirdisches Gewölbe, ziemlich dunkel und feucht und kalt. Keiner hat sich hinuntergetraut, denn es wimmelte von Ratten und Mäusen. Der alte Mühlbeck hatte dort sein gestohlenes Viehzeug versteckt, ganz oben an der Decke hatte er es aufbewahrt, an Haken, damit das Ungeziefer nicht rankonnte. Merkwürdigerweise sind die Polizei und der Feldjäger nie auf den Keller gekommen, das wussten wir und deshalb dachten wir, dass der Johannes da sicher sei. Schließlich haben meine Mutter und die Frau Weckerlin auch noch zu weinen angefangen. Immer bleicher ist er geworden, der Johannes, über all dem Geschrei, der arme Junge. Und dann hat der Friedrich nach Ruhe gebrüllt, uns beide von Johannes weggezerrt und alle haben sich um den Tisch herumgesetzt und heißen Tee getrunken, den die Frau Weckerlin gemacht hat.«

Gretl ist einen Augenblick still und lächelt in sich hinein. »Der Friedrich konnte das. Irgendwie hatte er damals schon Macht über Menschen. Er wirkte immer so sicher, so bestimmt.«

Nachdenklich schaut Gretl auf ihre Hände, die in ihrem Schoß liegen. Sie scheint sich ganz in den Erinnerungen zu verlieren und Anna fürchtet schon, dass sie den Faden nicht mehr findet, aber dann fängt sie unvermittelt wieder an.

»Ich bin bei Friedrich sitzen geblieben, aber die Emma ist nach einer Weile wieder hinüber zu Johannes geklettert, so war das immer, als wir kleine Mädchen waren. Die Emma war zwei Jahre älter als ich und ging zu der Zeit schon in die Schule, aber wir hielten zusammen wie Pech und Schwefel. Sie hatte einen gewaltigen Dickkopf, nur vor ihrem Bruder hatte sie Respekt. Aber der Johannes war von Anfang an ihr ganz besonderer Liebling. Und mein Abgott war eben der Friedrich, so kamen wir uns nicht ins Gehege. Später kam dann der Ludwig Mühlbeck, der auch seinen Bescheid erhalten hatte. Er war schon sturzbetrunken und hatte eine Flasche Schnaps dabei. Im Unterschied zu seinem Vater war er aber friedlich, wenn er einen Rausch hatte, richtig komisch konnte er da sein. Und weil er auch in den Krieg musste, sind wir zusammengerückt und haben ihn bei uns sitzen lassen und später kamen auch die anderen Mühlbecks herüber und so hockten wir dann alle in der Küche, obwohl wir uns sonst von den Mühlbecks fern hielten, Guste ausgenommen. Sie rochen so streng wie sonst auch, aber das war in diesem Moment egal. Wenn es nämlich darauf ankam, hielten die Stadtmühlenleute fest zusammen. Irgendwie erinnere ich mich daran, dass es sogar noch ganz lustig wurde an diesem Abend. Die Frauen wollten keinen Schnaps, aber der alte Mühlbeck hatte ein Krüglein Most aufgetrieben. Den machte die Mutter heiß und gab etwas Rübenzucker dazu zur Feier des Tages, und auch wir Kinder bekamen etwas davon. Ganz leicht wurde einem da und auch warm und wir saßen und erzählten und fingen sogar an zu singen. So etwas gab es auch in der Stadtmühle; kurze Momente mit Wärme und Zufriedenheit, ein winzig kleines Fitzelchen Glück, das man dankbar ergriff. Wir wussten diese Momente zu schätzen.«

»Und dann?« Anna drängt. Sie hat noch nicht weitergelesen und will unbedingt wissen, ob Johannes in den Krieg wirklich musste.

»Vier Wochen später ist Johannes dann in die Kreisstadt

gefahren, zur Musterung. Die Ahne hat sogar noch etwas vom Notgroschen herausgerückt, den sie für ihre Beerdigung angespart hatte, damit er sich Unterwäsche kaufen konnte. Aber es gab nichts Gescheites, bloß grobes, graues, kratziges Zeug und er hat sich ganz unwohl darin gefühlt, das habe ich gemerkt. Die Emma und ich haben uns die Nasen am Fenster platt gedrückt und ihm nachgesehen, bis er hinter der Kirche verschwunden war. Gebetet haben wir, den ganzen Morgen, den ganzen Tag, dass der Johannes nicht genommen wird. Emma hat sich an diesem Morgen geweigert, in die Schule zu gehen, und Frau Weckerlin hat ihr nachgegeben, wie immer; und der Friedrich, der es sicher nicht erlaubt hätte, der hatte keinen Kopf dafür. Er hat sich extra freigenommen und den Johannes zum Bahnhof begleitet! Der Ludwig ist auch mitgegangen, eine schlimme Fahne hat er gehabt, das weiß ich sogar noch, und irgendwie hat er an diesem Morgen ganz klein ausgesehen, richtig geschrumpft schien er zu sein, der Riesenkerl. Ihm war nicht wohl in seiner Haut, trotz seines großen Mauls. Irgendwann kam der Friedrich dann vom Bahnhof zurück und hat immer gesagt, dass sie den Johannes bestimmt nicht nehmen, so schmächtig, wie er ist. Daran haben wir uns geklammert. Am Abend kehrte er dann endlich zurück. Den Anblick werde ich nie vergessen! Wir saßen am Fenster, es gab schon Eisblumen und wir hauchten immer wieder dagegen, um freie Sicht zu bekommen. Eine ganze Gruppe war es, die von der Musterung kam, alle sturzbetrunken, torkelnd und grölend. Der Johannes hielt sich abseits, und die Art, wie er den Kopf hängen ließ und ging, verriet alles. ›Er schaut wieder inwendig‹, hat die Ahne gesagt. Sie hatten ihn also für tauglich befunden, obwohl einer der Ärzte dagegen gewesen wäre, erzählte Johannes, wegen seiner Lungen, aber die anderen, vor allem die Offiziere, die an einem langen Tisch saßen, wollten ihn. ›Das Vaterland braucht jeden Mann‹, hätte einer gesagt. So erzählte es uns der Johannes und an diesem Abend mussten wir alle wieder schrecklich weinen. Auch den Ludwig haben sie genommen und das konnte ich genauso wenig verstehen. Obwohl er so ein großer breiter Kerl gewesen ist, war er doch ein Kind geblieben, das gerade seinen Namen schreiben konnte. Was wusste denn der vom Krieg und irgendwelchen Feinden? Überhaupt Feinde, darunter konnte ich mir nichts vorstellen. In unserem Dorf sind früher immer wieder Franzosen aufgetaucht. An einen Lumpen- und Alteisenhändler, der aus dem Elsass herüberkam, kann ich mich noch gut erinnern. Der hatte ein flinkes Mundwerk, sprach halb Französisch und halb Deutsch. Zu mir und zu Emma sagte er immer ›Mademoiselle‹ und lachte dabei, das hat uns gut gefallen. Und der sollte auf einmal unser Feind sein? Er war nämlich richtiger Franzose und kein Elsässer, wie die Leute sich erzählten, die plötzlich schlecht über ihn redeten.«

»Und dann musste Johannes fort?«

»Ein paar Wochen später, zu Beginn des neuen Jahres, musste er zur Ausbildung nach Stuttgart. Es ist ein trauriges Weihnachten gewesen. Geschenke hatten wir natürlich keine und nicht einmal die Bäuche wurden richtig voll. Es gab ein paar Extrarationen Mehl und Schmalz, aber viel war das nicht. Und dann konnten wir nicht vergessen, dass Johannes bald in den Krieg ziehen musste. Am Tag nach Neujahr hat er seinen Pappkarton geschnürt, viel war es nicht, was er mitnahm, etwas Unterwäsche, Taschentücher und natürlich einige Stifte und etwas Papier. Sein Buch hat er ganz zuunterst gepackt. ›Hoffentlich darf ich das in den Krieg mitnehmen‹, hat er zu Friedrich gesagt. ›Es erinnert mich an euch und das Malen und meinen Traum vom guten und richtigen Leben!‹ An dem Tag, als Ludwig und er zum Bahnhof gegangen sind, war es in der Stadtmühle so ruhig wie nie zuvor. Johannes hatte nicht gewollt, dass ihn jemand begleitet. Das mache es noch schwerer, hat er gemeint. Friedrich hockte den ganzen Tag in der Küche am Ofen, als ob er ständig friere, und am Abend hat Frau Weckerlin mit ihm geschimpft, er solle sich nicht so hängen lassen und etwas essen. ›Ich dachte, du bist für den Krieg‹, hat sie zu ihm gesagt, und Emma und ich waren ganz verdattert, weil sie auf einmal so bissig zu Friedrich war, zu ihrem angebeteten Großen.«

Anna versucht sich diese Szene zwischen Mutter und Sohn vorzustellen. War die Mutter dem Sohn insgeheim böse? Und warum? Weil er in diesem Krieg die »Möglichkeiten« sah, von denen er immer gesprochen hatte, weil sie in ihm diesen Weckerlin'schen Stolz und Hochmut erkannte, der schon den Vater zu Fall gebracht hatte? Gretl berichtet weiter, Friedrich habe erst gar nichts gesagt und die Mutter nur ganz merkwürdig angeschaut. Nach einer Weile habe er sinngemäß geantwortet, dass der Krieg gut sei, wenn man ihn gewinne, und das müssten die Deutschen unbedingt. Sie müssten diesen Krieg um jeden Preis gewinnen. Das mit Johannes, das sei etwas ganz anderes. Solche Leute wie er dürften nicht in den Krieg, er sei viel zu schade dafür!

»Frau Weckerlin hat damals ganz erschrocken geguckt und Friedrich, der war irgendwie wütend, fast außer sich. Und ich selbst war sehr beunruhigt, denn in diesem Moment habe ich mich gefürchtet. Ich habe mich vor etwas gefürchtet, was in Friedrich drin war und was ihn getrieben hat. Erst viel später habe ich das klarer erkannt.«

Anna nickt. Aus all dem wird ein Bild, zwar noch sehr unvollständig, aber einzelne Teile kann sie schon erkennen.

»Wie schätzt du denn die Freundschaft zwischen Johannes und Friedrich ein, Gretl? Es kommt mir manchmal so vor, als habe Johannes mehr an Friedrich gehangen als umgekehrt.«

Gretl schüttelt energisch den Kopf. »Im Gegenteil, manchmal denke ich sogar, Friedrich hat den Johannes mehr gebraucht, als wäre er für ihn wichtiger gewesen! Mein ganzes Leben lang habe ich mir darüber Gedanken gemacht. Mir scheint, als habe der eine im anderen das gesucht, was er selber nicht hatte. Johannes bewunderte an Friedrich die Kraft und die Stärke, und das meine ich nicht nur körperlich. In der Jugend war Friedrich immer der Beschützer von Johannes gewesen. Es gab eine Zeit, mitten im Krieg, da haben einige im Dorf Johannes bedroht und angepöbelt. Friedrich hat dann deutlich gemacht, dass sie es mit ihm zu tun bekommen, wenn sie dem Johannes etwas tun. Von da an war Ruhe!«

»Und warum hat man Johannes angegriffen?«

Gretl schaut Anna etwas unsicher an. »Vielleicht hast du's schon gelesen, oder hat's dir der Richard erzählt? Es kam wohl vom Richard Caspar, dem Vater von unserem Richard, so denke ich jedenfalls im Nachhinein. Der Vater von Johannes sei ein Italiener, hat er damals überall herumerzählt, ein ›Itaker‹, wie man die Leute hier abfällig nannte. Schon vor meiner Geburt hatten hier einige Italiener im Straßenbau gearbeitet und der alte Caspar hat etwas in der Richtung vermutet. Sein Sohn war fast krank vor Eifersucht auf Johannes, hat wohl etwas aufgeschnappt und es überall herumerzählt. Es wurde richtig gefährlich, als die Italiener nicht mit Deutschland in den Krieg gegangen sind, später haben sie sogar auf der anderen Seite gekämpft. Der Bodamer musste damals alle seine italienischen Arbeiter entlassen, obwohl das meistens tüchtige und fleißige Leute waren. Die Menschen waren eben ganz verhetzt und das hat auch der Johannes abgekriegt.«

Dass Johannes womöglich halb italienisch gewesen ist, weiß Anna ja bereits, aber über diese Anfeindungen hat er nichts geschrieben. Deshalb fragt sie nach: »War das sehr schlimm für ihn?« Blöde Frage, denkt sie noch.

Aber Gretl scheint eher amüsiert zu sein. »Irgendwie hat er das gar nicht richtig mitbekommen. War doch mit dem Kopf immer in den Wolken. Und Friedrich hat auf ihn aufgepasst. Es muss etwas ganz Besonderes für Johannes gewesen sein, dass da jemand an seiner Seite war. Einer, der ihn beschützt und der zu ihm gehört. Er war doch bis dahin immer allein, die alte Ahne zählt nicht. Und, verstehe mich bitte richtig, etwas anderes hat ihn auch noch zu Friedrich hingezogen …«

Jetzt ist Anna neugierig. »Und das war …?«

»Seine Schönheit! Er war ein ungewöhnlich gut aussehender Bursche. Später, als Mann, war er richtig schön, mit den dunklen Locken und den braunen Augen, groß und kräftig gewachsen. Dein Urgroßvater hat doch alles geliebt, was schön war, er hat es förmlich angebetet.«

Anna überlegt eine Weile. So ganz verstehe ich es zwar noch nicht, aber irgendwie macht es Sinn, nach allem, was ich jetzt schon weiß, denkt sie.

»Und Friedrich? Warum war Johannes für ihn so wichtig?«

»Ich kann es mir ziemlich gut vorstellen. Friedrich hat mir später etwas gesagt, was ich nie vergessen werde. ›Gretl‹, hat er gesagt, ›Gretl, Johannes war mein Gewissen.‹ Dein Urgroßvater war ein großherziger und gütiger Mensch, Anna – egal was geschehen ist, und deshalb hat ihn Friedrich auch so geliebt, weil er selber diese Güte nicht hatte!«

20

Kreischend fraß sich die Gattersäge in den großen, klobigen Baumstamm, der langsam, aber unerbittlich in das riesige Maul geschoben wurde. Weich wie Butter, dachte Friedrich zufrieden. Links und rechts fielen die exakt geschnittenen Bretter herab und in der Mitte schälten sich die rechteckigen Balken heraus, die prächtiges Bauholz abgeben würden. Die Geschäfte gingen wieder richtig gut im Sägewerk Dederer!

Unten auf dem Polderplatz lag eine Menge Holz, frisch geschlagen, und gestern Abend war einer der Holzhändler gekommen, mit denen Louis Dederer seine großen Geschäfte abwickelte, die ganz großen. Ein fetter Regierungsauftrag wohl, Stollenbretter, Holz für die Front. Jetzt würde es vielleicht vorwärts gehen. An der erstarrten Front im Westen würde im Frühjahr wohl die Entscheidung fallen, nachdem im Osten endlich Ruhe herrschte. Im fernen Russland hatte es eine große Revolution gegeben und gerade tobte ein Bürgerkrieg, das hieß Waffenstillstand für die Deutschen und die Österreicher und alle Kräfte konnte man nun, im März 1918, an der Westfront konzentrieren. Der Winter war überstanden, der letzte Kriegswinter hoffentlich, und was für ein jammervoller Winter war das wieder gewesen, Rüben und wieder Rüben und zur Abwechslung ein paar halb verfaulte Kartoffeln.

In der Stadtmühle hatte das nackte Elend geherrscht, vor

allem bei den Mühlbecks, nachdem Ludwig, der eigentliche Ernährer, in den Krieg gezogen war und der Alte sich tagelang gar nicht mehr aus dem Bett erhoben hatte. Das Saufen hatte unerbittlich seinen Tribut gefordert und wer das zitternde, bis auf die Knochen abgemagerte Häufchen Elend sah, konnte sich kaum vorstellen, dass dieser Mensch einmal Bärenkräfte besessen hatte, dass alle vor ihm gezittert hatten, wenn er seine berüchtigten Tobsuchtsanfälle bekam. Nur sein Selbstmitleid und seine Weinerlichkeit waren geblieben. Vor Friedrichs Auge tauchte in diesem Moment sein eingefallenes Gesicht mit den grauen Bartstoppeln und den trüben gelben Augen auf und der zahnlose Mund lallte etwas vom »Heldensohn«, der jetzt so tapfer seinen Dienst für Kaiser und Vaterland verrichtete. »Schöner Heldensohn«, hatte Friedrich letzthin abfällig zu seiner Mutter gesagt, »wahrscheinlich muss man aufpassen, dass er nicht die Regimentskasse klaut und die Schnapsvorräte versäuft.« Er sei gehässig, hatte sein Mutter dann bemerkt und sie hatte wohl Recht, aber er verachtete dieses Pack mit Ausnahme von Guste, die mit ihren paar Pfennigen die Familie vor dem Verhungern bewahrte.

Wenn der Krieg endlich aus sei, würde sie über alle Berge gehen, hatte sie ein ums andere Mal gesagt, wenn sie abends in der Küche zusammensaßen. Sie hockten vor dem Ofen, bemüht, so viel wie möglich von der kümmerlichen Wärme aufzunehmen. Auch Frau Weckerlin, Lene und die Mädchen waren meist dabei und natürlich die Ahne, die in diesem Winter noch mehr geschrumpft schien. Mit dem Waschen und Putzen war es nun ganz aus, kaum eine Familie konnte sich noch ihre Dienste leisten und die ganz reichen Leute hatten eigene Dienstboten. Sie lebte vom Sold, den Johannes ihr zuschickte, obwohl man das nicht »leben« nennen konnte, denn für das kümmerliche bisschen Geld bekam man fast gar nichts mehr.

Johannes war irgendwie immer noch da, war unter ihnen, denn unentwegt sprachen sie von ihm und Friedrich musste seine Briefe vorlesen, immer und immer wieder. Es waren ganz verhaltene Briefe, aber hinter den Zeilen konnte man in diesen dürren formelhaften Worten doch etwas von seiner Angst spüren. Aber sie vermochten es sich nicht richtig vorzustellen, wie das da draußen war, ihr eigenes Elend war gegenwärtiger.

Er war nicht gleich an die Front abkommandiert worden, musste aber Nachschub und Wasser in die vorderen Linien bringen, und das sei auch nicht ungefährlich, schrieb er. »Wenn der Beschuss durch die französischen Soldaten zu stark ist, kommen wir nicht nach vorne, und das ist schlimm für unsere Männer. Sie werden beinahe verrückt vor Durst. Manchmal trinken sie sogar ihren eigenen Urin! Die Teiche und Granattrichter sind voller Leichen, die stinken und verwesen, und dieses Wasser sollen die Soldaten trinken. Alles schmeckt hier nach Tod, sogar die Luft.«

Alle hatten sich geschüttelt, als Friedrich diese Passage des Briefes vorgelesen hatte. »Leichenwasser und Pisse trinken«, sagte Lene kopfschüttelnd, »das muss man sich mal vorstellen.«

Aber sie konnten es sich nicht vorstellen und so klammerten sie sich an die einzige Tatsache, die wichtig war, dass er lebte, dass er schreiben konnte.

Die Mühlbecks bekamen keine Briefe von Ludwig und schickten ihm auch keine, denn er konnte weder lesen noch schreiben. Er war in einen anderen Frontabschnitt gekommen und Johannes hatte seit ihrer gemeinsamen Zugfahrt nach Stuttgart nichts mehr von ihm gehört. So mussten sie sich darauf beschränken, von Tag zu Tag zu leben, in der Hoffnung, dass keiner vor der Tür stehen würde, etwa der Herr Pfarrer oder einer vom Gemeindeamt, denn das verhieß nichts Gutes.

In Friedrichs Hosentasche knisterte jetzt immer der letzte Brief, den Johannes geschrieben hatte, er bewahrte sie alle auf und den jeweils letzten trug er bei sich und hütete ihn wie einen Glücksbringer.

So war Johannes immer gegenwärtig!

Allerdings datierte der letzte Brief schon vier Wochen zurück, seither war kein weiteres Lebenszeichen gekommen und Friedrich tröstete die Ahne und auch sich selber damit, dass die Briefzustellung ins Stocken geraten war, wahrscheinlich gab es viele Kämpfe oder Johannes wurde an einen anderen Abschnitt verlegt, hatte keine Zeit zum Briefeschreiben. Und wahrscheinlich war der Krieg sowieso bald zu Ende, denn Friedrich hoffte immer noch auf die große Offensive. »Rechtzeitig zur Beerenzeit kommt er wieder heim, einen Beerensommer ohne Johannes gibt es doch nicht!«, sagte Friedrich immer wieder zu Emma und Gretl. »Und wenn er kommt und wir die ersten Heidelbeeren gepflückt haben, dann behalten wir ein oder zwei Pfund für uns und machen Heidelbeerpfannkuchen, dicke fette Heidelbeerpfannkuchen mit Zimt und Zucker bestreut, und dann schlagen wir uns die Bäuche voll.«

Die beiden kleinen Mädchen hatten ungläubig genickt, denn was Friedrich da sagte, verstanden sie nicht. In ihrem Leben hatten sie noch nie Pfannkuchen gegessen und unter vollen Bäuchen konnten sie sich nichts vorstellen, so weit reichte die Phantasie nicht.

Quer über den Polderplatz kam Louis Dederer auf das Sägewerk zu. Auf Anweisung Friedrichs zogen zwei Arbeiter mit den langen Hakenstangen einen Baumstamm vom Förderband hinüber zur Gattersäge, wo Friedrich darauf achtete, dass der Stamm passgenau eingerichtet wurde. Aus den Augenwinkeln sah er, dass Louis Dederer die Außentreppe zum Sägewerk hochstieg. Wahrscheinlich würde er jetzt gleich hier auftauchen. Er sah besser aus und bewegte sich auch wieder sicherer und schneller. Im Winter war er einige Wochen in Badenweiler zur Kur gewesen. Irgendwie musste Lisbeth ihn überzeugt haben, dass dies gut für ihn sei. Er nahm wieder mehr Anteil am Geschäft und als erste Maßnahme hatte er Übele zusammengestaucht. Die Arbeit ginge zu langsam voran. »Dauernd fällt die große Gattersäge aus. Hier wird schlampig geschafft!«, hatte er so laut gebrüllt, dass man es bis hinüber zum Stapelplatz hören konnte. Er hing zwar immer noch an der Flasche, immerhin gelang es ihm aber, bis zum späten Nachmittag einigermaßen nüchtern zu bleiben und »ein Auge auf alles zu haben«, wie er es ausdrückte.

Für Friedrich hatte diese Veränderung ebenfalls etwas Neues gebracht. Dederer hatte nämlich bestimmt, dass Friedrich der Gatterführer an der großen Säge werden sollte, trotz Übeles Protest, er sei noch viel zu jung.

»Unsinn. Das ist ein tüchtiger Bursche, ein kluger Kopf, der ist zu schade für das Entrinden und die andere Drecksarbeit!«, hatte er Übele angepfiffen, der sich wortreich gegen diese Beförderung Friedrichs wehrte. So kam Friedrich an die große Säge und Übele bedachte ihn seitdem mit noch giftigeren Blicken aus finster zusammengekniffenen Augen. Friedrich tat das achselzuckend ab, widmete sich mit Hingabe seiner neuen Tätigkeit und passte auf wie ein Luchs, dass die Stämme einwandfrei entrindet und gesäubert wurden. Die Ausfälle waren seitdem deutlich zurückgegangen, eine Tatsache, die von Dederer beifällig bemerkt wurde und auch eine Lohnerhöhung zur Folge hatte. Mit seiner Zustimmung hatte Friedrich auch das Ölen der Maschinen nach Feierabend selber übernommen. Eigentlich war dafür der Maschinenmeister verantwortlich, aber es war offenkundig, dass der ebenfalls dem Schnaps ordentlich zusprach und dementsprechend nachlässig arbeitete. Aus irgendwelchen dunklen Gründen wurde dieser von Übele gedeckt!

So war Friedrich stets der Letzte im Sägewerk und deshalb hatte man ihm das Zuschließen anvertraut. Lisbeth hatte das angeordnet, sie meinte, das sei praktischer so, und Friedrich musste jeden Abend den Schlüssel bei ihr im Kontor abholen und später im Wohnhaus wieder abgeben. Sie stand dann da, betrachtete ihn mit ihren hervorquellenden Augen. Es war ein merkwürdiger Blick, wie Friedrich fand. Ihm fiel kein passendes Wort dafür ein, es lag Neugierde darin und eine gewisse Herausforderung, die so gar nicht zu dieser Person mit den eckigen Bewegungen und der meist verdrossenen Miene passte. Aber Badenweiler hatte auch ihr gut getan, sie hatte sich neu eingekleidet, trug die Röcke kürzer, wie es jetzt wohl Mode war, und hatte auch die Haare anders frisiert.

Louis Dederer war nun herangekommen und auf diese Entfernung konnte man sehen, dass sein Gesicht nicht mehr so aufgedunsen und auch die gelblich braune Verfärbung der Augen verschwunden war. Er beobachtete eine Weile die Arbeit an der Säge und Friedrich tat so, als bemerke er ihn gar nicht. Er arbeitete konzentriert weiter und die Säge fuhr butterweich in die Stämme. Auf einmal spürte er einen kräftigen Schlag auf der Schulter, das war der alte Dederer, der dazu noch ein für alle laut vernehmliches »Gute Arbeit!« brüllte. Übele stand an der Tür seines kleinen Büros und beobachtete diese Szene. Nach der Mittagspause, als sich Friedrich gerade den armlangen Lederhandschuh des Gatterführers überzog, kam einer der älteren Arbeiter zu ihm herüber und flüsterte ihm leise ins Ohr: »Pass auf, der Übele führt etwas im Schilde!«

An diesem Abend kontrollierte Friedrich besonders sorgfältig alle Räume des Sägewerks. Er hatte ein merkwürdiges Gefühl, denn kurz nach der leise geflüsterten Warnung war Übele zu ihm gekommen und hatte ihm einige Rattenfallen in die Hand gedrückt. Im Sägemehlraum stimme etwas nicht, wahrscheinlich gebe es wieder Ratten und er, Friedrich, solle bei seinem abendlichen Rundgang die Fallen dort unten aufstellen. Das war eigentlich nichts Außergewöhnliches, im Sägewerk hatte man ständig mit diesen fetten, grauen Biestern zu tun, die manchmal sogar die Arbeiter bissen. Trotzdem war er auf der Hut.

Der Sägemehlraum lag unterhalb des eigentlichen Sägewerks im gemauerten Fundament. Dort kauften die Grunbacher das Sägemehl, um es als Streu in ihren Ställen zu benutzen. Durch eine große Tür, die direkt nach draußen auf die Straße führte, konnte man in diesen Raum gelangen und die Leute konnten ihre Leiterwagen mit den Säcken beladen. Diese Tür schloss Lisbeth am Abend von außen ab, wenn der letzte Kunde gegangen war. Friedrich betrat den Sägemehlraum bei seinem Kontrollgang über eine schmale, steile alte Holztreppe, die vom Sägewerk direkt nach unten führte. An diesem Abend war er durch die Fallen behindert, er konnte sich nicht am Handlauf der Treppe festhalten, was ihm angesichts des Halbdunkels und der ausgetretenen Treppenstufen ansonsten ratsam erschien. Er stieg deshalb besonders langsam hinab, setzte vorsichtig den Fuß auf die Stufen und in der Mitte der Treppe merkte er auf einmal, dass er keinen Halt mehr fand, er rutschte einfach aus auf der merkwürdig glitschigen und glatten Stufe! Instinktiv ließ er die Fallen los, packte mit der Linken das Geländer, während sein Körper schon auf der Treppe aufschlug und er einen stechenden Schmerz im Rücken spürte, dann, immer noch nach unten rutschend, konnte er den weiteren Fall aufhalten, indem er endlich das Geländer richtig zu fassen bekam und aufstöhnend liegen blieb.

Er verharrte so einige Zeit, ein bohrender dumpfer Schmerz breitete sich über seinen ganzen Rücken aus und endlich fand er den Mut, sich vorsichtig, ganz vorsichtig aufzurichten. Gottlob, er konnte alle Gliedmaßen bewegen, nichts schien gebrochen. Langsam zog er sich am Geländer hoch und tappte einige Stufen weiter nach unten. Dann strich er mit dem Zeigefinger vorsichtig über die Treppenstufen und spürte nun deutlich etwas Schmieriges, er roch daran, kein Zweifel, das war Maschinenöl. Er untersuchte Stufe für Stufe. Das waren keine einzelnen, zufällig verschütteten Öltropfen, die Stufen in der Mitte waren systematisch damit eingerieben worden.

Von wegen Rattenfallen – diese Treppe war als Falle für ihn gedacht! Hätte er sich nicht geistesgegenwärtig am Geländer festgehalten, hätte er schwere Verletzungen davongetragen, sich vielleicht sogar das Genick gebrochen.

Dahinter steckte Übele, da gab es keinen Zweifel, Übele, der zerfressen war von Neid und Eifersucht! Trotzdem erschien ihm das Ausmaß dieser Abneigung so unfassbar groß, dass er eine Weile im dunklen, staubigen Sägemehlraum sitzen bleiben musste, bevor er in der Lage war, wieder nach oben zu gehen. Er war wie gelähmt und schalt sich deswegen einen Narren, schämte sich der eigenen Fassungslosigkeit, der kurzzeitigen Ohnmacht, mit dieser Situation fertig zu werden. Schließlich hatte er Übele provoziert. Und dennoch, einen Menschen zu verletzten, tückisch und gezielt geplant, ihn vielleicht sogar in den Tod zu schicken, das war etwas, was ihm den Atem nahm und ihn lähmte.

Er nahm eine Hand voll Sägemehl und schüttete es vorsichtig auf die Stufen. Dann zog er sich vorsichtig die Treppe hinauf. In der Tasche raschelte Johannes' Brief – der ihm Glück gebracht hatte, davon war er überzeugt! Er musste daran denken, um wie viel mehr Johannes jeden Tag, jede Stunde Schmerz und Tod fürchten musste, er hatte ihn gar nicht für fähig gehalten, mit solchen Situationen klarzukommen. Und jetzt erwies er, Friedrich, sich als so schwach … Aber niemand sollte davon je erfahren! Von jetzt an war er auf der Hut! Mit dem Übele würde er schon fertig werden.

Grimmig lächelnd schloss er die restlichen Türen ab und gab dann Lisbeth die Schlüssel zurück, Lisbeth, die ihn verwundert ansah und ihn fragte, ob alles in Ordnung sei. »Ganz mit Öl verschmiert bist du hinten am Rücken und deine Kleider und deine Haare sind voll mit Sägemehl«, bemerkte sie und ihre Stimme klang hoch und etwas heiser. »Ist etwas passiert?« Es sei nichts, beruhigte er sie, sie solle sich keine Sorgen machen, er sei nur ausgerutscht.

Er lächelte immer noch, grimmig und verbissen, als er den Nachhauseweg antrat, mit schmerzendem Rücken und einer tief sitzenden Furcht, die er mit diesem Lächeln zu bezähmen suchte. Johannes ist im Krieg, dachte er, und ich führe ab jetzt hier meinen Krieg, einen kleinen und sehr privaten, gegen einen einzigen Feind.

Und diesen Krieg werde ich gewinnen!

21

Er lag ganz still da, lag bewegungslos da mit geschlossenen Augen. Die Geräusche, die aus einem fernen Nebelland immer wieder zu ihm durchgedrungen waren, kamen jetzt näher, fuhren grell in die Ohren. Stimmen, viele Stimmen, dazwischen Schreie, hohe, gellende Schreie und Husten, immer wieder dieser bellende, würgende Husten. Das kam vom Gas, das wusste er. Deshalb machte er auch nicht die Augen auf. Wenn er sie öffnete und diese Dunkelheit bliebe ... Er musste nicht husten, atmete ganz ruhig, also war er nicht in Gas geraten! Aber er war so müde, so unendlich müde und wahrscheinlich war das Öffnen der Lider eine zu große Anstrengung für ihn. Er war zu müde, um die Arme zu heben, er könnte doch sein Gesicht abtasten und nach diesen Blasen suchen, aufgeworfener Haut, die blutig aufplatzte. Die bekam man, wenn man ins Gas geriet, er hatte die Männer gesehen, die aus den Gaswolken kamen, den senffarbenen Wolken. Blind kamen sie gekrochen, schreiend rieben sie die tiefroten Augen, die nichts mehr sahen, und dann kamen die Blasen, brennende schwärende, riesige Blasen überall auf der Haut, selbst unter den Kleidern!

Aber er fühlte nichts, da war kein Brennen, auch die Augen taten ihm nicht weh, nur in der linken Schulter fühlte er einen dumpfen Schmerz. Gleich neben dem Herzen saß dieser Schmerz und er registrierte verwundert das langsame Pochen. Er war nicht tot, war nicht im Himmel, denn dort hätte es die Schreie nicht gegeben und das Röcheln. Und in der Hölle konnte er auch nicht sein, in der Hölle war er schon gewesen. Nein, er lebte, lag irgendwo und hatte panische Angst, die Augen zu öffnen. Der pochende Schmerz in der Schulter nahm zu, unwillkürlich entrang sich ihm ein leises Stöhnen und er versuchte mit unendlicher Anstrengung den linken Arm zu heben, sich anders hinzulegen, um so vielleicht diesem Schmerz entkommen zu können. Aber es ging nicht. Die linke Seite, sein Arm und seine Schulter waren tot, gehorchten ihm nicht mehr.

Plötzlich spürte er einen leichten Lufthauch und dann fühlte er eine heiße, rissige Hand auf seiner Stirn. Offensichtlich stand jemand bei ihm, hatte sich über ihn gebeugt, denn da war auch ein Geruch, es roch nach Schweiß und Kautabak und nach Formalin, so wie Soldaten rochen, wenn sie aus der Desinfektionskammer kamen. Dann nahm er auch die anderen Gerüche wahr, die von überall her auf ihn einströmten, dass er sich verwundert fragte, warum er sie jetzt erst bemerkte. Er roch den Gestank nach Exkrementen, Urin und Blut, süßlich und schwer hing er in der Luft, der Gestank des Todes!

Eine Stimme über ihm, eine kehlige, raue Stimme in einem ihm unbekannten Dialekt sagte plötzlich: »Sieh da, unser Jungchen kommt zu sich.« Und dann lauter: »Schwester, Schwester, der kleine Schwabe wacht auf.«

Wie laut diese Stimme war, sie schnitt förmlich in seinen Kopf hinein und die Geräusche rings um ihn dröhnten auf einmal schmerzhaft in seinen Ohren! Er wollte den Mund öffnen, wollte fragen, doch erschreckt bemerkte er, dass ihm auch seine Stimme nicht gehorchte. Er lag einfach da, ein willenloses Stück Mensch, das ein müder Herzschlag am Leben hielt.

Die Stimme über ihm schien seine Anstrengung bemerkt zu haben, denn sie sagte jetzt leiser und ruhiger: »Lass, Jungchen, hab keine Angst. Hast viel Blut verloren und bist noch zu schwach, aber bald geht's wieder.«

Auf einmal war noch eine andere Stimme da, eine Frauenstimme, eine merkwürdig tonlose, müde Stimme. Sie war ganz dicht bei ihm, direkt an seinem Ohr, und wenn er nicht so müde gewesen wäre, hätte er sich abgewandt, denn der heiße Atem direkt an seinem Gesicht war ihm unangenehm.

»Sie sind Johannes Helmbrecht vom achten Württembergischen Infanterieregiment. Sie sind hier im Lazarett in Liart in Frankreich«, sagte diese Stimme. »Nicken Sie mit dem Kopf oder versuchen Sie die Augen zu öffnen, wenn Sie mich verstehen.«

Die Augen öffnen … Nein!, wollte er schreien, ich kann meine Augen nicht öffnen, ich habe Angst, dass die Dunkelheit bleibt! Aber immerhin bekam er ein heiseres Krächzen heraus und die anderen über ihm schienen zufrieden zu sein, denn die Frauenstimme klang plötzlich nicht mehr so müde und gleichgültig. »Er ist bei Bewusstsein, er hat uns verstanden. Wenn nichts mehr dazwischenkommt, kann er es schaffen. Seien Sie so gut und geben Sie ihm etwas zu trinken. Ich sage dem Herrn Stabsarzt Bescheid, wenn er Zeit hat, sieht er nach ihm.«

Trinken, das war gut. Mit einem Mal bemerkte er, dass er Durst hatte! Sein Mund schien eine riesige Höhle zu sein, ausgestopft mit Watte. Der ganze Körper schien von dieser Watte aufgesogen zu werden. Sehnsüchtig lauschte er. Aber die andere Stimme sagte nichts mehr, sie schien verschwunden zu sein. Johannes wollte nach Wasser schreien, aber die Zunge gehorchte ihm nicht. Auf einmal spürte er etwas Hartes an seinem Mund. Es schlug gegen die Lippen, zwängte sich durch und dann spürte er es nass über Mund und Wangen laufen und die Nässe drang in diese riesige Höhle ein und füllte sie aus. Unwillkürlich schluckte er und es funktionierte tatsächlich, er konnte schlucken, und er spürte förmlich, wie das Wasser in den Körper rann, in diesen Körper, den er plötzlich wieder fühlte.

»Sachte, Jungchen«, sagte die Stimme »nicht zu viel auf einmal.« Das Harte, der Becher, wurde mit sanfter Gewalt weggenommen, obwohl er versuchte sich an ihm festzubeißen.

»Und jetzt schlaf wieder. Hast viel Blut verloren. Keiner hat mehr viel auf dich gegeben. Aber der gute alte Paule, der ich bin, hat's nicht geglaubt. Bist zwar ein schmales Hemd, aber ein ganz Zäher, das habe ich gleich gemerkt!«

Blut verloren ... Also doch nicht das Gas. Johannes öffnete den Mund und tatsächlich, es gelang ihm, etwas zu sagen. Mit unendlicher Mühe formte er Worte, richtige verständliche Worte: »Was habe ich denn?«

Zur Bestätigung, dass man ihn verstanden hatte, drückte Paule kräftig seine rechte Hand. »Hast ein paar Schüsse in die Schulter gekriegt. Dicht am Herzen vorbei. Schwein gehabt, Jungchen. Bist dem Tod gerade noch einmal von der Schippe gesprungen!«

Erleichterung flutete durch Johannes' Körper, der Stück für Stück wieder zu ihm zu gehören schien. Jetzt konnte er endlich die Augen öffnen. Die Lider zu heben, kostete ihn unendliche Anstrengung, aber es gelang ihm und er konnte endlich in das Gesicht der Stimme blicken, die so freundlich zu ihm gesprochen hatte. Gesicht? Aber das war doch gar kein Gesicht. Johannes wollte sich abwenden, weg von dieser geisterhaften Fratze, das war doch gar kein Mensch, das war ein Gespenst! Aber er konnte kein Glied rühren, sein Körper, den er wieder spürte, gehorchte ihm noch nicht.

Dieses Wesen da über ihm schien genau zu verstehen, was in ihm vorging. Wieder drückte es ihm begütigend die Hand, dann sagte die Stimme betont gleichgültig: »Brauchst nicht zu erschrecken, Jungchen. Einen Schönheitspreis gewinne ich nicht mehr, das weiß ich wohl. Die Franzmänner haben mir das halbe Gesicht weggepustet, hab einen Teil einer hübschen kleinen Granate abbekommen und die linke Seite ist weg. Mitsamt dem Auge. Einfach so. Jetzt kann ich auf die Straße gehen und die Kinder erschrecken.«

Die Stimme mühte sich lustig zu klingen, aber Johannes hörte den Unterton, hörte die unendliche Bitterkeit. Er zwang sich, dem Anblick dieses Gesichts standzuhalten. Der arme Mann! Tiefes Mitleid erfüllte ihn. Er wollte ihm so gerne etwas sagen, brachte aber nur ein heiseres Krächzen hervor, das man mit einiger Phantasie als ein »Es tut mir sehr Leid« interpretieren konnte. Der Mann mit dem halben Gesicht schien das misszuverstehen. »Keine Sorge, Jungchen. An dir ist noch alles dran! Wirst schon wieder. Sei froh, dass für dich der verdammte Krieg gelaufen ist, denn lange geht's nicht mehr, das kannst du mir glauben.« Die letzten Worte wurden zischend dicht an Johannes Ohr gesprochen, der Mann namens Paule hatte sich heruntergebeugt und sah sich vorsichtig um.

»Man darf es bloß nicht laut sagen, aber jeder weiß es. Scheiß was auf die Frühjahrsoffensive, scheiß was auf ›Michael‹. Eine halbe Million Männer sind verreckt, hüben wie drüben, und was hat's gebracht? Gar nichts. Und die Amis kommen! Ich sag dir eines, Jungchen, unsere Leute können nicht mehr und sie wollen auch nicht mehr!«

Johannes öffnete wieder den Mund, er wollte fragen, so

viel fragen. Wie lange lag er denn schon hier? Die große Offensive war also schon vorbei, was war mit den Kameraden? Plötzlich sah er nur noch tiefrote Kreisel, die sich drehten, immer schneller drehten und dann fiel er wieder zurück in die bodenlose Dunkelheit.

Als er wieder aufwachte, fiel ihm das Licht gleißend hell in die Augen. Die Geräusche und Gerüche waren wieder da, aber diesmal klarer und intensiver. Er versuchte sich zu erinnern und sofort fiel ihm Paule wieder ein, Paule mit dem halben Gesicht. Ganz vorsichtig richtete er sich auf und es gelang ihm tatsächlich, auf die Unterarme gestützt, den Oberkörper anzuheben. Einen Moment lang glaubte er, noch immer in einem Alptraum gefangen zu sein, aber nein, es war alles wahr, was sich ihm hier darbot, war nur eine logische und konsequente Fortsetzung der Hölle, durch die er schon gegangen war.

Eine lange Reihe mit Betten zog sich an den Wänden entlang, Betten, die getränkt waren mit Blut, Pisse und Kot. Darauf lagen stöhnende, röchelnde Männer, Männer, die sich im Todeskampf wanden. Einige lagen auch ganz ruhig da, schauten mit weit aufgerissenen Augen empor zur Decke, nur die Hände zuckten unablässig über den grauen Wolldecken. In den Mittelgängen hatte man Tragen abgestellt, auch die waren blutig und durchnässt.

Wahrscheinlich reichten die Betten nicht aus oder die Männer, die darauf lagen, waren gerade erst hergebracht worden. Dazwischen huschten Schwestern mit gestärkten weißen Hauben hin und her. Sie arbeiteten flink und sicher, aber an ihren nach vorne gebeugten Schultern und den grauen Gesichtern konnte man eine stumpfe Müdigkeit erkennen, die nicht nur von der Mühe der Arbeit kündete. Johannes hörte heiseres Flüstern und auch helle Schreie, entsetztes Gurgeln und drängendes Rufen; nach der Schwester oder nach der Mutter, es fielen Namen von Frauen, den Geliebten oder man schrie einfach nur um Hilfe.

Johannes ließ sich wieder zurückfallen und wühlte sich tief in seine nach Karbol stinkende Decke. Er wollte nichts mehr sehen und nichts mehr hören. Plötzlich spürte er wieder einen Druck auf seiner Hand und die schon vertraute Stimme sagte: »Auf, mein Jungchen. Ich hab dir was Feines mitgebracht. Musst doch wieder auf die Beine kommen.« Paule half ihm, sich wieder aufzurichten, und führte dann eine Blechtasse an Johannes' Mund, eine zerbeulte und zerkratzte Tasse, aber sie barg etwas unendlich Kostbares: Es war Milch, richtige süße, rahmige Milch, und Johannes fürchtete für einen Moment, er könne gar nicht trinken, so sehr übermannte ihn die Gier, dass er den Mund voll Wasser hatte. Er sabberte, als er den Mund öffnete, dann aber trank er schmatzend und die kostbare Milch lief sogar an den Mundwinkeln herunter, weil er zu viel auf einmal wollte.

»Langsam, langsam, Jungchen«, sagte Paule, »pass auf, hab noch etwas anderes für dich.« Darauf zog er einen Kanten Brot aus der Tasche, es war wirklich Brot, hart und ausgetrocknet zwar, aber es war richtiges Brot! Johannes riss es ihm aus der Hand und biss hinein. Mühsam kaute er, speichelte die trockene Masse ein, trank mit Paules Hilfe etwas Milch dazu und spürte den wunderbar süßlichen Geschmack auf der Zunge. Er biss, kaute, würgte, Krümel fielen hinunter, er schmatzte und schlang. Ein bisschen schämte er sich seiner Gier, aber letztlich war es egal, denn er spürte mit jedem mühsam hinuntergeschluckten Bissen, wie neue Kraft in die Fasern seines Körpers flutete.

Plötzlich musste er an die Ahne denken, fast schuldbewusst, weil er sich jetzt erst an sie erinnerte. Aber er musste insgeheim lächeln dabei, weil er nun genauso mühselig wie sie das Essen zerkaute und Krumen spuckte. Bestimmt machte sie sich schon große Sorgen, und Friedrich und die anderen auch. Er hatte so lange keinen Brief mehr geschrieben. Aber wie lange? Wie lange lag er hier? Er hatte keine Erinnerungen mehr, kein Gefühl für die Zeit. Auf seine entsprechende Frage antwortete Paule: »Schon drei Wochen liegste hier. Anfang April haben sie dich gebracht und jetzt haben wir bald Mai. Mai, der Wonnemonat Mai!« Er lachte meckernd. Es war ein böses Lachen. »Mich hat's gleich im Januar erwischt, in so einem Kaff bei Bethancourt. Komische Namen haben die Franzmänner.« Er sprach den Ortsnamen wie »Bettenkurt« aus, aber Johannes wusste, was gemeint war. Die Soldaten kannten diese Orte mit den unaussprechlichen Namen, man hörte von ihnen, flüsterte sie sich hinter vorgehaltener Hand zu, zusammen mit den Zahlen, den Zahlen der Toten.

»Und wie ist es bei dir passiert?«, fragte Johannes leise. Vielleicht konnte Paule nicht darüber reden, vielleicht war seine Frage taktlos. Aber Paule schien nichts dabei zu finden.

»Da gibt's nicht viel zu erzählen. Tagelang hatte es geregnet. Bis zum Arsch standen wir im Wasser. Meine Beine habe ich gar nicht mehr gespürt. Und gerade als es hieß: ›Attacke, raus aus den Gräben!‹, ging's los. MG-Salven und dann Handgranaten. Ich hab rein gar nichts mehr gesehen – Dreck, Steine, Bäume, alles flog durch die Luft, und dann die Leute …« Er stockte für einen Moment und fuhr dann fort, seine Stimme klang rauer, als sei ihm etwas in die Kehle geraten. »Arme, Beine, Köpfe, neben mir fielen die Kameraden, in Stücke gerissen, trotzdem bin ich weiter, immer weiter und plötzlich …«, Paule konnte für einen Moment nicht weiterreden, »und plötzlich zischt etwas an mir vorbei, Schwein gehabt, denk ich noch, da seh ich plötzlich neben mir einen Kameraden umfallen, der Kopf war ab. Scheiße, denk ich noch, Scheiße, und im gleichen Moment spür ich was im Gesicht, höllisch weh hat es getan. Ich kapier erst gar nichts, kann auf dem linken Auge nichts mehr sehen. Scheiße, denk ich noch mal und fall auf die Knie, so höllisch weh hat es getan. Mit der Hand greif ich nach oben, was tut denn da so weh, denk ich, was ist denn da? Ja, und da war nichts, gar nichts. Das linke Auge einfach weg! Und neben mir liegt der Kopf von Max Kowalski, so hat er geheißen. War ein guter Kumpel, ein Bergmann aus dem Ruhrpott. Drei kleine Kinder und das ganze Leben nur Maloche, und jetzt verreckt, in Stücke gerissen. Das muss ich seiner Frau schreiben, die arme Frau, habe ich noch gedacht. Komisch, was man in einem solchen Moment denkt, und dann bin ich gekrochen, stell dir vor, ich konnte noch kriechen mit meinem halben Gesicht. Zurück bin ich gekrochen über die Kadaver, über die Köpfe, die Hände, die Beine, über Rücken bin ich gekrochen, über die Haut der Toten, die aufplatzte, mitten durch die Ratten, die schon anfingen an den Leichen zu nagen. Bloß nicht von dem Viehzeug angefressen werden, hab ich noch gedacht und bin weitergekrochen über die Berge von Toten.«

22

Friedrich kniff die Augen zusammen, die Sonne stand hoch und brannte herunter, grell und gleißend brannte sie herunter auf das Sägewerk, das jetzt ganz still und wie ausgestorben dalag. Höllisch aufpassen musste man wegen der Brandgefahr und Friedrich drehte sich zum Anzünden der Zigarette sogar weg, obwohl das eigentlich Quatsch war. Er warf das Streichholz in die »Wanne«, wie die Arbeiter den direkt vor der Sägemühle liegenden kleinen Stausee nannten, der mit einem Wehr von der Enz abgetrennt wurde.

Friedrich hatte zu rauchen angefangen, seit ihm Louis Dederer immer wieder ein paar Schachteln zusteckte. Er brachte sie mit von seinen Besuchen in Baden-Baden, Freiburg oder anderswo, wo er mit den Holzhändlern verhandelte. Die Armee brauchte immer noch viel Holz, auch im vierten Jahr des Krieges, obwohl der nicht mehr zu gewinnen war, wie der alte Dederer meinte, aller Siegespropaganda zum Trotz.

»Siege, immer wieder Siege, aber den Krieg gewinnen wir nicht«, sagte er mürrisch, »und die Amis kommen, jeden Monat weit über zweihunderttausend Mann, alle gut im Saft, und unsere verrecken in den Gräben und jetzt auch noch durch die verfluchte Grippe!«

Aber nicht nur an der Front, auch im Heimatland starben die Leute wie die Fliegen an dieser Grippe, schwach und unterernährt, wie sie waren.

Friedrich nahm einen tiefen Zug und betrachtete nachdenklich die Zigarette. Das war einer der Vorteile, die das Rauchen mit sich brachten. Man spürte den Hunger nicht mehr so stark. Außerdem verlieh ihm das Zigarettenrauchen etwas Weltmännisches, Vornehmes, dachte er. Es war viel besser als Übeles stinkende Pfeife.

Überhaupt – Übele! Seit dem Vorfall im Frühjahr belauerten sie sich, beobachteten misstrauisch jeden Schritt des anderen. »Bist wohl gefallen?«, hatte Übele am nächsten Morgen grinsend zu Friedrich gesagt.

»Aber nicht so, wie Sie wollten!«, hatte Friedrich zurückgeblafft und sich im selben Augenblick auch schon geärgert. Jetzt nur keinen Moment der Schwäche zeigen! Er würde ihn kriegen, diesen Übele, wie er breitbeinig dastand und höhnisch feixte. Am liebsten hätte er ihn damals geschlagen, dieses Grinsen aus dem Gesicht geprügelt, aber er hatte sich zusammengerissen. Noch war die Zeit nicht gekommen! Und so warteten sie, beobachteten sich, belauerten sich in ihrem ganz privaten Stellungskrieg.

Friedrich tat noch einen letzten tiefen Zug und warf die Zigarette in die Enz, die brackig und zäh an ihm vorbeifloss. Er starrte misstrauisch in das stinkende Wasser.

Kein Wunder, dass die Leute alle krank werden, dachte er. Nichts zu essen und dann die Hitze und das dreckige Wasser … Emma klagte auch schon seit ein paar Tagen über Glieder- und Kopfschmerzen. Deshalb verkniff er sich jetzt das Mittagsvesper, hatte es auch heute Morgen wieder über den Tisch hinübergeschoben zur Mutter: »Heb's für Emma auf.«

»Aber du musst doch essen«, hatte sie wie die Tage zuvor aufbegehrt. »Du musst essen, Fritz. Du arbeitest so hart, Junge. Wenn du krank wirst …«

»Lass nur«, hatte er ihr entgegnet und ihr sanft über den

Kopf gestrichen. Diesen Kopf mit dem immer noch akkurat gescheitelten Haar, das aber so dünn geworden war und in dem jetzt so viele graue Strähnen schimmerten. Wie hatte Vater dieses Haar bewundert und geliebt!

»Lass nur, mir passiert schon nichts. Mach dir keine Sorgen, Mutter!« Sie hatte ihn forschend angesehen und sich dann abgewandt. Was sie wohl gedacht hatte? Vielleicht dass es die Wut und der Hass waren, die ihn so stark und unverwundbar machten. Er wusste, dass dies Mutters Kummer war. Sie hatte schon mehrmals mit ihm darüber zu sprechen versucht, aber er hatte sie jedes Mal zurückgewiesen, hatte so getan, als verstehe er sie nicht. Er wusste, was er wollte, wusste es genau! In der Tasche seiner Arbeitshose aus grobem blauem Drillichstoff raschelten leise einige sorgsam zusammengefaltete Zettel. Sie waren ein weiterer Schritt auf dem Weg nach oben, ein kleiner nur, aber doch auch wichtiger Schritt. Mit ihnen würde er Übele erledigen, ein für alle Mal! Er musste es nur geschickt anstellen.

Friedrich riss sich los von dem Anblick des brackigen Wassers, das träge über die groben Kiesel floss. Drüben, auf dem Stapelplatz, lagen die Arbeiter im Schatten. Noch war Mittagspause, aber die meisten hatten ihr karges Essen schon verzehrt und dösten jetzt stumm vor sich hin. Kaputt und ausgelaugt waren sie, wie die meisten Menschen im vierten Jahr des Krieges, der auch auf Grunbach seine Schatten geworfen hatte. Dunkle Schattenfinger, Krallen des Todes und des Schreckens hatten sich in alle Winkel gegraben, hatten in so viele Häuser des Dorfes gegriffen, wo man einen Toten beklagte oder wo die Verwundeten, die Blinden, die Amputierten hockten, dumpf und hoffnungslos, für immer gezeichnet. Und auch die äußerlich Unversehrten hockten dort. Diejenigen, denen das Grauen die Seele zerstört hatte, die nicht mehr sprechen konnten und wie die Tentakel des großen Schattens durch die Straßen huschten. Und jetzt starben noch die Frauen und Kinder an der Grippe, ausgezehrt vom vielen Hunger! Bis zuletzt hatte sich Friedrich an die Hoffnung geklammert, der Krieg sei zu gewinnen, hatte auf die große Frühjahrsoffensive gesetzt, aber Johannes' Briefe und mehr noch Dederers düstere Berichte hatten ihn eines Besseren belehrt. Er konnte sich nicht vorstellen, was das bedeuten könnte, den Krieg zu verlieren! Zu verlieren gab es doch nichts mehr, nicht einmal für die, die vorher etwas besessen hatten. Und einer wie der Dederer oder der Zinser oder gar der Tournier, die hatten bislang im Krieg gewonnen, warum sollten sie jetzt plötzlich etwas verlieren? Von seinen Besuchen in Karlsruhe oder Straßburg brachte Dederer immer große Pakete heim – guten Schinken, französischen Käse, manchmal Fleisch, Früchte, Schokolade, lauter Dinge, an die sich Friedrich fast nicht mehr erinnern konnte und deren Namen er manchmal aussprach, um im vertrauten Klang die Erinnerungen zu beschwören, wie sie geschmeckt und gerochen hatten.

Lisbeth hatte ein paarmal versucht, ihm etwas zuzustecken, ein Stück Weißbrot, Butter, eine geräucherte Wurst, aber er hatte jedes Mal entschieden abgelehnt. Vor seinem geistigen Auge war eine Schürze voll mit Kartoffeln aufgetaucht, die Kartoffeln der Frau Mössinger, das erste Almosen, das ihm damals angetragen wurde. Nie wieder, hatte er sich damals geschworen, nie wieder sollte man ihn wie einen Bettler behandeln und er hatte sich daran gehalten! Alles andere war redlich erworben durch den Verkauf der Beeren, der Kräuter. Aber das konnte er Lisbeth nicht sagen, vielleicht hatte sie ihn sogar verstanden, denn nach ein paar Versuchen hatte sie aufgegeben. Nur die Zigaretten von Louis Dederer nahm er, das war etwas anderes, eine Sache unter Männern, ein Geschenk des Chefs an einen guten und verantwortungsvollen Mitarbeiter.

Dederer wusste, was er an ihm hatte. Und jetzt musste er nur den richtigen Moment abwarten. Dederer durfte nicht so betrunken sein, durfte auch nicht in dieser gereizten, aggressiven Stimmung sein, in der er sich oft zwischen zwei Räuschen befand. Und Übele musste weit genug weg sein, ganz ungestört mussten sie in diesem Moment sein.

Bald war die Mittagspause vorbei. Er ging über die Außentreppe hinauf und betrat das Innere des Sägewerks, wo am Rande der Halle bei den Förderbändern, in denen das Holz vom Wasserbecken hinaufbefördert wurde, die große Gattersäge stand. Er streifte sich den armlangen Lederhandschuh über und überprüfte die Keile. Die Sägeblätter mussten die richtige Spannung haben, sonst konnte der Stamm nicht sicher und genau geführt werden. Zwar waren noch einige Minuten hin bis zum Ende der Mittagspause, aber er hatte sich angewöhnt, als Erster auf dem Platz zu sein. Sie würden gleich alle kommen, sich müde und unwirsch nach oben schleppen, sie würden sich leise murrend den Rest Schlaf aus den Augen wischen, den Schlaf des Hungers und der Entbehrung, und schweigend ihre Plätze einnehmen. Der große Stamm würde nach seinen Anweisungen eingespannt, ganz präzise, und dann würde er dem hellen Ton der Säge lauschen, der ihm verriet, dass die Spannung genau richtig war, und die Sägeblätter würden sich durch den mächtigen Stamm fressen in konstantem und genauem Abstand.

Nein, die anderen Kollegen mochten ihn nicht, hatten eine Abneigung entwickelt gegen den Jungspund, der sich schon wie der Chef selber benahm. Aber sie respektierten ihn, manchmal hatte er sogar den Eindruck, dass sie ihn fürchteten …

Als Letzter würde Übele kommen, in dessen schwarzen Schnurrbartspitzen noch die Reste des Mittagessens hingen, breitbeinig würde er dastehen und tückische Blicke in Friedrichs Richtung werfen. Und dann würde er in dem winzigen Raum mit dem kleinen Fenster in der Tür verschwinden, durch das er alles beobachten konnte. Dieser Raum diente ihm als eine Art Büro, wo er die Bücher aufbewahrte, er war stets mit einem großen Vorhängeschloss verschlossen, wenn Übele unterwegs war. Aber das wird dir nichts mehr nützen, dachte Friedrich. Du bist schon so gut wie erledigt, du weißt es nur noch nicht!

Als er abends die knarrende Eingangstür zur Stadtmühle aufmachte, kam ihm Emma, dicht gefolgt von Gretl, entgegengerannt.

»Fritz, Fritz, hör nur, Johannes kommt bald, er hat geschrieben!«, riefen sie gleichzeitig durcheinander.

Friedrich merkte plötzlich, wie seine Knie weich wurden. Ungeduldig schoben sie Friedrich in die Küche.

»Langsam, langsam, ich verstehe gar nichts! Also, der Reihe nach.« Aber er hatte genau verstanden, das Wichtigste hatte er genau verstanden: Johannes lebte! Johannes kam nach Hause!

Die beiden kleinen Mädchen plapperten weiter aufgeregt durcheinander. Frau Weckerlin schob ihm stumm einen Brief über den Tisch zu, der eng mit einer fremden Handschrift bedeckt war. Friedrich begrüßte mit einem Kopfnicken die Ahne, die auf der anderen Seite des Tisches saß und eine undefinierbare graue Brühe schlürfte. Sie konnte fast gar nichts Festes mehr essen. Er nahm den Brief, hielt ihn für einen Moment ganz fest, so zitterten ihm die Hände. Wie sehr hatten sie auf ein Lebenszeichen von Johannes gewartet! Er hatte doch fast immer jede Woche geschrieben.

»Bestimmt wird die Post nicht regelmäßig transportiert – es wird gerade gekämpft … er kommt einfach nicht zum Schreiben.«

Mechanisch hatte er diese Sätze wiederholt, immer wieder die gleichen Sätze, an die sich die Ahne geklammert hatte und die Mädchen und alle anderen. Nichts anderes hatte er glauben wollen, denn dass Johannes nicht mehr aus dem Krieg heimkehren sollte, schien ihm so undenkbar, so unvorstellbar, als würde ihm jemand ein ungeheures Erdbeben oder eine neue Sintflut prophezeien. Es konnte nicht sein und es durfte nicht sein – aber wenn er in diesen Tagen abends von der Arbeit nach Hause kam, mit jedem Schritt die stärker werdende Beklemmung spürend, es liege womöglich eine ganz andere Nachricht auf dem Küchentisch, ahnte er, dass sich das Schicksal vielleicht nicht um Friedrich Weckerlins Pläne kümmerte! Fast war er versucht gewesen, mit diesem Schicksal – den Namen Gott vermied er seit Wilhelms Tod geflissentlich – wieder einen Handel abzuschließen, vielleicht auf die Rache an Übele zu verzichten, irgendetwas zu geloben, was Johannes' Rettung würdig erschien, aber es fiel ihm nichts ein.

Johannes, sein Johannes, stand außerhalb dieser Dinge, er hatte doch damit gar nichts zu tun! Und jetzt war er gekommen, dieser ersehnte, erhoffte, verzweifelt herbeigesehnte Brief. Eine fremde Handschrift war es allerdings, und so hatte der Brief zunächst einen kurzen, aber großen Schrecken bereitet, der sich dann in Erleichterung auflöste. Johannes lebte, das war das Wichtigste, ein Kamerad hatte für ihn in ungelenken Buchstaben geschrieben, die kaum zu entziffern waren, aber Johannes hatte den Brief diktiert und so war die größte Sorge genommen.

Er war an der Schulter verwundet, von großem Blutverlust schrieb er, knapp am Herzen vorbei seien die Schüsse gegangen. Als diese Sätze vorgelesen wurden, hatten sich alle für einige Sekunden schreckerfüllt angestarrt, und dann kam die bange Frage, die sich jetzt auch Friedrich stellte: Wie schwer er denn nun verletzt sei, und was war mit der Schulter, mit dem Arm? Würde alles wieder in Ordnung kommen, konnte er wieder arbeiten? Das, dachte Friedrich sarkastisch, ist für unsereins die entscheidende Frage, auch eine Frage von Leben und Tod.

Drei Wochen später schleppte sich Friedrich ausgemergelt und immer noch von Fieberkrämpfen geschüttelt zum Sägewerk. Diese verdammte Grippe hatte auch ihn erwischt, diese Grippe, die die Menschen reihenweise sterben ließ. Mit Emma hatte es angefangen. Zwei Tage nachdem der erlösende Brief von Johannes gekommen war, hatten sie Otto und Ernst vom Wald gebracht, nein, geschleift hatten sie sie, denn sie war fast besinnungslos gewesen. Obwohl Frau Weckerlin protestiert hatte, war sie mit der kleinen Gretl und den Mühlbeck-Buben in die Beeren gegangen. Es gab einen erbitterten Kampf um jede Beere in diesem Kriegssommer 1918. Man pflückte nicht mehr fürs Geld, was hätte man dafür auch kaufen können?, man konnte die Beeren tauschen! Es gab noch wenige Familien wie die Tourniers und die Zinsers, die von allem auch in diesen Zeiten reichlich hatten, und die großen und vornehmen Hotels in Wildbad waren ebenfalls Abnehmer. Wenn man Glück hatte, bekam man etwas Fett oder eine Tasse Mehl oder zwei, drei Eier, eine unerhörte Kostbarkeit. Und was nicht getauscht werden konnte, aß man eben selber, füllte sich, so gut es ging, die stets leeren Bäuche mit den süßen Beeren, um die man sich förmlich balgte und zankte. Friedrich wusste, warum Gretl und Emma gerade in diesen Tagen so begierig darauf waren, so viel wie möglich zu ernten.

»Wir sammeln«, hatte ihm Emma anvertraut, »wir sammeln für Johannes' Heimkehr. Die Mutter muss Spätzle machen, wenn er kommt, Spätzle aus richtigem, echtem Mehl. Stell dir vor, was das für ein Festessen gibt. Johannes wird staunen!«

Er war gerührt über diesen Eifer der beiden Mädchen, selbst die Mühlbeck-Buben arbeiteten nicht nur auf eigenen Profit, sondern gaben etwas für Johannes und das Festessen ab.

Friedrich hatte aber auch einen Anflug von Eifersucht gespürt! Ob sie bei seiner Heimkehr auch so eifrig an sein Wohlergehen denken würden? Johannes wurde geliebt, obwohl er gar nichts dafür tat! Johannes, der Bilder malte und vorlas und sie mitnahm in seine Welt, in der es keine Not und keinen Hunger gab und in der so vieles möglich war, an das man gar nicht mehr zu glauben wagte – Liebe und Glück und Hoffnung! Und er, Friedrich, stand fest in der richtigen Welt und kämpfte seine eigenen Kämpfe, die mühselig und schmutzig waren!

Er spürte in diesem Moment das leise raschelnde Papier in den Taschen seiner Arbeitshose, die um seinen dürr gewordenen Leib schlotterte. Das Geräusch beruhigte ihn, genau wie der Gedanke, dass er es eines Tages geschafft haben würde, und dann konnte er auch so sein wie Johannes, mehr noch, sie konnten einige ihrer Träume wahr werden lassen!

Wieder kehrten seine Gedanken zurück zu diesem bewussten Abend, als ihm Guste ganz aufgeregt entgegengestürzt war. Emma gehe es sehr schlecht, hatte sie ihm mit fliegendem Atem zugerufen, sie habe schon den ganzen Tag gefiebert, habe aber unbedingt zum Katzenbuckel hinaufgewollt. Er hatte nichts gesagt, ihr nur seine Jacke in die Hand gedrückt und kurz »Ich geh zum Doktor« gemurmelt und war dann losgerannt, diesen vertrauten Weg ins Unterdorf, wo das Haus des Doktors stand. Mit jedem Schritt war er mehr eingetaucht in die kalte Winternacht, in der der kleine Bruder mit dem Tod rang und der Doktor sich geweigert hatte zu kommen. Er hatte sich in der klirrenden Kälte stehen gesehen, verzweifelt um Hilfe bittend, und er hatte das bleiche Gesicht des Bruders wieder vor Augen, dessen starre Hände das Holzpferdchen umklammert hielten. Und jetzt Emma! Im Laufen schüttelte er zornig den Kopf. Der Schweiß lief ihm in kleinen Rinnsalen von der Stirn, sammelte sich in den Augenhöhlen und machte ihn fast blind.

Nicht Emma! Er würde das Schicksal bezwingen, dieses Schicksal und diesen Gott, der ihnen schon so viel genommen hatte – es würde keinen Handel mehr geben, aber er würde alles tun, was in seiner Macht stand, um Emma zu retten!

Die Frau Doktor hatte ihm dann kurz und bündig beschieden, der Herr Doktor sei auf Visite.

»Viele Leute sind jetzt krank«, hatte sie schnippisch hinzugesetzt, als wollte sie damit deutlich machen, der Herr Doktor sei nicht ausschließlich für die Weckerlins da. Ihr Mann hatte ihr sicher von seinem Auftritt an Wilhelms Sterbebett erzählt, denn sie ließ deutlich durchblicken, dass sie diesen jungen, hoch gewachsenen Kerl da für reichlich unverschämt hielt. Friedrich hatte sich selbst ermahnt, ruhig und höflich zu bleiben, und hatte ihr dann sogar die Namen der Patienten entlockt, die ihr Mann heute noch aufsuchen wollte. Vielleicht war sie auch nicht ganz gefeit gewesen gegen diesen bittenden Blick aus den dunkelbraunen, großen Augen. Ein attraktiver Bursche, dieser Weckerlin, anmaßend und arrogant, aber doch irgendwie charmant und sehr gut aussehend.

Friedrich war davongerannt, die interessierter werdenden Blicke der Frau Doktor im Rücken. Alte, dumme Scharteke!, hatte er gedacht und dabei grimmig gelächelt. Und er hatte Glück gehabt, gleich beim zweiten Patienten hatte er den Doktor angetroffen. In diesem vierten Kriegsjahr hatte der Doktor viel von seiner Arroganz verloren. Er wirkte müde und ausgebrannt, als Friedrich ihn an der Haustür abfing. Aber er ging wortlos und ohne zu zögern mit. War es eine tief sitzende Furcht vor diesem langen Kerl mit den muskulösen Armen oder war es Mitleid, denn der junge Mann schien völlig aufgewühlt – der Doktor wusste es wohl selber nicht.

Die Diagnose war jedenfalls klar und er sagte sie auch direkt in die bangen Gesichter hinein, als er sich von Emmas Bett aufrichtete: »Es ist die Grippe, kein Zweifel. Wir können nicht viel tun. Hoffen wir auf die gesunde Natur des Mädchens. Sie ist allerdings etwas unterernährt, wie viele Kinder jetzt. Sie müsste leichte, aber gute Kost bekommen …« Wie oft hatte er diesen Satz in den letzten Wochen wohl sagen müssen! Dabei musste er in seinen Ohren wie Hohn klingen. Leichte, aber gute Kost … Wo sollten die Grunbacher die herbekommen? Und vor allem die Leute hier in der Stadtmühle? Er hatte noch angeordnet, dass Emma isoliert von den anderen sein müsse, dass die Pflege nur von einer Person durchgeführt werden dürfe, dabei war sein zweifelnder Blick über die dünne Gestalt von Frau Weckerlin hinweggegangen. Ach ja, wenn der Bruder sich auch an der Pflege beteiligen würde? Allerdings sei die Ansteckungsgefahr sehr hoch! Friedrich hatte nichts gesagt, ihn nur angeschaut. Dann hatte er sich noch einmal auf den Weg gemacht. Es war noch hell gewesen, schwüle Luft hing dumpf über dem Dorf.

Das war ein merkwürdiger Sommer, ein Sommer, in dem alles erstarrt zu sein schien. Kein Baum, kein Blatt bewegte sich, selbst das Wasser der Enz schien zu stehen, braun und brackig ähnelte es eher einem tückischen Sumpf, und auch die wenigen Menschen, die sich müde durch die hitzeflirrenden Straßen schoben, wirkten seltsam automatenhaft, als treibe sie kein eigener Wille mehr an. Es lag etwas Kraftloses, unendlich Müdes über diesem Sommer – man wartete. Worauf?, dachte Friedrich immer wieder. Auf die Katastrophe, den Tod oder das Ende dieses Krieges, das Ende des Sterbens? Bis dahin galt es zu überleben, irgendwie!

Er hatte energisch an die Tür zum Dederer'schen Haus geklopft. Wie erwartet öffnete Lisbeth. Im Hintergrund hörte man Stimmen, grölendes Lachen und Gläserklirren. Der Alte hatte also wieder einmal Besuch, Geschäftsbesuch. Der Krieg war verloren, aber bis zum letzten Tag würde man liefern, was nötig war, Gewehre, Munition, Tuche für die Uniformen und Stollenbretter für die Schützengräben. Man wollte verdienen – bis zum letzten Tag, bis zum letzten Mann.

Lisbeth starrte ihn an, die hervorquellenden hellblauen Augen hielten ihn mit diesem seltsam unbeweglichen Blick fest. Friedrich wartete darauf, dass sie den Anfang machte, irgendetwas sagte, ihr Erstaunen über seinen abendlichen Besuch kundtat. Aber Lisbeth sagte nichts, starrte nur und schwieg.

Also musste er beginnen. Er presste zögernd die Worte hervor, vermied Lisbeths Blick. Wie mühsam ihm auf einmal das Sprechen fiel. Aber dann sah er Emmas fieberheißes Gesichtchen vor sich, darüber schob sich das erstarrte Gesicht von Wilhelm, und dann ging es. Emma sei schwer erkrankt, die Grippe, und sie sei zu dünn und sie, Lisbeth, wisse doch sicher, dass der Körper jetzt Kraft brauchte, gutes Essen und … An dieser Stelle stockte Friedrich kurz und fuhr dann fort: »Dein Vater bietet mir immer wieder etwas an, und du hast ja auch schon gesagt, dass … Kurz und gut, wenn wir die nächste Zeit etwas Butter bekommen könnten und Eier und vielleicht auch Milch und helles Brot … Ihr könnt es mir vom Lohn abziehen, alles. Ich gebe alles zurück, aber Mutter und ich, wir wären euch sehr dankbar …«

Da war es heraus, dieses verhasste Wort »dankbar«. Wie er dieses Wort hasste! Dankbar! Leute wie sie mussten immer dankbar sein, seit damals, als man sie in die Stadtmühle geschickt hatte!

Lisbeth starrte ihn immer noch mit ihren Glubschaugen an, sie öffnete den Mund, als ob sie etwas sagen wolle, drehte sich dann aber auf dem Absatz um und verschwand im dunklen Flur. Immer noch hörte man das Lachen, die Stimmen und das Klappern von Geschirr. Und dann war Lisbeth wiedergekommen, hatte einen großen Korb fest an sich gedrückt. »Hier«, sagte sie leise. »Es reicht auch für dich und deine Mutter. Ihr müsst essen, sonst werdet ihr ebenfalls krank.« Eine zarte Röte zog sich vom Ansatz ihres Halses das ganze Gesicht hinauf. »Ihr könnt mehr haben. Hol dir einfach, was ihr braucht.« Und sie hatte ihm den Korb entgegengestreckt und dabei ängstlich seinen Blick gemieden. Almosen, hatte Friedrich gedacht, Almosen, aber im selben Augenblick schalt er sich ungerecht. Und trotzdem, er hätte in diesem Moment Lisbeth ins Gesicht schlagen können, mit aller Kraft – statt Dankbarkeit war da nur übermächtiger

Hass! Du bist verrückt, dachte er erschrocken über sich selbst, komplett verrückt! Und er bemühte sich, sie freundlich anzulächeln. Sie erwiderte dieses Lächeln nicht, worüber er froh war, sie starrte ihn nur noch einmal kurz mit diesem Blick an, den er einfach nicht deuten konnte.

Sie macht mir fast Angst mit diesem Ausdruck in den Augen, hatte er gedacht. Es lag so viel Erwartung darin, eine fast hungrige Erwartung und eine Sehnsucht, die er als bedrohlich empfand. Er war kein Kind mehr, er wusste, was dieser Blick bedeutete! Elisabeth Dederer, Tochter eines der reichsten Männer im Dorf, in der ganzen Gegend, Glotzbeth, hatte sich in ihn verliebt!

Schwer wog der Korb, als er ihn aufnahm, und noch schwerer wog er in seiner Hand, als er endlich die Stadtmühle erreicht hatte.

Wenige Tage später war auch er krank geworden! Hatte es abends nach der Arbeit, die er kaum noch verrichten konnte, gerade noch nach Hause geschafft und war dann, gefällt wie ein Baum, auf das Bett gesunken. Mutter war ganz außer sich gewesen. Im Dämmer hörte er, wie sie zu Lene sagte: »Ich bete Tag und Nacht, dass dieser fürchterliche Krieg zu Ende geht und mein Junge nicht auch noch einberufen wird! Soll er mir jetzt am Fieber sterben?«

Wieso sterben?, hatte er verwundert gedacht, bevor er in eine endlose Dunkelheit gesunken war. Mehrere Tage hatte er dann im Fieberdelirium gelegen, von wilden Träumen gepeinigt, durch die vor allem der Vater und Wilhelm geisterten. Dann aber hatte er sich erstaunlich rasch erholt. Dazu hatten auch die Körbe beigetragen, die vom Dederer-Haus regelmäßig vorbeigeschickt wurden. Die Mutter hatte es ihm erzählt, als er zum ersten Mal wieder aufstehen konnte und erstaunt auf das weiße, flockige Brot und das gekochte Ei starrte, die da auf dem Tisch lagen.

»Frau Kiefer hat die Sachen gebracht. Sie ist fast jeden zweiten Tag gekommen«, berichtete die Mutter ausdruckslos und hatte dann noch nach einem kurzen, unmerklichen Zögern hinzugefügt: »Schwer genug wird es ihr gefallen sein!«

Friedrich hatte den bitteren Unterton bemerkt und genickt. Das verstand er gut, auch in der Frau Handwerksmeister Weckerlin schwelten noch Erbitterung und Scham. Die Haushälterin der Dederers habe nur kurz den Korb abgestellt und sei dann fluchtartig wieder verschwunden, sie habe sich schon im Hinausrennen jedes Mal erkundigt, wie es denn ging, und sei dann gleich wieder weggelaufen.

»Im Dorf zerreißt man sich schon das Maul darüber, dass die Dederers so großzügig zu uns sind«, hatte die Mutter noch beiläufig erzählt. »Gut, die Ahne hat viele Jahre im Haushalt geholfen, vor allem nach dem Tod von Frau Dederer, und die Kiefer beim Großputz oder Waschen unterstützt. Ihr sollten wir auch etwas abgeben, hat das Fräulein Dederer ausrichten lassen, aber das Essen war doch ausdrücklich für uns bestimmt!«

Friedrich hatte einige Sekunden gebraucht, bis er merkte, dass in dem kurzen Bericht der Mutter eine unausgesprochene Frage gelegen hatte. Aber er zuckte nur kurz mit den Schultern und biss dann aufatmend in das weiche, duftende Brot. Was für ein Genuss war das gewesen! Eines Tages wollte er nur solches Brot essen, duftendes, weiches Weißbrot!

»Ich kann's mir nicht so recht erklären«, hatte die Mutter weitergebohrt. »Hat der alte Dederer so einen Narren an dir gefressen? Bist so jung schon Gatterführer geworden und jetzt das …« Dabei wies sie mit einer ausladenden Handbewegung auf den Tisch. Friedrich hatte geflissentlich ihren

Blick gemieden und sich bemüht, nicht so schnell zu kauen und zu schlucken. »Ich bin eben ein guter Arbeiter«, hatte er schließlich gesagt, »bin zuverlässig und akkurat. Das mag der Dederer!«

»Trotzdem, Fritz …« Die Mutter hatte ungeduldig den Kopf geschüttelt. »Es ist und bleibt trotzdem … nun ja, außergewöhnlich!« Und nach einer kurzen Pause hatte sie noch hinzugefügt: »Die Mühlbecks kriegen immer Stielaugen. Ich gebe Guste jedes Mal ein bisschen ab und Lene und Gretl sowieso. Ich nehme an, das ist dir recht. Die kleine Gretl hat sogar ein bisschen Farbe im Gesicht gekriegt und ist bis jetzt auch um die Grippe herumgekommen. Und unserer Emma hat das Essen weiß Gott das Leben gerettet. Ich muss dem Fräulein Dederer schreiben. Ich muss mich unbedingt bedanken.«

»Nichts da! Das habe ich schon getan und werd's noch einmal tun! Außerdem hab ich gesagt, dass sie's mir vom Lohn abziehen sollen.« Friedrich war richtig aufbrausend geworden. »Ich werde meine Familie schon selbst ernähren können, ohne Almosen vom Fräulein Dederer!«

»Friedrich, jetzt bist du ungerecht! Wo hätten wir die Sachen herkriegen sollen? So etwas gibt es doch gar nicht mehr zu kaufen und auf die Karten bekommt man so etwas schon gar nicht.« Die Mutter hatte dann begonnen, die Krumen vom Tisch zu wischen. Dabei hatte sie es immer noch vermieden, Friedrich anzusehen.

»Du kannst dir doch denken, was die Leute sagen. Und die Mühlbecks machen auch schon Andeutungen, richtig hässliche Andeutungen. Ich hab's mir verbeten, aber Friedrich, trotzdem …«

»Himmelherrgott!« Friedrich hatte wütend auf den Tisch geschlagen. »Diese Andeutungen kann ich mir schon denken! Verfluchtes, heruntergekommenes Pack! Denen werd ich was erzählen. Da ist nichts. Es ist, wie ich gesagt habe, und jetzt lass mich in Ruhe!«

Er war selber erschrocken über seinen Ausbruch und hatte reuevoll auf die dünne Gestalt im grauen Baumwollkleid gestarrt. Wie gehe ich denn mit Mutter um?, hatte er gedacht. Ich muss froh sein, dass sie nicht krank geworden ist. Sie würde es nicht überleben, so dürr, wie sie ist. Hoffentlich isst sie auch genug von den Sachen. Ich muss besser auf sie aufpassen.

Beschämt war er hinüber zum Spülstein gegangen und hatte einen Kuss auf den dünnen, exakt gezogenen Scheitel gehaucht. »Verzeih, Mama. Ich bin noch nicht ganz auf dem Damm. Das Gerede geht mir einfach auf die Nerven. Keine Sorge, ich mache keine Dummheiten.«

Sie hatte ihn am Arm gepackt und ihm fest in die Augen geschaut. »Das glaube ich dir. Aber ich möchte, dass du zu allem stehen kannst, was du tust. In dir ist so viel vom Weckerlin-Hochmut, von diesem verfluchten Stolz, das macht mir Angst. Verbiege dich nicht, Fritz! Denke daran, dass wir alle Gottes Willen unterliegen.«

Gottes Wille!, hatte er höhnisch gedacht, dabei aber die Mutter zur Beruhigung fest an sich gedrückt. »Lass, Mutter, das verstehst du nicht. Du, und auch Johannes, ihr seid aus einem anderen Holz geschnitzt. Ich muss das tun, was ich für richtig halte!«

Und so ging er an diesem Sommermorgen zum ersten Mal wieder zum Sägewerk, zwar noch nicht ganz gesund, aber gestärkt und belebt von dem Essen, das ihm Lisbeth Dederer geschickt hatte. In der Hosentasche raschelten immer noch die Zettel und schon oben an der Enzbrücke hörte er den kreischenden Ton der Gattersäge. Viel zu tief, dachte er missbilligend, viel zu tief. Das Sägeblatt ist nicht richtig gespannt. Krummschnitt gibt das, der ganze Stamm wird versaut. Höchste Zeit, dass ich zurückkomme! Ach, zurückkommen – ein anderes Zurückkommen war ungleich wichtiger. Übermorgen würde Johannes wieder zu Hause sein. In der Stadtmühle, auf dem alten, wurmstichigen, wackligen Küchentisch, lag der Brief, schon ganz abgegriffen und fleckig, weil die Stadtmühlenleute ihn immer wieder in die Hand nahmen und lasen, als könnten sie die Nachricht nicht fassen, als sei dieser Brief ein gutes Omen in dieser bösen Zeit, die nun doch einmal zu Ende gehen musste.

Genesungsurlaub habe er bekommen, stand da und die Ahne hatte zuerst entsetzt die Hände zusammengeschlagen und aufgeschrien. Ob er denn um Himmels willen wieder fortmüsse, zurück in diesen verfluchten Krieg. Aber Friedrich hatte abgewinkt. »In ein paar Wochen gibt es keinen Krieg mehr.« Dabei war ihm selbst nicht wohl gewesen, am Ende brachte es dieses Lumpengesindel in Berlin noch fertig, den Krieg in die Länge zu ziehen, denn die, die sich an ihm mästeten, waren einflussreiche Leute. Aber Johannes gehe sowieso auf keinen Fall mehr zurück, mit dem kaputtgeschossenen Arm. Johannes war gerettet, auch Emma war gerettet und die Mutter war gesund geblieben, bald hatten sie es geschafft!

Friedrich war es so vorgekommen, als habe ihn das Schicksal höchstpersönlich ausgezeichnet, ihm einen Wink gegeben, dass all seine Pläne gut waren und dass er auf dem richtigen Wege sei! An diesem Morgen hatte er sich vorgenommen, endlich zum Dederer zu gehen. Er musste sich bedanken, und wenn er ihn in guter Stimmung vorfand, nicht zu nüchtern und nicht zu betrunken, würde er ihm die Zettel zeigen.

Der kreischende Gesang der Gattersäge fuhr ihm durch Mark und Bein und er beschleunigte seine Schritte. »Viel zu tief«, flüsterte er, »viel zu tief.« Und dann fügte er hinzu, beschwörend und sich selber Mut machend: »Nachher rede ich mit dem Dederer. Es geht voran!«

23

Johannes breitete vorsichtig seine Habseligkeiten auf dem schmalen Feldbett aus. Viel war es wahrlich nicht, was er einpacken konnte. Von seinen eigenen Sachen war nur das schmale, abgegriffene Büchlein übrig geblieben, das er in der Tasche seiner blutdurchtränkten Uniformjacke wiedergefunden hatte. Aber das war das Wichtigste: Das Taugenichts-Büchlein war ihm geblieben. Die anderen Sachen waren verloren gegangen, man hatte schließlich Wichtigeres zu tun, als nach dem Tornister des Gefreiten Johannes Helmbrecht vom achten Königlich Württembergischen Infanterieregiment zu suchen. Viel war auch das nicht gewesen. Das Einzige, was ihn wirklich schmerzte, war der Verlust seiner Zeichnungen, Bilder von der Ahne, den Mädchen und Friedrich, die er mitgenommen hatte.

Anfangs hatte er gemeint, auch im Feld zeichnen zu müssen, so, als sei es seine Pflicht als Chronist zu wirken und festzuhalten, was sich seinen Augen bot, aber er konnte es nicht. Er konnte dieses Grauen nicht malen, es war ihm nicht möglich. Obwohl diese Szenarien des Todes zur gewohnten alltäglichen Routine wurden, gab es Windungen seines Gehirns, die sich weigerten, das, was er sehen musste, auch wirklich aufzunehmen. Dabei war es die Wahrheit, und man musste sie festhalten, weil es einem die Leute nicht glauben würden, weil man es sicher vergessen wollte. Aber das durfte nicht sein, schon um der vielen Toten willen, die ihn in seinen nächtlichen Träumen aus leeren Augenhöhlen anstarrten; und trotzdem – wie eine unsichtbare Wand stand da etwas zwischen ihm und den Bildern und es half ihm zu überleben!

Friedrich hatte Recht gehabt, das Wahre ist nicht immer das Schöne, das Wahre ist das Hässliche, das Wahre ist der Tod, der allgegenwärtige, wahr sind die blutigen Arm- und Beinstümpfe, über die man achtlos hinwegtrampelt, wahr ist der graue Brei, der aus den zerschossenen Schädeln quillt.

Wahr sind die Ratten, die ungeheuren Mengen von Ratten, die über dich kriechen, und die Schwärme grüner Fliegen, die dich einhüllen, dass du glaubst, du musst ersticken. Wahr ist der Gestank der Verwesung, der über allem liegt.

Wie sollte er das zeichnen? Manchmal glaubte er, dass er gar nicht mehr fähig war zu malen, weil er nicht glauben konnte, dass es noch Schönheit und Glück gab.

Schönheit, Glück, immer wieder sagte er sich diese Worte vor, ließ sie auf der Zunge zergehen, als spüre er ihnen nach wie einem guten Essen, an dessen Geschmack man sich unbedingt noch einmal erinnern wollte.

Schönheit, Glück – was war das? Der Katzenbuckel im sommerlichen Licht, der würzige Geruch des Waldes und das helle Lachen der Kinder unten am Bach auf der Auwiese. Immer wieder beschwor er diese Bilder herauf, aber es gelang ihm nicht, sie festzuhalten. Die anderen Bilder schoben sich darüber, waren mächtiger und er fürchtete in solchen Momenten wirklich, dass er nie mehr malen könnte, nie mehr.

Von diesen Gedanken teilte er niemandem etwas mit, auch nicht Paul Pacholke, der ihm in diesen Tagen zu einem guten Kameraden geworden war. Der Verband bedeckte jetzt nur noch den linken oberen Teil seines Gesichts, man konnte jetzt ungefähr erahnen, was das einmal für ein Gesicht gewesen war. Ein gutes Gesicht, hatte Johannes spontan gedacht, als er das erste Mal Paules unverletzte Gesichtspartie gesehen hatte. Das war ein gutes Gesicht, breit, mit einer flachen Stirn, in das ein paar weizengelbe Haarsträhnen fielen, und das eine Auge, hellgrün, hatte ihm verschmitzt zugeblinzelt.

»Da, guck mal, was ich für ein fescher Kerl war«, hatte Paule grinsend gesagt. »Hab einen schweren Schlag bei den Mädels gehabt. Jetzt muss ich reich werden, denn wegen meiner Schönheit nehmen sie mir nicht mehr«, und dabei hatte unter dem Lachen wieder die Verzweiflung durchgeklungen, eine Verzweiflung, die nur zu berechtigt war angesichts dieses Lebens, das ihm nun bevorstand. Aus einem kleinen Nest in Ostpreußen war er gekommen, hatte er Johannes erzählt, und nach Berlin gegangen, als der Erste aus einer langen Reihe von Pacholkes, die als Landarbeiter auf einem der großen Gutshöfe gearbeitet und gelebt hatten.

»Immerzu Schweine füttern, auf dem Feld malochen bis zum Umfallen und abends Kartoffeln mit ein bisschen Stippe, das war mir auf Dauer zu langweilig! Da in der Stadt, hab ich mir gedacht, da gibt's ein Vorwärtskommen …« Und schlecht sei es nicht gewesen, wenngleich das Vorwärtskommen nur in einer kärglich möblierten Bude bestanden hatte, die er sich mit zwei anderen teilen musste. Und aus der Arbeit als ungelernter Arbeiter, was auf eine andere Art auch wieder malochen bis zum Umfallen bedeutete. Aber immerhin war er bei Siemens gelandet, darauf war er stolz, der Paul Pacholke, und immerhin gab es Mädels in der Stadt. »Nicht solche wie bei uns im Dorf, mit Zopf und Kattunschürze, nee, richtig fesche Mädels, so mit Hütchen auf dem Kopf, und gut gerochen haben sie und man konnte seinen Spaß haben.« Flott habe er gelebt, hatte er Johannes erzählt und der glaubte ihm das gerne, denn er hatte sicher mit seinen lockeren Sprüchen und seiner gewinnenden, freundlichen Art bei der einen oder anderen einen »Schlag gehabt«.

Aber dann war noch etwas anderes in Paules Leben getreten, etwas, das ihm neben den Mädels und dem gelegentlichen Bier und der Erbsensuppe bei »Aschinger« eine weitere Vorstellung von einem möglichen guten Leben vermittelt hatte. Es war sogar noch viel mehr, Paule hatte plötzlich eine Perspektive, Paule hatte einen Traum, davon hatte er Johannes mit einer geradezu kindlichen Begeisterung erzählt. Der hatte ihn gleich verstanden, hatte sich sofort an die erste Lektüre des »Taugenichts« erinnert, an seinen Traum vom richtigen Leben. Als er aber Paule davon erzählen wollte, hatte der nur verächtlich abgewinkt.

»Was willste denn mit dem Dichterkram! Du musst das realistisch sehen, Mensch. Politisch musste det sehen! Eines sag ich dir, Jungchen, wenn die Scheiße hier vorbei ist, besuchst du mich in Berlin. Dann gehen wir in eine Versammlung. Wenn Rosa spricht, also ich sag dir, Jungchen, da gehen dir die Ohren auf! Dann kapierst du erst, um was es wirklich geht.«

Von dieser Rosa Luxemburg sprach Paul Pacholke immerzu, er sprach von ihr mit einem Respekt und einer Bewunderung, die Johannes seltsam anrührte. Was sollte man von einer Frau halten, die in rauchigen, biergeschwängerten Sälen, voll mit Männern, öffentlich auftrat und sprach? Wollte man Paule glauben, war sie blitzgescheit und mutiger als die gesamte Oberste Heeresleitung.

»Dabei geht sie mir gerade bis hierher«, und Paule deutete stets auf einen imaginären Punkt unterhalb seines Brustkorbs, was Johannes reichlich übertrieben vorkam. »So 'ne Kleene ist das. Manchmal steht sie auf der Bühne noch extra auf einem Stuhl, damit man sie überhaupt sieht. Aber wenn sie dann loslegt, Jungchen, ik sage dir!« Was Rosa mitzuteilen hatte, legte ihm Paule immer wieder dar. »Bei ihr klingt's ein bisschen komplizierter, aber was in meinen kleinen Kopp reingeht, das verstehst du auch.«

Besitz und Kapital waren laut Rosa Luxemburg die Ursache allen Übels. Ein anderer hatte das schon lange vor ihr so dargelegt und aufgeschrieben, ein gewisser Karl Marx sei das gewesen, hatte Johannes erfahren.

»Ist doch klar, Jungchen«, hatte Paule gemeint, »wer was hat, will noch mehr, immer mehr. Holen tut man's bei den Kleinen, die müssen malochen, schuften müssen die, bis zum Umfallen. Haste dir schon mal überlegt, warum die feinen Pinkel alles haben, von allem sogar viel zu viel haben und unsereiner kriegt nicht mal seinen Bauch voll? Rosa sagt, das sei so im Kapitalismus, das sei ein ungeschriebenes Gesetz, und sie sagt auch, dass wir deshalb den Krieg führen! ›Die Völker Europas zerfleischen sich gegenseitig, ganze Länder werden verschachert‹, hat sie geschrieben, ich hab's gelesen und noch etwas anderes, das ist mir nie mehr aus dem Kopp gegangen, dass die Arbeiter ›aus einem Teig gebacken sind‹, egal wo sie herkommen. Und wenn ich dann im Schützengraben gehockt und mir den Arsch abgefroren habe oder mich im Sommer die Mücken halb tot gestochen haben, musste ich immer daran denken, dass der auf der anderen Seite, irgendeiner, der auch friert und Schiss hat, doch eigentlich mein Kumpel ist. Was sollen wir uns totschießen? Wofür denn? Der will doch auch nichts anderes als ich, arbeiten gehen, gelegentlich sein Bierchen zischen, nach den Mädels gucken und irgendwann mal heiraten, Kinder haben, denen es dann besser gehen soll. Aus einem Teig, hat Rosa gesagt, und dass es nicht unser Krieg ist. Daran hab ich immer gedacht, als ich sie alle um mich herum verrecken gesehen habe! An Weihnachten sind immer wieder welche rübergekommen von den Franzmännern. War ja Waffenruhe, wir haben Zigaretten getauscht und Bilder gezeigt und Schnaps gesoffen und am Schluss haben wir alle geheult, bis die Offiziere gekommen sind, diese schneidigen Bubis mit den schnieken Uniformen, und uns auseinander gejagt haben. Die sind nicht aus unserem Teig gemacht, Jungchen, hocken im warmen Zimmer und fressen ihre Sonderrationen und ziehen die Köpfe ein, wenn's knallt …« Und so ging es weiter und Johannes hörte zu, hörte schweigend zu, denn vom Politischen verstand er nichts, aber er saugte die Worte auf, dachte viel über sie nach, drehte und wendete sie sozusagen, wenn er nachts schlaflos zwischen den wimmernden, keuchenden, weinenden, sterbenden Männern lag.

»Aus einem Teig gemacht«, das gefiel ihm. War nicht der allgegenwärtige Tod der größte Gleichmacher? Vielleicht hatte Paule wirklich Recht. Er musste unbedingt mit Friedrich darüber reden.

Daran dachte er jetzt auch, als er auf dem schmalen Feldbett saß, den Tornister mit dem bisschen Gepäck zwischen den Beinen, und Paule ihm gegenüberhockte und redete und redete, weil er wohl den dicken Klumpen runterkriegen musste, der ihm in der Kehle steckte. »Wirst mir fehlen, Jungchen!«

Er ereiferte sich wie so oft am Ende seiner langen Tiraden über die Sozis, die er gewählt hatte und die die Sache der Arbeiterklasse verraten hatten, weil sie nämlich Geld für diesen Krieg bewilligt hätten. Johannes hörte nur noch mit halbem Ohr zu. Das alles kannte er schon; Paules bittere Ausfälle gegen die »sumpfige Froschgesellschaft«, wie er sie nannte.

Johannes dachte vielmehr daran, dass er das anderen Leuten erzählen musste, das, was Paule ihm erklärt hatte, und das, was er im Krieg erlebt hatte. Seit vielen Tagen stellte er sich vor, dass einer seiner ersten Wege ihn zum Herrn Oberlehrer Caspar führen würde. Es war natürlich ein Gebot der Höflichkeit, des Anstandes, nachdem Caspar so viel für ihn getan hatte. Immer wieder hatte er sich an die scheue, verlegene Handbewegung erinnert, mit der ihm Caspar das Geld in die Hand gedrückt hatte, das dringend notwendige Geld für die Fahrt nach Pforzheim, ausgehändigt bei den regelmäßigen Besuchen in der Caspar'schen Wohnung, wo er dann steif auf dem Kanapee gesessen und Auskunft über seine Lehre gegeben hatte. Er musste Caspar dankbar sein, keine Frage, denn es war etwas ganz Außergewöhnliches, dass der Johannes Helmbrecht aus der Stadtmühle eines Tages Goldschmied sein würde. Die Leute in Grunbach schüttelten immer wieder den Kopf, wenn die Rede darauf kam. Wie er es denn anstelle, hatte man ihn oft gefragt, vom Beerensammeln allein konnte er wohl kaum leben und die Ahne verdiente nichts mehr, die war zu alt, zu gebrechlich, die musste er doch jetzt sogar miternähren. Er lächelte dann immer, gab nichtssagende, ausweichende Antworten und dachte dabei an den Herrn Oberlehrer Caspar, dem er das alles verdankte, und dachte daran, auch in diesem Moment, dass er ihm bis zum Ende seines Lebens dankbar sein musste. Und deshalb war es dringend geboten, ihn zu besuchen, um ihm zu zeigen, dass er das Geld nicht umsonst ausgegeben hatte, er lebte noch und konnte die Lehre fertig machen, aber viel wichtiger war noch etwas anderes: Er musste Caspar alles erzählen, was er erlebt hatte, damit er seinen großen Irrtum einsah! Man starb keinen Heldentod im Krieg, man verreckte elendiglich und der Krieg zeugte auch keine Helden und Mut und Opferbereitschaft, das »Beste im Menschen«, wie Caspar immer gesagt hatte. Der Krieg zeugte nur das Böse, die Angst und den Tod, den vielfachen Tod, der einen aus zerborstenen Schädeln anstarrte. Diese Schädel, die Caspar immer vermessen hatte, welche Bedeutung hatte denn ihr Umfang, wenn sie aufgedunsen, der Verwesung preisgegeben, sich langsam auflösten? Nein, es war alles ein großer Irrtum, dieser Glaube an den Heldentod und die überlegene Rasse – das alles musste er Caspar unbedingt erzählen!

Und vielleicht auch von Paules Rosa und ihren Gedanken, dass die Gier nach Besitz alles zerstörte und dass viele Dinge allen Menschen gehören mussten. So wie er es immer wieder beim Betrachten der Bilder in Caspars großen Büchern geradezu verzückt gedacht und auch ausgesprochen hatte, vielleicht kindlich naiv, aber doch ganz überzeugt und Paule hatte es letztendlich bestätigt: Das Schöne musste allen gehören, Bilder beispielsweise mussten von allen gesehen werden können und in diesen Museen sollte man nichts bezahlen müssen!

Er hatte aber noch einen anderen Grund, um als Erstes Herrn Caspar aufzusuchen: Seine Taugenichts-Bilder wollte er wiedersehen! Wenn er die Bilder wiedersah und auch den Katzenbuckel, wie er in der Sonne dalag und den Wald in allen Schattierungen des Grüns und die sanfte Auwiese mit dem bläulichen Wiesenschaumkraut und den zartgelben Tupfen des Hahnenfußes, dann konnte er bestimmt wieder malen. Dann fand er seine Farben wieder und auch seine Bilder!

Davon erzählte er allerdings Paule nichts, der vom »Kunstkram« sowieso nicht viel hielt. Dass Johannes malen konnte, hatte ihn nur kurzfristig erschüttert. Wahrscheinlich stellte er sich darunter lediglich ein stümperhaftes Gekritzel vor, wie er es selber zu Wege brachte, denn er hatte keine Kostproben von Johannes' Arbeiten gesehen. Aber dass er einen neuen Kampfgenossen gewonnen hatte, einen Freund im Geiste und in der Wirklichkeit, davon war Paule tief durchdrungen. »Musst mich unbedingt in Berlin besuchen«, redete er unablässig auf Johannes ein.

Dann kam die Stunde des Abschieds, Johannes hatte fertig gepackt und den Entlassungsschein in der Tasche. Sie standen in der großen Eingangstür, die zu einer Halle mit stuckverzierter Decke und einem wundervoll glänzenden Fußboden mit schwarz-weißem Schachbrettmuster führte. Es war einst ein adliges Herrenhaus gewesen, das man in Frankreich requiriert hatte. Und wo früher die seidenen Schleppen der Marquisen hinübergerauscht waren, standen jetzt die blutdurchtränkten Tragen der deutschen Soldaten. Auch Paule passte ganz und gar nicht vor diesen hochherrschaftlichen Hintergrund, Paule in seinem blauen, fleckigen Hemd und mit seinem zerstörten Gesicht. »Bald werden sie mich auch nach Hause schicken, muss noch ein bisschen zurechtgestutzt werden, damit ich die kleinen Kinder nicht gar so arg erschrecke. Und in Berlin soll ich dann richtig operiert werden, hat der Doktor gemeint. Na ja, viel zum Schnibbeln gibt's nicht mehr«, hatte er zu Johannes am gestrigen Abend gesagt, als sie ein Schnäpschen zum Abschied getrunken hatten und auf einer der weiß lackierten Gartenbänke saßen, die einladend im verwilderten herrschaftlichen Park herumstanden. Paule hatte den Schnaps »organisiert«, wahrscheinlich war es Alkohol zum Desinfizieren, den er mit Wasser verdünnt hatte, und er schmeckte abscheulich, aber er machte einen warmen Bauch und ließ die Seele ein bisschen flattern.

Für uns ist schon Frieden, hatte Johannes gedacht, Paule hat zwar einen hohen Preis bezahlt – aber wir leben!

Und dann hatte Paule plötzlich den Arm um ihn gelegt. Es war keine unangenehme Geste gewesen, Johannes hatte sie nicht als Zeichen einer plötzlich aufwallenden Zärtlichkeit empfunden, die später ein Gefühl der Peinlichkeit hinterlassen würde. Nein, es war eine Geste der Freundschaft, des Vertrauens. Paule hatte dicht an Johannes' rechtem Ohr geflüstert: »Ich will jedenfalls dabei sein, wenn es losgeht.«

»Losgeht? Was meinst du?« Johannes hatte ihn entgeistert angestarrt.

»Na, was wohl? Da red ich mir den Mund fusslig und du hast nichts kapiert! Bist ein richtiger Mondscheingucker! Ich hab dir doch erzählt, was Rosa gesagt hat. Dass es eine Revolution geben wird, geben muss. Die Arbeiter werden sich erheben, hat sie gesagt, und ihre Ketten abschütteln! Klingt gut, was? Und jetzt ist es soweit, Jungchen, jetzt muss es sein. Soll denn das alles umsonst gewesen sein?« Paule deutete mit einer weit ausholenden Handbewegung in eine imaginäre Ferne, dorthin, wo die Schützengräben lagen, wo immer noch gestorben wurde. »Vier Jahre geht jetzt schon die ganze Scheiße, die Männer verrecken und zu Hause verhungern ihre Frauen und Kinder, und ein paar wenige werden immer fetter und fetter, verdienen sich dumm und dämlich an diesem Krieg. Nee, nee, Jungchen, diese Brut muss weg, die Arbeiter müssen sich erheben, wie Rosa sagt, und es muss alles anders werden, dann hat das Ganze wenigstens einen Sinn gehabt! Der Wolters, dem sie den Arm weggeschossen haben, der Kleine, Glatzköpfige, der ist auch Genosse und der hat mir erzählt, dass in Berlin seit Januar die Arbeiter in den Rüstungsfabriken streiken, stell dir das mal vor, die gehen auf die Straße und die Frauen mit. Es hat schon angefangen! Jetzt müssen sich die Genossen nur noch bewaffnen und bald fängt es an. Und ich will dabei sein,

Jungchen, und du musst auch mitmachen! Verstehst du, es muss alles anders werden.«

Ganz benommen hatte Johannes ihm zugehört. »Du meinst, dass es zu Hause einen Kampf geben wird, einen …«, fast hätte er das Wort nicht aussprechen können, »… einen neuen Krieg?«

»Revolution, Jungchen, Revolution! Und das ist kein Spaziergang.«

Paule hatte sich dann förmlich in einen Rausch der Begeisterung geredet und seine Vision eines künftigen Deutschlands entworfen, in dem es weder Arm und Reich noch Oben und Unten gab. Ein friedliches Deutschland sollte es sein, eines, in dem alle volle Bäuche hatten. Und der Besitz sollte gerecht aufgeteilt werden …

Johannes hatte versucht sich vorzustellen, wie der Herr Direktor Tournier oder der Herr Sägewerksbesitzer Zinser oder auch der Herr Armbruster ihren Arbeitern jeweils einen Teil ihres Unternehmens überließen, und hatte daraufhin zweifelnd eingeworfen, das ginge doch eigentlich gar nicht und die Unternehmer und Fabrikanten würden sich sicher dagegen wehren.

Paule hatte ihn ganz entgeistert angestarrt und lakonisch erwidert: »Na klar doch, deshalb brauchen wir auch die Gewehre!«

Johannes hatte nicht den Mut, weiter kritische Einwände gegen Paules Vorstellungen anzubringen, aber als er in der letzten Nacht im Lazarett sich schlaflos auf dem durchgelegenen Feldbett gewälzt hatte, war ihm immer wieder durch den Kopf gegangen, dass das Kämpfen und Töten nicht aufhören würde, falls Paule Recht behalten sollte. Und bei aller Sympathie für dessen Träume bedrückte ihn der Gedanke, dass diese Träume mit Blut und Tod wahr gemacht werden sollten. Dann sind wir doch auch nicht besser als die Reichen, als die Kapitalisten, die den Krieg angezettelt haben, hatte er zweifelnd gedacht und sein Herz war ihm schwer geworden bei dieser Vorstellung.

Aber das konnte er Paule nicht sagen, nicht in diesem Moment des Abschieds. Paule versuchte zwar mannhaft seine Gefühle zu verbergen, aber über die heil gebliebene Hälfte seines Gesichts liefen Tränen und seine Stimme zitterte, als er Johannes Lebewohl sagte. »Ich schreibe dir, sobald ich wieder zu Hause in Berlin bin, und dann besuchste mich und ich zeig dir alles. Und wenn es dann losgeht, Jungchen, dann biste dabei.«

Bei den letzten Worten hatte er Johannes mit dem übrig gebliebenen Auge verschmitzt zugezwinkert. Dann drehte er sich abrupt um und ging ins Haus. Johannes sah ihm lange nach, so lange, bis der Fahrer, der ihn mit einigen anderen Kameraden zum Bahnhof bringen sollte, ungeduldig herüberschrie.

Er, Johannes, hatte einen neuen Freund gewonnen! Mehr noch, er hatte durch ihn einen neuen Blick auf die Welt getan. Vorsichtig fühlte er in der Jackentasche nach dem Taugenichts und umfasste fest das dünne, abgegriffene Büchlein. In dieser Geschichte gab es auch Arme und Reiche, Grafen und Diener, und auf den ersten Blick schien das dem Taugenichts wenig auszumachen, denn er hatte ja seine Geige und seine Kunst. Aber andererseits hätte er seine geliebte Aurelie nicht bekommen, wenn sie wirklich eine Gräfin gewesen wäre. Deshalb war er auch ins ferne Italien geflohen.

Vielleicht hat Paule doch Recht, dachte Johannes, vielleicht kommt zuerst das Politische, bevor wir richtig und gut leben können. Und trotzdem, konnte man mit dem Bösen das

Gute erzwingen? Er musste unbedingt mit Friedrich darüber reden.

Überhaupt, Friedrich! In ein paar Tagen würde er wieder zu Hause sein. Ihm wurde plötzlich ganz leicht ums Herz, zum ersten Mal seit vielen Monaten empfand er wieder so etwas wie Freude. Sein Blick ging noch einmal hinüber zum Lazarett, dann weiter zum silbrig hellen Horizont, wo immer noch getötet und gestorben wurde. Er umfasste ein weiteres Mal das Büchlein, schob es sorgsam in die Tasche zurück und knöpfte seine Jacke zu, dann ging er entschlossen hinüber und trat seine Reise an, seine Reise zurück ins Leben.

24

Machen wir's kurz, Weckerlin.« Louis Dederer hob den Kopf und fixierte Friedrich mit einem scharfen Blick, in dem etwas lag, was er nicht deuten konnte. Trotzdem war er nicht beunruhigt. Was er vorgebracht hatte, war klar und eindeutig. Glasklar war es und die Zahlen, die in seiner ordentlichen Handschrift auf den Zetteln dort auf dem Schreibtisch vor Louis Dederer lagen, waren es auch.

»Machen wir es also kurz und bringen es auf den Punkt. Du behauptest, mein Vorarbeiter Franz Übele betrügt mich – betrügt mich systematisch und seit längerer Zeit!«

Friedrich nickte. »Wie lange, kann ich nicht sagen. Aber sicher schon so lange, wie ich im Sägewerk arbeite.«

»Und das ist dir einfach so aufgefallen? Hast ja scharfe Augen.« Louis Dederers Stimme klang sarkastisch und Friedrich hütete sich, ihm direkt darauf zu antworten. Schließlich konnte er ihm schlecht auf die Nase binden, dass er Übele beobachtet hatte, ihn belauert und ihm nachspioniert hatte, besonders seit dem Sturz auf der Treppe zum Sägemehlraum. Aber wahrscheinlich konnte es sich der Dederer sowieso denken.

»Ich hab nachgemessen«, erklärte er stattdessen noch einmal, »und am Gatter ist mir immer wieder aufgefallen, dass wir schlechtes Holz bekommen. Drehwuchs, astig, Faulflecken.«

»Schädlingsbefall und Fäule sind äußerlich nicht immer

zu erkennen!«, kam es scharf von der anderen Seite des Schreibtisches.

»Sicher nicht. Aber alles andere sehe ich. Auch Fällungsschäden kann ich erkennen und Schwämme und unsachgemäße Lagerung sowieso. Wie ich Ihnen schon gesagt habe, Herr Dederer, wir haben einfach zu viel Verlust. Ich bekomme am Gatter Holz, angeblich Güteklasse A, und es ist Mist, Dreck, sage ich. Buchen mit Chinesenbärten, stark astige Lärchen – da kann ich sägen, wie ich will, das wird nichts. Ich hab nachgemessen, am Polderplatz und dann am Stapelplatz: viel zu viel Ausschuss. Sie sehen doch die Zahlen.«

»Woher weißt du, dass dieses Holz als Güteklasse A eingekauft und auch so bezahlt wurde?«

Friedrich schwieg. Das war noch so ein heikler Punkt. Lisbeth hatte ihn in die Bücher schauen lassen. Er hatte ihr nicht erklärt, warum er das wollte. Sie hatte ihn nur angesehen aus den hervorquellenden blauen Augen, dann hatte sie ihm wortlos die Bücher hinübergeschoben. Er hatte sich dann nach Feierabend hingesetzt und die Zahlen abgeschrieben, feinsäuberlich auf diese Zettel, die er später triumphierend nach Hause getragen hatte. Das leise Knistern hatte ihm immer wieder in den Ohren geklungen, als flüstere es ihm zu, dass es ihn weiterbringen werde. Es war die vollkommene Rache!

Louis Dederer fragte nicht weiter. Er ließ seine Rechte schwer auf die Papierbögen fallen, sodass kleine Staubkörner wie feiner Nebel in der hellen Julisonne aufstiegen. »Es könnte doch auch sein, dass der Übele selber reingelegt wurde. Er ist schon so viele Jahre bei mir, ich kann mir nicht vorstellen, dass er mich übers Ohr haut.«

Vor Friedrichs Augen tauchten Bilder auf, wie Übele mit

den Holzhändlern in seinem kleinen Kabuff verschwand, schulterklopfend und feixend, wie dort die Schnapsflasche kreiste und wie man später wieder herauskam, augenzwinkernd und händeschüttelnd. Sicher, nicht alle Holzhändler machten mit, aber es waren einige. Laut sagte er: »Das glauben sie doch selber nicht. Einer wie der Übele, der schon so lange im Geschäft ist – und viele der älteren Arbeiter wissen auch Bescheid, die trauen sich bloß nicht, etwas zu sagen!«

Louis Dederer griff zu einer Rotweinflasche, die halb geleert auf dem Schreibtisch stand. Er nahm einen tiefen Zug direkt aus der Flasche. Normalerweise hätte er mir etwas angeboten, dachte Friedrich und spürte das erste Mal eine leichte Beklommenheit. Was war, wenn seine Rechnung nicht aufging? Wenn der alte, versoffene Kerl da vor ihm Übele doch mehr vertraute als ihm, dem Stadtmühlenbewohner?

Als könnte Louis Dederer seine Gedanken lesen, sagte er plötzlich unvermittelt in die Stille hinein: »Was macht dich eigentlich so sicher, dass ich dir glaube? Ich könnte dich jetzt auf der Stelle hinausschmeißen. Beschuldigst einfach meinen Vorarbeiter! Marschierst hier einfach herein und beschuldigst altgediente, treue Leute! Was, du verfluchter Kerl, was macht dich so sicher?«

Weil ich weiß, dass du weißt, dass ich Recht habe, dachte Friedrich, weil du ahnst oder dir sogar sicher bist, dass du in deinem Suff vieles nicht mehr so richtig mitbekommst. Dass der Übele dich bescheißt, dass andere dich bescheißen, ganz das Hirn weggesoffen hast du dir doch noch nicht – und da ist ja auch Lisbeth! Er hielt dem Blick stand, diesem überraschend klaren Blick aus den rot unterlaufenen Augen. »Ich habe Recht und das wissen Sie! Ich würde nie ohne Grund so etwas behaupten. Sie kennen mich.«

Dederer nahm einen weiteren Schluck aus der Weinflasche, die jetzt fast leer war. Dann wischte er die Papiere verächtlich beiseite, als wollte er so demonstrieren, dass er sie gar nicht brauchte, dass er immer noch Herr im eigenen Hause war. »Ich spreche nachher mit dem Übele. Und du geh zurück an deine Arbeit! Aber eines sage ich dir, gnade dir Gott, wenn der Übele alles widerlegen kann!«

Statt einer Antwort schenkte ihm Friedrich ein Lächeln, von dem er hoffte, dass es nicht zu überheblich ausfiel. Er ging zur Tür und spürte dabei den Blick von Louis Dederer in seinem Rücken brennen. Als er die Klinke herunterdrückte, überlegte er kurz. Das war gut gelaufen, es war der richtige Augenblick gewesen! Der Alte war heute gut gelaunt gewesen, hatte noch nicht zu viel getrunken. Heute Abend würde Johannes zurückkommen und deshalb hatte er heute Morgen beschlossen, das als gutes Omen zu nehmen. Heute war der richtige Tag gewesen! Er hatte Recht gehabt. Es war gut gelaufen, das hatte er im Gefühl – also konnte er noch eins draufsetzen, konnte zeigen, dass mit ihm zu rechnen war.

»Was ist denn noch?«, kam es ungeduldig vom Schreibtisch her.

»Herr Dederer«, Friedrich drehte sich um und ging ein paar Schritte ins Büro zurück, »was ich Sie schon lange fragen wollte – Sie haben doch eigene Wälder hier?«

»Uns gehört der halbe Eiberg!« Louis Dederer lehnte sich in seinem Drehstuhl zurück und grinste selbstgefällig. »Aber was soll diese Frage?«

»Warum schlagen Sie nicht viel mehr in Ihren eigenen Wäldern ein? Sie haben gutes Holz!«

»Erstklassiges Holz, guter, gesunder Mischwald – aber wir schlagen doch ein!«

»Viel zu wenig.« Friedrich trat jetzt schnell wieder vor den

Schreibtisch. »Sehen Sie, wir haben momentan so viel Arbeit wie schon lange nicht. Der Krieg bringt das mit sich. Aber auch wenn wieder Frieden ist – wir könnten Holzschwellen für den Gleisbau anbieten. Sie haben so viel gutes Buchenholz in ihren Wäldern. Die Eisenbahn fährt auch in Friedenszeiten. Und es wird wieder gebaut!«

»Weißt du eigentlich, wie lange es dauert, so einen guten Mischwald zu bekommen, mit Eichen, Lärchen und gesunden, hoch gewachsenen Buchen? Die Wälder sind vom Vater meines Großvaters auf mich gekommen und ich mache es so, wie es immer Brauch war bei den Dederers: Es wird eingeschlagen, aber vorsichtig und nicht zu viel. Ich holz doch nicht im Unverstand unsere Wälder ab! Und überhaupt …«

»Das ist zu eng gedacht, Herr Dederer«, fiel ihm Friedrich aufgeregt ins Wort, »viel zu eng, entschuldigen Sie. Wir könnten …«

»Wir könnten, wir könnten. Wer ist denn dieser ›wir‹?!« Louis Dederers Stimme überschlug sich fast. »Gehört dir das Sägewerk schon? Langsam, Freundchen, langsam. Noch habe ich hier das Sagen!«

»Entschuldigung, Herr Dederer.« Friedrich zwang sich, ganz ruhig zu bleiben. Jetzt nur keine Fehler machen. Er durfte den Alten nicht gegen sich aufbringen, musste ihn im Gegenteil von seiner Loyalität und seinen Fähigkeiten überzeugen. »Was ich sagen wollte, ist, dass Sie (er betonte das ›Sie‹ nur ganz leicht) beispielsweise in verschiedenen Gemarkungen Fichten anpflanzen könnten. Fichten wachsen schnell und geben ideales Grubenholz. Bergbau wird es immer geben, auch nach dem Krieg, und die Nachfrage wird steigen, da bin ich mir ganz sicher! Das heißt, wir … Sie können nach dem Anpflanzen rasch wieder einschlagen.«

Friedrich verstummte. Louis Dederer sah ihn so merkwürdig an. Er griff in die rechte untere Schreibtischschublade, holte eine Flasche Schnaps heraus und zog mit den Zähnen den Korken aus dem Flaschenhals, dann nahm er einen tiefen Schluck und starrte, die Flasche immer noch in der rechten Hand haltend, auf die Tischplatte.

»Hast dir alles schon fein ausgedacht.« Um seine Lippen zuckte ein geisterhaftes Lächeln, dann sah er Friedrich an. Der erschrak! Was machte denn der Alte plötzlich für ein Gesicht? Ein ganz seltsames Gesicht war das, eines, aus dem plötzlich alle Anspannung, alles Lebendige gewichen war. Es war nur noch eine Maske, eine fahle, gelbliche, runzlige Maske.

»Sie mag dich«, flüsterte Louis Dederer, »Himmelherrgott, sie mag dich und ich würde viel drum geben, wenn's nicht so wäre! Bist ein kluger Kopf und tüchtig und dem Sägewerk wird's gut tun, aber in dir ist etwas drin, etwas ...« Er nahm noch einmal einen tiefen Zug aus der Flasche, dann starrte er wieder mit diesem unergründlichen Blick auf Friedrich, der ihn mit angehaltenem Atem ansah.

Louis Dederer setzte den Satz fort, bedächtig und ohne den Blick von Friedrich zu nehmen: »... etwas, das mir Angst macht! Bist ein richtiger Teufelskerl, im wahrsten Sinn des Wortes.« Er wandte den Blick ab, schaute hinaus zum Fenster, durch das man die dunkelgrünen Wipfel der Wälder am Eiberg sehen konnte. »Aber noch ist Zeit«, flüsterte er mehr zu sich selbst als zu seinem Gegenüber. »Noch bin ich da, noch ist Zeit. Noch ist Zeit!« Er verstummte.

Die Worte hingen im Raum wie der ferne Klang eines Echos. Langes Schweigen folgte. Es schien, als lauschten beide dem Gesagten nach, jeder auf seine Weise.

Schließlich hielt Friedrich es nicht mehr aus. »Ich verstehe

Sie nicht, Herr Dederer.« Im selben Moment wurde ihm bewusst, wie falsch und hohl das klang. Louis Dederers Gesichtszüge glätteten sich, Leben und Spannung kehrten zurück und er sagte im üblichen befehlsgewohnten Ton: »Du verstehst mich sehr gut! Und jetzt geh und schick mir den Übele herüber. Und falls du junger Hüpfer darauf spekuliert hast, jetzt Vorarbeiter zu werden, muss ich dich enttäuschen. Dafür bist du noch zu grün. Musst noch viel lernen! Und jetzt raus!«

Leise schloss Friedrich die Tür hinter sich. Im Hinausgehen sah er, wie der Alte noch einmal einen tiefen Zug aus der Schnapsflasche nahm. Er trat hinaus in das gleißende Sonnenlicht. Auf dem gepflasterten Hof zwischen Büro und Sägewerk lag die brütende Hitze wie ein Tuch, das einen einhüllte und den Atem nahm. Vor ihm ragte das Sägewerk empor, ein mächtiger, schwarz-brauner Holzbau, errichtet auf einem festungsartig wirkenden Sockel aus rötlichem Buntsandstein.

Aus der weit geöffneten Tür zum Sägemehlraum kam gerade ein alter Mann geschlurft, der einen Leiterwagen hinter sich herzog. Friedrich erkannte ihn, das war Geißen-Willis Vater, der wohl Sägemehl für den Stall geholt hatte. Sein Sohn, Friedrichs und Johannes' ehemaliger Schulkamerad, hatte nicht in den Krieg ziehen müssen, weil er zu blöd war, wie die Leute sagten. Aber er war freundlich und gutwillig und stark und fleißig und hielt sich und seine Familie mit Gelegenheitsarbeiten über Wasser. Er hatte auch schon ein paarmal im Sägewerk ausgeholfen, wenn ein größerer Auftrag anstand, dabei unermüdlich mit den langen Eisenhaken die Stämme nach oben zur großen Gattersäge gezogen und sich dabei in fast hündischer Ergebenheit Friedrichs Anordnungen unterworfen.

Es hatte Friedrich Spaß gemacht, den baumlangen Kerl, der ein Jahr älter war als er, herumzukommandieren. Mutter wäre entsetzt, dachte er in diesem Moment. Mutter wäre entsetzt, wenn sie wüsste, wie sehr ich solche Leute verachte! Und sie wäre entsetzt, wenn sie von dem Gespräch mit dem alten Dederer wüsste und was ich gemacht habe! Und Johannes? Der würde das gar nicht verstehen.

Ach, Johannes! Es war wirklich ein gutes Omen, dass Johannes heimkam, gerade am heutigen Tag. Die Dinge liefen so, wie er es sich vorgestellt hatte. Dass der Alte ihm geglaubt hatte, daran bestand kein Zweifel, er hatte ja schon von einem neuen Vorarbeiter gesprochen und es war nur noch eine Frage der Zeit, bis er das wurde.

Zeit ... was hatte der Alte gesagt? »Noch ist Zeit ...«

Von wegen! Spöttisch kräuselten sich Friedrichs Lippen, vor sich sah er die Schnapsflasche und die zitternde Hand, die danach griff. Seine Zeit lief ab und der Alte wusste das und er wusste auch das von Lisbeth; in diesen Augen, diesen starren stumpfen Augen hatte etwas gelegen, was Friedrich im Nachhinein plötzlich erkannte: Es hatte Furcht darin gelegen – der alte Louis Dederer fürchtete ihn!

Unwillkürlich richtete er sich auf. Sein Blick umfasste noch einmal das Sägewerk, glitt hinüber zum weißen Schindelhaus mit der großen Terrasse, streifte den Stapelplatz mit dem exakt aufgeschichteten Holz und dann sah er hinauf auf die bewaldeten Hänge des Eibergs. »Zeit«, flüsterte Friedrich, »alles nur noch eine Frage der Zeit.« Und dann ging er hinüber, um Franz Übele zum Dederer zu schicken.

25

Der Zug fuhr langsam in den Bahnhof ein, zischend entwich der Dampf, den die Lok in dicken weißen Wolken ausspuckte. Unter dem scharfen, durchdringenden Gekreisch der Räder kam der Zug schließlich zum Stehen und Johannes stieg vorsichtig die Stufen zum Bahnsteig hinunter. Am liebsten wäre er gehüpft, mit einem mächtigen Satz heruntergesprungen auf den Grunbacher Boden, aber das ging nicht. Die Schulter und der Arm, den er in einer Schlinge trug, schmerzten noch und eine jähe Erschütterung hätte höllisch wehgetan.

»Geduld«, hatten die Ärzte im Lazarett gesagt, »Geduld, Herr Helmbrecht«, und etwas von »wichtigen Nervensträngen« und »entzündlichen Prozessen und Komplikationen« gemurmelt. Schonen solle er sich. Aber er wollte nicht klagen! Im Vergleich zu Paule und vielen anderen ging es ihm gut. Was, wenn er nur mit einem Bein gekommen wäre oder gar den rechten Arm verloren hätte, ganz zu schweigen vom Augenlicht! Und noch schlimmer, wenn er gar zu denen gehört hätte, denen die Seele kaputtgegangen war, irgendetwas in ihnen war entzweigegangen, aber man konnte es nicht sehen und nicht reparieren – nicht zusammenflicken wie seine zerschossene Schulter.

Oh, er hatte sie gesehen, die, die verstummt waren, den ganzen Tag auf dem Stuhl saßen, unerreichbar, abgetaucht in eine andere Welt! Oder die »Krampfer«, wie man sie nannte, die sich plötzlich in fürchterlichen Zuckungen und Krämpfen auf dem Boden wälzten, dass drei starke Männer nicht genügten, sie festzuhalten. »Das sind die ärmsten Schweine«, hatte Paule oft gesagt, »die allerärmsten! Vater Staat und unser herrlicher Kaiser nehmen die gar nicht zur Kenntnis. Beim Kampf ums Vaterland hat man gefälligst nicht verrückt zu werden und deshalb gibt's auch nichts, keine Invalidenrente, keine Unterstützung. Eine Schande ist das, Jungchen, eine solche Schande!«

Aber er, Johannes Helmbrecht, stand wieder auf heimatlichem Boden und er konnte wieder die vertraute Silhouette der Berge sehen, den Bahnhof mit den schlanken, grün gestrichenen, eisernen Säulen, konnte riechen, hören – was kümmerte einen da eine schmerzende Schulter! Einige Grunbacher hatte er im Zug getroffen, sie hatten sich gefreut, ihn zu sehen, wie man sich über jeden freute, der wieder einigermaßen unversehrt nach Hause zurückgekehrt war. Da zählte auch nicht mehr, ob einer aus der Stadtmühle kam.

Suchend blickte sich Johannes um und in diesem Moment erblickte er eine vertraute Gestalt an der Ecke des Bahnhofsgebäudes. Friedrich war da, um ihn abzuholen! Johannes' Herz schien für einen Moment auszusetzen, dann aber rannte er, so gut es seine Schulter zuließ, auf den Freund zu, den Tornister einfach hinter sich werfend.

»Mensch, Johannes, dass du wieder da bist und sogar fast heil, wie's scheint«, flüsterte Friedrich dicht an Johannes' Ohr und für einen Moment lagen sie sich im Arm, nur für einen kurzen Moment, aber die Zeit schien stillzustehen.

Er ist womöglich noch größer geworden, dachte Johannes, vielleicht kommt es mir aber auch nur so vor. Allerdings, schmal ist er im Gesicht und erschöpft sieht er aus, aber das kommt sicher von der Grippe. Friedrich nahm Johannes'

Tornister und schulterte ihn, dann gingen sie miteinander hinaus auf die Straße, die durch das Unterdorf zur Enz und dann zum Oberdorf führte. Keiner wusste in diesem Augenblick etwas zu sagen. Worte drängten sich auf Johannes' Lippen, viele Worte, Worte der Freude, und ganz viele Fragen. Fragen vor allem, wie es zu Hause gehe, und dann wollte er ihm doch erzählen, wollte die Bilder, die er nicht malen konnte, wenigstens in Worte umsetzen, obwohl er jetzt schon wusste, dass das nicht gelingen würde. Wie anfangen?, fragte er sich, aber Friedrich kam ihm zuvor: »Besser, ich sag's dir gleich. Der Empfang ist nicht ganz so, wie wir es uns vorgestellt haben. Die Mädchen haben gerade vorhin eine Girlande aus Tannenreisig an der Tür befestigt, eine Girlande extra für dich haben sie gemacht – da kam der Pfarrer! Mühlbecks Ludwig hat's erwischt, stell dir vor. Vor zwei Wochen schon, aber man hat es jetzt erst mitgeteilt. Eine Granate hat ihn zerrissen und es gab nicht mehr viel, woran man hätte erkennen können, wer das einmal gewesen war.«

Johannes musste mehrere Male schlucken. Mühlbecks Ludwig war tot! Er sah ihn vor sich, am Abend, bevor sie miteinander losgefahren waren, in diesen Krieg, auf den sich Ludwig mit der Begeisterung eines Kindes gefreut hatte. Den Arm hatte er um ihn gelegt, ganz fest hatte er ihn gedrückt und ihm die Flasche unter die Nase gehalten. »Trink, Johannes, mein alter Freund. Morgen ziehen wir in den Krieg!« Und er sah ihn nachts in der Stadtmühle, wie er etwas in den Keller zerrte und verschwörerisch grinste. »Maul halten, Johannes, kriegst auch was davon ab.«

Ludwig Mühlbeck, versoffen, verschlagen und faul. Aber Johannes sah auch den kleinen Ludwig vor sich, rotzverschmiert und heulend, weil der alte Mühlbeck ihn wieder einmal verprügelt hatte, und als letztes Bild beschwor er den

Ludwig aus vergangenen Sommertagen herauf, am Café Wirtz stehend, sein Eis schleckend und so etwas wie Glück auf dem derben, breiten Gesicht. So wollte er ihn in Erinnerung behalten!

»Wo ist es passiert?«, fragte er heiser.

»Drüben in Frankreich, bei einer Stadt, die man gar nicht aussprechen kann. A… Amiens oder so ähnlich, der Herr Pfarrer hat's jedenfalls so gesagt.«

»Und wie nehmen es die Mühlbecks auf?«

»Wie zu erwarten, würde ich sagen. Die Alte schreit das halbe Dorf zusammen und der Ernst hockt in der Küche und heult. Wohl weniger wegen dem Ludwig, sondern weil er völlig durcheinander ist. Mutter kümmert sich um ihn. Guste sagt kein Wort und schleicht herum wie ein Gespenst und der Alte ist gleich losgezogen, mit Otto im Schlepptau, um den Tod des ›Heldensohnes‹ auf seine Art würdig zu begehen. Macht auf Mitleid und schnorrt sich den Fusel zusammen. Heute Abend wird er wahrscheinlich wieder sturzbetrunken sein. Kostenloser Rausch als letzte Dreingabe des vielversprechenden Erstgeborenen.«

»Fritz, so was solltest du nicht sagen.« Johannes war entsetzt. Wie bitter der Freund klang und wie viel Verachtung in seiner Stimme lag. »Keiner sollte so sterben, keiner. Auch ein Ludwig Mühlbeck nicht.«

»Entschuldige, Johannes.« Friedrich drückte leicht den Arm des Freundes. »Man stumpft ab in diesen Zeiten. So viel Tod um einen herum. Aber du bist da, und das ist die Hauptsache! Komm, wir gehen schnell nach Hause, die anderen warten schon.«

Auf dem Weg erzählte ihm Johannes in groben Zügen, wie es zu seiner Verwundung gekommen war. Sie hätten unter Dauerbeschuss gelegen und die Versorgung an den vorderen

Frontlinien sei völlig zusammengebrochen. Er erzählte von der Qual der Männer, die tagelang Hunger und Durst leiden mussten. In Tümpeln, aus denen die Wasserträger schöpfen konnten, hätten immer mehr Leichen gelegen, bald sei das Wasser völlig verseucht gewesen. Da habe er noch einmal seine Flaschen gefüllt und sei nach vorne gerannt zu den Schützengräben, sei gerannt zwischen der aufgepeitschten Erde, die unter Kugelhagel und Granateinschlägen dröhnte, immerzu gerannt, nach vorne zu den kämpfenden Männern. Und plötzlich habe er diesen Schmerz in der Schulter gespürt, einen grellen Schmerz, der ihn umwarf. Er war in einen Strudel aus Dreck und Feuer eingetaucht und dann war die Welt über ihm zusammengefallen.

Während des Erzählens merkte Johannes, dass nichts von dem, was er sagte, auch nur annähernd wiedergab, was er erlebt und empfunden hatte. Es gibt keine Worte und es gibt keine Bilder dafür, dachte er in diesem Moment verzweifelt. Aber es ist da, in mir drin – wie eingeschlossen und versiegelt steckt es in mir, wie eine Geschwulst, die wachsen wird. Wenn ich es nur aufschneiden könnte, alles herauslassen, dann ginge es mir besser. Und gleichzeitig merkte er auch, dass etwas zwischen ihm und Friedrich war, was neu war, was er nie vorher empfunden hatte: Es war ein Gefühl der Fremdheit, ein ganz unbestimmtes Gefühl, nur vage empfunden und dennoch war es da und schuf eine schmerzliche Distanz!

Wir haben immer in verschiedenen Welten gelebt, dachte er wehmütig, und die letzten Wochen und Monate waren wir weiter voneinander entfernt als je zuvor. Er hörte nur mit halbem Ohr hin, als ihm Friedrich vom Sägewerk Dederer erzählte. Aber er sagte nichts, sondern lauschte höflich Friedrichs Erzählungen über seinen privaten Krieg.

Später saßen sie alle zusammen in der Küche der Stadtmühle, in der sich kaum etwas verändert hatte. Derselbe wacklige Tisch, dieselben wurmstichigen Stühle, derselbe Spülstein und die Wasserbank mit der abblätternden Farbe. Es hatte wirklich Spätzle gegeben, wenn auch das Mehl gestreckt war, und die Lene hatte sogar eine richtige, echte Leberwurst beigesteuert. Vom Metzger Gottlieb sei sie, ordentliche Ware, nicht so ein Zeugs, wo alles Mögliche drin war, sondern es war richtige Schweineleber, wenn auch mit zu vielen Schwarten versetzt. Die anderen fragten nicht nach, wie Lene zu dieser Kostbarkeit gekommen war. Und Most hatten sie getrunken, sauren, vergorenen Most aus Mühlbeck-Beständen, der den Kopf benebelte und müde machte. Aber er half beim Vergessen und tauchte alles in ein wärmeres Licht, das schäbige Zimmer und die Welt draußen. Die Ahne hatte sich selbstvergessen an Johannes' Schulter gelehnt, ganz verhutzelt war sie und ihm kam es so vor, als bestünde sie nur noch aus den Lumpen und dem Umschlagtuch, in das sie ihren zerbrechlichen Körper gewickelt hatte. Die Mädchen hingen an ihm, hockten abwechselnd auf seinem Schoß und er musste immer wieder die Geschichten erzählen, die sie von ihm kannten.

»Aber nichts vom Krieg«, sagte er, als Lene ihn leise darum bat. »Um Himmels willen nichts vom Krieg, heute Abend nicht. Versteh das, Lene.«

Später sangen sie, ein bisschen betrunken und glücklich und sehr leise, damit es die Mühlbecks nicht hören konnten.

Am nächsten Morgen drang ungewohnter Lärm durch die Stadtmühle. Jemand pochte laut an die Tür. Benommen richtete sich Johannes auf. Sein Kopf war schwer vom Most. Hastig schlüpfte er in seine Hose und huschte leise hinunter.

Friedrich war schon an der Tür und öffnete sie, davor stand ein älterer Mann, der in diesem Moment gerade seine Mütze abnahm. Bevor Friedrich fragen konnte, was der Lärm zu bedeuten hatte, deutete der Mann mit einer Kopfbewegung nach hinten, wo noch zwei andere Männer standen. Auch sie nahmen in diesem Moment ihre Mützen ab und traten dann auseinander, sodass der Blick auf einen zweirädrigen Karren fiel, auf dem ein Bündel Lumpen lag. Aber nein, das waren keine Lumpen, diese nassen, mit Schlamm und Dreck bedeckten Stofffetzen hatten die Umrisse einer menschlichen Gestalt und man konnte jetzt einen Kopf erkennen, einen gelblichen Kopf mit einem klaffenden, zahnlosen Mund.

»Wir haben ihn heute Morgen am Wehr gefunden und herausgezogen«, erklärte der Mann, der bei ihnen stand, ohne Umschweife und fügte dann hinzu: »Ist letzte Nacht wohl besoffen in die Enz gefallen«, und dann, nach einem kurzen Moment des Innehaltens: »Wundern tut's einen nicht. Hat irgendwie so kommen müssen.«

Johannes sah Friedrich von der Seite an. Sein Gesicht schien starr, wie aus Stein gemeißelt. Dann kam eine Frage, blitzschnell: »An welchem Wehr habt ihr ihn gefunden?«

»Am unteren, bei uns.« Der Mann deutete auf seine Kameraden, die immer noch reglos bei dem Karren standen. Johannes erkannte sie jetzt, es waren Arbeiter aus dem Zinser-Sägewerk, die wohl gerade mit der Arbeit begonnen hatten.

Das macht es noch schlimmer, dachte Johannes und beobachtete besorgt den Freund. Genau wie bei seinem Vater! Und auch noch dasselbe Wehr! Was mochte jetzt in Friedrich vorgehen? Instinktiv trat er einen Schritt näher an Friedrich heran. Der aber schien ganz Herr der Lage zu sein. Es war nur ein Moment der Schwäche gewesen, und gerade mal Johannes hatte ihn bemerkt. Friedrich bedankte sich bei den Männern, bat dann einen, gleich am Rathaus vorbeizulaufen und den Gendarmen zu benachrichtigen. Den Karren werde man später zurückbringen. Die Männer nickten, setzten ihre Mützen wieder auf und verschwanden Richtung Rathaus. Die Sonne stand schon ungewöhnlich hoch am Himmel, trotz der frühen Morgenstunde drückte die Hitze bereits in die Straßen und Gassen.

»Wir müssen ihn hineinschaffen«, flüsterte Johannes und trat mit Friedrich neben den Karren. In den ausgelöschten Zügen war nur noch wenig vom alten Mühlbeck zu erkennen. So viele Tote habe ich schon gesehen, aber man wird nicht immun gegen den Tod, dachte Johannes. Immerhin hat der da mich mein bisheriges Leben begleitet, auch wenn er ein verkommener Kerl war – erst der Sohn, jetzt der Vater, arme Frau Mühlbeck, arme Guste. Aber wahrscheinlich würden alle wieder sagen, sie sollten froh sein, zwei Tunichtgute weniger auf der Welt, was machte das schon, wenn so viele brave Männer im Krieg sterben mussten. Und trotzdem, dachte Johannes. Seine Augen suchten die des Freundes. Friedrich starrte grüblerisch auf den Packen Lumpen, der einmal Ludwig Mühlbeck der Ältere gewesen war.

Und plötzlich erkannte Johannes ganz hellsichtig, was im Freund vorging. Friedrich dachte genauso wie die anderen! Es war nicht schade um solche wie die Mühlbecks. Solche Leute verachtete er. Deshalb war es besonders schlimm, dass der Alte auf dieselbe Weise ums Leben gekommen war wie sein Vater. Daran hatte er zu kauen. Als ob das noch eine zusätzliche Herabwürdigung seines Vaters sei!

Johannes und Friedrich waren so in ihre Überlegungen versunken, dass sie gar nicht gehört hatten, dass Guste gekommen war, Guste im grauen, verwaschenen Hemd. Sie hatte ihre Hand auf die linke Brust gepresst. Instinktiv wollten beide auf sie zugehen, aber sie wehrte ab. Langsam, ganz langsam kam sie näher, betrachtete stumm das Gesicht ihres Vaters und sah dann Johannes und Friedrich an.

»Jetzt ist er tot«, sagte sie leise. In ihrer Stimme schwang Verwunderung mit. So einfach war das. »Jetzt ist er tot.«

Plötzlich kam es Johannes so vor, als sei mit dem Tod der beiden Mühlbecks etwas unwiderruflich vorbei, als bilde ausgerechnet das jähe Ende dieser beiden, deren Namen bald vergessen sein würden, eine Zäsur in ihrer aller Leben.

Etwas war zu Ende! Bald musste der Krieg aufhören und dann kam die Revolution, wie Paule gesagt hatte, kam von Berlin und griff in andere Städte über und schwappte auch nach Grunbach. Machte Schluss mit der Ungerechtigkeit, dem Hunger und der Not. Machte auch Schluss mit den Kriegen. Es würde keine mehr geben, hatte Paule gesagt und Leute wie Rosa würden dann das Land regieren.

»Aus einem Teig gebacken …« Johannes blickte noch einmal auf das Gesicht des alten Mühlbeck, das immer mehr zu schrumpfen schien. Es würde etwas Neues geben und es würde besser werden!

Vorsichtig hob er mit Friedrich zusammen den Leichnam vom Karren und trug ihn hinüber in die Stube der Mühlbecks, um ihn zu waschen und für den letzten Gang vorzubereiten.

Der Tag, an dem der alte Mühlbeck zu Grabe getragen wurde, begann verhangen und mit feinem Nieselregen. Friedrich, der sich am Vormittag freigenommen hatte, um ihm die letzte Ehre zu erweisen, bemerkte lakonisch zu Johannes, das sei nun wirklich zu viel der Ehre für den Alten, dass sich die Natur so trübe und traurig präsentiere. Im Nachhinein sollte sich aber herausstellen, dass das Wetter für die Grunbacher an diesem Tag von großer Bedeutung sein würde und dass sich an diesem Tage etwas ereignen würde, was dem alten Mühlbeck sicher geschmeichelt hätte, denn solch ein furioser Abgang wäre ganz nach seinem Geschmack gewesen.

Die Trauergemeinde, ein kümmerliches Häufchen, das vor allem aus den Stadtmühlenbewohnern und einigen Saufkumpanen bestand, hatte sich gerade um das offene Grab versammelt und der Herr Pfarrer hatte die Predigt begonnen, die recht unzusammenhängend und wirr war, denn wie sollte man eines arbeitsscheuen Trunkenbolds gedenken, der in regelmäßigen Abständen seine Familie verprügelt hatte, als ungewohnter Lärm die Trauergemeinde aufschreckte! Schließlich verstummte sogar der Pfarrer, das summende Geräusch wurde stärker und dann konnte man über dem Enztal aus nordwestlicher Richtung kommend Flugzeuge sehen!

Diese neumodischen Maschinen, die sich tatsächlich über einen längeren Zeitraum in der Luft halten konnten, waren zwar schon einige Male über Grunbach aufgetaucht, aber nur als Attraktion von den Menschen begafft worden, die mit weit nach oben gestreckten Köpfen und mit offenen Mündern diese Wunderwerke der Technik bestaunten. Aber jetzt im vierten Jahr des Kriegs verhießen diese Flugzeuge nichts Gutes. Die Grunbacher hatten von den Bombenabwürfen gehört und die Zeitungen hatten in großen Spalten von den Toten in Karlsruhe, Freiburg und anderswo berichtet, die Opfer der Bombenabwürfe geworden waren. Daran mochte vielleicht auch der eine oder andere denken, aber sei es aus Pietät oder auch aus einer verblüfften Erstarrung heraus – alle blieben wie angewurzelt stehen und konnten beobachten, wie die Maschinen, riesigen schwarzen Vögeln gleich, über dem Ortskern förmlich stillzustehen schienen und dann unter dem immer stärker werdenden Dröhnen der Motoren abdrehten und wieder in die Richtung zurückflogen, aus der sie gekommen waren. Die Wolkendecke hing immer noch schwer über dem Enztal. Trotzdem konnte man das gleich darauf folgende Aufblitzen von Feuer sehen und dann schwere Detonationen hören.

»Bomben, sie haben Bomben auf Grunbach geworfen!« Johannes hörte sich selbst schreien und dann stob die Trauergemeinde unter Gekreisch auseinander und der Herr Pfarrer konnte gerade noch aufs Äußerste verkürzt die Aussegnungsformel sprechen. Dann machte er sich ebenfalls mit den Totengräbern davon, die den Sarg mit Ludwig Mühlbecks sterblichen Überresten einstweilen in der offenen Grube stehen ließen. Der alte Mühlbeck konnte warten, es gab Wichtigeres zu tun.

Im Dorf rannte alles wild durcheinander, die meisten suchten Schutz und Zuflucht in den Kellern, als aber nach einer Weile kein weiteres Flugzeug mehr am Horizont erschien, versammelte man sich auf der Straße. Wilde Gerüchte machten die Runde, man schrie sich Schreckensmeldungen zu, von Toten war die Rede und von großen Zerstörungen; aber dann verzog sich im wahrsten Sinn des Wortes der Rauch, der über dem südlichen Eiberghang lag, und die Lage wurde übersichtlicher. Die freiwillige Feuerwehr mit der alten Spritze war in der Zwischenzeit ausgerückt, aber außer ein paar verkohlten Bäumen fanden sie nicht viel vor.

Drei der abgeworfenen Bomben hatten ihr Ziel verfehlt und waren am Waldrand aufgeschlagen und explodiert. Aber es waren vier Aufschläge gewesen, also hatte es auch vier Bomben gegeben – um Himmels willen, wo war die vierte Bombe geblieben! Neue Schreckensmeldungen kursierten, dann gab es einen großen Auflauf vor dem Zinser'schen Sägewerk und die Nachricht sickerte durch, die vierte sei ein Blindgänger und liege vor der Villa der Zinsers! Die Ortspolizisten versuchten die Leute zurückzudrängen, die allerdings nach Bekanntwerden der Nachricht freiwillig einen größeren Abstand einhielten. Man habe eine Meldung in die Kreisstadt geschickt, hieß es, Militär sei unterwegs und ein Spezialist, der die Bombe entschärfen werde.

Frau Zinser und ihre älteste Tochter verließen das Haus in äußerster Eile, das Auto fuhr vor und überstürzt gepackte Koffer wurden eingeladen, dann hörte man lautes Hupen und der Wagen mit einem schreckensbleichen Chauffeur am Steuer fuhr in großer Geschwindigkeit davon. Im Badhotel in Wildbad habe der Herr Sägewerksbesitzer Zinser seine Familie vorläufig einquartiert, raunte sich die Menge zu, die sich nach und nach zerstreute, und auch die Dienstboten wurden nach Hause geschickt, bis die Bombe entfernt war.

»Das war doch ein furioser Abgang für den alten Mühlbeck«, meinte Friedrich am Abend grinsend zu Johannes. Sie waren den Eiberg hinaufgestiegen, auf den alten vertrauten Trampelpfaden, denn der Regen hatte nachgelassen und eine blasse Abendsonne hatte sich durch die Wolken gezwängt. Der Boden war nass und glitschig, der Wald dampfte förmlich unter den plötzlich einfallenden Sonnenstrahlen und Johannes blieb immer wieder stehen, um tief den vertrauten Geruch des sommerlichen Waldes aufzunehmen – diesen ganz besonderen, süßlichen, erdigen Geruch. Wie hatte er sich nach diesem Augenblick gesehnt!

Doch jetzt lag ein doppelter Schatten auf seiner Rückkehr. Deshalb sagte er in strengem Ton: »Mach keine Witze darüber, Fritz. Der alte Mühlbeck, irgendwie hat er doch dazugehört. Und Ludwig sowieso, wenn er auch ein Tunichtgut war. Und dann die Sache mit den Bomben, erinnerst du dich, was ich dir gesagt habe? Ein Glück, dass das Wetter heute so schlecht war, hätten die Piloten besser getroffen, nicht auszudenken!« Johannes verstummte, er wollte nicht aussprechen, was an Schreckensvisionen in den letzten Stunden an ihm vorübergezogen war. Er war sich sicher, dass Friedrich genau die gleichen Bilder vor Augen hatte. Ein brennendes, zerstörtes Sägewerk, die meisten Arbeiter tot, Feuer, das auf andere Häuser in Grunbach übergriff!

Schweigend kamen sie oben auf der Ebene an und betraten den Pfad, der zum Katzenbuckel führte.

»Lass uns nicht mehr davon reden«, bat Friedrich. »Der Krieg ist bald zu Ende und du bist einigermaßen heil durchgekommen, das ist das Wichtigste.«

Ein leichter Wind kam auf und trieb den Freunden die in den Zweigen hängenden Regentropfen ins Gesicht. Aber sie bemerkten es gar nicht. Auf der anderen Seite des Tales hing die Sonne schon tief in den Wipfeln der Tannen. Johannes wischte sich mit dem Ärmel über sein nasses Gesicht. Wahrscheinlich waren auch ein paar Tränen darunter. Er war wieder zu Hause! Seine Linke umschloss fest das schmale Büchlein in der Tasche. Seit seinem Aufenthalt im Lazarett hatte er nicht mehr darin gelesen. Es wäre ihm geradezu obszön vorgekommen, angesichts des Elends um ihn herum. Aber jetzt würde er es wieder zur Hand nehmen und den alten Zauber wiederfinden. Dann konnte er bestimmt auch wieder malen. Etwas Neues fing jetzt an! Gleich morgen musste er an Paule schreiben. Leise murmelte er die ersten Sätze des »Taugenichts« vor sich hin und musste dabei lächeln. Er kannte das halbe Buch schon auswendig: »Das Rad an meines Vaters Mühle brauste und rauschte schon wieder recht lustig …«, und dann sprach er den Satz, den er sich im Büchlein angestrichen hatte, sprach ihn langsam, als sei er eine magische Formel, eine Beschwörung, die nun für den Rest seines Lebens gelten sollte: »Mir war es wie ein ewiger Sonntag im Gemüte.«

26

Anna sitzt hinten in Richards Mercedes, Fritz lenkt den Wagen und Richard flucht leise wegen des Regens, der aber Gott sei Dank seit heute Morgen abgenommen hat und nur noch als feiner Nieselregen herunterkommt.

Noble Karre, denkt sie und streckt sich behaglich auf dem Ledersitz aus. Wirklich nobel – als Architekt muss man doch schwer Kohle machen. Wahrscheinlich ist auch noch Vermögen da von Christines Seite, Vermögen, das aus der Dederer-Weckerlin-Ecke kommt. So genau hat sie das aber noch nicht herausgekriegt, bis auf den teuren Wagen machen die Caspars auch nicht den Eindruck, als lägen die Millionen nur so herum.

Wie soll es eigentlich bei mir selber weitergehen?, fragt sie sich auf einmal. Soll ich die Wohnung in Berlin verkaufen? Krieg ich eine Art Rente von Mama? Eine Lebensversicherung ist auch noch da, weiß sie, das hat ihre Mutter ihr gesagt, so schlecht sieht es also nicht aus. Auch sei eigentlich alles geregelt und beim Notar hinterlegt. Irgendwie fällt ihr gerade jetzt in diesem Moment ein, dass die Wohnung restlos abbezahlt ist, auch das hat ihr Mama noch erzählt. Die ist jetzt einiges wert – und ist auch schon damals, als Mama sie gekauft hat, zwei Jahre nach der Wiedervereinigung, nicht ganz billig gewesen. Hat Mama mit ihrem Lehrerinnengehalt so gut verdient?, fragt sie sich. Von Johannes kam bestimmt kein Geld, der hatte doch selber nichts … Ich muss unbedingt den Notar fragen, vielleicht weiß der etwas.

Aber jetzt will sie nicht daran denken, Berlin und das ganze Drumherum sind ganz weit weg!

Zum »alten Kasten« geht es. Richard hat gefragt, was sie zuerst anschauen will, das Friedrich-Haus, das Johannes-Haus oder den Friedhof? Und sie hat sich für das Friedrich-Haus entschieden. Richard hat dazu genickt. »Verstehe, eine Art dramatische Steigerung. Und immer hübsch langsam, nicht zu viel auf einmal.«

Eine ganz andere Frage kommt ihr auf einmal in den Sinn: Wie lange bleibe ich denn eigentlich hier? Keiner fragt mich danach, alle scheinen vorauszusetzen, dass ich alle Zeit der Welt mitgebracht hab. Und das stimmt auch, sie hat jetzt wirklich viel Zeit. Vor allem aber will sie im Augenblick nicht daran denken, wie es weitergehen soll; da ist Anna ehrlich mit sich selbst.

Sie will noch in der Vergangenheit bleiben, sie hat doch auch noch so viele Fragen!

»Da sind wir«, sagt Fritz und steigt aus, um ein großes schmiedeeisernes Gittertor zu öffnen. Lange sind sie nicht gefahren, genau wie Richard angekündigt hat.

»Es liegt gar nicht weit weg von der Siedlung, wo Gretl und Johannes wohnen bzw. gewohnt haben. Wir müssen praktisch nur um den Buckel herumfahren, der sich in das Tal hineinschiebt.«

Langsam rollt der Wagen auf einen großen, mit Kies bestreuten Vorplatz, auf dem allerdings kräftig das Unkraut wuchert.

Anna steigt aus und unwillkürlich entfährt ihr ein »Ach, du lieber Gott!«. Das ist kein Haus, das ist irgendwie ein monströses Ungetüm!, denkt sie. Über die große Treppe aus

Granit an der Vorderseite des Hauses könnte ohne Weiteres Baronesse Gundula schreiten, um den feschen Förster zu begrüßen. Für jede Seifenoper würde diese Villa eine prachtvolle Kulisse abgeben. Mit Nebel und Käuzchenruf dagegen wäre es ein idealer Drehort für einen Horrorfilm, überlegt Anna.

Die oberen Etagen hat der Architekt im Stil eines Schwarzwaldhauses gestaltet, mit tief heruntergezogenem Dach und Fachwerk, der untere Teil ist eine wilde Mischung aus Burg und Kathedrale mit seinen hohen, spitzen Bogenfenstern. Und überall gibt es Erker, Balkone, Türmchen.

»Du hast mir nicht zu viel versprochen«, sagt sie lachend zu Richard. »Das ist ja ein grauenvoller Schuppen. Was hat sich der Architekt bloß dabei gedacht?«

»Die Frage ist wohl eher, was sich Friedrich Weckerlin dabei gedacht hat! Dieser bedauernswerte Kollege von mir, übrigens ein renommierter Architekt aus Stuttgart, hat genau nach seinen Anweisungen gebaut. Wahrscheinlich hat er sich hinterher im Neckar ersäuft – ich hätte es zumindest getan. Eines ist jedenfalls offensichtlich.« Er grinst Anna an. »Siehst du auch nur ein Fitzelchen von Grunbach?«

Anna schaut sich um. Tatsächlich, dieser Ausläufer des Berges verdeckt vollkommen den Blick auf den Ort. Einige Häuser des Nachbardorfes kann man von hier aus sehen, aber von Grunbach nicht einmal einen Schornstein.

»Das Haus liegt an der äußersten Gemarkung von Grunbach, praktisch an der Grenze zum Nachbarort. Das hat er ganz gezielt so gemacht. Der alte Dederer hatte etliche Grundstücke, aber genau dieses musste es sein!«

Er führt sie durch die Räume, die ohne Möbel kalt und riesig wirken.

Stuck, überall stuckverzierte hohe Decken und Anna

kommt es so vor, als ginge sie durch ein Museum, aus dem man alle Ausstellungstücke entfernt hat. Die Schritte auf dem immer noch glänzenden Parkettboden hallen und alles wirkt mächtig und leer und kalt. Im großen Salon – auf diesem Namen habe Friedrich bestanden, erzählt ihr Richard – befindet sich ein reich verzierter Kamin, dessen Sims von zwei mächtigen Eberköpfen getragen wird. Anna schaudert. Hier hat er vor allem die großen Jagdgesellschaften gegeben, Richard deutet mit einem sarkastischen Lächeln auf den Alptraumkamin: »Muss gut ausgesehen haben, bei knisterndem Feuer und den erlesenen Gästen drum herum.«

»Wer hat eigentlich alles in diesem Riesenhaus gelebt?«, fragt Anna.

»Nur Friedrich, Lisbeth und der Sohn, Louis-Friedrich. Und natürlich Gretl und Lene, und in den Glanzzeiten die Bediensteten: Chauffeur, Köchin, zwei Dienstmädchen und ein Gärtner. Später ist nur noch Gretl übrig geblieben. Muss dir nachher noch die Küche zeigen, das war eine besondere Attraktion, denn es gab einen Speiseaufzug und sogar einen Kühlschrank, wahrscheinlich den ersten hier am Ort.«

Nach Friedrichs Tod habe niemand von der Familie hier wohnen wollen, erzählt er Anna, und die Unterhaltskosten seien zudem gigantisch. Man habe es zwar einige Male vermieten können, aber für eine einzige Familie sei der Kasten einfach zu groß. Einige Hotelketten hätten schon ihr Interesse bekundet, doch dafür sei es dann wiederum zu klein und man müsste einiges umbauen. Alle seien wieder abgesprungen.

»Und so haben wir den Kasten am Hals und wissen nicht, was wir damit anfangen sollen. Ich habe Fritz schon gesagt, dass ich ihm das Haus zur Hochzeit schenke, aber er meinte, das sei das beste Argument, um Junggeselle zu bleiben.«

Anna muss grinsen. Das sieht ihm ähnlich!, denkt sie.

Schließlich gehen sie auf der Eichentreppe mit dem prachtvoll verzierten Handlauf nach oben. Überall geschnitzte Eber- und Hirschköpfe und Geweihe. Was Friedrich nur an diesem ganzen Jägerzeugs gefunden hat?, fragt sich Anna. Er schien sehr eigene Vorstellungen gehabt zu haben, wie ein Schwarzwälder Sägewerksdirektor wohnen sollte. Sie stellt sich vor, wie er im Smoking, Lisbeth in Taft und Tüll an seiner Seite, diese Treppe heruntergekommen ist, um seine Gäste zu begrüßen. Bestimmt roch es nach Champagner und Veilchenparfum und guten Zigarren, die die Herren am Kamin rauchten. Jetzt riecht es modrig, ein dumpfer Geruch nach Verfall und Vergangenheit hängt in den Räumen und es scheint kaum glaubhaft, dass hier einmal was lebendig war.

»Ich muss dir noch etwas zeigen.« Richard deutet auf eine große Tür. »Komm mit, du musst dir mal das Bad anschauen!«

Als sie es betreten, muss Anna lachen. Sie lacht aus vollem Herzen. Eine riesige Badewanne mit Löwenfüßen, altmodische, verschnörkelte Armaturen und unter der Decke schweben pausbackige Engelchen aus Stuck. Sie stellt sich Lisbeth Dederer in dieser schwülstigen Pracht vor! Und die meisten Häuser in Grunbach hatten zu dieser Zeit nicht einmal ein richtiges Klo …

Du hast es ihnen gezeigt, Friedrich Weckerlin!, denkt sie belustigt und auch ein wenig anerkennend. Ein weiter Weg von der Stadtmühle bis hierher …

Schließlich gehen sie in einen großen Raum, der zur Bergseite hin liegt. Ein Fenster, das fast eine ganze Seite des Zimmers einnimmt, öffnet den Blick auf die Hänge des Eibergs.

»Das war sein Schlafzimmer. Hier ist er auch gestorben«, sagt Richard. »Schau dir den Blick an! Morgens, wenn über dem Eiberg die Sonne aufgeht, ist das Farbenspiel phantastisch. Und hier, schräg da drüben, konnte er den Rauch aus dem Hause deines Urgroßvaters aufsteigen sehen. Wenn du mich fragst, ist das kein Zufall. Friedrich wollte mit aller Macht seiner Vergangenheit entkommen, als er das Haus gebaut hat, dieser Vergangenheit in Armut. Und trotzdem hat er so gebaut, dass etwas aus dieser Vergangenheit ihm lebenslang vor Augen blieb.«

Beim Abendessen berichtet Anna Gretl vom Besuch in der Weckerlin-Villa. Sie erzählt von den riesigen, stuckverzierten Räumen, den schweren Eichentreppen mit den geschnitzten Handläufen und den Spitzbogenfenstern.

»Das weiß ich doch alles.« Gretl nickt. »Das Haus kenn ich doch in- und auswendig. Wie viele Jahre meines Lebens habe ich dort zugebracht. Wenn du erst die Möbel gesehen hättest! Alles aus Eichenholz, mit Schnitzereien reich verziert. Zum Putzen war es eine Plage, immer das Abstauben – und die großen Fenster erst. Später, als der Friedrich sehr reich geworden ist, hatten wir viele Dienstboten und ich hatte die Oberaufsicht. Hab immer aufgepasst, dass die Mädchen das so korrekt machten wie ich. Ja, das Haus … und die Feste, die der Friedrich dort gegeben hat, mit all den Lichtern … Sogar der Garten war beleuchtet, ganz raffiniert sah das aus! Schade, dass niemand mehr drin wohnen will.«

Anna fragt sie, ob sie auch glaubt, dass Friedrich den Grunbachern mit dem Haus eins auswischen wollte. »Es ist schon ziemlich protzig«, fügt sie vorsichtig hinzu. Wer weiß, wie sehr Gretls Herz an dem Haus hängt …

Die aber stimmt ihr zu. »Das hat er mit Absicht so gemacht. Die Grunbacher sollten sehen, wie weit es einer aus der Stadtmühle gebracht hat. Und die Grunbacher haben ihm den Gefallen getan. Vor allem in der ersten Zeit nach dem Einzug sind sie in Scharen vorbeigepilgert, manche ganz verstohlen, viele aber richtig neugierig. Am Tor haben sie gehangen und haben die Nasen durch die Gitterstäbe gedrückt und er stand oben am Fenster und hat sich amüsiert. ›Schau her, Gretl‹, hat er gesagt, ›schau her, da stehen sie und gaffen.‹ Und wenn ein Empfang war und wichtige Leute in ihren großen Autos gekommen sind, da war etwas los! Richtig Spalier haben sie gestanden, die Grunbacher.«

»Dann hat er es also geschafft. Ist ein reicher Mann geworden, so wie er es sich immer vorgestellt hatte!«

»Ja, er hat's geschafft.« Versonnen schaut Gretl vor sich hin. »Aber es ist ihm auch viel misslungen – heute würde ich sogar sagen, das Wichtigste ist ihm misslungen.« Bedächtig schneidet sich Gretl ihr Butterbrot in kleine Quadrate, spießt sie mit dem Messer auf und führt sie zum Mund. Offensichtlich will sie nicht mehr dazu sagen.

»Und Johannes? Was hat denn Johannes zu dem Haus gesagt? War er jemals drin?«

»Nur einmal. Aber das hat er sicher aufgeschrieben.«

Anna wird nachdenklich. Nur einmal hat Johannes das Haus des Freundes betreten? Es ist etwas passiert zwischen den beiden, ganz sicher! Aber wie ist es überhaupt zu dem Zerwürfnis gekommen?

Gretl spießt das letzte Stückchen Brot auf und fegt dann mit der Hand die Krümel zusammen, die sie sich ebenfalls in den Mund stopft. In der Stadtmühle hat man sicher gelernt, dass man nichts verkommen lassen darf. Ein weiter Weg war das von der Stadtmühle bis zum »Kasten«, denkt Anna wieder. Gleich nachher muss sie unbedingt in Johannes' Buch weiterlesen, aber jetzt will sie Gretl noch ein bisschen ausquetschen. Und das tut sie dann auch.

Kurz nach dem Ende des Krieges habe Friedrich mit seiner Mutter und seiner Schwester die Stadtmühle verlassen. Eine kleine Wohnung im Unterdorf, nicht weit weg vom Sägewerk, hätten sie gemietet. Das sei nicht einfach gewesen. Wer einmal in der Stadtmühle untergebracht worden war, habe praktisch ein unsichtbares Mal auf der Stirn getragen. Mit solchen Leuten wollte man nichts zu tun haben. Aber nach dem Krieg sei es den meisten Leuten schlecht gegangen, viele hätten notgedrungen untervermietet und selber auf engstem Raum gelebt, um so etwas zusätzliches Geld hereinzubekommen. Und von Friedrich war bekannt, dass er ein tüchtiger Arbeiter gewesen ist, einer, auf den der Dederer nichts kommen ließ.

»Der Name Weckerlin hatte damals immer noch einen besonderen Klang. Da konnte man Schlechtere bekommen. Einer mit einem Arbeitsplatz war rar in dieser Zeit, denn der Tournier produzierte keine Granatzünder mehr und hatte die Fabrik vorläufig dichtgemacht«, erzählt Gretl. Den Grunbachern sei es richtig schlecht gegangen, aber der Friedrich, der habe den ersten Schritt auf seinem Weg nach oben getan. Sicher hatte es auch geholfen, dass Frau Weckerlin etwas geerbt habe, erst war die Großmutter gestorben und kurz danach der Großvater. Es habe zwar Zank um das Erbe gegeben, aber Frau Weckerlin habe nicht nachgegeben, und als Friedrich seinem Onkel und mehr noch seiner habgierigen Tante mit dem Rechtsanwalt drohte, hätten die schließlich nachgegeben. Sie mussten Frau Weckerlin ihren Anteil am elterlichen Haus ausbezahlen und so konnten sie die Wohnung nehmen und ein paar Möbel kaufen. Es war nicht in der Herrengasse, das nicht, aber es war ein anständiges bürgerliches Haus, in dem sie schlussendlich wohnten.

Schräg gegenüber, bei der Witwe Bott, hatte sich Johannes eingemietet. Er war wieder bei Armbruster eingestellt worden, konnte sogar die Gesellenprüfung machen, und da er jetzt regelmäßig Lohn bekam, hatte ihm die Gemeinde nahe gelegt, sich eine neue Bleibe zu suchen, die Stadtmühle brauchte man jetzt vor allem für Familien, deren Ernährer im Krieg geblieben oder invalide waren.

»Für Mutter und mich war das traurig. Nur noch Frau Mühlbeck und die beiden Buben sind von den ehemaligen Bewohnern übrig geblieben. Guste ist nach der Schließung der Fabrik nach Stuttgart in den Dienst gegangen und die Ahne ist kurz nach Johannes' Rückkehr gestorben. Ist einfach eingeschlafen auf ihrem Strohsack und nicht mehr aufgewacht. Ich glaube«, fügt Gretl nachdenklich hinzu, »sie hat sich krampfhaft am Leben festgehalten, bis Johannes zurückgekommen ist. Danach konnte sie beruhigt sterben. Aber was immer noch schön war und mich auch getröstet hat – in den Wald sind wir nach wie vor gegangen. Wenn Johannes und Friedrich und auch die Mühlbeck-Buben abends von der Arbeit heimkamen, haben sie uns abgeholt und die Beerenkörbe für uns getragen. Im Sommer haben wir wie früher zusammengesessen, meist auf der Auwiese, bis die Sonne unterging, und haben uns Geschichten erzählt. Und Johannes hat gemalt – schön war das damals, trotz der Not.«

»Es war damals also nach wie vor alles in Ordnung mit Johannes und Friedrich?«, fragt Anna neugierig.

Gretl nickt. »Hätte nicht besser sein können. Obwohl«, sie zögert etwas, »in die Haare gekriegt haben sie sich immer wieder. Aber das war eher ein freundschaftliches Zanken. Ich glaube, Friedrich hat den Johannes nicht richtig ernst genommen – das war ein Fehler.«

»Und worum ging es?«

»Um das Politische. Der Johannes war nämlich Kommunist geworden. Das hing mit diesem Freund in Berlin zusammen, mit dem er im Lazarett gelegen hat.«

Anna nickt, davon weiß sie schon. Dass Johannes Mitglied der KPD war, hat ihr Mama irgendwann einmal erzählt. »Sag bloß niemandem, dass dein Urgroßvater ein Kommunist war!«

Das ist einer der seltenen Momente gewesen, in denen ihre Mutter, schon von der Krankheit gezeichnet, einen Blick in die Vergangenheit zugelassen hat. Diese Bemerkung war allerdings eher ironisch gemeint, aber Anna hat das damals alles schon sehr spannend gefunden. Seit sie die Tagebücher liest, ist ihr manches klarer geworden. Auch daher weiß sie, dass dieser Paule damit zu tun hatte. Deshalb fragt sie gleich nach: »Weißt du, was aus diesem Freund, diesem Paule geworden ist? Ich habe in Johannes' Tagebüchern schon von ihm gelesen.«

Gretl weiß es. Ganz schlimm sei das für Johannes gewesen: »Ich war damals noch ein kleines Mädchen, hab das nicht richtig verstanden, was dieser Paule ihm bedeutet hat, aber dass Johannes an ihm hing, dass er wichtig war, das habe ich schon mitbekommen. Sie haben sich viele Briefe geschrieben, aber auf einmal blieben Paules Briefe aus. Johannes hat sich große Sorgen gemacht. Und dann kam ein Schreiben aus Berlin, im Frühjahr 1919 muss das gewesen sein. Das war zwar nicht von diesem Paule, aber von seiner Zimmerwirtin, glaube ich. Paule sei tot, stand darin, man solle keine Briefe mehr schicken. Johannes hat dann noch einmal einen geschrieben, hat gefragt, was denn passiert sei.«

Und die Frau habe tatsächlich geantwortet, erzählt Gretl. Paul Pacholke sei im Januar 1919 bei den Aufständen in Berlin umgekommen. Soldaten hätten ihn erschossen, weil er auf der Seite der Kommunisten, Spartakisten nannte man sie damals, gekämpft hat. Johannes sei ganz außer sich gewesen. Erst habe man Rosa Luxemburg einfach totgeschlagen. Das müsse man sich einmal vorstellen, habe Johannes immer wieder gesagt, eine ganz kleine, aber kluge Frau, wird einfach totgeschlagen, von Männern, starken Kerlen, und dann ins Wasser geschmissen. Und die Regierung schieße auf Arbeiter. Die SPD, eine Arbeiterpartei, ließe auf Arbeiter schießen, die dafür kämpften, dass alles anders wurde, besser wurde – und jetzt hatten sie auch noch seinen Freund, den Paul Pacholke totgeschossen!

»Furchtbar ist das für ihn gewesen«, erinnert sich Gretl, »aber für die meisten war das eine furchtbare Zeit. Der Krieg verloren, der Kaiser weg und das Geld nichts wert. Viele Leute waren ganz durcheinander, kamen damit nicht zurecht. Und dass Sozialdemokraten an der Regierung waren, das konnten viele gar nicht fassen. Der Johannes sagte damals immer wieder, der Krieg sei trotzdem ganz umsonst gewesen, die Männer seien für nichts und wieder nichts gestorben. Und dann hat er angefangen zu den Kommunisten zu gehen. In Pforzheim hat er regelmäßig deren Versammlungen besucht. Friedrich sagte immer wieder: ›Du spinnst, Johannes, spinnst komplett. Du und die Politik. Du hast doch keine Ahnung.‹ Aber Johannes hat ihm immer widersprochen. Er, Friedrich, mit dem Gerede vom Krieg, den man einfach gewinnen müsse und seinen ›Möglichkeiten‹ … Da habe er aber sehr danebengelegen! Nein, dieser Paule habe ihm die Augen geöffnet und er sei ihm etwas schuldig und all den Toten auch. Es müsse alles anders werden.«

Aber es sei noch ein freundschaftlicher Streit gewesen, damals. An ihrer Freundschaft habe sich nichts geändert. Gretl seufzt und knetet die Hände in ihrem Schoß. »Und dann ist es doch ganz anders geworden! Richtig unheimlich ist das für uns gewesen. Plötzlich war der Hass da, richtiger Hass. Ich habe das damals gar nicht verstanden – doch nicht bei Friedrich und Johannes! Aber es war so, nachdem es angefangen hatte mit Marie …«

27

Johannes betrachtete prüfend sein Kinn im kleinen Spiegel, der über dem Waschtisch hing. Ein schmales Gesicht blickte ihm entgegen, die hellen Haarsträhnen fielen zwar immer noch ungebärdig in die Stirn, aber insgesamt war er zufrieden. Seine Wangen waren voller geworden, er sah auch nicht mehr so mager und knochig aus und es kam ihm sogar so vor, als sei er noch ein bisschen gewachsen; obwohl das wahrscheinlich Unsinn war, denn er reichte Friedrich immer noch gerade bis zur Nasenspitze.

Er packte das Rasierzeug weg und warf einen vorsichtigen Blick zum Bett herüber, das auf der anderen Seite des schmalen Zimmers unter der Dachschräge stand. Eugen Rentschler, sein Zimmernachbar, lag dort und schnarchte leise im Schlaf. Der hatte es gut, konnte noch länger schlafen, denn er musste nicht auf den ersten Zug nach Pforzheim. Aber wer wollte sich in diesen Zeiten beklagen, wenn man froh sein musste, dass man Arbeit hatte – vielen Menschen ging es im vierten Jahr nach dem Krieg immer noch sehr schlecht. Und im Nachhinein kam es Johannes wie ein kleines Wunder vor, dass man ihn in der Firma Armbruster wieder genommen hatte. Wer brauchte heutzutage denn noch Schmuck und Uhren? Aber offensichtlich gab es genügend Leute, die Geld hatten, solche, die am Krieg verdient hatten und die Paule immer verächtlich als »Kriegsgewinnler« bezeichnet hatte. Jedenfalls produzierte die Firma Armbruster weiter, wenn auch mit reduzierter Belegschaft, und ihn hatte man wieder genommen, als er seine Verletzung auskuriert hatte.

Das Bett knarrte, man hörte einige rasselnde Schnarchlaute und plötzlich vernahm Johannes ein verschlafenes »Wie spät ist es denn?«. Eugen hatte sich im Bett aufgerichtet und starrte ihn schlaftrunken an.

»Erst halb sechs, kannst noch eine Runde schlafen. Ich bin auch gleich fertig.«

Knurrend ließ sich Eugen wieder in das Kissen zurückfallen. Er kam aus einem Nachbarort und arbeitete beim Tournier, der jetzt im Jahre 1922 der größte Arbeitgeber im Dorf war. Kurz nach Ende des Krieges hatte die Firma geschlossen, aber nach einigen Wochen geschah auch hier ein kleines Wunder: Es ging wieder weiter wie vor dem Krieg! Johannes war es merkwürdig vorgekommen, dass in diesem Land wieder Fotoverschlüsse gebraucht wurden, aber offensichtlich war das so – und mehr noch als die Verschlüsse fanden die Spezialmaschinen, die Fräsen und Automaten, guten Absatz.

Fast fünfhundert Menschen aus dem oberen Enztal bekamen dort Arbeit, auch der Eugen Rentschler, mit dem sich Johannes seit zwei Jahren das Zimmer teilte. Als Ungelernter musste er in der Gießerei arbeiten, ein »Drecksgeschäft« war das, wie er immer wieder erzählte, aber man konnte es sich eben nicht aussuchen. Zudem war der Schlafplatz bei der Witwe Bott billig, das Frühstück ganz ordentlich und er konnte sogar etwas auf die hohe Kante legen. Er »ging« nämlich seit knapp einem Jahr mit einem Mädchen aus Grunbach, und das schien etwas Festes zu sein, wie er Johannes anvertraute. Sie arbeitete im Café Wirtz und Johannes kannte sie vom Sehen. Eine dralle Blonde, die etwas zu laut und zu schrill lachte. Aber Eugen war schwer verliebt, und wenn er erst mitten in der Nacht heimkam, brachte er einen merkwürdigen Geruch mit, Johannes konnte ihn drüben in seinem Bett riechen. Es war ein süßlicher Geruch nach billigem Parfum und Puder, ein Geruch nach Frauenhaut und Zärtlichkeit, der ihm fremd war. Aber vielleicht bildete er sich das alles nur ein? Vielleicht spielte ihm seine Phantasie einen Streich.

Die Sitten waren lockerer geworden nach dem Krieg. Menschen, die den Tod geschmeckt hatten, wollten vom Leben kosten, so viel wie möglich! Gott allein wusste, in wie vielen Betten Fritz schon herumgekommen war. Die Mädchen machten es ihm leicht, war er doch der hübscheste Kerl im ganzen Dorf. Er hatte etwas, das man nicht genau benennen konnte, aber es war da und er konnte jede kriegen, wie er immer wieder sagte. Es klang nicht angeberisch, sondern wie die nüchterne Feststellung einer Tatsache – es war eben so, und er, Friedrich, würde das nutzen. Wichtig war nur, dass man aufpasste und den Weibern keine Kinder machte. Ständig lag er Johannes in den Ohren: Er wollte ihn mitnehmen. Die, mit der er sich heute Abend treffen wolle, habe eine nette Freundin, sehe auch ganz gut aus. Ein paarmal war er dann auch mitgegangen, saß mit Friedrich in Cafés und Gasthäusern, spendierte Kaffee und Kuchen oder ein Glas Wein, aber hockte nur stumm da, wenn Friedrich redete, unaufhörlich redete und ihm einen Tritt gegen das Schienbein gab.

»Sitz nicht so da wie ein Holzklotz«, musste er sich immer wieder anhören, und wenn Friedrich dann mit seinem Mädchen verschwand und ihm aufmunternd zuzwinkerte, verabschiedete er sich schnell und ließ seine Tischnachbarin mit offenem Mund dasitzen. Er konnte mit diesen plappernden, kichernden Wesen nichts anfangen und es ekelte ihn auch vor dem, was die Leute, auch Friedrich, fälschlicherweise als »Liebe« bezeichneten. Es hatte ihn schon in der Stadtmühle geekelt, wenn die »Kavaliere« kamen, mehr noch im Feld, wo er einige Male mitbekommen hatte, wie plötzlich Frauen bis fast nach vorne an die Front kamen. Häuser wurden requiriert, um als Feldbordelle benutzt zu werden, und die Männer, die sich freudig zugeflüstert hatten, Weiber seien gekommen, stellten sich in langen Reihen vor diesen Häusern auf. Ganz vorne am Eingang hatte ein Sanitäter Desinfektionsmittel und Salben verteilt, die davor und danach aufzutragen waren, und dann hatte jeder Soldat zehn Minuten Zeit gehabt. Johannes hatte die Männer einerseits verstanden, den meisten ging es weniger um die Lust als darum, einige Minuten vergessen zu können. Es ging ihnen um Wärme und Berührung – trotzdem schauderte es ihn jedes Mal. Das hatte nichts mit Liebe zu tun und das sagte er auch zu Friedrich, der dennoch nicht aufgeben wollte und der ihn immer wieder als »Mondkalb« und als »Spießer« bezeichnete.

Aber Friedrich wusste auch nicht, dass vor einigen Wochen etwas geschehen war, etwas so Außerordentliches und Beunruhigendes, dass es Johannes selbst gar nicht fassen konnte – er hatte sich verliebt, richtig verliebt!

Am Anfang hatte er dieses Gefühl gar nicht zu benennen gewusst. Es war dieselbe merkwürdige Anziehungskraft, die er schon bei Friedrich gespürt hatte, und doch war es diesmal anders, es war Zittern und Aufgeregtsein und Freude. Und plötzlich war er eitel geworden, rasierte sich sorgfältig, hatte sogar auf sein Erspartes zurückgegriffen und sich eine neue Hose und ein Jackett gekauft.

Da war ein Mädchen in den Zug eingestiegen, im Nachbardorf. Ein Mädchen, wie es Johannes bis jetzt noch nicht gesehen hatte! Sie hatte ihn an Bilder erinnert, die er bei Caspar gesehen hatte. Madonnen waren das gewesen, Darstellungen der Jungfrau Maria, mit langen Schwanenhälsen, das zarte Oval des Gesichts eingerahmt von dunklen Locken und diesem innigen Blick aus sanften Augen. Genau so hatte sie ausgesehen. Sie hatte sich beim ersten Mal in dasselbe Abteil gesetzt wie Johannes, schräg gegenüber auf die andere Seite, und er hatte sie die ganze Fahrt über angestarrt, konnte keinen Blick von ihr wenden. Sie hatte es gemerkt, ein paarmal scheu ihren Blick über ihn gleiten lassen und er war ganz rot geworden. Am nächsten Tag war sie in ein anderes Abteil eingestiegen und auch an den folgenden Tagen sah er sie nur kurz am Bahnsteig. Aber sie stieg in Pforzheim aus, wie er, und er hatte sie im Strom der Passanten entschwinden sehen. Leider konnte er ihr nicht folgen, denn er musste zur Arbeit und die Zeit war knapp.

Verzweifelt hatte er schon erwogen, einen Tag freizunehmen, um herauszufinden, wo sie hinging, aber dann war ihm der Zufall zu Hilfe gekommen. In der Mittagspause, als er zum Kaufhaus Schocken ging, um sich ein neues Oberhemd zu kaufen, hatte er sie gesehen. Sie arbeitete dort, trug den blauen Kittel der Verkäuferinnen und verkaufte Pralinen und Kekse, die sie mit freundlichem Lächeln in Tüten oder Schachteln abpackte und den Kunden überreichte.

Mit klopfendem Herzen hatte er sie damals beobachtet. Friedrich wäre hingegangen, hätte gleich diesen Zufall genutzt. Hätte etwas gekauft, ein paar Sprüche geklopft, hätte sich gleich mit ihr verabredet – da war sich Johannes sicher. Und er stand blöde guckend hinter einer Säule. Wie angewurzelt stand er da und schlich dann vorsichtig durch die große Eingangstür nach draußen. Seither hatte er sich jeden Tag vorgenommen, sie in der Mittagspause anzusprechen. Aber er brachte es nicht fertig. Er versuchte sich Mut zu machen, hielt jeden Morgen auf dem Weg zum Bahnhof Ausschau nach irgendwelchen Zeichen, einer Art göttlichem Fingerzeig, der ihm signalisierte, heute könne er es wagen.

Wenn ihm auf der Straße von Wildbad kommend ein Auto entgegenkam …, das Auto musste hell sein, cremefarben oder so etwas, wenn Frau Bott beim Frühstück heute eine blaue Schürze trug – lauter blödsinniges Zeug dachte er sich so zusammen. Nur eines wagte er nicht, sich Friedrich anzuvertrauen! Irgendeine merkwürdige Scheu hielt ihn zurück.

Heute endlich wollte er sie ansprechen, er wollte es wagen. Es versprach ein sonniger Frühsommertag zu werden, die Fliederbüsche in Frau Botts schmalem Vorgarten dufteten schon am Morgen, das deutete er als gutes Omen. Heute würde er sie in der Mittagspause ansprechen. Er würde eine Tafel Schokolade kaufen und dabei beiläufig erwähnen, dass er sie schon ein paarmal gesehen hatte. Alles hatte er sich zurechtgelegt. Er fasste den Griff seiner Aktentasche fester. Vielleicht konnte er sie ins Café Wirtz einladen, morgen war Sonntag, da konnte man doch miteinander abends ausgehen und ein Glas Wein trinken. Er würde sie dann nach Hause begleiten. Wenn es so warm blieb, konnten sie bis nach Hofen laufen, sie könnten sich unterhalten und er würde ihr alles Mögliche erzählen, vielleicht auch vom Malen, vom »Taugenichts« – und wer weiß, vielleicht würde sie dann am nächsten Sonntag mit ihm zum Katzenbuckel hinaufgehen! In solchen Träumen verloren bestieg Johannes seinen Zug nach Pforzheim, die Aktentasche immer noch fest umklammert, als wolle er sich selbst seine wilde Entschlossenheit demonstrieren.

Diese Aktentasche, sie war ein Geschenk von Friedrich gewesen, nach der Gesellenprüfung, die er als Jahrgangsbester abgeschlossen hatte. Sie war aus weichem braunen Leder und er hatte sie damals einige Minuten fassungslos angestarrt. So etwas Schönes hatte er noch nie besessen. »Du bist ja verrückt«, hatte er gekrächzt und dann den Freund heftig umarmt. »Die ist doch viel zu teuer«, hatte er fast vorwurfsvoll gesagt, aber Fritz hatte nur abgewinkt und gesagt: »Lass nur. Hab ein paar Überstunden gemacht. Und der Großvater hat mir etwas Extrageld vermacht – speziell mir. Ist meine Sache, was ich damit mache, das Geld wird sowieso immer weniger wert.«

Damit hatte er Recht gehabt. Die Preise stiegen ständig und die Leute raunten sich zu, wenn es so weitergehe, dort im fernen Berlin, dann sei das Geld bald gar nichts mehr wert.

»Trotzdem«, Johannes hätte damals vor lauter Rührung fast geheult, »trotzdem, Friedrich. So etwas Wertvolles für mich, das habe ich doch gar nicht verdient!«

Friedrich hatte wortlos seine Hand gedrückt. Johannes war damals noch eine andere Idee gekommen und er musste lächeln, als er Friedrich darauf ansprach. »Jedenfalls weiß ich genau, wie ich mich revanchieren kann!«

»Was meinst du?«

»Schuhe. Ich kaufe dir ein paar Schuhe! Damit liegt man bei dir doch immer richtig.«

Friedrich hatte in sein Lachen eingestimmt, aber Johannes war plötzlich unbehaglich zu Mute gewesen. Er hatte einen merkwürdigen Unterton herausgehört. Wie hatte er Trottel nur daran rühren können! Schuhe – Friedrichs große Schwäche, wie er selbst freimütig eingestand. Jedoch war daran immer die Erinnerung verknüpft an die Zeit, in der ein Friedrich Weckerlin barfuß gehen musste.

Vielleicht erzähle ich Friedrich doch davon, dachte Johannes, als sich der Zug ruckelnd in Bewegung setzte. Wenn es klappt, wenn sie sich mit mir verabredet, erzähle ich ihm davon, vielleicht kann er mir helfen, was ich sagen soll und wie ich es am besten anstelle. Ich bin doch so dumm in diesen Dingen.

Als der Zug in Hofen einfuhr, stand er auf und öffnete das Fenster, trotz des Protestes einer älteren Frau aus Grunbach, die ihm gegenüber Platz genommen hatte. Nach Pforzheim, zum Augendoktor müsse sie, hatte sie ihm leutselig erzählt; mit dem Sehen werde es immer schlechter und sie müsse doch auf die Enkel aufpassen, denn die Tochter gehe zum Tournier, zum »Schaffen«. Der Schwiegersohn, der arme Kerl, sei nicht mehr aus dem Krieg heimgekommen. Johannes beruhigte sie, er schließe das Fenster gleich wieder, er müsse nur nach jemandem Ausschau halten.

Tatsächlich, sie stieg in das Nachbarabteil ein, für einen Moment hatte er gefürchtet, sie könnte krank sein oder sich freigenommen haben. Aber sie war da, so hübsch anzusehen in ihrer weißen Bluse und der schwarzen Jacke, ein kleines Hütchen hatte sie leicht schräg auf das dichte, glänzende, nussbraune Haar gesetzt.

Heute Mittag also würde er es wagen! Und heute Abend stand ebenfalls noch etwas Wichtiges an. Er würde sich mit den Genossen im »Bräukeller« treffen! Es handelte sich um ihre regelmäßige monatliche Versammlung, aber heute sollte eine wichtige Entscheidung fallen. Die Grunbacher Genossen wollten eine eigene Ortsgruppe gründen. Über zehn Leute gehörten in der Zwischenzeit der Partei an. Ältere, die 1918 den Grunbacher Arbeiter- und Soldatenrat gegründet hatten, der dann so schmählich abgesetzt worden war, und auch einige Jüngere, in Johannes' Alter, die den Krieg mitgemacht hatten. Viele von ihnen arbeiteten wie Johannes in Pforzheim. Sie einte der brennende Wunsch, der Krieg könne doch nicht völlig umsonst gewesen sein, und wie Johannes empfanden sie eine heillose Wut darüber, dass die, die vom Krieg profitiert hatten, unbehelligt weiter ihren Geschäften nachgehen konnten.

»Und die Mörder von Rosa und Karl und den anderen Genossen laufen immer noch frei herum, eine Schande ist das!«, hatte der Hermann Rau aus Grunbach beim letzten Treffen unter dem lauten Beifall der anderen Genossen gerufen. Aber die Partei werde stärker und den Leuten ginge es nach dem Krieg immer schlechter. Und die im Grunbacher Gemeinderat, in dem immer noch ganz bestimmte Leute den Ton angaben, die würden sich bald sehr wundern!

Irgendwie gibt es im Leben besondere Tage, solche, in denen sich plötzlich viel entscheidet, dachte Johannes. Kann gut sein, dass dies heute so ein Tag in meinem Leben ist.

28

In der Nacht machte sich Friedrich gegen zwei Uhr morgens auf den Heimweg. Hedwig hatte zwar schlaftrunken protestiert und ihre Beine um seine Oberschenkel geschlungen, aber er hatte sich frei gemacht und war aus dem warmen Bett gekrochen. Ihre Kammer lag zwar abseits von den Wohnräumen im hinteren Teil der Metzgerei Renner, aber der Meister hatte einen unruhigen Schlaf und Friedrich hatte den Verdacht, dass er selber ein Auge auf sein Dienstmädchen geworfen hatte und deshalb nächtlichen Besuch sehr übellaunig vor die Tür setzen würde. Außerdem dauerte ihm das mit Hedwig schon zu lange, sie sprach von »Eltern besuchen« und Ähnlichem und Friedrich schauderte bei dem Gedanken, er müsse eines Tages in einem der kleinen, bescheidenen Häuschen am Ortsrand auftauchen, wo Hedwigs Eltern und der jüngere Bruder hausten.

Den Kopf rechtzeitig aus der Schlinge ziehen, nannte es Friedrich, Schluss machen, bevor sich irgendwelche unvernünftigen Ideen in den Köpfen der Weiber festsetzten. Sie hatten beide ihren Spaß gehabt und damit basta! Daher hatte er ihr auch heute Nacht sanft ins Ohr geflüstert, in nächster Zeit könne er nicht mehr so oft kommen, er habe viel zu tun. Er schlüpfte leise in seine Kleider und öffnete vorsichtig die Kammertür. Sie rief ihm weinerlich noch etwas nach, aber da war er schon die Treppe hinuntergehuscht, auf Socken und mit angehaltenem Atem, damit keiner von den Bewohnern aufwachte. Außerdem musste er vor Morgengrauen in seinem Bett liegen. Mutter schlief sehr schlecht und hatte sich dummerweise angewöhnt, kurz bevor es hell wurde, in sein Zimmer zu gehen, um ihn rechtzeitig zu wecken; obwohl das nicht notwendig war, wie er immer wieder beteuerte. Aber sie bekam natürlich einiges von seinem Lebenswandel mit, vielleicht war das auch ein Mittel, um seine nächtlichen Ausschweifungen wenigstens etwas einzudämmen.

An der Enzbrücke verharrte Friedrich plötzlich und horchte angestrengt nach unten, wo die Hofer Straße von der Brücke abging. Undurchdringliches Dunkel lag über dem Dorf, nur das leise gurgelnde Wasser der Enz reflektierte das helle Mondlicht, das auf den Wellen zu tanzen schien. Friedrich lauschte weiter in das Dunkel hinein. Kein Zweifel, das waren Schritte, und er meinte sogar den Atem eines Menschen zu hören.

Friedrich war vorsichtig geworden, obwohl seine letzte Auseinandersetzung mit Franz Übele nun schon vier Jahre zurücklag. Noch am selben Tag, an dem er mit Louis Dederer über seinen Verdacht gesprochen hatte, war Übele gekündigt worden, fristlos, wie sich die Leute später erzählten, wegen »Unregelmäßigkeiten«. Am Nachmittag hatte er bei Lisbeth seine Papiere geholt und dann war er noch einmal hinübergegangen zur großen Gattersäge.

»Pass auf, Weckerlin«, hatte er gezischt, »pass auf! Ich weiß, wem ich das verdanke. Pass du auf, oder man findet dich irgendwann mit einem Loch im Schädel oder du liegst in der Enz wie dein Alter.«

Weiter war er nicht gekommen, denn Friedrich hatte ihn gepackt, obwohl er den schweren, armlangen Lederhandschuh des Gatterführers trug, der ihn behinderte. Blind vor

Wut hatte er ihn gepackt und er hätte ihn vielleicht sogar gegen die Säge geworfen, wenn nicht einige der Arbeiter hinzugeeilt wären und die beiden Kampfhähne getrennt hätten.

»Pass du selber auf!«, hatte Friedrich geknurrt, hatte Übele nachgespuckt, der sich demonstrativ die Jacke abgeklopft, seinen Hut wieder aufgesetzt und sich dann auf dem Absatz umgedreht hatte.

Seitdem war Friedrich auf der Hut, er hatte den Hass in Übeles Augen gesehen, immer wieder tauchte die ölverschmierte Treppe in seinen Erinnerungen auf und die Arbeiter hatten ihm später oft berichtet, der Übele sitze jeden Tag sinnlos betrunken in den Wirtshäusern und stoße Drohungen gegen den Weckerlin aus. Aber eines Tages war Franz Übele spurlos verschwunden gewesen, kein Mensch wusste, wohin er gegangen war, und der alte Dederer hatte auf Fragen nur mit den Schultern gezuckt.

Immer wieder war es Friedrich vorgekommen, als werde er beobachtet, als folge ihm jemand bei seinen nächtlichen Streifzügen. Er war nie auf jemanden getroffen, manchmal schien es, als spiele ihm lediglich seine Phantasie einen Streich – und dennoch, er war auf der Hut, auch in dieser Nacht!

Aber es war nicht Franz Übele, der ihm auflauerte. Als die Schritte näher kamen, konnte Friedrich plötzlich die wohl vertraute Silhouette seines besten Freundes erkennen.

»Johannes, du!«, rief er mit unterdrückter Stimme, der die Erleichterung anzumerken war. »Wo um Himmels willen kommst du denn her?«

»Aus Pforzheim«, beschied ihm Johannes kurz und bündig.

»Ach, du bist gelaufen. Menschenskind, mitten in der Nacht!«

Johannes hörte wohl den Vorwurf aus der Bemerkung des Freundes heraus, denn er sagte beschwichtigend: »Ich wäre gern mit dem Zug gefahren, aber die Versammlung hat so lange gedauert und der letzte Zug war schon weg.«

»Warst also wieder bei den Genossen. Die Rotfront traulich vereint beim Bier! Und, wann fängt die Revolution an?«

Johannes war den Spott des Freundes schon gewohnt, deshalb ging er auf diese Bemerkung gar nicht ein. »Wir haben eine Grunbacher Ortsgruppe gegründet«, sagte er stolz. »Der Rau, der Maier, der Schwerdtfeger und noch ein paar andere; die sind übrigens mitgelaufen, der Oskar hat sich gerade erst von mir verabschiedet.«

»Eine Grunbacher Ortsgruppe!« Friedrich schien das zu amüsieren, so wie er sich auch weigerte, Johannes' Aktivitäten in der kommunistischen Partei allzu viel Gewicht beizumessen. »Da werden sie aber zittern, der Zinser und der Tournier! Bald weht die rote Fahne über Grunbach.« Plötzlich wurde er ernst. »Herrgott, Johannes! Wann hörst du endlich auf mit diesem Quatsch? Bloß weil dir der Berliner Kamerad diesen Floh ins Ohr gesetzt hat und du dich irgendwie verpflichtet fühlst, weil er umgekommen ist.«

»Lass, Friedrich, ich habe keine Lust, mich mit dir heute Nacht darüber zu streiten. Es kommt sowieso nichts dabei heraus.« Johannes zögerte etwas. »Ich muss dir etwas ganz anderes erzählen, etwas sehr Schönes!«

Sie hatten in der Zwischenzeit ihren Weg gemeinsam fortgesetzt, bei diesen Worten aber blieb Friedrich stehen und versuchte dem Freund ins Gesicht zu sehen.

»Da bin ich aber gespannt! Obwohl, lass mich raten, es wird doch nicht …«

»Ich weiß nicht, was du meinst«, unterbrach ihn Johannes ungeduldig. »Kurz und gut, ich hab ein Mädchen kennen gelernt – und sie will sich mit mir treffen. Morgen schon!«, fügte er trotzig hinzu, als wollte er damit jedem Zweifel an seiner Behauptung vorbeugen.

»Da soll mich doch …!« Friedrichs Verblüffung war echt. »Du alter Heimlichtuer! Aber erzähl, wer ist es? Kenne ich sie? Und überhaupt …«

»Und überhaupt gibt's gar nicht viel zu erzählen. Ich kenne sie noch gar nicht richtig, sie fährt jeden Morgen im selben Zug«, fügte Johannes zögernd hinzu. »Heute in ihrer Mittagspause habe ich sie eingeladen, für morgen Abend oder vielmehr heute Abend, und sie hat gleich zugesagt.« Der Stolz in seiner Stimme war nicht zu überhören.

Friedrich musste unwillkürlich grinsen. Johannes, sein Johannes, dieses Mondkalb, hatte tatsächlich eine Verabredung mit einem Mädchen, und das ganz ohne sein Zutun. Da musste es aber mächtig eingeschlagen haben. Er bedrängte den Freund weiter mit Fragen, aber Johannes wich immer wieder aus.

»Kannst du mir deine neue Krawatte borgen, du weißt schon, die mit den roten und blauen Querstreifen? Die würde gut zu meiner Jacke passen.«

»Ist doch klar. Und ich komme höchstpersönlich vorbei, um dich fein zu machen. Ich würde dir sogar meine neuen Schuhe borgen, die braunen mit den weißen Ziernähten. Aber du mit deinen Mädchenfüßen … Obwohl, wenn du sie ausstopfst?«

Lachend wehrte Johannes ab. Er wolle doch nicht als Papagei auftreten. In der Zwischenzeit waren sie vor dem Haus angekommen, in dem die Weckerlins das Dachgeschoss bewohnten. Unwillkürlich dämpften sie ihre Stimmen, um niemanden aufzuwecken.

»Wo willst du denn mit ihr hingehen? Vielleicht komme

ich sogar auf einen Sprung vorbei, muss mir die Dame doch anschauen.«

»Fritz, das tust du bitte nicht!« Johannes' Stimme klang bittend. »Lass mich das machen, auf meine Weise. Hörst du, Fritz?«

Friedrich war erstaunt. Was war denn nur los mit Johannes?

Sie sagten sich Gute Nacht und dann ging Johannes die paar Schritte hinüber zum Haus der Witwe Bott.

Friedrich betrat den dunklen Flur. Der vertraute Geruch nach Bohnerwachs und Kampfer empfing ihn. Er sog ihn tief ein, diesen Geruch nach Ehrbarkeit und Langeweile. Auf Zehenspitzen schlich er die Stufen hoch. Jedes Mal kam es ihm so vor, als sei es auch ein Hinaufgehen in anderem Sinne: Sie hatten es aus der Stadtmühle geschafft und es würde weitergehen, ganz nach oben! Und Johannes hatte ein Mädchen! Wer hätte das für möglich gehalten? Hoffentlich schleifte er sie nicht gleich hinauf in den Wald und begann von seiner Malerei zu erzählen oder ihr gar aus dem Buch vorzulesen. Weiber wollten so etwas nicht, sie wollten ihren Spaß haben, gerade in diesen harten Zeiten. Hoffentlich kapierte er das rechtzeitig.

Als er sich vorsichtig im Dunkeln auszog, dachte er flüchtig daran, dass der Gottlob Kusterer bald in Rente gehen würde. Dederer hatte neulich so etwas angedeutet und es war völlig klar, wer die Stelle als Vorarbeiter dann bekommen würde. Es würde ein guter Sommer werden, trotz allem – der Politik und der Not der Leute und ihrer Sorgen um das Geld, das immer weniger wert wurde. Ein guter Sommer, ein gutes Jahr für ihn, davon war Friedrich fest überzeugt; und das Lächeln blieb auf seinem Gesicht, als er in einen tiefen, traumlosen Schlaf glitt.

29

Gretl liegt schlaflos im Bett, gerade hat die Glocke des Grunbacher Kirchturms zwei Uhr geschlagen. Sie richtet sich schnaufend auf und greift hinüber zu dem großen, altertümlichen Wecker. Im Schein des Mondlichts versucht sie die Stellung der Zeiger auszumachen. Tatsächlich, es ist erst zwei Uhr. Man verliert das Gefühl für die Zeit, wenn man im Bett liegt und auf den Schlaf wartet, der nicht kommen will, und dabei den unruhigen, stolpernden Schlag des Herzens im ganzen Körper spürt.

Es geht ihr nicht gut, seit das Mädchen, Anna, da ist. Sie verbirgt es sorgfältig vor ihr, auch vor Christine und Richard und dem Jungen, obwohl Richard noch am letzten Abend besorgt gefragt hat, ob es ihr denn nicht zu viel werde, so tief in die Vergangenheit einzutauchen und die alten Sachen aufzurühren. Sie hat abgewehrt und lächelnd gemeint, die Abwechslung täte ihr gut, aber das ist nur die halbe Wahrheit. Tatsächlich stürmt so vieles auf sie ein, dass sie gar keine Ruhe mehr findet, das alte, kranke Herz gerät immer öfter aus dem Takt und immer öfter muss sie zu den Fläschchen mit den Herztropfen greifen.

Die Bilder, die Erinnerungen sind wiedergekommen, sogar vieles, von dem sie geglaubt hat, es sei für immer in die Tiefen des Vergessens abgesunken. Das Mädchen stellt Fragen, verständlicherweise viele Fragen, und dann sind da die Hefte, in denen sie unentwegt liest, und sie, Gretl, weiß doch nicht, was Johannes da alles aufgeschrieben hat, auch das bereitet ihr Sorgen.

Ist es eigentlich normal, dass ein junges Mädchen sich hier verkriecht und dauernd in alten Erinnerungen kramt? Aber sicherlich hängt das mit dem Tod ihrer Mutter zusammen, ihrem langen Sterben, das sie miterleben musste, das hat sie sicher verändert. Und Anna ist einsam, manchmal kommt sie Gretl ganz verloren vor. Sie ist ein gutes Mädchen, das hat sie gleich bei der ersten Begegnung gespürt, beim Blick in diese Augen, diese Johannes-Augen. Trotzdem wünscht sie manchmal, Anna wäre nicht gekommen!

Heute Abend hat der Junge sie mitgenommen in eines dieser modernen Lokale nach Pforzheim, unter denen sie sich nichts vorstellen kann. Anna müsse einmal herauskommen und sich nicht allzu sehr in der Vergangenheit vergraben, hat Richard gemeint. Erst hat Anna gar nicht gewollt, hat sogar Gretl gefragt, ob sie sie allein lassen kann, was doch eigentlich lachhaft war. »Ich bin schon seit vielen Jahren meistens allein«, hat sie ihr geantwortet, »es macht mir nichts aus«, und sie ist geradezu froh gewesen, als sich die Tür hinter Anna und dem Jungen schloss. Aber dann wurde es sogar noch schlimmer, die Geister der Vergangenheit kamen über sie, als hätte man den Stöpsel aus einer Flasche gezogen, in der sie gefangen gehalten wurden. Sie ist inzwischen bei der Sache mit Marie angekommen, wie es anfing, damals mit ihr und Johannes, das merkt Gretl an den Fragen, die Anna jetzt an sie richtet.

»Wie war sie denn, meine Urgroßmutter, was war sie für ein Mensch? War sie schön? Hast du etwas gemerkt, damals …?«

Natürlich hat sie etwas gemerkt. Johannes ist in jenem Sommer verändert gewesen, er schaute öfter noch als sonst inwendig, hatte den Kopf in den Wolken, wie Friedrich immer zu sagen pflegte, und dabei lag immer dieses merkwürdige Lächeln auf seinem Gesicht, als erinnere er sich an etwas besonders Schönes. Sie hatte erst nicht verstanden, was mit ihm geschehen war, sich nur gefreut, dass es ihm gut ging. Aber dann hatte die Mutter einmal abends beim Abspülen in der Küche plötzlich gesagt, dass Johannes wohl ein Mädchen habe. Sie hatte widersprochen, das sei doch unmöglich – irgendwie konnte man sich das gar nicht vorstellen, Johannes und ein Mädchen! Aber die Mutter hatte behauptet, sie habe es mit eigenen Augen gesehen, Hand in Hand seien sie gegangen und ganz verliebt hätten sie sich angeschaut. Sie hatte dann Emma gefragt, ob sie etwas wisse, Friedrich musste doch etwas angedeutet haben, aber Emma war genauso überrascht gewesen.

Und dann war der Tag gekommen, an dem sie Marie zum ersten Mal gesehen hatten. Es war ein Samstagnachmittag, Gretl weiß es noch genau! Der Sommer neigte sich schon und Emma und sie waren am Rand des Katzenbuckels auf der Suche nach Brombeeren gewesen. Friedrich hatte es nicht gerne gesehen, wenn Emma mit ihr zum Beerensammeln ging, sie hätten es jetzt nicht mehr nötig. Richtig wütend wurde er manchmal, aber Emma lachte ihn nur aus. Sie hielten immer noch zusammen, die gemeinsame Zeit in der Stadtmühle hatte ein unzerreißbares Band zwischen ihnen geknüpft; und Gretl war froh darüber, denn mit den neuen Bewohnern in der Stadtmühle hatten sie kaum Kontakt. Es waren zwei Familien, die den Vater und Ernährer im Krieg verloren hatten, und die wollten mit dem alten »Stadtmühlengesindel« nichts zu tun haben.

So waren nur noch die alte Frau Mühlbeck und Otto und Ernst übrig geblieben. Die alte Gemeinschaft war auseinander gefallen. Aber Johannes begleitete sie immer wieder, stieg nach der Arbeit oft nach oben in den Wald, vor allem im Sommer, wenn es lange hell war, und er hatte ihnen dann immer geholfen, den schweren Korb ins Tal zu tragen.

Deshalb hatten sie auch an diesem Samstagmittag geglaubt, er sei gekommen, um sie abzuholen, denn über den Wipfeln der Tannen färbte es sich schon rot und es war Zeit zum Aufbruch. Da hatte er plötzlich vor ihnen gestanden, ganz lautlos war er herangekommen, sie hatten es gar nicht bemerkt, und neben ihm stand ein Mädchen, eine junge Frau. Gretl weiß noch genau, was sie damals als Erstes gedacht hat: So ein hübsches Mädchen, da wird der Friedrich aber Augen machen, Friedrich mit seinen ewigen Weibergeschichten! Ganz Grunbach wusste davon und Emma erzählte ihr immer wieder, ihre Mutter gräme sich deswegen sehr.

So ein schönes Mädchen, dachte die kleine Gretl Haag damals – in ganz Grunbach gibt es keine, die so hübsch ist! Und wie der Johannes sie angesehen hatte! Er hatte sie dann als seine beiden ältesten Freundinnen vorgestellt und das Mädchen hatte ihnen freundlich die Hand entgegengestreckt.

Sie heiße Marie und sie sollten doch du sagen und für einen Moment herrschte verlegenes Schweigen, dann packte Johannes den Korb und sie traten gemeinsam den Rückweg an. Sie sei schon öfter mit Johannes hier oben gewesen und habe ihm beim Malen zugesehen, berichtete diese Marie ganz unbefangen, und Johannes habe schon viel von ihnen erzählt. Gretl hatte damals nur zugehört und Marie und Johannes immer wieder von der Seite verstohlen angesehen. Manchmal warfen sich die beiden einen Blick zu, ganz liebevoll und zärtlich.

Emma hielt sich abseits, trödelte absichtlich und die anderen mussten immer wieder eine Weile auf sie warten. Sie beteiligte sich nicht an der Unterhaltung und verabschiedete sich auch nicht, als sie unten im Dorf angekommen waren.

Johannes hatte Gretl angeboten, den Korb bis zur Stadtmühle zu tragen, denn er wollte Marie zeigen, wo er aufgewachsen war. Ganz unbefangen hatte er das gesagt und sie hat sich später überlegt, dass das wahrscheinlich der letzte Ort gewesen wäre, wo Friedrich mit einem seiner Mädchen hingegangen wäre. Damals hatte Johannes verblüfft Emma nachgeschaut, als sie grußlos hinter der Haustür verschwand, und Gretl hatte genau gehört, wie ihm Marie leise ins Ohr geflüstert hatte: »Lass sie, sie ist eifersüchtig.«

Ja, das ist es gewesen! Emma konnte Marie nie leiden, auch später nicht. Aber sie, Gretl, hatte Marie gleich ins Herz geschlossen.

Seufzend richtet Gretl sich auf und tastet nach dem Schalter der Nachttischlampe, als könne das plötzlich aufflammende Licht die Erinnerungen vertreiben. Aber es hilft nichts, die Bilder sind da, scharf und klar stehen sie vor ihrem inneren Auge.

Sie sieht Friedrich in die Küche der Weckerlins kommen. Eine gute Stube hatten sie damals nicht, aber in der Küche stand ein rotes Kanapee mit einem großen Eichentisch, Erbstücke von Frau Weckerlins Mutter. Dort versammelte man sich, wenn es etwas Besonderes zu feiern gab. Frau Weckerlin hatte Geburtstag gehabt, auch die Mutter und sie sind eingeladen gewesen, es hatte einen dick mit Zucker bestreuten Napfkuchen gegeben, mit echtem, richtigem Kaffee, ein Geschenk vom Fräulein Dederer, wie Frau Weckerlin etwas verlegen erzählt hatte. Natürlich war auch Johannes eingeladen gewesen. Er solle sein Mädchen mitbringen, hatte ihm Frau Weckerlin gesagt, sie sei fast beleidigt, dass er sie noch nicht vorgestellt habe.

So war er also tatsächlich mit Marie gekommen an diesem trüben Oktobertag, an dem die Dunkelheit früh hereingebrochen war, weil schwarze, schwere Regenwolken schon den ganzen Tag über dem Enztal hingen. Direkt vom Bahnhof waren sie gekommen und Marie hatte Schokolade überreicht, etwas verlegen war sie gewesen und Emma hatte dann Kaffee über ihren grauen Kostümrock geschüttet, natürlich absichtlich, das weiß Gretl noch genau. Ganz verschüchtert hatte Marie auf dem äußersten Rand des Kanapees neben Frau Weckerlin gesessen – und dann war die Tür aufgegangen und Friedrich war hereingetreten!

Er stand plötzlich im Zimmer und es war so wie immer, wenn er hereinkam: »Er füllt den ganzen Raum«, hatte Johannes immer gesagt. Die kleine Gretl, damals zehn Jahre alt, hatte aber noch etwas anderes empfunden in diesem Augenblick: Es war diese Aura der Männlichkeit, die von Friedrich ausging. Damals hätte sie es nicht zu erklären gewusst, heute aber ist dieses Bild oder vielmehr diese Augenblicksempfindung ganz präsent.

Wie er dastand, groß, breitschultrig, ein Bild der Kraft. Wie er lachend die Gesellschaft begrüßte und dann war sein Blick an Marie hängen geblieben! Große Augen hatte er gemacht, der Friedrich Weckerlin, sie hatte es damals genau gesehen, er konnte den Blick gar nicht mehr von ihr abwenden. Marie war rot geworden, schaute angestrengt auf die weiße Tischdecke, sah dann scheu wieder auf – und ihre Augen trafen sich, nur für den winzigen Bruchteil einer Sekunde, aber was war das für ein Blick gewesen!

Später ist Gretl eine Stelle im »Taugenichts« eingefallen, die sie immer besonders gemocht und sich deshalb eingeprägt hat: »… sah mich an, dass es mir durch Leib und Seele ging.«

Genau so ist der Blick der beiden gewesen, ganz genau so. Habe ich das damals wirklich schon so empfunden oder hat sich der Gedanke erst später eingestellt, viel später, als das Unglück schon seinen Lauf genommen hat? Und Johannes! Wie er dasaß, etwas verlegen, dennoch strahlend, er war so stolz auf seine Marie, und jetzt trafen die beiden Menschen aufeinander, die ihm am liebsten waren.

Hatte er damals dennoch schon eine instinktive Furcht verspürt? Immerhin hatte er Marie den ganzen Sommer über praktisch vor Friedrich versteckt. Aber in diesem Moment schien alles gut zu sein und sie hatten noch bis tief in die Nacht gefeiert, denn Friedrich hatte Wein mitgebracht. Friedrich und Marie hatten an diesem Abend kaum miteinander gesprochen. Gretl erinnert sich, dass sie die beiden damals genau beobachtet hat. Wie immer hatte Friedrich die Unterhaltung bestritten, lustig und lebhaft war er gewesen, vielleicht ein bisschen zu lustig.

Aber seine Augen hatten ihn verraten, immer wieder streiften sie die ihm gegenübersitzende Marie. Das war der Anfang gewesen. Keine schöne Geschichte, die Anna jetzt in Johannes' Tagebüchern zu lesen bekommt. Gretl seufzt.

Ein Auto fährt vor. Der Motor wird ausgeschaltet, die Wagentüren schnappen leise ins Schloss. Unterdrücktes Kichern und Wortfetzen dringen an Gretls Ohr. Das sind die jungen Leute. So spät – aber es scheint Anna gefallen zu haben, denn immer wieder hört sie ihr leises Lachen. Vorsichtig macht Gretl die Lampe wieder aus und legt sich zurück. Plötzlich ist es sehr still. Sie hat Anna gar nicht hereinkommen hören! Was machen die beiden bloß so lange vor der Haustür, denkt Gretl. Es wird doch nicht eine neue Geschichte anfangen? Ausgerechnet die beiden, das wäre ja was!

30

Die Sirene hatte gerade eben das Signal für den Feierabend gegeben. Im großen Saal der Uhren- und Goldschmiedefabrik Armbruster herrschte die übliche Unruhe. Die Goldschmiede hatten sich von ihren Tischen erhoben, vorsichtig das Auffangfell für den Gold- und Silberstaub abstreifend. Jetzt kam der spannendste Moment des ganzen Arbeitstages. Der Platz wurde gründlich gesäubert, alle Reste, jedes Körnchen nach vorne zur Materialausgabe, zur Kasse getragen, um dort gewogen zu werden. Wehe, das Gewicht des ausgegebenen Materials stimmte nicht mit dem des Schmuckstücks und der Reste überein, dann musste gesucht, noch einmal gründlich gefegt und ausgeklopft werden und dann wieder gewogen. Aber heute Abend schien alles zu stimmen und rasch kehrte Johannes wieder an seinen Arbeitstisch zurück.

»Machst du heute wieder Überstunden?«, fragte ihn sein Tischnachbar Kurt Reiser, der schon die Jacke angezogen hatte und sich zum Gehen anschickte.

Vorsichtig wickelte Johannes einen länglichen Gegenstand, den er gerade aus seinem Spind geholt hatte, aus dem grauen Staubtuch.

»In vierzehn Tagen hat sie Geburtstag, bis dahin muss ich fertig sein.« Unter seinen Händen funkelte und blitzte es plötzlich auf. Ein silbern und blau schimmernder Kasten kam zum Vorschein, es war eine Schmuckkassette, deren Deckel schon fast fertig bemalt war, nur der Hintergrund fehlte noch.

Kurt Reiser stieß einen Pfiff aus, der wohl Bewunderung und Anerkennung ausdrücken sollte, denn gleich darauf sagte er im Brustton tiefster Überzeugung: »Einfach wunderschön, Johannes. Wie du das immer hinkriegst! Kein Wunder, dass sie jetzt ausschließlich dich die Emaillemalereien machen lassen.«

Seit einiger Zeit produzierte die Firma Armbruster verstärkt Gegenstände, die mit feiner Emaillearbeit geschmückt waren, Schmuckkassetten, Pillendöschen, Puderdosen und Zigarettenetuis. Diese Dinge gingen gut, waren Zeichen einer neuen Zeit, wie Herr Wackernagel einmal seufzend bemerkt hatte und keinen Zweifel daran ließ, wie verwirrend er diese Zeit fand, in der Frauen mit kurz geschnittenen Haaren in Röcken – die sogar die Beine oberhalb des Knies zeigten! – in aller Öffentlichkeit rauchten und sich die Nase puderten. Vor kurzem wäre so etwas noch undenkbar gewesen, und dass die Dosen und Etuis der Firma Armbruster jetzt guten Absatz fanden, machte die Sache für Herrn Wackernagel nur unwesentlich besser.

Von Anfang an hatte man Johannes für die Emaillemalerei vorgesehen und es war eine gute Wahl gewesen. Schier unerschöpflich schienen seine Ideen zu sein, immer wieder neue Motive ersann er und malte sie in leuchtenden Farben in nie ermüdender Geduld und Hingabe auf die kleinen Kunstwerke. Diese Kassette aber war sein Meisterwerk!

»Was ist das eigentlich für ein junger Mann da?«, erkundigte sich Kurt und zeigte auf den Deckel der Kassette. Johannes erzählte ihm geduldig und in aller gebotenen Kürze die Geschichte des Taugenichts. »Und jetzt werde ich noch Italien malen«, fügte er mit breitem Grinsen hinzu, »obwohl ich da noch nie gewesen bin. Aber so stell ich es mir vor.« Mit dem feinen Pinsel tupfte er winzige Blätter an einen Baum, der seine Äste über einen tiefblauen See streckte.

»Na, sie wird sich freuen«, Kurt tippte zum Abschied an seine Mütze, »wann darf man denn gratulieren?«

Über Johannes' Gesicht zog eine feine Röte. »An ihrem Geburtstag will ich sie fragen. Der fällt dieses Jahr nämlich auf einen Sonntag, das sehe ich als gutes Omen und letzte Woche hat man mir eine Lohnerhöhung versprochen, weil man zufrieden ist mit meiner Malerei.«

Kurt nickte. »Ich freue mich für dich. Sie kriegt einen guten Mann.« Es klang etwas melancholisch und Johannes wusste, warum. Er sah dem Kollegen nach, wie er hinkend durch den Saal ging und sich an der Tür noch einmal umdrehte und Johannes zuwinkte. Sein kürzeres linkes Bein hatte ihm zwar die Teilnahme am Krieg erspart, aber ob er damit jemals ein Mädchen finden und eine Familie gründen konnte?

Johannes machte sich wieder an die Arbeit, versah die Gipfel der hohen Berge, die er am rechten Rand emporragen ließ, mit einer weißen Mütze.

Was sie wohl sagen würde? Er machte sich Sorgen um sie, Marie schien ihm in letzter Zeit merkwürdig verändert! Ernst, bedrückt kam sie ihm vor, seltsam abwesend, als sei sie mit den Gedanken ganz woanders. Auch seine Liebkosungen ließ sie teilnahmslos über sich ergehen, und manchmal entzog sie sich ihm auch schnell, als könne sie seine Zärtlichkeit nicht ertragen.

Erst hatte er gedacht, dass ihre Mutter dahinterstecke. Diese Mutter, die ihn so sehr an Friedrichs Großmutter erinnerte; herrschsüchtig, geizig und dünkelhaft, wie sie war, hatte sie keinen Hehl daraus gemacht, dass sie sich für ihre

Tochter etwas Besseres vorgestellt hatte als einen, der aus der Grunbacher Stadtmühle kam und von dem man nicht wusste, wer sein Vater war. Nein, dafür hatte sie ihre Tochter nicht aufgezogen und den Schrank in ihrem Zimmer mit Wäsche und Bettzeug gefüllt, eine gute Aussteuer sollte sie bekommen, die einzige Tochter neben dem Erstgeborenen. Und dann brachte sie so einen! – Goldschmied hin oder her. Das musste es wohl sein, hatte sich Johannes immer wieder gedacht. Wahrscheinlich wartete Marie darauf, dass er sich endlich zu ihr bekannte. Wenn sie erst einmal verlobt waren, würde ihre Mutter sich mit dem Gedanken abfinden müssen und einlenken, dann hörten auch die ewigen Nörgeleien und Sticheleien auf, die Marie offensichtlich so zermürbten.

Der Hintergrund, die oberitalienische Landschaft, wie sie in Johannes' Phantasie existierte, war jetzt fertig. Im Vordergrund des Bildes streckte der Taugenichts jauchzend die Geige in den blauen Himmel. So soll es sein, dachte er. So stelle ich es mir vor mit uns beiden. Wie heißt es im Buch? »Wer in die Fremde will wandern, der muss mit der Liebsten gehen ...«

Ich möchte noch so viel erleben und entdecken, und sie an meiner Seite, das ist das Glück, das richtige Leben!

Er hatte oft davon gesprochen und sie hatte dann gelächelt und ihm die widerspenstigen Haare aus der Stirn gestrichen. »Mein Johannes, der Träumer«, hatte sie gesagt.

Nein, kein Traum sollte es sein. Vorsichtig nahm er die Kassette und trug sie hinüber zum Brennofen, er musste sich beeilen, denn bald würde der Nachtwächter kommen und alles zuschließen.

Die Firma Armbruster gestattete ihren Angestellten, Schmuckstücke für den privaten Bedarf in ihren Räumlichkeiten anzufertigen, vorausgesetzt, man bezahlte das Material und arbeitete nach Feierabend. Nun musste er sich beeilen, um den Zug noch zu erreichen, eigentlich hätte er auch laufen können, an diesem strahlend hellen, lichtblauen Sommerabend, aber er wollte Marie sehen, mit ihr reden und ihr diesen merkwürdigen, tief sitzenden Kummer aus den Augen küssen.

Im Hinausgehen sah er hinüber zur Kasse, einem verglasten Raum. Frau Hirschmann, eine zierliche, rothaarige Frau, winkte herüber, sie schien noch damit beschäftigt, Zahlen in das große, dickleibige Buch einzutragen, in das sorgsam die ausgegebenen Metalle notiert wurden: Kupfer, Silber, Gold … in langen Kolonnen Zahl für Zahl festgehalten und an jedem Abend genau abgerechnet. Auch dem Erschaffen eines Kunstwerks lag ein buchhalterischer Akt zugrunde, alles hatte mit Geld zu tun, das war Johannes in der Zwischenzeit klar geworden. Vorbei war die Zeit, in der er kindlich naiv oben am Waldrand gesessen und gemalt hatte, in festem Glauben, das Schöne ließe sich aus dem Nichts erschaffen, sei nur der Willensanstrengung und der Schöpferkraft des Künstlers zu verdanken.

Er grüßte höflich zurück, Frau Hirschmann war stets freundlich und zuvorkommend zu ihm. Sie teilte das Schicksal vieler Frauen in dieser Zeit, ihr Mann war im Krieg gefallen, die dürftige Hinterbliebenenrente reichte für sie und die beiden Kinder nicht aus, sodass sie etwas dazuverdienen musste. Viele Frauen arbeiteten jetzt, saßen in Büros, putzten, verkauften. Frauen, deren Männer auf dem »Feld der Ehre« geblieben oder dort verwundet worden waren; und auch junge Frauen, die keinen Mann fanden, weil die »Blüte des Landes«, wie es Caspar einmal formuliert hatte, draußen auf den Schlachtfeldern des Westens und Ostens verblutet war.

Als Johannes hinaustrat aus dem großen Werkstor, flimmerte der Asphalt immer noch in der sommerlichen Hitze. Undenkbar, dass der Krieg erst fünf Jahre zurücklag. Undenkbar, dass es so etwas wie Krieg oder Sterben gegeben hatte, dachte er, als er sich den Weg durch sommerlich gekleidete Menschen bahnte, die lachend und schwatzend auf ein Bier oder ein Viertel Wein in die Biergärten strömten. Aber der Friede war trügerisch, das wusste er. Darüber redeten sie immer wieder auf ihren Versammlungen im Bräukeller in Pforzheim oder auch in Grunbach, wo sich tatsächlich eine Ortsgruppe zusammengefunden hatte. Seit Januar hatten die Franzosen das Ruhrgebiet besetzt, es wurde dort nicht mehr gearbeitet und das Geld war immer weniger wert. Man trug es schon bündelweise in der Aktentasche heim, wenn der Lohn ausgezahlt wurde. Ein Brotlaib kostete fast viertausend Reichsmark in diesem Sommer 1923 und noch war kein Ende abzusehen!

Nein, dachte Johannes, als er in die Bahnhofstraße einbog, der Friede war brüchig und die alten Kräfte waren wieder am Werk. Und die Sozialdemokraten waren Hasenfüße, hatten nichts grundlegend verändert, sodass das Sterben umsonst gewesen war. Ja, sie hatten sogar mit Schuld daran, dass Rosa totgeschlagen und Paule erschossen worden waren. Wie immer, wenn er daran dachte, überkam ihn eine heillose Wut, die ihn durchströmte wie eine Fieberwelle. Die Genossen hatten Recht, es musste sich etwas ändern. Vielleicht war jetzt tatsächlich der Zeitpunkt gekommen, jetzt, wo den Leuten das Geld unter den Händen wegschmolz. Und die anderen machten mobil, das wusste man.

Der Genosse Schwerdtfeger hatte auf der letzten Versammlung erzählt, in einem Ort auf der Hochfläche, im oberen Wald, seien Waffen und Munition versteckt. Man wusste schon seit einiger Zeit, dass dort eine Freikorpsgruppe gegründet worden war, die zur Organisation Consul gehörte. Sie versteckten sogar einen Mörder, einen ehemaligen Offizier, der an der Ermordung von Rosa Luxemburg und Karl Liebknecht beteiligt gewesen sein sollte. Sicher wusste man es zwar nicht. Aber einige hatten berichtet, dass er damals vor zwei Jahren zu der Gruppe von Freikorpsleuten gehört hatte, die den Minister Erzberger am Schliffkopf erschossen hatten; in den Wirtshäusern brüstete er sich sogar damit. So ein Gesindel machte sich hier breit! Und die Regierung tat nichts dagegen, sah einfach tatenlos zu. »Wann wird der erste Genosse hier Opfer dieser Faschistenbrut?«, hatte bei der letzten Versammlung der Oskar Maier gebrüllt und unter lautem Beifall gefordert, man müsse sich jetzt endlich selbst bewaffnen.

Missmutig schüttelte Johannes den Kopf. Mutlos waren sie an diesem Abend auseinander gegangen. Was konnte man schon gegen diese Leute machen, hinter denen einflussreiche Kreise steckten?

Als der Zug in Hofen einfuhr, schob sich Maries Bild in seine düsteren Überlegungen hinein. Sie sah es nicht gern, dass er bei den Kommunisten »mitmachte«, wie sie es nannte. Ihre Eltern seien ganz dagegen und überhaupt, sie habe Angst. »Lass doch die Finger von der Politik, Johannes!«, hatte sie ihn ein ums andere Mal gebeten. Wie konnte er ihr aber klar machen, dass ihm das wie Verrat vorgekommen wäre?

Er hatte kein Glück an diesem Abend. Frau Oberdorfer, Maries Mutter, fertigte ihn an der Tür kurz und bündig ab. Nein, Marie sei nicht zu Hause. Nein, sie wisse nicht, wohin sie gegangen sei. Es sei ja jetzt nicht mehr üblich, auf die Eltern Rücksicht zu nehmen und ihnen beispielsweise zu sagen, wohin man ginge, fügte sie noch mit spitzem Unterton hinzu. Außerdem mache er sich rar in der letzten Zeit, Abend für Abend hocke die Marie wie bestellt und nicht abgeholt da und warte auf ihn, da sei es wohl kein Wunder, wenn sie auch einmal etwas Abwechslung haben wolle! Damit schlug sie ihm die Tür vor der Nase zu.

Johannes verharrte für einen Moment regungslos. Vielleicht war das des Rätsels Lösung! Marie fühlte sich vernachlässigt, weil er in der letzten Zeit so lange in der Firma geblieben war. Sie konnte ja nicht ahnen, warum. Und dann die Versammlungen – wahrscheinlich schmollte sie, oder schlimmer noch, sie war eifersüchtig!

Was war er nur für ein Idiot gewesen! Erleichterung durchflutete ihn wie vorher die Wut, Erleichterung, die plötzlich alles heller machte.

Auf einmal sah er wieder den goldenen Glanz der versinkenden Sonne, die über den Wipfeln der Tannen hing. In ein paar Tagen würde die Kassette fertig sein und dann kam der Sonntag, den er so heiß ersehnte! Friedrich hatte er auch sträflich vernachlässigt in der letzten Zeit. Aber das würde ebenfalls wieder werden!

Wenn sich Fritz und Marie nur besser verstehen würden! Marie weigerte sich in der letzten Zeit konsequent, etwas gemeinsam mit Friedrich zu unternehmen. »Wenn der dabei ist, gehe ich nicht mit!« Wie oft hatte er diesen Satz gehört. Und auch Fritz benahm sich auffallend reserviert. Seltsam, dabei hatte er doch am Anfang insgeheim befürchtet, Friedrich könnte ihm Marie ausspannen, der charmante, gut aussehende, starke Friedrich.

Als er das Zimmer bei der Witwe Bott betrat, stand Eugen an der Waschschüssel und wusch prustend Gesicht und Oberkörper.

»Hast du noch etwas vor?«, fragte Johannes und warf die Aktentasche auf den Stuhl neben seinem Bett. Dann plumpste er auf die sorgsam aufgetürmten Federbetten, die der ganze Stolz der Witwe waren. Wahrscheinlich würde sie jetzt missbilligend den Kopf mit dem straff aufgesteckten Knoten schütteln, wenn sie gesehen hätte, wie ihr Untermieter in Straßenkleidern auf den liebevoll gehüteten Betten lag.

»Mit Hilde im Grunbachtal eine Wohnung anschauen«, presste Eugen hinter dem Handtuch hervor, mit dem er sich gerade das Gesicht abtrocknete. »Ende September wollen wir heiraten, Hilde hat die Aussteuer zusammen. Obwohl, wenn es so weitergeht, mit der Inflation … Hoffentlich bekommen wir die Wohnung, zwei Zimmer, Küche und sogar ein Klo.«

Johannes nickte. Der Tournier und auch der Zinser hatten Werkswohnungen gebaut, die sie billig an ihre Arbeiter vermieteten. Das Elend war so groß, dass man im Gemeinderat sogar über die Einrichtung einer Notstandsküche diskutierte! Man gab sich sozial, die Herren hatten wohl Angst, dass die Verhältnisse eines schönen Tages kippen könnten, da war man schon bereit, etwas zu investieren.

Unwillkürlich ballte Johannes die Fäuste. Er musste auf einmal daran denken, wie er damals mit den anderen Grunbacher Genossen im November 1918 einen Arbeiter- und Soldatenrat gegründet hatte: Sie waren zum Rathaus gezogen, er mittendrin, obwohl er immer noch sehr geschwächt gewesen war und Schmerzen in der Schulter gehabt hatte. Mitten in die Gemeinderatssitzung hinein waren sie geplatzt und hatten den Schultheiß aufgefordert, sie als vorgesetzte Behörde, als Vertretung der Grunbacher anzuerkennen. Der Schultheiß, ein kleiner, gedrungener Mann namens Zündel, hatte stotternd irgendetwas von Vollmachten erwidert, als plötzlich hinter ihnen, am langen Tisch, wo die Gemeinderäte saßen, sich eine schlanke, elegante Gestalt erhob. Der Herr Direktor Zinser hatte das Wort ergriffen. Er hatte sich über den grauen Bart gestrichen, der Oberlippe und Kinn zierte, und in der nachlässig herablassenden Art des reichen Mannes gemeint, man nehme die Gründung eines Arbeiter- und Soldatenrates in Grunbach zur Kenntnis – aber im Übrigen sei doch immer noch die Gemeindeordnung in Kraft und nach dieser verfüge der Gemeinderat weiterhin alleine über die dort festgelegten Rechte und Pflichten! Er bitte also die Herren, das Rathaus unverzüglich zu verlassen und den Gemeinderat nicht weiter in seiner Arbeit zu behindern. Ein solches Verhalten sei gesetzeswidrig und müsse geahndet werden!

Dann hatte er sich wieder gesetzt und die an der Tür stehenden Männer belustigt betrachtet. Johannes hatte diesen Blick nicht vergessen. Es lag Geringschätzung darin, ja sogar Verachtung für diese Männer, die sich dann ratlos angeschaut hatten. Einfache Männer, Arbeiter, ein Feldwebel und ein Goldschmiedelehrling. Sie hatten kurz diskutiert – was konnte man machen? Sie waren anständige Leute, sie wollten nichts Gesetzeswidriges tun und Gewalt anwenden. Gegen den Herrn Zinser, die anderen, die man von Kindesbeinen kannte, undenkbar!

Und so waren sie langsam wieder hinausgegangen, scheu und verlegen, hatten sich hinausgedrückt durch die Tür. Diese Demütigung würde er nie vergessen.

Aber darüber konnte man mit Eugen nicht reden, der von der Politik nichts wissen wollte, dessen Gedanken allein um seine Hilde, eine bezahlbare Wohnung und ein bescheidenes, auskömmliches Leben kreisten. Johannes gratulierte ihm aufrichtig, drückte seine Freude darüber aus, dass der Hochzeit nun hoffentlich nichts mehr im Wege stehe.

»Vielleicht kannst du mir auch bald Glück wünschen«, fügte er nach einem kurzen Moment des Zögerns hinzu.

»Ist es also bei dir auch so weit?« Egon trocknete sich noch immer ab, er hatte Johannes den Rücken zugedreht. »Ich nehme an, es geht um Oberdorfers Marie?«

»Um wen denn sonst?« Johannes war etwas verwundert. Dass er und Marie miteinander gingen, hatte sich doch in der Zwischenzeit in ganz Grunbach und Hofen herumgesprochen und Eugen wusste schon lange davon. Irgendetwas an seiner Reaktion machte ihn stutzig.

Eugen hatte in der Zwischenzeit das Waschwasser zum Abort hinausgetragen und war mit der leeren Schüssel wiedergekommen. Er vermied es immer noch, Johannes anzusehen.

»Und, wann ist es so weit?«

»An ihrem Geburtstag, in vierzehn Tagen, will ich sie fragen. Wenn es nach mir geht, verloben wir uns noch in diesem Sommer. Wir müssen noch ein bisschen sparen, für Möbel und so weiter. Und eine Wohnung suchen, wie ihr. Aber im nächsten Jahr können wir an Heirat denken.«

Eugen war mittlerweile in seinen besten Anzug geschlüpft und kämmte sich nun mit großer Sorgfalt die Haare.

»Ja, dann viel Glück, Johannes.«

Eine Weile herrschte Stille. Johannes zog sein Jackett und das verschwitzte Hemd aus und holte im Krug frisches Wasser, um sich nun ebenfalls zu waschen. Eugens Reaktion hatte ihn enttäuscht. Er hatte sich doch auch ehrlich mit ihm gefreut! Was war nur los mit Eugen? Noch vor einiger Zeit hatte er gemeint, die Marie Oberdorfer sei das hübscheste Mädchen weit und breit, und anständig und tüchtig dazu. Johannes sei ein echter Glückspilz.

Mit der hohlen Hand schüttete sich Johannes Wasser ins

Gesicht. Er war erhitzt, so, als ob er in der Sommerhitze gerannt wäre, dabei zog von draußen bereits kühle Abendluft durch das halb geöffnete Fenster.

Auf einmal war ein Schatten auf sein Glück gefallen. Unsinn, schalt er sich. Aber wenn er ehrlich war, merkte er, dass da plötzlich dunkle Ahnungen waren, die an die Oberfläche seines Bewusstseins drangen, Ahnungen und Vermutungen, denen er keinen Namen geben wollte, die ihn in letzter Zeit jedoch immer wieder beschlichen hatten.

»Johannes?«, kam es zögernd von der Tür. Eugen war in der Zwischenzeit fertig und schickte sich an zu gehen.

Beunruhigt drehte sich Johannes herum. »Was ist?«

»Ich muss dir etwas sagen …«

Johannes spürte plötzlich, wie sein Herz zu klopfen begann. Bis in die Kehle klopfte es und nahm ihm den Atem.

Eugen zögerte, man konnte die Anspannung förmlich mit den Händen greifen. Er holte tief Luft und sagte nach kurzem Zögern gepresst: »Also … es ist … wie soll ich es dir sagen? Ach, es ist … es ist nichts. Ich meine nur, der alte Dederer hat heute Mittag einen Schlaganfall gehabt! Als ich von der Arbeit nach Hause gekommen bin, ist es gerade wie ein Lauffeuer durch das Dorf gegangen.«

Johannes lauschte den Worten nach. Eugen hatte etwas anderes sagen wollen, das spürte er genau! Seine Stimme hatte sich plötzlich verändert. Eugen schlüpfte jetzt blitzschnell zur Tür hinaus, als wollte er allen weiteren Fragen ausweichen.

Trotzdem nahm die Nachricht für einen Augenblick Johannes' Interesse gefangen. Er dachte an Friedrich, der vor kurzem Vorarbeiter im Sägewerk geworden war. Friedrich und seine »Möglichkeiten«. Die Leute redeten offen darüber, dass Lisbeth Dederer in ihn verliebt war, jeder, der Augen im

Kopf hatte, konnte es sehen. Der Weckerlin würde in ein gemachtes Nest fallen, trotz seiner Weibergeschichten. An dieses Gerede musste Johannes denken. War jetzt ein wichtiger Zeitpunkt der Entscheidung für Fritz gekommen? Der Gedanke schmerzte Johannes plötzlich. Nicht so, Fritz!, dachte er. Er musste mit ihm reden, am besten noch heute.

Aber trotz dieser Neuigkeiten – er hätte so gerne gewusst, was Eugen Rentschler eigentlich hatte sagen wollen.

31

Louis Dederer lag leise keuchend in seinem Bett. Viele spitzenbesetzte Kissen hatte man unter seinen Rücken gestopft und vor ihrem blendenden Weiß hob sich das fahlgelbe, eingefallene Gesicht gespenstisch ab.

»Komm her«, flüsterte er. Es war ein kaum mehr verständliches Lallen, aber Friedrich hatte verstanden. Er trat näher, schob sich vorsichtig hin zu diesem Gespenst mit den in tiefen Höhlen liegenden Augen und dem seltsam schiefen Mund. Die ganze linke Gesichtshälfte schien nach unten zu hängen und auch der linke Arm lag seltsam leblos auf der seidenen Steppdecke. Das Sprechen schien ihm unendlich schwer zu fallen, trotzdem formte sein Mund Worte, die man als Aufforderung deuten konnte, sich einen Stuhl zu holen und sich neben ihn zu setzen.

Als ihm Friedrich endlich gegenübersaß, so nah wie möglich, damit er verstehen konnte, was man ihm mitteilen wollte, tauchte auf Louis Dederers Gesicht plötzlich ein Lächeln auf. Es war ein Abglanz dieses bekannten verschwörerischen Lächelns und für einen Moment blitzte wieder etwas auf vom alten Dederer, das Friedrich so vertraut war.

»Du, du«, flüsterte er, räusperte sich und hob etwas den Kopf.

»Du mit deinen Weibergeschichten.« Die Worte rang er sich förmlich ab, aber man konnte sie ganz gut verstehen.

Friedrich war verblüfft. Was sollte diese Einleitung zu

einem Gespräch, von dem er sich noch nicht so richtig vorstellen konnte, welchem Zweck es dienen sollte?

Es sei ihm sehr wichtig, hatte Lisbeth heute Morgen im Kontor gesagt. Heute noch wolle der Vater ihn sprechen, obwohl es ihm immer noch sehr schlecht gehe. Dabei hatte sie ihn mit ihren hervorquellenden blauen Augen durchdringend angestarrt.

Er hatte mit den Achseln gezuckt. »Von mir aus. Strengt es ihn auch nicht zu sehr an?«

Lisbeth hatte daraufhin leicht gelächelt. Es war dieses spöttische Lächeln, er kannte dieses Lächeln genau. »Natürlich wird es ihn anstrengen, der Doktor hat's eigentlich verboten, aber hat sich mein Vater jemals um etwas anderes gekümmert als um seinen eigenen Willen? Geh heute Nachmittag zu ihm hinüber, wenn der Doktor bei ihm war. Nach dem Mittagsschlaf geht es ihm meistens etwas besser.«

Und so war er gekommen, saß jetzt hier an diesem Bett und grübelte darüber nach, was dem alten Dederer so wichtig war. Es ging ihm wohl um das Sägewerk, aber alles lief wie geschmiert, das konnte er sich doch denken. Alles ging prächtig, seit Friedrich Weckerlin Vorarbeiter im Sägewerk Louis Dederer & Söhne war. Und jetzt diese Bemerkung ...

Louis Dederer beobachtete ihn, beobachtete ihn aus dem rechten offenen Auge und lächelte immer noch. Plötzlich sagte er in die bedrückte Stille hinein: »Sie mag dich.«

Er sagte das merkwürdig klar und deutlich. Friedrich fuhr auf. Diesen Satz hatte er schon einmal gehört. Schlagartig war ihm klar, was Louis Dederer von ihm wollte! Er hatte es doch geahnt, hatte die Vermutung niedergekämpft und dabei war es doch genau das, was er immer schon gewollt hatte, obwohl er es kaum zu denken gewagt hatte; aber es war doch immer da gewesen, von Anfang an. Die »Möglichkeiten« – das Sägewerk, das Haus, die Wälder –, und das hieß Lisbeth!

Lisbeth, die ihn verfolgte mit ihren Blicken, Lisbeth, die ihnen geholfen hatte in diesem Sommer 1918, die sie durchgefüttert hatte, im wahrsten Sinn des Wortes, und Emma wahrscheinlich vor dem Tod bewahrt hatte. Lisbeth, die ihn liebte, auf diese bittere, demütige Art liebte, sodass er sich ihrer immer sicher war. Lachend in fremde Betten schlüpfen konnte … Lisbeth blieb und würde auf ihn warten. Und jetzt war es so weit. Der Alte wollte sein Erbe bestellen und den größten Wunsch seiner Tochter erfüllen.

»Fürs Sägewerk bist du gut«, hatte er damals gesagt. Und er würde ihm sicher gleich die Zusicherung abringen, Lisbeth nicht unglücklich zu machen und mit den Weibergeschichten aufzuhören.

Lisbeth … Noch vor einem Jahr hätte er ohne nachzudenken zugestimmt, hätte sich am Ziel all seiner Wünsche gewähnt. Aber jetzt schob sich etwas anderes vor die verlockenden Bilder von Sägewerk und Wäldern, schob sich vor Lisbeths bleiches Gesicht mit den Glubschaugen und den exakt frisierten Löckchen. Es war ein anderes Gesicht, eines, das ihn schon beim ersten Anblick magisch angezogen hatte. Ein schönes Gesicht mit braunen Augen, heller als die seinen, und Haaren, die die Farbe reifer Kastanien hatten und die rötlich schimmerten, wenn die Sonne ihnen Lichter aufsetzte. Haare, in die er sein Gesicht wühlte, um ihren Duft ganz auszukosten.

Maries Gesicht stand in aller Deutlichkeit vor ihm, verlangte Rechenschaft. Marie, mit der es anders war als mit all den anderen.

Unwillkürlich seufzte er tief auf und die nächsten Sätze drangen nur mit Verzögerung in sein Bewusstsein. Louis Dederer sprach langsam, aber erstaunlich deutlich, es war fast, als habe er diese Worte schon oft heimlich gesprochen, habe sie gleichsam geübt.

»Sie mag dich und sie soll dich haben. Das mit den Weibern hört natürlich auf. Hast dir die Hörner abstoßen müssen, das verstehe ich. Aber du machst sie nicht unglücklich, hörst du! Und fürs Sägewerk bist du gut. Bist der Beste.«

»Sie soll dich haben …«, dröhnte es förmlich in Friedrichs Kopf. Jetzt war er am Ziel seiner Wünsche!

Aber da war Marie – was für ein Witz, was für ein schlechter Witz!

Und dann gab es noch einen anderen Gedanken, einen schlimmen Gedanken, einen, den er in den letzten Monaten mit aller Macht von sich fern gehalten hatte: Johannes!

»Wir müssen es ihm sagen«, hatte Marie ihn bei den letzten Treffen immer wieder bedrängt. »Es ist nicht recht, dass wir ihn belügen. Ich schäme mich so. Wir müssen es ihm sagen … Es wird erst wehtun, aber er wird es schon verstehen, nach einiger Zeit, er liebt uns doch beide!«

Wie man es drehte und wendete, es half nichts, er hatte seinen besten Freund betrogen. Er hatte dieser unseligen Leidenschaft nachgegeben, diesem Rausch.

»Leben, Johannes, jetzt werden wir das Leben genießen«, hatte er immer wieder zu ihm gesagt und ihm dabei lachend auf die Schulter geklopft, »alles wird nun besser.«

Leben wollte er mit allen Sinnen, allen Fasern des Körpers, und da war eben auch Marie gewesen.

Unwillkürlich blickte Friedrich hinunter auf seine Schuhe. Es waren feste, lederne Schuhe mit Eisenkappen, seine Arbeitsschuhe, ähnlich denen, die Louis Dederer damals für ihn gekauft hatte. Er hatte sie vorhin an der Eingangstür unter dem misstrauischen Blick von Frau Kiefer sorgfältig gesäubert. In Baden-Baden gab es Schuhmacher, die Schuhe speziell nach Maß anfertigten. Der Herr Zinser trug solche Schuhe und wohl auch der Herr Direktor Tournier. Schuhe nach Maß, handgearbeitet, nur für sie, aus feinstem weichen Leder.

Er merkte, dass der Blick des Alten auf ihm ruhte. Das lebendige rechte Auge stierte ihn unverwandt an.

»Hab nicht gedacht, dass du so lange überlegen musst«, presste der alte Dederer lauernd hervor. »Oder ist an deinen Weibergeschichten mehr dran?«

»Nein, nein, Herr Dederer«, wehrte Friedrich hastig ab. »Es ist nur so … Ich bin … Es kam so unerwartet. Und ich hatte nicht gehofft … Ich meine, ich fühle mich geehrt …«

»Ach was«, der Alte schnitt ihm das Wort ab und fuchtelte mit der Rechten ungeduldig umher. »Du weißt genau, was du willst, hast es immer schon gewusst. In den nächsten Tagen redest du mit Lisbeth, wirst das Richtige sagen. Bist ja ein alter Pousseur. Dann kommt ihr zu mir und wir feiern Verlobung. Sobald es mir besser geht, wird geheiratet. Und jetzt geh, ich bin müde.« Wie zur Bestätigung drückte er seinen Kopf tief in die Kissen. Der rechte Arm ruhte wieder genauso leblos auf der Decke wie die gelähmte Linke.

Friedrich stand auf und stellte den Stuhl, auf dem er gesessen hatte, an die Wand zurück. Langsam ging er zur Tür. Er atmete tief durch. Er hatte soeben eine Entscheidung getroffen, die richtige, die einzig richtige. Mit Marie, nun, das würde schwer werden. Sie würde weinen, toben, verzweifelt sein. Aber das ging vorüber. Er musste ihr sagen, er habe sich geirrt, musste sagen, er liebe sie nicht mehr. Und da war ja noch Johannes, zu dem sie zurückgehen konnte; Johannes, der sie liebte und bei dem sie gut aufgehoben war, besser als bei ihm. Er konnte für nichts garantieren, das würde er ihr sagen, und vor allem, dass Johannes nichts davon erfahren durfte. Auf gar keinen Fall!

Schon die Hand an der Klinke, hörte er hinter sich noch einmal Louis Dederers Stimme: »Und eines sage ich dir – mach sie nicht unglücklich! Wirst mit den Weibern nicht aufhören – ich kenne eure Sorte. Aber Lisbeth darf nichts davon merken. Und du machst sie mir nicht unglücklich, sonst …«

Die letzten Worte gingen in einem gurgelnden Kichern unter und Friedrich drehte sich erschrocken um.

Louis Dederer hatte sich mit letzter Kraft noch einmal aufgerichtet. Auf den eingefallenen Wangen bildeten sich kreisrote Flecken, er schien noch einmal alle Kraft zusammenzunehmen und setzte den Satz fort: »… sonst wird dich mein Fluch verfolgen, Friedrich Weckerlin, ja, mein Fluch. Geld wird einer wie du immer haben, du gehst deinen Weg – aber wenn du meine Lisbeth unglücklich machst, dann sollst du auch nicht glücklich sein, in keiner Stunde, in keiner Minute deines verdammten Lebens!«

Aufstöhnend sank der alte Dederer zurück. Als Friedrich noch einmal an das Bett trat, drehte er mit geschlossenen Augen den Kopf zur Tür. Friedrich verstand – er sollte gehen.

Leise schloss er die Tür hinter sich und blieb für einen kurzen Moment im Flur des oberen Stockwerks stehen. Teure Tapeten, gute, solide Eichenmöbel, und die Treppe, die nach unten führte, war mit einem dicken, roten Teppich bespannt.

Das gehörte bald alles ihm! Langsam ging er hinunter, der Läufer verschluckte seine Schritte. Närrischer Alter! Einen Fluch hatte er ausgesprochen, als ob das in seiner Macht läge. Einer wie er, Friedrich Weckerlin, machte sein Glück ganz alleine.

32

Die Tür öffnete sich einen Spaltbreit, ein Auge spähte heraus und man konnte ein hellbraunes Zopfende erkennen, auf dem eifrig gekaut wurde. Plötzlich aber flog die Tür auf und die Besitzerin des Zopfes hing an Johannes' Hals. Er legte den Arm um sie und drückte sie kurz an sich. Groß war sie geworden, die kleine Emma Weckerlin, und durch die dünne Bluse konnte man schon die sanft sich wölbenden Brüste erkennen. Eine hübsche Frau würde sie einmal werden, das stand fest. Ihrer Mutter war sie wie aus dem Gesicht geschnitten und der energische Zug dort um den Mund, der erinnerte an Friedrich. Eine richtige Weckerlin war sie, voller Energie und Temperament. Sie zog ihn am Ärmel in die Küche herein, wo ein quer über dem Schulheft liegendes, aufgeschlagenes Buch verriet, dass er sie bei der Lektüre gestört hatte.

»Das Geheimnis der alten Mamsell. Von Eugenie Marlitt«, las Johannes und drohte gespielt streng mit dem Zeigefinger. »Ist das etwas für ein junges Mädchen? Was werden wohl deine Mutter und Friedrich dazu sagen? Wo hast du den Schinken eigentlich her?«

»Ausgeliehen«, beschied sie ihm kurz und knapp. »Von Anneliese Kiefer. Ihre Mutter hat den ganzen Schrank voll von Romanen. Und außerdem bin ich kein kleines Mädchen mehr.«

»Höchstens eine ausgewachsene Nervensäge.« Er wehrte

lachend ihre Knüffe und Hiebe ab. »Wo sind denn deine Mutter und Friedrich?«

»Mama ist auf dem Friedhof. Blumen gießen. Und Friedrich …« Ihre Augen schillerten plötzlich, es lag etwas Rätselhaftes in ihrem Blick, den sie ihm von der Seite zuwarf.

Sie ist schon fast eine richtige Frau, dachte er belustigt. Ein kleines Biest, mit allen Wassern gewaschen. Was hat dieser Blick wohl zu bedeuten? Irgendetwas führt sie im Schilde. Aber was?

»Und Friedrich ist im Wald«, setzte sie nach kurzem Zögern hinzu, sichtlich bemüht, harmlos zu klingen. Zu bemüht, wie Johannes fand.

»Friedrich im Wald? Was macht er denn da? Er wird doch nicht auf einmal wieder in die Beeren gegangen sein?«

»Das nicht.« Emma senkte ihre Lider, die langen, dunkelbraunen Wimpern flatterten und warfen kleine, irrlichternde Schatten auf ihr Gesicht. Sie ging nicht weiter darauf ein, sondern erzählte ihm, dass sie eigentlich heute Mittag auf den Katzenbuckel gewollt hatte.

»Aber Gretl hat nicht mitgedurft. Sie muss ihrer Mutter heute in der Küche im ›Anker‹ helfen. Dort ist eine große Hochzeit und Lene spült. Allein darf ich doch nicht und Friedrich hat gesagt, ich muss sowieso meine Hausaufgaben machen, weil ich nächstes Jahr auf diese blöde Handelsschule soll. Ich sei zu faul, sagt er immer.«

Johannes musste lachen. »Ja, wenn du statt der Rechenaufgaben solche schwülstigen Liebesromane liest …«

»Der ist nicht schwülstig. Außerdem kommt dort auch ein Johannes vor. Der braucht sehr lange, bis er merkt, dass er verliebt ist. Männer sind so dumm.«

Wieder warf sie ihm einen dieser rätselhaften Blicke zu. Johannes beschloss, nicht näher darauf einzugehen. Kleine

Hexe, dachte er amüsiert. Da wird Fritz noch viel zu tun bekommen. »Darf ich hier warten?«, fragte er.

Emma nickte schnell und räumte ihre Schultasche weg, damit er neben ihr Platz nehmen konnte.

»Mutter wird gleich wieder hier sein – und Fritz ...« Wieder das kurze, demonstrative Zögern. »Er hat gesagt, dass du heute bestimmt wieder Überstunden machst und erst spät am Abend kommst.«

»Heute nicht, ich bin fertig. Schau mal, das wollte ich euch zeigen. Er legte den Gegenstand, den er unter dem Arm getragen hatte, auf den Küchentisch und schlug feierlich das graue Tuch zurück, in das er eingehüllt war. »Heute bin ich endlich fertig geworden. Was sagst du?«

In der einfachen Küche der Weckerlins funkelte und glitzerte es plötzlich. Die Strahlen der Abendsonne glitten wie Finger über die Kassette und ließen sie aufleuchten.

Emma stand verzückt da und strich nach einem Moment andächtigen Staunens vorsichtig über den schimmernden Emailledeckel. »Wunderschön, Johannes«, flüsterte sie. »Und das hast du gemacht? Und den Taugenichts hast du gemalt, mit der Geige ...?«

Johannes nickte lächelnd. Wie oft war sie ihm am Abend entgegengerannt, wenn er von der Schule oder später von der Arbeit heimgekommen war. »Johannes, eine Geschichte!«, hatte sie gerufen und hatte wie ein kleines Äffchen an seinem Rücken gehangen. Er war ihr ganz besonderer Liebling gewesen. Schon als sie noch ein kleines Mädchen gewesen war und ihn »Annes« gerufen hatte. Er war immer »ihr« Johannes gewesen und die Geschichte vom Taugenichts war ihre Geschichte gewesen. Sie kannte sie bestimmt auswendig, so oft, wie er sie vorgelesen hatte.

»Und für wen hast du das gemacht?« Sie schaute ihn nicht

an. Die schmalen Finger streichelten immer noch das Emaillebild auf dem Deckel der Kassette.

»Das kannst du dir doch denken. Marie hat morgen Geburtstag. Und wenn alles gut geht, kannst du mir morgen ebenfalls Glück wünschen. Ich will Marie nämlich fragen, ob sie meine Frau werden will.«

Abrupt hob Emma den Kopf und sah ihn an. Die großen braunen Augen schillerten plötzlich grünlich. »Glück wünschen«, presste sie zwischen zusammengebissenen Zähnen hervor, »ich soll dir Glück wünschen?«

Johannes legte den Arm um sie und drückte sie kurz. Erschrocken bemerkte er, dass sie zitterte!

»Glück wünschen«, stieß sie noch einmal hervor und wand sich aus seinem Arm. »Und für die machst du so etwas Schönes?«

»Wenn du einmal heiratest, mache ich dir auch eine solche Kassette, fest versprochen. Und wenn du willst, male ich dir auch den Taugenichts auf den Deckel.«

Ihm war unbehaglich zu Mute. Mit einer solch heftigen Reaktion hatte er nicht gerechnet. Er hatte gewusst, dass sie eifersüchtig war, dass sie ihn immer noch als ihren ausschließlichen Besitz betrachtete, ihren Johannes. Wirklich eine typische Weckerlin, dachte er, genau wie Fritz, stur, starrköpfig und leidenschaftlich. Trotzdem, Johannes war beunruhigt. In ihm stieg wieder diese merkwürdige Ahnung auf. Vielleicht steckten hinter Emmas Reaktion mehr als nur Besitzanspruch und Eifersucht?

»So einen Kasten wollte ich jetzt gar nicht mehr.« Ihre Finger glitten ziellos über die Ränder der Kassette, über die zierlichen Figürchen auf dem blauen Untergrund. Figürchen aus Silber, die er alle mühsam ausgesägt hatte. Eine schwere Arbeit war das gewesen! Noch die winzigsten Löckchen und

Schleifen, Hände und Schuhe hatte er genau ausgeschnitten, sodass alles bis ins kleinste Detail perfekt abgebildet war.

Herr Wackernagel wäre stolz auf ihn gewesen, denn er hatte sich Zeit genommen, hatte mit unendlicher Geduld gearbeitet. Leider konnte er ihm die Kassette nicht mehr zeigen, er war kürzlich in den Ruhestand gekommen und im letzten Jahr plötzlich gestorben. Es war schnell gegangen, Herzschlag, hatte man sich im Betrieb erzählt, kurz nach dem Aufstehen einfach umgefallen. Ein schöner Tod, hatte der Pfarrer am Grab gesagt, und Johannes, der den Tod in so vielfältiger Gestalt gesehen hatte, konnte ihm sogar zustimmen. Auch dem Herrn Caspar konnte er die Kassette nicht mehr zeigen. Er war gleich nach Kriegsende an einem Gehirnschlag gestorben, einem »Schlägle«, wie die Leute hier verharmlosend und verniedlichend das Ereignis umschrieben. Aber er hatte immerhin noch erleben dürfen, dass sein Geld für die Fahrkarten nach Pforzheim gut angelegt gewesen war.

Nun waren sie tot, die beiden Männer, die in seinem Leben so wichtig gewesen waren, jeder auf seine Art. Manchmal dachte er, dass sie die neue Zeit nicht mehr ertragen hatten, das Zusammenbrechen einer Ordnung, die ihnen geradezu naturgegeben erschienen war, wo alles und jeder seinen unverrückbaren Platz hatte.

Er riss sich von seinen Erinnerungen los und wandte sich wieder der Gegenwart zu und damit dem schlaksigen Mädchen mit blauen Zopfschleifen, die ihn aus grünlich schimmernden Augen immer noch verdrossen anblickte.

»Jetzt sei nicht kindisch!« Er merkte, wie er langsam die Geduld verlor. »Ich hab gedacht, du freust dich mit mir.«

»Sie hat dich gar nicht verdient.« Diese Worte schleuderte sie ihm wie eine Kampfansage entgegen.

»Du kennst Marie doch gar nicht richtig.« Er bemühte sich, gelassen und ruhig zu klingen. Schließlich wollte er diesen Kindskopf nicht noch mehr reizen.

»Ich weiß genug über sie, mehr als genug. Sie ist …«

Plötzlich verstummte Emma. Sie war rot geworden. Eine feine Röte zog sich vom Haaransatz bis hinunter zum Hals.

Johannes kam es auf einmal so vor, als stehe er an einem steilen Abgrund, aber er ging dennoch ruhig weiter, jeden Moment den Sturz ins Bodenlose erwartend. »Was ist sie? Du weißt etwas, Emma, los, sag's mir! Was weißt du über Marie?« Er packte ihren Arm so heftig, dass sie empört aufschrie.

»Lass mich los, du tust mir weh!«

Er schleuderte ihren Arm von sich, als sei er ein giftiges Reptil, dann ließ er sich schwer atmend auf den Küchenstuhl fallen.

»Emma, rede! Du hast damit angefangen, jetzt bringst du es auch zu Ende!«

Sie starrte ihn an. »Ich hab Angst, Johannes. So kenne ich dich gar nicht. Versprich mir, dass du nichts Dummes machst.«

»Herrgott noch mal, spann mich nicht auf die Folter!« Er hieb mit der Faust auf den Tisch, dass es dröhnte. Der Roman fiel auf den Boden, blieb auf umgeknickten Blättern liegen. Ein Johannes kam auch darin vor, ein Johannes, genauso ein Trottel, der liebte.

»Sie treffen sich heimlich. Den ganzen Sommer geht es schon. Ich bin ihnen ein paarmal nachgeschlichen. Sie sind zur alten Fichtenschonung gegangen, unterhalb des Katzenbuckels. Dort, wo niemand hingeht, weil es so dunkel und unheimlich ist. Außerdem kommt man kaum durch das Gestrüpp.«

Sie stieß die Worte hervor, immer schneller werdend, bis sich ihre Stimme fast überschlug. Wie begierig sie zu sein schien, endlich die Wahrheit loszuwerden. Die Wahrheit – aber welche Wahrheit war es denn? Er fragte nach und wusste doch schon die Antwort.

»Mit wem trifft sich Marie dort?«

»Mit Fritz natürlich. Was denkst du denn? Beim ersten Mal bin ich ihm nachgegangen, weil ich mich gewundert habe, was er im Wald will. Er hat doch nichts mehr mit Beerenpflücken im Sinn. Mein großer Bruder geht in den Wald, hab ich mir gedacht, ganz heimlich, still und leise geht er in den Wald – da bin ich ihm nachgeschlichen. Er hat nichts gemerkt. Sie haben sich getroffen und … nun ja, geküsst und …« Sie hatte eines der Zopfenden genommen und kaute verbissen darauf herum.

Weiter, dachte Johannes, sprich doch weiter, noch mehr davon, jedes Wort ein Dolchstoß in mein Herz.

Emma hatte wohl beschlossen, dass es genug sei. »Kannst es dir doch denken. Ich bin dann gleich weggerannt. Wenn er mich erwischt hätte! Grün und blau hätte er mich geschlagen. Ich hab's niemandem erzählt, nicht einmal der Gretl. Die Marie … sie ist … ist fast wie eine, die die Lene einmal gewesen war. Und deshalb hat sie dich nicht verdient und den Kasten auch nicht.«

»Warum hat sie mir nichts gesagt? Sie hätte mir doch sagen können, dass sie sich in Fritz verliebt hat! Und er …« Johannes hatte mehr zu sich selbst gesprochen, er bemerkte gar nicht, dass er die Worte laut gesagt hatte.

Aber sie schien sich angesprochen zu fühlen. Sie setzte sich auf den Stuhl, ihm gegenüber, und tippte sich an die Stirn: »Der Fritz und sich verlieben … Der mit seinen Weibern! Die Mutter redet ihm immer wieder ins Gewissen. Aber er lacht nur. Und außerdem wird er Lisbeth Dederer heiraten. Ich hab vorhin ein Gespräch belauscht. Er hat's der Mutter gesagt. Und ich glaube, dass er mit der Marie Schluss macht. Aber ich an deiner Stelle würde sie nicht mehr nehmen.«

Johannes starrte sie an, aber er sah nicht Emma und nicht die Schmuckkassette, er sah Friedrich und Marie vor sich, ihre gespielte Antipathie, die abgewandten, ausweichenden Blicke, hörte sie übereinander sagen: »Ich kann deinen Freund nicht leiden, Johannes.« – »Ganz nett die Kleine, aber zu sanft für meinen Geschmack.«

Alles Lug und Trug!

Jeder andere hätte es sein können, es hätte wehgetan, aber nicht so höllisch geschmerzt wie dieser Betrug. Er ballte seine Hände zu Fäusten. Was hatte sich Friedrich nur dabei gedacht?

Marie war zuzubilligen, dass sie sich eben in ihn verliebt hatte, warum gerade sie nicht? Aber Fritz … er musste doch gewusst haben, wie ernst es ihm war. Warum nur? Dieser verfluchte Weckerlin-Hochmut, diese verfluchte Gier, diese krankhafte Angst, etwas zu verpassen, dieses gottverdammte Ausschöpfen aller Möglichkeiten.

Und was blieb am Ende?

Als Nächstes kam Lisbeth Dederer, ein neues Opfer, aber er hatte es geschafft. Jetzt gehörten ihm das Sägewerk, das Haus und die Wälder. Einmal, als sie noch miteinander in die Beeren gegangen waren, hatte ihm Fritz geradezu andächtig erzählt, die Gemarkung Katzenbuckel gehöre auch zu den Dederer-Wäldern. Er könne das gar nicht glauben, hatte Johannes damals erstaunt geantwortet. So etwas könne doch niemandem gehören!

Er sprang so abrupt auf, dass der Stuhl nach hinten kippte. Dann riss er Emma die Schmuckkassette aus den Händen, wickelte sie schnell in das Tuch und stürzte aus der Küche.

»Johannes, Johannes!«, hörte er hinter sich Emma angstvoll rufen. »Wo willst du denn hin? Johannes, bleib doch!«

Die letzten Worte verhallten im Treppenhaus, als er die knarrenden Stiegen hinunterrannte. Er rannte und rannte, rannte weiter, ohne stehen zu bleiben und Atem zu holen. Die Schmuckkassette hatte er fest an sich gedrückt, sie behinderte ihn beim Laufen, trotzdem rannte er vorwärts, merkte erst nach einer Weile, dass er den schmalen Trampelpfad eingeschlagen hatte, der steil hinauf zum Katzenbuckel führte. Wie oft waren sie früher diesen Weg gegangen! Er spürte stechende Schmerzen in der Brust und hörte sein rasselndes Keuchen vermengt mit heiseren Schluchzern. Es schien ihm, als liefe er neben sich.

Wer war denn der Mann, der weinte, in lang gezogenen Seufzern weinte, nach Atem rang und den Schmerzen davonlaufen wollte? Was wollte der Mann da oben? Wollte er Rache? Wollte er sie zwingen ihm ins Gesicht zu sehen? Oder wollte er die Qual bis zum Letzten auskosten und sie beobachten, Friedrich und Marie, die beiden Menschen, die er liebte?

Er kam auf der Ebene an, dort kreuzten sich die Wege, links ging es zum Katzenbuckel, rechts führte ein schmaler Pfad wieder ein Stück hinunter, dort kam man zur Fichtenschonung, die hinter undurchdringlichem Gestrüpp lag. Dorthin schlug er den Weg ein, dabei immer langsamer werdend. Irgendwie schien dieser Fleck Erde vergessen worden zu sein. Die einstmals angepflanzten Fichten ragten jetzt hoch empor, sie standen so dicht, dass fast kein Tageslicht durchkam, und der Waldboden war gepolstert mit abgefallenen Nadeln und Moos, man ging wie auf einem Teppich.

Trotzdem hatten sie als Kinder diesen Ort gefürchtet, einmal, weil es dort so unheimlich dunkel war, zum anderen, weil der alte Mühlbeck den Stadtmühlenkindern mit seinen erfundenen Schauergeschichten Angst gemacht hatte: Die Hexen träfen sich dort in der Nacht und wer sie störe, den verzauberten sie. Auf ewig war man dann in einem Baum gefangen, man brauche sich nur die Stämme anzuschauen, da guckten manchmal lebendige Augen heraus. Später hatte ihm Friedrich erzählt, das seien lediglich Rindennarben oder Astlöcher – aber die aufgeregte Phantasie der Kinder hatte tatsächlich gemeint, die armen Verzauberten in den Stämmen zu sehen, und im Rauschen der Baumkronen hatten sie ihr Stöhnen und Ächzen gehört. Wahrscheinlich hatte Friedrich damals auch Recht gehabt mit seiner Vermutung, der Platz sei ideal zum Verstecken von Diebesgut. Der alte Mühlbeck habe ein spezielles Interesse daran gehabt, dass keines der Kinder in die Nähe des Ortes kam.

Der Zauber war verflogen, es gab keine Hexen und Geister, aber es gab etwas anderes, genauso Böses und Bedrohliches, und die Stimmen, die er immer deutlicher hörte, waren menschliche Stimmen!

Er erkannte die Stimme der Frau, sie weinte, und zwischen ihrem Schluchzen hörte er schnell gemurmelte Worte, bittende Worte, so klang es jedenfalls.

Wohl vertraute Stimmen waren es, eine dunkle, die seltsam dumpf neben den hohen Tönen der Frauenstimme klang, die sich auf einmal förmlich überschlug.

Johannes drängte sich durch das Brombeergestrüpp. Die Dornen krallten sich fest an seiner Jacke, fügten ihm blutige Striemen auf Gesicht und Händen zu, aber er spürte es nicht. Die Stimmen kamen näher – er streifte einen Ast beiseite und dann sah er sie!

Sie saßen auf weichen Moospolstern, er hatte einen Arm um sie gelegt und streichelte mit der freien Hand unablässig ihre zuckenden Schultern. Sie hatte ihr Gesicht in seiner Brust vergraben. Die Kleider hatten sie wohl überstürzt wieder übergestreift, wahrscheinlich weil seit einiger Zeit ein frischer Wind aufgekommen war, der in die Kronen der Fichten fuhr und am Himmel die Wolken zusammentrieb. Es war kühl geworden, aber das war wohl nicht der einzige Grund, warum Marie fror.

Johannes sah, wie sie zitterte und die lose übergestreifte Bluse fest an sich zog. Beschwörend sprach Friedrich auf sie ein. Wegen des immer stärker aufkommenden Windes konnte Johannes nicht alles verstehen, aber er schien sie zu ermahnen, vernünftig zu sein, auch sein Name wurde mehrere Male genannt und Johannes hörte plötzlich den ungeduldigen Unterton in Friedrichs Stimme, den er nur zu gut kannte.

Marie schlang plötzlich ihren Arm wieder um Friedrichs Hals, die Bluse verrutschte und Johannes konnte ihre Brüste sehen, diese festen, glatten Brüste, die er manchmal scheu gestreichelt hatte. Auf einmal schrie Marie los, schrie mit hoher, überschnappender Stimme, klammerte sich an Friedrich fest, der sich mit verzerrtem Gesicht abwandte und sich mühte, ihre Arme von seinem Nacken zu lösen.

Da hielt es Johannes nicht mehr aus! Er machte eine unbeherrschte Bewegung, noch unschlüssig, was er jetzt tun sollte, aber er musste Maries Stimme zum Schweigen bringen, er konnte es nicht mehr aushalten! Durch den zurückschlagenden Ast, den Johannes bis dahin festgehalten hatte, wurde Friedrich auf ihn aufmerksam. Genau in diesem Moment schaute er in Johannes' Richtung. Er wurde starr, völlig starr, schien nicht einmal mehr zu atmen. Marie schluchzte immer noch, hing an seinem Hals; aber dann bemerkte sie Friedrichs verändertes Verhalten. Sie drehte sich ebenfalls um und ihr Blick fiel auf Johannes.

Nur Sekunden dauerte dieser Moment, in dem die drei Personen wie festgefroren schienen, dann ging alles ganz schnell.

»Johannes!«

Wer hatte gerufen? Friedrich, der aufgesprungen war und sich rasch sein Hemd überstreifte? Oder Marie, die jetzt auf dem Waldboden herumkroch, um ihre restlichen Kleider zusammenzusuchen?

Und wieder dieses »Johannes!«.

Er konnte es nicht mehr hören, er musste fort, fort von diesem Bild und diesem Rufen.

Er rannte zurück auf den Pfad, wieder schnellten die Zweige gegen sein Gesicht, seine Arme. Er schien gar nicht vorwärts zu kommen. Die Kassette, die er immer noch gegen seine Brust gedrückt hielt, war plötzlich tonnenschwer. Sie mussten ihn doch einholen, so langsam, wie er sich bewegte. Seine Beine schienen festzustecken im Waldboden. Aber niemand folgte ihm.

Er hörte nur das stärker werdende Rauschen des Windes und ganz von ferne Donnergrollen. Der Himmel über den Baumwipfeln hatte sich schwarz gefärbt. Dennoch rannte er weiter, ziellos, immer weiter, fort von den Bildern, der Gewissheit, dem Schmerz.

Es war stockdunkel, als er in die Wildbader Straße einbog. Im breiten Schein der Straßenlampe lag friedlich das Häuschen der Witwe Bott, an der rechten Seite hing der halb verfallene alte Kuhstall, der wie betrunken an der Hauswand lehnte. Dort, unter der Dachschräge, war das Licht schon gelöscht, Eugen schlief sicher längst dem Sonntag entgegen, einer von vielen mit Hilde und Fußballspiel auf dem Sportplatz, einem Bier im »Anker« und abends Tanz im Café Wirtz. In diesem Moment hasste Johannes solche Menschen wie Eugen Rentschler, deren Wünsche nur ihre eigene kleine Welt umschlossen und bei denen alles glatt zu laufen schien.

Er schleppte sich müde die wenigen Meter bis zur Haustür. Tropfnass war er, der Regen hatte Abkühlung gebracht und er zitterte vor Kälte und Erschöpfung. Er wusste gar nicht mehr, wohin er gelaufen war, irgendwann hatte er sich zwischen einige umgesägte Baumstämme gelegt und war einfach eingeschlafen. Die Jacke war voller Harz und seine Haare klebten, aber das war ihm egal. Er hatte nach Hause gefunden, war wie ein Automat durch die immer dunkler werdende Nacht getappt, und jetzt wollte er nur noch in die schützende Höhle seines Bettes, wollte sich verkriechen und weiterschlafen.

Dann sah er ihn!

Auf den Stufen der kleinen Treppe, die zum Eingang führte, saß Friedrich. In Johannes formten sich plötzlich vertraute Bilder – Friedrich, der auf ihn wartete, Friedrich auf der Treppe der »Sonne«, Friedrich, sein Beschützer, sein Freund.

Langsam stand Friedrich auf. »Johannes, wir müssen reden ... Es tut mir alles so Leid, Johannes ...«

Friedrich trat einen Schritt auf ihn zu, es schien fast, als wolle er ihn umarmen.

Johannes hob den Kopf und sah dem Freund in die Augen. Er merkte, dass Friedrich erschrak, es bereitete ihm richtig Freude zu sehen, wie er erschrak. Hatte er den Hass in seinen Augen wahrgenommen? Hatte er nicht gewusst, dass auch Johannes hassen konnte, genauso wie er? Er verschränkte die Arme über der Kassette, die er wie einen Schutzschild vor seine Brust hielt.

»Was gibt es denn hier noch zu reden? Ich habe genug gesehen!«

»Johannes, ich weiß, dass das schlecht war, ganz schlecht. Ich kann es mir selbst nicht erklären. Es ist … es ist über mich gekommen. Ja, ich habe sie begehrt, ich wollte sie haben! Ich dachte nicht … ich dachte überhaupt nichts. Aber ich habe Schluss gemacht, heute! Es ist zu Ende. Bitte, Johannes, hau mir ein paar runter, komm, schlag mich … tu irgendwas – aber schau mich nicht so an.« Friedrich hatte die Arme ausgebreitet, als wolle er so demonstrieren, dass er sich nicht wehren würde.

»Du hast Schluss gemacht, weil du Lisbeth Dederer heiraten wirst. Sonst wäre das alles so weitergegangen. Was heißt denn das eigentlich: ›Ich hab nichts gedacht‹? Verlogener Dreckskerl! An deinem ganzen Gerede ist nur ein Satz wahr: Dass du sie haben wolltest! Und jetzt willst du Lisbeth haben und ihr Vermögen.«

»Ja, das gebe ich zu. Ich will mich nicht besser machen, als ich bin, Johannes. Aber das mit Marie … sie hat es mir wirklich angetan, weißt du. Das war keine Laune, das war nicht so wie bei den anderen. Wir haben beide den Kopf verloren! Aber es ist jetzt zu Ende. Bitte verzeih mir und Marie! Es geht nicht so schnell, das weiß ich, aber im Laufe der Zeit … Und das mit Lisbeth – sie mag mich und ich will ihr ein guter Ehemann sein. Es ist doch auch für dich, Johannes. Weißt du noch, was ich immer gesagt habe …?«

Friedrich senkte die Stimme. Er suchte Johannes' Blick, ganz furchtsam wirkte er auf einmal, wie ein Kind, das man bei verbotenen Spielen ertappt hatte und das nun um Vergebung bat.

Er bettelt wie ein Hund, dachte Johannes auf einmal, so habe ich ihn noch nie erlebt.

»Ich nehm dich mit, Johannes«, hörte er Friedrich plötzlich sagen, »nehme dich mit auf dem Weg nach oben. Und du gehst auf diese Schule, diese Akademie oder wie das heißt – ich weiß doch, was du willst. Du willst es mehr als Marie und alles andere. Du sollst malen, Johannes ... und ich kaufe dir alle Farben!«

Diesen letzten Satz sagte er plötzlich mit einem Lächeln. Beide lauschten für einen Moment dem Hall dieser Worte nach, eine lieb gewonnene Erinnerung an gute, ferne Tage.

Aber diese vertrauten Worte, diese Erinnerungen machten Johannes plötzlich rasend vor Zorn. Merkte Friedrich denn nicht, was er für immer zerstört hatte? Er begann ihn zu beschimpfen, spie ihm die Worte förmlich ins Gesicht, nannte ihn verkommen und unmoralisch, suchte nach weiteren schlimmen Beleidigungen.

Als er erschöpft Luft holen wollte, fiel ihm Friedrich ins Wort. Er wirkte auf einmal sehr ruhig, fast kühl.

»Gut, ich höre mir das alles an. Aber ist dir einmal in den Sinn gekommen, dass du auch einen Teil Schuld hast?«

Johannes starrte ihn fassungslos an. »Ich soll selbst daran schuld sein, dass du mir mein Mädchen weggenommen hast? Das ist doch der Gipfel!«

»Ach was, rennst herum mit deinen großen Kalbsaugen und kapierst immer noch nicht, wie es zugeht auf der Welt. Stellst das Mädchen auf einen Altar und betest es an wie eine Göttin. Eine junge, gesunde Frau ... Mensch, Johannes, was haben wir nicht alles zusammen durchgemacht? Wir haben gehungert und gefroren und zusammen gelitten. Jetzt wollen wir leben, leben, Johannes! Ich hab doch gedacht, du machst dir nicht so viel aus ihr. Hast sie doch immerzu bloß gemalt. Johannes, wach auf! Lass uns wieder Freunde sein. Wir lassen uns doch nicht wegen einem Weibsbild auseinander bringen!«

Johannes nahm die Kassette fest in beide Hände. Einen Augenblick überlegte er, ob er zuschlagen sollte. Mitten hinein in dieses geliebte, vertraute Gesicht, dieses schöne Gesicht, das er so oft gemalt hatte. Aber es ging nicht – nicht mit dieser Kassette und nicht in dieses Gesicht.

Er wollte wortlos an Friedrich vorbeigehen, aber der hielt ihn an der Schulter fest. »Johannes!«

Er schüttelte die Hand ab. »Lass! Es gibt nichts mehr zu sagen! Du wirst es sowieso nicht kapieren. Alles Gute auf deinem Weg nach oben. Wirst schon noch neue Möglichkeiten finden, wie ich dich kenne.«

»Was ist denn daran verkehrt? Oder soll ich zu euch Spinnern gehen, die abends in den Hinterzimmern der Wirtschaften hocken und von der Weltrevolution träumen? Die laut davon reden, dass man den Reichen den Besitz wegnehmen soll, damit alle gleich viel haben – vielmehr nichts haben, so wie bei deinen Genossen in Russland.«

»Das ist alles, woran du denken kannst. Haben, immer mehr haben. Und deshalb heiratest du Lisbeth und willst noch mehr und immer mehr. Es ist gut, dass es solche Spinner wie uns gibt! Und jetzt verschwinde, ich will dich nicht mehr sehen.«

»Johannes, warte …!«

Oben wurde ein Fenster geöffnet und das verhutzelte Gesicht der Witwe Bott wurde sichtbar. »Ruhe da unten! Was ist denn das für ein Lärm, so spät in der Nacht? Ach, Sie sind das, Herr Helmbrecht.«

»Entschuldigen Sie, Frau Bott. Wir sind schon fertig.« Demonstrativ öffnete er die Haustür, er hörte Friedrich noch einmal »Johannes« rufen, dann schloss er die Tür und lehnte sich aufatmend von innen dagegen.

Die Kuckucksuhr in der guten Stube kündigte laut und vernehmlich die zwölfte Stunde an.

Es war Sonntag, der Tag, der der bislang glücklichste seines Lebens hätte werden sollen. Und nun war alles zerbrochen, die Liebe, die Freundschaft. Geblieben war nur die Kassette mit dem Taugenichts und der Traum vom richtigen, vom guten Leben.

33

Es war Mitte September. Die ersten Kartoffeln wurden von den Äckern an den Waldhängen geklaubt. Die Luft roch nach dem Heu, das in großen Ballen auf Leiterwagen in die Ställe gefahren wurde. Das Kilo Brot kostete jetzt eineinhalb Millionen Mark und die Inflation fraß das bisschen Geld, das man auf die Seite gelegt hatte, wie das Feuer die dürren Äste, die man vom Wald heruntergeholt hatte, weil die Abende schon kühl wurden.

Trotzdem wurden die Sorgen der Grunbacher in diesen Tagen überdeckt von einem großen Ereignis, dem man förmlich entgegenfieberte. Eine Hochzeit sollte gefeiert werden, und was für eine – die Hochzeit der einzigen Tochter des Sägewerkbesitzers Louis Dederer.

Die Witwe Bott versorgte Johannes beim Frühstück mit dem neuesten Klatsch. Lisbeth habe ihr Brautkleid extra in Stuttgart anfertigen lassen, bei einem berühmten und teuren Schneider. Und der »Anker« sei den Dederers auch nicht vornehm genug, das »Badhotel« in Wildbad müsse es sein. Was das koste, ausgerechnet in diesen schlechten Zeiten. Und so schnell auf die Verlobung gleich die Hochzeit, na, der alte Dederer habe es wohl eilig, so schlecht, wie er beisammen sei. Aber für die Weckerlins sei es doch ein großes Glück und er sei ganz sicher auch eingeladen bei der Hochzeit, als bester Freund des Bräutigams. Da müsse er ihr hinterher aber alles erzählen …

Johannes ließ dieses dahinplätschernde Gerede teilnahmslos über sich ergehen und wich auch den aufdringlichen Fragen aus, warum sich der Herr Weckerlin denn gar nicht mehr blicken lasse.

Emma hatte ein paarmal vorbeigeschaut, hatte ihn weinend beschworen, sie wieder zu besuchen, auch die Mutter sei so traurig. Fritz sei noch nicht dahintergekommen, dass sie, Emma, von seinem Verhältnis zu Marie gewusst und es Johannes erzählt hatte. Vielleicht glaubte er, es sei damals reiner Zufall gewesen, dass Johannes sie entdeckt hatte. Die Mutter könne sich gar nicht erklären, was passiert sei.

Eines Tages hatte Emma eine Einladung gebracht. Auf feinstem Büttenpapier gedruckt hatte Herr Louis Dederer die Hochzeit seiner geliebten Tochter Elisabeth mit Herrn Friedrich Weckerlin angezeigt. Diese Einladung hatte Johannes vor Emmas Augen zerrissen, die daraufhin wieder haltlos zu weinen begonnen hatte. »Dann gehe ich auch nicht«, verkündete sie schluchzend, hatte schließlich aber doch die Schneiderin aufgesucht, um sich das neue Kleid anmessen zu lassen.

An diesem Samstag, dem Tag der Hochzeit, dröhnten vormittags gegen elf Uhr die Glocken vom Turm der Grunbacher Kirche. Es kam Johannes so vor, als seien sie heute besonders laut, füllten das ganze Tal mit ihrem Klang, dem sich niemand entziehen konnte. Friedrichs großer Tag war da. Jetzt hatte er es geschafft, war oben angekommen. Johannes hatte schon seit Tagen im Bett gelegen, hohes Fieber hatte er gehabt und immer wieder krampfartige Hustenanfälle, die seinen Körper schüttelten. Die Witwe, die ihn mit heißem Tee und klein geschnittenen Brotwürfeln versorgte, hatte gestern Abend sehr bedenklich dreingeschaut.

»Das gefällt mir aber gar nicht. Soll ich nicht doch den

Doktor holen? Ganz blass und schmal sind Sie geworden. Sie essen ja auch gar nichts mehr.«

Johannes hatte abgewehrt. Es tue ihm nur Leid wegen Eugen, der immer wieder durch sein Husten geweckt würde. Gestern Abend war er überhaupt nicht mehr heimgekommen, wahrscheinlich war er bei seiner Hilde geblieben. Diese Vermutung teilte die Witwe Bott in missbilligendem Ton mit. Ihre Besorgnis war allerdings stark von Neugierde durchtränkt. Dass es mit ihrem Untermieter und dem Weckerlin irgendetwas gegeben hatte, war ihr in der Zwischenzeit wohl klar geworden. Im Dorf munkelte man etwas von Streitereien wegen einer Frau. Sie hatte versucht, noch mehr aus Eugen herauszuquetschen, aber der hatte scheinbar nicht allzu viel erzählt, worüber Johannes sehr froh war.

Als sie gestern Abend versucht hatte das Gespräch auf die bevorstehende Hochzeit zu bringen, drehte Johannes einfach seinen Kopf zur Wand, als Zeichen, dass er an einer Fortsetzung der Unterhaltung nicht interessiert sei. Sie war dann beleidigt aus dem Zimmer gerauscht, Tee und Weißbrotwürfel hatten doch nichts geholfen.

An diesem Samstag fürchtete Johannes ein weiteres Verhör, sie hatte schon angekündigt, dass sie gleich nach ihm sehen werde. Und jetzt war da noch dieses Läuten, dieses unerträgliche Läuten der Glocken. Er kroch aus dem Bett, hielt sich am Bettpfosten fest, weil ihm schwindlig wurde, aber irgendwie schaffte er es, in seine Kleider zu schlüpfen. Auf Zehenspitzen schlich er die Treppe hinunter, vorbei an der halb geöffneten Küchentür.

Er musste hinaus, weg von den Glocken, weg vom Geschwätz der Witwe! Hinauf in den Wald wollte er, die frische Luft würde ihm gut tun, vielleicht sogar ein wenig die düsteren Gedanken vertreiben, die wie Mühlsteine auf seiner

Seele lasteten. Auf der Wildbader Straße war es ruhig. Wahrscheinlich stand das halbe Dorf, alle, die nicht arbeiten mussten, vorne an der Enzbrücke, säumte den Weg hinauf zur Kirche, den die Hochzeitsgesellschaft jetzt nahm. Vom Dederer-Haus zogen sie hinauf, vorneweg das Brautpaar. Er sah Friedrich vor sich, stattlich und stolz in seinem neuen Frack, an seinem Arm Lisbeth, lächelnd in weißen Spitzen. Die hervorquellenden blauen Augen glitten über die gaffende Menge am Straßenrand, alle sollten ihren Triumph sehen. Und dahinter der Brautvater, der alte Dederer, mühsam humpelnd am Stock.

War er zufrieden? Er hatte »sein Sach gerichtet«, wie die Leute es hier nannten. Das Sägewerk war in guten Händen und er hatte für das Glück seiner Tochter gesorgt.

Das Glück? Johannes lächelte spöttisch. Ach, Lisbeth, arme Glotzbeth. Eine Illusion von Glück, vielleicht. Was wohl Emma dachte? Und Frau Weckerlin? Jetzt gehörten sie wieder zur guten Gesellschaft, sogar zur besten. Ein langer Weg aus der Stadtmühle bis hierher!

Aber eines möchte ich doch wissen, dachte Johannes. Wie hoch ist der Preis, den Friedrich bezahlt hat? Was wird er denken, wenn der Pfarrer die Trauformel spricht: »... lieben und ehren, bis dass der Tod euch scheidet ...«

Wird er sich wieder mit Marie treffen – hinter Lisbeths Rücken? Wie hoch ist der Preis, Fritz?

Plötzlich sah er sie hinter der Wegbiegung! Marie ging langsam, sogar langsamer als er, der immer wieder stehen bleiben musste, um leise keuchend Atem zu holen und das Stechen in seiner Brust zu bezwingen. Auf einmal erschien es ihm ganz logisch, dass sie hier oben war. Eine Art Abschied, dachte er. Oder war sie geflüchtet wie er, vor den Glocken, die man sicher bis Hofen hörte, vor den Erinnerungen?

Sie musste ihn wohl gehört haben, denn sie drehte sich um und blieb stehen. Sie blieb stehen und erwartete ihn. Vor diesem Moment hatte er sich gefürchtet und gleichzeitig hatte er ihn herbeigesehnt. Marie wieder zu sehen und zu sprechen, das wog mehr als alle Wut und Trauer. Es fiel ihr sichtlich schwer, ihn anzusprechen. Schließlich flüsterte sie: »Fast habe ich gehofft, dass du hier oben bist. Du warst letzte Woche nicht im Zug – da hab ich mir Sorgen gemacht.«

Sie hatten seit diesem Julinachmittag nicht mehr miteinander gesprochen. Nur aus der Ferne, beim Einsteigen in den Zug, am Bahnhof hatte er sie täglich gesehen. Sie hatte wohl ein paarmal Anstalten gemacht, auf ihn zuzugehen, aber er hatte sich schnell abgewandt. Aber jetzt war er bereit, sie zu sehen, mit ihr zu sprechen.

»Ich war krank.« Er deutete auf eine Sitzbank, von der aus man einen weiten Blick über das Tal hatte. Grunbach lag hinter der Wegbiegung und der Blick dorthin war durch hohe Tannen und Fichten verstellt. Man hatte die Illusion, ganz allein zu sein in diesem grünen Meer, das sich vor ihnen ausbreitete.

»Ich fürchte, ich schaffe es gar nicht hoch auf die Ebene. Aber ich wollte unbedingt in den Wald. Schon die Ahne hat immer gesagt, die Luft hier oben sei ein wahrer Gesundbrunnen.«

Marie nickte. »Aber sie kann nicht alles heilen«, flüsterte sie. »Johannes, ich habe mir so oft zurechtgelegt, was ich dir sagen will, wenn wir uns endlich einmal wiedersehen. Doch jetzt weiß ich nicht, wie ich anfangen soll.«

»Lass nur, Marie. Es muss nichts mehr gesagt werden. Du hast dich in ihn verliebt. Das ist kein Verbrechen. Ich verstehe es sogar recht gut.« Johannes lächelte. »Ich habe ihn ja auch geliebt – auf meine Weise. Seine Stärke, seinen Mut und … ja, auch seine Schönheit. Ich kann dich gut verstehen, Marie.«

»Aber ich habe dich hintergangen. Ich wollte es dir immer sagen, glaube mir. Du bist … du bist so ein feiner Mensch. Ich mag dich wirklich. Aber das mit Friedrich, das war wie ein Rausch. Ich hab gar nicht mehr denken können.«

Johannes schüttelte den Kopf. Sie tat ihm weh mit jedem Wort, obwohl sie das sicherlich nicht wollte. »Marie, lass es gut sein. So ähnlich hat es mir Friedrich auch gesagt.«

»Er wollte nie, dass wir es dir sagen. Jetzt weiß ich, warum. Er hat es nie ernst gemeint. Ich war nur eine von vielen. Er hatte immer vor, Lisbeth Dederer zu heiraten.« Sie sah ihn von der Seite an.

Statt einer Antwort senkte Johannes den Kopf.

»Wie dumm ich war. Alles kaputtgemacht habe ich. Eure Freundschaft …«

»Da waren noch andere Dinge, die zwischen uns standen, Marie. Ich hab's nur nicht wahrhaben wollen. Und ich habe mich in ihm getäuscht. Wir werden darüber hinwegkommen, Marie, man kann auch vieles vergessen.«

Er war selbst nicht von dem überzeugt, was er da sagte! Aber sie sah so unglücklich aus. Schmal war sie geworden und die Augen lagen glanzlos unter bläulichen Lidern. Richtig leer geweint sahen sie aus. Bei seinen letzten Worten huschte ein geisterhaftes Lächeln über ihr Gesicht, es war ein unheimliches Lächeln und plötzlich beschlich ihn eine merkwürdige Angst.

»Ich nicht, Johannes. Ich muss es dir sagen, muss dir sagen, was noch kein Mensch weiß: Ich bekomme ein Kind, Johannes – ein Kind von Friedrich.«

Johannes meinte plötzlich aus der Ferne Glockenklänge zu hören, ein sanfter Wind trug sie von Grunbach herüber bis zu dieser Bank. Das Brautpaar verließ die Kirche. Dicht gedrängt standen Menschentrauben auf dem Kirchplatz. Hochrufe wurden laut. Der Herr Direktor Zinser stand sicher mit seiner nervösen Gattin ganz vorne am Portal und gratulierte dem Paar, Friedrich und Elisabeth Weckerlin. Ob Fritz das gewusst hat – ob er gewusst hat, dass Marie …?

Er schien laut gesprochen zu haben, denn sie sagte plötzlich: »Nein, er weiß nichts. Ich wollte es ihm sagen, damals, als du gekommen bist. Aber als er mir sagte, dass wir uns trennen müssen, dass er Lisbeth Dederer heiraten wird … Er darf es nie erfahren, Johannes, versprich es mir!«

»Aber er wird es sich denken können.«

»Es soll nie ausgesprochen werden, niemals. Versprich es mir, Johannes!«

»Und was soll nun werden?«

Sie senkte den Kopf, ganz tief. Dicke Tropfen fielen auf ihre Hände, die sie unaufhörlich gegeneinander rieb. »Am schlimmsten wird es, wenn ich es meiner Mutter sagen muss. Davor fürchte ich mich so. Und Vater – er wird so enttäuscht sein. Ein uneheliches Kind … Hoffentlich werfen sie mich nicht hinaus.«

Er nahm ihre rechte Hand und hielt sie fest. Lange saßen sie so da, keiner sagte etwas. Auf einmal wusste er ganz genau, was er tun würde. Es war gut und richtig, es zu tun. Man musste eben seinen Preis bezahlen. Und der war nicht zu hoch, davon war er überzeugt, es war nicht so wie bei Friedrich. Er sagte es ihr und sie starrte ihn fassungslos an.

»Du willst mich immer noch? Und das Kind …?«

Er musste lange reden, musste auch vor sich selbst alles klar darlegen. Wenn Marie ihn mochte – gut, es war keine himmelstürmende Liebe wie bei Friedrich, aber es war eine gute Grundlage für ein gemeinsames Leben. Und er liebte sie.

Und das Kind würde in geordneten Verhältnissen aufwachsen.

»Warum sollen wir allein durchs Leben gehen, wenn wir miteinander eine bessere und schönere Zukunft haben können? Ich wollte dir an deinem Geburtstag einen Heiratsantrag machen. Ich war so fest davon überzeugt, dass wir miteinander ein gutes Leben haben werden. Schau, Marie, ich war immer allein! Dann kam Friedrich und ich hatte einen Freund. Aber es hat nicht gehalten. Vielleicht habe ich dafür jetzt eine Liebste.«

Später würde er sich immer wieder an diesen Augenblick erinnern, als sie ihm weinend um den Hals gefallen war und etwas von ewiger Dankbarkeit geflüstert hatte. Ich will nicht, dass du mir dankbar bist, ich will, dass du mich liebst, hatte er gedacht und er war so voll des guten Willens und der Hoffnung gewesen. Er würde seinen Preis bezahlen um der Liebe und des Glücks willen!

34

Anna steht im Garten des Urgroßvaterhäuschens und betrachtet versonnen die Fassade aus ehemals weißen Schindeln, die jetzt von einem grauen Film überzogen sind. Trotzdem wirkt das Häuschen heimelig, denkt sie. Vielleicht auch wegen der Zwetschgen- und Mirabellenbäume, die ihre Zweige bis vor die blinden Fensterscheiben strecken.

Lass dir Zeit, hat Richard gesagt und ist mit Fritz gleich in das Haus hineingegangen, um zu sehen, »was der Holzwurm macht«.

Anna ist froh, sie will das Haus lieber erst mal alleine anschauen. Bloß nicht die ganze Zeit mit Fritz rumstehen müssen! Was soll sie ihm auch sagen? Irgendwie ist sie auf einmal furchtbar befangen ihm gegenüber. Geküsst hat er sie gestern, als sie vor der Haustür standen. Einfach so, aus heiterem Himmel geküsst. Seitdem ist sie ganz verwirrt. Er ist wirklich nett, denkt sie mit einem Kribbeln im Bauch. Und schön war's gestern Abend auch, in dem verrauchten Lokal mit den schrägen Leuten und der etwas seltsamen Musik. Aus Berlin ist sie zwar anderes gewöhnt, aber es war auf jeden Fall eine Abwechslung zu Gretls betulicher Wohnstube mit Kuckucksuhr und Sammeltassen.

»Erstaunlich, wie du es bei Gretl aushältst. Ist ja nicht gerade prickelnd, das Programm, das dir dort geboten wird«, hat er grinsend gemeint, ist aber gleich darauf rot geworden und hat sich schnell entschuldigt. »War blöd von mir – wo doch deine Mutter erst gestorben ist. Der Sinn steht dir bestimmt nicht nach Weggehen und so.«

Aber das ist es nicht allein, warum sie Ruhe braucht. Sie hat ihm versucht alles zu erklären, hat von den Fotos erzählt, den Fragen, die ihr nie beantwortet wurden, ihrer Suche nach den Wurzeln.

Ob er es verstanden hat? Er weiß alles über seine Familie, kennt ihre Namen, ihre Gesichter auf den Fotos, kennt die Geschichten.

Er hat geduldig und verständnisvoll zugehört und dann haben sie über die Zukunft gesprochen, über seine Pläne. Ein Jahr nach Amerika will er gehen, dort im Architekturbüro eines ehemaligen Studienkollegen seines Vaters arbeiten, der »geniale Häuser« baue. Dabei hat er begeistert die Serviette mit Gebilden voll gekritzelt, die eher wie große Erdhügel aussahen.

Ich beneide ihn, denkt Anna plötzlich. So viele Pläne, so viel Begeisterung und Hoffnung in die Zukunft. Vielleicht wühle ich auch deshalb in der Vergangenheit herum, weil ich Angst hab, nach vorne zu blicken? Und was ist das mit uns beiden? Fühlen wir uns womöglich verpflichtet, ein Paar zu werden, bloß weil Fritz' Großonkel und meine Urgroßmutter – was für eine verrückte Vorstellung!

Ein Familienfluch, das wäre noch was! Sie lacht unwillkürlich auf. Dann geht sie zur Rückseite des Hauses. An der Wand lehnen noch eine altersschwache Leiter und eine Sense. Sie sieht Johannes auf die Obstbäume steigen und sieht ihn den steil abfallenden Hang hinter dem Haus mähen. Wofür hat er das Gras gebraucht? Richtig, da stehen noch die Überreste eines Hasenstalls. An der rechten Seite des Grundstücks ziehen sich viele Beerenstöcke hinauf bis zur Krümmung des Berges, wo die Wiese in eine schmale, ebene Fläche ausläuft, auf der in Reih und Glied Apfel- und Birnenbäume stehen. Das alles habe Johannes gepflanzt, hat ihr Gretl am Morgen erzählt.

Vor dem Frühstück hat sie die alte Dame gleich mit Fragen bombardiert. Ob sie sich noch an die Hochzeit von Friedrich und Lisbeth und auch an die ihres Urgroßvaters erinnere? Und Fotos, es muss doch Fotos geben! Ein Bild von Johannes und Marie hat sie schon in Berlin gesehen, aber vielleicht gibt es hier noch mehr?

Gretl hat auf ihre Bitte hin noch einmal die alten Fotoalben hervorgekramt. Und tatsächlich, da war das Bild, das sie schon in Berlin gesehen hat. Direkt gegenüber, auf der anderen Seite des Albums, klebte eine größere Fotografie, die das junge Ehepaar Weckerlin im Hochzeitsstaat zeigt.

Ja, an die Hochzeiten könne sie sich noch gut erinnern, hat ihr Gretl erzählt. Die von Lisbeth und Friedrich sei einfach prachtvoll gewesen. Sie und ihre Mutter sind nicht eingeladen gewesen, mit der Stadtmühle und ihren Bewohnern wollte Friedrich, zumindest offiziell, nichts mehr zu tun haben. Aber Lene hat im Dederer-Haus aushelfen dürfen, die Gläser nach dem Empfang der Gäste am Morgen spülen und Frau Kiefer noch etwas zur Hand gehen. Am Nachmittag habe sie dann etwas vom Hochzeitskuchen mitgebracht. Das erste Mal in ihrem Leben hat Gretl damals Torte gegessen, Torte aus feinem, weichem Teig mit einer wunderbaren Creme, Buttercreme, aus richtiger Butter, das vergäße man sein Leben nicht. Gleich nach der Schule seien sie zum Kirchplatz gerannt, um noch einen Blick auf das Paar erhaschen zu können.

»Komisch ist das schon gewesen«, hat Gretl sehr nachdenklich gesagt. »Das war Friedrich, unser Fritz aus der Stadtmühle, und dann hat er auf einmal so vornehm ausgesehen in seinem neuen Frack mit dem hohen weißen Kragen. Er war mir plötzlich ganz fremd, wie ihm all die wohlhabenden Leute gratulierten, wie er sich vor dem Herrn Zinser verbeugte, der ihm auf die Schulter klopfte – der reiche Herr Zinser, ich hab es damals gar nicht glauben können! Und Lisbeth, nun, es war schon Lisbeth Dederer, aber auch sie sah so anders aus, wie verkleidet in ihrem weißen Seidenkleid und dem Spitzenschleier.«

Anna hat sich das Bild heute Morgen genau angeschaut. Stocksteif standen die Personen da, die Augen starr auf die Kamera gerichtet. Eigenartig, hat sie gedacht, irgendwie wirken die Menschen auf diesen alten Bildern so ernst, so angespannt. Ein Foto ist damals natürlich noch etwas Besonderes gewesen, da wollte man nichts falsch machen und man durfte sich auch nicht bewegen. Und dann waren sie auch so unnatürlich und gestellt, so wie das von Lisbeth und Friedrich. Die Braut saß da, als ob sie einen Stock verschluckt hätte, und den üppigen Blumenstrauß aus Lilien und Nelken – ein scheußliches Gebilde – hielt sie wie eine Waffe. Und Friedrich: den Rücken durchgedrückt und den Kopf stolz erhoben! So stand er da, sehr elegant und sehr gut aussehend. Aber die Lippen waren fest zusammengepresst, nicht einmal der Anschein eines Lächelns lag auf ihnen und auch bei Lisbeth meinte man, trotz des Triumphes in ihren Augen, diesen verdrossenen Zug um die Mundwinkel zu erkennen, der wohl typisch für sie gewesen ist. Nein, richtig glücklich hat dieses Paar nicht ausgesehen! Gretl hat das nur bestätigt.

»Dass er mit der Lisbeth nicht viel anfangen konnte, wusste jeder im Dorf. Und seine Frauengeschichten waren bekannt. Dass da etwas mit Marie war, hat man getratscht. Es war ja auch auffällig, dass die Freundschaft zwischen ihm und Johannes so plötzlich vorbei war. Ich hab zu der Zeit schon alles gewusst, Emma hatte es mir erzählt. Das schlechte Gewissen hat sie geplagt. Ich bin damals sehr traurig gewesen. Wie Emma auf die Marie, so habe ich zu der Zeit einen Hass auf die Lisbeth Dederer gehabt. Sie hat ihn uns weggenommen, hab ich immer gedacht. Hätte er die Marie geheiratet, wäre er weiterhin ein Teil von uns gewesen. Es war ungerecht, ich weiß es. Und was das alles für Johannes bedeutet haben muss … Aber ich bin noch ein Kind gewesen zu der Zeit. Arme Lisbeth, auch wenn sie damals triumphiert hat, dass sie ihn gekriegt hat – sie war doch ein so armer Mensch. Viel Freude hat sie nicht gehabt mit ihrem Friedrich.«

Dann hat Gretl noch etwas Geheimnisvolles erzählt: Diese Ehe sei von Anfang an zum Scheitern verurteilt gewesen, da die Vorzeichen damals schon eindeutig schlecht gestanden hätten.

Gretl und ihr komischer Aberglaube! Kein Wunder, wenn man den Kindern im Schwarzwald früher Angst machte mit dem »Nachtkrab«, dem »Pelzmärte«, dem »Zuberklos«! Die Wälder waren in der Vorstellung der Kinder mit Geistern und Hexen bevölkert und jeden Moment konnte hinter einem Baum der mächtige »Holländer-Michl« hervorkommen. Ihre Mutter hat ihr davon erzählt. Auch Marie ist noch mit solchen Geschichten aufgewachsen.

Aber was Gretl dann erzählt hat, klang überzeugend und logisch und sie hat sich auch für den Wahrheitsgehalt verbürgt, denn Friedrich selbst hatte es ihr erzählt: Am Abend vor der Hochzeit sei er nach Feierabend noch in das Sägewerk gegangen, um mit den Arbeitern anzustoßen. Er hatte eine Flasche Obstwasser unter den Arm geklemmt und ist gerade die Außentreppe zum Sägewerk hochgestiegen, als er plötzlich unten einen Schatten an der Tür zum Sägemehlraum sah. Es war schon früh dunkel geworden an diesem

Abend, denn tiefe Regenwolken hingen über dem Enztal und verdeckten die Sonne.

»Im gleichen Moment knallten zwei Schüsse und dann sind auch schon die Arbeiter von oben gerannt gekommen«, erzählt Gretl weiter. »Von unten hat man einen Fluch gehört und dann war der Schatten hinter dem Polderplatz verschwunden. Ein paar von den Arbeitern haben die Verfolgung aufgenommen, aber ohne Erfolg. Später fand man dann zwei Kugeln, die im Holzgeländer steckten.«

Es sei äußerst knapp gewesen damals, ein paar Zentimeter weiter oben und die Kugeln hätten Friedrich getroffen. Der Unbekannte sei einerseits durch die frühe Dunkelheit geschützt gewesen, andererseits ist ihm dadurch das genaue Zielen erschwert worden. Dass der Schütze Übele gewesen ist, daran habe für Friedrich kein Zweifel bestanden.

»Und warum hat er ihn nicht angezeigt?«, hat Anna gefragt.

»Man hätte ihm doch nichts nachweisen können. Richtig gesehen hat ihn keiner. Im Dorf hat man viel gemunkelt. Im oberen Wald, bei den Bauern auf der Hochebene, sind seinerzeit viele Freikorpsoffiziere untergekrochen, vor allem solche, die Dreck am Stecken hatten. Einige sollen auch an politischen Morden beteiligt gewesen sein. Es waren unruhige Zeiten damals. Während der Inflation hat man jederzeit mit einem Umsturz gerechnet. Übele soll auch bei einem Bauern dort oben untergekommen sein, erzählten sich die Leute; er hatte doch kein ordentliches Zeugnis und jeder in der Gegend wusste, dass ihn der Dederer wegen Unterschlagung hinausgeworfen hatte. Jedenfalls hatte der Übele mit den Freikorpsleuten zu tun und half ihnen wohl auch, ein Waffenlager für eine verbotene Organisation anzulegen. Johannes hat mir das später erklärt.«

Anna hat sich ganz schön erschrocken, als Gretl ihr das heute Morgen erzählt hat. Was für eine verrückte Zeit das damals gewesen ist!

Den Übele habe aber doch noch eine Art ausgleichende Gerechtigkeit ereilt. Gretl hat das Ende dieser Schauergeschichte fast genüsslich hinausgezögert. Im oberen Wald habe man ihn schließlich ein paar Jahre später gefunden. Tot, erschossen. Ob es ein Fememord seiner neuen Kameraden gewesen sei oder ob man ihm nicht mehr getraut habe, fragten sich viele. Manche hätten auch behauptet, die Kommunisten seien es gewesen. Auf jeden Fall habe man es nie herausbekommen und der Übele habe in einem der Dörfer ein Armengrab bekommen.

Hier hat Gretl für einen Moment innegehalten. »Aber es ist ein schlechtes Vorzeichen für die Hochzeit damals gewesen, und dass der Fritz so bleich und ernst auf dem Foto aussieht, das ist nicht erstaunlich – dem saß der Schreck noch in den Knochen! Erst der drohende Tod und dann die Hochzeit und sein neues Leben, das passte alles nicht zusammen.«

Nachdenklich geht Anna wieder zur Vorderseite des Häuschens. Es ist auf einmal viel vom Tod die Rede, genau so, wie Johannes geschrieben hat.

Oben im Dachgeschoss versucht jemand eines der beiden Fenster aufzumachen. Die Farbe ist abgeblättert und Richard hat einige Mühe beim Öffnen, wahrscheinlich hat sich das Holz verzogen. Nach kräftigem Rütteln gelingt es ihm und sein Gesicht erscheint in der Fensteröffnung, dahinter sieht man den Lockenkopf von Fritz. Richard ruft ihr etwas zu, Anna kann ihn nicht richtig verstehen, sie soll wohl hereinkommen. Die wenigen Steinstufen, die zur Eingangstür führen, sind alt und kaputt. Beim Hochgehen bemerkt Anna, wie der Stein bröckelt, und auch das wurmstichige Geländer wackelt bedenklich. Diese Stufen habe Johannes selber gemauert, genauso wie er das Haus buchstäblich mit eigenen Händen erbaut habe, so jedenfalls haben es ihr Gretl und Richard erzählt.

Nichts vom Wandern in die Fremde, vom Fortgehen mit der Liebsten in eine bessere Zukunft – stattdessen Steine schleppen, Mörtel rühren, Kindergeschrei, Graupensuppe und Sorgen, jede Menge Sorgen!

Warum bloß hat er dieses Haus gebaut?, fragt sich Anna. Er ist ja längst nicht so zäh gewesen wie Friedrich. Und für Marie muss es auch eine ganz schöne Belastung gewesen sein. Das hat ihr Gretl sehr anschaulich berichtet. Eimerweise habe Marie die Steine vom Wald herunterschleppen müssen. Förmlich in den Boden gedrückt hätte sie die schwere Last und dass sie später im Alter einen schiefen Rücken und auch starke Schmerzen gehabt hätte, sei kein Wunder gewesen – seine schöne Marie, seine geliebte, angebetete Marie!

Warum, Johannes? Wolltest du den anderen zeigen, dass du deiner Familie auch ein Dach über dem Kopf verschaffen kannst? Wolltest du es vor allem einem zeigen, einem, der seinen protzigen Palast dort auf der anderen Seite des Tals gebaut hat? Nein, du warst nicht fertig mit ihm, auch wenn du das so geschrieben hast; bist nie fertig geworden mit ihm und er nicht mit dir! Dein Preis war auch zu hoch, Johannes!

Anna steigt die Stufen der schmalen Holztreppe hoch, die in das Obergeschoss führt. Da oben sind die Kinderzimmer gewesen. Anna, ihre gleichnamige Großmutter, hat darin gewohnt und später Marie, ihre Mutter. Das andere Zimmer war wohl Georgs.

Georg, von dem im letzten Buch so viel die Rede ist. Sie

hat beim ersten Durchblättern schon gemerkt, wie schwer es Johannes fällt, über ihn zu schreiben. Sein Stil wirkt auf einmal fast unbeholfen, so, als misstraue er den Wörtern, weil er sich selbst misstraut hat.

Was jetzt folgte, hatte nichts mehr zu tun mit den Träumen, die er bis dahin gesponnen hatte. Nichts von »himmelblauen Blumen, von schönen, dunkelgrünen, einsamen Gründen, wo Quellen rauschten und Bächlein gingen und bunte Vögel wunderbar sangen«.

Nichts von Italien, Rom und den »schönen Wasserkünsten«. Stattdessen eine Geschichte von Schuld und Tod.

35

Johannes stapfte über die Wiese, die bis zur Krümmung oben am Waldrand steil abfiel. Weiter unten gab es ein flaches Stück, da sollte das Haus stehen. Es war kein gut geschnittenes Grundstück, aber es gehörte ihnen, vielmehr Marie. Sie hatte es vor einigen Wochen von ihrem Vater geerbt, der überraschend gestorben war.

Er hatte zwar schon länger gekränkelt, war immer schmaler und blasser geworden, der stille, kleine Mann, aber das werde schon wieder, hatte seine Frau gemeint. Eine verschleppte Erkältung, nichts weiter, deshalb auch der Husten, der ihn Tag und Nacht quälte. Und da sie stets in allem die Oberhand behalten hatte, war er erst spät zum Arzt gegangen. Es sei nichts mehr zu machen, hatte man dann im Krankenhaus in Stuttgart gesagt. Es war Krebs, ein schlimmer Krebs, der sich durch die Lunge fraß, schon überall seine Krakenarme hatte! Metastasen nannten es die Ärzte, und plötzlich war es ganz schnell gegangen und der stille, kleine Mann war klaglos in seinem Krankenhausbett eingeschlafen, um nicht mehr aufzuwachen.

Sein Erbe wurde verteilt, das Wohnhaus ging an den Sohn, der der Mutter lebenslanges Wohnrecht einräumen musste, und das Grundstück in der Gemarkung Grunbach bekam die Tochter Marie. Auch das Testament trug die Handschrift seiner Frau, der er sich sein Leben lang in allem untergeordnet hatte. Eigentlich wäre das Grundstück nicht viel wert gewesen, aber die Gemeinde Grunbach hatte vor zwei Jahren beschlossen, die so genannten Leimenäcker am Fuße des Eibergs zur Bebauung freizugeben! Die Ortsverwaltung hatte selbst den Anfang gemacht. Zwei lange Reihen Wand an Wand gebauter, schmaler Häuschen zogen sich am unteren Rand der Leimenäcker hin. Weiter oberhalb hatte sich, wie wildes Unkraut, ein seltsamer neuer, kleiner Lebensraum gebildet. Ausrangierte Eisenbahnwaggons standen um einen provisorisch ausgehobenen Brunnen herum, der einige Rinnsale fasste, die vom Berg herabrieselten. Etliche arme Familien hatten sich dort ein kärgliches Heim geschaffen. Wohnraum war knapp, nach der Inflation gab es mehr arme Leute als zuvor und die Stadtmühle hatte man ganz aufgeben müssen, da sie baufällig geworden war. So lebten die Allerärmsten in den Waggons, zwischen aufgespannten Wäscheleinen und allerlei Krempel, den man für eine spätere Verwertung herbeigeschleppt hatte – ein buntes und wunderliches Bild, das sich dem Betrachter bot.

Glücklicher konnten sich die schätzen, die ein Zimmer oder gar eine kleine Wohnung in einem der Gemeindehäuser bekommen hatten, so wie Johannes und Marie Helmbrecht, die mit ihren zwei Kindern sogar ein ganzes Reihenhäuschen bezogen hatten, gerade einen Steinwurf entfernt von dem Grundstück, das sie später erben sollten. Eine Küche und ein weiterer Raum, den man kaum als Wohnzimmer bezeichnen konnte, so dürftig, wie er eingerichtet war, befanden sich im Erdgeschoss, oben waren das Schlafzimmer und eine Kammer für die Kinder. Johannes hatte nach der Hochzeit gemeint, sie sollten sich vom Ersparten ein gutes, solides Schlafzimmer anschaffen, das brauche man jeden Tag, und so hatte Marie ihre Träume von einem Nussbaumbuffet und einem weichen Kanapee mit gestickten Sofakissen aufgeben müssen. Ein Tisch mit vier wackligen Stühlen stand jetzt im so genannten Wohnzimmer und eine alte Vitrine von Maries Großmutter, auf der die Einmachgläser Platz gefunden hatten. Schließlich konnte man in der Küche sitzen, da war es ohnehin wärmer und gemütlicher, und darin stand Maries ganzer Stolz, ein neuer weißer Holzherd mit einem großen Wasserschiff, sodass man immer heißes Wasser hatte. Auch das Schlafzimmer war ordentlich und solide eingerichtet und Marie träumte davon, eines Tages mit schönen Paradekissen und einer Steppdecke den Raum noch zusätzlich aufputzen zu können.

Eines Tages – wenn die Kinder größer waren und sie vielleicht wieder arbeiten konnte. Die Kinder, der zweijährige Georg und die knapp ein halbes Jahr alte Anna, teilten sich die kleine Kammer, die nach hinten hinausging und auf das handtuchschmale Stückchen Garten blickte, in dem sie Salat und Kartoffeln anbauten.

Es ist wenig genug, was wir haben, dachte Johannes, als er auf dem höchsten Punkt des Grundstücks stand, wenig genug, aber recht ordentlich für einen, der aus der Stadtmühle kommt.

Es hatte ja damals auch für eine kleine Hochzeitsfeier gereicht, die war zwar bescheiden gewesen, aber es gab Kaffee und Kuchen in der guten Stube der Oberdorfers und am Abend sogar Bratwürste mit Kartoffelsalat und der Brautvater hatte ein paar Flaschen Wein spendiert. Die Gästeliste war überschaubar gewesen: Maries alte Tante, auf deren kümmerliches Erbe man hoffte, und ihr Bruder mit seiner Verlobten, einem stillen Mädchen, der Frau Oberdorfer immer wieder deutlich zu verstehen gab, dass sie für ihren einzigen Sohn nicht gut genug sei. Lene und Gretl waren auch dabei gewesen, auf ihrer Einladung hatte Johannes bestanden, obwohl seine Schwiegermutter mit spitzem Mund gemeint hatte, »solche« gehörten nicht an ihren Tisch. Aber Johannes hatte nicht nachgegeben und sie hatte schließlich eingelenkt.

Ihr Verhalten gegenüber Johannes war kurz vor der Hochzeit freundlicher geworden, es schien, als seien die Gerüchte, die in Grunbach kursierten, auch nach Hofen gedrungen. Marie hatte zwar nie darüber gesprochen, aber Johannes war sich sicher, dass ihre Mutter sie einige Male eindringlich befragt hatte!

Es hatte manchen Spott darüber gegeben, dass die Braut vom Helmbrecht »einen Braten in der Röhre« habe und dass man ihm wohl ein Kuckucksei ins Nest lege. Aber er hatte nie darauf reagiert und war seltsam unbeteiligt dabei geblieben, sodass die derben Späße mit der Zeit aufhörten. Und Frau Oberdorfer, die ein gewisses Misstrauen gegenüber ihrer Tochter hegte, war froh über jeden Schwiegersohn, der ihrer Tochter und dem Kind seinen ehrlichen Namen gab.

Er war glücklich gewesen in diesen Wochen vor der Hochzeit und auch danach, trotz Maries immer deutlicher schwellendem Leib, der ihn zunehmend an das Kind, Friedrichs Kind, denken ließ. Immer wieder hatte er in dieser Zeit das Hochzeitsfoto betrachtet und Maries Gesicht studiert. Ja, sie waren sogar zum Fotografen gegangen, diesen Moment wollte er festhalten und auch Maries Schönheit und seinen Stolz!

Er sah sicher nicht so stattlich aus wie Friedrich, der geliehene Frack war etwas zu groß und hing an den Schultern unschön herunter. Aber mit den weißen Handschuhen und der neuen Hose mit der Bügelfalte und mehr noch mit diesem selbstbewussten Blick, mit dem er in die Kamera schaute, stellte er doch etwas dar.

Das blonde Haar hatte er nass gescheitelt, trotzdem hing die ungebärdige Strähne nach vorne in die Stirn, aber das verlieh ihm etwas Verwegenes, wie Johannes fand.

Und Marie – keine Myrtenzweige steckten im Haar, das hatte die frömmlerische Mutter nicht geduldet, denn ihre Tochter war leider keine Jungfrau mehr. Mit Lenes Hilfe hatte Marie rings um den Tüllschleier einige kleine, weiße Blüten gesteckt, deren Namen Johannes nicht kannte, die aber wunderschön in ihrem braunen, glänzenden Haar aussahen. Das Brautkleid ging modisch kurz bis knapp über die Knie und die tief angesetzte Taille kaschierte geschickt das kleine Bäuchlein, das sich schon abzeichnete. Sie waren ein schönes Paar, wie Johannes fand. Auf jeden Fall war Marie zehnmal schöner als die andere, Lisbeth Dederer in Seide und Spitzen!

Wenn er aber das Bild studierte, konnte er sich auch nicht verhehlen, dass Marie merkwürdig freudlos wirkte. Starr blickte sie in die Kamera und die Andeutung eines Lächelns in ihren Mundwinkeln wirkte künstlich und aufgesetzt. Und trotzdem war er glücklich gewesen, in diesen ersten Monaten, er hatte Marie zur Frau – auch wenn am Anfang eine gewisse Fremdheit und Befangenheit zwischen ihnen war, so hatte er doch die feste Überzeugung, dass das besser werden würde! Er mühte sich ja selber redlich, die quälenden Gedanken aus dem Kopf zu bekommen – wenn er sie im Arm hielt, die bange Frage, ob sie jetzt an »ihn« dachte, wenn sie sich ihm hingab, sanft und willig, ob das bei dem »anderen« auch so gewesen war oder ob sie sich leidenschaftlicher verhalten hatte.

Nicht immer ließen sich diese Gedanken unterdrücken, dann steigerten sie sich bis zur qualvollen Raserei, sodass er sich manchmal bei der Überlegung ertappte, es müsse befreiend sein, ihr jetzt wehzutun! Dann wurde er manchmal grob, erschrak über sich selbst und mehr noch über ihr wortloses Dulden, als nehme sie das als gerechte Strafe hin. Es würde besser werden, hatte er gedacht, aber es war schlimmer geworden, als das Kind kam, vor jetzt ziemlich genau zwei Jahren.

Marie hatte sich über viele Stunden gequält, die Hebamme, eine jüngere, resolute Person, war gegen Schluss unverkennbar in Panik geraten, aber kurz bevor der Doktor, den man eilig gerufen hatte, eingetroffen war, hatte Marie mit einem letzten, schrillen Aufschrei dann endlich das Kind zur Welt gebracht, einen »ganz strammen Jungen«, wie die Hebamme gleich darauf erleichtert vermeldete. Er hatte nichts empfunden, als er das quäkende Würmchen in den Armen hielt, nur eine ungeheure Erleichterung, dass Friedrichs Kind Marie nicht das Leben gekostet hatte. Diese Erleichterung füllte ihn ganz aus, ließ für nichts anderes Raum, und erst in den Tagen danach drang in sein Bewusstsein, dass dieses schreiende Etwas jetzt da war, zäh einen eigenen Platz beanspruchte, und er sah Maries Augen voller Liebe auf diesem Kind ruhen, Friedrichs Sohn.

Vielleicht wäre es nicht so schlimm geworden, hätte er sich leichter damit abgefunden, wenn nicht im Laufe der Zeit eines immer offensichtlicher geworden wäre: Dieser Junge sah Friedrich Weckerlin ähnlich, er glich ihm auf eine geradezu unheimliche Art und Weise! Manchmal schien es Johannes, als habe sich irgendjemand einen besonders schlechten Scherz erlaubt.

Der Junge sah ihn an mit Friedrichs Augen, hatte seine Haare, seinen Mund, mehr noch, es war etwas in ihm, das an Friedrich erinnerte – der Junge war starrsinnig, ein »Dickkopf«, wie seine Schwiegermutter meinte. Und wenn er das

Köpfchen verachtungsvoll wegwandte, weil er etwas nicht mochte, sah Johannes mit Betroffenheit Friedrich vor sich. Das Schlimmste aber war, dass der Junge ihn liebte! Hörte er seine Schritte, seine Stimme, krabbelte er ihm aufgeregt entgegen, später wackelte er auf seinen kurzen Beinchen zu ihm hin, ein glückliches Lächeln auf den Lippen, und das erste Wort, das er sagen konnte, war »Papa« gewesen.

Johannes bemühte sich so sehr, er zwang und quälte sich, dieses Kind zu lieben. Vor allem, weil er Maries angstvollen Blick sah, wenn er dazukam, wie sie den Jungen liebkoste, ihn kitzelnd zum Lachen brachte und Johannes dabei scheu von der Seite ansah … Manchmal erschrak er über sich selbst. Wenn das Kind auf ihn zukam und die Ärmchen nach ihm ausstreckte, dann hätte er es am liebsten weggestoßen – um nicht in diese Augen schauen müssen, Friedrichs Augen – und manchmal hätte er Marie am liebsten weggerissen von ihrem Kind! In solchen Momenten stürmte er hinauf auf den Katzenbuckel, den ganzen steilen Weg jagte er hinauf, um sich diesen Zorn und diese Wut aus dem Leib zu rennen, vor allem aber dieses Entsetzen über sich selbst!

Oben versuchte er oft zu malen, aber er brachte nichts Rechtes zustande, da war etwas in ihm, etwas Böses, das Macht über ihn hatte, das er fürchtete und dessen er nicht Herr wurde.

Dann, es war das Jahr 1926, war Anna gekommen, sein eigenes Kind, ganz Maries Ebenbild, wie es schien. Dieses Kind liebte er abgöttisch und je mehr die Liebe zu diesem Kind wuchs, desto mehr nahm die Abneigung gegen das andere zu, vor allem, wenn er Maries stummen, leidenden Blick bemerkte. Und der Kleine stand da, das Fäustchen gegen den Mund gepresst und schaute mit seltsam erloschenen Augen auf den geliebten Vater, der nach einer kurzen, abwesenden Begrüßung das Mädchen auf den Arm genommen hatte und es an sich drückte. War der Preis doch zu hoch?, hatte er sich ein ums andere Mal gefragt.

Das Malen gelang ihm immer weniger. Er zerrieb sich im Kampf mit seinen widerstreitenden Gefühlen und der Bedrückung durch die Sorgen des Alltags, der Mühen und Lasten, die seine kleine Familie ihm abverlangte.

Johannes ließ sich im Gras nieder. Der süßlich aromatische Duft des Frühlings umfing ihn. Die Wiese war schön, strotzte vor sattem Grün und der Pracht der vielen Frühlingsblumen. Gutes Gras, gutes Heu,. dachte er. Kaninchen mussten her und vielleicht eine Ziege. Neben das Haus konnte er einen Stall bauen. Die Kinder hatten dann immer frische Milch. Ziegenmilch war gesund. Für einen Moment fühlte er sich an Geißen-Willi erinnert, der in der Schule neben ihm gesessen hatte. Er würde allerdings dafür sorgen, dass seine Kinder nicht nach Ziege stanken! Ordentlich gekleidet mussten sie sein.

Er konnte diesen Jungen, Georg, nicht richtig lieben, aber er sollte ordentlich aufwachsen, es sollte ihm an nichts fehlen. Das war in der letzten Zeit geradezu zu einer fixen Idee geworden. Den Kindern sollte es gut gehen! Dazu gehörte auch dieses Haus, das er bauen wollte. Er wollte für Friedrichs Sohn ein Haus bauen – wenn er ihn schon nicht lieben konnte. Sie mussten sparen, er musste noch mehr arbeiten, abends kleinere Schmuckstücke anfertigen, die er privat verkaufte, und er musste an den Sommerabenden in die Beeren gehen. Am Wochenende konnte man dann am Haus bauen. Maries Bruder musste helfen, das war die Familie ihm schuldig, wo er, Johannes, Marie vor der Schande bewahrt hatte, ein uneheliches Kind zur Welt zu bringen. Es war keine gute

Gegend, die Leimenäcker mit den Eisenbahnwaggons, aber sie hatten doch wenigstens ein eigenes Dach über dem Kopf.

Der andere hatte sich ins gemachte Nest gesetzt, das sagten alle im Dorf, aber er, Johannes Helmbrecht, würde sein Haus aus eigener Kraft bauen!

Er richtete sich auf und zupfte sich einige Grashalme aus dem Haar. Was für einen wunderschönen Blick man von hier oben hatte! Vor ihm breitete sich das Enztal aus, verschwand im blauen Dunst hinter dem Meistern, der seinen grünen Bergrücken weit ins Tal hineinstreckte. Fast wie auf meiner Schmuckkassette, dachte er. Marie bewahrte sie oben im Schlafzimmer auf. Auf der Frisierkommode stand sie und manchmal strich Marie im Vorbeigehen scheu darüber.

»Das ist doch viel zu gut für mich«, hatte sie am Abend der Hochzeit geflüstert, als er ihr die Kassette in die Hand gedrückt hatte.

»Mein Hochzeitsgeschenk!« Ob sie sie damals gesehen hatte, an jenem Samstagnachmittag in der Fichtenschonung, darüber hatten sie nie gesprochen – sie war nur zurückgezuckt, als er feierlich das Tuch zurückgeschlagen hatte, um sie ihr zu überreichen. »Lass gut sein«, hatte er gesagt, »ich habe sie doch extra für dich gemacht!«

Viel lag nicht in der Kassette, eine Granatkette aus dem Besitz ihrer Mutter und ein schmaler Ring mit einem kleinen blauen Stein, den er ihr zum letzten Weihnachtsfest geschenkt hatte. Aber eines Tages würde es mehr werden – irgendwann.

»Noch etwas, Marie«, hatte er gestern Abend beiläufig bemerkt und den Kleinen beobachtet, wie er auf seinen stämmigen Beinchen in der Küche herumgetappt war. »Kauf dem Jungen Schuhe, richtig gute Schuhe. Ich gebe dir morgen das Geld dafür.« Er hatte etwas vom Notgeld herausgeholt, das in einer flachen Blechbüchse unter der Matratze lag. Aber es war egal. Friedrichs Sohn musste anständige Schuhe haben!

Von der Grunbacher Kirche klang das Mittagsgeläut zu ihm herüber. Es war Zeit zu gehen. Marie wartete sicher mit dem Mittagessen. Er klopfte sich die Kleider ab, setzte seine Mütze auf und schlug den Weg zur Straße ein, einem staubigen Forstweg, der hinauf auf den Eiberg führte. Ein kleiner, kristallklarer Bach floss am Rande des Grundstücks den Berg hinunter. Sogar eigenes Wasser werden wir haben, dachte er, gutes Quellwasser vom Eiberg. Alles ist da, was wir zum Glück brauchen! Und in diesem Augenblick fühlte sich Johannes Helmbrecht wie ein König.

36

Und, wie hat es dir gefallen?« Erwartungsvoll sieht Gretl sie an. Sie steht im Rahmen der Küchentür, in der unvermeidlichen geblümten Schürze, diesmal sind es kleine rote Blüten auf einem dunkelblauen Untergrund. Es riecht nach Sauerkraut. Anna schüttelt sich insgeheim. Das ist ja gar nicht ihr Fall! Gretl liebt es deftig und sie scheint der festen Überzeugung zu sein, für solche bleichen Stadtpflanzen wie Anna sei das genau das Richtige.

Anna schiebt sich an ihr vorbei und geht ins Wohnzimmer, teils um dem durchdringenden Geruch zu entkommen, teils auch weil sie auf die Frage jetzt noch keine Antwort weiß.

»Richard und Fritz lassen sich entschuldigen, sie müssen noch zu einem wichtigen Kundengespräch«, sagt sie, in der Hoffnung, Gretl damit abzulenken. Fritz hätte eigentlich bleiben können, denkt sie unwillkürlich und spürt einen leichten Anflug von Enttäuschung. Andererseits ist sie froh! Vorhin, bei der Hausbesichtigung, ist sie ziemlich befangen gewesen.

Aber Gretl lässt nicht locker. Sie ist Anna ins Wohnzimmer gefolgt. Sogar hier riecht's nach Sauerkraut!, denkt Anna und reißt unwirsch ein Fenster auf. Ich benehme mich unmöglich, kommt ihr im gleichen Moment in den Sinn. Tue so, als ob ich hier zu Hause wäre. Und Gretl gibt sich solche Mühe mit dem Essen.

»Wie hat dir das Haus gefallen?«, fragt die im gleichen Augenblick.

»Ach, das Haus.« Anna lässt sich auf einen Stuhl neben dem Fenster fallen und starrt hinaus auf Gretls kleinen Garten. Dort oben, hinter den Wipfeln des Apfelbaumes steht es, dieses Haus. Was soll ich Gretl bloß sagen?, denkt sie unwillkürlich. Sie ist durch alle Räume gegangen, zögernd und doch auch neugierig. Die Stimme ihrer Mutter hat sie im Ohr gehabt, hat sie erzählen gehört von der »Klitsche mit dem Plumpsklo und dem Mief nach Armut – nicht einmal ein Badezimmer haben wir gehabt. Am Spülstein haben wir uns gewaschen, stell dir das mal vor. Und am Samstag hat mein Großvater eine kleine Zinkwanne in die Küche getragen, darin konnte ich baden.«

Der Spülstein steht heute noch in der Ecke der Küche, weiß gescheuert, wie ihn Johannes hinterlassen hat, oben ist ein kleines Regal mit Steinguttöpfen befestigt, »Soda« steht darauf geschrieben und »Seife«. Es gibt im unteren Stockwerk nur diese Küche und zwei Zimmer, die leer geräumt sind. »Der Holzwurm«, hat Richard vielsagend gelächelt und auf die kleinen Sägemehlhäufchen gedeutet, die überall im Haus liegen. »Alle Balken sind angefressen, auch die Treppe, deshalb haben wir die Möbel fortgeschafft. Sie lagern bei Gretl im Keller. Antiquitäten sind allerdings keine darunter. In der Küche haben wir ein paar Sachen dagelassen, der Platz bei Gretl reicht einfach nicht.«

Der altertümliche Fernsehapparat, der noch in einer Ecke der Küche steht, ist fast schon eine Rarität. Johannes habe jeden Abend davorgesessen und Nachrichten geguckt. Gegen Ende, als er ziemlich schwerhörig war, habe er den Apparat so laut gestellt, dass die ganze Nachbarschaft das Neueste aus aller Welt frei Haus geliefert bekam.

»Was haben wir auf ihn eingeredet, sich ein Hörgerät anzuschaffen, aber er war stur wie ein Maulesel.« Richard schien ganz in die Erinnerungen versunken zu sein. »Bis zuletzt hat er eine unbändige Neugierde gehabt, auf alles, was in der Welt passiert. Dort am Tisch«, Richard hat auf ein hässliches Monstrum mit Metallbeinen und einer seltsam grünlich gesprenkelten Tischplatte aus Plastik gedeutet, »dort hat er immer gesessen und Zeitung gelesen.«

»Und da hat das Radio gestanden«, hat ihr Fritz gleich darauf erzählt. »So ein altes Kofferradio, das irgendwann den Geist aufgegeben hat. Er wollte es aber nicht mehr reparieren lassen oder sich gar ein neues kaufen. Das lohne nicht mehr, hat er gemeint.«

»Früher stand da ein Volksempfänger«, hat Richard hinzugefügt. »Damals in der Nazi-Zeit hat er verbotene Sender gehört, mit einem Ohr am Lautsprecher. Deine Urgroßmutter musste regelrecht Wache halten. Tausend Ängste hat sie ausgestanden – wenn ihn jemand erwischt hätte! Frag Gretl, die kann dir das genau erzählen.«

Oben unter der Dachschräge sind die beiden Zimmer von Georg und Anna gewesen, das eine hat dann später Marie bewohnt. Auch hier sind die Möbel weggeschafft worden, aber in einer Ecke des größeren Zimmers hängt noch ein vergilbtes »Bravo«-Poster. Pierre Brice als Winnetou! Anna hat unwillkürlich lachen müssen. Davon hat mir Mama gar nichts erzählt – dass sie für den geschwärmt hat.

Gleich darauf ist ihr fast elend vor lauter Kummer geworden. Da hat Marie gelebt, ihre Mama – Blümchentapeten und ausgetretene Dielen, weiße Flecken an den Wänden, da sind noch mehr Bilder gewesen – was hatte sie da bloß hängen? Nicht einmal hier ist etwas von ihr geblieben, alles löschte die Zeit aus, bloß Pierre Brice als Winnetou, der ist noch da!

»Die Möbel sind unten, auch noch etwas Geschirr, ein paar Bilder, was halt noch da war. Kannst gerne alles ansehen«, sagt Gretl auf einmal in ihre Gedanken hinein. »Du musst sowieso entscheiden, was damit geschehen soll. Kostbarkeiten sind's allerdings nicht!«

Das kann sie sich denken und sie kann jetzt die Abneigung ihrer Mutter verstehen. Alles wirkt ärmlich, abgewohnt und – irgendwie spießig. Und mittendrin war die Kassette mit dem »Taugenichts«, mittendrin die Träume und die Hoffnungen und die Sehnsucht. Wie hat er das bloß ausgehalten, Johannes, der Ästhet, der Künstler? Und Marie, die alte Marie, und Anna, die Großmutter?

Aber vielleicht ist es gar nicht so schlimm gewesen …, denkt Anna. Ich sehe das alles ja nur mit meinen Augen. Vielleicht ist es gar nicht schlimm gewesen für einen, der aus der Stadtmühle kam. Vielleicht, wenn man sich das Haus mit den Menschen darin vorstellte, ihrem Reden, Rufen, Lachen. Nicht nur der Mief nach Armut, der Gestank vom Plumpsklo gleich links neben dem Eingang; es gab doch auch andere Gerüche. Der Duft nach Essen oder den Kräutern, die ihre Urgroßmutter oben auf dem Dachboden getrocknet hat. Fritz hat sie ihr gezeigt, ganze Büschel dürres Johanniskraut hängen an den Dachbalken und verbreiten immer noch einen leichten Geruch, der wie eine ferne Erinnerung im ganzen Haus wahrzunehmen ist.

Sie hat Marie einmal gefragt, in einem der seltenen Momente, in denen sie Fragen nach der Vergangenheit zugelassen hat – sie ist schon nahe am Tod gewesen –, ob es nichts Schönes gegeben habe, dort in dem Häuschen im Schwarzwald.

»Doch, natürlich«, hat sie spontan gesagt und das schmale ausgezehrte Gesicht hat für einen Moment unter ihrem Lächeln richtig geleuchtet. »Als Kind habe ich gegen Abend immer am Küchenfenster gesessen. Die Großmutter hat das Abendessen gekocht, es gab abends immer warmes Essen, weil der Großvater in der Mittagspause nur sein Vesper gehabt hat. In der kälteren Jahreszeit, im Herbst und im Winter sind dann die Fensterscheiben beschlagen gewesen und ich habe mit meinen kleinen Fingern allerhand Zeug daraufgemalt. Bis dann Großvater Johannes um die Ecke gebogen kam, die alte, abgewetzte Aktentasche unter dem Arm. Er hat mir zugewinkt und ich habe gebrüllt: ›Der Opa kommt!‹, und bin ihm dann entgegengerannt. Er hat mich hoch in die Luft geworfen und gelacht und ›Da ist ja meine Kleine!‹ gerufen. Und dann musste er mir eine Geschichte erzählen! Das war das Erste, eine Geschichte, noch bevor er gegessen hatte, musste es eine Geschichte sein. Das war schön!«

Daran hat Anna denken müssen, als sie vor diesem Küchenfenster stand. Ganz vorsichtig hat sie an die Scheiben gehaucht und in den geronnenen Lufthauch ein »M« hineintupft, ein »M« wie Marie.

Es hat doch auch Schönes gegeben, denkt sie in diesem Moment. Aber letztlich entzieht es sich uns, das Schöne wie das Hässliche. Was wissen wir noch von diesen Menschen, von ihren Gedanken und ihren Plänen? Die Einzige, die das alles noch unmittelbar miterlebt hat, ist Gretl. Gretl, die immer noch vor ihr steht und sie gespannt ansieht. Was bin ich doch für ein Trampeltier, denkt Anna beschämt. Auf keine einzige Frage antworte ich richtig, lasse die alte Frau da einfach stehen, reiße stattdessen das Fenster auf, obwohl es draußen ziemlich kühl ist.

»Entschuldige«, sagt sie leise, »aber es geht mir so viel durch den Kopf! Richard meint, das Haus muss abgerissen werden.«

Gretl nickt. »Der Holzwurm. Aber der Keller ist noch gut. Darauf kann man noch einmal bauen. Das Fundament hat dein Urgroßvater selber gemauert. Stein für Stein hat er aus dem Wald heruntergetragen und Marie musste mithelfen. Sie haben die Steine zurechtgehauen und mit Mörtel aufeinander gesetzt. Das war eine furchtbare Plackerei.«

»Weißt du, warum er so versessen darauf war, dieses Haus zu bauen?«

Gretl wischt einige imaginäre Staubkrümel vom Stuhl, ehe sie sich schwerfällig darauf niederlässt. »Richtig geredet hat er nie darüber. Die Kinder sollten es einmal besser haben, hat er oft gesagt. Und er hat gut für sie gesorgt. Obwohl er den Georg …« Sie beendet den Satz nicht. Anna nickt. »Ich weiß. Ich hab's gelesen. Hat er wirklich dem Friedrich so ähnlich gesehen?«

»Mit jedem Jahr wurde er ihm ähnlicher. Ein bildschöner Junge war das, und so gescheit. Er ist dann auch auf die Oberschule nach Wildbad gegangen. Und wenn ich für das Schulgeld hungern muss, hat Johannes gesagt. Seltsam, er hat alles für ihn getan – aber er konnte ihn einfach nicht gern haben. Und der Junge hat das gespürt, hat gelitten wie ein Hund! Er wusste doch nicht, dass Johannes gar nicht sein Vater war.« Gretls Stimme zittert.

»Und Friedrich? Er musste es doch gewusst haben? Wenn Georg ihm so ähnlich war …«

»Natürlich hat er's gewusst, alle haben's gewusst. Es ist viel geredet worden, damals. Und als er ihn dann einmal gesehen hat – drei oder vier Jahre alt war der Georg und sah genauso aus wie alle Weckerlins. Ich hab ihn in seinem Wägelchen spazieren gefahren und da begegnete mir der Friedrich. Vom Wald ist er heruntergekommen, wer weiß, vielleicht war er wieder mal auf dem Katzenbuckel. Kein Wort hat er gesagt, hat immer nur den Jungen angeschaut und ihm dann ganz vorsichtig über den Kopf gestrichen. Später hat er mich immer gefragt: ›Gretl, wie geht es dem Jungen? Erzähl mir von ihm, Gretl.‹ Und dann musste ich von meinem letzten Besuch bei Johannes und Marie berichten. Alles wollte er wissen. Er hat auch einmal Geld angeboten, ganz am Anfang! Ich musste den Brief mit den Geldscheinen überbringen. Er wolle regelmäßig für den Jungen zahlen, stand da drin. Das Gesicht von Marie werde ich nie vergessen! Sie hat den Brief und die Geldscheine in das Kuvert zurückgesteckt und mir in die Hand gedrückt. Ich soll ihn zurückbringen. Sie wisse nicht, was der Herr Weckerlin mit ihnen zu schaffen habe. Georg sei ihr Kind, das Kind von Johannes und Marie Helmbrecht. Ich denke heute noch manchmal, wenn Marie nicht so verstockt gewesen wäre, wenn Georg gewusst hätte, wenn er verstanden hätte … – aber es ist zu spät!«

Fast sieht es so aus, als ob Gretl weint. Anna hat jetzt ein richtig schlechtes Gewissen. Ich wühle sie richtig auf mit meiner Fragerei. Dabei hat sie so ein schwaches Herz.

Aber das Angebot, ihre Herztropfen zu holen, lehnt Gretl ab. Die Geschichte mit Georg, das sei etwas, was ihr immer noch an die Nieren gehe, erklärt sie. »Der Friedrich hat's noch ein paarmal probiert, vor allem, als der Georg dann auf die höhere Schule sollte. Er ist jedoch immer gegen eine Wand gelaufen. Zuletzt haben sie dann doch seine Hilfe gesucht, aber da konnte auch Friedrich nicht mehr helfen.« Gretls Stimme scheint sich zu verlieren, die letzten Worte flüstert sie nur noch.

Von draußen hört man plötzlich das Rattern eines Rasenmähers. Der Nachbar von schräg gegenüber arbeitet in seinem vorbildlich gestutzten Garten. Bürgerliche Anständigkeit überall, Kehrwoche und Gartenzwerge und solide Häuser mit Glasbausteinen und Tiroler Holzbalkonen. Eisenbahnwaggons gibt's keine mehr und sogar die Reihenhäuschen sehen heute nicht mehr nach Armensiedlung aus.

»Aber Friedrich hat ihnen doch geholfen, indirekt und im Hintergrund, das weiß ich genau.« Gretl richtet sich wieder auf und deutet mit der rechten Hand in eine imaginäre Ferne, wo man den »Kasten« vermuten kann, die Villa der Weckerlins. »Bei der Sache mit dem Dynamit zum Beispiel, da hat er schon dafür gesorgt, dass der Johannes nicht zu hart bestraft wurde.«

Die Sache mit dem Dynamit? Für einen Moment ist Anna erstaunt – richtig, da war etwas! Mama hat solche Andeutungen gemacht. »Dein Urgroßvater war sogar einmal im Gefängnis – fast könnte man heute stolz auf ihn sein!« Aber so weit hat sie noch nicht gelesen.

Die Sache mit dem Dynamit! Von wegen Schwarzwaldidylle, denkt Anna belustigt und hört neugierig zu, was Gretl ihr erzählt.

37

Friedrichs Blick schweifte durch das Wohnzimmer. Seit dem Tod seines Schwiegervaters im vergangenen Jahr hatte sich nur wenig verändert. Er wollte die altmodische Polstergarnitur hinauswerfen, aber Lisbeth war strikt dagegen gewesen. Das sei pietätlos, hatte sie gemeint, so kurz nach dem Tod des Vaters. Dabei wäre es Louis Dederer bestimmt egal gewesen, ob seine Tochter und sein Schwiegersohn sich neue Möbel angeschafft hätten!

Kurz nach der Hochzeit war er in seine eigene Welt hinübergeglitten, in der er bis zu seinem Tod verharrte. Der Alkohol habe das Gehirn beschädigt, hatten die Ärzte kühl gemeint, und so hatte man eine Pflegerin eingestellt und auf ein rasches Ende gehofft, das dieses sabbernde, hilflose Geschöpf von dem erlöste, was man kaum mehr Leben nennen konnte. Aber es hatte gedauert, viel zu lange gedauert. Das Herz sei gut, hatten die Ärzte gesagt.

Friedrich war es so vorgekommen, als stemme sich Louis Dederer mit aller Kraft gegen das Sterben, als sei noch ein Funken von Bewusstsein in ihm, der den Tod aufzuhalten suchte.

»Noch ist Zeit«, hatte er damals gesagt. Aber dann war die Zeit doch abgelaufen und er war für immer eingeschlafen.

Friedrich hatte schon einige Tote gesehen, aber als er in das Gesicht seines Schwiegervaters blickte, nachdem er sorgfältig hergerichtet im Wohnzimmer des Hauses aufgebahrt lag, war er doch erschrocken. Das war nicht mehr Louis Dederer. Er hatte Lisbeth abhalten wollen, noch einmal den toten Vater zu sehen. »Du wirst ihn nicht mehr erkennen«, hatte er gesagt, aber sie hatte nicht auf ihn gehört und war, den zweijährigen Louis-Friedrich auf dem Arm, an den offenen Sarg getreten und hatte dort lange verharrt. Merkwürdig, sie schien den Verlust seiner individuellen Züge nicht bemerkt zu haben, war nicht zurückgeschreckt wie Friedrich zuvor. »Wie klein er auf einmal ist«, hatte sie nur gesagt und war dann leise aus dem Zimmer gegangen. Ansonsten hatte sie ihre Trauer mit sich selbst ausgemacht, kaum mit ihm darüber gesprochen, und darüber war er froh gewesen.

Er hätte heucheln müssen, Gefühle vorspielen, die er gar nicht hatte, denn für ihn war der Tod von Louis Dederer die endgültige Befreiung gewesen. Ja, er war damals froh über diesen Tod gewesen, denn dieses hilflose Bündel Mensch dort unter dem Dach flößte ihm auf eine merkwürdige Art und Weise immer noch Respekt ein, obwohl er schon längst der alleinige Herr im Sägewerk und im Haus war.

Bei der Testamentseröffnung war er dann nicht sonderlich überrascht gewesen, als der Notar mit monotoner Stimme den »letzten Willen des Louis Albrecht Dederer« vorlas. Lisbeth war Alleinerbin, es gab eine Reihe ausgeklügelter Bestimmungen, die Friedrichs Zugriff auf das Dederer-Vermögen praktisch unmöglich machten, vor allem im Falle einer Scheidung. In der Erinnerung an diese Szene musste Friedrich höhnisch lächeln. Das war so ganz der Alte gewesen! Bis zuletzt hatte er sein Misstrauen gegen ihn nicht überwunden! Er hörte noch seine Stimme sagen, dass er fürs Sägewerk gut sei, aber nicht für Lisbeth, und er hörte noch den Fluch, den der alte, kranke Mann ihm angedroht hatte – aber es hatte ihm nichts genützt. Ihm, Friedrich, war es egal, dass er mit diesem Testament genau genommen nur Lisbeths Angestellter war. Die Wirklichkeit sah anders aus: Sie unterwarf sich in allem seinem Willen, hatte jetzt das Kind und ging ganz in ihrer Mutterrolle auf. Im Sägewerk und im Wald wurde er von allen als Chef, als unumschränkter Gebieter angesehen. Und warum sollte er sich von Lisbeth scheiden lassen?

Er liebte sie nicht, hatte sie nie geliebt und er hat ihr auch nie etwas vorgemacht. Es war ein Geschäft gewesen, sie hatte ihn bekommen, er hatte das Sägewerk bekommen. Und jetzt war noch das Kind da und sie schien ganz zufrieden zu sein. Sie schien auch zufrieden mit den immer seltener werdenden Umarmungen und den kargen Zärtlichkeiten zu sein, und sie hatte auch nichts einzuwenden gegen seine Fahrten nach Baden-Baden mit dem neuen Auto, einem Mercedes, den er sich gleich im ersten Jahr seiner Ehe zugelegt hatte. Vielleicht ahnte sie sogar, was er dort suchte, roch das Parfum, teures Parfum, wenn er spätabends heimkam und sich wortlos neben sie legte. Sie tat, als ob sie schliefe, aber er hatte den Verdacht, dass sie meistens wach lag, bis er kam. Egal, sie redeten nie darüber, sie war glücklich mit dem Kind und das Sägewerk florierte wie nie zuvor. Über zwanzig Leute beschäftigte er jetzt, natürlich noch lange nicht so viel wie der Zinser, aber er war auf einem guten Weg.

»Alles, was der Weckerlin anfasst, wird zu Gold«, raunten sich die Leute im Dorf zu und auch die, die anfangs gegiftet hatten, der Weckerlin habe sich doch nur in ein gemachtes Nest gesetzt, zollten ihm jetzt Respekt.

»Unternehmerischer Weitblick und kaufmännisches Geschick, und das in so jungen Jahren«, hatte der Zinser bei einer Zusammenkunft der Unternehmer des oberen Enztals im Kursaal in Wildbad anerkennend gesagt. Was kümmerten ihn da noch die paar Neider, die schlecht über ihn sprachen? Er leugnete doch nicht, dass er in der Stadtmühle gewohnt hatte, er stand offen dazu. Hatte er nicht auch die Gretl Haag und ihre Mutter bei sich als Dienstmädchen eingestellt? Sicher, die Lene hatte einen schlechten Ruf. Aber man musste den Leuten eine Chance geben. Er hatte es geschafft, im Unterschied zu vielen anderen, also wollte er auch großzügig sein. Er konnte es sich leisten. Und dieses Geschwätz, er treibe Raubbau am Wald, ihm sei nichts heilig, war nichts als Neid. Die Mischwälder oben am Eiberg, vor allem in der Gemarkung Katzenbuckel, hatte er abholzen lassen. Er war ins Geschäft gekommen mit der Reichsbahn, wie er es damals dem Alten vorgeschlagen hatte, und er hatte rasch nachwachsende Fichten angepflanzt – Grubenholz für die Bergwerke stand als Nächstes an. Die Auftragsbücher waren voll in diesem Jahr 1929, es war Geld im Land, viel Geld aus Amerika, die Inflation hatte man im Griff, die Wirtschaft florierte, es ging aufwärts mit Deutschland und auch mit ihm, Friedrich Weckerlin!

Eines Tages würde er den Zinser überholen. »Unternehmerischer Weitblick«, hatte der gesagt. Friedrich lächelte. Er ging hinüber zur großen Anrichte. Gretl hatte Sekt in den Kühler gestellt, die Kristallkelche blinkten, daneben standen die Silbertabletts mit den belegten Brötchen. Lene konnte das gut, das musste man ihr lassen. Er schenkte sich ein Glas Sekt ein und leerte es in einem Zug. Nachher kamen Gäste, die ersten Familien von Grunbach waren zu Gast bei ihm, Friedrich Weckerlin. Der Tournier mit seiner Frau, Zigarrenfabrikant Kübler, der Bürgermeister und natürlich der Zinser mit Gemahlin, dieser überkandidelten Kuh. Er wurde alt, der Zinser, alt und sentimental. Zog immer noch jedes Jahr zum

Geburtstag des Kaisers die Reichsfahne in seinem Garten auf, man stelle sich das mal vor.

Ihm, Friedrich, war die Politik egal. Nur die Kommunisten durften nicht an die Macht kommen! Ansonsten kümmerte er sich nicht darum, Hauptsache, die Herren Politiker machten ihre Arbeit und mischten sich nicht in die Wirtschaft ein. Auch die Sozis waren in dieser Hinsicht ganz anständig. Was sollte also das Gewäsch vom alten Zinser, diesem Narren, über den »Verrat am Vaterland« und die »Schande von Versailles«, unter der Deutschland immer noch ächze? Seine Zeit war so gut wie abgelaufen! Und Friedrich Weckerlin hatte schon das nächste Projekt im Kopf. Die Grunbacher würden Maul und Augen aufreißen! Heute Morgen war der erste Entwurf vom Architekten gekommen. Er war gut geworden, aber es mussten noch einige Änderungen vorgenommen werden. Das Haus musste noch repräsentativer werden. Damit wollte er die Villen vom Zinser und vom Tournier übertreffen. Villa Weckerlin! Und er wollte sie am äußersten Ortsrand von Grunbach bauen, sodass er den Ortskern gar nicht mehr zu sehen brauchte, den Ortskern mit der Kirche, dem Lindenplatz und vor allem der verhassten Stadtmühle.

Lisbeth maulte zwar, sie wollte das elterliche Haus nicht aufgeben und das neue würde viel zu teuer. Aber sie würde sich letztlich fügen, wie immer. Sollte er am Ende in einem Dederer-Museum leben, in dem nichts geändert werden durfte?

Er goss sich noch einmal ein und betrachtete nachdenklich die kleinen Bläschen, die im Glas hochstiegen. Prost, Friedrich, dachte er. Hast alle deine Träume wahr gemacht – fast alle. Hast es weit gebracht für einen aus der Stadtmühle. Wenn das Vater noch erlebt hätte! Vor einiger Zeit hatte er sogar ernsthaft erwogen, das ehemalige Wohnhaus der Weckerlins in der Herrengasse zurückzukaufen. Die Bodamer-Tochter wohnte immer noch dort. Und noch immer blühten im Sommer die Geranien in den Kübeln vor der Haustür. Aber er hatte den Gedanken wieder verworfen. Was wollte er jetzt damit? Es war zu eng geworden. Das Weckerlin-Haus und die Herrengasse, ganz Grunbach war zu eng.

Wenn nur Mutter sich entschließen könnte, bei ihnen zu wohnen! Aber sie hatte sich kategorisch geweigert. »Die Schwiegermutter im Haus, das möchte ich Lisbeth nicht antun«, hatte sie stets gesagt und lebte jetzt in einer kleinen, aber sehr schön eingerichteten Wohnung in einem Haus direkt neben der Kirche. Er kannte allerdings den tieferen Grund. Sie missbilligte seine Ehe mit Lisbeth Dederer. Das hatte sie ihm am Abend vor der Hochzeit unmissverständlich zu verstehen gegeben. »Du heiratest sie bloß des Geldes wegen, Friedrich. Ich bin so stolz auf dich, wie eine Mutter nur sein kann, aber das …« Sie hatte den Satz nicht vollendet, doch Mutters stummer Vorwurf, den er damals zum ersten Mal empfunden hatte und den er immer wieder spürte, wenn sie ihn nur ansah, war wie ein giftiger Stachel in seinem Fleisch. Das, dachte er und trank auch das zweite Glas in einem Zug aus, das und – das andere.

Das andere, das war diese lächerliche kleine Klitsche, die sich Johannes drüben am Fuß des Eibergs zusammengezimmert hatte. Was wollte Johannes damit eigentlich beweisen?

Das andere, das waren Johannes, Marie und vor allem der Junge. Das war der Schmerz um die zerbrochene Freundschaft, die Trauer über eine verratene Liebe und eine Sehnsucht, die er nicht unterdrücken konnte. Er hatte einen Sohn, den er nicht in den Arm nehmen durfte, für den er ein Fremder war. Sein Haus, die Weckerlin-Villa, würde nicht weit davon entfernt an der anderen Seite des Bergrückens stehen.

Er konnte wahrscheinlich sogar den Kamin dieses jämmerlichen Häuschens erkennen. Vielleicht konnte er den Buben dann wenigstens sehen, wenn er drüben am Eiberg wohnte, war nicht mehr auf Gretls und Lenes Erzählungen angewiesen.

Der Junge und Johannes, das schmerzte, das war der zweite tiefe Stachel. Alles andere konnte er sich kaufen, sogar gelegentlich Liebe, aber in diesem Falle war er machtlos.

Mitten in seine Überlegungen hinein fuhr jäh das Scheppern der Türglocke, dass er fast das Sektglas fallen ließ. Er sah auf die Uhr, die Gäste konnten das noch nicht sein! Er hörte Stimmen an der Haustür, dann klopfte es und Gretl trat ein. Sie trug schon das schwarze Kleid mit der weißen Spitzenschürze, das er ihr für offizielle Anlässe gekauft hatte. So hübsch wie ihre Mutter einst war sie nicht geworden, das Gesicht war zu breit und Lenes goldblonde Locken hatte sie leider auch nicht geerbt, das dicke aschblonde Haar hatte sie einfach im Nacken zusammengebunden. Aber sie hatte eine hübsche Figur und vor allem ein so freundliches Wesen, dass er sie gerne um sich hatte. Und sie erinnerte ihn an die Stadtmühle und dass er es geschafft hatte, diese ein für alle Mal hinter sich zu lassen, seltsamerweise schien es ihm manchmal, als gehörte Gretl ihm wie das Auto, seine Uhr; sie war ein selbstverständlicher Teil seines Lebens geworden!

»Entschuldigen Sie die Störung, Herr Weckerlin.« Auf der förmlichen Anrede in der Öffentlichkeit hatte er bestanden. Er nickte ihr zu und sie fuhr fort: »Der Feldjäger und Mutterers Anton wollen Sie sprechen. Es sei wichtig. Soll ich sie hereinschicken?«

Friedrichs Blick streifte die Silberplatten, den Sektkühler und die Champagnerflaschen. »Nein, ich komme nach draußen.«

Mutterers Anton war einer seiner Leute, die oben am Eiberg mit Holzfällerarbeiten beschäftigt waren. Er hatte eigentlich schon Feierabend, was wollte er hier? Und warum war der Feldjäger dabei?

Anton schien ganz aufgelöst, er atmete stoßweise und musste sich sogar am Türrahmen festhalten. »Den ganzen Weg bin ich gerannt, Chef«, sagte er ohne Begrüßung. »Und als ich unterwegs den Pfeifer getroffen habe, war ich richtig froh und hab ihn gleich mitgebracht.«

»Los, red schon, Anton!«, fuhr ihn Friedrich unwirsch an.

In abgerissenen Sätzen und etwas unzusammenhängend berichtete Mutterers Anton dann, dass er vor ungefähr einer Stunde an der Waldhütte vorbeigekommen sei, die der selige Herr Dederer gebaut hatte und wo jetzt das Werkzeug und die Sägen –

Ungeduldig winkte Friedrich ab. »Das weiß ich selber! Was ist mit der Hütte?«

Er, Anton, habe doch den Schlüssel, und weil man am nächsten Tag in der Nähe einige Lärchen schlagen wollte, sei es ihm in den Sinn gekommen, kurz die Hütte zu inspizieren, ob alles dafür Nötige auch da sei. Aber dann habe er gleich gemerkt, dass etwas nicht in Ordnung war, denn die Tür sei aufgebrochen gewesen, mit roher Gewalt, ganz schief habe sie in den Angeln gehangen. Vorsichtig habe er hineingeschaut und dann, dann habe er es gesehen!

»Was hast du gesehen?« Friedrich beschlich plötzlich eine böse Vorahnung. »Anton, was fehlt in der Hütte?!«

»Das Dynamit, Chef. Alle drei Kisten mit den Sprengkapseln sind fort! Letzte Nacht müssen es die Lumpen gestohlen haben, denn gestern war noch alles da.« Geradezu genüsslich kostete Anton den Höhepunkt seines Berichtes aus. »Wenn das in unrechte Hände fällt!«

»Das ist es schon, Anton, das ist es schon. In rechte Hände wird's wohl kaum gekommen sein«, unterbrach der Feldjäger Pfeifer das drückende Schweigen, das sich nach Antons schicksalsschwerer Meldung kurzzeitig über die drei Männer gesenkt hatte. »Sie werden sicher Anzeige erstatten wollen, Herr Weckerlin. Drei Kisten Dynamit, das ist kein Pappenstiel! Haben Sie eventuell einen Verdacht, wer das getan haben könnte?«

Friedrich stand wie betäubt. Das Dynamit gestohlen! Dieser gottverdammte Idiot! Dieser Idiot und seine nicht minder schwachsinnigen Kameraden, Genossen nannten sie sich ja. Er sah ihn vor sich, Jahre zuvor, wie er ausgiebig von diesem Paule geschwärmt hatte und von der Revolution und dass man ein Zeichen setzen müsse – und er sah sich und Johannes in der Stadtmühle sitzen und hörte sich erzählen: »Der Dederer hat doch eine alte Jagdhütte, die er jetzt nicht mehr benutzt. Jetzt liegen Äxte drin und Sägen und Beile und, stell dir vor, Sprengstoff – richtiger Sprengstoff, Dynamit! Die Arbeiter haben es mir erzählt. Man sprengt die Baumstümpfe damit. Was sagst du dazu? Ganz schön gefährlich ist das.« Und Johannes hatte gelacht und gemeint, dass er ab jetzt besser einen großen Bogen um die Hütte machen werde, vielleicht fliege sie ja eines Tages in die Luft. So einfach ginge das nicht, hatte ihm Friedrich damals erklärt. Das Zünden sei recht kompliziert, hätten ihm die Leute beim Dederer erzählt. Und er hatte Johannes genau dargelegt, wie man das Dynamit zur Explosion brachte.

Plötzlich merkte Friedrich, wie ihn Anton und der Feldjäger neugierig anstarrten. Wahrscheinlich sah man ihm seine Bestürzung an. »Oh ja, Pfeifer, ich habe einen Verdacht! Ich habe sogar eine Vermutung, wo das Dynamit versteckt sein könnte.«

38

Johannes lehnte seinen Kopf gegen den Stamm des jungen Zwetschgenbaumes, den er gleich nach ihrem Einzug im hinteren Teil des Gartens gepflanzt hatte, zusammen mit den in Reih und Glied gesetzten Äpfel- und Birnenbäumen. Er war müde, so unendlich müde, dennoch konnte er nicht schlafen. Eine noch nie da gewesene Unruhe hatte sich seiner bemächtigt, das Herz schlug laut und unregelmäßig, im ganzen Körper spürte er dieses ungestüme Klopfen.

Ob er krank sei, hatte ihn Marie gefragt, als er am frühen Nachmittag von der Arbeit nach Hause gekommen war. Am Samstag arbeitete man in der Goldschmiedefabrik Armbruster nicht so lange und hätte ihn nicht der schrille Ruf der Sirene erlöst, wäre er früher heimgegangen. Er hatte heute nichts Vernünftiges zustande gebracht und mit dem Malen wurde es auch nichts. Er starrte auf die vor ihm liegende Bleistiftzeichnung, die halbfertig ein Porträt der kleinen Anna darstellte. Dreck war das, Dreck! Es stimmte nichts! Er musste neu anfangen, ganz neu. Vor einigen Wochen hatte er in Pforzheim eine Ausstellung gesehen. In der Mittagspause war ihm das Plakat aufgefallen, das auf die Ausstellung hinwies und das darauf abgedruckte Bild hatte ihn elektrisiert. Noch nie hatte er etwas Ähnliches gesehen! Es stellte eine Landschaft dar, aber wie anders, wie völlig verschieden von seinen stümperhaften Versuchen war sie ausgeführt. Die Farben waren nur flüchtig aufgetragen, und was waren das für Farben! Sie hatten mit der Wirklichkeit nicht das Geringste zu tun, Wiesen in grellstem Rosa, die Häuser als kleine Schachteln in einem schmerzhaften Grün, darüber wölbte sich ein lohfarbener Himmel und dazwischen fast kindlich und wie hingeworfen einige schwarze Pinselstriche, die die Konturen umrissen. Verrückt war das, völlig verrückt und doch hatte er wie verzaubert dagestanden und konnte den Blick nicht mehr abwenden. Er hatte sich eine Eintrittskarte gekauft und war ungestüm durch die Räume geschritten, denn die Mittagspause war knapp bemessen. Mit jedem Bild steigerte sich seine Aufregung. Das war es, das war Kunst – das Sichtbarmachen von dem, was hinter den Dingen lag! Seit dem Krieg hatte er gewusst, dass man anders malen musste.

Das Wahre war nicht das Schöne, das Wahre war meist das Hässliche und es gab Wahrheiten außerhalb der Bilder, wie er sie bis dahin gemalt hatte. Nicht mehr das stumpfe Abzeichnen, das Abbilden einer Wirklichkeit, die doch nur vordergründig war! Es war nicht echt, deshalb hatte er nach dem Krieg nichts Ordentliches mehr zustande gebracht. Und wie diese Maler, Expressionisten nannten sie sich, die Menschen darstellten! Er hatte begriffen, dass es darum ging, verschiedene Perspektiven einzunehmen. Man musste den Menschen in seiner Vielgestaltigkeit zeigen, denn zu jedem Individuum gehörte das Gute und das Böse. Das hatten diese Maler geschafft, mit dieser unerhörten Farbgebung, dieser faszinierenden Technik, die die Dinge in ihre Bestandteile zerlegte und aus verschiedenen Blickwinkeln abbildete, um eine gänzlich neue Sicht auf sie zu bekommen.

Gleichzeitig war neben dieser Begeisterung ein lähmendes Gefühl der Verzweiflung über ihn hereingebrochen. So wollte er malen, genau so! Aber er musste lernen, fragen, suchen.

Er hatte sich die Namen der Künstler aus dem Katalog herausgeschrieben und auch die dort angegebenen Orte, wo sie lebten und arbeiteten. Meistens wurden Berlin oder München genannt, unerreichbare Ort, für ihn ferner als der Mond.

Er musste doch arbeiten, Geld verdienen, mehr als zuvor. Das Haus hatte alle Ersparnisse aufgezehrt, obwohl sie das meiste mithilfe von Maries Familie selbst gemacht hatten. Mehr noch, er hatte Schulden bei der Sparkasse, jeden Monat musste eine feste Summe abbezahlt werden, sonst wurden sie kurzerhand auf die Straße gesetzt. Vielleicht mussten sie dann sogar in einen der Eisenbahnwaggons ziehen, die auf der anderen Seite der Leimenäcker aufgestellt worden waren. Vor kurzem war auch die alte Frau Mühlbeck mit ihrem Sohn Otto und dessen Frau dort eingewiesen worden. Otto verdingte sich als Gelegenheitsarbeiter und hatte eine stetig wachsende Kinderschar zu versorgen, die barfuß und verdreckt zwischen den Waggons spielte. Der kleine Georg hatte sich immer wieder am Rand der Straße postiert und sehnsüchtig hinübergeschaut, denn trotz aller Armut schien es ein munterer und fröhlicher Haufen zu sein, aber Marie hatte ihn jedes Mal leise scheltend weggeholt. »Da gehst du nicht hin, die Kinder sind zu schmutzig. Davon wird man krank!«

Johannes spürte den rauen Stamm des Zwetschgenbaumes an seinem Hinterkopf. Wahrscheinlich machte er alles falsch! Er hatte das Haus gebaut und sich und Marie dabei alles abverlangt. Sie war dünn geworden, viel zu dünn und ging seit einiger Zeit ganz gekrümmt, als ob sie immer noch die schweren Eimer mit den Steinen vom Wald hinunterschleppte. Dieses Haus, das gerade das Nötigste enthielt, seine Vorstellung von Freiheit, bedrückte ihn jetzt. Nachts lag er oft wach und überlegte fieberhaft, was geschehen würde, wenn er seine Schulden nicht mehr bezahlen könnte.

Es war sehr still im Garten, von ferne hörte man das Gackern der Hühner, die sich die Eisenbahnleute hielten. Marie war mit den Kindern zu ihrer Mutter gegangen. Er war dankbar, dass sie nicht weiter gedrängt hatte, er solle mitkommen; aber er hatte offenbar wirklich sehr schlecht ausgesehen.

»Es ist spät geworden gestern Abend«, hatte sie noch beiläufig bemerkt, ihre Stimme klang sehr beunruhigt.

»Parteiversammlung«, hatte er nur gesagt und so falsch war das auch nicht gewesen. Vielleicht habe ich heute Nacht meine Familie und mich endgültig ruiniert, dachte Johannes.

Friedrich wird es wissen, er wird genau wissen, wer sein Dynamit gestohlen hat! Er ahnt vielleicht sogar, wo wir es versteckt haben.

Welcher Teufel hat mich nur geritten? Aber ich musste es tun, muss auch weiterhin etwas tun, um Paules und der anderen Kameraden willen.

Vor einigen Wochen war ein Genosse aus Stuttgart da gewesen. Er hatte bei ihrer Versammlung im Nebenzimmer der »Krone« gesprochen, hatte berichtet, dass die Rechten immer stärker würden, hatte auf Italien und Mussolini hingewiesen und auf einen Mann, der in München die Biersäle füllte, einem Krakeeler, der von den Kapitalisten gehätschelt und gefüttert wurde. Er hatte von der Hindenburg-Kamarilla erzählt und davon, dass man wieder eine Diktatur in Deutschland errichten werde, dass die Rechten aufrüsteten und man sich auf den unvermeidlichen Gegenschlag vorbereiten müsse. Er hatte die Genossen aufgerüttelt mit dieser Rede, vor allem

Johannes, der immer wieder Paul Pacholke vor sich sah. »Es muss anders werden in Deutschland, Jungchen, soll denn alles umsonst gewesen sein?«

Etwas später hatte Johannes dann die Idee gehabt!

Er war benebelt gewesen vom ungewohnten Bier, zudem hatte der Genosse aus Stuttgart auch einige Runden Schnaps spendiert. Trotzdem hatte er es klar und deutlich vor sich gesehen: Von »der Bewaffnung des Proletariats« hatte der Genosse gesprochen. Nun gut, er wisse, wo es Sprengstoff gäbe, hatte Johannes gesagt. Dynamit, sogar in größeren Mengen – das hatte wirklich eingeschlagen! Der Stuttgarter Kamerad war ganz aufgeregt gewesen. »Wenn ihr das hinkriegt – und bringt es dann zu uns nach Stuttgart, wenn's losgeht.«

Sie hatten lange flüsternd die Köpfe zusammengesteckt, damit der Kronenwirt nichts hören konnte, und dann war der Plan perfekt gewesen. »Wo verstecken wir das Zeug, bis die Stuttgarter es abholen können?«, hatte der Maier Oskar noch gefragt. Und da hatte er, Johannes, plötzlich eine Idee gehabt. »In der alten Fichtenschonung, oben beim Katzenbuckel. Kein Grunbacher geht da hin, weil sie seit jeher Angst haben, dass es dort spukt.«

Die Genossen waren begeistert gewesen. Und Johannes sollte der Anführer bei dem Unternehmen sein!

Wie euphorisch war er gewesen, als er in dieser Nacht nach Hause gelaufen war, berauscht vom Alkohol und der Vorstellung, was Paule wohl dazu sagen würde! Endlich geschah etwas und er trug seinen Teil dazu bei, dass Paules Ideen wahr werden konnten. Und dass er und Rosa und viele andere endlich gerächt wurden!

Die Euphorie hatte dann auch die nächsten Tage angehalten. Da war nämlich noch etwas anderes, das er nicht so richtig einordnen konnte, aber es hing mit Friedrich zusammen, Friedrich, der ihn verfolgte, nicht losließ, der immer noch Teil seines Lebens war – auch weil seine Augen ihn täglich anstarrten, Georgs Augen, bittend und flehend.

Ein Stachel in meinem Fleisch, der wehtut, immerzu. Johannes vergrub den Kopf in seinen Händen. Die Verzweiflung, die er den ganzen Tag niedergekämpft hatte, ergriff ihn jetzt mit Macht. Was habe ich mir dabei nur gedacht? Schleiche mich mit rußbeschmiertem Gesicht wie ein Dieb durch den Wald! Und ein Dieb bin ich ja auch. Unheimlich war es gewesen, der Mond hatte sich hinter einer Wolkenbank verzogen, es war stockdunkel, und obwohl er jeden Weg und Steg kannte, war ihm sehr unwohl zumute gewesen. Das Flüstern der Baumwipfel, das Knacken und Knistern am Wegrand, das von vorbeihuschenden Tieren rührte, klang merkwürdig fremd und bedrohlich in seinen Ohren. Hinter jeder Krümmung des Weges witterte er Gefahr, bildete sich auf einmal sogar ein, Friedrich selber trete ihm dort aus dem Wald entgegen.

Der Lärm, den sie beim Aufbrechen der Tür verursacht hatten, gellte geradezu unerträglich in ihren Ohren, und als sie dann die schweren Kisten zur Schonung hinaufgeschleppt hatten, war ihnen der Schweiß in Bächen über die Stirn in die Augen gelaufen, sodass sie immer wieder stehen bleiben mussten, um sich das salzige, rußige Nass aus den Augenhöhlen zu wischen! Die anderen hatten Angst gehabt, das Zeug in den Kisten könnte explodieren, obwohl Johannes ihnen immer wieder versicherte, dass das Zünden des Sprengstoffs kompliziert sei. Ganz wohl war ihm trotzdem nicht, auch weil mit jedem Schritt, dem er diesem verhassten Platz näher kam, sich bestimmte Fragen immer mehr aufgedrängt hatten.

Warum tat er das? War das wirklich nur um Paules, um der Genossen willen? Warum gerade dieser Ort als Versteck? Wollte er es Friedrich heimzahlen? Aber auf was für eine absurde Art und Weise führte er diese Rache aus? Rache wofür? Friedrich würde wissen, dass er an der Sache beteiligt war. Friedrich würde ihn ruinieren – das Haus, Marie, die Kinder! Was würde mit ihnen geschehen, wenn er im Gefängnis saß? Oder war es etwas anderes? Wollte er Friedrich auf die Probe stellen? Wenn sie kommen und mich holen, hat mich Friedrich zum zweiten Mal verraten, dachte er.

Die ganze Nacht, auf dem Rückweg, in den Stunden, in denen er sich bis zum Morgengrauen schlaflos neben Marie gewälzt hatte, war ihm dieser Gedanke immer wieder durch den Kopf geschossen. Würde ihn Friedrich verraten?

Er hörte plötzlich das Quietschen der Gartentür. Schritte näherten sich, dann drang die helle Stimme von Georg an sein Ohr: »Papa, Papa, wir sind wieder da!« Dazwischen krähte die kleine Anna. Seine Familie war wieder da. Er richtete sich auf und wischte sich über die Augen. Marie sollte sich keine Sorgen machen.

»Ich bin hinter dem Haus«, rief er und schon hing Georg an seinem Hals und Anna trippelte an Maries Hand auf ihn zu. Sie sah müde aus, wahrscheinlich hatte ihr ihre Mutter wieder zugesetzt; diese zänkische, alte Vettel, der es niemand recht machen konnte.

»Es geht dir wieder besser, wie's scheint.« Marie setzte Anna auf die Bank und nahm das Bild in die Hand. »Und du malst, das ist ein gutes Zeichen!«

Johannes wollte einwenden, dass er seit einiger Zeit keinen Strich mehr an dem Bild gezeichnet hatte, aber warum sie auch noch mit diesen Sorgen belasten, die sie doch nicht verstehen konnte? Er wollte gerade fragen, wie es gewesen sei, ob die Mutter wieder sehr zänkisch gewesen sei, aber in diesem Moment hörte man wieder das Quietschen der Gartentür! Es waren diesmal keine leichten Kinderfüße, schwere Schritte näherten sich der Haustür und dann hörte man ein energisches Klopfen. Johannes erhob sich ganz langsam, er hielt immer noch Georg auf dem Arm.

In diesem Moment wusste Johannes, dass Friedrich Weckerlin ihn zum zweiten Mal verraten hatte. Das Klopfen wiederholte sich, man hörte Stimmen, dann kamen Schritte näher. Auch Marie erhob sich von der Bank, sie war blass und griff nach Johannes' Arm. »Wer kann das nur sein, Johannes?«

Plötzlich standen sie da, standen hinter dem Haus vor der selbst gezimmerten Gartenbank unter dem Zwetschgenbaum, eingehüllt in das warme Sonnenlicht eines Spätsommernachmittags, eines Nachmittags im September 1929. Es waren drei Männer, Johannes erkannte den Feldjäger Pfeifer und den Ortspolizisten Maier, der entfernt verwandt mit dem Genossen Oskar war. Den anderen, einen jüngeren Mann, ebenfalls in Polizeiuniform, hatte man wohl zur Verstärkung mitgebracht. Gleich drei Männer, als ob ich so gefährlich wäre!

Johannes ließ vorsichtig Georg zu Boden und schob ihn hinüber zu Marie. Absurderweise kam ihm in diesem Moment in den Sinn, dass er nachher noch hinaufwollte zum Katzenbuckel, um Brombeeren zu ernten, sie brauchten doch jeden Pfennig.

Der Feldjäger Pfeifer klang heiser, er musste sich mehrere Male räuspern, dann verkündete er, wegen »Vorbereitung zum Hochverrat« müsse er Johannes Helmbrecht verhaften.

»Widerstand ist zwecklos! Packen Sie sich ein paar Sachen zusammen. Sie werden jetzt mit Ihren Komplizen in die Kreisstadt überstellt.« Er sagte tatsächlich Komplizen!

»Worauf gründet sich Ihr Verdacht?« Johannes wunderte sich selber, dass er so ruhig blieb. Neben ihm stand immer noch Marie, zur Salzsäule erstarrt.

Man habe Geständnisse, antwortete Pfeifer. Sie hatten es schlau angestellt. Beim Jüngsten, beim Maier Oskar, hatten sie angefangen mit dem Verhör, und der war nach kurzer Zeit zusammengebrochen. Wahrscheinlich unter dem ernsten Zureden seines Verwandten. Zu ihm, Johannes Helmbrecht, als »härtestem Brocken« waren sie zuletzt gekommen.

»Leugnen ist also zwecklos«, sagte Pfeifer lakonisch. »Außerdem haben wir den Sprengstoff gefunden, genau dort, wo der Herr Weckerlin ihn vermutet hat!«

Der Herr Weckerlin – also doch! Dann begann Marie plötzlich zu schreien, sie schrie, schrie Zeter und Mordio, stürzte auf Pfeifer, auf Maier, fuhr ihnen mit den Fingernägeln ins Gesicht. »Lauf, Johannes, lauf weg, schnell!« Die Kinder begannen zu weinen, kreischend schrie die kleine Anna und Georg wurde von heiserem Schluchzen geschüttelt. Er klammerte sich an Johannes' Bein.

Johannes packte Marie bei den Schultern und hielt sie fest. Sie wurde plötzlich ganz ruhig, stand nur schwer atmend da. Pfeifer hatte rote, blutende Striemen im Gesicht, murmelte etwas von »Widerstand gegen die Staatsgewalt«, sah dann aber auf die zwei heulenden Kinder herab und sagte in versöhnlicherem Ton: »Das nützt nun alles nichts, Frau Helmbrecht. Seien Sie vernünftig und packen Sie etwas Waschzeug und Unterwäsche für Ihren Mann zusammen.«

Behutsam nahm Johannes die kleine Anna auf den Arm und drückte sie innig. Er sah Marie nach, wie sie schleppend und müde zur Haustür schlich, eine schmale, nach vorne gekrümmte Gestalt, die eine unsichtbare, aber viel zu schwere Last trug.

39

Hat er ihn wirklich verraten?«, fragt Anna. Gretl hängt schwer an ihrem Arm, aber die alte Dame hat darauf bestanden, den Weg zu Caspars zu Fuß zu gehen. »Ist doch nicht weit und meinen alten Knochen tut's gut, wenn sie wieder einmal bewegt werden. Früher war ich ständig auf den Beinen, ›eine ganz Flinke‹, haben die Leute immer gesagt. Und wenn du dabei bist, hab ich keine Angst hinzufallen.«

Jetzt schüttelt sie unwillig den Kopf. »Ich hab dir heute Morgen schon gesagt, dass man das so oder so sehen kann! Und wenn du weiterliest, wirst du sicher merken, dass Johannes das später auch anders eingeschätzt hat.«

Weiterlesen – sie ist noch nicht fertig, das letzte der schwarzen Bücher liegt noch auf dem Nachttisch. Sie hat wieder die halbe Nacht durchgelesen, schlimme Geschichten sind das jetzt, und sie ist ziemlich durcheinander, weil sie auf einmal gar nicht mehr weiß, wie sie das alles einordnen soll. Es gibt nicht schwarz und weiß, hell und dunkel, denkt sie, alles erscheint in einem diffusen Licht. Klar ist nur, dass die Lebensträume von Friedrich und Johannes zunehmend zerbrechen.

Da ist Friedrich, ein reicher und einsamer Mann, der sich mit Lene und Gretl die Vergangenheit ins Haus geholt hat, wahrscheinlich um durch sie daran erinnert zu werden, dass sich alles gelohnt hat. Die Schatten der Stadtmühle im Haus, aber was ist mit den Schatten der Gegenwart?

Und dann Johannes, ihr Urgroßvater, zwischen allen Stühlen sitzend, zerrieben im Kampf ums tägliche Überleben, um die Sorge für seine Familie, für den Erhalt des Hauses. Und dann ist da noch die Sehnsucht nach der Kunst, nach der Weiterentwicklung seines Talents. Die Begegnung mit dem Expressionismus hat ihm eine neue Tür aufgestoßen – da ist sie sich, nach allem, was sie gelesen hat, sicher. Aber wie hätte er unter diesen Umständen weiterlernen können? Und dann dieser naiv unbestimmte Wunsch nach einer Veränderung der Gesellschaft, gespeist aus den Erlebnissen im Krieg und der Begegnung mit diesem Paule.

Einige Grunbacher hätten in ihm einen Helden gesehen, hat Gretl heute Morgen beim Frühstück erzählt. Es seien allerdings nur wenige gewesen. Immerhin habe er nach 1933 wegen seiner politischen Einstellung schwer leiden müssen. »Er war doch im ganzen Enztal als überzeugter Kommunist bekannt. Ich kann dir gar nicht mehr sagen, wie oft die SA Hausdurchsuchungen gemacht hat, plötzlich standen sie in der Tür und haben alle Schränke und Kommoden durchwühlt, sogar Dielenbretter herausgerissen und was nicht alles! Nach Flugblättern und verbotenen Schriften haben sie gesucht. Aber er hat damals deiner Urgroßmutter versprechen müssen, dass er aufhört mit der Politik, kurz nachdem er wieder aus Leipzig zurück war. So ganz hat er es allerdings nicht lassen können – sie haben ihn aber nie erwischt. Trotzdem ist er einige Male in Schutzhaft genommen worden, drüben in der Kreisstadt ist er gewesen und einmal sogar für einige Tage in das Konzentrationslager auf den Heuberg gekommen. Aber sie haben ihn immer wieder laufen lassen, wie die anderen auch. Nur den Maier Oskar, den haben sie für ein ganzes Jahr eingesperrt. Ach, es war eine furchtbare Zeit, vor allem für Marie und die Kinder. Immer diese Angst und Ungewissheit!«

Es geht nur langsam voran, denn Gretl muss immer wieder Pausen machen. Doch sie scheint sich zu freuen, und einige Grunbacher, die ihr auf dem einsamen Weg von der Leimenäckersiedlung zum Unterdorf begegnen, begrüßt sie mit großer Herzlichkeit.

Anna wartet jedes Mal geduldig und denkt daran, welche Geschichten wohl noch vor ihr liegen. Allzu viel Zeit hat sie nicht mehr, langsam sollte sie diese Umlaufbahn verlassen und auf den Planeten Erde zurückkehren. Die Anrufe aus Berlin werden immer drängender. Da ist zum einen der Notar, der sie unbedingt wegen der Wohnung sprechen will. Aber auch Pia gibt keine Ruhe. Wie eine Ersatzmama sitzt sie ihr auf der Pelle: Man müsse mal darüber reden, wie es insgesamt weitergehen soll, hat sie beim letzten Telefonat gemeint. Und: »Vergrab dich nicht, Kind!«

Keine Angst, ich geh schon nicht in einem kleinen Dachkämmerchen im Schwarzwald verloren!, denkt sie, so verlockend der Gedanke manchmal auch ist. Berlin, das ist Marie, ihre Mutter. Das sind der Schmerz und die Einsamkeit. Aber meine eigene Geschichte muss auch weitergehen, denkt sie, vor allem seit der Sache mit Fritz. Ich muss mir über vieles klar werden. Die Beschäftigung mit der Vergangenheit ist für mich auch eine Art Flucht. Ich muss mein Leben in den Griff kriegen, so schnell wie möglich!

Aber vorher will sie den Rest von Johannes' Geschichte erfahren, will alles wissen!

Beim Weitergehen kommen sie wieder auf Friedrichs Verhalten zu sprechen. »Aber Friedrich – Friedrich hätte doch nichts zu sagen brauchen, vielleicht wäre man ihnen gar nicht auf die Schliche gekommen.« Johannes ist kein gewöhnlicher Dieb gewesen, der etwas Kriminelles getan hat, davon ist sie überzeugt. Und Johannes und Friedrich, das ist doch immer noch eine ganz besondere Beziehung gewesen.

»Genau das habe ich ihm auch gesagt, als ich zurückgekommen bin an diesem Samstagabend.« Gretl bleibt für einen Moment schwer atmend stehen. Sie sind jetzt am Bahnwärterhäuschen angelangt, das noch bewohnt ist, ansonsten aber keine Funktion mehr hat, weil inzwischen statt der Schranke eine automatische Signalanlage installiert ist. Flüchtig fällt Anna ein, dass das auch der tägliche Weg von Johannes gewesen sein muss, der Weg zum Bahnhof, zur Arbeit und später auch der Schulweg von Marie, ihrer Mutter. Ein paar Schritte vom Häuschen entfernt steht eine alte Holzbank, die noch vom ehemaligen Bahnwärter stammt. Dorthin bugsiert sie Gretl, denn in einem zu sprechen und zu laufen ist zu viel für sie.

»Ich bin wütend an diesem Abend gewesen, so wütend. Die Nachricht kam ins Haus, dass man einige Grunbacher verhaftet hat wegen des Sprengstoffdiebstahls. Am Abend vorher war die Polizei da und danach kam die Abendgesellschaft, das war vielleicht ein Durcheinander! Als die Gäste gegangen waren, schaute Friedrich in der Küche vorbei. Das tat er öfter, dann war er auch nicht mehr förmlich, wir haben uns wieder geduzt und beim Vornamen genannt. Aber wie gesagt, nur wenn wir unter uns waren. Er hatte ziemlich viel getrunken, obwohl das eigentlich nicht seine Art war. Er war so komisch, so rührselig, hat plötzlich von den alten Zeiten und der Stadtmühle angefangen. Und schließlich kam die Bemerkung, dass Johannes das Dynamit gestohlen hat. ›Woher willst du das wissen?‹, hat Mutter gefragt. Sie hat sich schrecklich aufgeregt, aber in dem Moment kam Lisbeth herein, im Morgenmantel und mit dem üblichen weinerlichen Ton: Wo er denn bleibe, sie könne nicht schlafen, und dann ist er nach oben gegangen. Später in der Villa gab's sogar getrennte Schlafzimmer, das war das Erste, womit er den Architekten beauftragt hat. Danach kam wie gesagt die Nachricht von der Verhaftung, ich bin gleich hinübergerannt zur Siedlung, mit den Resten von der Abendgesellschaft im Korb. Marie saß in der Küche, saß einfach da und sagte nichts, rührte sich nicht, und die Kinder weinten und hatten Hunger. Ich hab sie so gut es ging versorgt, bin wieder zurückgelaufen, und wie ich den Friedrich gesehen habe, er kam gerade vom Kontor herüber zum Haus, bin ich wutentbrannt auf ihn losgegangen. Es war mir in dem Moment egal, ob das jemand mitbekommen hat. ›Du hast den Johannes ans Messer geliefert!‹, hab ich geschrien und er hat mich am Arm gepackt und ins Haus gezogen, in die Küche, wo Mutter hockte und in die Schürze heulte. ›Halt's Maul!‹, hat er gebrüllt und war ganz weiß im Gesicht. So hat er noch nie mit mir gesprochen. Wir sollten mit dem dummen Geplärre aufhören, hat er gerufen und ist wie ein Wahnsinniger in der Küche herumgerannt. Doch plötzlich wurde er ganz ruhig und hat sich zu uns gesetzt. ›Geht das nicht in eure Strohköpfe, warum ich das gemacht habe? Stellt euch einmal vor, das Dynamit wäre tatsächlich benutzt worden, diese hirnverbrannten Idioten hätten es tatsächlich hochgehen lassen. Stellt euch vor, Menschen wären zu Schaden gekommen, wären sogar getötet worden. Und die Polizei hätte den Weg des Dynamits zurückverfolgt – dann wäre es Mord gewesen! Johannes würde wegen Mordes vor Gericht stehen! Wäre euch das lieber?‹«

Gretl nimmt auf einmal Annas Hand und hält sie ganz fest. »Das hat mir damals eingeleuchtet. Johannes hätte das sicher nicht gewollt, davon war ich felsenfest überzeugt. Viel später hat er Friedrich verstanden. Lies du nur weiter! Und noch eines …« Sie zögert ein bisschen und starrt geistesabwesend dem Zug nach, der gerade Richtung Wildbad an ihnen vorbeidonnert. »Ich weiß nicht, ob es Johannes jemals erfahren hat. Er hat mich nie darauf angesprochen und ich habe damals Friedrich versprechen müssen, auf ewig mein Maul zu halten. Genauso hat er sich ausgedrückt: ›Du hältst in dieser Sache auf ewig dein Maul.‹ Einige Tage später ist er zu mir in die Küche gekommen. Mutter war unten im Keller beim Bügeln und Lisbeth lag wieder einmal mit Migräne im Bett. Ich hatte den kleinen Louis-Friedrich bei mir, er saß auf seiner Bank in der Ecke und hat mit Bauklötzchen gespielt. Ein stilles Kind war das und ich hab mir damals immer schon gedacht, dass er seinen Vater fürchtet. Jedenfalls hat Friedrich die Tür fest hinter sich zugedrückt und mich schwören lassen, nichts zu sagen! Und dann hat er mir erzählt, dass er beim Zinser war und dass alles in Ordnung gehe.«

»Was ging denn in Ordnung, damals, und was hatte der Zinser damit zu tun?«, fragt Anna gespannt.

Jetzt lächelt Gretl ein bisschen. Mit ihrer runzligen, von Altersflecken übersäten Rechten streicht sie sanft über Annas Handrücken. Wie Löschpapier, denkt die, hoffentlich rege ich sie nicht wieder auf …

Aber Gretl scheint ganz entspannt zu sein. »Beziehungen, Anna, damals lief viel über Beziehungen, mehr noch als heute, obwohl …« Aber diesen Faden spinnt sie nicht weiter. »Der Zinser war ein Deutschnationaler, ein Kaisertreuer, das wusste jeder in Grunbach. Und er war bekannt mit der Prinzessin Hermine!«

Wer ist denn das schon wieder? Prinzessin Hermine? Ihr

ist es ein bisschen peinlich, dass sie keine Ahnung hat, wer das gewesen ist.

»Das ist lange her«, meint Gretl, »uns war sie schon noch ein Begriff. Prinzessin Hermine von Schönaich-Carolath, die zweite Frau von Kaiser Wilhelm II., der im Exil in Holland war. Sie ist häufig in Wildbad zur Kur gewesen und kannte den Hoffotografen Blumenschein und auch den Herrn Zinser – schrieben sich sogar Briefe, hat es geheißen! Jedenfalls hat es der Friedrich geschafft, dass man im Falle dieser ›jungen, irregeleiteten Grunbacher, die doch alle Familie haben‹, etwas tun müsse. Ich hab's mir extra gemerkt, weil mir die Formulierung so gefallen hat. Und die Aktion habe sich doch auch gegen die Rechtsradikalen, gegen diese braunen Schläger und Krakeeler gerichtet. Die konnte der Zinser nämlich nicht ausstehen. Es sind wohl einige Briefe hin- und hergegangen, aber das Ende vom Lied war, dass Johannes und die anderen nach wenigen Wochen freigelassen wurden. Ein halbes Jahr später ist dann die Verhandlung vor dem Reichsgericht in Leipzig gewesen, das war damals das höchste deutsche Gericht, weil es eben doch Anstiftung zum Hochverrat gewesen ist. Was haben wir gebangt, als der Johannes sich fertig machte für die große Reise. Wann würde er wiederkommen? Aber Gott sei Dank kam er schnell wieder, gleich nach der Verhandlung. Ein Jahr auf Bewährung haben sie bekommen. Das war wenig! Die Urteile gegen die Kommunisten fielen damals normalerweise viel härter aus als die gegen die Rechten. Besonders gegen die Leute von diesem Hitler, von dem bald alle so viel redeten. Ein Schwabenstreich sei es gewesen, hat der Richter gesagt. Und so hat es auch in der Zeitung gestanden, die der Johannes aus Leipzig mitgebracht hat. Ein Schwabenstreich – ganz recht ist ihm das nicht gewesen, obwohl er sich natürlich gefreut hat, dass alles so glimpflich abgegangen ist. Und trotzdem! ›Als ob wir irgendwelche Dorftrottel wären‹, hat er gesagt. Sie seien eben ›jung und verblendet‹, so hat es auch geheißen und – irgendwie hat das ja auch gestimmt.«

So hat also Urgroßvaters erster und Gott sei Dank einziger Versuch, als politischer Radikaler zu wirken, ein unrühmliches Ende genommen … Anna kann sich ein ironisches Lächeln nicht verkeifen. Aber Mut hat er gehabt, das muss man ihm lassen.

Sie sind in der Zwischenzeit weitergegangen, bleiben kurz an der unteren Enzbrücke stehen, von der aus man das Wehr sieht, an dem man die Leichen von Friedrich Weckerlin senior und dem alten Mühlbeck herausgefischt hat. Dort hat einst das Zinser'sche Sägewerk gestanden! Es wurde aufgelöst und schließlich ganz abgebrochen, kurz nach dem Zweiten Weltkrieg. Bankrott, hat ihr Richard Caspar erzählt. Genauso wie das Dederer-Sägewerk, an das nur noch ein Teil des Sandsteinunterbaus erinnert, den ein Stuttgarter Bildhauer als Atelier benutzt. Als sie vor dem ehemaligen Haus Dederer ankommen, kann man von der anderen Straßenseite kräftige Hammerschläge hören. Der Künstler ist also anwesend und am Werk. Er macht riesige, skurrile Werke aus Metall und Holz, von denen einige im Hof, dem ehemaligen Polderplatz, herumstehen.

Fritz erwartet sie schon. Es ist ausgemacht, dass er sie zum Friedhof fahren wird. Anna will endlich die Gräber sehen. Christine, die herausgekommen ist, um sie zu begrüßen, schlägt vor, dass sie anschließend bei ihnen zu Abend essen. »Wir sind so gespannt, was du schon alles gelesen hast!«

Anna ist einverstanden. »Ich möchte auch die Bilder und die Fotoalben gerne noch einmal sehen. Sie sagen mir jetzt sicher mehr als vor ein paar Tagen.«

Jetzt kennt sie schon so viele Namen und so viele Geschichten, die sich hinter den steifen Gestalten auf den braun getönten Fotos verbergen.

Unterwegs muss Fritz auf Annas Wunsch noch einmal anhalten. Sie will Blumen kaufen. Die ältere Frau im Blumenladen mustert sie mit unverhohlener Neugier. Als sie draußen Fritz parken sieht und im Wagen wohl auch Gretl Haag erkennt, fällt sie mit einem Wortschwall über Anna her, die allerdings nur einen Teil davon versteht, denn die Frau spricht in breitestem Schwäbisch. Immerhin kann sie so viel heraushören, dass sich alle in Grunbach freuen, dass »dem Johannes sein Urenkele« endlich gekommen sei. Und die jüngere Marie sei doch ihre Mutter und das sei schlimm, so jung schon sterben zu müssen.

Ungeduldig unterbricht Anna den Redeschwall. Blumen fürs Grab wolle sie.

»Und welche?«, fragt die Frau und deutet auf die Eimer mit Rosen, Nelken und Gerbera.

Anna überlegt kurz. Welche Blumen hat Johannes wohl am liebsten gehabt? Sie hätte Gretl fragen müssen. Aber dann fällt ihr plötzlich eine Stelle im »Taugenichts« ein, die sie erst gestern gelesen hat. Immer wieder blättert sie in dem abgegriffenen Büchlein, weil sie glaubt, dass ihr Johannes so besonders nahe ist und weil sie genauer ergründen möchte, was ihn an der Geschichte so fasziniert hat. Da ist an einer Stelle von »Rosen, himmelblauen Winden und schneeweißen Lilien« die Rede. Winden – keine Ahnung, was das ist, denkt sie. Aber sie traut sich nicht die Verkäuferin zu fragen. Rosen und Lilien, das ist allerdings klar, und so deutet sie auf die Blumeneimer und verlangt drei Dutzend Rosen und drei Lilien. Nein, zu binden brauche sie die Blumen nicht, sagt sie zur Blumendame, die vor Neugierde fast platzt. Nur in Papier einwickeln soll sie die Blumen, und während sie dann noch einmal nachgeschnitten und eingepackt werden, überlegt Anna kurz, wie unterschiedlich die Gärten ihres Urgroßvaters und des Taugenichts gewesen sind. Letzterer hatte als Zolleinnehmer die »Kartoffeln und anderes Gemüse« herausgerissen und stattdessen Blumen gepflanzt, nur Blumen, nutzlose Blumen, die seinen Schönheitssinn befriedigen sollten.

In Johannes' Garten dagegen gab es nur Kartoffeln, Zwiebeln, Bohnen. Das kann man zum Teil jetzt noch sehen und auf Annas Frage, ob es denn keine Blumen gegeben habe, hat Gretl nur lakonisch geantwortet: Für so etwas sei kein Platz gewesen, von dem Gemüse habe die Familie zum großen Teil gelebt. Nur Marie hatte einige dicke, gelbe Ringelblumen am Zaun gesät. Außerdem hat sie Anna noch sehr anschaulich geschildert, wie Johannes einige Male im Jahr knietief in der Abortgrube gestanden habe und die stinkende Brühe geschöpft und als Dünger über den Gemüsegarten verteilt hat.

»Furchtbar hat das gestunken und ob es so gesund war – aber das haben alle so gemacht, denn die Siedlung war damals noch nicht an die öffentliche Kanalisation angeschlossen.«

Beim Gedanken daran schüttelt es Anna wieder. Was für ein Gegensatz zum Garten mit den »schönsten Blumen« und zur »kühlen Morgenluft mit Lerchengesang«.

Die Verkäuferin ist fertig und überreicht Anna den stattlichen Strauß. Der Preis reißt ein ganz ordentliches Loch in ihren Geldbeutel, aber das ist ihr in diesem Moment egal. Die redselige Dame begleitet sie noch zur Tür, Anna versteht wieder nur die Hälfte. Immerhin kapiert sie, dass sie die Gretl grüßen soll und natürlich auch den »jungen Caspar«.

Der Grunbacher Friedhof zieht sich an einem recht steilen Berghang hoch, gegenüber ist der Eiberg auszumachen und Anna überlegt, dass die Grunbacher, die hier liegen, eigentlich einen wunderbaren Blick hätten, wenn sie noch etwas sehen könnten. Und Johannes hätte sogar seinen geliebten Katzenbuckel vor Augen, zumindest ein kleines Fitzelchen oben auf der Ebene, die sich im wolkenlosen, blauen Frühsommerhimmel verliert.

Gretl steigt an Fritz' Arm schnaufend die steilen Stufen zu den ersten Gräberreihen hoch. Unterwegs kommt ihnen eine Frau mittleren Alters mit Gießkanne und Hacke entgegen, die sogleich eine Unterhaltung mit Fritz und Gretl beginnt. Wieder versteht Anna kaum etwas und so schlendert sie schon langsam los, bemerkt aber, dass von ihr die Rede ist, denn Fritz zeigt zu ihr herüber und sie spürt förmlich die interessierten Blicke der Frau im Rücken. Hoffentlich denken die Leute hier nicht, ich sei hochnäsig oder so etwas, aber diesen komischen Dialekt verstehe ich beim besten Willen nicht! Obwohl er eigentlich ganz gemütlich klingt, denkt sie und plötzlich wird ihr klar, dass Johannes doch genauso gesprochen hat und auch Marie und Anna, ihre Großmutter. Und natürlich Friedrich Weckerlin und all die anderen. Ihre Mutter hat lupenreines Hochdeutsch gesprochen und die Caspars und Gretl bemühen sich sehr. Sie versteht sie sehr gut, auch wenn sich bei Gretl manchmal das eine oder andere schwäbische Wort hineinstiehlt.

Fritz zeigt ihr dann die drei Grabstellen und macht es dramaturgisch geschickt. Erst kommt das Familiengrab der Dederers mit einem riesigen, unbehauenen Granitblock, in den eine Reihe von Namen eingelassen ist. »Hier ruht Klara Elisabeth Dederer«, steht da und darunter folgt der Name »Louis Albrecht Dederer«, das sind Lisbeths Eltern. Anna ist einigermaßen erstaunt, dass hier auch Lisbeth und ihr Sohn begraben sind, rechts stehen nämlich die Namen »Elisabeth Luise Weckerlin, geborene Dederer« und »Louis-Friedrich Weckerlin« mit den entsprechenden Jahreszahlen eingemeißelt.

»Sie wollte partout nicht, dass der junge Louis-Friedrich und sie selber in die Weckerlin-Grabstätte kommen«, erklärt Fritz auf ihre Nachfrage. »Am Schluss war da nur noch Hass.«

Schräg gegenüber liegt das Weckerlin-Grab, und das ist wirklich prächtig. Schwarzer Marmor mit Goldinschrift, am Kopfende des mittleren Marmorblocks hockt ein trauernder Engel, der gedankenverloren sein Haupt neigt.

Alle liegen sie da, die sie aus den Erzählungen kennt! Der Maurermeister Friedrich Gottlieb Weckerlin, seine Frau Christine Katharina und der kleine Wilhelm Gottlieb, zusammen mit seinem Holzpferdchen, das wie die anderen schon lange zu Staub zerfallen ist. In der Mitte prangt der Name »Friedrich Karl Weckerlin«, auf ihn scheint der Engel speziell zu blicken, und darunter ist »Emma Christine Löwenstein, geborene Weckerlin und in memoriam Siegfried Ephraim Löwenstein« aufgeführt. Auf einer nachträglich eingelassenen Marmortafel werden noch zwei Namen genannt, die Anna zuerst nichts sagen. Fritz erklärt, das seien seine Großeltern. »Sie sind vor einigen Jahren bei einem Autounfall ums Leben gekommen.«

Aurelie Christine Kepler, geborene Löwenstein. Das ist also Christines Mutter, von der einmal kurz die Rede war, als ihr Christine erzählt hat, wie sehr sie damals der Verlust ihrer Eltern getroffen habe. »Und da war ich schon ein ganzes Stück älter als du und hab doch auch Richard und Fritz gehabt. Trauer muss man zulassen, mein Kind.« Aber das sagt sich leicht.

Fritz' Großvater, dieser Lothar Friedrich Kepler – noch ein Friedrich, denkt Anna, kein Wunder, dass der arme Fritz so heißt – war Architekt gewesen, er hatte das ehemalige Dederer-Kontor in ein Atelier umgebaut und von ihm hat der Schwiegersohn das Architekturbüro übernommen, das hat ihr Richard damals bei der Hausbesichtigung erzählt.

Schließlich gehen sie hinüber zum dritten Grab. Das ist wesentlich bescheidener als die anderen, nur ein kleiner grünlicher Granitblock mit schlichten Metallbuchstaben: »Johannes Martin Helmbrecht«, »Marie Luise Helmbrecht, geborene Oberdorfer« und »Anna Luise Helmbrecht«, meine Großmutter, denkt Anna. Und darunter steht: »Georg Christoph Helmbrecht, gefallen in Russland«.

Da liegen sie, das ist meine Familie! Plötzlich steigen Anna die Tränen in die Augen. Richtig heulen muss sie. Kann man um Menschen trauern, die man gar nicht gekannt hat? Kann man den Verlust von etwas empfinden, das man nie gehabt hat? Aber ich kenne sie doch jetzt, indirekt zumindest. Sie gehören inzwischen zu mir, zu meinem Leben, sind nicht mehr nur namenlose Gesichter auf Fotos, überlegt Anna. Vielleicht weine ich auch einfach um all die vertanen Gelegenheiten, um ihre Leben, diese kleinen Leben voller Sorge und Not, und um ihre Sehnsüchte, die sich nicht erfüllt haben. Und wahrscheinlich weine ich wieder um Mama.

Fritz ist nach einer kurzen Weile hergekommen und nimmt sie sanft in den Arm. Das tut richtig gut, denkt sie und lehnt sich an ihn. Doch dann wird ihr gleich wieder unbehaglich, weil es sie an anstehende Entscheidungen erinnert. Eilig befreit sie sich aus seiner Umarmung. Sie legt die letzten zwölf Rosen und die Lilie auf das Grab.

»Wer pflegt eigentlich die Gräber so schön?«, fragt sie Fritz im Hinuntergehen, auch um ihre Befangenheit zu überspielen.

»Mutter schaut danach und wir haben eine örtliche Gärtnerei beauftragt. Die, in der du die Blumen gekauft hast.«

»Auch unser Grab, das Helmbrecht-Grab, meine ich?«

Fritz nickt. Anna ist ganz erschrocken. Dass sie daran nie gedacht hat! Fritz' Antwort beruhigt sie etwas: »Keine Sorge, deine Mutter hat jedes Jahr Geld geschickt.«

Ob das auch gereicht hat?, denkt Anna beschämt. Ich muss gleich nachher mit Richard und Christine darüber sprechen!

Am Abend gibt es ein opulentes Essen. Rehrücken mit den unvermeidlichen Spätzle.

»Christine hat sich selbst übertroffen«, sagt Richard zwischen zwei Bissen, »aber es ist ja auch so etwas wie ein Abschiedsmahl. Fritz hat erzählt, dass du so bald wie möglich nach Berlin zurückwillst.«

Obwohl das eine ganz gewöhnliche Feststellung ist, geht Anna gleich in Verteidigungsstellung. Nicht, dass es ihr hier nicht gefalle, aber es sei so viel zu tun in Berlin, den Nachlass müsse sie regeln, eine Sache, von der sie nicht wirklich eine Ahnung habe. Und außerdem könne sie unmöglich Gretl so lange zur Last fallen.

»Geschenkt«, winkt Richard ab. »Du musst dich doch nicht rechtfertigen. Es ist einfach nur so, dass wir uns schon richtig an dich gewöhnt haben.«

Anna registriert, dass Christines Blicke blitzschnell zwischen ihr und Fritz hin- und hergehen. Also hat sie etwas gemerkt! Oder hat Fritz gar was erzählt? Aber der benimmt sich zum Glück ganz normal und unbefangen.

»Ich fahre noch nicht gleich morgen«, sagt Anna. »Irgendwann in den nächsten Tagen. Zuerst will ich noch Johannes' Aufzeichnungen zu Ende lesen.« Sie berichtet, wo sie gerade stehen geblieben ist.

»Ja, ja, jetzt kommen die schlimmen Geschichten.« Christine seufzt gedankenverloren und Richard steht auf, um das Kirschwasser zu holen. »Das beste Heilmittel gegen zu volle Bäuche und zu dunkle Seelen«, wie er meint.

»Eines möchte ich aber schon vorher wissen ...« Anna zögert etwas. »Haben sie sich denn noch einmal gesprochen, Johannes und Friedrich, meine ich, gab es so etwas wie eine Versöhnung? Friedrich ist doch lange vor Johannes gestorben – kamen sie später doch noch irgendwie zusammen?«

Christine, Richard und Gretl wechseln einen stummen Blick.

»Ja«, nickt Gretl schließlich, »ja, es gab noch einmal ein Gespräch. Die beiden haben sich getroffen unmittelbar vor Friedrichs Tod. Ich weiß das genau, denn ich bin bei Nacht und Nebel hinübergerannt und hab den Johannes aus dem Schlaf getrommelt. ›Komm schnell‹, hab ich geschrien, ›es geht zu Ende. Er will dich noch einmal sehen!‹ Gezittert hab ich, gezittert und gebetet, Blut und Wasser geschwitzt. Was, wenn er nicht mitkommt? Am liebsten, am liebsten ...«

»Am liebsten hättest du ihn hinübergeprügelt«, sagt Richard mit einem leisen Lächeln. »Aber es war dann gar nicht notwendig, Johannes ist freiwillig mitgekommen.«

»Ohne dass ich groß etwas erklären oder ihn gar überreden musste. Er hat sich ohne ein Wort zu sagen angezogen und ist mitgegangen.«

»Was doch erstaunlich ist, angesichts der Tatsache, wie unversöhnlich Johannes bis dahin gewesen ist. Es ist viel Schlimmes vorgefallen«, wirft Christine ein.

»Und, gab es eine Versöhnung?« Anna lässt nicht locker.

»Ich bin bei dem Gespräch nicht dabei gewesen und Johannes hat später nur ein paar Andeutungen gemacht. ›Diese Stunden sind mir heilig‹, hat er gesagt. Ja, sie sind im Guten auseinander gegangen, so viel kann ich sagen. Aber lies weiter, dir wird er's aufgeschrieben haben.«

Das klingt fast ein bisschen eifersüchtig, so als ob Gretl neidisch wäre, dass Anna die Informationen quasi aus erster Hand bekommt. Aufmerksam betrachtet Anna die alte Gretl. Studiert das runzlige Gesicht mit den sorgsam aufgesteckten, dünnen weißen Haaren. Sie hat Friedrich geliebt, davon ist Anna überzeugt. Hat ihn mit allen Fasern ihres Herzens geliebt, diesen stolzen, schönen, schwierigen Mann. Hat ihn sicher schon seit der Stadtmühlenzeit geliebt, ist dann mitgegangen in seine Häuser, hat seine Frau gepflegt, sein Kind mitaufgezogen, den Haushalt überwacht, seine Hemden gestärkt und seine Schuhe geputzt; alle diese handgearbeiteten, maßgeschneiderten Schuhe, die in einem eigens dafür konstruierten Wandschrank in der Weckerlin-Villa aufbewahrt wurden. »Nur ich durfte sie putzen, ich allein«, hat sie Anna stolz erzählt. Ach, Gretl, was für ein Leben und was für eine Liebe! Er hat dich doch ausgenutzt, du warst seine Erinnerung an die Vergangenheit, sein treu ergebener Schatten, ohne Anspruch auf eine eigene Existenz!

Johannes habe oft geschimpft, hat Gretl einmal zugegeben. Warum sie nicht in die Stadt gehe, als Verkäuferin arbeite, etwas lerne? »Aber mir hat's bei Friedrich gefallen. Ich hab nicht schlecht verdient und er hat für Mutter gesorgt, auch als sie nicht mehr arbeiten konnte …«

… und weil du bei ihm sein konntest, ein Leben lang, denkt Anna. Bis zu seinem Tod warst du bei ihm, warst vielleicht am Schluss der wichtigste Mensch in seinem Leben.

War es doch ein gutes, ein gelebtes Leben, trotz des Verzichts? Wer will das beurteilen?

In der Zwischenzeit hat sich eine kleine Diskussion entsponnen. Gretl beharrt darauf, dass Friedrich beim Tournier sich dafür eingesetzt hat, dass Johannes dort arbeiten konnte. »Direkt gesagt hat er's nie – aber Emma ist auch der Meinung gewesen.«

»Unsere gute, alte Emma. Wenn jemand die Freundschaft zwischen Friedrich und Johannes idealisiert und die gesamte Stadtmühlenzeit später verklärt hat, dann war das meine Großmutter. Ganz getraut habe ich ihr in dieser Hinsicht nie!« Christine schwankt zwischen Belustigung und Ärger. Diese Art von Gespräch dürfte schon öfter stattgefunden haben. Gretl jedoch beharrt auf ihrer Meinung.

»Du musst nämlich wissen«, wendet sich Richard an Anna, »dass Johannes kurz nach der Geschichte in Leipzig von Armbruster & Söhne entlassen wurde. Gleich nach der Weltwirtschaftskrise zeigten sich die Auswirkungen auch hier im Enztal, viele Leute verloren ihre Arbeit und zu den ersten gehörte Johannes. Er sei mit seiner politischen Gesinnung und aufgrund seiner Vorstrafe sowieso nicht mehr tragbar für ein solches Unternehmen, hat man ihm bedeutet. War's nicht so, Gretl?«

Diese nickt zur Bestätigung mit dem Kopf.

»Verstehen kann man's ja, ein kommunistischer Goldschmied, der Luxusgüter für die Kapitalisten herstellt.« Richard wirkt leicht amüsiert, als Christine ihm unter dem Tisch einen Tritt versetzt. »Er hat doch nicht nur Luxusgüter, wie du es zu nennen beliebst, hergestellt, sondern auch Sachen für ganz normale Leute, Trauringe beispielsweise. Anfang der dreißiger Jahre konnten sich aber die meisten Leute wegen der hohen Arbeitslosigkeit nicht mehr viel leisten und so hatten Armbruster & Söhne schwer zu kämpfen, wie auch der Zinser und der Tournier. Auch Friedrich musste Leute entlassen. Da war es schon ein besonderer Glücksfall, dass der Johannes tatsächlich beim Tournier Arbeit bekam, allerdings keine besonders schöne. Aber nach dem Gott sei Dank nicht allzu langen Intermezzo in der Arbeitslosigkeit war das in Ordnung. Während dieser Zeit musste er nämlich wie viele Grunbacher vom Stempelgeld leben, das kaum für das Allernötigste reichte. Sein neuer Arbeitsplatz war die Gießerei. Das war eine schwere Arbeit, eine richtige Drecksarbeit war das. Noch heute wundere ich mich darüber, wie so ein schmaler, zarter Mann, so ein feinsinniger Mensch, das durchgehalten hat.«

»Was glaubst du, wie froh er damals gewesen ist!« Gretl bekommt richtige rote Flecken auf den runzligen Wangen. »Was war das für eine Zeit! Ein paarmal stand's Spitz auf Knopf, dass das Haus zwangsversteigert werden musste. Viele Grunbacher haben damals Haus und Hof verloren. Wenn zu der Zeit nicht Maries Mutter, die Luise Oberdorfer, gestorben wäre und sie ihre Sparbücher nicht geerbt hätten, wer weiß, wie's ausgegangen wäre.«

»Johannes hat einmal zu mir gesagt, das sei das einzig Gute gewesen, was seine Schwiegermutter für ihn getan hätte«, ergänzt Richard lachend. »Jedenfalls, in Grunbach passierte dasselbe wie überall in Deutschland. Die Menschen hatten keine Arbeit und die Grunbacher wählten verstärkt diese neue Partei, die NSDAP, die allen Arbeit und Brot versprach. Und jetzt beginnt das düsterste Kapitel in der Familiengeschichte der Weckerlins wie auch in der der Caspars. Mein Vater, von dem bisher noch nicht die Rede war, wird überzeugter Nazi und auch Friedrich verstrickt sich tief in den Nationalsozialismus.«

»Er war aber kein Nazi«, wendet Gretl ein, als wolle sie »ihren« Friedrich verteidigen.

»Das nicht.« Richard ist jetzt sehr ernst geworden. »Er hat die meisten sogar verachtet. Trotzdem – er hat mitgemacht, Geld gespendet, hat mit den Wölfen geheult. Und bis zum heutigen Tag begreife ich nicht so recht, warum!«

40

Friedrich beugte sich nach vorne, um einen besseren Blick auf das Rednerpult zu haben. Diese Wirtshausstühle waren unbequem und dazu noch diese Luft, bier- und rauchgeschwängert, zum Schneiden dick! Fast ärgerte er sich, dass er sich zu dieser Fahrt hat überreden lassen. Was wollte er hier in München, im Bürgerbräukeller, zwischen all diesen schreienden, schwitzenden Menschen, nur um diesem Mann zuzuhören, dem »Gefreiten«, wie ihn der alte Zinser abfällig nannte. Immerhin füllte er die Säle, legte stetig an Wählerstimmen zu.

»Deutschlands Zukunft« hatte ihn Hobelsberger genannt, dieser stiernackige Tuchfabrikant aus Niederbayern, den er letzte Woche im Kasino in Baden-Baden getroffen hatte. Man kannte sich, seit Jahren schon, denn Hobelsberger fuhr immer wieder zur Erholung nach Baden-Baden, so nannte er es jedenfalls, und die Erholung hing ihm stets am Arm, wenn Friedrich ihn dort traf: dralle Blondinen, die mit der Zeit immer jünger wurden. Im Krieg hatte er die bayerische Armee mit Stoff für Uniformen beliefert und sich dabei eine goldene Nase verdient, wie er offen zugab. Jetzt jammerte er wie die meisten über die schlechten Zeiten, fast die Hälfte seiner Belegschaft habe er entlassen müssen und so gehe es nicht mehr weiter. Drei Jahre nach der Wirtschaftskrise und kein Ende abzusehen, im Gegenteil, es wurde schlimmer und schlimmer. »Und der Brüning mit seiner Sparpolitik, der hat uns noch mehr ins Unglück geritten, und jetzt der von Papen, der kriegt das doch auch nicht in den Griff. Nein, nein, Herr Weckerlin, da muss ein anderer her! Hab mein Lebtag die Deutschnationalen gewählt, aber die bringen nichts mehr. Der Hugenberg weiß das ganz genau und deshalb finanziert er diesen Hitler, zusammen mit einigen anderen – da sind Namen dabei, große Namen, sage ich Ihnen.« Er hatte Friedrichs Einwand, das sei eine Proletenpartei, entschieden widersprochen. »Natürlich hat der Hitler keine Kinderstube, die Helene Bechstein hat ihm den ersten Frack seines Lebens gekauft und ihm Manieren beigebracht, das ist in München ein offenes Geheimnis, und auch dass ihn die Wagner protegiert, die Schwiegertochter vom großen Richard. Doch das sind Namen, über jeden Zweifel erhaben! Seine Schlägertruppe, die SA, ist kein besonders feiner Verein, das gebe ich zu. Aber wer soll denn die Drecksarbeit machen, Herr Weckerlin?«

»Welche Drecksarbeit denn?«, hatte Friedrich gefragt und Leopold Hobelsberger aus Niederbayern hatte ihn belustig angeschaut. Für die nationale Revolution natürlich, hatte er gemeint, für die Umgestaltung Deutschlands. Ein starker Mann musste her, einer, der den Saustall ausmistete, Deutschland wieder nach vorne brachte und die Sache mit Versailles, mit dem Schandvertrag endlich bereinigte.

Worauf das alles hinausliefe, was am Schluss denn dann herauskäme, hatte Friedrich ihm entgegnet und den Rauch seiner Zigarre tief inhaliert. Es war eine Montecristo, sauteuer, aber gut. Und dann hatte er angelegentlich die Spitzen seiner glänzenden schwarzen Schuhe betrachtet. Speziell für ihn angefertigt, bei diesem Schuhmacher nicht weit von der Lichtentaler Allee. Vor dem Krieg hatten dort russische Großfürsten eingekauft und auch der Großherzog von Baden. Die Modelle ihrer Füße standen noch im Lager, jetzt stand seines ebenfalls da, an dem die Schuhe angemessen und angefertigt wurden.

»Am Schluss, Herr Weckerlin«, hatte Leopold Hobelsberger gesagt und dabei versonnen seine Zigarre betrachtet, »am Schluss, wer weiß das schon. Vielleicht ein Krieg, wenn es gar nicht anders geht. So kann es jedenfalls nicht bleiben. Ihre Branche hat doch auch nicht schlecht verdient damals, oder?«

Friedrich war es kalt über den Rücken gelaufen. Für einen Moment hatte er die Augen geschlossen und Bilder in einem bunten Wirbel vorüberziehen sehen. Darin kam immer wieder Johannes vor, Johannes mit seiner zerschossenen Schulter und seinen Kriegsgeschichten. Aber er verstand nichts von Politik, nur eines war ihm auch klar, und da musste er Hobelsberger Recht geben: Es musste etwas geschehen. Er hatte schon zehn Arbeiter entlassen müssen, ein paar wenige Regierungsaufträge hielten ihn noch über Wasser und der übliche Kleinkram, ein paar Bretter, Balken …

»Kommen Sie nach München, hören Sie sich den Mann einmal an«, hatte Hobelsberger eindringlich gesagt und zwei Schnäpse geordert. »Mit dem Prickelzeug kann ich nichts anfangen, ist was für die Damen. Prost, Herr Weckerlin!«

Friedrich hatte sein Glas in einem Zug geleert, es brannte in der Kehle, tat aber gut. Warum nicht? Ansehen konnte man sich den Mann, diesen Hitler doch.

»Allerdings gibt es noch eine Sache, Herr Hobelsberger«, hatte er gesagt. »Dieser Hitler, nun ja, wie soll ich sagen, dieser Hitler wird doch ziemlich ausfällig gegen Juden. Ich habe nämlich einen jüdischen Schwager.«

»Einen jüdischen Schwager, wie interessant«, hatte Herr Hobelsberger gesagt und war unmerklich etwas von ihm abgerückt. »Also einen Itzig in der Familie. Na ja, seine Verwandtschaft kann man sich schließlich nicht aussuchen.«

»Ich achte und respektiere meinen Schwager sehr«, hatte Friedrich gesagt und war nun seinerseits etwas von Herrn Hobelsberger abgerückt. Er hatte das tiefe Bedürfnis verspürt, noch einen Schnaps zu trinken.

»Nichts für ungut, Herr Weckerlin, war bloß ein Scherz.« Herr Hobelsberger hatte eine zweite Runde bestellt. »Der Hitler spricht da manchmal eine derbe Sprache. Aber keine Angst, wird nicht so heiß gegessen. Propaganda, nichts als Propaganda! Die breite Masse hört so etwas eben gern.« Und sie hatten noch ein paar Schnäpse getrunken und schließlich hatten sie ein Treffen in München ausgemacht und so saß er an diesem trüben Novembertag des Jahres 1932 in dem nach Bier und Rauch stinkenden Saal, wo jetzt die Männer in den braunen Uniformen in der Mitte Aufstellung nahmen, denn das Eintreffen des Parteiführers stand unmittelbar bevor.

Schlagartig war es ruhiger geworden im Saal, das Schreien und Rufen wich einem aufgeregten Summen, die Menschen dämpften ihre Stimme und reckten erwartungsvoll die Köpfe. Wenn das die neue Elite Deutschlands sein soll, dann gute Nacht, dachte Friedrich und betrachtete teils belustigt, teils angewidert die Gesichter der Braunhemden.

Flüchtig fiel ihm Caspar ein, Caspar mit seinem Rassefimmel. Und dann schob sich das Gesicht von Dr. Siegfried Löwenstein dazwischen, seinem Schwager, Emmas Mann. Er erinnerte sich daran, wie er zum ersten Mal die Wohnung der Löwensteins gesehen hatte, Emmas neues Zuhause, eine riesige Altbauwohnung im Stuttgarter Norden, in der auch das junge Paar wohnen sollte. Wie träumend war er damals durch die hohen Räume mit den Stuckverzierungen gegangen, hatte die vielen Bücherregale bewundert, die Rücken der Bücher studiert, Goldschnitt und Leder, tabakbraun und purpurfarben hatte es geleuchtet.

»Alle deutschen Klassiker«, hatte ihm Siegfried bedeutet, »mein Vater ist ein Büchernarr und Goethe und Schiller sind seine Götter.«

Friedrich hatte beschämt bemerkt, dass ihm viele der Namen, die da standen, gar nichts sagten; er hatte das feine Porzellan in den Glasvitrinen bewundert und den riesigen Flügel. Neid hatte sich geregt. Im Salon der neuen Villa wollte er so etwas auch haben, und Louis-Friedrich musste Klavier lernen, das stand fest. Und dann die vielen Bilder, nicht nur alte Schinken mit Landschaften, sondern ganz moderne Sachen waren darunter, soweit er das beurteilen konnte. Johannes würde das gefallen, hatte er unwillkürlich gedacht. Das war eigentlich Johannes' Welt und dabei hatte er beklommen an die Villa in Grunbach gedacht, wo alles neu und zusammengekauft war. Das Bemerkenswerteste würde der große Schuhschrank sein, den der Architekt nach seinen speziellen Wünschen hatte einbauen lassen.

Er war nicht glücklich gewesen, als ihm Emma kurz vor Weihnachten 1930 verkündet hatte, dass sie sich verloben wolle. »In diesem Jahr noch, hörst du, Fritz!« Das war typisch Emma gewesen – spontane Beschlüsse, die sie mit dem ihr eigenen Dickkopf durchsetzte. »Oder hast du etwas gegen ihn, weil er aus einer jüdischen Familie stammt?«

Nein, das hatte er sicher nicht gehabt, er hatte doch bis dahin gar keine Juden gekannt. In Grunbach gab es keine, früher waren Viehjuden in den Ort gekommen und die Bemerkung »Handeln wie ein Jud« war ihm geläufig, ohne dass er darüber nachgedacht hatte. Und wenn Mutter besorgt war, dann nur wegen der Frage, wo denn die Trauung stattfinden solle und ob sie evangelisch oder jüdisch heiraten würden.

»Was ist, wenn sie zum Judentum übertritt, Fritz? Wir kennen uns doch überhaupt nicht aus. Und die Kinder, was sollen denn meine Enkelkinder für einen Glauben haben?«

Das ließe sich alles regeln, hatte er damals gemeint. Aber er sei dagegen, dass Emma schon so früh heirate, solch ein Kindskopf, wie sie noch war.

Ob sie bisher nicht immer genau gewusst habe, was sie wolle, hatte Emma gekontert, und das stimmte, denn die höhere Handelsschule hatte sie hingeworfen – »zu viel Theorie, Fritz. Ich will praktisch arbeiten. Habe schließlich Handwerkerblut, Köchin will ich werden!«

Handwerkerblut, Köchin, er war ganz außer sich gewesen, es hatte Szenen gegeben, böse Szenen, Geschrei und Geheule und dazwischen stand Mutter, ganz blass und still, und schließlich hatte er nachgegeben. Emma hatte nicht nur Handwerkerblut in den Adern, sie hatte schließlich auch den Weckerlin'schen Dickkopf geerbt. Mehr noch als Emmas Sturheit war es aber ein Satz von Mutter gewesen, der ihn zum Einlenken gebracht hatte: »Aber Fritz, vergisst du denn ganz, wo wir herkommen?«

Er hatte telefoniert, ein paar Beziehungen spielen lassen und so hatte Emma eine Lehre im Badhotel in Wildbad angefangen und dort dann auch Siegfried Löwenstein kennen gelernt, der im Hotel seine Eltern besucht hatte, die dort wie jedes Jahr zur Kur weilten. Als ihm der junge, hoch gewachsene Mann zum ersten Mal vorgestellt wurde, war er Friedrich auf Anhieb sympathisch gewesen.

»So ein feiner, gut erzogener Mann«, hatte Mutter geflüstert und auch die Löwensteins hatten die zukünftige Schwiegertochter ins Herz geschlossen. Die Hochzeit fand in Stuttgart statt, nur standesamtlich natürlich, denn, wie Emma betonte, Siegfried und ihr sei das mit der Religion egal. Sie war eine schöne und elegante Braut gewesen mit ihrem Schleierhütchen und dem beigefarbenen Kostüm aus Wildseide. Sogar Lisbeth hatte an diesem Tag richtig vornehm ausgesehen, er hatte ihr einen neuen Mantel mit Blaufuchskragen gekauft, und Louis-Friedrich im Matrosenanzug, blass und scheu, hatte Blumen gestreut. Emma hatte sogar Gretl und Lene eingeladen, was ihm eigentlich gar nicht recht gewesen war. Die vornehmen Löwensteins – und sie brachten Dienstboten als Gäste mit.

Genau neun Monate nach der Hochzeit war eine Tochter gekommen, die zu Frau Löwensteins Kummer evangelisch getauft wurde. Emma hatte zur Taufe geladen und Mutter hatte den Brief sinken lassen und ganz entgeistert gerufen: »Was ist denn das für ein komischer Name, in unserer Familie, in ganz Grunbach heißt so keiner!«

Aber Friedrich hatte gleich gewusst, woher der Name kam, den die Kleine tragen sollte. »Musste dieser Name sein? Ausgerechnet dieser Name?«, hatte er leise Emma gefragt, als sie nach dem Kirchgang und einem sehr üppigen Essen für einen Moment allein waren.

»Ja, es musste sein«, hatte sie zurückgeflüstert. »Mein Lebtag vergesse ich Johannes und seine Geschichten nicht. Ich wünsche mir nichts so sehr, als dass ihr wieder zusammenfindet. Du hast ihm doch eigentlich geholfen bei der Sprengstoffgeschichte. Gretl hat mir alles erzählt. Allerdings, das mit dem Jungen ...« Sie hatte den Satz nicht beendet, aber er hatte genau gewusst, was sie meinte.

Seine Gedanken schweiften wieder ab, kehrten zurück in die Gegenwart, er sah die schwitzenden Männer in ihren Uniformen plötzlich strammstehen. Seltsam, wie ähnlich sich viele sahen, mit ihren schwarzen Oberlippenbärtchen. Die Hände schnellten vor zum Hitlergruß, Marschmusik ertönte, das Summen und Surren an den Tischen wich schreiendem Gebrüll: »Sieg Heil, Sieg Heil …!« Dann betrat jemand den Raum, aber Friedrich konnte nichts mehr sehen, weil die meisten Leute vor ihm aufgesprungen waren. Nur an der Welle der Bewegung, die durch den Saal lief, dem Drehen der Köpfe mit den weit aufgerissenen Mündern, konnte man erkennen, wo sich dieser Hitler befand. Er schritt zum Rednerpult, endlich war der Blick auf ihn frei und Friedrich war enttäuscht. Dieser schmächtige Mann da vorne sollte also Deutschlands Zukunft sein. Richtig bemerkenswert sah er nicht aus. Das Geschrei verebbte, es wurde ruhiger, ging wieder in dieses zischelnde Summen über und dann begann der Mann am Rednerpult zu sprechen. Friedrich merkte, wie er immer enttäuschter wurde. Neben ihm saß Hobelsberger und gaffte dümmlich, seine Zigarre hing halb erloschen zwischen seinen Fingern.

Diese Stimme, dachte Friedrich, diese Stimme ist so flach und ausdruckslos, was ist nur so Besonderes daran? Dann wurde die Stimme lauter, höher, überschlug sich. Hitler machte Kunstpausen, ließ seine Zuhörer reagieren, es gab prasselnden Beifall, dann immer mehr zustimmendes Gebrüll, heiseres, enthusiastisches Sieg-Heil-Gerufe.

Er spielt mit den Leuten, dachte Friedrich, wie ein Dompteur, hat sie fest im Griff und sie merken es nicht. Von einem widerwilligen Interesse erfasst, lauschte er gespannt dem Redner. Hitler sprach von Deutschlands Schande und Friedrich hörte immer aufmerksamer zu. Hitler redete von der Entehrung des deutschen Volkes und immer wieder von der Schande und Friedrich verstand nur eines – diese Schande wurde plötzlich zu seiner Schande, Deutschlands Schande und Friedrichs Schande wurden eins. Und der Mann da vorne, das spürte er genau, der konnte ihnen helfen, der konnte sie befreien von der Schande!

Am Schluss sprang er auf, wie alle anderen, und applaudierte. Er wusste selber nicht so genau, warum.

»Hab ich's nicht gesagt«, brüllte ihm Hobelsberger begeistert ins Ohr, »hab ich's Ihnen nicht gesagt! Guter Mann, genau das, was wir brauchen. Der kann die Massen lenken, weiß genau, wie man's macht.«

Leider verließ Hitler nach der Rede schnell den Saal, abgeschirmt von der braunen Truppe. Hobelsberger war enttäuscht. »Hätte gern mal ein paar Worte mit ihm gesprochen. Schließlich habe ich eine nicht unbeträchtliche Summe gespendet.«

Sie bekamen dann doch noch einen Platz an einem Tisch mit der örtlichen NS-Prominenz. Ein Herr Hanfstängel, ein Freund Hitlers, den Hobelsberger schon seit längerem kannte, war anwesend, und auch ein Herr Röhm, ein wohl genährter Herr in SA-Uniform. Am Schluss war die Stimmung sehr aufgekratzt, man redete davon, dass die Machtübernahme unmittelbar bevorstehe, und Friedrich, der betrunken war, hatte einen Scheck für die »Bewegung« übergeben und weitere Unterstützung in Aussicht gestellt.

Er kam spät heim am Abend des nächsten Tages, keine Spur von Lene und Gretl, stattdessen stand Lisbeth oben an der großen Eichentreppe, die in die Eingangshalle führte.

»So spät«, quengelte sie, »so spät wieder. Wo warst du überhaupt? Warst du wieder bei deinen Weibern?«

Friedrich kannte diesen Ton und er hasste ihn, hasste auf einmal auch die dürre Gestalt in Spitzen und Rüschen. Eine Vogelscheuche, dachte er angewidert, eine richtige Vogelscheuche, auch wenn sie in Samt und Seide gehüllt ist. Als er an ihr vorbeiwollte, packte sie ihn am Ärmel. Er betrachtete für einen Moment ihre langen, rot lackierten Nägel, Krallen, die sich in sein Fleisch bohrten, dann schüttelte er sie ab. »Lass mich! Ich bin müde. Im Übrigen war ich in München, auf einer Parteiveranstaltung.«

»Du?« Der dünne Mund blieb für einen Moment offen stehen. »Du auf einer Parteiveranstaltung? Nie im Leben.«

»Dann glaub's eben nicht.« Er schob sich an ihr vorbei und ging zum Badezimmer. Hoffentlich folgte sie ihm nicht. Hoffentlich gab es nicht wieder ein Geklopfe an seiner Schlafzimmertür, hysterisches Geheule und Geschluchze: »Ich bring mich um …«

Aber es blieb ruhig. Erleichtert begann er sich auszuziehen. Plötzlich öffnete sich die Tür ganz langsam und er hielt für einen Moment den Atem an. Sie würde doch nicht zurückkommen! Aber es war sein Sohn, Louis-Friedrich, der Erbe, der Stammhalter, dünn und blass und zu schmächtig für seine bald sieben Jahre. Er blieb an der Tür stehen und sah ihn unverwandt an mit diesen blauen, wässrigen Augen, den Dederer-Augen. Auch alles andere an ihm ist farblos, er ist eben Lisbeths Sohn, dachte er in diesem Augenblick wieder erbittert. Und sie hätschelt ihn und füttert ihn ohne Unterlass mit Schokolade und überhäuft ihn mit Spielzeug, das Zimmer ist übervoll; und dann muss er wieder stundenlang an ihrem Bett sitzen, wenn sie ihre Zustände hat.

Der Junge ist verhunzt, richtig verhunzt. Wenn Gretl nicht wäre … Aber er dachte nicht weiter, fühlte nur tiefes Unbehagen bei diesem Blick aus den hellblauen Augen, denn er las den Vorwurf darin. Eigentlich müsste ich ihn in den Arm nehmen und ins Bett bringen, dachte Friedrich, er bettelt wie ein Hund. Aber stattdessen sagte er nur, um einen freundlichen Ton bemüht: »Es ist alles in Ordnung. Geh in dein Bett und versuche wieder zu schlafen. Du wirst dich sonst erkälten.« Die Tür wurde behutsam zugemacht und er hörte das leise Trippeln kleiner Füße auf dem Dielenboden.

Als Friedrich später im Bett lag, bemühte er sich krampfhaft, die bitteren Gedanken niederzukämpfen, vor allem seine Schuldgefühle und die Erinnerung an den Augenblick, als er den anderen gesehen hatte. Kurz nach seinem Einzug in die Villa hatte er ihn gesehen, er war übermütig vor seiner kleinen Schwester davongerannt, die ihn kreischend zu haschen suchte. Er hatte ganz oben an seinem Grundstück gestanden, dort ging der Weg nach Hofen vorbei, und da hatte er sie gesehen. Die Kleine sah aus wie Marie und der Junge – kein Zweifel, wer das war! Ein richtiger Weckerlin war das, ein starkes, schönes Kind, sein Sohn! Er hatte ihn seither immer wieder aus der Ferne beobachtet, hatte auf seine Stimme gelauscht und eine Sehnsucht dabei gespürt, die er fast nicht mehr zu unterdrücken vermochte. Aber es war falsch, es war schlecht, es war Sünde, denn er hatte doch einen Sohn, Lisbeths Sohn, den er nicht lieben konnte.

41

Richard hat noch eine Flasche Wein geöffnet und jetzt sitzen sie alle im Wohnzimmer, in den tiefen, bequemen Sesseln, müde vom guten Essen, dem Kirschwasser und dem Spätburgunder. Gretl ist eingeschlafen, sie schnarcht ein bisschen und an ihrem Kinn läuft ein feiner Speichelfaden herunter. Fritz hat sich dicht neben Anna auf das Sofa gesetzt und den Arm um sie gelegt. Anna weiß nicht, ob sie das mag, diese Geste hat etwas Besitzergreifendes. Trotzdem, seine Wärme tut mir gut, denkt sie wohlig und fängt an sich zu entspannen. Christine, deren flinker Blick sie immer wieder verstohlen streift, hat die Fotoalben herausgeholt, denn Anna hat darum gebeten.

Da ist noch einmal das »Heidelbeerbild«, wie sie es nennt, und dort das Hochzeitsbild von Friedrich und Lisbeth. Dann gibt es viele Bilder mit diesem kleinen, blassen unglücklichen Jungen, diesem Louis-Friedrich, mit dem es wohl kein gutes Ende genommen hat. Sie hat heute Nachmittag die Daten auf dem Grabstein gelesen, er ist jung gestorben, gerade mal vierundzwanzig Jahre alt. Auf seinem Konfirmationsbild steht er zwischen Vater und Mutter. Er sieht tatsächlich Lisbeth ähnlich, dieser schmale Junge, dessen weicher Mund zu einem krampfhaften Lächeln verzerrt ist, als bemühe er sich mit aller Kraft, das zu tun, was man von ihm erwartet. Lisbeth scheint sich förmlich an den Jungen zu pressen, der neben ihr steht und sein Gebetbuch umklammert hält. Ihre

Augen verschwinden unter der breiten Krempe des modischen Hutes, nur die Lippen sind zu sehen, dünne, zusammengekniffene Lippen, die sich nicht einmal die Andeutung eines Lächelns abringen können. Auf der anderen Seite des Bildes ist Friedrich zu sehen. Hoch aufgerichtet, seine Linke hat er auf die Schulter des Sohnes gelegt und je länger Anna das Bild betrachtet, desto mehr scheint es ihr, als drehe sich der Junge von ihm weg, als wolle er sich diesem Griff des Vaters entziehen. Er sieht immer noch gut aus, dieser Friedrich Weckerlin, denkt sie bewundernd, ein stattlicher Mann mit seinen vierzig Jahren. Er hat zugenommen, aber er ist nicht dick, eher muskulös, der breite Brustkorb scheint das elegante, zweireihige Jackett fast zu sprengen. Man spürt die ungebärdige Kraft, die er ausstrahlt, eine Kraft, die Lisbeth und ihren Sohn förmlich zu erdrücken scheint. Ein Wort fällt ihr plötzlich ein: »Damenmann«, irgendein Dichter hat mal davon geschrieben, ihr fällt nur nicht ein, welcher. Aber es passt.

»Auf dem Höhepunkt seiner Existenz, reicher als je zuvor.« Richard setzt sich neben sie, auf die andere Seite des Sofas. »Das Deutsche Reich hat aufgerüstet, führt nun Krieg und Herr Direktor Weckerlin liefert Grubenholz, Bauholz, Eisenbahnschwellen, was man eben so braucht. Und sie siegen, die Deutschen mit ihrem Führer, und Friedrich Weckerlin siegt mit. Der mächtigste Mann im Dorf. Der alte Zinser hat abgedankt. Über den lacht man nur, wenn er am Geburtstag des Kaisers die alte Reichsfahne hisst, und die Ortsnazis giften, man müsse jetzt endlich einmal etwas gegen diesen alten Querulanten unternehmen. Aber richtig trauen tut sich keiner. Der alte König ist ein Narr geworden, es lebe der neue, junge, dynamische König!«

»War es schlimm in Grunbach, zur Nazizeit, meine ich?«,

fragt Anna, die bis jetzt nur im Geschichtsunterricht mit Hitler und Konsorten zu tun hatte. »Es hat doch sicher auch Leute gegeben, die Hitler kritisch gesehen haben und die auch Friedrichs Verhalten nicht gut, vielleicht sogar abstoßend fanden. Und Johannes – ich mag gar nicht daran denken. Bisher schreibt er fast nichts drüber, bleibt merkwürdig stumm.«

»Es war in Grunbach wie überall. Vor '33 gab es eine kleine Gruppe fanatisch Überzeugter. Bereits vor der Machtergreifung hatten sie hier sogar eine Hitlerjugend! Du darfst nicht vergessen, wie verzweifelt die Leute damals waren. Der halbe Ort war arbeitslos, viele haben den Versprechungen der Nazis geglaubt. Ja, und nach '33 – jede Menge Mitläufer, Opportunisten und Leute, die einfach Angst hatten. Und überall Hakenkreuzfahnen und Spruchbänder, Propaganda, Maiumzüge und Kinovorstellungen in der neuen Turnhalle – Brot und Spiele eben. Und dazwischen der ganz gewöhnliche Terror. Lastwagen fuhren vor, zehn SA-Männer saßen oben, unter dem offenen Verdeck. Die Sturmmützen waren festgeschnallt, in der Hand hielten sie die Gewehre mit aufgepflanztem Bajonett. Dann energisches Klopfen an der Tür, manchmal wird sie sogar eingetreten, wenn nicht rasch genug geöffnet wird. Hausdurchsuchung, alles wird herausgerissen, Leibwäsche, Bettwäsche, Geschirr. Matratzen werden aufgeschlitzt, nicht einmal das Spielzeug der Kinder, das kümmerlich genug war, haben sie in Ruhe gelassen.«

»Was haben sie denn gesucht?« Reichlich naive Frage, denkt Anna im selben Moment.

»Nun, Waffen, Munition, Flugblätter, ausländische Propaganda, wie man es nannte. Die Sache mit dem Dynamit war nicht vergessen. Und die Kommunisten hatte man fest im Visier. Die waren ja bekannt in Grunbach. Die SA ist nicht nur einmal gekommen. Immer wieder standen sie da, bewaffnet und feindselig, verwüsteten die Wohnungen, das muss richtig zermürbend gewesen sein! Die Älteren im Ort können sich heute noch daran erinnern, wie man die Männer in die so genannte ›Schutzhaft‹ fortgeschleppt hat. Es gibt Geschichten, wie sich manche am Türstock festgehalten haben und Frau und Kinder sich heulend und schreiend an sie klammerten. Ich weiß das so genau, weil es mir Johannes erzählt hat.«

Anna fällt spontan die Szene ein, als Johannes wegen des Dynamits geholt wurde. Aber von den Nazischikanen hat sie noch nichts gelesen. »Ist Johannes öfter verhaftet worden?«, fragt sie.

»Gott sei Dank immer nur für wenige Tage. Schlimm genug, selbst im Alter konnte er kaum darüber reden.«

»Hat man jemals etwas gefunden bei ihnen?«

»Ich glaube nicht. Es waren gewitzte Burschen. Zudem, viel gab es nicht zu verstecken. Ein paar Flugblätter, die auf abenteuerlichen Wegen zu ihnen gekommen waren, einige Bücher. Die Kommunistische Partei war zerschlagen und verboten. Außerdem hat die Solidarität des Dorfes auch eine Rolle gespielt. Bis auf die ganz Fanatischen hat man doch zueinander gestanden, hat sich vor allem als Grunbacher gefühlt. Sie wurden häufig vorgewarnt, am Rathaus seien wieder welche vorgefahren, man solle aufpassen. Gleich kämen sie vorbei und Ähnliches. Einige hörten auch so genannte Feindsender, vor allem BBC. Und dann ging das Gerücht um, Johannes habe jemanden versteckt. Unten im Keller, zwischen Kartoffeln, Sauerkraut und Maries eingemachten Bohnen. Aber es ist nie richtig herausgekommen, ob was dran gewesen ist. Auch Gretl weiß nichts davon – vielleicht hat er etwas darüber aufgeschrieben.«

Anna nickt und wirft einen Blick auf die schlafende Gretl. Die letzten Kapitel liegen noch vor ihr. Gedankenverloren blättert sie im Fotoalbum, dem letzten, das Christine gebracht hat. Friedrich, immer wieder Friedrich. Friedrich im Jagdanzug, vor dem Auto, im Smoking, ganz elegant, mit dem Sektglas in der Hand. Irgendwo in Baden-Baden wahrscheinlich. Später sei er auch viel an die Riviera gereist. Manchmal ist eine Frau mit auf dem Bild, hält sich zwar dezent im Hintergrund, scheint aber doch irgendwie dazuzugehören. Schöne Frauen, in teuren Kleidern, mit Schmuck, sogar mit Diademen im Haar.

Und Lisbeth? Es gibt auch Bilder von ihr, meistens mit Louis-Friedrich. Sohn und Mutter, im Garten der Villa sitzend oder ein paarmal auch an ferneren exotischen Orten mit Palmen und Meer. Aber es ist immer das Gleiche: Sie wirken seltsam farblos, blass, wie Puppen sehen sie aus, als hätte sie jemand angezogen und herausgeputzt und es ist gar kein Leben in ihnen. Anfangs ist Lisbeth so glücklich gewesen, mit Friedrich verheiratet zu sein. Am Ende aber scheint die Ehe nur noch eine Hülse gewesen zu sein.

Ich muss Richard unbedingt nach diesem Jungen fragen, nach Louis-Friedrich. Warum er so jung gestorben ist. Und was ist eigentlich aus Lisbeth geworden? Die Fragen nehmen kein Ende, denkt Anna.

Lisbeth sei ebenfalls früh verstorben, nur drei Jahre nach dem Tod ihres Sohnes, hat ihr Gretl erzählt. In Meran, während einer Kur. Sie sei nach Louis-Friedrichs Tod nur noch unterwegs gewesen, von Sanatorium zu Sanatorium habe sie sich geschleppt und dann sei plötzlich der Tod gekommen. Sie habe ganz ruhig auf der Veranda des Hotels gesessen, eingepackt in Decken, weil sie in der letzten Zeit ständig gefroren hatte. Die Krankenschwester habe später Friedrich erzählt, dass sie auf einmal ganz glücklich ausgesehen habe. Die Etsch sei an ihr vorbeigerauscht und sie habe auf einmal gemeint, das sei die Enz im Frühling. »Und da kommt mein Junge«, habe sie gesagt, »mein Stolz. Ein richtiger Dederer ist das, er wirkt schwach, aber er hat doch viel Kraft, der wird einmal alles erben, er allein.« Und dann ist sie eingeschlafen, mit einem Lächeln auf den Lippen.

Plötzlich fällt Anna wieder ein, was sie in Johannes' Aufzeichnungen gelesen hat. Lisbeth, die Körbe geschickt hatte, Körbe mit Brot, Butter, Schinken – Dinge, die den Weckerlins beim Überleben geholfen hatten. Arme Lisbeth, schlecht ist es ihr vergolten worden.

Noch etwas anderes fällt ihr auf. In diesem letzten Album sind einige Fotos dabei, die Männer in Naziuniformen zeigen, einige Bilder scheinen auch ziemlich rüde herausgerissen worden zu sein. »Wer ist das?«, will sie von Richard wissen. Ein Gesicht taucht nämlich mehrere Male auf.

Richard, der ganz gedankenverloren ist, schreckt hoch und setzt sich die Lesebrille auf. »Das da ist oder vielmehr war Wilhelm Murr, Gauleiter und Reichsstatthalter für Württemberg. Er hatte eine Jagd oben am Eiberg, ein Riesengebiet, bis hinunter ins Eyachtal ging die Stadtjagd. Er war oft zu Gast bei Friedrich. Es gab dann immer Empfänge in der Villa Weckerlin oder man hat sich zum Essen in einer Gaststätte getroffen. Der Murr, das war ein ganz besonderer und doch auch wieder typischer Fall.« Richard gießt sich noch etwas von dem badischen Spätburgunder ein und lächelt versonnen in das Glas. »Viele Leute hier haben ihn verachtet. Er hat gar keinen Jagdschein gehabt und hat sich offensichtlich auch sehr dilettantisch verhalten. Ein Angeber halt, insofern ein typischer Nazi – eigentlich ein kleines Licht, von unten gekommen und sich im neuen Ruhm sonnend. Von der

Jagd hat er keine Ahnung gehabt. Manchmal haben ihn die örtlichen Förster, die schon ihren eigenen Korpsgeist hatten, regelrecht vorgeführt! Der Murr saß beispielsweise stundenlang auf dem Hochsitz, um einen bestimmten Hirsch zu schießen, und die Förster haben sich einen Spaß gemacht, den zu verjagen und am nächsten Tag selber zu schießen. Wenn er es gemerkt hat, hat er ihnen gedroht. Aber es ist nie etwas Ernstes passiert. Was ist, Mädchen?«, fragt er besorgt, als ihr Kopf immer weiter nach rechts fällt, fast auf Fritz' Schulter. »Zu viele Bilder, zu viele Geschichten?«

»Zu viel von deinem Wein ... und dem Kirschwasser«, lächelt sie schlaftrunken. »Von allem etwas zu viel!« Sie lässt sich für einige Augenblicke fallen und genießt das Gefühl, wieder die Wärme eines anderen Menschen zu spüren. Fritz' Wärme. Dann aber richtet sie sich energisch auf. »So, und jetzt müssen wir Gretl wecken. Sie gehört ins Bett und wir auch! Morgen will ich weiterlesen, die letzten Kapitel, obwohl ich mich insgeheim etwas davor fürchte. Sie werden wohl nicht besonders schön.«

»Da hast du sicher Recht.« Christine blickt düster vor sich hin. »Kein Kapitel unserer Familiengeschichte, auf das wir stolz sein können. Dass sich Onkel Friedrich mit diesen Verbrechern eingelassen und für sie rauschende Empfänge gegeben hat ...«

»... und dabei sehr viel Geld verdient hat!«, fällt Fritz ein, der bisher schweigend zugehört hat. Darauf sagt niemand etwas. Selbst Richard scheint auf einmal ungewöhnlich ernst zu sein und starrt durch die Terrassentür hinaus in eine schwarze Nacht, die in der Zwischenzeit alle Konturen ausgelöscht hat.

Ob er sich an seine eigene Geschichte erinnert? Die letzten Kapitel werden aufgeschlagen und sie wird jetzt erfahren, was es mit seiner Herkunft auf sich hat. Anna hat eine sehr konkrete Ahnung, aber sie will es ganz genau wissen.

»Was ist übrigens aus diesem Murr geworden?«, fragt sie noch im Aufstehen. Christine hat in der Zwischenzeit begonnen, sanft Gretl wachzurütteln.

»Hat Selbstmord begangen, zusammen mit seiner Frau. Kurz vorher hat sich übrigens sein einziger Sohn umgebracht, warum, weiß man nicht genau, oder, Papa?« Fritz richtet den Blick fragend auf Richard, der langsam wieder in die Gegenwart eintaucht.

»Nein, Genaueres weiß man nicht. Aber dass der Murr bis zuletzt ein überzeugter Nazi gewesen ist, das weiß man. Die Wildbader wollten von ihm den Status einer unverteidigten Lazarettstadt erhalten, das hätte sie vor Bombardierungen bewahrt. Aber er hat abgelehnt. Ist dann im April '45 aus Stuttgart geflohen und hat sich nach seiner Verhaftung durch französische Soldaten umgebracht. Man könnte sagen, wenigstens in dem Fall hat es so etwas wie eine ausgleichende Gerechtigkeit gegeben. Andererseits, was heißt das schon? Wie viele Menschenleben wiegt das auf? Und wie viele sind durchgekommen und haben mit gutem Gewissen weitergelebt?«

»Auch Friedrich«, kann sich Anna nicht verkneifen zu sagen.

»Leider ja.« Christine seufzt. »Ein reines Gewissen hat er allerdings nicht gehabt. Spätestens bei Ausbruch des Krieges hat er gemerkt, auf wen er sich da eingelassen hat. Großmutter Emma hat oft davon gesprochen.«

Ach, Emma! Das ist noch so ein interessanter Punkt, denkt Anna und ist auf einmal wieder wacher. »Wie hat sie sich denn zu Friedrich gestellt, nachdem klar wurde, dass er die Nazis unterstützt?«

»Da ist zunächst ein tiefer Riss durch die Familien gegangen. Die Löwensteins waren außer sich, und vor allem natürlich Emma, denn nach '33 hat Friedrich sich nicht mehr damit herausreden können, die Ausfälle gegen die jüdische Bevölkerung seien nur Propagandagetöse. Aber letztlich hat er Emma und seiner Nichte helfen können! Das wiegt doch auch etwas.«

»Vielen anderen allerdings nicht. ›Wer mit dem Teufel isst, braucht einen langen Löffel‹, hat Johannes immer gesagt.« Richards Stimme klingt böse und auch traurig. »Erst viel später hat er das eingesehen. Viel zu spät. Zu spät für Guste Mühlbeck und Gustav Mössinger, dem Chinesle, und viele andere. Aber was rede ich, meine eigene Familie war nicht besser, eher noch schlimmer, weil sie von dieser Naziideologie tief überzeugt war.«

Schluss jetzt, denkt Anna erschöpft. Es reicht für heute. Morgen früh schlage ich diese letzten Kapitel auf.

Die Verabschiedung ist etwas abrupt, sie hat das Gefühl, dass die Caspars enttäuscht sind, aber vielleicht bildet sie sich das auch nur ein. Wahrscheinlich sind alle müde und sentimental. Gemeinsam mit Fritz bringt sie Gretl in ihr Schlafzimmer. Die alte Dame macht einen mitgenommenen Eindruck, aber nachdem sie ihr Schuhe und Jacke ausgezogen und die Decke über sie gebreitet haben, scheint sie tief und fest zu schlafen. Unten im Flur hält Fritz sie fest: »Und wie geht es jetzt weiter?«

Für einen Moment denkt Anna, dass es ganz verlockend wäre, ihn mit hinaufzunehmen in die kleine Kammer – durch die geöffneten Fenster strömt die würzige Luft, die sie schon am ersten Abend als so wohltuend empfunden hat. Eine balsamische Maiennacht, wie Eichendorff sagen würde, mit »Nachtigallen … und Mond und Sternen über dem Garten eine gute, schöne Nacht«. Nicht mehr an Marie denken und die Schatten der Vergangenheit, sich für eine Weile ganz fallen zu lassen in ein kurzes, aber zeitloses Glück.

Aber das geht nicht so einfach! Sie nimmt Fritz' Hände und flüstert: »Lass mir noch ein bisschen Zeit. Ich muss erst wissen, in welchem Drehbuch wir sind. Ob es wirklich unser eigenes ist. Oder ob wir uns nur von den alten Geschichten anstecken lassen … Ich hab einfach im Moment den Kopf nicht frei, verstehst du?«

Fritz zieht sie schweigend in seine Arme. Für eine Weile verharren sie so. Aus der rechten Tür dringt leise das rhythmische Schnarchen von Gretl.

»Und du willst in ein paar Tagen wirklich zurück nach Berlin?«

»Ich muss, Fritz. Ich muss einiges klären und erledigen. Außerdem«, sie lächelt, »ist der Weg nach Berlin selbst vom Schwarzwald aus gesehen nicht mehr so weit! Flugzeug, ICE, Auto – keine Postkutsche.«

»So wie unser Märchenheld aus dem ›Taugenichts‹ würde ich garantiert nicht auftauchen. Ich bin stockunmusikalisch! Nichts mit Geige und Liedern.«

»Schade eigentlich!«, kichert Anna verschmitzt. Jetzt müssen sie beide lachen.

Später bleibt Anna noch lange am offenen Fenster stehen. In der Zwischenzeit ist wirklich der Mond aufgezogen, ein richtig schöner Halbmond. Früher, als Kind, hat sie immer die Konturen eines Gesichts darin gesehen. Der Mann im Mond! Er lässt den gezackten Bergkamm schwärzlich gegen die samtblaue Nacht hervortreten.

Im Sommer müsste ich wiederkommen, denkt Anna. Ich muss unbedingt einen solchen Beerensommer erleben, muss fühlen, schmecken, riechen … Den Wald im Sommer sehen.

Seltsam, so viele Fotos hat sie heute Abend gesehen, alle Personen darauf sind, bis auf wenige Ausnahmen, schon längst tot. Und alle ihre Träume und Hoffnungen mit ihnen. Nur diese Sommer sind geblieben, denkt sie. Der Wald, der Katzenbuckel, und in ihnen klingt etwas nach vom Vergangenen, wie ein ganz leises, aber unzerstörbares Echo.

42

Johannes blieb für einen Moment stehen und wischte sich den Schweiß von der Stirn. Es war ungewöhnlich heiß in diesem September 1938. Außerdem war er viel zu schnell gelaufen. Die Lunge machte ihm seit einiger Zeit wieder Schwierigkeiten, er hatte Mühe beim Atmen und spürte immer häufiger diesen vertrauten stechenden Schmerz. Die Arbeit in der Gießerei forderte ihren Tribut! Er betrachtete für einen Moment geistesabwesend die dunkelgrünen Fichten links und rechts des Weges, hinter denen sich das undurchdringliche Dunkel des Waldes ausbreitete. In der Luft hing dieser unverkennbare, süßlich-erdige Geruch, der Geruch aller Beerensommer.

Was für ein Unterschied zur großen Werkshalle beim Tournier, die erfüllt war vom beißenden Qualm, dazwischen zuckte der grelle Feuerschein der Metallöfen und über allem hing der Gestank rauchenden Öls. Die Hitze war mörderisch, ganz anders als die Hitze des Sommers im Wald, wo man frei atmen konnte und wo ab und an ein kühlender Lufthauch den Schweiß trocknete. Dort in der Werkshalle saß die Glut in allen Poren des Körpers, eine Glut, die einem den Atem nahm, und trotzdem musste man arbeiten, das flüssige, rotglühende Metall in die Formen leiten, in stumpfsinniger Monotonie stets die gleichen Handgriffe verrichten.

Er atmete noch einmal tief durch. Warum sich beklagen, er hatte Arbeit, er konnte seine Familie ernähren, was wollte er mehr? Kein Gedanke mehr an vergangene Träume. Langsamer setzte er seinen Weg fort. Das Herz schlug immer noch unregelmäßig und er bemühte sich, gleichmäßig Luft zu holen. Er war viel zu schnell gelaufen vorhin. Aber er hatte weggewollt, so schnell wie möglich, weg von diesen Augen, weg vom vorwurfsvollen Blick Maries und der Empörung Annas; seiner kleinen Anna, die ihm ihren Zorn entgegengeschleudert hatte: »Warum schlägst du Georg? Immer schlägst du ihn!«

Sie hatte Recht. Er schlug den Jungen viel zu oft. Immer wieder nahm er sich vor, ruhig zu bleiben. Nachts, wenn er neben Marie lag und ihr mühsam unterdrücktes Schluchzen bemerkte, schwor er sich, es nie wieder zu tun. »Ich verstehe ja, dass du ihn nicht richtig lieben kannst. Aber bestrafe ihn nicht immer so hart, er kann doch nichts dafür!«

Er nahm es sich immer wieder vor, er war voll guten Willens! Aber dann traf ihn dieser Blick aus den braunen Augen, dann sah er diesen Ausdruck, den er kannte, diesen Stolz, diesen Hochmut, auch ihm gegenüber, dem Vater. Früher, als kleines Kind, hatte Georg ihn noch bedingungslos geliebt. Doch nun verachtete er ihn, weil er schwach war, weil er prügelte, genau wie damals die Lehrer an der Schule, Caspar und die anderen.

Er ist ganz Friedrichs Sohn, dachte Johannes erbittert. Und ich komme nicht darüber hinweg. Je älter er wird, desto ähnlicher wird er ihm! Ich muss mir nichts vormachen. Es ist nicht der Hochmutsteufel, den ich ihm austreiben will, wie ich zu Marie immer sage. Zumindest stimmt das nur zu einem Teil. Es ist Eifersucht, schlicht und einfach Eifersucht. Ich komme nicht darüber hinweg, dass er Friedrichs Sohn ist. Ich komme nicht darüber hinweg, dass Marie ihn so liebt, in ihm vielleicht Friedrich liebt. Dabei könnte ich so stolz auf ihn sein! So ein hübscher Junge, sagen die Leute, und so klug. Er war der beste Schüler an der Oberschule in Wildbad. »Wir schicken ihn auf die höhere Schule«, hatte er damals zu Marie gesagt, als Georg stolz das Zeugnis der vierten Klasse Volksschule heimgebracht hatte. »Wir schicken ihn dahin, koste es, was es wolle. Und wenn ich Tag und Nacht arbeiten muss.«

Das zumindest konnte er für sich in Anspruch nehmen: Er sorgte für den Jungen, wie er für seine leibliche Tochter sorgte. Da machte er keine Unterschiede. Aber er konnte ihn nicht lieben. Und irgendwann hatte Georg wohl auch aufgehört ihn zu lieben. Er erinnerte sich noch an den kleinen Burschen, wie er auf ihn zugestürzt war, wenn er von der Arbeit kam, hörte ihn »Papa, Papa« rufen und er sah den leuchtenden Blick, wenn er mit Anna bei ihm saß und er ihnen Geschichten erzählte, stundenlang Geschichten erzählte. Aber er erinnerte sich auch an die stumme Frage in diesen Augen, wenn er sich nach einer flüchtigen Liebkosung hastig wegdrehte und die kleine Anna auf den Arm nahm und sie an sich drückte – sein eigen Fleisch und Blut. Und irgendwann war die Frage in Georgs Blick erloschen, hatte einem ratlosen Schmerz Platz gemacht und jetzt zeigte dieser Blick nur noch Gleichgültigkeit und Verachtung.

Aber das Schlimmste war, dass nun auch Anna zu fragen begann: »Warum bist du so abweisend zu Georg, warum schlägst du ihn so oft?« Und bald würde Anna ihn ebenfalls verachten und er konnte nichts dagegen tun, weil er nicht ankam gegen diesen tiefen, bohrenden Schmerz, der seit Maries Betrug in ihm saß und den er gegen Georg richtete.

Lene hatte Recht. Vor ein paar Tagen hatten sie abends zusammengesessen auf der Bank unter dem Zwetschgenbaum, es war einer dieser warmen Sommerabende gewesen, an denen die Zeit stillzustehen schien. Gretl und Lene waren herübergekommen von der Villa. Friedrich sei in Stuttgart, irgendein offizielles Essen, und Lisbeth sei mit Louis-Friedrich nach Wildbad gefahren, eine ehemalige Schulfreundin besuchen. Er hatte gehört, wie Gretl es leise Marie erzählt hatte, denn ihm gegenüber erwähnte sie nie etwas von dem, was im »Protzpalast« passierte, wie er ihn nannte. Sie kamen oft auf ein Schwätzchen herüber, jubelnd begrüßt von den Kindern, denen sie immer eine Leckerei mitbrachten. Auch das hatte er erst nicht dulden wollen – »von da drüben nehmen wir nichts« –, aber Lene und Gretl hatten kategorisch erklärt, die Geschenke seien von ihnen und hatten sich weiter nicht darum geschert. So hatte er sich grollend gefügt, auch weil er die Freude der Kinder sah.

Es war ein gemütliches Zusammensein gewesen, er hatte einen Krug Most geholt, als plötzlich vom unteren Teil des Gartens, wo die langen Reihen der Bohnenstangen standen, Geheul ertönte. Anna schien sich wehgetan zu haben. Kurz vorher hatte sie ihren großen Bruder, der etwas abseits gesessen und gelesen hatte, so lange gehänselt, bis Georg aufgesprungen war, um sie zu fangen. Mitten in das Bohnenbeet, in die dichten Ranken der Bohnen war sie kreischend vor Vergnügen gerannt und dann hatte sie sich offensichtlich an einer der Stangen verletzt, jedenfalls kam sie mit einem stark blutenden Handrücken zur Mutter, gefolgt von Georg, der sie zu trösten versuchte. Marie wollte schnell aufspringen, um ein Pflaster zu holen, aber er kam ihr zuvor. Fühlte wieder diese wahnsinnige Wut, die er nicht zügeln konnte, und verpasste Georg eine Ohrfeige. Anna hatte wütend aufgeschrien: »Warum tust du das? Ich bin doch ganz alleine schuld!« Und Marie war auf ihren Platz zurückgesunken, mit diesem seltsam erloschenen Blick. Und Georg – er hatte sich abgewandt, sein Buch genommen und war schweigend hinaufgegangen in sein Zimmer, gefolgt von Anna.

In diesem Moment hatte er alleine dagestanden. Selbst Gretl und Lene schienen von ihm wegzurücken, und er spürte ihre strenge, wortlose Verurteilung. Er schämte sich, schämte sich so sehr. Aber diese Scham drang nicht nach außen und fand keine Worte. Ich müsste ihm nachgehen, einmal müsste ich ihm nachgehen und ihn in den Arm nehmen, hatte er gedacht. Nur einmal, dann wird alles wieder gut! Aber er konnte es nicht.

Da hatte sich auf einmal Lene erhoben. »Besser, wir machen uns auf«, hatte sie zu ihrer Tochter gesagt. Und zu Johannes gewandt: »Ich kenne dich schon so lange und manchmal kann ich gar nicht glauben, wie sehr du dich verändert hast. Bist doch ein strammer Kommunist geworden, das behauptest du jedenfalls. Ich bin nur eine ungebildete Frau, aber so viel weiß ich, dass die Kommunisten das Eigentum ablehnen. Warum behandelst du dann deine Frau und deinen Sohn, als ob sie dein Besitz wären? Diese Frage musst du mir einmal beantworten, Johannes Helmbrecht!«

Und dann war sie gegangen, Lene Haag mit schon leicht gekrümmtem Rücken. Das goldblonde Haar war grau geworden und ihr Gesicht etwas aufgeschwemmt, dennoch konnte man immer noch die Spuren ihrer einstigen Schönheit erkennen.

Und sie hatte Recht gehabt!

Johannes packte den Henkel des Eimers, den er bei sich trug, so fest, dass der Holzgriff schmerzhaft in seine Handfläche drückte. Er hatte sich vorgenommen, ihre Worte zu beherzigen. Was war aus ihm geworden – ein engherziger, prügelnder Spießer! Es sollte anders werden, das hatte er sich in jener Nacht geschworen, als Marie wieder leise in das Kissen geschluchzt hatte.

Und jetzt war es heute Vormittag wieder passiert! Georg wollte ihn provozieren, das war ihm schon lange klar. Zeigte seine Verachtung und seine Stärke, indem er ihn herausforderte. Ein junger Mensch an der Schwelle zum Erwachsenwerden, den prügelte man nicht mehr einfach so, der wehrte sich, vor allem, wenn er Friedrichs Sohn war! Und Georg kannte den einen Punkt ganz genau, an dem Johannes zu treffen war. Es hatte in der Vergangenheit immer wieder Diskussionen darüber gegeben, ob Georg zum Jungvolk durfte. Johannes hatte es strikt untersagt. Aber alle anderen gingen dahin, man sei ein Außenseiter, wenn man nicht dabei war, hatte der Junge immer wieder fast weinend erklärt. »Und der Lehrer Vöhringer gibt denen schlechtere Noten, die nicht dabei sind. Einfach so.«

Johannes hatte es trotzdem strikt verboten: »Mein Sohn geht nicht zu dieser braunen Bagage, und damit basta!«

Er hatte allerdings ein paarmal den Verdacht gehabt, dass Georg, gedeckt von Marie, trotzdem ab und an heimlich zu den Treffen gegangen war.

Und nun war er heute Morgen in die Küche gekommen und hatte mit fester Stimme erklärt, er gehe ab jetzt regelmäßig zum Treffen des Fähnleins, das immer am Sonntagmorgen stattfinden würde. Johannes hatte seinen Ohren und mehr noch seinen Augen nicht getraut. Denn Georg trug die Uniform der Hitlerjugend! Er hatte sich langsam vom Küchentisch erhoben. »Wo hast du das Zeug her?«, fragte er, ohne auf Georgs Erklärung direkt zu antworten.

»Spende«, erwiderte der prompt. »Der Herr Direktor Weckerlin hat der Grunbacher Hitlerjugend eine größere Spende gemacht, damit die, die den monatlichen Beitrag und die

Uniform nicht zahlen können, trotzdem in der Lage sind, mitzumachen. Es ist eine Spende, vom Herrn Weckerlin«, hatte er noch einmal mit Nachdruck hinzugefügt. »Dich kostet das keinen Pfennig!«

Das war zu viel für Johannes gewesen. Und wieder hatte er zugeschlagen, mitten hinein in dieses stolze, schöne, vertraute Gesicht.

Für einen Moment blieb Johannes stehen und versuchte wieder das unruhig schlagende Herz zu beruhigen. Er hatte noch Maries Schrei im Ohr und Annas gellenden Ruf: »Warum schlägst du ihn immer? Er tut doch nur das, was alle anderen tun!«

Blut war an seiner Hand gewesen, Georgs Blut an seiner Hand! Der Junge hatte aus der Nase geblutet, das hatte er noch gesehen, dann war er hinausgestürzt, hatte draußen den Eimer gepackt, ohne richtig zu wissen, warum.

In die Beeren gehen, als Rechtfertigung für meine Flucht, dachte er jetzt. In die Beeren gehen, wie an allen Tagen des Sommers, aber jetzt ist es bloß ein Davonlaufen. Verdrossen sah er auf die andere Seite des Tales. Drüben auf der höchsten Stelle des Kälblings wehte die Hakenkreuzfahne, an einer allein stehenden, hoch aufragenden Fichte befestigt. Nicht einmal hier hatte man Ruhe vor dieser Brut, dachte er mürrisch. Sogar den Wald besudeln sie mit diesem Fetzen.

Oben am Katzenbuckel angekommen, machte er aufatmend Halt, das schnelle Pochen seines Herzschlages war langsamer und regelmäßiger geworden. Er sah die wilden Ranken der Brombeeren, dazwischen blitzte es verheißungsvoll auf: schwarze, pralle Früchte, vielleicht hatte er bis zum Nachmittag den Eimer gefüllt. Zum Verkaufen würde es nicht reichen, aber Marie konnte Brombeermarmelade kochen. Er sah den Topf mit dem rötlich schwarzen Beerenbrei förmlich vor sich, süßlich-aromatisch hing der Duft in der Küche und die Kinder saßen erwartungsvoll am Tisch, jedes mit einem Stück Butterbrot vor sich. Die Mutter würde nachher ein kleines Schälchen extra für sie füllen, bevor die Marmelade in die sorgfältig ausgespülten Gläser kam. Diese erste Kostprobe war immer die beste, darin waren sich die beiden einig, der ganze Duft des Sommers sei noch darin, sagten sie immer. Die Kinder … – lieber nicht daran denken, vor allem nicht an Georgs Gesicht und diesen Blick.

Er ging entschlossen weiter, blieb aber überrascht stehen. Vor kurzem hatte man oberhalb der Auwiese eine Bank aufgestellt, von der aus man einen weiten Blick über die Höhenzüge des Schwarzwalds hatte. Jetzt saß darauf eine Frau. Auf den ersten Blick hatte er gedacht, es sei Marie, und für diesen winzigen Bruchteil schien die Zeit aufgehoben! Aber dann sah er, dass die Frau hellere Haare hatte, die modisch kürzer geschnitten und in Wellen um ihren Kopf gelegt waren, wie es jetzt wohl Mode war. Sie trug ein helles Sommerkleid aus einem weichen, fließenden Stoff, das sehr elegant wirkte. Sie saß fast unbeweglich da und er überlegte schon, wie er an ihr vorbeigehen sollte, ohne sie zu erschrecken, aber sie schien etwas gehört zu haben, denn ruckartig drehte sie den Kopf herum. Er erkannte sie sofort. Es war Emma, Emma Weckerlin oder vielmehr Löwenstein, wie sie jetzt hieß.

Sie sprang auf und ging rasch ein paar Schritte auf ihn zu.

»Johannes! Du bist es. Aber das hätte ich mir ja denken können. Wie schön!« Sie blieb stehen. Johannes wusste, warum. Sie wusste nicht, wie er sich verhalten würde. Seit dem Bruch mit Friedrich hatten sie sich ein paarmal getroffen und sie hatte ohne Erfolg versucht, eine Versöhnung herbeizuführen. Dann aber hatten sie sich nur noch gelegentlich auf der Straße gesehen und schließlich war der Kontakt ganz abgerissen. Friedrich war immerhin ihr Bruder. Fünfzehn lange Jahre ist das her, dachte er plötzlich ganz wehmütig. Fünfzehn Jahre – und er sah sie vor sich, wie sie damals in der Küche der Weckerlins gestanden und ihn trotzig angeschaut hatte: »Sie hat dich gar nicht verdient, Johannes!«

Aus dem Zopfmädchen von damals war eine Frau geworden, eine hübsche, anmutige Frau, die ihn fragend und etwas beklommen ansah. Er streckte ihr die Rechte entgegen und sagte mit fester Stimme: »Grüß Gott, Emma! Ich freue mich, dich zu sehen.«

Sie schien sichtbar erleichtert, denn sie trat die letzten Schritte schnell auf ihn zu und drückte ihm geradezu überschwänglich die Hand. »Ich bin so froh, dass du mir nichts nachträgst. Wir haben seit der dummen Geschichte nie mehr richtig miteinander gesprochen.«

Die dumme Geschichte – Johannes konnte ein sarkastisches Lächeln nicht unterdrücken. Das war typisch Emma. Aber er mochte sie, trotz allem, was passiert war. Sie war damals ein junges, unbedarftes Ding gewesen. Etwas vom Schalk, vom Übermut, der so charakteristisch für sie gewesen war, blitzte jetzt wieder in ihren Augen auf: »Johannes auf Beerensuche am Katzenbuckel, ganz wie in alten Zeiten. Wie ich mich freue!«

Es klang warm und herzlich und sie meinte es wohl auch so, trotzdem spürte Johannes einen feinen Stich. Johannes auf Beerensuche, der gute alte Johannes … Aber er bezwang dieses Gefühl und erkundigte sich, wie es ihr gehe. Plötzlich veränderte sich ihr Gesicht, sie schien auf einmal viel älter zu sein und sehr müde. Johannes biss sich auf die Zunge. Was für ein Trottel er war. Solch eine Frage zu stellen. Sie standen sich im warmen Licht der Septembersonne gegenüber, aber plötzlich lag ein kalter Schatten auf ihnen.

»Wie soll es mir schon gehen, Johannes?«, sagte sie gepresst. »Schlecht, sehr schlecht.« Sie schluckte ein paarmal, bevor sie weiterredete. »Seit dem April '33 leben wir in ständiger Angst. Damals hat es angefangen. Ein paar demolierte Fenster nur, weiter nichts. Aber dann ging es Schlag auf Schlag.«

Johannes deutete auf die Bank. »Wollen wir uns nicht setzen?«

Sie schüttelte den Kopf. »Wenn es dir nichts ausmacht, würde ich gerne ein Stück mit dir gehen. Ich muss laufen, in Bewegung sein, sonst werde ich verrückt. Als ich mich vorhin auf die Bank gesetzt habe, sind alle Bilder gleich wieder auf mich eingestürmt. Und alle Ängste!«

Sie betraten die staubige Fahrstraße, die von tiefen Furchen durchzogen war. Vor kurzem war hier wahrscheinlich Langholz abtransportiert worden, bestimmt für das Sägewerk Dederer & Söhne. Friedrichs Grund und Boden, auf dem wir hier laufen, dachte Johannes bitter, eigentlich sind das seine Beeren, die wir essen.

»Ein Glück, dass meine Schwiegereltern das nicht mehr erleben müssen«, sagte Emma in diesem Moment leise. »Meine Schwiegermutter ist '33 ganz überraschend gestorben. Siegfried meint immer noch, an gebrochenem Herzen. Vater haben wir letztes Jahr zu Grabe getragen. Er hat noch mitbekommen müssen, wie viele seiner Freunde aus dem Staatsdienst entlassen wurden. Angesehene Lehrer und Professoren sind das gewesen, Johannes, und dann '35 – diese Gesetze! ›Bürger zweiter Klasse sind wir, Emma‹, hat er immer gesagt. ›In unserem eigenen Land! Und vielleicht sind wir bald Schlimmeres!‹«

Sie blieb plötzlich stehen. »Mein Schwiegervater hat im Krieg als junger Leutnant gekämpft. Hat Kopf und Kragen riskiert für Deutschland. Hat das Eiserne Kreuz bekommen. Ich bin nur froh, dass er das alles nicht mehr erleben muss.«

»Und wie geht es deinem Mann?«, fragte Johannes zögernd.

Emma sah starr auf die Straße. Kleine Staubwölkchen flogen auf und überzogen ihre feinen Lederschuhe mit einem dünnen Film. »Eigentlich darf ich nicht darüber sprechen. Aber dir vertraue ich, Johannes. Ich weiß, auf wessen Seite du stehst.« Sie sah ihm ins Gesicht und hielt seinen Blick fest. »Siegfried ist weg, Johannes. Illegal, über die französische Grenze. Und soll ich dir etwas sagen ...« Ihre Stimme zitterte. »Ich bin so froh, bin so dankbar. Siegfried ist in Sicherheit!«

»Aber wie habt ihr das angestellt?«, fragte Johannes mit angehaltenem Atem.

Trotz der Tränen in ihren Augen musste sie lächeln. »Friedrich steckt dahinter, wer sonst? Er hat das vorbereitet. ›Siegfried muss weg‹, hat er gesagt. ›So schnell wie möglich. Da ist etwas im Busch!‹ Du weißt ja, dass er gute Beziehungen hat. Die Reisepässe der Juden sollten bald eingezogen werden. ›Dann sitzt du in der Falle, Siegfried‹, hat Friedrich gemeint. Aber Siegfried wollte nicht. ›Was soll mit Emma und der Kleinen geschehen? Ich kann sie doch nicht mitnehmen ins Ungewisse.‹ Friedrich hat ihn beruhigt, er kümmere sich um uns. Meine Tochter ist Halbjüdin, Johannes, auch sie ist in Gefahr. Siegfried hat dann eingesehen, dass es besser ist, wenn wir zu Friedrich gehen. ›Friedrich hält seine Hand schützend über euch, der Schwester und der Nichte des angesehenen Friedrich Weckerlin tun sie nichts‹, hat Siegfried noch gesagt. Und dann ist er gegangen.« Sie hält für einen

Moment inne und wischt sich die Tränen aus den Augen. »Seit diesem Sommer hat er Berufsverbot. Alle jüdischen Ärzte und Rechtsanwälte haben ihre Zulassung verloren. Schon vorher ging es uns schlecht. Es kamen doch kaum noch Klienten. Erspartes haben wir nicht sehr viel. Vieles ging für die Bilder und Vaters Erstausgaben drauf. Das meiste haben wir in den letzten Jahren verkaufen müssen, Stück für Stück. Für ein Spottgeld, Johannes. Oh, die meisten Leute wussten genau, dass wir verkaufen mussten, dass wir keine Wahl hatten. Was ich da erlebt habe, Johannes!« Sie schluckte und starrte für einen Moment mit zusammengezogenen Augenbrauen in eine imaginäre Ferne. »Jetzt haben wir buchstäblich nichts mehr. Alles verschleudert, die Praxis aufgelöst, die traditionsreiche Rechtsanwaltspraxis Löwenstein, die schon in der vierten Generation bestand. Und jetzt ist Siegfried gegangen. Ist vor ein paar Tagen im Elsass über die Grenze. Ein mit Friedrich befreundeter Holzhändler hat das arrangiert. Und ich lebe jetzt mit meiner Tochter bei Friedrich. Siegfried will uns nachholen, sobald er sich eine einigermaßen gesicherte Existenz aufgebaut hat.«

»Ist deinem Herrn Bruder in der Zwischenzeit nicht klar geworden, auf was für ein verbrecherisches Gesindel er sich da eingelassen hat?« Johannes konnte die Frage nicht zurückhalten, obwohl er sah, dass Emma ziemlich aufgelöst war.

Sie nahm auf einmal seine Hand und plötzlich schienen die Jahre wie aufgehoben. Sie war wieder die kleine Emma, die ihm etwas anvertraute, die sich über ihren großen Bruder beklagte. »Als wir gemerkt haben, dass Friedrich sich mit den Nazis eingelassen hat, dass er sie finanziell unterstützt, da haben wir jeden Kontakt zu ihm abgebrochen. Er hat sehr darunter gelitten, aber Siegfried und mehr noch mein

Schwiegervater blieben eisern. Friedrich, der Dickschädel, hat nicht nachgegeben. Er sei davon überzeugt, dass Hitler Deutschlands Zukunft ist, und die Ausfälle gegen die Juden seien nur Propagandagetöse, unschön zwar, aber ein rein taktisches Manöver. ›Vorübergehend‹, hat er immer gesagt. Aber als er uns jetzt wiederholt seine Hilfe angeboten hat, haben wir sie angenommen. Was sollten wir auch anderes tun?«

»Und so etwas wie Einsicht ist bei ihm immer noch nicht vorhanden?«

»Doch, Johannes. Aber er sagt …« Sie schwieg und biss sich auf die Lippen.

»Was sagt er, Emma?«

»Er sagt, er sei schon viel zu sehr verstrickt, er könne nicht mehr zurück, sonst würde er sich und seine Familie in Gefahr bringen. Deshalb würde er seinen Einfluss nutzen, um zu helfen, wo es nur ging. ›Das bringt mehr, Emma‹, sagt er. Und dass die Nationalsozialisten doch auch Positives bewirken.«

»Positives bewirken!« Johannes war fassungslos. »Das glaubt er wirklich noch? Nach allem, was in seiner eigenen Familie passiert ist? Und hier in Grunbach, wo viele Menschen in Angst und Schrecken leben? Er muss doch wissen, dass das braune Pack in unsere Häuser eindringt, dass wir völlig rechtlos sind. Sie kommen zu jeder Tageszeit, zerren unsere Kinder aus den Betten, reißen die Matratzen heraus und durchwühlen alles. Und wir stehen dabei und können nichts machen. Und wenn es ihnen gefällt, nehmen sie uns mit und wir sitzen drei Tage im Kreisgefängnis oder, schlimmer noch, kommen auf den Heuberg. Was das für unsere Familien bedeutet! Ich war auch schon zweimal dort, Emma. Was ich da erlebt habe … Der Mensch ist nur ein Dreck für die!« Johannes war immer lauter geworden, er hatte sich regelrecht hineingesteigert.

Emma stand vor ihm, blass und zitternd. Was bin ich nur für ein Trottel, dachte er reumütig. Emma ist doch selbst ein Opfer. Was Emma durchmacht, was Siegfried Löwenstein durchmacht, das kann man gar nicht vergleichen mit dem, was uns passiert. Und dennoch, er musste noch etwas loswerden, etwas, was sie beide anging und vor allem auch Friedrich. Wie dachte der darüber, das hätte er gerne gewusst! Was da geschehen war, konnte er das auch nur als Entgleisung, Randerscheinung abtun? Es betraf einen Menschen, der ihnen vertraut war, den sie lieb gewonnen hatten. Fast unbewusst stieß er den Namen hervor: »Guste!«, und er sah mit einer gewissen Befriedigung, wie Emma zusammenzuckte. »Du weißt doch, was mit Guste passiert ist?«

Sie nickte. »Gretl und Lene haben es mir erzählt.«

Guste Mühlbeck war 1932 aus dem »Dienst« in Stuttgart nach Grunbach zurückgekommen. Sie hatte ihre Stelle verloren. Ihr letzter Dienstherr, der Inhaber eines Damenkonfektionsgeschäfts in Feuerbach, war Bankrott gegangen und konnte sie nicht mehr bezahlen. Die Folgen der Weltwirtschaftskrise waren überall schmerzhaft spürbar, viele Familien konnten sich kein Dienstmädchen mehr leisten und so war Guste nichts anderes mehr übrig geblieben, als einstweilen nach Hause zurückzukehren. Zu Hause, das hieß zwei ausrangierte Eisenbahnwaggons, in denen ihr Bruder Otto mit seiner Frau und seiner stattlichen Kinderschar mehr schlecht als recht lebte.

Ernst, der in Stuttgart wohnte, hatte sich kategorisch geweigert, sie aufzunehmen, mit seinen drei Kindern hatte er in der schmalen Zweizimmerwohnung selbst kaum Platz. So zog also Guste mit ihren paar Habseligkeiten in die Enge der Waggons ein, den nur mühsam zurückgehaltenen Feindseligkeiten der Schwägerin ausgesetzt, und versuchte sich nützlich zu machen, indem sie den Kampf gegen die alltäglichen und kaum zu bewältigenden Widrigkeiten, den Schmutz und den Dreck aufnahm.

Johannes sah sie noch vor sich, als sie an einem der ersten Abende nach ihrer Rückkehr zu ihnen herübergekommen war und schüchtern am Zaun stand. Sie hatte sich gar nicht getraut hereinzukommen. Er hatte sie freundlich eingeladen, sie zu besuchen, und in der Folge schaute sie immer wieder gerne herein, genoss diese kurzen Augenblicke in einem sauberen und friedlichen Heim, hätschelte Georg und Anna und vertraute ihnen an, dass sie Arbeit suche, um bald wieder auf eigenen Füßen stehen zu können. Aber das gestaltete sich schwierig, zu viele Menschen suchten Arbeit, und beim Tournier, wo sie gehofft hatte als ungelernte Arbeiterin unterzukommen, gab man ihr deutlich zu verstehen, dass auf absehbare Zeit kein Bedarf bestehe. Johannes hatte mit Gretl geredet und die holte sie ab und zu in die Weckerlin-Villa. Sie half dort aus, wenn eines der Feste anstand, wenn es große Wäsche gab oder ein Großputz zu erledigen war. Aber das war keine Perspektive. Ein knappes Jahr nach ihrer Rückkehr munkelten die Leute, Mühlbecks Guste treibe sich herum. Wer den Vater und den ältesten Bruder gekannt hatte, wunderte sich nicht, allerdings sei die Guste doch eigentlich immer ein ordentliches Mädchen gewesen. Aber jetzt käme die Liederlichkeit auch bei ihr durch.

Johannes, Gretl und Lene verteidigten sie, aber ohne Erfolg. Sie ging, vor allem an den Wochenenden, in die Wirtshäuser und ließ sich von den Männern ein Glas Wein oder auch einen Schnaps bezahlen. Dabei nahm sie auch Dinge in Kauf, die ein anständiges Mädchen weit von sich gewiesen hätte. Aber sie trieb sich nicht herum, war auch nicht »schwer betrunken« oder »schlüpfte mit den Burschen ins Heu«, wie der Dorfklatsch ihr andichtete. Sie wollte heraus aus dem Mief ihrer beengten Existenz, sehnte sich nach einer Familie, einem Mann, zwei, drei Kindern und einer kleinen Wohnung. Guste Mühlbeck, die in der Zwischenzeit dreiunddreißig Jahre alt geworden war, versuchte nur mit aller Kraft, ihrem Dasein so etwas wie einen Sinn zu geben.

»Das ist der falsche Weg«, hatte Lene immer wieder streng zu ihr gesagt. »Einen anständigen Mann lernst du so nicht kennen!« Und Lene musste es wissen. Aber es hatte nichts genutzt. Guste ging weiter in die Wirtshäuser, träumte und hoffte.

An einem Abend im Herbst '34 kam Frieda Mühlbeck, Ottos Frau, ganz aufgelöst herübergerannt. Johannes, Marie und die Kinder saßen gerade beim Abendbrot. Sie hätten Guste geholt, heute Mittag, und seitdem sei sie nicht mehr nach Hause gekommen.

Wer Guste geholt habe, wollte Johannes wissen.

Vom Rathaus sei einer da gewesen und einer, der gesagt hatte, er arbeite beim staatlichen Gesundheitsamt. Ach ja, und die Gemeindeschwester war auch dabei, die habe sie beruhigt, sie käme vom Herrn Pfarrer und alles sei in Ordnung. Unten an der Straße habe ein Auto gewartet, da habe einer in SA-Uniform dringesessen. Guste müsse zu einer Untersuchung ins Krankenhaus, sie hätten sich zwar alle gewundert, aber wenn es doch sozusagen amtlich sei! Aber jetzt käme sie einfach nicht zurück und Otto und sie, sie wüssten nicht, was sie tun sollten.

Johannes hatte in diesem Moment eine Ahnung beschlichen, eine fürchterliche Ahnung, die er gleich wieder weggeschoben hatte. Doch nicht Guste! Er musste leichenblass geworden sein. Marie sah ihn den ganzen Abend besorgt an und auch die Kinder waren sehr still geworden.

»Geh heim, Frieda, und schau nach deinen Kindern. Und beruhige dich, es wird schon nichts passiert sein. Sobald ich etwas weiß, melde ich mich.«

Für die Menschen in der Leimenäckersiedlung war Johannes so etwas wie eine Autorität und eine Vertrauensperson geworden. Er war gescheit, viel gescheiter als sie, und er war mutig, das wusste man und deshalb respektierte man ihn vorbehaltlos.

»Was glaubst du, was passiert ist?«, hatte Marie ihn leise gefragt, als er den ganzen Abend ruhelos in der Küche auf und ab ging. Die Kinder hatte man hinaufgeschickt. Aber er wollte ihr seinen Verdacht nicht mitteilen. Später war er zu seinen Kameraden gegangen, zum Maier Oskar und ein paar anderen, keiner wusste etwas, aber jeder vermutete das Gleiche. Im Dorf hatte es schon zwei Fälle gegeben. »Aber doch nicht Guste, nicht Guste«, hatte er immer wieder fassungslos gesagt.

Nach ein paar Tagen war sie zurückgekommen, das Auto hatte sie bis zur Wegkrümmung gefahren und sie war ausgestiegen. Sie schien Schmerzen zu haben, denn sie ging leicht nach vorne gebeugt und auf ihrem Gesicht lag ein stumpfer Ausdruck des Leidens. Was denn mit ihr geschehen sei, wollten alle wissen, stürmten auf sie ein – auch Johannes war eilends herübergekommen.

»Irgendeine Operation, ich weiß nicht«, hatte sie dumpf geantwortet und den Kopf im Kissen ihres schmalen Bettes vergraben. So hatte sie dagelegen, tagelang, ohne ein Wort zu sagen. Sie hatte Papiere dabeigehabt, amtliche Papiere mit Stempel und Unterschrift. Es hatte alles seine Ordnung gehabt. Stempel und Unterschrift waren da, vom Herrn Ortspfarrer, vom Doktor, vom Bürgermeister; und aus diesen ordentlichen und gestempelten Papieren ging hervor, dass man Auguste Viktoria Mühlbeck gemäß dem »Gesetz zur Verhütung erbkranken Nachwuchses« zwangssterilisiert hatte. Im beigefügten Gutachten war von »erheblicher familiärer Belastung« die Rede, von »Trunksucht und asozialem Verhalten«.

Sie hatten in den folgenden Tagen immer wieder nach ihr gesehen. Gretl und Marie brachten ihr Essen und Johannes war nach der Arbeit immer hinübergegangen und hatte versucht, mit ihr zu reden. Otto und Frieda saßen dann bleich am Tisch. Sie waren mit der Situation völlig überfordert. Sogar die stets lärmende Kinderschar war merkwürdig still geworden. Otto hatte immer nur geflüstert: »Die Saubande, diese elende Saubande.«

Sie hatten Georg geschickt, der immer ihr besonderer Liebling gewesen war, sie hatten ihr alles Mögliche versprochen – »Wir machen bald einen Ausflug, Guste, hinüber an den Rhein, da wolltest du doch immer schon einmal hin« –, aber nichts half, Guste blieb einfach liegen. Johannes hatte eines Abends zu Marie gesagt, dass sie so seltsam erloschen sei, gar nicht richtig hier. »Ich weiß nicht, ob sie überhaupt verstanden hat, was mit ihr passiert ist.«

Aber sie hatte verstanden! An einem außergewöhnlich sonnigen Novembertag war sie plötzlich aufgestanden und hinausgegangen. Frieda, die gerade damit beschäftigt war, ihr Jüngstes zu füttern, hatte sich gefreut. »Nimm meine Jacke mit, es ist kühl, trotz der Sonne«, hatte sie ihr noch nachgerufen, in der Annahme, dass Guste in den Wald wollte, um spazieren zu gehen. Sie war auch nicht beunruhigt gewesen, als Guste Stunden später immer noch nicht zurück war. Wird auf den Katzenbuckel gegangen sein, hatte sie sich gesagt.

Doch als die Dämmerung hereinbrach und Otto von der Arbeit heimkam, war Guste immer noch nicht da! Otto alarmierte die Männer der Siedlung und im letzten Schein des schwindenden Tageslichts schwärmten sie aus und durchkämmten den Eiberg. Sie fanden sie schnell. Sie war auf einen Baum geklettert, der direkt an dem Fahrweg stand, der hinauf zum Katzenbuckel führte. Das Seil, das sie mitgenommen hatte, war ein alter Kälberstrick, den Otto unter seinem Gerümpel aufbewahrt hatte. Sie war vom Ast gesprungen, mit der Schlinge um den Hals, und da hatte sie gehangen, den Kopf grotesk verdreht, und schaukelte sanft im Abendwind. Wie eine Puppe hing sie da, eine Marionette. Guste Mühlbeck, der man ihre Zukunft und ihr Leben genommen hatte.

»Als wir sie abgeschnitten hatten und sie so dalag, habe ich die Guste aus der Stadtmühle vor mir gesehen. Unsere Guste. Sie hat keinem etwas getan, Emma, hat immer nur gearbeitet, ihr Leben lang. Warum, Emma? Warum? War das auch eine ›Randerscheinung‹, ›Entgleisung‹, was man mit ihr gemacht hat? So viel Verachtung für ein Menschenleben. Und es werden noch ganz andere Dinge geschehen. Was sagt denn Friedrich dazu?«

Emma sah ihn nicht an. »Er spricht nicht darüber. Gretl hat tagelang nur geheult. Immer wieder hat sie ihm diese Fragen gestellt, doch er hat sich nur umgedreht und ist weggegangen. Aber ich werde weiterfragen, Johannes, das verspreche ich dir.«

Johannes nickte. Es würde nicht viel nützen, dafür kannte er Friedrich zu gut. Seine Fehler hatte er nie eingestanden. Aber vielleicht schlug ihm das Gewissen um Gustes willen.

»Ich gehe jetzt hinüber zu den Brombeeren.« Er deutete an den Rand der Straße. »Das ist nichts für dein feines Kleid.«

Sie lächelte. »Ich muss sowieso nach Hause. Gretl wartet mit dem Essen.« Sie schüttelten sich noch einmal die Hände und er wünschte ihr Glück. Sie ging einige Schritte, aber dann blieb sie stehen und schaute ihn unverwandt an. Sie schien noch etwas sagen zu wollen, suchte wohl nach Worten, und er ahnte plötzlich, was kam. »Das mit Marie damals, diese dumme Geschichte, das tut mir so Leid.«

Johannes wehrte ab. »Lass nur, Emma. Es ist so, wie es ist.«

»Aber der Junge«, eine feine Röte überzog ihr Gesicht, »der Junge, Johannes. Wir können doch offen darüber reden. Gretl sagt, er ist Friedrich wie aus dem Gesicht geschnitten. Ich möchte ihn so gerne einmal sehen, mit ihm sprechen! Friedrich steht manchmal am Fenster seines Schlafzimmers und starrt zu euch hinüber und zum Weg, der nach Hofen führt. Da kommen sie manchmal vorbei, der Junge und deine Tochter. Und Mutter – sie sagt immer, sie will unbedingt den Jungen sehen, bevor sie die Augen schließt. Es würde uns so viel bedeuten, Johannes.«

»Das schlag dir nur gleich aus dem Kopf!«, unterbrach sie Johannes mit harter Stimme. »Das ist völlig unmöglich. Marie will es nicht und der Junge weiß von nichts.«

Sie schien etwas darauf erwidern zu wollen, öffnete schon den Mund, aber als sie sein Gesicht sah, drehte sie sich langsam um. In dem Moment tat es ihm Leid. Er war so unwirsch zu ihr gewesen. Und insgeheim dachte er wieder daran, dass Marie und er sich nicht richtig verhielten. Konnte man denn dem Jungen ewig die Wahrheit vorenthalten? »Wie heißt übrigens deine Tochter?«, rief er ihr nach.

Sie blieb stehen, drehte sich erneut um und plötzlich lag ein leises Lächeln auf ihrem Gesicht. »Ich habe sie nach der schönen gnädigen Frau aus dem ›Taugenichts‹ benannt. Sie heißt Aurelie.«

43

Friedrich lehnte sich in seinem Stuhl zurück und betrachtete sein Gegenüber. Hoffentlich bemerkte er dieses belustigte Lächeln nicht, das sich jedes Mal um seinen Mund stahl, wenn er Richard Caspar, den Jüngeren, ansah, der in der üblichen devoten Haltung vor ihm stand. Der Kopf, dachte er wie so oft, dieser schmale Kopf mit dem wie angeklebt wirkenden dünnen, blonden Haar – ob er den auch vermessen hat, der prügelnde, schreiende Oberlehrer Richard Caspar, dessen Sohn nun bei ihm als Buchhalter angestellt ist? Was für ein Spaß, was für ein ganz besonderer Spaß! Diesen Moment würde er nie vergessen, wie er zum ersten Mal vor ihm gestanden hatte, drüben im Kontor, vor dem Schreibtisch hatte er gestanden, genau in der gleichen unterwürfigen Haltung wie jetzt. Langsam und gemessen hatte er gesprochen, wie der Vater, aber seine Nervosität hatte er trotzdem nicht verbergen können. Immer wieder hatte er die Brille mit dem dünnen Goldrand zurückgeschoben, sie fest auf die Nasenwurzel gepresst, als wolle er sich vergewissern, dass die Gläser, sein Schutzschild, noch am richtigen Platz saßen.

Friedrich hatte gewusst, dass er nach der Inflation sein Jurastudium in Tübingen hatte aufgeben müssen. Frau Caspar, von Hause aus recht wohlhabend, hatte ihre gesamten Ersparnisse verloren, und da die Pension einer Oberlehrerswitwe nicht allzu üppig war, hatte Richard Caspar die Universität verlassen und eine kaufmännische Lehre begonnen. In Esslingen, in der Maschinenfabrik, sei er dann angestellt gewesen, erzählten sich die Leute, aber danach, kurz nach der Weltwirtschaftskrise, war es ihm wie vielen ergangen, er war entlassen worden und musste sich in die lange Reihe der Arbeitssuchenden einreihen. Schließlich war er mit Frau und Tochter nach Grunbach zurückgekehrt. Die junge Frau Caspar stammte ebenfalls aus Grunbach und so hatten sie im Haus seiner Schwiegereltern die kleine Dachgeschosswohnung bezogen, um die Miete zu sparen.

Auf diese Weise könnte er immer nach seiner kränkelnden Mutter sehen, hatte er im Dorf erzählt. Das war aber nur die halbe Wahrheit gewesen, alle in Grunbach wussten es. Bettelarm waren die Caspars: Die junge Frau hatte nicht viel in die Ehe mitbringen können, ihr Vater war nur ein kleiner Angestellter beim Tournier gewesen, der jetzt von einer kargen Betriebsrente lebte, und die alte Frau Caspar hatte doch auch nichts mehr. Trotzdem hielten sie zäh und starrsinnig die bürgerliche Fassade aufrecht – stets tadellos gekleidet, auch wenn die Anzüge des jungen Caspar schon speckig glänzten. Sie nahmen rege am Vereinsleben teil und die Tochter bekam sogar Klavierstunden, ausgerechnet. Wo doch alle im Dorf wussten, dass die junge Frau Caspar ihr Fleisch in der Freibank holte, die es neuerdings im Dorf gab. Dort konnten die Ärmeren Fleisch kaufen, das von notgeschlachteten Tieren stammte. Verstohlen huschte sie dann kurz vor Geschäftsschluss in den Laden, nachdem sie sich vorher hastig umgesehen hatte, ob auch niemand in der Nähe war. Diese Frau Caspar, eigentlich eine recht ansehnliche Frau, sei schon eine ganz besondere Marke, tuschelten die Leute in Grunbach. Ziemlich hochnäsig und auch verbohrt sei sie, und man müsse sich schon fragen, worauf die sich etwas einbildete.

Kurz nachdem in Grunbach Anfang der dreißiger Jahre eine NSDAP-Ortsgruppe gegründet worden war, traten Caspar und seine Frau ein und gehörten bald zu den aktivsten Mitgliedern. Als dann im April 1933 der demokratisch gewählte Gemeinderat aufgelöst worden war, hatte sich Caspar wohl Hoffnungen auf ein Mandat gemacht. Aber die NSDAP-Kreisleitung hatte ihn übergangen und unter den sieben neuen Gemeinderäten war sein Name nicht aufgetaucht. Das war eine neuerliche Demütigung für den Sohn des ehemaligen Oberlehrers gewesen und manche im Dorf machten sich lustig darüber, dass dies eine nachträgliche Rache am prügelnden Vater gewesen war. Immerhin wurde Frau Caspar als Vorsitzende der NS-Frauenschaft gewählt, das war doch eine gewisse Genugtuung und sie lud in den nächsten Jahren die Grunbacher Frauen unermüdlich zu Strick-, Bastel- und Singabenden ein.

Im Sommer 1933 hatte Richard Caspar junior dann plötzlich im Kontor des Sägewerks Dederer & Söhne gestanden. Hatte dagestanden in der geduckten, unterwürfigen Haltung, die man in ihn hineingeprügelt hatte, knetete unablässig seinen Filzhut – er war sehr korrekt im schwarzen Anzug mit Hut gekommen, obwohl es sehr heiß war – und erklärte stockend, er habe gehört, dass der Herr Direktor Weckerlin einen Buchhalter suche, und er wolle sich bewerben. Hier seien seine Zeugnisse und im Übrigen vertraue er darauf, dass der Herr Direktor, der die »Bewegung« doch so großzügig unterstütze, einem aktiven Nationalsozialisten den Vorzug geben werde. Seine Gesinnung sei rein und lauter und er wolle sich unermüdlich für das Wohl der Firma Dederer einsetzen, so wie er auch für die Sache »unseres geliebten Führers« vorbehaltlos eintrete, und so war es endlos weitergegangen.

Aha, daher weht der Wind, hatte Friedrich belustigt gedacht. Er suchte tatsächlich einen Buchhalter, hatte auch eine Annonce aufgegeben und zahlreiche Bewerbungen waren schon eingegangen. Normalerweise hätten diese Anspielungen, die Caspar vorbrachte, ihm jede Chance für eine Einstellung verbaut, aber irgendwie belustigte Friedrich das Ganze. Der Sohn des Herrn Oberlehrers als Angestellter bei ihm, das war doch ein Spaß! Er hatte ihn tatsächlich, ohne lange darüber nachzudenken, eingestellt. Und er hatte es nicht bereut. Tüchtig und fleißig war er und der Firma treu ergeben, da gab es keinen Zweifel, und Friedrich zog stets eine gewisse Befriedigung aus ihren Besprechungen, wie jetzt gerade. Allerdings gingen ihm Caspars politische Anspielungen auf die Nerven, besonders die Tatsache, dass er im Gespräch unter vier Augen in letzter Zeit eine gewisse Vertraulichkeit an den Tag legte, sozusagen von Parteigenosse zu Parteigenosse redete.

Er sei nicht in der Partei, erklärte er ihm darauf stets, und er habe auch nicht die Absicht einzutreten, worauf Caspar zu behaupten pflegte, das komme schon noch, bei all den Verdiensten, die er sich erworben habe.

Er hatte in diesem Moment gerade wieder angefangen, einige Zahlen ausführlich darzulegen, die sich auf Spenden Friedrichs für die Einkleidung der Hitlerjungen aus ärmeren Familien bezogen, als Friedrich ihn ungeduldig unterbrach: »Schon gut, Caspar. Keine Details. Dafür habe ich Sie. Sieht alles gut aus.«

Er machte eine ungeduldige Bewegung mit der Hand, die unmissverständlich erkennen ließ, dass von seiner Seite die Besprechung nun zu Ende sei. Aber Caspar blieb stehen.

»Caspar, was gibt es denn noch?« Friedrich fixierte scharf seinen Buchhalter, der es vermied, ihn direkt anzusehen, und stattdessen auf die verschlungenen Ornamente des Teppichs starrte. »Verzeihen Sie, Herr Direktor, aber ein Wort von Parteigenosse zu Parteigenosse.«

Friedrich verdrehte die Augen. Kapierte es der Kerl denn nie? Wenn er so weitermachte, würde er ihn doch noch hinausschmeißen müssen.

Caspar schien in der Zwischenzeit Mut geschöpft zu haben, denn er richtete seinen Blick jetzt wieder auf Friedrich. »Der Herr Reichsstatthalter Murr wird sich im nächsten Monat sicher wieder zur Jagd einfinden ...«, sagte er zusammenhangslos.

»Anzunehmen.« Friedrich war erstaunt. Was sollte das?

»Nun, der Herr Reichsstatthalter ist ja immer sehr gerne zu Gast beim Herrn Direktor. Er schätzt Ihre Gesellschaften sehr!«

Und meinen Rotwein und meine Zigarren, fügte Friedrich im Stillen hinzu. Teuer genug, diese Besuche, und dann all die Kisten mit Präsenten, die regelmäßig nach Stuttgart gingen. Aber man musste die Herren bei Laune halten, jetzt mehr als zuvor.

»Nun, Herr Direktor, ich sage es ungern, aber ist es nicht ein bisschen – ich weiß nicht, wie ich es ausdrücken soll –, ist es nicht ein bisschen gewagt, den Herrn Reichsstatthalter unter einem Dach mit ..., ich meine, jetzt wo Ihre Frau Schwester und Ihre Nichte seit fast einem Jahr zu Besuch hier sind.«

Caspar beendete den Satz nicht. Er trat unwillkürlich einen Schritt zurück und duckte sich förmlich unter dem zornsprühenden Blick, der ihn traf. Friedrich hatte sich ruckartig erhoben. »Wollen Sie mir drohen, Caspar?«

»Aber Herr Direktor, ich bitte Sie!« Caspars Augen irrten wieder über die Muster des Teppichs. »Es ist ... es ist nur die

Sorge, ich meine, wenn der Herr Reichsstatthalter davon erfährt – und im Interesse Ihrer Familie.«

»Die Interessen meiner Familie sind bei mir am besten aufgehoben.« Friedrich kochte innerlich, aber er bemühte sich, nach außen hin ganz ruhig zu bleiben. Nur die Hände umklammerten fest die Lehnen seines Schreibtischsessels, auf den er sich wieder hatte zurückfallen lassen, denn seine Knie zitterten auf einmal. Diese Ratte wagte es, ihm zu drohen!

Caspar hatte Emma und vor allem auch Aurelie kaum gesehen, vielleicht einmal aus der Ferne bei einem ihrer Spaziergänge. Sie lebten aus nahe liegenden Gründen sehr zurückgezogen. An der letzten Weihnachtsfeier, die im Salon der Villa stattfand, hatte Emma nicht teilgenommen. »Wenn du glaubst, dass ich mit dem Nazi und seiner Obernazisse an einem Tisch sitze, dann hast du dich aber getäuscht!« Natürlich wusste man im Dorf Bescheid. Aber er vertraute auf seinen Namen, sein Geld und die vielen Geschenke, die er nach Stuttgart schickte. Diesen Murr, den hatte er doch in der Hand, er schmeichelte ihm, stopfte ihm den Wanst voll mit Gänseleberpastete und Burgunder. Und jetzt kam diese miese Ratte daher und drohte ihm! Scharf beobachtete Friedrich sein Gegenüber – dieser flackernde Blick, diese gekrümmte Haltung, er schien förmlich zu schrumpfen. Und so einer wagte es, sich mit ihm, Friedrich Weckerlin, anzulegen! Oder war das alles auf seine ideologische Verblendung zurückzuführen, diesen tief sitzenden Rassenwahn, der in dieser Familie erblich zu sein schien?

Auf jeden Fall würde er kein Risiko eingehen. Er musste diesen Caspar behalten, so lange, bis – ja, wie lange eigentlich?, dachte er auf einmal. Wie lange soll das gehen, dieser ganze Wahnsinn? Hitler hatte doch alles erreicht, was er wollte. Der Schandvertrag war weg, Deutschlands Schuld getilgt, mehr noch, glänzend stand das Deutsche Reich da, Österreich, das Sudetenland – Hitler hatte doch alles, was er wollte! Und doch, »es liegt Krieg in der Luft«, hatte Hobelsberger bei ihrem letzten Treffen gesagt und Friedrich hatte widersprochen. »Er hat doch jetzt alles – das mit der Resttschechei war ein gewagtes Stück, aber die Engländer haben nachgegeben, was will er denn noch?«

Hobelsberger hatte die Stimme gesenkt und zwei Worte geflüstert: »Polen und …«

»Und?«, hatte Friedrich zurückgefragt.

Aber Hobelsberger hatte nur mit den Schultern gezuckt und sich lächelnd zurückgelehnt. Sie saßen im Kasino in Baden-Baden, im Hintergrund hatte die Kapelle die neuesten Filmschlager gespielt, schöne Frauen in langen, fließenden Kleidern und elegant gekleidete Herren im Smoking waren leise lachend vorübergegangen, das Aroma feiner Zigarren hing in der Luft und man hörte rauschendes Stimmengewirr und Gläserklirren. Hobelsberger hatte die ganze Zeit gelächelt und schließlich gesagt: »Lesen Sie ›Mein Kampf‹. Interessante Lektüre!«

»Aber die Engländer«, hatte Friedrich entgegnet, »und die Franzosen? Polen – das bedeutet Krieg!«

Ja, Krieg lag in der Luft, in der warmen, flirrenden Luft dieses Sommers 1939. Und Siegfried hockte in Paris, zwischen tausenden von Emigranten, die wie er um ihre Existenz kämpften, tagtäglich.

»Wer braucht schon einen deutschen Anwalt, der kein Wort Französisch spricht?«, hatte er völlig entmutigt im letzten Brief geschrieben. Und Friedrich schickte Geld, immer wieder Geld, er hatte Gott sei Dank gute Kanäle, ein Holzhändler in Kehl, einer in Straßburg. Die Briefe wurden immer verzweifelter, Siegfried sehnte sich nach Frau und Kind,

»dazu der Verlust der Heimat, manchmal ist der Schmerz unerträglich. Und dieser Hitler sitzt fester denn je im Sattel. Ich habe fast gar keine Hoffnung mehr.«

»Ich muss zu Siegfried!«, sagte Emma jedes Mal, wenn ein neuer Brief kam, aber Friedrich erwiderte dann nur: »Er kann sich selbst kaum über Wasser halten! Was will er mit dir und Aurelie? Ihr wärt ihm nur eine Last. Nein, ihr bleibt hier! Hier seid ihr sicher.«

Und jetzt drohte ihm diese kleine Ratte Caspar! »Gehen Sie jetzt, Caspar«, sagte Friedrich herrisch, »und zerbrechen Sie sich nicht den Kopf über Dinge, die Sie nicht betreffen.«

Er sei doch nur in Sorge, seine Verbundenheit mit der Firma, mit der Familie, immerhin – eine Halbjüdin als Nichte ... Die dünne, ausdruckslose Stimme verlor sich im großen holzgetäfelten Arbeitszimmer der Villa, wohin ihn Friedrich bestellt hatte, denn er hatte am Nachmittag nicht im Kontor gearbeitet. Er merkte, dass Caspar ihn immer wieder merkwürdig ansah, ein hündisch ergebener Blick war das. Vielleicht steckte doch keine Drohung dahinter, vielleicht war es ein Betteln um Anerkennung, eine Art Kumpanei, die ihm angeboten wurde: Ich weiß von deiner Sorge, aber keine Angst, bei mir ist alles gut aufgehoben, wir halten doch zusammen! Das war fast noch schlimmer als eine unverhohlene Drohung.

Friedrich neigte den Kopf, was man als zustimmendes Nicken deuten konnte und endlich war Caspar draußen, hatte sich lautlos hinausgeschlichen, vorbei an Gretl, die an der offenen Tür stand und ihm missbilligend nachblickte. Sie konnte ihn nicht ausstehen, das hatte sie mehr als einmal gesagt. »Da war mir der Alte ja noch lieber als dieser Schleicher. Und seine Frau, ein ekelhaftes Weibsbild ist das, mit ihrem Gerede von der Reinheit des Blutes und solchem

Quatsch.« Sie hatte auch offen protestiert, als er Caspar damals eingestellt hatte, mehrere Male hatte sie ihn zur Rede gestellt und er hatte oft gedacht, dass niemand anderer als Gretl solche Worte sagen durfte. Seit Gustes Tod war ihre Beziehung getrübt gewesen, sie verzieh ihm nie, dass er Guste nicht geholfen hatte, obwohl er immer wieder beteuert hatte, die Nachricht sei zu spät zu gekommen. »Was lässt du dich überhaupt mit diesem Gesindel ein, gibst denen dein Geld und lädst sie in dein Haus ein?«, war dann stets ihre stereotype Frage gewesen und er hatte keine Antwort gewusst, jedenfalls keine, die Gretl zufrieden gestellt hätte.

»Frau Mössinger möchte dich sprechen«, sagte sie mit betont ausdrucksloser Miene, aber er kannte sie und wusste, dass sie ziemlich aufgebracht war.

»Frau Mössinger? Und was will sie von mir?« Friedrich war erstaunt.

»Das soll sie dir selber sagen.« Sie kam nach wenigen Minuten zurück und hatte fürsorglich einen Arm um die schmale, gebückte Gestalt gelegt, die ganz in Schwarz gekleidet war. Friedrich erhob sich. Früher war die Mössinger eine stattliche Frau gewesen, die Haare trug sie zu einer dicken Krone geflochten, was ihr ein sehr beeindruckendes Aussehen verliehen hatte. Schwarz hatte sie seit dem Tod ihres Mannes immer getragen, er kannte sie gar nicht anders, aber jetzt schlotterten die Kleider um den mageren Körper und die dünn gewordenen Haare waren nur nachlässig mit einem Kamm aufgesteckt. Eine alte Frau, dachte er beklommen, sie ist eine alte Frau geworden und ich ein reifer Mann, trotzdem sehe ich immer noch die stolze Frau Mössinger vor mir, wie sie mir eine Hand voll Kartoffeln zusteckt. Das konnte er nie vergessen. Gretl hatte seiner Besucherin einen Stuhl herangezogen, etwas zu trinken angeboten, was dankend abgelehnt wurde. Dann ging sie zögernd hinaus, nicht ohne in der Tür Friedrich noch einmal einen Blick zuzuwerfen. Er kannte diesen Blick – es lag eine Bitte darin und auch eine unmissverständliche Aufforderung: Vergiss nicht, wo du herkommst, Friedrich Weckerlin. Er nannte es den »Stadtmühlenblick« und er hasste ihn.

Frau Mössinger schaute ihn unverwandt an. Sie hielt ein weißes Taschentuch in der Hand, mit dem sie ab und an ihre Augen betupfte. Diese Augen, merkwürdig farblos, schwammen in Tränen und die Augenränder waren tiefrot. Die Frau hatte viel geweint.

»Was kann ich für Sie tun?«, fragte Friedrich und bemühte sich, so freundlich wie möglich zu klingen.

Sie beugte sich etwas vor, ihre Hand umklammerte die Kante des Schreibtisches. »Sie wollen mir den Gustav wegnehmen, Herr Weckerlin. Er soll fort, in eine Anstalt! Der Herr Doktor hat mir das Papier gezeigt. Nächste Woche schon. Mein Gustav soll fort!« Die Tränen liefen ihr über die eingefallenen Wangen. Es war unheimlich, aber sie weinte völlig lautlos. Als ob sie gar keine Kraft mehr hätte, dachte er, die Tränen kamen von selbst, sie merkte es gar nicht.

»Nun mal langsam, Frau Mössinger, und der Reihe nach.« Er musste sie vor allem beruhigen. Aber es gab nicht viel zu erzählen. Gustav Mössinger, geistig behindert seit seiner Geburt, mongoloid, wie es die Ärzte nannten, sollte in eine psychiatrische Anstalt eingewiesen werden. Umständlich kramte Frau Mössinger aus ihrer wuchtigen, altmodischen Handtasche das »Papier« heraus. »Angeborener Schwachsinn«, stand da und dass »die unverzügliche Unterbringung in einer entsprechenden Anstalt« zu erfolgen habe.

»Dass etwas mit meinem Gustävle nicht stimmt, das weiß ich doch selber, weiß ich seit dem Moment, als ihn mir die

Hebamme in den Arm gelegt hat. Aber sagen Sie selbst, Herr Weckerlin, hat mein Gustav in seinem Leben irgendjemandem etwas getan? Ist doch die Freundlichkeit und Gutmütigkeit selber.«

Vor Friedrichs Auge tauchte das Bild eines schwerfälligen, dicken, klein gewachsenen Mannes mit einem seltsam alterslosen Kindergesicht auf. Die Schulkinder pflegten ihn zu necken, aber er verlor nie das freundliche Grinsen auf dem breiten Gesicht. Das »Chinesle« ging gerne auf alle möglichen Passanten zu, um ihnen herzlich die Hand zu drücken. Dabei stieß er eigenartig gutturale Laute aus, die wohl seine Freude ausdrücken sollten. Er war ein freundlicher Mensch, dieser Gustav Mössinger, einer, der in seiner eigenen Welt lebte und der die Menschen vorbehaltlos liebte. Es war auch schon vorgekommen, dass man Steine nach ihm geworfen hatte. Er stand dann traurig da und sagte nur leise: »Aua, aua«, aber er wirkte eher erstaunt als bekümmert, und wenn ein Grunbacher Zeuge des Vorfalls wurde, griff er sich sofort die Betreffenden, meistens halbwüchsige Jungen, und verabreichte ihnen eine Ohrfeige. Das Gustävle gehörte zu Grunbach wie der Kirchturm. Erst letzthin hatte der Doktor bei einer Abendgesellschaft gemeint, der Gustav habe ein für seine Krankheit erstaunliches Alter erreicht, das liege sicher an der aufopfernden Fürsorge seiner Mutter und an der Tatsache, dass der Gustav ein außergewöhnlich glücklicher Mensch sei.

Friedrich bemerkte, dass Frau Mössinger in der Zwischenzeit verstummt war und ihn erwartungsvoll ansah.

»Und was soll ich Ihrer Meinung nach tun, Frau Mössinger?«, fragte er und konnte einen leichten Anflug von Gereiztheit nicht unterdrücken. Was ging ihn letztlich das »Chinesle« an?

»Sie kennen doch die Leute«, sagte Frau Mössinger, wobei sie offen ließ, wen sie damit meinte. »Der Herr Pfarrer hat mir nicht helfen wollen, hat sogar das Papier mitunterschrieben.« Sie wischte den Bogen mit einer verächtlichen Geste weg, dass er über den Schreibtisch rutschte und genau vor Friedrich zu liegen kam. Er konnte den Adler und das Hakenkreuz erkennen und das Wort »Rasse« leuchtete ihm förmlich entgegen, die weiteren Buchstaben waren aber nicht zu entziffern, weil das Papier an der Stelle umgeknickt war. Es war ein offizielles Schreiben und er nahm es an sich, weniger um es zu lesen, als um die Frau auf der anderen Seite des Schreibtisches zu beruhigen, die sich immer wieder die Augen wischte und zu zittern begonnen hatte.

Sie setzte stockend ihre Rede fort: »Die Leute, meine ich – den Ortsgruppenleiter und die von der Kreisleitung und noch viel Höhere. Sagen Sie denen, dass mein Gustav niemandem etwas tut und dass er bei mir bleiben muss. Er würde sich doch fürchten, wenn er fortmuss, in dieses Grafeneck, und das ist doch auch so weit weg von Grunbach, irgendwo auf der Alb. Mein Gustav und ich, wir gehören doch zusammen«, fügte sie leise hinzu und starrte ihn aus ihren wässrigen Augen an. Friedrich wandte sich ab, er konnte diesen Blick nicht ertragen. Geistesabwesend spielte er mit dem Papierbogen. »Sie haben ihren Gustav sehr lange bei sich gehabt, Frau Mössinger, und Sie werden auch nicht jünger. Dort kann man gut für ihn sorgen.« Er merkte selber, wie hohl seine Worte klangen. Warum sollte der Gustav eigentlich fort? Er war doch wirklich harmlos. Bei Gelegenheit musste er den Brenner fragen, den Ortgruppenleiter. Die Nazis mit ihrem Rassenwahn! Das mit Guste damals … Aber er schob den Gedanken rasch beiseite.

Bei seinen letzten Worten hatte Frau Mössinger wieder zu

zittern begonnen, also musste er es anders anfangen. »Ich werde sehen, was sich tun lässt, Frau Mössinger«, sagte er und schob ihr den Brief zu. Er erhob sich und sie stand ebenfalls auf, ganz klein und gebückt stand sie vor ihm, und für einen Moment spürte er tiefes Mitleid. Dann sah er auf einmal wieder die steilen Kartoffeläcker vor sich, die schmutzverkrusteten Körbe, mit denen sie keuchend die Erde nach oben geschafft hatten, sah ein paar Hände, die ihm Kartoffeln anboten.

Den Teufel würde er tun, sich für Gustav Mössinger aus dem Fenster zu lehnen, einen Idioten, der vielleicht gar nicht mitbekam, was mit ihm geschah. Er hatte genug Sorgen mit der eigenen Familie. Emma und Aurelie mussten weg, das war ihm in der letzten halben Stunde klar geworden. Sie waren hier nicht mehr sicher, wenn schon einer wie Caspar sich hinstellte und unverhohlen drohte! Und wenn es wirklich Krieg gab … Nein, er hatte jetzt Wichtigeres zu tun.

Er beugte sich zu Frau Mössinger hinunter und sagte in möglichst verbindlichem Ton: »Wollen sehen, was sich tun lässt. Und jetzt gehen sie nach Hause und beruhigen sich, Frau Mössinger.«

Friedrich rief nach Gretl, aber sie antwortete nicht. Vielleicht steckte sie im Keller oder war draußen im Garten. Deshalb begleitete er Frau Mössinger selbst zur Tür. Beim Abschied hielt sie seine Hand fest und richtete noch einmal ihre schwimmenden Augen flehend auf ihn: »Und Sie reden mit denen, nicht wahr, Herr Weckerlin?«

Aber er antwortete ausweichend und dachte die ganze Zeit nur an Emma. Warum war er so sicher gewesen, sein Name könne sie schützen? Warum hatte er sich eingebildet, die guten Kontakte könnten diese Maschine des Terrors zumindest vor seinem eigenen Haus aufhalten? Über den Charakter des Regimes konnte man sich keine Illusionen mehr machen. Hitler hatte von der Schande gesprochen. Dass man diese Schande überwinden und über die Feinde Deutschlands triumphieren könne. Und er war darauf hereingefallen, hatte sich mit seinen Verletzungen in diesem Geschwätz wiedergefunden. Dabei ging es nur um Vernichtung und Macht.

Siegfried und die alten Löwensteins hatten Recht gehabt. Aber er konnte nicht mehr zurück. Er musste seine Familie schützen, und er spürte Angst, er spürte eine richtige, tief sitzende Angst wie noch nie zuvor in seinem Leben! Wenn es so weiterging, nützten ihm weder sein Geld noch die Kisten mit den Zigarren und mit dem französischen Cognac. Emma und Aurelie mussten weg, am besten in die Schweiz. Er musste Geld lockermachen, nicht zu viel auf einmal, das würde auffallen. Sie würden eine kleine Urlaubsfahrt nach Badenweiler unternehmen, zur Kur. Und dann mussten sie über die Grenze. Die Schweizer ließen fast niemanden mehr herein, aber vielleicht ging es illegal, so wie bei Siegfried. Oder er schickte Emma nach Davos, wegen ihrer angegriffenen Lungen. Irgendein Doktor würde ihm schon ein Attest schreiben. Die Schweizer ließen sie vielleicht für unbestimmte Zeit im Sanatorium, wenn sie nur genügend Geld hatte. Wer Geld hatte, konnte in der Schweiz bleiben. Er musste planen, genau nachdenken.

Mitten in seine Überlegungen hinein klingelte es wieder an der Haustür. Er würde selber öffnen. Vielleicht war Frau Mössinger noch einmal zurückgekommen, wollte ihm das »Papier« in die Hand drücken, das sie vorhin wieder geistesabwesend in ihre altertümliche Handtasche gestopft hatte. »Damit Sie genau wissen, um was es geht, Herr Weckerlin. Damit Sie sehen können, was die geschrieben haben.«

Ungehalten riss er die schwere Haustür auf und erstarrte. Da stand er, der Junge, stand direkt vor ihm! Der Junge, den er heimlich belauschte, heimlich vom Zimmer seines Schlafzimmers aus beobachtete, von wo man den oberen Teil von Johannes' Wiese und den Weg nach Hofen sehen konnte. Er belauschte ihn und beobachtete ihn wie ein Liebeskranker die Angebetete seines Herzens. Einmal mit ihm sprechen, ihm einmal ganz nahe sein, hatte er immer wieder gedacht – und jetzt stand er dicht vor ihm und er blickte in dieses Gesicht und diese Augen, es waren sein Gesicht und seine Augen! Die Ähnlichkeit war wirklich verblüffend, Gretl hatte Recht gehabt. Er war hoch gewachsen, war fast schon so groß wie er. Wie alt war er jetzt? Friedrich rechnete fieberhaft. Fünfzehn musste er sein, schon fast ein junger Mann. Er trug die Uniform der Hitlerjugend und in der Rechten hielt er eine Sammelbüchse.

Der Junge schien mindestens ebenso verblüfft zu sein wie er. »Ach, Sie sind es selbst, Herr Weckerlin«, sagte er schließlich zögernd, nachdem Friedrich keine Anstalten machte, das Schweigen zu durchbrechen.

»Entschuldigen Sie die Störung, aber wir sammeln für das Winterhilfswerk und da ...«

»Komm herein«, flüsterte Friedrich mit heiserer Stimme und öffnete die Tür ganz weit. Er hatte plötzlich eine wahnsinnige Angst, diese erste Begegnung mit seinem Sohn könnte von jemandem beobachtet, ja, gestört werden. Hier im Halbdunkel der großen Eingangshalle fühlte er sich sicherer. Wenn nur Gretl nicht dazukäme oder Lene! Der Junge blickte sich scheu um. Für einen Moment überkam Friedrich die irrwitzige Idee, der andere müsse jetzt auf der Stelle die Wahrheit erkennen: dass er vor seinem Vater stand, vor seinem leiblichen Vater, dem er so ähnlich sah! Aber Georg blieb unbefangen, etwas schüchtern vielleicht angesichts des imposanten Raumes und wohl auch, weil sich der reiche und angesehene Herr Weckerlin so merkwürdig benahm. Starrte ihn die ganze Zeit an und redete nichts.

»Also, wie gesagt«, fing er von neuem an und hob einladend die Sammelbüchse. »Wir sammeln für das Winterhilfswerk und ich möchte Sie um eine kleine Spende bitten. Sonst ist immer Gretl da, ich meine, Fräulein Haag«, fügte er erklärend und quasi als Entschuldigung hinzu. »Wenn ich also ungelegen komme?«

»Nein, nein!« Friedrich fuhr empor, als sei er soeben aus einem Traum aufgewacht. »Du kommst ganz gelegen. Warte einen Moment, ich muss nur meine Brieftasche …«

Er tat so, als suche er in seinen Anzugtaschen, klopfte sein Jackett ab, obwohl er genau wusste, dass er sie in die Gesäßtasche gesteckt hatte. Zeit gewinnen, dachte er, Zeit. Ich will, dass er noch dableibt. Los, rede mit ihm, frage ihn etwas – Zeit gewinnen! Er musste sich mehrere Male räuspern, bis er schließlich mit brüchiger Stimme seine Frage hervorbrachte. Wie es seinem Vater und seiner Mutter gehe. »Und deiner Schwester natürlich auch. Anna heißt sie wohl?« Ohne Georgs Antwort abzuwarten, fuhr er hastig fort: »Ich sehe euch manchmal auf dem Waldweg oben, wenn ihr Richtung Hofen geht. Dort wohnt eure Großmutter, nicht wahr? Ich habe auch eine jüngere Schwester, Emma heißt sie. Früher hat sie mich oft geärgert. Schwestern können eine rechte Plage sein …« Er redete und redete und sah das wachsende Erstaunen in Georgs Blick. Was schwatze ich denn da?, dachte Friedrich, der Junge muss denken, dass ich ein kompletter Idiot bin. Aber er redete weiter – Zeit gewinnen. Schließlich hielt er für einen Moment inne und Georg nutzte die Pause, um nachzufragen: »Sie kennen meine Eltern näher?«

Also haben sie gar nichts von mir erzählt, überlegte Friedrich. Nichts von unserer Freundschaft, nichts von unserer Jugend! Er war auf einmal traurig, todtraurig. Aber was konnte er auch erwarten? Für den Jungen war er nichts weiter als der angesehene Herr Weckerlin, der Sägewerksbesitzer, der großzügige Spender für HJ, BDM, Jungvolk, Frauenschaft und was es sonst noch gab. Er konnte sich wahrscheinlich in seinen kühnsten Träumen nicht vorstellen, dass der reiche Herr Weckerlin auch einmal arm gewesen war, sogar in der Stadtmühle gehaust hatte. Und was sollte er jetzt auf diese Frage antworten? So sagte er lediglich knapp: »Ja, von früher«, und förderte schließlich seine Brieftasche zutage, denn er spürte die wachsende Ungeduld des Jungen. Er zog ein Bündel Geldscheine heraus und stopfte sie hastig und verlegen in die Sammelbüchse.

»Vielen Dank, Herr Weckerlin, das ist sehr großzügig.« Die Augen des Jungen irrten hinüber zur Haustür. Friedrich stand da, die Brieftasche in der Hand. Bleib, wollte er rufen. Bleib noch! Komm, ich zeige dir mein Haus. Lass uns noch reden. Ich weiß doch gar nichts von dir. Und für einen Moment spürte er den fast übermächtigen Impuls, jetzt in diesem Augenblick die Wahrheit zu sagen. Dem Jungen zu sagen, dass er sein Vater war. Unsinn!, schalt er sich im selben Moment, so zwischen Tür und Angel geht das nicht. Er riss sich gewaltsam aus seiner Erstarrung. Was musste der Junge nur von ihm denken? »Du kannst jederzeit wiederkommen!«, rief er ihm im Hinausgehen nach. Was für eine blödsinnige Bemerkung! Warum sollte ein fremder Junge einfach so wiederkommen? Georg lief schnell die kiesbestreute Auffahrt hinunter. Wahrscheinlich war er froh, diesem Haus und seinem seltsamen Besitzer den Rücken kehren zu können, trotz der großzügigen Spende.

Langsam stieg Friedrich nach oben, ging in sein Schlafzimmer und schloss die Tür hinter sich ab. Er trat ans Fenster und begann zu weinen. Das letzte Mal, dass er geweint hatte, war beim Tod von Wilhelm gewesen. Nie mehr, hatte er sich damals geschworen, nie mehr in meinem Leben werde ich heulen. Aber jetzt musste er weinen, er kam einfach nicht dagegen an, er wurde förmlich überwältigt von der Trauer um all das, was er verloren hatte, er, der reiche Friedrich Weckerlin.

44

Anna stapft den Berg hinauf zu Johannes' Haus. In der Hand hält sie eines der schmalen Bücher mit dem schwarzen Wachstucheinband. Das letzte Kapitel hat sie gestern Nacht noch kurz überflogen, einfach, weil sie zu neugierig war. Das erste flüchtige Durchlesen hat ihr bestätigt, was sie insgeheim geahnt hat. Stimmte das wirklich? Hat sie vermutet, was da jetzt schwarz auf weiß geschrieben steht? Oder liegt es daran, dass es einfach passt, einer inneren Logik folgt, die in den betreffenden Personen angelegt zu sein scheint?

Ach, Mama, das ist es also gewesen. Immerhin ist einer dieser losen Fäden nun verknüpft in diesem seltsamen Gewebe, das ihre Familiengeschichte darstellt. Aber sie will diese letzten Seiten jetzt noch einmal in aller Ruhe lesen, will genau hinsehen, vielleicht auch die feinen Untertöne heraushören, die Johannes – vielleicht unbewusst – hineingelegt hat. Wie ist das damals für ihn gewesen? Was hat er empfunden? Auch noch Anna zu verlieren, das Kind, das ihnen geblieben war, die geliebte Tochter, Anna, ihre Großmutter, die dort oben in der kühlen Erde ruht? Gerade einmal fünfundzwanzig Jahre alt ist sie geworden, so viele aus dieser Generation sind jung gestorben, Leben, die zerbrochen wurden vom Krieg, von der Gewalt. Und in Annas Fall? Vielleicht war es hier das Schicksal, denkt ihre Enkeltochter. Oder ist das ein zu großes Wort? Vielleicht war es dieselbe unerbittliche Logik, die auch die anderen so handeln ließ und der sie sich nicht entziehen konnte.

Anna will gerade die alte Gartentür öffnen, die so jämmerlich schief in den Angeln hängt, als ihr eine Frau entgegenkommt. Sie schiebt ein Fahrrad mit einem großen Einkaufskorb auf dem Gepäckträger. Anna überlegt. Wo habe ich diese Frau schon mal gesehen? Wo bloß? Sie scheint aus einem der älteren Häuschen gekommen zu sein, die am Waldrand aufgereiht wie Perlen einer Kette gegenüber vom Urgroßvater-Haus stehen. Plötzlich fällt es ihr ein. Es ist dieselbe Frau, die sie auf dem Friedhof getroffen haben.

»Eine aus der vielköpfigen Dynastie der Mühlbecks«, hat ihr Fritz später grinsend erklärt, »eine Otto-Enkeltochter, um genau zu sein. Beide, Otto und Ernst, haben jeweils eine stattliche Kinderschar hinterlassen. Ernst ist '45 aus Stuttgart zurückgekommen, als er ausgebombt worden war. Und so ist Grunbach bevölkert von Otto- und Ernst-Nachkommen. Alle sehr rechtschaffene Leute. Fast jeder hat ein eigenes Haus. Und Frieda Mühlbeck, die Frau von Otto, lebt sogar noch auf den Leimenäckern, sie ist sehr hinfällig, wird aber hingebungsvoll von den Kindern und Enkeln betreut. Zusammenhalten tun sie wie Pech und Schwefel.« Er hat ihr dann noch erzählt, dass der älteste Sohn von Otto »leider die unglückliche Mühlbeck-Tradition fortgesetzt hat. Zu viel getrunken und auch kriminell geworden. Er hat sich dann in der Gefängniszelle erhängt. Aber die anderen sind, wie gesagt, sehr anständige und fleißige Leute geworden.«

»Und die Eisenbahnwaggons?«, hat Anna ihn gespannt gefragt.

»Sauber und solide ummauert. Otto und Ernst haben jeweils ihre Häuschen drum herum gebaut. Das eine ältere

Haus mit den grünen Fensterläden, das gegenüber von eurem steht, hat Otto gehört und dort lebt jetzt noch Frieda.«

Die Frau ist näher gekommen und grüßt Anna sehr freundlich.

Hoffentlich verstehe ich alles, was sie sagt, denkt Anna beklommen. Aber es geht dann sehr gut, denn die Frau gibt sich große Mühe, hochdeutsch zu sprechen, auch wenn es etwas merkwürdig klingt. Anna muss sich ab und zu ein Lächeln verkneifen. Doch die Frau, sie stellt sich als Waltraud vor, scheint sich richtig zu freuen. »Deine Mutter habe ich gut gekannt«, erzählt sie eifrig. »Wir sind miteinander in die Volksschule gegangen.«

Also ist sie so alt wie meine Mama, obwohl sie viel älter aussieht, denkt Anna unwillkürlich. Ihre Mutter hat immer sehr jugendlich gewirkt, hat sich auch immer modisch gekleidet, diese Waltraud macht einen ziemlich trutschigen Eindruck in dieser scheußlichen senffarbenen Hose und der Kartoffelsack-Bluse. Und dann die Frisur! Aber sie hat ein sehr freundliches Wesen und strahlt Anna geradezu an. Ob sie etwas von Guste hat? Vielleicht lebt irgendetwas von Guste in ihr weiter, die Augen, der Mund, vielleicht auch die Wärme und die Herzlichkeit, die von ihr ausgehen. Auf einmal empfindet Anna eine richtige Freude. Wie hat Johannes nach ihrer Geburt zu Gretl gesagt? »Es geht weiter.« Das ist doch ein tröstlicher Gedanke, und Guste würde sich bestimmt sehr freuen, wenn sie alle ihre Nichten und Neffen und deren Kinder sehen könnte.

Sie müsse sie unbedingt besuchen, sagt Waltraud und beschreibt weitschweifig, wo sie wohnt. Die alte Gretl solle sie herzlich grüßen, sie schaue bald wieder einmal herein, und dann drückt sie Anna die Hand und fährt auf ihrem Fahrrad recht flott die steile Straße hinunter.

Anna schiebt vorsichtig die quietschende Gartentür auf und geht hinter das Haus, wo die alte, wacklige Bank und der Tisch stehen, an dem ihr Urgroßvater so oft gesessen hat. Hier haben sie ihn verhaftet, denkt sie unwillkürlich. Wie oft haben sie hier wohl zusammengehockt, Johannes, Marie und die Kinder, in guten wie in schlechten Zeiten? Es gab ja auch fröhliche Stunden, sie haben gelacht, erzählt und den sauren Most getrunken, der hier so eine Art Nationalgetränk ist. Jetzt werde kaum noch gemostet, hat ihr Richard erzählt. »Keiner macht sich mehr die Mühe – heutzutage geht man in den Supermarkt und kauft irgendeinen billigen Wein.«

Vielleicht saßen sie hier auch zusammen, als die Nachricht vom bevorstehenden Krieg über sie hereinbrach. Sie setzt sich und legt vorsichtig das Buch auf den Holztisch.

»Krieg«, hat Johannes geschrieben, »es wird Krieg geben! Spätestens seit August 1939 ist das auch den letzten Zweiflern klar geworden. Neben den Jungen werden auch die Vierzig- bis Fünfundvierzigjährigen eingezogen, die, die also schon im ersten Krieg 1914–18 gekämpft haben. Am Rathausplatz kommen sie zusammen und dann werden sie mit Bussen zu ihren Einheiten geschafft. An mir geht der Kelch vorüber, weil ich mit meinen Herz- und Lungenproblemen ausgemustert worden bin. Friedrich, der so gut Freund mit den Nazis geworden ist, wird selbstverständlich UK, unabkömmlich, gestellt. Der Herr Sägewerksdirektor leitet schließlich einen kriegswichtigen Betrieb. Keiner jubelt, es herrscht eine gedrückte Stimmung. Bald fliegen die ersten Flugzeuge über Grunbach, es sind französische Aufklärungsflugzeuge, Gott sei Dank fallen in dieser Zeit noch keine Bomben. Und wieder werden Lebensmittelkarten ausgegeben und der Tournier stellt wie damals auf den Bau von

Zündern um. Oh, das kennen wir alles, kennen wir zur Genüge.

›Was meinst du, wie lange wird der Krieg gehen?‹, fragt Marie jeden Tag. ›Wenn nur unser Junge nicht fortmuss, das würde ich nicht ertragen.‹ Immer wieder schöpft sie Hoffnung. ›Es geht voran. Bald muss doch der Krieg aus sein. Der Hitler hat jetzt sicher genug. Was meinst du, Johannes?‹

Ich bin mir nicht so sicher. Gut, er hat einen Pakt mit Russland geschlossen, schlimm genug, für mich und die Genossen. Aber einer wie Hitler hält sich nicht an Verträge. So hoffen und beten wir, wir bespannen Holzrahmen mit Packpapier und stellen sie griffbereit an die Fenster, um notfalls das Haus schnell verdunkeln zu können. Wir passen auf wie die Schießhunde, dass nachts keiner das Gemüse aus dem Garten stiehlt, denn das kommt häufig im Schutz der Verdunklung vor. Wir hören die Nachrichten, eine Siegesmeldung jagt die andere, zuerst Polen, dann Dänemark, dann Norwegen. Im Mai '40 beginnt der Krieg gegen Frankreich, Belgien und Holland. Ein Jahr später greifen die deutschen Truppen Jugoslawien und Griechenland an. Und jeden Tag betet Marie: ›Lieber Gott, lass ihn genug haben. Es muss aufhören, mach, dass unser Georg nicht in den Krieg muss.‹

Ich sitze jeden Abend vor dem Volksempfänger, das Ohr an den Lautsprecher gepresst, und höre von schrecklichen Kämpfen und Gräueltaten. Ich will Marie nicht beunruhigen, erzähle nur wenig, aber insgeheim denke ich immer dasselbe: Wenn das Blut der Unschuldigen über uns kommt, dann werden wir die Hölle schon hier erleben.

Und Hitler hat nicht genug, noch lange nicht. Wie ich befürchtet habe, greift er im Juni '41 die Sowjetunion an und kurz darauf bekommt Georg seinen Musterungsbescheid.

Marie rennt tagelang heulend durchs Haus und Anna isst fast nichts mehr.

›Wir müssen etwas tun, überleg doch‹, sagt Marie immer wieder. ›Wir müssen verhindern, dass er an die Front kommt.‹ Was soll ich tun? Ich, ein ortsbekannter Kommunist und Regimegegner? Aber irgendwie klammert sie sich an den Gedanken und auf einmal wird sie ruhiger, sie hat eine Idee, das merke ich, und ich habe auch eine Vermutung, in welche Richtung diese Idee geht.

Georg scheint das alles nicht viel auszumachen. Die Dorfjugend betrachtet den noch fernen Krieg mehr als ein Abenteuer, als eine Fortsetzung ihrer Geländespiele in der HJ. Sie treffen sich, poussieren mit den BDM-Mädchen, nutzen die Verdunklung für ihre Streiche, und zudem ist Georg mit der Vorbereitung auf das Abitur beschäftigt. Wir haben weiterhin heftige Dispute, er provoziert mich mit seiner aufgesetzten und übertriebenen Begeisterung für den Führer und schreibt einen grauenhaften Aufsatz zum Thema ›Der Heldentod, das ist der schönste Tod‹. Das Schulheft legt er demonstrativ auf den Küchentisch, damit ich sein Geschreibsel ja nur lese. Aber einmal habe ich gemerkt, dass er vieles kritischer sieht, als er mir gegenüber vorgibt! Kurz nach dem Einmarsch in Frankreich ist Gretl heulend herübergerannt gekommen. Ein Brief sei gekommen, sie wisse gar nicht genau, von wem. Aber eines sei sicher, Siegfried Löwenstein habe sich umgebracht. Tabletten habe er genommen und einen Abschiedsbrief für Emma und Aurelie hinterlassen. Friedrich laufe herum wie ein Gespenst. Die letzten Nachrichten aus Paris hatten ihn beunruhigt, Siegfried habe so mutlos geklungen. Aber dass er so verzweifelt gewesen ist! Er mache sich große Sorgen um Emma, hoffentlich begehe sie keine Dummheiten.

Emma lebt mit Aurelie seit Kriegsausbruch in der Schweiz, angeblich ist sie dort zur Kur. Laut Gretl bezahlt Friedrich ein Heidengeld für den Sanatoriumsaufenthalt in Davos, der wegen Emmas ›angegriffener Gesundheit‹ immer wieder verlängert wird.

Ich erinnere mich genau daran, dass Georg Gretls Erzählung damals wortlos zugehört hat. Später ist mir zugetragen worden, dass er am selben Abend während des üblichen HJ-Treffens plötzlich ›randaliert‹ habe. Wie ein Berserker ist er hineingefahren in die Gruppe seiner Kameraden und hat sich mit ihnen geprügelt. Sie haben nämlich ein damals sehr populäres Lied gesungen:

›Und wenn das Judenblut vom Messer spritzt,
dann geht's noch mal so gut,
haut se, haut se in die Schnauze …‹

Ob er besoffen sei, hat der Fähnleinführer an diesem Abend geschrien und Gott sei Dank haben es die anderen nicht weiter tragisch genommen. Aber von diesem Zeitpunkt an ist er stiller geworden und mehr in sich gekehrt.

Bald treffen in Grunbach die ersten Todesnachrichten ein. Im April 1941 fällt der erste Grunbacher in Nordafrika und dann geht es Schlag auf Schlag und meistens steht die Ortsangabe ›Russland‹ dahinter – Orscha, Russland; Witebsk, Russland; Alexandrowska, Russland; Tschernysch, Russland; Kusowjewo … Es war wie damals im ersten Krieg – unbekannte Orte, deren Namen nicht auszusprechen waren, Orte, ferner als der Mond, und dort sterben unsere Söhne. Und dann bricht die Katastrophe auch über uns herein!«

Seufzend legt Anna das Heft zurück und lässt den Blick über die Rückwand des Hauses bis zu den grünen Hängen des Eibergs schweifen. Dort an der Ecke hat früher ein Hasenstall gestanden, hat Richard erzählt. Die meisten Kaninchen seien aber im biblischen Alter eines natürlichen Todes gestorben, weil es Johannes nicht übers Herz gebracht habe, sie zu schlachten, vor allem, weil auch die Kinder so an ihnen hingen.

Was wohl Georg empfunden hat, als er hier Abschied nahm? Vielleicht war es ein Abschied für immer, das musste ihm doch bewusst gewesen sein, als er heimlich seinen Rucksack packte, um hinauszuziehen in den Krieg. Oder hat er solche Gefühle nicht zugelassen – ist da nur Wut in ihm gewesen, eine große, alles verzehrende Wut über diese Lüge, mit der er aufgewachsen ist? Was hat er gefühlt, als er in der Nacht hinausgeschlichen ist aus dem Elternhaus, um den Bus zu besteigen, der am Rathaus wartete? Der Bus, der die neuen Rekruten in das Wehrertüchtigungslager brachte. Er hätte noch nicht fortgemusst, hätte noch das Abitur machen können, aber er hat sich freiwillig gemeldet.

Das ist seine letzte Rache gewesen, denkt Anna auf einmal, der Junge hat es ihnen heimgezahlt. Vielleicht hat er den Kopf noch einmal in das Zimmer von Anna gesteckt, hörte die Atemzüge der schlafenden Schwester. Vielleicht streichelte er zum letzten Mal Mimi, die große, grau getigerte Katze, die gerade von einem ihrer nächtlichen Raubzüge heimkam und ihm neugierig nachsah, als er eilig die steile Straße hinunterlief.

Beim Lesen hat Anna gemerkt, dass Johannes diese Gedanken an Georgs letzte Nacht in seinem Elternhaus nicht losgelassen haben. Was hat der Junge gefühlt? War es wirklich nur noch Hass und Wut gewesen? Johannes sagt, dass er sich schuldig fühlt und dass ihn diese Schuld sein Leben lang begleitet hat.

Kurz vor Georgs achtzehntem Geburtstag sei es gewesen, er sei gemustert und erwartungsgemäß für tauglich befunden worden. Trotzdem haben Johannes und Marie gehofft, wegen der Schule seine Einberufung noch hinauszögern zu können. In der Zwischenzeit hat Hitler Amerika den Krieg erklärt und Johannes hat sich und Marie Mut gemacht: »Jetzt geht es nicht mehr lange. Das ist doch der komplette Wahnsinn. Bald muss Hitler kapitulieren!« Daran haben sie sich geklammert. Und dann ist eines Abends Georg nach Hause gekommen, bebend vor Zorn und so aufgebracht, wie ihn Johannes noch nie zuvor gesehen hat.

»Wer ist mein Vater? Ich will auf der Stelle wissen, wer mein Vater ist!«, hat er gebrüllt. »Ich habe eure Lügereien so satt!« Einige in der HJ machten seit einiger Zeit blöde Anspielungen, hat er erzählt, als er sich etwas beruhigt hatte. Er habe sich ein paar gepackt und es aus ihnen herausgeprügelt. Deren Eltern hätten Andeutungen gemacht seit der Schlägereien wegen des Liedes mit dem Judenblut. Ein paar der Jungen seien auch auf ihn neidisch gewesen, weil die Mädchen hinter ihm her waren. »Ganz der Vater«, hätten die Eltern gesagt und vielsagend gelächelt. Und so sei es mit der Zeit herausgekommen, wer in Wirklichkeit sein Vater war. Es sei unheimlich gewesen, hat Johannes geschrieben, den Jungen dort stehen zu sehen und ihn immer wieder fragen zu hören: »Es stimmt also wirklich, dass Friedrich Weckerlin mein Vater ist?«

»Und ich konnte es ihm immer noch nicht sagen«, schrieb Johannes. »Ich bin wie vom Donner gerührt gewesen. Marie musste es tun, aber die hat bloß dagesessen. Kreidebleich hat sie dagesessen und kein Wort gesagt. Nicht einmal jetzt habt ihr den Mut, mir die Wahrheit zu sagen!, hat Georg dann gebrüllt.« Johannes hat auf einmal den Wunsch verspürt, ihn in den Arm zu nehmen, er hatte plötzlich ein ungeheures Verlangen, diesen Jungen zu trösten. Anna liest noch einmal die Stelle: »Ich bin auf ihn zugegangen, aber er hat mich zurückgestoßen. Hat mir einen heftigen Stoß vor die Brust gegeben, sodass ich taumelte. ›Fass du mich nie wieder an, hörst du, nie wieder fasst du mich an!‹ Dann ist er hinausgestürmt und hat die Tür krachend hinter sich zugeschlagen. Es war zu spät.«

Sie hätten noch ein paarmal versucht, mit ihm zu reden, aber er sei immer sofort weggerannt.

»Wenig später haben wir morgens das leere Bett und einen kurzen Brief vorgefunden. Er hatte sich freiwillig gemeldet, weil er mit uns nicht mehr unter einem Dach leben wollte, und wir sollten Anna grüßen. Marie ist vor Sorge fast verrückt geworden. Dann ist eine Postkarte aus dem Allgäu gekommen, aus Bad Wurzach. Er sei dort zur Ausbildung und bald gehe es los. Aber wohin, das war unsere bange Frage. Und dann hat Marie ihre Idee umgesetzt. Hat ihren Stolz überwunden, um ihren Sohn zu retten, aber es ist vergeblich gewesen.«

Das ist auch so eine Sache, denkt Anna. Seit der letzten Nacht grübelt sie ständig darüber. Wie viel Überwindung muss es meine Urgroßmutter gekostet haben, an Friedrich Weckerlins Tür zu klopfen? Johannes schreibt wenig darüber, Marie scheint ihm kaum etwas erzählt zu haben und wahrscheinlich hat er auch nicht nachgefragt. Anna versucht sich die Szene vorzustellen. Standen sie im Arbeitszimmer oder im so genannten Salon mit dem scheußlichen Kamin? Hat sie es ausgesprochen, zum ersten Mal ausgesprochen? »Georg ist dein Sohn – du musst ihm helfen!«

Oder hat sie als selbstverständlich vorausgesetzt, er wisse es, dass sie ihn gleich mit ihren Bitten bedrängt hat? »Du musst ihm helfen! Du kennst doch so viele Leute, wichtige Leute. Schreib denen! Schreib ihnen, dass er nicht an die Front muss, nicht nach Russland. Er ist so begabt. Er kann doch vielleicht Verwaltungsarbeiten machen oder im Lazarett helfen. Er darf nicht geopfert werden, er ist so klug!«

Und was hat Friedrich ihr gesagt? Hat er sie beruhigt, zu trösten versucht? Hat er die Wahrheit gesagt? Aber welche Wahrheit – dass Zigtausende, Millionen geopfert wurden, so viele Kluge und Begabte, so viele Jungen wie Georg? Oder dass die immer schneller rasende Maschinerie des Krieges auch von einem Friedrich Weckerlin nicht mehr angehalten werden konnte? Er würde es versuchen, auf jeden Fall, das hat er wahrscheinlich gesagt.

»Er hat Briefe geschrieben, viel telefoniert«, hat ihr Gretl heute Morgen beim Frühstück erzählt. »Als Marie weggegangen ist, hat er sich in sein Arbeitszimmer eingeschlossen und gleich zu telefonieren begonnen. Ich hatte damals gar nicht gemerkt, dass Marie gekommen war. Vielleicht haben sie sich schon vor dem Haus getroffen oder er hat sie selbst hereingelassen, ich weiß es nicht. Ich saß jedenfalls in der Küche und putzte Gemüse, auf einmal stand Lisbeth neben mir. ›Was will sie, Gretl?‹, hat sie geflüstert. ›Was will sie von Friedrich? Nach so vielen Jahren. Es ist doch vorbei, Gretl, nicht wahr?‹ Und dabei hat sie mich so fest am Arm gepackt, dass ich fast geschrien hätte. So viel Kraft noch, habe ich gedacht. Dabei ist sie zaundürr, wird immer weniger. Jetzt ist sie auch noch verrückt geworden. ›Von wem reden Sie denn?‹, habe ich gefragt. Und nach einigem Hin und Her ist mir klar geworden, dass Marie bei Friedrich war. Erst spät am Abend ist er aus seinem Arbeitszimmer gekommen, er sah richtig krank aus. ›Es ist wegen des Jungen, Georg‹, hat er nur gesagt. ›Ich habe herausbekommen, bei welcher Einheit er ist, kenne jetzt auch den Namen des kommandierenden Majors. Ich tue alles, Gretl, alles Menschenmögliche‹, und er hat so elend ausgesehen, dass ich am liebsten gleich losgeheult hätte. Vorher hatte Lisbeth ihm noch eine Szene gemacht, und dann ist Louis-Friedrich in die Küche gekommen und hat mich gefragt, ob es wahr sei, was Mutter ihm gesagt habe. ›Dieser Georg Helmbrecht ist mein Bruder? Warum hat mir das nie jemand gesagt? Ich kenne ihn ja kaum, er war in der Schule immer zwei Klassen über mir – aber eines muss ich sagen, jetzt wo ich es weiß: Er sieht Vater sehr ähnlich! Ich hätte es mir eigentlich denken können.‹ Er hat sich dann zu mir an den Tisch gesetzt und gelacht. ›Mein Alter und seine Weibergeschichten! Aber dass er auch noch einen Kuckuck in die Welt gesetzt hat … Dafür ist er zu schlau, hab ich immer gedacht. Und was wollte diese Marie Helmbrecht heute von ihm? Mama führt sich ja wieder auf …‹ Er soll nicht so über seinen Vater reden, habe ich gesagt. Er war damals mitten in der Pubertät und hat die ganze Zeit so abfällig geredet. Das hat mir gar nicht gefallen, aber er hat zu dieser Zeit nicht mehr auf mich gehört. Ich weiß noch, wie ich dasaß und so verzweifelt war. Und wenn der Krieg noch lange geht, muss Louis-Friedrich auch fort, ging es mir damals durch den Kopf.«

Dann war Weihnachten 1942 gekommen, das erste Weihnachten ohne Georg. Johannes schreibt davon, dass er sich sehr davor gefürchtet hatte. Marie und Anna hatten unermüdlich Strümpfe und Handschuhe gestrickt, die sie irgendwohin ins Ungewisse nach Russland, an die Front, schickten. Friedrich hatte wohl nichts ausrichten können. Briefe von Georg waren nur spärlich gekommen, enthielten viele nichtssagende Formulierungen. Immerhin schien er noch nicht in ernsthafte Kampfhandlungen verwickelt worden zu sein. An Weihnachten hatte Marie dann die zweite Idee gehabt. Sie stand auf einmal in der Küche, mit der Schmuckkassette unter dem Arm, die sie jetzt gleich an diesen Major schicken wollte, Georgs Vorgesetzten. Sie könne doch keinen Schmuckkasten nach Russland schicken, hatte Johannes gemeint. Aber nein, nicht nach Russland, an die Heimatadresse sollte sie geschickt werden. Friedrich habe die Anschrift – sie hatte jetzt ganz unbefangen von ihm gesprochen, die Angst um Georg hatte alles andere ausgelöscht – und der Major habe doch bestimmt eine Frau oder Freundin. Das müsse ihn günstig stimmen, er verbände dann etwas mit dem Namen Georg Helmbrecht.

Johannes hatte damals nicht gewagt ihr zu widersprechen, so naiv und verrückt das Ganze gewesen war, es wurde zu einer fixen Idee bei ihr: die Schmuckkassette gegen Georgs Leben!

Gut, hatte er resigniert gedacht, wenn es sie beruhigt, hatte Packpapier besorgt, die Kassette sorgfältig in dicke Lagen Zeitungspapier eingewickelt, nach Maries Anweisung einen Brief dazu geschrieben, und an einem kalten Januartag hatte er sich gerade darangemacht, seine Stiefel anzuziehen, um zur Post zu gehen, als es auf einmal geklopft hatte. So früh schon, hatte er gedacht, die SA konnte es doch nicht sein, die Schikanen hatten nachgelassen, denn die meisten Männer waren jetzt weg und man hatte andere Sorgen. Die Tür war aufgegangen und der Ortsgruppenleiter und der stellvertretende Bürgermeister hatten dagestanden. Johannes hatte in ihre Gesichter geschaut – und wusste es! Sie hatten den Satz gesagt, diesen Satz, vor dem sie sich so gefürchtet hatten, und alles weitere Reden ging in den Schreien

Maries unter. Später hatten sie erfahren, dass er an einem Ort namens Witebsk gefallen war. »Bauchschuss«, hatte der stellvertretende Bürgermeister gesagt, und dass es schnell gegangen sei. Der Ortsgruppenleiter hatte noch gemeint, die übliche Floskel, »... für Führer, Volk und Vaterland«, anbringen zu müssen, aber da war Marie auch schon auf ihn losgegangen und hatte wüste Schmähungen und Flüche ausgestoßen. Der Ortsgruppenleiter Brenner war zurückgewichen und hatte im Hinausgehen gemeint, dass er Maries Leid achte und respektiere, ansonsten hätte er sie gleich verhaften müssen.

Anna hat das alles gelesen und den Schmerz hinter den Worten gespürt, diesen Worten, mit denen sich Johannes mühte, darzustellen, was mit ihnen geschehen ist. Eine Szene, die er beschrieb, hat sich Anna unauslöschlich ins Gedächtnis gebrannt: Es war einige Stunden nach der Todesnachricht gewesen, er hatte in der Küche gesessen, ganz allein. Marie hatte sich endlich etwas beruhigt, aber sie wollte nicht bei Johannes bleiben. Sie musste Anna ins Schlafzimmer bringen, Anna, ihre Großmutter, die selbst in einem erbarmungswürdigen Zustand war. Dann war sie wieder herübergekommen und Johannes wollte den Arm nach ihr ausstrecken, aber sie hatte eine abwehrende Bewegung gemacht und da hatte er es gesehen: Tiefer Hass hatte in ihren Augen gelegen, den wunderschönen Augen, die sie von ihrer Mutter hatte. »Jetzt hast du es geschafft!«, schleuderte Marie ihm entgegen. »Jetzt ist er tot! Du brauchst ihn nicht mehr anzusehen. Er wird dich nicht mehr an seinen Vater erinnern, auf den du immer noch eifersüchtig bist. Jetzt kannst du ihn nicht mehr prügeln. Er ist weg, für immer, und du bist schuld!«

45

Gretl späht angestrengt durch ihr Wohnzimmerfenster. Wo sie nur bleibt? Mühlbecks Waltraud, die schon lange anders heißt, aber für Gretl trotzdem noch eine Mühlbeck ist, hat vorhin geklingelt und – naseweis, wie sie ist – gleich nach »dem Johannes seinem Urenkele« gefragt. »Sie ist in das alte Haus gegangen, was will sie denn da?«

Gretl hat sie kurz und bündig abgefertigt, aber jetzt fragt sie sich selbst, was Anna da oben so lange macht. Das letzte von Johannes' Büchern hat sie mitgenommen. So viele schlimme Dinge stehen darin. Heute Morgen beim Frühstück haben sie lange über Georgs Tod gesprochen und auch drüber, dass das die Familie endgültig kaputtgemacht hat.

»Aber Johannes ist doch nicht allein schuld daran, dass Georg freiwillig in den Krieg gegangen ist.«

Gretl hat ihr Recht gegeben: »Marie hätte nicht so verbohrt sein dürfen. Man hätte es Georg viel früher sagen müssen, dass Johannes nicht sein Vater ist. Aber im Nachhinein ist man immer klüger. Damals war alles so verquer.« Sie hat Anna dann erzählt, wie sie einige Tage nach dieser Hiobsbotschaft herübergekommen ist. Lene und sie hatten sich abgewechselt, hatten Essen gebracht, denn Marie musste das Bett hüten und Anna war nicht in der Lage gewesen, irgendetwas zu tun. Da hatte sie Johannes dabei angetroffen, wie er seine Bilder verbrannt hat. »Hinter dem Haus, über der Abortgrube. Alle Bilder hat er verbrannt, eins nach dem anderen ins Feuer geworfen. Es hat lichterloh gebrannt. ›Was tust du da?‹, habe ich geschrien, aber er hat seelenruhig weitergemacht. So viele schöne Bilder sind dabei gewesen, Bilder vom Katzenbuckel, von Grunbach und auch die modernen Sachen, die ich nicht so gerne gemocht habe. ›Alles Dreck, Gretl‹, hat er gesagt. ›Ich bin ein Dreckskerl und produziere nur Dreck!‹ Er hat weiter Bild um Bild verbrannt, schnell ist es gegangen, dann war alles weg, die Arbeit so vieler Jahre, sein Stolz und seine Freude.«

Anna hat gemeint, dass sie schon davon gelesen habe. »Später ist ihm selbst erst richtig klar geworden, warum er das getan hat – es war wohl eine Art Selbstbestrafung. Aber dass er dann gleich ganz mit dem Malen aufgehört hat?«

»Das hing mit der Anna zusammen, seiner Tochter. Er hatte so furchtbare Angst um sie. ›Nicht auch noch dieses Kind, Gretl‹, hat er gesagt. ›Nicht auch noch Anna. Nie mehr werde ich einen Pinsel, nie mehr werde ich einen Stift in die Hand nehmen, solange ich lebe.‹ Den Tag, an dem er das geschworen hat, kann ich dir genau sagen, es war der 23. Februar 1945. Wir haben oben am Berg gestanden und in den Himmel gestarrt. Blutrot ist er gewesen, ein solches Rot habe ich seitdem nicht mehr gesehen. ›Höllenfeuer‹, hat Johannes geflüstert, ›dort ist die Hölle. Und meine Anna … Was mache ich nur, Gretl, meine Anna ist vielleicht mittendrin.‹ Wir haben dagestanden und in den Himmel geschaut und uns so hilflos gefühlt.«

Sie hat Anna erzählt, dass am späten Nachmittag dieses Tages plötzlich viele Flugzeuge über Grunbach talabwärts donnerten. Das sei nichts Außergewöhnliches in dieser Zeit gewesen – meistens flogen sie Richtung Stuttgart, um Bomben abzuwerfen. Ihre Mutter hatte sich damals wieder furchtbar aufgeregt und gemeint, dass es gleich wieder in

Stuttgart brennen werde. Von Grunbachern, die in Stuttgart beim Aufräumen geholfen hatten, wusste man von den Schrecken solcher Bombardierungen. Erst warfen die Flugzeuge Brandbomben, dann Splitterbomben, die speziell die Menschen treffen sollten, die versuchten, das Feuer zu löschen. Am schlimmsten waren die Phosphorbrandbomben, die man nicht mit Wasser löschen konnte.

Aber an diesem Tag war das Ziel nicht Stuttgart gewesen. In den Abendstunden des 23. Februar 1945 versank Pforzheim in Schutt und Asche. Man hatte auf einmal Explosionen gehört und dann gab es diesen fahlroten Feuerschein am Horizont. Ihre Mutter hatte geweint und gezittert und dann waren sie aus dem Haus gerannt, den Hügel hinter dem Haus hinaufgeeilt und hatten in dieses Höllenrot gestarrt, sie, Lene und Louis-Friedrich, der als Erster die Situation erkannt hatte: »Pforzheim brennt!«

Die übrigen Dienstmädchen hatte man schon längst nach Hause geschickt und Walter König, der Chauffeur und Gärtner, war seit vorigem Jahr bei der Wehrmacht und befand sich irgendwo in Frankreich. Friedrich war noch unterwegs gewesen und Lisbeth hatte am späten Nachmittag Beruhigungstabletten genommen und lag im Dämmerschlaf in ihrem Bett.

Anna, um Himmels willen, Anna! Dieser Gedanke hatte Gretl damals jäh durchzuckt. Anna hatte als Verkäuferin im selben Kaufhaus wie zu der Zeit ihre Mutter gearbeitet. Auf die Oberschule gehen, wie es ihr Vater wünschte, wollte sie nicht, obwohl sie sehr gute Noten hatte. »Ich will Geld verdienen, damit ich so schnell wie möglich von zu Hause wegkann«, hatte sie ihm kühl mitgeteilt. Das Kaufhaus Merkur, das früher nach seinem jüdischen Besitzer Schocken hieß, war in »arischen Besitz überführt worden«, wie man so schön sagte, ansonsten hatte sich nicht viel geändert. Anna arbeitete in der Damenkonfektionsabteilung, wobei es in den letzten Kriegsmonaten nicht mehr viel zu verkaufen gab, und Johannes hatte die ganze Zeit befürchtet, dass sie in irgendeinen Rüstungsbetrieb gesteckt würde und von zu Hause wegmusste.

Gretl hatte sich damals in Erinnerung gerufen, wie sie da oben auf dem Hügel gestanden und plötzlich gebetet hatte: »Lieber Gott, nicht Anna. Das halten sie nicht mehr aus. Lass sie leben!«

Eigentlich war das sehr egoistisch von ihr gewesen, nur um den einen Menschen zu beten, wo doch in dieser einzigen Nacht 23.000 Menschen umgekommen waren. Aber es ist doch auch verständlich – die vielen Todesmeldungen damals hatten einen regelrecht abgestumpft.

Sie hatte auf einmal Johannes und Marie gesehen, die ebenfalls auf den Bergrücken geeilt waren.

»Ist Anna noch nicht zurück?«, hatte sie gerufen und Johannes war zu ihnen hergerannt. »Wenn sie den letzten Zug noch bekommen hat, dann müsste sie aus der Stadt draußen gewesen sein, bevor es losging. Aber die Züge verkehren nicht mehr regelmäßig, vielleicht ist ihrer gar nicht mehr abgefahren, vielleicht hat sie am Bahnhof gestanden und gewartet. Die Bahnhöfe bombardieren sie doch meist zuerst.«

Er konnte gar nicht mehr weiterreden und hatte nur hilflos in den feuerroten Abendhimmel gestarrt und dann hatte er seinen Schwur geleistet. Louis-Friedrich, der neugierig hergekommen war, hatte ihn ganz erstaunt angesehen, diesen schmalen, blassen Mann in seiner Angst und Seelenqual. »Nicht Anna, nicht auch noch dieses Kind!«

Gretl weiß nicht mehr genau, wie lange sie da oben gestanden hatten. Es war bitterkalt und ihr kam es wie eine

Ewigkeit vor. Schließlich wollte Johannes zum Grunbacher Bahnhof gehen, um zu hören, ob noch Züge erwartet wurden. Friedrich war in der Zwischenzeit wohl heimgekommen, sie hatte das Auto gehört, aber natürlich kam er nicht herauf. Immer noch stand Georg zwischen ihm und Johannes und Marie, Georgs Schatten und die Schuld, die sie empfanden, jeder für sich. Der Feuerbrand am Himmel schien immer greller zu werden, es war wirklich so, wie Johannes gesagt hatte. Die Hölle hatte ihre Tore geöffnet und die Feuerströme brachen hervor. Gretl erinnert sich, dass sie damals gedacht hatte, diese Feuer kämen immer näher und würden bald auch sie verschlingen.

Und da hatte Anna auf einmal vor ihnen gestanden, war aus der Dunkelheit wie aus dem Nichts aufgetaucht. »Wo seid ihr denn? Ich war schon im Haus, aber alles war dunkel. Da habe ich euch gesucht.« Sie hatte ganz ruhig, fast gelassen gewirkt. Dann hatten sie alle auf einmal durcheinander geredet, gerufen, geweint, gelacht in einem, sie hatten Anna in den Arm genommen, sie gedrückt, auch Johannes, und sie ließ es geschehen, blieb dabei merkwürdig kühl und unbeteiligt. Vielleicht war ihr in diesem Augenblick noch gar nicht richtig bewusst gewesen, dass sie um Haaresbreite dem Tod entronnen war. Sie hatte tatsächlich den letzten Zug erwischt, der sogar einigermaßen pünktlich gefahren war. Einige Arbeitskolleginnen hätten ihr geraten, zu bleiben und mit ihnen in den Bunker zu gehen, denn es hatte gerade Fliegeralarm gegeben. Aber sie hatte abgelehnt und war zum Bahnhof gerannt, und das war ihr Glück gewesen. Später stellte sich dann heraus, dass alle, die in diesem Bunker saßen, umgekommen waren. Die meisten ihrer Kolleginnen waren tot, verbrannt, im Feuer verglüht. Auf Kindergröße zusammengeschrumpfte schwärzliche Klumpen, die man in

Reih und Glied nebeneinander legte. Und alle diese Toten bildeten eine unendlich lange Straße des Grauens. Aber das wussten sie damals noch nicht.

Anna hatte dann berichtet, dass der Zug plötzlich in Neuenbürg angehalten hatte, es ging nicht weiter, vielleicht fürchtete man Bombardierungen. Sie sei vom Bahnhof auf die Straße gehetzt, ganz verzweifelt, es wurde dunkel und sie hatte Angst davor, den ganzen Weg nach Grunbach zu gehen. Und dann war der Herr Weckerlin vorbeigekommen, in seinem großen Auto, und hatte sie mitgenommen! Er hatte ihr auch erzählt, dass Pforzheim bombardiert worden war, und sie hatten das Feuer am Horizont gesehen. »Machen wir, dass wir nach Hause kommen«, hatte der Herr Weckerlin gesagt und er sei im Übrigen sehr freundlich gewesen. Bei diesen letzten Worten hatte sie ihre Eltern herausfordernd angeblickt. Marie war kurz zusammengezuckt, aber Johannes hatte gar nicht darauf reagiert. Er war außer sich vor Freude gewesen – seine Anna lebte, war der Hölle entkommen, umso besser, wenn Friedrich sie sicher nach Hause gebracht hatte.

»Was glaubst du: Hat es damals schon angefangen?«, hat Anna sie gefragt.

»Ich weiß es nicht, keiner weiß es genau, wann es begonnen hat mit den beiden. Kann schon sein, sie war neunzehn und ein bildhübsches Mädchen und er war fünfundvierzig und immer noch ein sehr stattlicher Mann.« Plötzlich hat sich Gretl richtig erschrocken. »Also weißt du es jetzt?«

Anna hat genickt. »Ich hatte so eine Ahnung, also habe ich die letzten Seiten überflogen.« Und auf einmal ist da ein ganz kleines, scheues Lächeln auf ihrem Gesicht gewesen. »Friedrich Weckerlin ist mein Großvater! So etwas. Aber richtig überrascht bin ich nicht mehr.« Sie ist wieder ernst geworden und dann kam die Frage, auf die Gretl gewartet hat und die sie auch ein bisschen gefürchtet hat.

»Warum, Gretl? War das wirklich Liebe, Leidenschaft? Oder war es auch Rache an Marie und Johannes? Er selbst vermutet es jedenfalls. Sich ausgerechnet mit diesem Mann einzulassen! Härter konnte sie ihre Eltern doch nicht treffen.«

Aber Gretl hat keine Antwort gewusst. Nein, sie weiß keine, bis auf den heutigen Tag. Vielleicht war es von allem etwas. Haben die beiden es selber richtig gewusst? Friedrich hat einmal ganz kurz mit ihr darüber gesprochen. Seltsam ist nur, dass es all die Jahre später immer noch ein bisschen wehtut. Seine ganzen Weiber hatten ihr, Gretl, nichts ausgemacht, Lisbeth zählte sowieso nicht. Aber Anna, das hatte geschmerzt. Auf die war sie richtig eifersüchtig gewesen. Wie er auf einmal wieder gestrahlt hatte, so richtig von innen heraus gestrahlt. Glücklich war er gewesen, hatte wieder gelacht, sah auf einmal ganz jung aus. Und sie war so verbohrt und vernagelt gewesen, hatte so lange nicht gewusst, warum.

Gretl seufzt. Und es ist doch gut, dass die alten Geschichten wieder zum Vorschein kommen, das merkt sie jetzt. Vieles hat sie mehr geplagt, als sie sich eingestanden hat. Ganz vergessen kann man eben doch nicht. Und sie kann mit vielem erst jetzt richtig ihren Frieden machen. Nur die Sache mit Anna und Friedrich, da bleibt ein Schmerz zurück, seltsam, nach all den vielen Jahren.

Entschlossen stemmt sie sich an der Tischkante hoch und schlurft in den Flur, nimmt ihren Stock, schließt die Haustür ab und macht sich leise keuchend auf den Weg zu Johannes' Haus. Sie will das Kind, wie sie es jetzt nennt, nicht so lange alleine lassen. Wenn man so unvermutet einen Großvater bekommt … Vielleicht hätte man es ihr gleich sagen sollen, aber Richard hat immer abgewehrt. »Der Name Friedrich Weckerlin sagt ihr doch gar nichts, lass sie erst lesen, und du erzählst es ihr dann, wenn sie fragt, das ist besser.«

Hoffentlich hat er Recht, denkt sie und öffnet das Türchen zu Johannes' Garten. Richtig, da hinten auf der Bank sitzt Anna und starrt Löcher in die Luft. Johannes' Augen, denkt Gretl, aber der starrsinnige Zug, den sie da manchmal um den Mund hat, der kommt von den Weckerlins.

Anna rückt zur Seite, um Gretl Platz zu machen. »Was liest du gerade?«, fragt sie und holt dabei pfeifend Luft.

»Schlimme Sachen, Gretl. Über den Krieg. Und das Ende im Frühjahr '45. Was alles so passiert ist, damals. Dass weit über zweihundert Grunbacher gefallen sind. Es gab keine Familie, die verschont geblieben ist. Wie habt ihr das alles bloß ausgehalten?«

Gretl gibt die gleiche Antwort wie sich selbst vorhin in ihren Gedanken: »Man ist abgestumpft. Man hat um das eigene Überleben gekämpft. Und später wollte man sich nicht mehr daran erinnern. Der Mensch ist feige und bequem. Und vielleicht braucht er das Vergessen auch, um weiterleben zu können.«

Anna schüttelt unwillig den Kopf. »Das darf man aber nicht. Man muss sich erinnern, das ist man den Toten, den Opfern schuldig. Johannes schreibt das auch.« Sie regt sich richtig auf. »Ich habe gerade von Gustav Mössinger gelesen. Kurz nachdem er nach Grafeneck gekommen ist, kam ein Brief, er sei an Lungenentzündung gestorben. In Wahrheit hat man ihn umgebracht, mit einer Injektion, ›abgespritzt‹, so nannte man das. Johannes schreibt davon. Oder vielleicht wurde er auch mit Kohlenmonoxid vergast. ›Vernichtung unwerten Lebens‹ – sein Leben war so viel wert wie das eines jeden anderen Menschen auch! Seine Mutter hat ihn so geliebt. Gustav Mössinger, das Chinesle, einer von vielen Millionen, denen man das Recht auf Leben abgesprochen hat. Die darf man nicht vergessen!«

Gretl nickt. Anna hat Recht. Der Eifer der Jugend! Trotzdem – »Wer wird sich in zehn Jahren noch an Gustav Mössinger erinnern?«, fragt sie zurück. »Wenn alle gestorben sind, die ihn gekannt haben, wird auch er in Vergessenheit geraten. Mit jeder Generation sterben auch ihre Erinnerungen.«

Anna lässt sich nicht überzeugen. »Dann gäbe es auch keine Geschichtsbücher. Man muss es so machen wie Johannes, man muss es aufschreiben. Ich werde das Chinesle nicht vergessen und den Siegfried Löwenstein nicht und auch nicht die Guste Mühlbeck und den Georg, obwohl ich sie alle nicht gekannt habe. Das sind wir ihnen einfach schuldig.«

Gretl hat noch einen Einwand. »Das ist schon richtig, was du sagst. Zumindest sollten wir unsere Lehren aus dem ziehen, was geschehen ist. Aber ich glaube, das ist nur ein frommer Wunsch. Sonst gäbe es ja keine Kriege mehr auf der Welt.«

Da muss Anna ihr zustimmen. »Ich lese gerade Johannes' Aufzeichnungen über den Einmarsch der Franzosen im April 1945. Er schreibt, dass der Krieg die Menschen noch schlechter macht, Hass und Zerstörungswut, kurz: Das Schlechteste in ihnen würde geweckt.«

An die Besetzung Grunbachs kann sich Gretl noch gut erinnern. »So ein schöner Frühling war das. Im März und Anfang April wurde Grunbach mehrfach bombardiert und dabei sind auch Leute umgekommen.«

»Was habt ihr gemacht, wenn es Alarm gab?«

»Haben im Keller gehockt und gebetet. Was sollten wir sonst auch tun? Und gewartet haben wir. Dass wir den Krieg verloren hatten, das war jedem klar. Einerseits waren wir froh, dass der Spuk vorbei war, andererseits haben wir natürlich auch Angst gehabt vor dem, was kommt. Der Einmarsch der Besatzungstruppen stand unmittelbar bevor. Friedrich ist merkwürdigerweise ganz ruhig geblieben. ›Ich bin einer der Ersten, den sie holen werden‹, hat er zur Mutter und zu mir gesagt. Er ist nämlich doch noch Parteigenosse geworden, kurz nach Emmas Flucht in die Schweiz. ›Sicher ist sicher‹, hat er damals gemeint. Er war fest davon überzeugt, dass er bestraft werden würde. ›Du bist doch gar kein richtiger Nazi gewesen‹, habe ich ihm entgegengehalten, ›hast niemandem etwas getan, manchen sogar geholfen.‹ Aber das ließ er nicht gelten. ›Ich habe mit den Wölfen geheult und ihnen das Fressen bezahlt.‹ Trotzdem hat er keine Angst gehabt. Emma und Aurelie waren in der Schweiz und noch im Winter '44 hatte er auch Lisbeth und Louis-Friedrich nach Davos geschickt, ebenfalls zur Kur. Wie er den Louis aus dem Krieg herausgehalten hat ... In den ärztlichen Attesten stand etwas von schwerem Lungenleiden und nervlicher Zerrüttung. Louis' Jahrgang ist 1944 eingezogen worden und im Frühjahr '45 hatten sie die Sechzehnjährigen in den Volkssturm gesteckt, richtige Kinder sind das noch gewesen. Und Louis-Friedrich saß in einem vornehmen Hotel in Davos und trank Tee.«

Anna hört wohl die Missbilligung in Gretls Stimme. »Warst du nicht froh darüber? Das hat ihm das Leben gerettet!«, meint sie.

Gretl zögert mit der Antwort. »Sicher war ich froh. Und trotzdem ... Ach, ich kann es nicht richtig sagen. Ich glaube, der Junge hat sich insgeheim geschämt. Der Vater kauft ihn frei, immer wieder der Vater. Dabei hat ihn Friedrich gar nicht richtig gemocht und das hat Louis-Friedrich ebenfalls gespürt. ›In dem Jungen ist kein Leben‹, hat Friedrich immer gesagt. Wenn er dem Jungen mehr Anerkennung gezeigt hätte … Louis hat ja noch das Abitur gemacht, gar nicht einmal so schlecht, und er wollte nach dem Krieg studieren, das hat er mir immer wieder erzählt. Er wollte, dass sein Vater stolz auf ihn ist. Und dann hat ihn Friedrich in die Schweiz verfrachtet und er hat es geschehen lassen, hat ihm nicht widersprochen. Das hat ihm das Leben gerettet, keine Frage, aber es hat ihn auch seine letzte Selbstachtung gekostet.«

46

Verrückte Welt, denkt Anna. Johannes und Georg, Friedrich und Louis. Väter und Söhne. So viele Missverständnisse! Vieles, was nie ausgesprochen wurde, so viel unerfüllte Wünsche und alle gehen daran zugrunde. Aber jetzt will sie noch etwas über einen anderen Sohn wissen, über Richard Caspar, den dritten. Sie hat gelesen, was Johannes darüber geschrieben hat, findet, dass es eine fürchterliche, ja sogar unglaubliche Geschichte ist. Gretl muss es ihr auch erzählen, aus ihrer Perspektive. »Der Einmarsch der Franzosen, Gretl«, drängt sie. »Erzähl mir davon, vor allem das mit Frau Caspar.«

Gretl zögert. »Ich rede nicht gerne darüber. Das sind so Sachen, an die erinnert man sich lieber nicht. Es war überhaupt eine furchtbare Zeit.«

Anna spürt wieder den Anflug eines schlechten Gewissens. »Wenn es dich aufregt oder zu sehr anstrengt …«

Für einen Moment lastet ein drückendes Schweigen über ihnen. Aber plötzlich fängt Gretl mit brüchiger Stimme an zu erzählen. »Nein, nein, es geht schon. Ich habe mir heute Morgen gedacht, dass es ganz gut ist, wenn ich über manches noch einmal rede.«

Sie erzählt, dass am Nachmittag des 14. April 1945 die ersten Panzer der Franzosen einfuhren. »Es wurde dauernd geschossen und es brannten auch einige Häuser. Die Leute wollten löschen, und das war gefährlich, denn die Franzosen schossen immer noch, auch weil sie nicht beurteilen konnten, welche Absichten die Menschen hatten. Am Meistern und am Hengstberg hatten sich zudem noch deutsche Einheiten mit Maschinengewehren verschanzt gehalten. Gleich zu Beginn des Einmarsches haben sie vier französische Soldaten erschossen, da sind deren Kameraden natürlich sehr wütend gewesen. Einen Grunbacher, der seine Kuh aus dem brennenden Stall retten wollte, haben sie ohne Vorwarnung unter Feuer genommen und er ist gestorben. Ja, der ganze Ortskern stand voll mit Panzern und die französischen Soldaten haben dann Haus für Haus durchkämmt. Am Abend ist dann der Ausscheller durch den Ort gezogen und hat die erste Anordnung der Militärkommandantur verlesen – alle Schusswaffen, alle Munition, die Radios und sogar die Fahrräder musste man in der Kirche abgeben! Friedrich hatte doch so viele Jagdgewehre im Haus, die habe ich mit Mutter auf den Leiterwagen gepackt, den wir für die Gartenarbeiten hatten, und dann sind wir gleich am nächsten Morgen losmarschiert. Die Franzosen haben nicht schlecht gestaunt, als wir mit dem Zeug ankamen. Sie waren erst sehr misstrauisch, aber es gab einen Dolmetscher und dem konnten wir alles erklären und so haben sie uns wieder ziehen lassen. Friedrich haben sie gleich am nächsten Tag geholt. Es fuhr ein Jeep vor, wie man das nannte, und Soldaten sprangen heraus, lasen schnell etwas vor, ich habe es gar nicht verstanden. Friedrich durfte ein paar Sachen zusammenpacken, ich habe ihm dabei geholfen. ›Schreib an Emma‹, hat er noch gesagt, und wir sollen auf das Sägewerk achten. Der Betrieb war in den letzten Kriegswochen eingestellt worden, er hatte das Sägewerk in der letzten Zeit fast ausschließlich mit Zwangsarbeitern betrieben, vor allem mit Holländern, auch einige Polen und Franzosen haben dort gearbeitet –

beim Tournier waren vor allem Russen beschäftigt. Aber einige ältere Arbeiter waren auch noch da und die sollte ich verständigen, damit zumindest die Maschinen gewartet wurden. ›Vielleicht nehmen die Franzosen auch die Sägen und das ganze Zeug mit‹, hat er noch gemeint und sogar gelacht, ›dann sind wir diese Sorgen los.‹

Ich bin vor Angst fast verrückt geworden. Wo würden sie ihn hinbringen, was würde mit ihm geschehen? Immerhin hat er niemandem geschadet, im Gegenteil. Später haben wir dann einen Schutzbrief bekommen, in dem stand, dass wir unsere Zwangsarbeiter gut behandelt haben, das hat geholfen.«

»Und was war mit den anderen Zwangsarbeitern?«, fragt Anna nach.

»Die Russen hat man nicht so gut behandelt, aber im Großen und Ganzen ging es einigermaßen.«

»Und was geschah mit den Nazis im Ort?«

»Einige sind gleich verhaftet worden, andere mussten später vor Kommissionen aussagen und die meisten Männer mussten Fragebögen ausfüllen. Etliche sind dann als Arbeiter in Frankreich zwangsverpflichtet worden. Natürlich haben viele versucht sich rauszureden, sie haben gesagt, sie seien gezwungen worden in der NSDAP mitzumachen oder man hätte sie bedroht. Johannes hat sich furchtbar darüber aufgeregt. Sein alter Parteifreund Oskar Maier ist dann kommissarischer Bürgermeister geworden, weil die Franzosen nach unbelasteten Männern gesucht haben, die sie an der Verwaltung beteiligen konnten. Da hat man zunächst auf die Ortskommunisten zurückgegriffen. Der Oskar hat sich auch bemüht, einige Verantwortliche, vor allem beim Tournier, zur Rechenschaft zu ziehen. Aber die haben immer nur gesagt, sie hätten die Rüstungsgüter unter Zwang produziert und im Übrigen hätten sie im Interesse des Betriebes gehandelt. Richtig hochnäsig waren sie gegenüber dem Oskar. Und irgendwie blieb dann alles beim Alten.«

Anna nickt. Sie hat in Johannes' Heft davon gelesen. Sehr bitter hat das geklungen, was er da geschrieben hat. Nach dem Ersten Weltkrieg ist er der felsenfesten Überzeugung gewesen, es müsse alles anders werden, und nichts ist geschehen. Und jetzt, nach der noch größeren Katastrophe dieses Krieges, sei es dasselbe gewesen: »Man ging rasch wieder zur alten Tagesordnung über, viele Nazis und die meisten Mitläufer saßen fest im Sattel und ein Antifaschist wie mein Freund Oskar Maier, der wegen seiner Überzeugung schikaniert und gequält worden war, hatte einen zunehmend schweren Stand.«

»Ihr hattet in der ersten Zeit sicher andere Sorgen als die Politik«, sagt Anna nachdenklich zu Gretl.

»Das will ich meinen! Hunger, vor allem der Hunger. Bis '47 wurde es laufend schlechter. Im Winter gingen die Kartoffeln aus, es gab nur noch Rüben. Den Menschen in der französischen Besatzungszone ging es ganz miserabel, viele Lebensmittel mussten abgeführt werden und die Zuteilungen für uns wurden immer kleiner. Und dann, in der ersten Zeit der Besatzung, hatten wir Frauen vor allem fürchterliche Angst vor den Nächten!« Gretls Stimme wird ganz dünn. »Auf einmal, es war der dritte Besatzungstag und Friedrich saß irgendwo im Gefängnis, standen Soldaten da und wollten Uhren und Schmuck. Zum ersten Mal in meinem Leben habe ich so dunkle Menschen gesehen, es waren vor allem Marokkaner und Algerier, die in der französischen Armee dienten. Johannes hat immer gesagt, dass der Krieg den Menschen verroht, und das stimmte. Und wie das stimmte! Diese Kerle, eigentlich waren es arme Schweine, trotz allem, haben ihren Kopf hingehalten für eine Sache, die sie wahrscheinlich gar nicht verstanden haben. Aber was sie mit den Frauen gemacht haben … Als sie damals bei uns eingedrungen sind, habe ich ihnen rasch alles Mögliche mitgegeben – was von Lisbeths Schmuck noch da war und einige Uhren. Einer wollte sogar einen Perserteppich mitnehmen, der im Salon lag, aber der war ihm dann doch zu groß. Ich war froh, als sie endlich wieder draußen waren, das kannst du mir glauben. Oft haben sie die Leute nämlich verprügelt. Im Hinausgehen fragt mich noch einer: ›Du allein sein?‹, und da wusste ich, was die Stunde geschlagen hatte. In der letzten Nacht hatten wir wieder gellende Schreie gehört, Schreie, die aus einem allein stehenden Haus unten an der Enz zu uns heraufdrangen. Dort hat eine Gruppe Marokkaner eine Frau brutal vergewaltigt. Am nächsten Morgen musste sie ihr Mann im Leiterwagen zum Doktor fahren, weil sie nicht mehr gehen konnte! Und so erging es in den ersten Nächten auch noch vielen anderen Frauen. Am Nachmittag sind wir dann hochgerannt zu Johannes und Marie, die waren auch schon in großer Sorge wegen Anna. Sie war am Morgen von Soldaten belästigt worden und einige seien ihr auch gefolgt, um herauszufinden, wo sie wohnt. Johannes hat uns dann am Abend im Keller versteckt, hinter die leeren Kartoffelkisten mussten wir kriechen und dann hat er Säcke über uns ausgebreitet. ›Keinen Mucks!‹, hat er befohlen. Er selbst saß oben in der Küche, alle Vorhänge waren zugezogen, aber das Licht brannte. Er hatte sich mit einer alten Schrotflinte bewaffnet, die er nicht abgegeben hatte, Marie war deshalb ganz aufgelöst gewesen, aber er hatte sich nicht darum geschert. Einen Schutzbrief vom Maier Oskar hatte er sich noch besorgt und an die Tür gehängt. ›Vielleicht hält das die verdammten Kerle ab‹, hat er noch gemeint, aber sehr überzeugt hat er nicht geklungen. Vergewaltigungen waren eigentlich verboten, und zumindest einige französische Offiziere haben später darauf geachtet, dass sich die Soldaten nicht allzu schlimm aufführten.

Wir lagen also da und haben kaum zu atmen gewagt. Selbst meine Mutter hatte Angst, obwohl sie doch schon eine ältere Frau war. Aber in der Nähe von Grunbach hatten sie beim Einmarsch sogar einer Achtzigjährigen Gewalt angetan. Und dann kamen sie. Erst hörte man Schritte, leise, schleichende Schritte, nur die Steine auf dem Weg knirschten, und dann hörten wir, wie sie vorsichtig zum Haus kamen. Wie viele es waren, kann ich gar nicht sagen. Wir hörten sie flüstern, verstanden haben wir natürlich nichts, wir konnten ja kein Französisch, und dann wurde es plötzlich ruhig. ›Sie gehen zur Haustür‹, hat Anna gezischt. Hoffentlich dreht sie nicht durch, hab ich noch gedacht. Plötzlich hörten wir von oben Lärm. Flaschen fielen um, Gläser klirrten und Johannes begann laut zu lachen und dann sang er grölend ein Lied, das er damals drüben in Frankreich gelernt hatte. Den Text weiß ich nicht, aber an die Melodie kann ich mich noch gut erinnern.«

Gretl summt ein paar Takte und Anna erkennt sofort, um welches Lied es sich handelt – schließlich hat sie fast sieben Jahre Französischunterricht gehabt. »Auprès de ma blonde«, heißt es. Ein Lied, das die französischen Soldaten im Ersten Weltkrieg oft gesungen haben. Eigentlich ein schönes Lied, denkt sie. Aber in der Situation …

»Und dann?«, fragt sie gespannt. »Warum hat er das gemacht? So ausführlich hat Johannes nicht darüber geschrieben.«

»Erst hab ich gedacht, er ist verrückt geworden. Aber dann haben wir gehört, wie sie Fersengeld gegeben haben, sie sind einfach schnell die Straße hinuntergerannt! Nach einer Weile hat uns Johannes dann geholt. ›Sie sind weg‹, hat er gesagt. ›Und sie kommen hoffentlich auch nicht wieder.‹ Sie haben wohl gedacht, Franzosen seien hier einquartiert, vielleicht sogar Offiziere, und haben deshalb Angst bekommen. War ein schlauer Kopf, dein Urgroßvater.«

»Und wenn's nicht funktioniert hätte?«

Gretl schaut sie an und in ihren Augen liegt noch jetzt etwas vom Grauen jener Nacht. »Daran wollte ich nie denken und will es jetzt auch nicht. Weißt du, es ist ein bitterer Gedanke, dass jemand anderer für uns bezahlen musste. Die Soldaten sind in eines der Wirtshäuser gegangen und haben aus lauter Wut und Enttäuschung krakeelt und Alkohol getrunken. Spät in der Nacht sind sie dann durchs Dorf gezogen, zu den Häusern, die etwas außerhalb lagen. In ein ganz spezielles Haus sind sie dann eingebrochen, eines, in dem nur noch ein alter Mann, eine Frau und ein junges Mädchen wohnten. Du weißt schon, welches Haus ich meine?«

Anna nickt beklommen.

»Es war bloßer Zufall. Der Caspar hatte sich in den letzten Kriegstagen freiwillig zum Volkssturm gemeldet und ist nach Stuttgart gekommen. Dort haben ihn die Franzosen gefangen genommen, erst 1948 ist er aus der Kriegsgefangenschaft entlassen worden. Jedenfalls sind die Soldaten in das Haus eingedrungen, haben sofort den alten Mann in den Keller gesperrt und Frau Caspar vergewaltigt – jeder von denen und nicht nur einmal.« Gretl ringt sichtlich um Fassung.

»Und die Tochter?«

»Die hat sich geistesgegenwärtig im Kleiderschrank versteckt. Ist erst am nächsten Morgen total verstört herausgekrochen und hat ihren Opa befreit, der vor Angst halb tot war. Dann hat sie die Nachbarn alarmiert und bald war es im ganzen Dorf herum, dass die Frau Caspar so brutal vergewaltigt worden war. Mutter und ich sind gleich hinübergerannt, einmal weil der Caspar ein Angestellter von Friedrich war und wir uns verantwortlich fühlten. Aber mehr noch, weil wir gedacht haben, dass die Frau Caspar sozusagen an unserer statt das Opfer war. Ich hab sie nie leiden können, aber in dem Moment, als ich sie da liegen gesehen habe, da hat sie mir furchtbar Leid getan. Grün und blau hatten sie sie geschlagen, sie blutete und sie schien große Schmerzen zu haben. Wir wollten gleich den Arzt holen, einige Nachbarfrauen waren in der Zwischenzeit auch gekommen. Aber sie hat sich strikt geweigert! Überhaupt hat sie sich sehr merkwürdig verhalten, hat nicht geheult und nicht geschrien – sie lag nur apathisch da und starrte an die Decke. Und dann, das werde ich nie vergessen, dann sagte sie: ›Es ist nichts, es ist gar nichts passiert. Gehen Sie nur wieder nach Hause.‹ Immer wieder hat sie wiederholt, dass alles in Ordnung sei.«

Anna weiß davon aus Johannes' Schilderungen. »Er meint, dass sie das Ganze nicht in ihr Bewusstsein hineinlassen wollte, trotz der Schmerzen.«

Gretl ist derselben Ansicht. »Nach einiger Zeit hat man gemerkt, dass sie schwanger ist. Wir haben sie gebeten, angefleht haben wir sie, dass sie endlich zum Arzt oder wenigstens zur Hebamme gehen soll. Aber sie hat abgelehnt, hat auch dieses Kind, das in ihr heranwuchs, nicht wahrhaben wollen.«

»Und dann wurde Richard geboren?«

»Sigrid, die Tochter, hat die Hebamme geholt, als es soweit war. Frau Caspar hat sie erst nicht hereinlassen wollen, aber dann wurden die Schmerzen und die Angst immer größer. Die Geburt ging schnell und leicht. Als ich am Abend vorbeigeschaut habe, lag der Kleine da, ein hübsches Kind mit dunkler Haut und winzigen schwarzen Löckchen. Die Nachbarinnen hatten ihn in einen Wäschekorb gelegt und jede hatte etwas beigesteuert, von Sigrid waren auch noch Sachen da. Frau Caspar hat das Kind nicht sehen wollen, hat es nicht angefasst; wenn wir mit ihm näher kamen, hat sie geschrien. An Stillen war nicht zu denken, wir haben den Kleinen mit Kuhmilch aufgezogen und der Doktor musste mehrere Male vorbeikommen, weil Frau Caspar wegen der vielen Muttermilch dauernd Brustentzündungen bekam. Am dritten Tag hat eine der Nachbarinnen, es war, glaube ich, die Frau König, gefragt: ›Wie soll er denn heißen, der Kleine, Frau Caspar? Man muss ihn doch auf dem Standesamt anmelden.‹ Aber sie hat keine Antwort gegeben. Da ist Frau König einfach losgegangen und hat das Kind eintragen lassen. ›Welchen Namen haben Sie denn angegeben?‹, habe ich sie gefragt, und sie hat gesagt: ›So, wie die anderen auch alle heißen: Richard Caspar.‹ Da hätte ich am liebsten laut losgelacht, obwohl es doch wahrlich nicht lustig war!«

Anna versteht genau, was sie meint.

Etwas anderes interessiert sie noch brennend: Wie hat Richard Caspar, der Richard, den sie kennt, dieser freundliche, sympathische und glücklich wirkende Mensch die Tatsache verkraftet, dass seine Existenz auf einem Akt brutalster Gewalt, einer Massenvergewaltigung beruht? Kein Kind der Liebe, ein Kind des Hasses, von niemandem erwünscht. Und wie hat er es überhaupt erfahren?

Gretl meint, das sei alles sehr bemerkenswert und auch ein großes Glück, aber ganz einfach sei es nicht gewesen. »Irgendwie ist er in den ersten zwei Jahren von selber aufgewachsen. Das halbe Dorf hat sich so gut es ging um ihn gekümmert. Wir haben uns stillschweigend abgewechselt und

Sigrid, die Schwester, die damals sechzehn Jahre alt war, hat auch dabei geholfen. Frau Caspar wollte nie etwas von ihm wissen. Ich habe immer nur vor einem Angst gehabt: Was geschieht, wenn der Herr Caspar wiederkommt und das Kind sieht? Er war in einem französischen Kriegsgefangenenlager interniert. Ja, und eines Tages war es dann so weit. Im Sommer '48 ist es gewesen, das weiß ich noch genau. Kurz zuvor gab es nämlich das neue Geld und Friedrich hat gemeint, dass es jetzt wieder aufwärts geht. Friedrich war damals nur wenige Wochen in Haft gewesen. Emma hatte einen Brief an die Militärbehörden geschrieben, dass ihr Bruder ihr geholfen hat, und auch andere haben für ihn ausgesagt. 1947 kam übrigens der ehemalige Ortsgruppenleiter Brenner aus dem Lager für politische Häftlinge in Balingen zurück und so waren die ehemaligen Grunbacher Nazis alle wieder da. Und der Herr Caspar kam ebenfalls zurück und wir haben alle die bange Frage gestellt: Was wird er machen, wenn er es erfährt und wenn er den Jungen sieht? Frau König hat mir später erzählt, dass er wie angewurzelt dagestanden habe, als er in der Küche den Kleinen gesehen hat. Der kleine Richard hatte sein Spielhöschen an, das noch von Sigrid stammte und das ihm viel zu klein war. In der Hand hielt er eine von Sigrids Puppen, zum Spielen hatte er doch nichts anderes. Er sah diesen unbekannten Mann ganz neugierig an und hat auch keine Angst gehabt, obwohl der Caspar damals zum Fürchten aussah. Bleich und ausgemergelt stand er da in seiner abgerissenen Kleidung. ›Wer ist denn das?‹, hat er gefragt und die Frau König hat es ihm so gut es ging erklärt. ›Blut und Wasser hab ich geschwitzt, Fräulein Haag‹, hat sie mir später erzählt, ›Blut und Wasser! Und der Kleine hat ihn immer angeguckt und er hat das Kind angeschaut. So ein halbes Negerkind da in seiner Küche, und das gehört jetzt zur Familie, das ist schon ein schwerer Schlag für ihn, hab ich gedacht.‹ Aber dann sei etwas ganz Merkwürdiges passiert, fast hätte sie der Schlag getroffen. Der Caspar sei auf den Kleinen zugegangen und habe ihn auf den Arm genommen. Und das Kind schlang die Ärmchen um seinen Hals und lachte ganz laut. Ich hab's nicht glauben wollen, als sie mir's erzählt hat. Und die meisten Grunbacher haben es erst auch nicht geglaubt. Das war ungefähr so, als wenn mir jemand gesagt hätte, die Enz fließt jetzt den Berg hinauf. Aber es war so, der Richard Caspar hat dieses Kind abgöttisch geliebt, sein Leben lang!«

47

Es ist Annas letzter Abend in Grunbach und sie sind wieder in Gretls Wohnzimmer beisammen. Fritz ist jetzt auch dabei, mit ihm und Gretl, die sie in die Mitte genommen haben, sitzt Anna auf dem Sofa. Ganz selbstverständlich sitzt sie dort. Sie gehört dazu! Richard hat einige Fotos von den dreien gemacht, als »weiteres historisches Dokument«, wie er sagt. Vorhin beim Essen haben sie laut und angeregt darüber diskutiert, von welcher Art ihre Verwandtschaftsbeziehungen sind. »Was bist du eigentlich als Enkelkind meines Großonkels?«, hat Fritz gefragt. »So etwas wie eine Großkusine oder gar eine Tante zweiten Grades?«

Nur Blödsinn hat er geredet und Anna hat ihn ein paarmal scherzhaft in die Seite geboxt. »Nichts von alledem«, hat Richard gemeint, »Christine und Anna sind Kusinen zweiten Grades. Eure Blutsverwandtschaft ist also nicht so eng, dass bestimmten Beziehungen irgendetwas im Wege stehen würde.« Dabei hat er spitzbübisch zu Anna und Fritz herübergeblinzelt und Anna ist ganz rot geworden. Wie peinlich!, hat sie gedacht, aber gleichzeitig hat sie sich gefreut. Jetzt hab ich eine Familie, eine richtige Familie! Menschen, die ich mag und die mich scheinbar auch ein bisschen mögen …

Beim Spülen in der Küche, als sie mit Christine für kurze Zeit allein gewesen ist, hat sie noch einmal nach Friedrich und Anna, ihrer Großmutter, gefragt. Gretl scheint nicht gerne darüber zu reden und vielleicht weiß Christine noch etwas von Emma. Bestimmt haben sie öfter davon gesprochen.

»Ob sich die beiden geliebt haben?«, hat Christine Annas Frage nachdenklich wiederholt. »Schwer zu sagen. Man müsste wahrscheinlich als Erstes eine philosophische Betrachtung darüber anstellen, was Liebe überhaupt ist, wie mein lieber Mann jetzt sicher sagen würde. Aber dann wären wir auch nicht klüger. Meine Großmutter hat immer gemeint, dass bei Anna sicher Rache im Spiel war. Rache an ihren Eltern, die sie für Georgs Tod mitverantwortlich gemacht hat. Mit dieser Beziehung konnte sie ihre Eltern sehr verletzen, und das hat sie sicher gewusst. Bestimmt hat auch eine Rolle gespielt, dass Friedrich ihr ein ganz anderes Leben bieten konnte. An Wochenenden Fahrten nach Baden-Baden, ins Elsass, luxuriöse Hotels, erlesenes Essen, teure Kleider … Das sind Hungerjahre gewesen damals, als deine Großmutter ein junges Mädchen war, und auch schon vorher waren die Verhältnisse bei Helmbrechts eher ärmlich. Du hast das Häuschen doch gesehen. Und dann Friedrich – ein immer noch attraktiver Mann, einer, der etwas darstellte. Das Sägewerk hat kurz nach Kriegsende seinen Betrieb wieder aufgenommen, mit Genehmigung der französischen Militärbehörde, mit der er sich im Übrigen sehr gut stellte. Oh, er schwamm immer oben, mein Großonkel Friedrich. Machte wieder gute Geschäfte. Vergiss nicht, nach '47 gab es die Marshall-Plan-Hilfe, es wurde überall gebaut, die Nachfrage war riesig. Anfang der fünfziger Jahre ging es noch einmal richtig bergauf mit dem Sägewerk Dederer. Das war für ein junges Mädchen sicher alles sehr beeindruckend. Und er wollte sie heiraten, deine Großmutter, das weiß ich sicher!«

»Und woher?«, hat Anna gefragt. Johannes hat das nämlich auch geschrieben. Friedrich wollte Anna heiraten. Das ist ein wichtiger Punkt für sie gewesen, irgendwie ist ihr das wichtig.

»Von Emma. Als sie Ende 1948 aus der Schweiz zurückkam, hatte es gerade richtig angefangen mit den beiden. Sie war so aufgebracht deswegen, dass sie nicht mehr in der Villa wohnen wollte, sondern in das alte Dederer-Haus, unser jetziges Haus, gezogen ist. ›Wie kannst du ihnen das antun?‹, hat sie ihren Bruder immer wieder gefragt.«

Christine hat dann eine Weile gezögert und die Schüssel, die sie gerade abtrocknete, wie ein heidnisches Opfergefäß vor die Brust gehalten. »Und da hat er einmal etwas gesagt, was mich lange sehr beschäftig hat. Jetzt, wo ich älter geworden bin, kann ich es verstehen: ›Sie ist mein neues Leben‹, hat er zu Emma gesagt. ›Mein Erstes habe ich verpfuscht. Nicht im geschäftlichen, im finanziellen Sinn, da bin ich ohne Zweifel erfolgreich gewesen. Aber alles andere habe ich verhunzt. Und jetzt fange ich noch einmal mit ihr, Anna, an.‹ Typisch Friedrich, könnte man dazu sagen.«

Anna ist für einen Moment richtig wütend geworden. Als ob man ein Leben umtauschen könnte. Oder sich ein neues kaufen, wie einen Anzug oder ein Paar Schuhe. Ein neues Leben, und dazu brauchte er eine Kopie von Marie!

Als ob sie ihre Gedanken hätte lesen können, hat Christine noch hinzugefügt, dass sie Nachsicht mit Friedrich haben soll. »Er wollte das, wonach wir alle suchen und streben: Liebe, Glück, das richtige Leben. Und mit deiner Großmutter glaubte er es endlich zu finden. Das ist ein schöner Gedanke – trotz allem.«

Daran muss Anna jetzt denken, als sie Richard und Christine beobachtet, die gemeinsam mit Fritz schon eifrig Pläne schmieden, was sie im Sommer alles mit ihr unternehmen wollen. Denn dass sie nach Grunbach zurückkommt, hat sie ihnen versprochen. Wie liebevoll sie miteinander umgehen!, denkt sie. Das fällt ihr immer wieder auf. Sie überlegt noch einmal, was Christine zu ihr gesagt hat: »Ein schöner Gedanke – trotz allem.«

So kann man es sehen – aber für Johannes und Marie war es sicher schlimm. Er schreibt, dass er lange nichts gemerkt hat. »Ganz Grunbach hat es gewusst und darüber geredet. Nur Marie und ich, wir sind blind gewesen. Wir hätten es doch merken müssen! Die vielen neuen Kleider, das teure Parfum – angeblich günstige Angebote aus dem ›Merkur‹. Die vielen Wochenendfahrten – angeblich Ausflüge mit Freundinnen. Wahrscheinlich wollten wir es nicht sehen. Wir wollten, dass sie glücklich ist, unser einziges Kind. Und glücklich war sie.«

Sie weiß auch aus Johannes' Aufzeichnungen, dass Friedrich fieberhaft seine Scheidung von Lisbeth vorangetrieben hatte, vor allem als Anna schwanger wurde. Er hatte ihr angeboten, eine Wohnung für sie zu mieten, aber das wollte sie nicht. »So eine« sei sie nicht, und sie bleibe bei ihren Eltern, bis er sie heiraten konnte, ob mit »dickem Bauch« oder dem Kind auf dem Arm. Sicherlich fiel ihr dieser Entschluss auch leichter, weil Johannes und Marie ihr keine Vorwürfe machten. »Was hätte das auch genutzt?«, hat Johannes geschrieben. »Wir wollten sie nicht verlieren, nicht auch noch Anna! Marie hat allerdings gelitten, mehr als ich, und sie hatte böse Vorahnungen. Sie sagte immer wieder, dass auf einer solchen Verbindung kein Segen ruhe. ›Da liegen zu viele Schatten darüber‹, hat sie gemeint. Ich habe sie zu trösten versucht und ihre Ängste als Aberglauben abgetan, aber in Wahrheit habe ich mich ebenfalls gefürchtet. Friedrich Weckerlin wird mein Schwiegersohn! Das war doch mehr als ein schlechter Witz.«

Die Scheidung hatte sich immer wieder verzögert. Lisbeth machte Schwierigkeiten, obwohl damals schon todkrank, hatte sie noch genügend Kraft, Friedrich mit Hilfe ihrer Anwälte alle möglichen Steine in den Weg zu legen. Und es ging um das Sägewerk und sehr viel Geld. Das war ihre Rache! Dann kam 1950 die Nachricht, dass sich Louis-Friedrich an der Riviera erschossen habe. »Spielschulden«, hat Johannes lakonisch geschrieben. »Angeblich studierte er, in Wirklichkeit trieb er sich jedoch in der Weltgeschichte herum und verprasste das Geld seiner Eltern.«

Nach seiner Rückkehr aus der Schweiz sei das Verhältnis zwischen Vater und Sohn sehr gespannt gewesen, berichtete Johannes weiter und auch, dass der Junge wahrscheinlich so die Aufmerksamkeit des Vaters auf sich ziehen wollte. Aber Friedrich war es egal gewesen. Er wollte sein neues Leben beginnen, also tat er das, was das Nächstliegende war, er zahlte, er wollte sich freikaufen von Louis-Friedrich und seinen Ansprüchen. Und je mehr Geld er gab, desto mehr brauchte der Sohn, trug es in Spielcasinos, spielte, verspielte es, forderte mehr und der Vater zahlte. Eines Tages setzte sich Louis-Friedrich auf eine Bank vor dem Casino in Monte Carlo. Es war kurz vor Sonnenaufgang, er zog eine kleine Pistole aus dem Besitz seines Vaters aus der Tasche und schoss sich in den Kopf. Das war die letzte und wohl härteste Bestrafung des Vaters, der ihm die Liebe und Anerkennung verweigert hatte. Lisbeth, die an diesem Schicksalsschlag endgültig zerbrach, willigte jetzt in die Scheidung ein, aber so kurz nach dem Tod des Sohnes wollte Friedrich nicht heiraten. Sollte das Kind eben vor der Hochzeit kommen.

An einem grauen Novembertag im Jahr 1950 brachte Anna ihre Tochter zur Welt, die sie in einem Anflug von schlechtem Gewissen Marie nannte. Einige Stunden nach der

Geburt war sie tot gewesen! Verblutet war sie. Überall war Blut, ungeheure Mengen Blut und Anna hatte mit wächsernem Gesicht auf dem Bett gelegen. Sie hatte gelächelt, war gestorben mit der Gewissheit, dass jetzt ihr Leben mit Friedrich beginnen konnte.

Anna ist jetzt auch klar, wo Marie das Geld herhatte, das Geld für das Studium, die Wohnung, sogar das Geld, von dem jetzt noch etwas auf ihrem Konto liegt. Friedrich hatte für seine Tochter gesorgt und diesmal hatte Johannes die Unterstützung angenommen. Das sei im Sinne seiner Tochter, hatte er gemeint. Richard hat ihr berichtet, dass Marie eigentlich noch viel mehr erben sollte. »Das halbe Sägewerk wollte er auf sie überschreiben, die andere Hälfte sollten Emma und Aurelie bekommen. Aber nach Annas Tod war Friedrich nicht mehr der Alte. Er reiste viel, kümmerte sich nicht mehr ums Geschäft, überließ alles meinem Vater, den er erstaunlicherweise wieder eingestellt und sogar als Prokuristen eingesetzt hatte. Der hatte allerdings nicht den Weitblick und die Kraft, notwendige Neuerungen durchzusetzen. Holz wurde als Baustoff zunehmend uninteressant, dringend erforderliche Modernisierungen und Rationalisierungen unterblieben und dann kam auch noch die Rezession 1963. Kurz gesagt, zwei Jahre vor seinem Tod war Friedrich bankrott. Er ist noch so hellsichtig gewesen, das Dederer-Haus und die Villa auf Emma überschreiben zu lassen, aber das Sägewerk musste sie schließen, gerade noch rechtzeitig, sonst hätte sie die Ansprüche der Gläubiger nicht mehr befriedigen können. Sie hat die Grundstücke verkauft, die Wälder, bis auf die Gemarkung Katzenbuckel, und dann blieb nichts mehr übrig!«

Also ist alles umsonst gewesen für Friedrich, hat Anna unwillkürlich gedacht. Alles war weg, was ihm wichtig gewesen ist. Wie viel hat er davon noch mitbekommen? Ist ihm das wahre Ausmaß seines Niedergangs überhaupt bewusst gewesen?

Richard konnte diese Frage nicht genau beantworten. »Als sich der Konkurs 1964 abzeichnete, hatte er kurz vorher seinen ersten Schlaganfall erlitten. Er hat sich zwar wieder recht gut erholt, aber mein Vater hat immer gemeint, dass ihm alles egal gewesen sei. Ich habe mich einige Male mit ihm unterhalten, wenn ich in den Semesterferien im Sägewerk gearbeitet habe. Er kam manchmal vorbei, ein freundlicher älterer Herr, der sich gerne mit den Leuten unterhielt. Er redete mit seinen Arbeitern, fragte nach ihren Kindern und ihren Plänen für den Urlaub, aber was im Betrieb los war, schien ihm herzlich gleichgültig zu sein. Ich hatte den Eindruck, dass er mich gern mochte. Er hat mit mir viel über die Vergangenheit geredet. Zwei Sachen sind mir noch gut in Erinnerung. Friedrich hat immer wieder vom alten Dederer, seinem Schwiegervater, angefangen und dabei auch geheimnisvoll von einem Fluch gesprochen. Ich habe das nie richtig verstanden. Und einmal hat er zu mir gesagt, dass er uns beneidet, meinen Vater und mich, obwohl unsere Situation damals nicht sehr angenehm war. Meine Mutter war zunehmend seltsamer geworden. Sie lebte fast ausschließlich in ihrer eigenen Welt. Du hast vielleicht bei Johannes davon gelesen. Sie zog sich die merkwürdigsten Sachen an, lief durch das Dorf, brabbelte ständig vor sich hin und beleidigte die Leute. Manchmal mussten wir stundenlang nach ihr suchen. Kurz vor Friedrichs Tod haben wir uns dann entschlossen, sie in eine psychiatrische Klinik zu geben. Das alles wusste Friedrich, trotzdem beneidete er uns! Ich muss schafsmäßig dumm geguckt haben, denn Friedrich klopfte mir lachend auf die Schulter. ›Ich meine das wirklich ernst, ihr habt es gut hingekriegt‹, hat er dann gemeint. ›Ihr Vater und Sie, Richard, Sie haben ein so gutes Verhältnis zueinander. Ich bin als Vater ein Versager gewesen. Vielleicht sollte ich nicht davon sprechen, aber ich habe Ihren Vater kurz nach seiner Heimkehr einmal gefragt, wie er es fertig brächte, Sie, der Sie doch gar nicht sein leiblicher Sohn sind, so vorbehaltlos zu lieben. Wissen Sie, was er geantwortet hat?‹ Ich war sehr gespannt in diesem Moment, denn mein Vater und ich hatten bis dahin nie richtig darüber geredet. Ich habe seine Zuneigung immer als selbstverständlich empfunden. Sie war einfach da. Friedrich erzählte mir, dass mein Vater auf seine Frage geantwortet habe, dass er in mir einen Fingerzeig Gottes sehe. Mein Vater war in der Gefangenschaft sehr fromm geworden, eine Sache, die mich damals eher belustigte. Friedrich hatte daraufhin gemeint, dann sei ich ja so etwas wie eine göttliche Strafe für Vaters Verblendung und seinen Rassenwahn. ›Wenn Sie so wollen, ja, Herr Direktor‹, hatte mein Vater daraufhin gesagt. Friedrich hatte damals zurückgefragt: ›Aber das erklärt doch nicht, warum Sie so an Ihrem Sohn hängen, Herr Caspar, im Gegenteil.‹ Da sagte mein Vater nach kurzem Nachdenken: ›Es ist wohl so, dass ich dieses Kind einfach sehr liebe, und ich kann Ihnen nicht sagen, warum.‹ Und das ist es wohl, das Wesen der Liebe«, hat Richard hinzugefügt. »Das hat mich später befreit von meinem Selbsthass.«

»Wann ist dir eigentlich bewusst geworden, dass du nicht Caspars leibliches Kind bist, dass du anders aussiehst, dass du, nun ja, dass du das Produkt einer Vergewaltigung bist?« Diese Frage lag ihr auf der Seele, seit sie es wusste. Und wenn er selber davon anfing, konnte sie es wagen, diese Frage zu stellen.

Es hat ihm wohl auch nichts ausgemacht, darüber zu reden, denn er behielt den leichten und heiteren Ton, der so typisch für ihn ist, bei.

»Die Erkenntnis ist nicht jäh und plötzlich gekommen. Ganz allmählich ist mir bewusst geworden, dass ich eine andere Hautfarbe als die Kinder meiner Umgebung habe. Es hat mich aber nie einer gehänselt, das kann ich mit Gewissheit sagen, und die Leute in Grunbach waren immer sehr freundlich zu mir. Aber irgendwann begann ich zu fragen, bekam erste, zögernde Antworten. Dass mit meiner Mutter etwas nicht stimmte, wurde mir auch nach und nach klar. Aus diesen Mosaiksteinen formte sich langsam ein Bild, aber ich kann nicht sagen, dass ich zu irgendeinem Zeitpunkt sehr schockiert gewesen bin. Erst ganz langsam drang in mein Bewusstsein vor, was das alles bedeutete. Das Paradoxe war, dass mich mehr als alles andere die Erkenntnis entsetzte, dass mein geliebter Vater ein fanatischer Nazi gewesen ist, und nicht, dass mein biologischer Vater ein Vergewaltiger war. Verrückt, nicht wahr? Und dann kamen die Fragen und die Zweifel – wer bin ich eigentlich, zu wem gehöre ich? Es gab eine Phase in meinem Leben, da habe ich mich für die Kultur Marokkos interessiert, war sozusagen auf der Spur meines leiblichen Vaters, den ich nie kennen lernen würde und das letztlich auch nicht wollte. Es ist schlimm für einen jungen Menschen, der auf der Suche nach seiner eigenen Identität ist, einen Teil von sich gar nicht zu kennen, ja sogar einen Teil von sich hassen zu müssen, denn in mir war etwas von diesem Vater, der meine Mutter vergewaltigt hatte. Es gab schlimme Kapitel in meinem Leben, Abschnitte der Selbstzerstörung, der Rebellion – Friedrich hat das gar nicht mehr miterlebt. Zeitweise wollte ich alles wegwerfen, wollte abhauen, ich schmiedete die verrücktesten Pläne. Gott sei Dank habe ich dann Christine kennen gelernt, und die

Tatsache, dass es einen Menschen gab, der mich so vorbehaltlos liebte, hat mich sozusagen geheilt.«

Daran muss Anna jetzt denken, als sie mit den anderen zusammen in Gretls Wohnzimmer sitzt. Christine hat die Fenster weit geöffnet, um durchzulüften, und die frische Luft strömt angenehm warm herein. Sie scheint eine Ahnung vom Sommer mitzubringen.

»Insgesamt sind wir doch noch eine recht annehmbare und interessante Familie geworden«, meint Richard und lehnt sich lächelnd in seinem Stuhl zurück. »Ein höchst interessantes schwäbisch-jüdisch-marokkanisches Gemisch«, und sein Blick bleibt liebevoll an seinem Sohn hängen.

Der Abschied ist ein bisschen zu laut und aufgesetzt fröhlich, wie immer, wenn Menschen versuchen ihre Rührung zu unterdrücken. Bloß nicht sentimental werden, ermahnt sich Anna, aber es fällt ihr schwerer, als sie gedacht hat. Richard und Christine steigen schon taktvoll ins Auto und so kann sie ungestört Fritz auf Wiedersehen sagen.

»Wenn du im Sommer wiederkommst, binde ich dir eine alte Milchkanne um den Bauch und dann gehen wir hinauf in den Wald, zum Katzenbuckel. Und wir pflücken Heidelbeeren. Mal sehen, wie dir das gefällt. Es ist eine ziemlich eintönige Tätigkeit, das kann ich dir verraten. Johannes hat mich manchmal mitgenommen, als ich ein kleiner Junge war, und ich hab mich schon nach kurzer Zeit schrecklich gelangweilt«, flüstert Fritz ihr ins Ohr. »Weißt du, was ich manchmal gemacht hab? Ich hab mein Eimerchen mit Moos gefüllt und obendrauf fein säuberlich eine Schicht Heidelbeeren verteilt. ›Schau, Johannes, ich bin schon fertig‹, hab ich gesagt, ›komm, lass uns gehen.‹ Er hat dann schallend gelacht.«

»So einer bist du also.« Sie grinst und stupst ihn zärtlich mit der Nase. »Gut, dass ich das weiß. Und was hat Johannes dann gemacht? Ihr seid doch nicht wirklich heimgegangen?«

»Natürlich nicht. Johannes hat mir Geschichten erzählt, stundenlang, bis er seinen Eimer gefüllt hatte.«

Fritz hat sie dann noch einmal fest an sich gedrückt und ihr ins Ohr geflüstert: »Wir telefonieren, hörst du. Bitte meld dich gleich, wenn du in Berlin angekommen bist.«

Das hat Anna ihm versprochen. »Ich brauche einfach noch ein bisschen Zeit, Fritz, das verstehst du doch, oder? Noch ein bisschen Zeit – davon haben wir doch reichlich.«

Später liegt sie lange schlaflos im Bett. Von unten hört man das rhythmische Schnarchen von Gretl. Wie vertraut mir das alles in dieser kurzen Zeit geworden ist, denkt sie. Eine Frage beschäftigt sie immer noch und sie muss darüber nachdenken, was Richard und Christine ihr erzählt haben. Für Johannes schien es ganz selbstverständlich gewesen zu sein, dass er und Marie die Kleine aufziehen, ihre Mutter, Annas Tochter. Das sei für Marie sehr wichtig gewesen, habe ihr Halt gegeben nach dem Tod von Anna und sie habe noch einmal alle Kräfte mobilisiert, um dieses Kind großzuziehen. Hat Friedrich das einfach so zugelassen? Sie war doch seine Tochter! Und er war einsam geworden. Warum hat er nicht um sie gekämpft? Oder gab er der kleinen Marie die Schuld an Annas Tod? Richard und Christine glauben das nicht.

»Es war etwas anderes«, hat Christine gemeint. »Emma hat oft davon gesprochen. Sie waren bei Annas Beerdigung gewesen, hatten etwas abseits gestanden, und sie hatte ihn dann gedrängt: ›Los, geh hin zu ihnen. Jetzt ist der Moment gekommen. Denk an das Kind, das verbindet euch mehr als alles andere.‹ Aber Friedrich hatte sich nicht getraut. In Maries Augen hätten so viel Leid und so viel Hass gelegen, Hass auf ihn, der ihr nun auch die Tochter genommen hatte. Das konnte er nicht ertragen. Er war froh, dass Johannes das Angebot angenommen hatte, für Marie finanziell zu sorgen. ›Aber mehr kann und will ich nicht tun, Emma. Ich bin zu alt. Ich will mein Herz nie wieder an jemanden hängen. Ich könnte es nicht ertragen, sie auch zu verlieren.‹ Dann hat er Emma eine sehr berührende Geschichte erzählt. Und sie passt, finde ich, ganz gut. Der alte Löwenstein sei einmal bei einem Besuch auf einen griechischen König zu sprechen gekommen. Alles, was der anfasste, wurde zu purem Gold. Sagenhaft reich sei dieser König gewesen. Aber eines Tages wollte er seinen Sohn anfassen, ihn umarmen, und dann wurde dieser Sohn auch zu Gold, zu kaltem, leblosem Gold. ›Genau so ist es mir im Leben auch ergangen, Emma! Immer muss ich an diesen König denken.‹ Und dann hat er noch den Fluch seines Schwiegervaters erwähnt. Emma konnte sich nie einen Reim darauf machen. Aber eines war klar, Johannes und Marie sollten die Kleine aufziehen.«

Anna hat das verstanden. Und sie hat in diesem Moment tiefes Mitleid mit ihrem Großvater verspürt – trotz aller Fehler, die er gemacht hat. Wie schade, dass ich ihn nie kennen gelernt habe, ihn und Johannes, meinen Urgroßvater.

Eine Sache hat sie bis dahin bedrückt, ohne dass sie es sich richtig eingestanden hat. Warum hat ihre Mutter Johannes und Marie so selten besucht? Warum ist sie nach dem Tod ihrer Großmutter Marie nur noch einmal in Grunbach gewesen, damals mit ihr, Anna, als kleinem Kind, obwohl Johannes immer wieder geschrieben hat, sie möge doch mit der Kleinen wiederkommen? Ist es wirklich nur Maries Abscheu vor dem Mief der Armut und den beengten Verhältnissen im

Großvater-Haus gewesen? Sie hat am Morgen noch mit Gretl darüber gesprochen und die hat gemeint, dass Marie darunter gelitten hatte, ein uneheliches Kind zu sein.

»Ganz Grunbach hat ja Bescheid gewusst und da gab es viele Hänseleien. Früher galt es noch als Schande, unehelich geboren zu sein.«

Gretl hat dann etwas gezögert, aber auf Annas Nachfrage hat sie schließlich zugegeben, dass sich Marie wohl auch ihrer Großeltern geschämt habe. »Wenn beispielsweise eine Feier in der Schule war, dann kamen die anderen Kinder mit ihren Eltern. Sie wurde von Johannes und Marie begleitet, einer älteren Frau in einem altmodischen schwarzen Kleid und einem grauhaarigen Mann in einem abgetragenen Anzug. Sie hat an ihren Großeltern gehangen, ganz sicher, war ihnen auch dankbar«, hat Gretl dann noch schnell hinzugefügt, »aber sie wollte weg, weit weg, das hat sie mir oft gesagt. ›Der Opa immer mit seinen alten Geschichten‹, hat sie geklagt, ›dauernd erzählt er mir von früher. Dabei interessiert mich das gar nicht. Ich will mein eigenes Leben anfangen, was kümmert mich da die Vergangenheit!‹ Und sie wollte es allen zeigen, die auf sie herabsahen. Deshalb ist sie wohl auch so weit weg nach Berlin gegangen, obwohl das Johannes und Marie gar nicht recht war«, hat Gretl noch nachdenklich hinzugefügt.

Ach Mama, dass wir darüber nicht mehr reden können, denkt Anna jetzt wehmütig. Ich verstehe dich nicht, verstehe dich immer noch nicht. Gut, es war nicht einfach für dich. Hast bei deinen Großeltern gelebt, die ganz in der Vergangenheit stehen geblieben waren. Du dagegen wolltest das Vergangene hinter dir lassen, es bedeutete dir nichts, wolltest alles in Grunbach abstreifen wie ein zu klein gewordenes Kleid. Du hast geglaubt, du könntest nur für die Zukunft leben. In dieser Hinsicht bist du wie er, bist ganz und gar Friedrichs Tochter gewesen.

Richard hat sie beim Abschied gefragt, ob sich etwas verändert hat, nun, da sie alles weiß.

»Ich bin mir nicht sicher«, hat sie nachdenklich erwidert, »über vieles muss ich noch nachdenken.«

Sie hat ihm das Bild vom losen Faden beschrieben und dass sie sich endlich verwoben fühle in dieses wunderliche Muster, das ihre Familie bildet.

Das hat Richard gefallen. »Vor Fehlern wird dich dieses Wissen nicht bewahren und dein Leben musst du ganz alleine meistern. Aber es hilft, seine Wurzeln zu kennen. Daraus schöpft man oft mehr Kraft, als man denkt.«

Die Zukunft wird es zeigen, denkt Anna. Irgendwann möchte ich die Geschichte meiner Familie aufschreiben, für meine Kinder und für mich selber. Wie es wirklich war, werde ich nie erfahren. Aber ich kann eine Annäherung versuchen, immerhin. Und es ist eine Geste der Solidarität mit ihnen allen, die jetzt zu mir gehören. Ich habe sie nie kennen gelernt, aber ich will mich an sie erinnern, mein ganzes Leben lang.

»Übrigens«, hat Richard noch beiläufig gefragt, »hast du aus Johannes' Aufzeichnungen irgendetwas über die drei verschwundenen Taugenichts-Bilder erfahren?«

Anna hat gelächelt. »Das ist ein ganz spezielles Caspar-Helmbrecht-Familiengeheimnis. Johannes hat wie so viele Deutsche erst nach dem Krieg das ganze Ausmaß der Naziverbrechen erfasst. Er hat davon gelesen, hat Bilder gesehen und er hat mit Bitterkeit feststellen müssen, dass man recht schnell wieder zur Tagesordnung überging. ›Wie damals 1918‹, hat er geschrieben, ›aber diesmal war es schlimmer, viel schlimmer.‹ Auf der anderen Seite hat er im Laufe der

Zeit auch erkannt, dass im Namen der Idee, an die er seit der Begegnung mit Paule geglaubt hatte, ebenfalls furchtbare Verbrechen begangen worden waren. Irgendwann, es muss 1948 gewesen sein, ist er zu deinem Vater gegangen und hat ihn gebeten, dass er die Taugenichts-Bilder wieder zurückkaufen könne. ›Aber warum denn?‹, hat dein Vater verblüfft gefragt. ›Ich denke gar nicht daran, Herr Helmbrecht, meine Mutter hat sehr an diesen Bildern gehangen, sie sind ein Andenken.‹ Aber Johannes hat nicht lockergelassen. Schließlich hat ihn dein Vater ins Haus gebeten: ›Das müssen Sie mir jetzt aber erklären.‹ Und Johannes hat versucht, ihm klar zu machen, was ihn bewegt. ›Was ich früher gemalt habe, Herr Caspar, ist Dreck, hohler Kitsch, es ist verlogen! Und speziell diese Bilder … Es gibt kein gutes Ende im ›Taugenichts‹. Ich habe das jetzt erst verstanden! Er wird am Ende genauso ein Spießer sein wie die anderen. Er wird um das tägliche Brot kämpfen, er wird schuften, faule Kompromisse schließen und er wird zu überleben versuchen und dabei alle Ideale verlieren! ›Und es war alles, alles gut‹ heißt es am Schluss – nichts als ein verzweifelter Wunsch ist das oder auch nur böse Ironie. Nichts wird gut werden und der Traum vom richtigen Leben wird ein Traum bleiben. Und deshalb sind meine Bilder falsch! Ich wusste es damals nicht besser, das sei zu meiner Entschuldigung gesagt.‹«

Anna hat kurz innegehalten und Richard angesehen. »Dein Vater habe lange geschwiegen, schreibt Johannes. Und er habe ihn bestürzt angesehen. Johannes wusste, dass er immer eifersüchtig auf ihn gewesen war, weil der alte Richard Caspar in diesem zerlumpten Jungen aus der Stadtmühle etwas Besonderes gesehen hatte. Später hatte ihre unterschiedliche politische Überzeugung tiefe Gräben zwischen ihnen aufgerissen. Warum sollte ihn Caspar also verstehen und seiner Bitte entsprechen? Aber zu Johannes' großer Überraschung willigte Caspar ein. ›Einverstanden, aber ich gebe ihnen nicht alle Bilder auf einmal. Ein Bild in jedem Jahr und ich will für jedes Bild einen Korb Heidelbeeren!‹ Johannes ist völlig verblüfft gewesen. Er hat natürlich gefragt, was das sollte. Er wolle ihm Zeit geben, über seinen Entschluss nachzudenken, hat dein Vater gemeint.«

»So viel psychologisches Feingefühl hätte ich ihm gar nicht zugetraut.« Genau wie sie ist auch Richard ziemlich erstaunt gewesen, als er das erste Mal davon erfuhr.

»Es ging insgesamt drei Jahre, dann kam die kleine Marie auf die Welt. ›Plötzlich kam mir das Ganze albern vor‹, hat Johannes geschrieben. ›Und beim Anblick der Kleinen wurde mir klar, dass Schönheit und Freude und unsere Träume von Liebe und Glück auch weiterhin ihre Existenzberechtigung haben, trotz der Millionen Toten, deren Schatten auf uns lasten.‹ Und er hat deinen Vater benachrichtigt, dass die restlichen Bilder bei ihm bleiben sollen.«

Richard hat eine Weile über ihre Worte nachgedacht, sie dann in den Arm genommen und sie fest an sich gedrückt. »Dann haben die Geschichten doch noch ein gutes Ende gefunden.«

Anna hat ihn lächelnd angesehen: »Was heißt ein Ende gefunden? Sie gehen doch weiter. Das hat Johannes zu Gretl gesagt, als er mich zum ersten Mal auf dem Arm gehalten hat – es geht weiter!«

48

Johannes macht vorsichtig Licht. Neben ihm dreht sich Marie im Bett um und murmelt undeutlich einige Worte. Er schleicht vorsichtig hinüber zum Stuhl und schlüpft in seine Hose. Da ist es wieder – das Klopfen und ein unterdrücktes Rufen. Gretls Stimme! »Johannes, mach auf!«

Plötzlich weiß er es. Es ist soweit. Er öffnet die Tür. Sie steht vor ihm mit tränenüberströmtem Gesicht. »Er stirbt, Johannes. Der Doktor hat gesagt, dass er die Nacht nicht überleben wird. Er weigert sich ins Krankenhaus zu gehen. Er will dich sehen, will dich unbedingt sehen und mit dir sprechen.«

Sie hat ihn an den Schultern gepackt, als wolle sie ihn gewaltsam hinüberziehen zur Villa Weckerlin.

»Gretl, beruhige dich. Ich komme doch mit.«

In der Villa brennen alle Lichter. Er folgt Gretl die Treppe hinauf, oben steht Lene und drückt ihm stumm die Hand. Der Doktor tritt aus dem Zimmer, er deutet mit einer Kopfbewegung auf Johannes und fragt: »Ist er das?« Als Gretl bejaht, schiebt ihn der Arzt in das Zimmer. »Es ist nichts mehr zu machen. Aber er quält sich so sehr. Er möchte unbedingt noch mit Ihnen sprechen.«

Vorsichtig tritt Johannes näher. Da liegt er, mit wachsbleichem Gesicht, die einst so dichten und vollen Haare sind dünn geworden, graue Strähnen kleben feucht am Kopf, aber das Gesicht, dessen Konturen schärfer und ausgeprägter hervorzutreten scheinen als früher, dieses Gesicht ist ihm immer noch so vertraut.

»Johannes«, flüstert Friedrich. Das Sprechen fällt ihm sehr schwer. »Johannes, wie schön, dass du gekommen bist.«

Johannes setzt sich auf die Bettkante und nimmt Friedrichs Hand fest zwischen seine Hände. »Rede nicht, es strengt dich an. Ich bin hier und bleibe, so lange du willst.«

Friedrichs Lippen öffnen sich, er versucht Worte zu formen und schließlich dringt es wie ein Hauch an Johannes' Ohr: »Verzeih ... alles falsch gemacht ...«

Johannes nickt. »Wir haben beide viel falsch gemacht, Friedrich. Die Schuld liegt genauso auf meiner Seite. Wir wollten das Richtige tun, aber ...« Er verstummt. Was gibt es noch zu sagen? Leise fügt er hinzu: »Ich passe gut auf Marie auf, das verspreche ich dir.«

Friedrichs Augen ruhen unverwandt auf ihm, diese schönen Augen, die jetzt fiebrig glänzen. Es kommt Johannes so vor, als ob der Tod schon über seine Gesichtszüge streicht, die gelblich wächsern zu erstarren scheinen, nur die Augen sind noch lebendig.

Er zieht die Decke fester um die schmal gewordene Gestalt und denkt plötzlich daran, wie er in einer kalten Septembernacht eine alte Decke über Friedrich Weckerlins Schultern gelegt hatte, um ihn zu wärmen. Das war der Anfang, denkt er, und jetzt kommt das Ende. Wie viel Zeit haben wir vertan! Und jetzt ist es zu spät. Die Hand in seinen Händen wird ruhiger, zuckt nicht mehr und so verharren sie, wortlos, Stunde um Stunde.

Über dem Eiberg wirft die Sonne ihre ersten Strahlen hinunter, durch die Fenster der Villa. Plötzlich ist das Schlafzimmer in gleißendes Licht getaucht. »Es ist vorbei«, sagte Johannes zu Gretl, die auf einem Stuhl vor dem Schlafzimmer sitzt. Er nimmt sie fest in den Arm. Sie hat Friedrich so sehr geliebt.

»Gretl«, flüstert er. »Versprich mir eines: Wenn ihr ihn ankleidet, dann ziehst du ihm Schuhe an. Hörst du, Gretl, die besten Schuhe, die er hat. Legt ihn nicht ohne Schuhe in den Sarg!« Sie nickt stumm.

Johannes tritt hinaus in den hellen Sommermorgen. Er kann jetzt nicht nach Hause gehen, er muss allein sein. Ohne genau zu wissen, was er tut, schlägt er den Weg zum Katzenbuckel ein. Er geht langsam, das Herz schmerzt ihn so sehr. Noch muss er ausharren, das Kind braucht ihn. Aber ein wesentlicher Teil seines Lebens ist zu Ende gegangen. Der Rest ist geduldiges Warten. Er wird jetzt mehr und mehr zum Zuschauer in diesem Spiel, das man Leben nennt. Aber etwas bleibt ihm noch, er fasst in die Tasche und seine Hände umklammern das schmale Büchlein, das ihn schon so lange begleitet. Ja, etwas bleibt noch, die leise Freude an dem, was unzerstörbar alles zu überdauern scheint:

»Fröhlich schweifende Morgenstrahlen funkelten über den Garten weg auf meine Brust. Da richtete ich mich in meinem Baume auf und sah seit langer Zeit zum ersten Male wieder einmal so recht weit in das Land hinaus, wie da schon einzelne Schiffe auf der Donau zwischen den Weinbergen herabfuhren und die noch leeren Landstraßen wie Brücken über das schimmernde Land sich fern über die Berge und Täler hinausschwangen. Ich weiß nicht, wie es kam – aber mich packte da auf einmal wieder meine ehemalige Reiselust: alle die alte Wehmut und Freude und große Erwartung.«

Nachwort

Orte mit dem Namen Grunbach sind mehrfach auf der Landkarte zu finden, das Grunbach des Romans aber verdankt seine Existenz ausschließlich der Phantasie der Autorin (wie alle im Roman vorkommenden Personen, mit Ausnahme der historischen Persönlichkeiten). Allerdings hat dieses fiktive Grunbach ein Vorbild, und einige Ereignisse, wie sie wohl typisch für ein Schwarzwalddorf in den Zeitläuften waren, flossen neben historischen Begebenheiten in die Darstellung ein.

In diesem Zusammenhang gilt mein erster und sehr herzlicher Dank Herrn Fritz Barth aus Bad Wildbad (Calmbach) der in drei im Eigenverlag herausgegebenen Publikationen das dörfliche Leben seines Heimatortes Calmbach akribisch und anschaulich festgehalten hat.

Ebenfalls ein herzliches Dankeschön an Herrn Andreas Hunke aus Ellwangen, der mir die Arbeitsweise eines Goldschmieds erläutert hat, und an Gertrud und Frank Seyfried aus Bad Wildbad, denen ich viele Informationen über die Arbeitsabläufe in einem Sägewerk verdanke.

Wichtig und hilfreich war bei der Arbeit an diesem Buch wiederum die vertrauensvolle und konstruktive Zusammenarbeit mit Stefan Wendel und Kristin Weigand vom Thienemann Verlag. Ihnen gilt mein besonderer Dank, wie auch meinem Verleger Klaus Willberg, dessen Bestätigung und Ermutigung vor allem in der Anfangsphase des Schreibens sehr wichtig waren.

Viele Erinnerungen sind in diesen Roman eingeflossen. Ich danke allen, die mich an diesen Erinnerungen Teil haben ließen. Dieser Dank geht insbesondere an meine Mutter, Frau Anna Luise Barth. Ihr und dem Andenken meines Großvaters Otto Müller ist dieses Buch dankbar gewidmet.

Zeitleiste

1914 · Ermordung des österreichischen Thronfolgers in Sarajewo, Deutschland erklärt Russland und Frankreich den Krieg: Beginn des Ersten Weltkriegs.

· SPD stimmt der Bewilligung von Kriegskrediten zu.

· Deutsche Offensive im Dorf Langemarck bei Ypern, wo über 2.000 junge Männer, vor allem Gymnasiasten und Studenten, getötet wurden.

· Weihnachten und Silvester kommt es zu Verbrüderungen zwischen deutschen, englischen und französischen Soldaten.

1915 · Die Deutschen setzen in Ypern zum ersten Mal Giftgas ein.

· Kriegseintritt Italiens gegen die Mittelmächte (Deutschland, Österreich)

1916 · Deutsche Großoffensive gegen die französische Festung Verdun

· Der so genannte »Steckrübenwinter«: schlimmster Hungerwinter des zwanzigsten Jahrhunderts in Deutschland, Hunderttausende, vor allem Alte und Kinder, verhungern und erfrieren.

1917 · Die USA erklären Deutschland den Krieg.

· Beginn der Russischen Revolution: Absetzung des Zaren, Lenin und die Bolschewiki übernehmen gewaltsam die Macht.

1918 · Streiks der deutschen Arbeiter

· Frieden zwischen Deutschland und Russland (Brest-Litowsk)

· Beginn und Zusammenbruch der deutschen Großoffensiven im Westen

· Aufstände der Soldaten und Arbeiter im Deutschen Reich

· Ausrufung der Republik: Friedrich Ebert (SPD) wird Reichskanzler.

1919 · Gründung der KPD; Spartakusaufstand, Freikorpsoffiziere ermorden Rosa Luxemburg und Karl Liebknecht.

· Unterzeichnung des Versailler Vertrags

	· Weimarer Reichsverfassung
	· Gründung der Deutschen Arbeiterpartei, 1920 in NSDAP umbenannt
1920	· Kapp-Putsch
	· Generalstreik der Gewerkschaften
	· Kommunistische Aufstände in Thüringen, Sachsen und im Ruhrgebiet
	· Gründung der SA (»Sturmabteilung«) als politische Kampftruppe der NSDAP
1921	· Rechtsextremisten ermorden Matthias Erzberger von der Zentrumspartei.
1922	· Rechtsextremisten ermorden Walter Rathenau (DDP).
	· Beginn der schnellen Geldentwertung
1923	· Besetzung des Ruhrgebiets durch Frankreich und Belgien, passiver Widerstand
	· Galoppierende Inflation
	· Hitler-Putsch in München
1924–29	· Phase der relativen Stabilisierung der Weimarer Republik
1928	· Gründung der SS (»Schutzstaffel«) als »Parteipolizei« der NSDAP
1929	· Börsenkrach in New York, Beginn der Weltwirtschaftskrise mit Massenarbeitslosigkeit
1930–33	· Agonie der Weimarer Republik: Präsidialkabinette, zunehmende Radikalisierung, NSDAP wird im Juli 1932 die stärkste Partei bei den Reichstagswahlen
	· Ernennung Adolf Hitlers zum Reichskanzler; Brandverordnung vom 28. Februar und Ermächtigungsgesetz vom 24. März besiegeln das Ende der Demokratie; Beginn der Gleichschaltung
	· Errichtung der ersten Konzentrationslager; Judenboykott; Beginn der rechtlichen, sozialen und wirtschaftlichen Ausgrenzung der jüdischen Bürger
1935	· Nürnberger Gesetze: Ausschluss der Juden aus der Gemeinschaft der Staatsbürger
1938	· »Anschluss« Österreichs
	· Reichspogromnacht (9./10. November), materielle Ausplünderung der jüdischen Bevölkerung beginnt.

1939 · Deutsche Truppen besetzen Tschechien
· Hitler-Stalin-Pakt
· Deutsche Truppen überfallen am 1. Sept. Polen: Beginn des Zweiten Weltkriegs

1940 · Beginn der Vernichtung »lebensunwerten Lebens« im so genannten »Euthanasie-Programm« (insgesamt wurden während des Krieges etwa 20.000 Behinderte getötet)
· Deutsche Truppen besetzen Dänemark und Norwegen.
· Beginn der militärischen Offensive gegen Frankreich

1941 · Deutsche Truppen überfallen die Sowjetunion; deutsche Kriegserklärung an die USA.

1942 · Wannsee-Konferenz: Beschluss, die Juden in Europa zu ermorden.

1943 · England und USA eröffnen den Luftkrieg.

1944 · Invasion der Westalliierten in der Normandie
· Attentat auf Hitler

1945 · Bedingungslose Kapitulation der deutschen Wehrmacht, alliierte Militärbehörden übernehmen die Macht in Deutschland, das in vier Besatzungszonen aufgeteilt wird.

1947 · Beginn des »Kalten Krieges«
· Marshall-Plan-Hilfe für Europa

1948 · Währungsreform; Beginn des Wirtschaftsaufschwungs in den Westzonen
· Berlin-Blockade

1949 · Gründung der beiden deutschen Staaten
· Ära Adenauer (bis 1963): Politischer und wirtschaftlicher Aufstieg der BRD; Wiedergewinnung staatlicher Souveränität

1966–69 · Große Koalition
· Beginn der Studentenproteste

1969–82 · Soziallberale Koalition
· Politische Morde und Attentate durch die RAF (»Rote Armee Fraktion«)
· Proteste der Friedensbewegung gegen Raketenstationierung und Nato-Doppelbeschluss

1982 · Christlich-Liberale Koalition unter Helmut Kohl

1990 · Vereinigung des geteilten Deutschland